Manuel
Vázquez Montalbán

QUINTETT IN BUENOS AIRES

Ein Pepe-Carvalho-Roman

Aus dem Spanischen von
Theres Moser

Piper
München Zürich

Die Originalausgabe erschien 1997 unter dem Titel
»Quinteto de Buenos Aires« bei Planeta in Barcelona.

ISBN 3-492-04204-X

Gesetzt aus der Stempel-Garamond und der Elan
Satz: Uwe Steffen, München
Druck und Bindung: Pustet, Regensburg
Printed in Germany

Für Liliana Mazure und Luis Barone

»Ich halte es für ein Märchen, daß Buenos Aires einen Anfang hat. Ich finde es so ewig wie das Wasser und die Luft.«

Jorge Luis Borges,
Mystische Gründung von Buenos Aires

»Diese Stadt ließ keine leichten
Geschicke zu, diese Stadt prägte.
Ihre große Trockenheit war ein Wink;
ihr Klima, ihr Licht, ihr blauer Himmel logen.«

Eduardo Mallea
Die Stadt am reglosen Fluß

1

Der Onkel aus Amerika

Die Augen gleiten verstohlen über das auffällige Schild: »Labor für Tierverhaltensforschung. Neue Argentinität.« Der Mann bewegt sich geräuschlos. Ratten und Destillierkolben, doch an der Wand die seltsamen, riesigen Plakate. Eine Kuh und ein wunderschönes Mädchen, das stolz auf sie zeigt:

»ARGENTINIEN WIRD WIEDER DIE MUTTERKUH SEIN«
STIFTUNG NEUE ARGENTINITÄT

Die Augen heften sich auf das Plakat. Sie gehören zu einem verzerrten Gesicht, in dem sich verhaltene Wut abzeichnet. Er preßt zwischen den Zähnen hervor: »Neue Argentinität.«

Plötzlich bricht die Wut aus dem Mann heraus, er fällt über alles her. Er wirft die Destillierkolben, die Reagenzgläser auf den Boden, öffnet die Käfige der Ratten, die ihr Gefängnis auf den ganzen Raum ausdehnen. Dann betrachtet er fasziniert die Ergebnisse seiner entfesselten Kraft. Eine Ratte scheint seine Nähe zu suchen, und er hebt sie vorsichtig, beinahe liebevoll auf.

»Schwester Ratte.«

Er steckt sie in die Tasche seines verschlissenen Sakkos und verläßt das Labor, als Lichter eingeschaltet und Fragen laut werden: »Was war das?«

»Was ist hier los?«

Die meisten Fragen stellt ein Dicker Mann, »dick« großgeschrieben, mit dem Gesicht, dem Brustkorb, dem Bauch voller Fettanhäufungen und vergessenem Fleisch.

Er hat ein dramatisch altes Gesicht und fragt logischerweise mit einem gewissen Pessimismus: »Was weißt du von Buenos Aires?«

Weder pessimistisch noch optimistisch antwortet ihm Carvalhos Stimme: »Tango, Verschwundene, Maradona.«

Der Alte schüttelt noch pessimistischer den Kopf und wiederholt: »Tango, Verschwundene, Maradona.«

Vor Carvalho eine Terrasse, der Alte in einem Lehnstuhl, am Horizont die Stadt Barcelona, so als würde sie mit jedem Blick wachsen. Der Alte sucht nach Worten, die er scheinbar schwer findet. Hinter den Jalousien des Dachgeschoßfensters tuscheln zwei reife Frauen und sehen verstohlen zu ihnen hin. Carvalho sitzt in einem Korbsessel im Emanuel-Stil, der in dem Umfeld so wirkt, als hätte ihn eher ein Außerirdischer als ein Filipino zurückgelassen.

»Im Gedenken an deinen Vater, Neffe, fahre nach Buenos Aires. Suche meinen Sohn, meinen Raúl.«

Der Alte deutet auf das Fenster, von dem aus die Frauen sie beobachten.

»Ich bin in den Händen von Nichten. Ich will nicht, daß diese Geier an sich raffen, was meinem Sohn gehört. Wer weiß, wo er sich herumtreibt. Ich dachte, er hätte den Tod seiner Frau Berta, das Verschwinden seiner Tochter überwunden. Das geschah in den harten Jahren der Guerilla. Er war zerrüttet. Man hatte ihn auch verhaftet. Sogar an den König habe ich geschrieben – ich, zeitlebens Republikaner! Ich machte Zugeständnisse, auf die ich mich zuvor niemals eingelassen hätte. Schließlich nahm ich ihn mit nach Spanien. Die Zeit, die Zeit heilt alles, heißt es. Die Zeit heilt gar nichts. Sie fügt nur ihr Gewicht hinzu. Du, du kannst ihn finden. Du weißt wie, denn du bist ja Polizist, nicht?«

»Privatdetektiv.«

»Ist das nicht das gleiche?«

»Die Polizei garantiert die Ordnung. Ich beschränke mich darauf, die Unordnung aufzudecken.«

Carvalho steht auf, geht bis an die Brüstung und blickt auf die geplante Synthese des alten und des neuen olympischen Barcelona, die letzten, abbruchreifen Lagerhallen des Pueblo Nuevo, Icaria, das katalanische Manchester, Nachhut der eklektischen Architektur der Villa Olímpica, und das Meer. Als die Stimme seines Onkels zu ihm dringt, lächelt Carvalho leicht.

»Buenos Aires ist eine wunderschöne Stadt, die sich selbst zerstört.«

Sein Vater hatte Carvalho immer erzählt, daß der Onkel aus Amerika sich sehr gut ausdrücken könne.

»Ich mag Städte, die sich selbst zerstören. Triumphierende Städte riechen nach Deodorant.«

Er dreht sich um und kehrt dem Alten das Gesicht zu.

»Nimmst du den Auftrag an? Ich versteh das mit dem Privatdetektiv nicht so ganz, aber nimmst du an?«

»Willkommen in Buenos Aires. Wir wissen, daß Sie in diese Stadt kommen, weil Argentinien für die Ausländer zum Verkauf steht. Ah! Aber uns kaufen nicht nur die Japaner: Uns kaufen sogar die Spanier, und das, wo doch Spanien auch zum Verkauf steht. Spanien wird von den Japanern gekauft.«

Er nimmt die Uhr vom Handgelenk und bietet sie an.

»Ich werde sie weder für eine Million Pesos noch für tausend Pesos, noch für hundert, noch für einen Peso verkaufen.«

Er kniet sich weinerlich hin.

»Ich bitte Sie darum, sie mir wegzunehmen. Wir Argentinier mögen es, daß man uns die Uhren, die Lieben, die Inseln wegnimmt. Um dann Tangos schreiben zu können!«

Der Conférencier läuft beklommen durch den Saal und möchte seine Uhr verschiedenen Kunden aufdrängen, die angesichts jenes Make-up und Wimperntusche ausschwitzenden Gesichts teils mit dämlichem Lachen, teils mit Ablehnung reagieren. Das Scheinwerferlicht verfolgt den Conférencier, bis dieser wie gelähmt innehält, so als wollte er die Uhr schon nicht mehr anbieten. Der Conférencier betrachtet sie wie ein klebriges, seltsames Objekt, dann erinnert er sich an das Publikum und fragt beiläufig: »Übrigens, was wissen Sie von Buenos Aires?«

Vom Fenster seines Büros aus sind die Ramblas zu sehen, diesmal dämmriger als sonst. Die Statue von Pitarra, mit der er sich endlich ausgesöhnt hat. Pitarra, alter Freund. Eine Grimasse des Ekels zeigt sich auf seinem Gesicht, als er sich starrköpfig fragt, wer er denn ist, woher er komme, wohin er gehe. Auf dem Tisch das Dossier Llompart und vor den Augen der Erinnerung die vor zwei Tagen erlebte Szene: Er macht ein Zeichen der Verständigung zum Portier, auch wenn der Marokkaner vielleicht nicht verständig ist und nur bemerkt hat, daß auf dem Pult fünftausend Peseten auf ihn warten. Ein Schlüssel im Gegenzug. Sowohl Treppe als auch Flur erinnern ihn an sämtliche schäbigen Pensionen in der Leistengegend der Stadt. Auf der letzten Stufe geht ihm die Luft aus, und er schreibt das der Mischung aus Spannung und Ekel zu, die ihn weiterhin als Schnüffler tätig sein läßt. Aber nun kann er keinen

Rückzieher mehr machen. Das ist die Tür. Die Nummer aus abgeblättertem Porzellan.

»Je früher es vorbei ist, desto besser.«

Er steckt energisch den Schlüssel ins Schloß, und als würde ein Vorhang aufgerissen, erscheint vor ihm eine erschrockene Frau gesetzten Alters, die ihre schlaffe Blöße mit dem Bettuch bedeckt. Rotes Licht an der Wand. Carvalho schaltet die Deckenlampe ein. Ein halboffener Schrank. In einer Hand hält er eine kleine Kamera. Er öffnet die Schranktür. Ein nackter und glatzköpfiger Mann. Eine Hand auf dem Gemächt. Carvalho hält ihn auf einem Foto fest. Es läutet an der Tür, und die Rückblende verflüchtigt sich. Zweifellos Llompart, der dem Kerl seiner Frau nachschnüffeln will. Carvalho setzt sich an den durchschnittlichen Tisch eines durchschnittlichen Detektivbüros, ihm gegenüber ein Mann, der nach betrogenem Ehemann aussieht, wobei an jedem Platz der Welt ein betrogener Ehemann anders aussieht. Wie mag wohl ein betrogener Ehemann in Neuseeland aussehen? Carvalho breitet eine Reihe von Fotos vor ihm aus. Von der Szene, wo er in das Zimmer eindrang: die halbnackte Frau, der Schrank, der lächerliche versteckte Liebhaber. Das Zucken in Llomparts Gesicht scheint Tränen anzukündigen. Aber er weint nicht, sondern stößt hervor: »Schlampe!«

Das Zucken hält an, doch folgt kein Weinen, sondern Lachen. Immer zufriedener lacht er beim Betrachten der Fotos.

»Meine Frau ist eine Schlampe, aber eine dumme Schlampe. Mit diesen Fotos in meiner Hand wird sie bei der Scheidung nicht die geringste Unterhaltszahlung von mir fordern können.«

Nun zückt er, so als wäre er ein auf Scheckhefte spezialisierter Taschenspieler, ganz unbefangen ein Scheckheft und eine Montblanc-Füllfeder, die ihm gewiß seine eigene Frau zum Vatertag geschenkt hat.

»Wieviel ist man Ihnen schuldig?«

»Zweihunderttausend Peseten.«

Der Preis hat ihm nicht gefallen. Carvalho gefällt ihm nicht. Die Fotos gefallen ihm nicht. Er runzelt die Stirn. Die Füllfeder gerät ins Stocken. Er sieht die Fotos noch einmal an, dann Carvalho, so als wollte er eine Wertschätzung vornehmen.

»Verdammt noch mal!«

»Die Ehre hat ihren Preis.«

»Von wegen Ehre, verflucht! Sie retten nicht meine Ehre, im Gegenteil, Sie beweisen mir, daß ich ein gehörnter Ehemann bin.«

»Sie ziehen einen fetten Nutzen daraus. Sie zahlen mir zweihunderttausend Peseten, aber Ihre Frau wird leer ausgehen, wenn Sie die Scheidung durchgesetzt haben.«

»Das stimmt.«

Und er unterschreibt freudig, hält Carvalho den Scheck selbstzufrieden gönnerhaft hin und bedankt sich im Gehen für die professionelle Schnelligkeit des Detektivs. Carvalho, erneut am Fenster stehend, möchte wieder in den Ekel eintauchen, doch Biscuter läßt ihn nicht. Er hat den kleinen Rollvorhang zwischen Wohnraum und Küche hochgezogen, und der Anblick dieser gealterten kleinen Mißgeburt verstärkt Carvalhos Melancholie. Diesmal lösen in ihm die Eunuchenstimme und die Art, wie Biscuter sich mit einem Geschirrtuch, das nach Ruhestand verlangt, die Hände abtrocknet, Unbehagen aus.

»Ist er schon weg?«

»Es ist ihm teuer vorgekommen. Ihm war vor allem daran gelegen, seiner Frau keinen Unterhalt und mir so wenig wie möglich zu zahlen.«

»Es gibt viel Schäbigkeit auf dieser Welt, Chef.«

»Ein amoralischer Kerl. Er will bloß seine Frau, die alte Kuh, zur Schlachtbank bringen und bedient sich zu diesem Zweck eines Ausrutschers der Idiotin. Nun wird er sein Leben mit einem Kälbchen aufbauen, das ihn ausnehmen wird wie eine Weihnachtsgans. In dieser Gesellschaft glaubt niemand mehr an etwas. Alles ist verdorben. Wenn eine Gesellschaft amoralisch wird, haben wir Detektive nichts zu tun. Ich weiß, was ich sage, Biscuter.«

»Wie spaßig, Chef. Kein einziger Klient. Wir sind ohne Arbeit.«

»Ich habe Arbeit.«

»Seit wann?«

»Seit heute morgen. Aber nicht hier. In Argentinien. Buenos Aires.«

»Wir verreisen, Chef!«

»Ich verreise, Biscuter. Wenn ich dich mitnehme, geht der Verdienst drauf.«

Carvalho sieht ein paar Papiere durch. Er zieht den Paß aus einer Schublade. Biscuter kann nicht fassen, was er sieht.

»Und das sagen Sie mir einfach so. Sie fahren weg, ohne das mit Charo zu regeln? Ohne zu kosten, was ich für Sie gekocht habe?«

»Charo. Hat sie angerufen?«

»Nein. Aber sie hat Ihnen ein Transistorradio geschickt, erinnern Sie sich? Und Sie taten nichts dergleichen. Vielleicht sollten Sie den ersten Schritt machen.«

»Mir sind die zweiten lieber.«

Doch der achte Sinn, der des Schuldkomplexes, macht ihn darauf aufmerksam, daß er mit Biscuter zu weit geht. Mit sanfterer Stimme und Gebärde nähert er sich der von verletzter Eigenliebe gezeichneten kleinen Mißgeburt.

»Mal sehen, was du mir gekocht hast.«

»Auberginen mit Anchovis, darüber eine Sauce hollandaise mit Meeresfrüchtearoma, ein pochiertes Ei und ein Löffel Kaviar.«

»Offensichtlich ein Krisenmenü.«
»Es ist Meeräschenkaviar.«
»Her damit, Biscuter, Argentinien kann warten.«

Einer der Vorteile, in Vallvidrera zu wohnen, besteht darin, daß man sich von einer ganzen Stadt mit einem Blick verabschieden kann, als wäre sie zu einer Zeremonie geladen, der sie sich nicht entziehen kann. Als ich der Bücher noch nicht müde war, hatte ich gelesen, und ich assoziiere es vage mit Bowles, daß sich ein Tourist von einem Reisenden darin unterscheidet, daß der eine den Verlauf seiner Route kennt, der andere aber sich der offenen Logik des Reisens hingibt. Buenos Aires. Für den Augenblick ein Hinflug mit einer so unbestimmten Rückkehr wie noch nie, wie in jenen Zeiten, als ihm Reisen wichtiger zu sein schien als das Leben. Die Zerstörung der ihm vertrauten Landschaft und Personen war lückenlos. Er erkannte sich in Barcelona nicht wieder: Brumero tot, Charo im freiwilligen Exil, Biscuter als einziges Bindeglied zu dem, was das unsichere Ökosystem seiner engen Beziehungen gewesen war. Aber vor allem die nacholympische Stadt, zum Meer hin geöffnet, von Schnellstraßen durchpflügt, das Barrio Chino in Zerstörung begriffen, die kleinen Flugzeuge des politisch Korrekten über der Stadt kreisend, sie besprühend, um ihre Bakterien, ihre historischen Viren, die sozialen Kämpfe, die Randgruppen abzutöten – Stadt ohne Lenden schon, Stadt ausgerotteter Lenden, in ein prophylaktisches Theater verwandelt, um die Farce der Modernität darzustellen.

»Von Buenos Aires aus werde ich alles klarer sehen.«

Dann schiebt er mit einem Arm die angehäuften Gegenstände auf dem Küchentisch beiseite, legt sorgfältig einen Stoß Briefpapier hin, probiert den Filzstift aus und setzt so oft zum Schreiben an, wie er es wieder verwirft. Endlich entschließt er sich: »Liebe Charo: Nun, da ich wegen eines Auftrags nach Buenos Aires aufbreche, wünsche ich mir, wir würden anfangen, unser Mißverständnis zu klären …« Er hebt den Kopf, schnuppert. Er läßt das Papier liegen und läuft zum Essen, herbeigerufen von einem Geruch, der demnächst der von angebranntem Ochsenschwanz sein könnte. Carvalho rührt den zusammen mit Tintenfisch geschmorten Ochsenschwanz um. Er ist rechtzeitig gekommen, nimmt ihn vom Feuer und wartet, bis die glühende Hitze nachläßt. Mit präziser Tranchierkunst befreit er den Schwanz von den Knochen und gibt das Fleisch wieder zu Tintenfisch und Soße. Carvalho gönnt sich keinen gedeckten Tisch, sondern beschließt, leicht verdrossen darüber, nicht einmal ein Minimum an Liturgie zu respektieren, an einer freigeräumten Ecke zu essen. Vielleicht ißt er deshalb hastig, so als wollte er seine Achtlosigkeit so schnell wie möglich hinter sich bringen. Dazu leert er eine halbe Flasche Mauro. Er ist satt, aber nicht zufrieden. Der begonnene Brief zerstreut seinen Willen, die Teller wegzutragen und endlich die willkürliche Anhäufung von Gegenständen zu ordnen. Er nimmt den Brief wieder zur Hand, greift zum Filzstift, setzt an, etwas zu schreiben, läßt es schließlich sein. Er möchte ein Buch verbrennen, und seine Hände wandern zu *Buenos Aires* von Horacio Vázquez Rial, ein sehr persönlicher Reiseführer, den er fast ganz gelesen hat. Doch noch fühlt er sich dem Gelesenen verpflichtet. Vielleicht würde ihm der Reiseführer in der Zukunft noch nützlich sein. Er geht zum Regal, nimmt ein anderes Buch heraus. *Cuba* von Hugh Thomas. Er beginnt es zu zerlegen und schichtet im Kamin die Hierarchie des Feuers auf: zuerst das Papier, dann den Einband. Das Buch beginnt zu brennen, das Feuer erhellt das Gesicht eines nachdenklichen Carvalho, den der Brief und die Unordnung wieder einholen. Schließlich befreit er den Tisch von den Störenfrieden, und der begonnene Brief erhält auf der blanken Oberfläche seine verlorene Identität zurück. Er nimmt ihn, trägt ihn ins Schlafzimmer, wo ein geöffneter Koffer auf die letzten vergessenen Dinge wartet, und der Brief fällt in sanftem Flug auf die zusammengelegten Kleider. Dann bereut er es, nimmt ihn wieder heraus. Steckt ihn in eine Aktentasche. Und aus dieser Aktentasche wird er ihn Stunden später ziehen, an Bord eines Flugzeugs der Aerolíneas Argentinas, mit der Sehnsucht, umnebelt von vier Whiskys und einer Flasche Rotwein Navarro Correa, einem Pinot noir mit Burgundernuancen. »Die Dinge waren nicht so, wie du glaubtest, Charo...« Er wird müde, läßt den Brief sein, nimmt eine Zeitung. Lustlos überfliegt er die erste Seite einer argentinischen Tageszeitung. Nichtssagende, beiläufige, bekannte Informationen: Korruption auf argentinische Art in einer Welt, in der die ganze verborgene Verwesung zu stinken beginnt, und Maradona, dazu bestimmt, weiterhin seine eigene Legende zu zerstören, die Margerite des Fußballklubs zerpflückt. Die Hand seines Sitznachbarn bietet ihm eine Zigarette an, die Carvalho freundlich ablehnt.

»Nein, danke. Ich rauche nur Zigarren, und das ist hier nicht erlaubt.«

Der dicke, rotgesichtige Mann beklagt sich: »Sie verbieten alles. Alles, was gut war, ist jetzt schlecht. Rauchen. Essen. Ihre erste Reise nach Buenos Aires?«

»Ja.«

»Geschäfte?«

»Mehr oder weniger ja, Geschäfte.«

»Gut so. Buenos Aires ist ein Paradies für gute Geschäfte. Und schnelle. Was wissen Sie von Buenos Aires?«

»Maradona, Verschwundene, Tango.«

Das außerordentlich dicke Gesicht läßt eine riesige Menge Verblüffung zu.

»Verschwundene? Wer ist verschwunden? Ah, Sie beziehen sich auf die Subversiven, die während des Prozesses starben. Aber Mensch, was haben denn Sie für ein Bild von Buenos Aires? Das mit den Verschwundenen gehört der Geschichte an, einer von der antiargentinischen Propaganda aufgeblasenen Geschichte. Maradona fällt, er steht wieder auf, fällt erneut. Die Verschwundenen werden nicht auftauchen, und der Tango ist museumsreif. Ihre Klischees werden platzen. Es ist ein neues Argentinien entstanden, eine neue Argentinität.«

Der Mann steckt die Hand in seinen schwarzen Aktenkoffer und zieht eine Tüte heraus, die er Carvalho hinhält.

»Wissen Sie, was das ist?«

Tüten mit Wolfsbohnen wandern von der Hand des Dicken in die Carvalhos.

»Ich sträube mich gegen die Annahme, aber mir scheinen es Wolfsbohnen zu sein.«

»Genau das. Lupinus albus – Weiße Lupine. Hierin besteht die Grundlage für die künftige Ernährung des Menschen.«

»Sollen wir uns jetzt von Wolfsbohnen ernähren? In Spanien verzehrt man sie eingeweicht und gesalzen. Sie sind wie Knabbergebäck zum Zeitvertreib, für Kinder. Man bekommt sie auf Jahrmärkten oder wenn man in den Zirkus geht.«

»Nein. Die Kühe werden die Wolfsbohnen essen und wir die Kühe. Weideland haben wir mehr als genug. Es würde für alle Kühe der Welt reichen. Bald haben wir auch noch Futter in Hülle und Fülle, denn in jüngsten Untersuchungen wurde festgestellt, daß die Lupine der Schmetterlingsblütler der Zukunft ist. Dabei ging man bisher immer davon aus, daß die Lupine, vor allem die Pflanze, schädlich für das Vieh ist. Wissen Sie, warum?«

»Keine Ahnung.«

»Weil die bitteren Lupinen ein schädliches Alkaloid enthalten. Deshalb wurden sie nur für die Herstellung von

Dünger verwendet. Aber nun haben wir neue Lupinenarten ohne Alkaloid gezüchtet. Die Kühe fressen sie wie warme Semmeln. Schmatz, schmatz. Die Argentinier sind in der Erforschung von Tierverhalten und -ernährung an vorderster Stelle. Gerade heute werde ich Staatssekretär Güelmes treffen, den argentinischen Politiker, der sich am meisten für die Angelegenheit interessiert. Haben Sie von ihm gehört?«

»Meine Kenntnisse der argentinischen Politik sind sehr begrenzt.«

Die Tüte ist in den Aktenkoffer zurückgekehrt. Carvalho tut so, als würde er einnicken. Der Mann setzt von einem unauslöschlichen inneren Enthusiasmus getrieben seine mittlerweile zum Selbstgespräch gewordene Rede fort. An der Schwelle zum alkoholschwangeren Traum fragt ihn das Gesicht seines Onkels: »Was weißt du von Buenos Aires?«

»Maradona, Verschwundene, Tango.«

»Und Gauner, viele Gauner. Würde eine Million Argentinier nicht stehlen, wäre der Rest steinreich. Und Wissenschaftler, Koryphäen. Es war eines der kultiviertesten Länder der Welt. Mein Sohn war eine Koryphäe. Die Dinge liefen nicht schlecht für mich, mein Neffe. Ich ging nicht aus politischen Gründen nach Argentinien, sondern aus Hunger. Vor dem Bürgerkrieg. Ich habe mir ein Vermögen geschaffen. Ich machte aus meinem Sohn einen Wissenschaftler, eine Koryphäe. Aber meine Schwiegertochter stürzte sich in politische Schwierigkeiten. Es gelang mir, ihn durch einflußreiche Kontakte aus dem Schlamassel zu ziehen, doch kam ich für meine Schwiegertochter und das Mädchen zu spät. Die Erde hat sie verschluckt. Verschwunden. Das ist ein schreckliches Wort. Es heißt, Buenos Aires ist auf Verschwundenen gebaut. Die Avenida 9 de Julio, die breiteste Straße der Welt, hat unter ihrem Asphalt viele Arbeiter begraben. Es verschwanden auch viele beim Bau der Untergrundbahn, des Subte, wie sie sie nennen. Verschwunden. Schicksal. Es gelang mir, deinen Cousin Raúl nach Spanien mitzunehmen, damit er vergessen würde. Doch plötzlich ging er davon, kehrte zurück. Sei unbesorgt, wenn du Buenos Aires nicht kennst. Eine Schwägerin meines Sohnes, Alma, die Schwester seiner Frau, wird dich am Flughafen abholen. Sie hat auch all das durchgemacht, war mit einem Katalanen verheiratet, nun ja, mit dem Sohn eines Katalanen, der Psychiater ist. Ein Hirnverdreher aus Villa Freud. Du wirst schon sehen, was Villa Freud ist. Alma wird dir helfen, auch wenn sie die Gallegos nicht mag, nicht die Gallegos aus Galicien, sondern die Gallegos im allgemeinen. Dort sind wir Spanier alle Gallegos.«

Dem Dicken fällt es schwer, sich aus dem Gurt zu lösen, aufzustehen und den Gang des Flugzeugs zu erreichen. Carvalho hilft ihm, sein Handgepäck aus dem Fach zu holen. Auf einem Koffer verkünden mehrere Aufkleber: »Neue Argentinität«. Er eilt ihm schwer atmend voraus, und bei den Polizeiformalitäten und der Gepäckausgabe verliert ihn Carvalho aus den Augen. Er läßt seinen Paß auf der Seite mit dem Foto aufgeschlagen, doch der Polizist zieht es vor, ihn zuzuklappen und ohne Hilfe wieder aufzuschlagen. Der Beamte blättert ihn durch, überfliegt Seiten, mustert Carvalho.

»Pepe?«

»Ja, der bin ich. Kennen Sie mich?«

Der Polizist zeigt auf seinen Namen im Paß.

»Es ist das erste Mal, daß sich jemand in einem Reisepaß Pepe nennt.«

»Ich bin Privatdetektiv, wissen Sie.«

Der Polizist ruft »Ah!«, so als wäre die Antwort maßgeblich gewesen, und stempelt den Paß.

Bereits im Besitz seines Gepäcks, läßt er seinen Blick über das Gelände von Ezeiza schweifen und ruft sich sein landläufiges Wissen über den Flughafen ins Gedächtnis. Der Ausbruch des Gefechts zwischen rechten und linken Peronisten am Tag von Peróns Ankunft. Ein Vorgeschmack auf die spätere Zerschlagung der Linken durch López Rega und die Militärjunta. Carvalho stellt seinen Koffer zwischen die Beine. Er sucht nach der angekündigten Frau. Der Dicke geht lächelnd vorbei und eilt zu einer Telefonzelle. Carvalho folgt ihm dorthin mit den Augen, und der Dicke, dem der Schweiß aus dem als Ausgleich zur Glatze an den Scheitelbeinen buschigen Haar auf den Hörer tropft, erwidert Carvalhos Blicke, während er mit jemandem spricht.

»Hallo? Ich habe ihn ausgehorcht. Der Gallego weiß nichts. Überhaupt nichts, Capitán, aber er kann dahinterkommen. Aber warten Sie, wissen Sie, wer ihn abholt? Die Modotti, Capitán, die Modotti. Der Alte hat sich in Bewegung gesetzt. Ich sagte Ihnen doch, daß sich das Alterchen in Bewegung setzen würde.«

In Carvalhos Rücken erklingt eine Frauenstimme: »Bist du der maskierte Gallego?«

Carvalho dreht sich um, und was er sieht, findet sein Interesse und Gefallen. Eine blonde Frau mustert ihn. Etwa vierzig. Wunderschön beunruhigend. Argentinisches Aussehen, kluge Augen, gründlich blond, mit sorgfältig zwischen Sitzungen beim Psychologen gewelltem Haar, reine Gewohnheit, denn sie versteht ebensoviel von Psychoanalyse wie der Psychologe. Spuren der Zeit: die herrlichen Falten. Und eine ewige Ironie als Filter der Wahrnehmung. Das Lächeln läßt die Ironie beiseite und wird freundschaftlich. Sie streckt Carvalho die Hand entgegen.

»Alma Modotti, verheiratete Font y Rius, aber ich habe mich schon vor langer Zeit getrennt. Ich mag die zusammengesetzten Namen nicht.«

»Du hast dich deshalb getrennt?«

»Ich habe mich getrennt, weil die Ehemänner mit Doppelnamen noch unerträglicher sind als die Ehemänner mit nur einem Namen.«

Carvalho möchte die Frau gern genau sehen können, doch sie geht neben ihm her, ohne ihm das Gesicht zuzuwenden, so als befände sie sich in einer abgekapselten, lächelnden Selbstversunkenheit. Nur als sie ein Taxi herbeiruft, kann Carvalho sie ungehindert betrachten. Als sie seine Blicke bemerkt, sieht sie Carvalho aus grünen, ironischen Augen herausfordernd an. Sie möchte dem Taxifahrer schon die Adresse sagen, doch Carvalho unterbricht sie.

»Kannst du mir ein sentimentales Zugeständnis machen?«

»Du bist in der Hauptstadt des Gefühls.«

Carvalho wendet sich an den Taxifahrer.

»Corrientes drei, vier, acht.«

Der Taxifahrer hat sich breit grinsend umgedreht und singt, als gelte es Carvalhos Worte fortzusetzen.

»Zweiter Stock, Aufzug ...!«

Alma lacht nun frei heraus.

»Das ist mein Lieblingstango.«

»Tangos sind wie Romane. Sie lügen immer.«

»Du bist Expertin in Tangos?«

»Nein. In Literatur. Ich unterrichte an der Universität. Woher kommt deine Begeisterung für den Tango?«

»Carlos Gardel war ein Mythos in Barcelona. Auch Irusta, Fugazot und Demare.«

»Die sagen mir nicht einmal was. Ich gehöre der Rockära an, selbst wenn es nicht den Anschein hat. Den Tango hielt ich für Argentinienkitsch, für ein geschmackloses Argentinienklischee. Vor kurzem habe ich mich ein wenig mit ihm ausgesöhnt. Ich gehe sogar oft in ein Lokal namens Tango Amigo, vielleicht weil ich mit dem Conférencier und auch mit der Sängerin befreundet bin. Adriana Varela. Ist Adriana Varela in Spanien aufgetreten?«

»Ich bin nicht auf dem laufenden. In Wahrheit bin ich, was den Tango betrifft, bei Gardel und Discépolo stehengeblieben. Wer nach Spanien kam, war Cecilia Rosetto, eine hervorragende Schauspielerin. Ich hoffe, sie zu sehen.«

Carvalho hat eine Zigarre aus der Tasche gezogen, direkt aus der Pappschachtel, und Alma lobt seine Zielsicherheit.

»Meine Fingerkuppen spüren die Havannas überall auf.«

Er zündet sie an und öffnet das Fenster. In der Ferne gewinnt Carvalho zum ersten Mal den Eindruck eines Buenos Aires, das seine eigenen Möglichkeiten überschreitet. So als wäre alles zu schnell groß geworden und nun kein Geld vorhanden, um die Größe zu erhalten.

»Alles wirkt vielversprechend, aber etwas heruntergekommen.«

»Schon möglich. Jedes Viertel hat seinen eigenen Charakter. Borges sagte, wenn man die Rivadavia, das ist eine Straße, überquert, überschreitet man die Grenze zu einer anderen Welt. Die Rivadavia geht von einem Ende von Buenos Aires bis zum anderen und schneidet es in zwei Teile.«

Calle Corrientes. Eine altgewordene und chaotische Kulisse, so als würden Geschäfte und Gebäude um eine bräunliche ästhetische Unstimmigkeit kämpfen. Adrianas Stimme kommentiert im Tonfall einer Reiseführerin: »Corrientes, die Heimat des Tangos, der dir so sehr gefällt.«

Das Taxi hält vor der Hausnummer 348. Carvalho steigt aus, ohne sich um das Grinsen Almas und des Taxifahrers, die sich aus den Fenstern beugen, zu kümmern. Er sucht etwas, ist erstaunt, es nicht zu finden, bis seine Augen auf eine Tafel stoßen, die daran erinnert, daß hier einmal das Gebäude des berühmten Tangos stand, aber keine Spur von ihm, auch nicht vom Duft des Ehebruchs. Ein Parkhaus. Ein trostloses Parkhaus mit bläulichen und etwas kitschigen Türen als einzige Reminiszenz an das einstige

Liebesnest. Carvalho dreht sich um, und die verschmitzten Gesichter Almas und des Taxifahrers sehen aus ihren Fenstern.

»Früher war es ein Tangolokal, jetzt ist es ein Autoabstellplatz.«

Nun wendet sich die Frau dem Taxifahrer zu.

»Wenn der Herr von seinem Tango zurück ist, bringen Sie uns bitte in die Entre Ríos 204. Aber vorher zeigen Sie ihm noch den Obelisken.«

Der Taxifahrer gehorcht, doch zum Ausgleich singt er aus voller Brust:

Corrientes drei, vier, acht;
zweiter Stock, Aufzug ...
Kleine Wohnung, die Maple herrichtete,
Klavier, Teppich und Nachttischlampe;
ein Telefon, das antwortet,
ein Grammophon, das schluchzt,
alte Tangos meiner Jugendblüte
und eine Katze – aus Porzellan,
damit sie nicht die Liebe anmiaut.

Die Corrientes mündet in die 9 de Julio, und der Obelisk ist Zeuge dieses Zusammentreffens.

»Schau, die breiteste Straße der Welt, die 9 de Julio, und der Obelisk mit dem geringsten Denkmalcharakter der Welt. Die Straße ist beinahe unwirklich, sie ist hundertvierzig Meter breit, und ich mag sie, weil hier viele wunderschöne Bäume wachsen. Buenos Aires ist voller großartiger, schöner, mächtiger Bäume: Kermesbeeren, Gummibäume, Araukarien, Flaschenbäume. Hier, an der 9 de Julio, werden trotz des Verkehrs die Jakarandabäume im November lila, blühen im September die Trompetenbäume rosa und die Flaschenbäume weiß und rosa im Februar. Der Obelisk blüht nie. Sie stellten ihn 1936 auf, um den vierhundertsten

Jahrestag der Gründung der Stadt zu feiern. Aber die wahren Gründe waren andere. Wir hatten kein einziges Wahrzeichen der Stadt. Und außerdem mußte man mit irgend etwas den Platz füllen. Man nannte ihn ›Phallussymbol des Machismo von Buenos Aires‹, auch: ›schamloses Geschlecht der Stadt‹. Nun ist er der Obelisk. Schlicht und einfach. Hier der Obelisk. Dort ein Gallego.«

Es könnte eine Wohnung im bürgerlichen Ensanche von Barcelona oder Madrid sein, ohne die Madrider Holzstufen und ohne die modernistischen Details von Barcelona.

»Entre Ríos, ein paar Schritte von Callao. Die Wohnung gehört deinem Onkel. Das Zentrum der Welt.«

Carvalho öffnet und schließt Türen und kehrt immer wieder in das kleine Wohn- und Eßzimmer zurück, in dem Alma kribbelig auf ihn wartet. Endlich scheint Carvalho alles gesehen zu haben und deutet auf einen Kamin, in dessen Öffnung ein elektrisches oder mit Gas betriebenes Heizgerät steht.

»Ich würde gerne mit Holz heizen. Kann man diesen Kamin benutzen?«

»Kann man. Aber weißt du, was das Holz kostet? Willst du die Türen verheizen?«

»Was ich verheize, ist meine Sache. Wohnst du hier?«

»Ich hier? Nein. Ich bin nicht im Vertrag inbegriffen. Ich habe das hier für deinen Onkel organisiert, die Wohnung gehört ihm, er hatte sie vermietet. Ich werde dir dabei helfen, dich in der Stadt zurechtzufinden, das ist alles.«

Ihre Augen sind groß, grün, traurig. Sie läßt sie auf ihre Tasche sinken und beginnt in ihr zu kramen. Schließlich zieht Alma ein Foto und einen Zettel hervor und streckt beides Carvalho hin.

»Da hast du meine Adresse, es ist nicht weit von hier, und ein Foto von deinem Cousin Raúl.«

Es ist das gleiche Familienfoto, wie es der Onkel besitzt, doch in Buenos Aires kommt es ihm anders vor. Frischer. Rund um einen reichgedeckten Tisch das alte Ehepaar, zwei junge Pärchen und ein Mädchen. Carvalho konzentriert sich auf die Gesichter. Alma beugt sich über seine Schulter. Er spürt die Wärme der Frau, den Druck der Brüste auf seinem Rücken, dann beschreibt ihre Stimme die Personen: »Dein Onkel; seine Frau, Tante Orfelia; ich; meine Schwester Berta; mein Mann; Raúl.«

Seine Augen bleiben am Bild von Raúl hängen. Ein schlanker Mann mit großen Augen, übermäßig wie seine Backenknochen. Auf dem Foto sitzen Raúl und Alma nebeneinander. Almas Stimme versagt, als sie hinzufügt: »Das Mädchen. Eva María.«

»Woher der zusammengesetzte Name?«

»Du verstehst wirklich gar nichts, Gallego. Eva wegen Evita Perón und María wegen María Estela Perón. Damals wußten wir noch nicht, als was für ein Miststück sich María Estela entpuppen würde.«

Carvalho löscht das Mädchen, indem er die Augen schließt, denn sonst könnte er die anderen Gesichter nicht weiter betrachten.

»Du und deine Schwester seid euch sehr ähnlich.«

»Äußerlich schon.«

»Worin seid ihr euch nicht ähnlich?«

»Sagen wir mal geistig, wenn wir darin übereinkommen, den Charakter, das Wesen, die Gefühle, Regungen, Erwartungen Geist zu nennen. Berta war hartnäckig und unnachgiebig. Alma hingegen. Ich. Ich war zerbrechlicher und von klein auf von Berta abhängig. Berta verstand es, diese Abhängigkeiten herzustellen, mit mir, mit Raúl, mit der Gruppe. Immer wurde ihre ›Persönlichkeit‹ gerühmt. ›Was für eine Persönlichkeit das Mädchen hat!‹

Sogar meinem Vater, der ein stinkreicher, autoritärer und unerträglicher Patriarch war, stand angesichts von Bertas Persönlichkeit der Mund offen.«

»Ißt man in dieser Stadt?«

»Man ißt reichlich, argentinisch.«

»Marx sagte, man kennt ein Land nur, wenn man sein Brot ißt und seinen Wein trinkt.«

»Marxist?«

»Gourmetfraktion.«

Alma hat kein Auto und Einwände gegen ein Taxi. Sie glaubt an die öffentlichen Verkehrsmittel, Carvalho nicht.

»Du bist mir ein schöner Marxist.«

Schließlich nehmen sie ein Taxi, und auf dem Weg zur Costanera besteht Alma auf einer Rundfahrt durch Palermo, das Viertel und die Parks. Das Viertel, sagt sie, existiert nicht, Borges hat es erfunden, und der Park weist darauf hin, daß sich die Seele des guten, präkolumbischen Wilden im schlechten Wilden des La-Plata-Gebiets reinkarniert hat.

»Wenn die Sonne herauskommt, ziehen sie sich fast nackt aus und lassen sich in Palermo bräunen.«

Und das stimmt. Im Gras, unter argentinischen Bäumen, die Carvalho so riesengroß erscheinen wie die Flüsse Amerikas, sonnen sich Frauen und Männer und geben sich der Illusion einer freien Stadt in der freien Natur hin. Das Taxi setzt sie in der Costanera ab, wo sie nach einem Restaurant suchen, in dem man argentinisch essen kann.

»Ich finde dich sehr argentinisiert!«

»Eine Folge meiner vom Marxismus geprägten Jugend. Wie schon gesagt, Marx...«

»Ich hab dir zugehört. Mir scheint, er hat das von Aristoteles oder Feuerbach übernommen.«

In Sachen Kochkunst ist sie keine gute Führerin, erinnert sich aber vage an eines »der weniger schlechten« Restaurants in der Costanera und willigt ein, daß Carvalho an den grenzenlosen Fluß geht und die schmutzigen Wasser seinen Blick mit sich forttragen.

»Man kann nicht in ihm baden. Er ist so verseucht, wahrscheinlich reiner chemischer Abfall.«

»Er ist wunderschön, ich mag die großen Flüsse, vielleicht weil wir in Spanien jedes Wässerchen einen Fluß nennen. Ich kann stundenlang den Lauf des Mississippis, des Nils, des Mekongs betrachten.«

»Du hast sie gesehen?«

»Ja.«

»Existiert der Mekong?«

»Er existiert.«

Carvalho zählt dem Kellner auf, was er essen möchte, ohne auf die ironische Verblüffung Almas angesichts derartigen Appetits zu achten.

»Als Vorspeisen Empanadas und Matambre, diese in dünne Fleischstreifen gerollte Köstlichkeit. Und dann von den gegrillten Gedärmen, diesen Chinchulines, Blutwurst, Paprikawürstchen, und danach bringen Sie mir ein Rumpsteak, englisch gebraten. Ah! Und außerdem viel von der scharfen Soße Chimichurri.«

Der Kellner hatte schon viele Essen in diesem Restaurant und in diesem Leben serviert, doch fragt er:

»Sind Sie sicher?«

»Ich fühle mich nur in Restaurants sicher.«

Der Tisch füllt sich und leert sich von allem, was Carvalho bestellt hat, und Alma nimmt passiv an dem Schauspiel teil. Ihr gehen sogar die Ausrufe der Verwunderung aus, die allmählich beinahe aggressiv werden.

»Wo stopfst du dir das bloß alles hin?«

»Ich habe einen bodenlosen Geist. Wenn mein Körper nicht mehr kann, esse ich mit dem Geist. Du hast sehr wenig gegessen.«

»Ich esse, um zu leben.«

»Ich esse, um mich zu erinnern, und trinke, um zu vergessen, oder umgekehrt. Die poetischen Weisungen sind mir immer dumm vorgekommen. Dieser Wein aus Mendoza ist ausgezeichnet. Ich dachte, nur die Chilenen würden guten Wein machen, doch heute gibt es selbst in Neuseeland guten Wein.«

»Das gehört zur neuen internationalen Ordnung. Bist du linkshändig?«

Carvalho betrachtet seine Hände, seine Arme.

»Linkshändig heißt links, Gallego.«

»War ich. Und du?«

»Welche Marke? Ich beziehe mich auf das Linkssein.«

»Marxistisch-leninistisch, Gourmetfraktion. Dann ging ich zum CIA. Ich tötete Kennedy. Ich stürzte Goulart, Allende. Kehrte nach Hause zurück und wurde Privatdetektiv. Und zu welcher Marke von Roten gehörtest du?«

»Peronistin, Linke, glaube ich. Kommt dir der Peronismus pittoresk vor?«

»Kurz vor seiner Rückkehr nach Argentinien trat General Perón im spanischen Fernsehen auf, ein elendslanges Interview. Er erklärte sich als Anhänger der Doktrinen von Christus, Marx, José Antonio Primo de Rivera, Che. Mutter Teresa von Kalkutta erwähnte er nicht, weil sie damals noch eine Unbekannte war.«

»Ich sagte es ja schon. Einige von uns waren Peronisten trotz Perón.«

»Und was bist du jetzt?«

»Eine Überlebende und eine Literaturprofessorin, die mit dem, was sie im Monat verdient, nicht viele Essen wie dieses bezahlen kann.«

Den Kellner begeistert Carvalhos Appetit und daß er eine ganze Flasche Cautivo de Orfila geleert hat, ein bitterer Wein im besten Sinne des Adjektivs. Auch begeistert ihn das Trinkgeld. Alma ist weder mit dem Appetit noch mit dem Trinkgeld einverstanden.

»Das ist so, als ob mir die Studenten nach einer Vorlesung über Steiner oder Tel Quel Trinkgeld geben würden. Eine kleinbürgerliche Erfindung, damit das Servicepersonal in der Sklaverei verharrt. Damit der Kunde weiterhin immer König ist.«

Noch einmal am Fluß. Noch einmal die Faszination der braunen Wasser, die nun träge wirken, fast reglos, während er vergeblich das andere Ufer sucht.

»Drüben liegt Montevideo.«

»Das wird behauptet.«

»Bist du nie in Montevideo gewesen?«

»Ich glaube doch.«

»Du bist nicht sicher, in Montevideo gewesen zu sein?«

»Ich war in einer Stadt, die Montevideo hieß, ich war in einer anderen Stadt namens Buenos Aires, gewiß bin ich auch in eine Stadt gekommen, die Santiago hieß, aber ...«

»Aber was?«

»Sie verschwanden.«

»Die Städte?«

»Die Städte verschwanden, diese Städte voller Menschen, die mir etwas bedeuteten. Viele starben, und die Überlebenden sind tot.«

»Ihr teilt euch in solche, die die Repression erlitten, und solche, die sie nicht erlitten.«

»Wer?«

»Die Freunde der Gruppe. Ich nehme an, ihr wart eine Gruppe.«

»Sechsundvierzig leben nicht mehr, um es zu erzählen.«

»Und die anderen?«

»Ein buntes Sammelsurium. Nennen wir es heterogen. Wir teilen uns in unschuldige Heilige auf: Literaturprofessoren, gescheiterte Künstler und solche, die erfolgreich waren. Wir haben Freunde, die Kinder der Oligarchie heirateten. Sogar Schwestern von dem einen oder anderen durch die Revolution oder den historischen Wandel Entführten.«

»Die Künstler?«

»Ich, eine Künstlerin des Wortes, Pignatari, ein schon zu alter Rocksänger, Silverstein, eine Mischung aus Schauspieler und Lügner.«

»Die Erfolgreichen?«

»Güelmes, angehender Minister, sagt dir der Name etwas?«

»Man hat mir vor kurzem von ihm erzählt, aber ich erinnere mich nicht wer, wie, noch wo.«

»Vielleicht war es dein Onkel. Font y Rius, mein Exmann, besitzt eine Privatklinik und ist einer der bunten Hunde von Villa Freud. Allein in Buenos Aires könnte es ein Stadtviertel der Psychologen geben, und sie nennen es, wie auch nicht, Villa Freud. Als Font anfing, war er Verfechter der Laingschen Antipsychiatrie und wollte die Mauern der Irrenhäuser niederreißen. Er sagte, der Wahnsinn sei eine Metapher. Er war ein ›Psychobolsche‹. Ist dieses Wort nicht nach Spanien gelangt? In jenen Jahren war Psychobolsche die Bezeichnung für die Mischung von revolutionärem Radikalismus und Psychoanalyse, einer Mischung aus Wilhelm Reich und allen Abkömmlingen des Marxismus. Jetzt wird er auf Kosten der Verrückten, will heißen der Metaphern, reich. Für ihn ist der Wahnsinn keine Metapher mehr. Er ist eine Goldgrube. Roberto, der Geschäftspartner von Raúl, ein ähnlicher Fall. Er ist ein Feigling, der sich in Wirklichkeit nie auf etwas eingelassen hat. Er hat Raúls Forschungen fortgesetzt, um Geld zu verdienen, nur deshalb. Er tut so, als wäre nichts geschehen. Er war ein Wissenschaftler, von denen, die glauben, daß die Wissenschaft neutral ist.«

»Und Raúl?«

»Ein Flüchtling. Er ist immer auf der Flucht. Vor meiner Schwester, vor seinen eigenen wissenschaftlichen Entdeckungen, vor dem Engagement, vor den Militärs – den Milicos –, vor mir.«

»Vor dir?«

»Nun ja, vor allem vor meiner Schwester. Sie hatte den stärksten Charakter der ganzen Bande.«

Carvalho hat das Gruppenfoto der Familie hervorgezogen. Er konzentriert sich auf Raúl, sieht Alma an.

»Wo fangen wir an?«

Alma weigert sich, das Foto noch einmal zu betrachten, und blickt halb erheitert, halb beklommen in alle vier Himmelsrichtungen. Auf alles, was sie umgibt. Am Ende heften sich ihre Augen auf das Wasser des Flusses.

»Dort?«

Und ihren Lippen entgleiten Verse, als wären sie ein ununterdrückbares Gebet:

> Wenn sanft durch deinen Kopf die Wellen zogen
> von dem, der sich ins Meer stürzte,
> was ist mit den kleinen Brüdern, die sie begruben?
> Kleine Blätter wachsen aus den Fingern,
> herbstliche Bäumchen, die sie wie stumm entlauben,
> lautlos.

Carvalho schweigt, die Augen zwischen seinen Händen geborgen, und wagt nicht zu fragen, zu welchem Gott sie gebetet hat oder von welchem Gott diese Zeilen stammen.

»Das ist aus einem Gedicht von Juan Gelman.«

Die an Magma erinnernden Wasser scheinen die ewigen, von Schilfdickicht gesäumten Ufer zu einer schmutzigen Unbrauchbarkeit verdammt zu haben. Weiter drüben die Baracken, und in einer von ihnen liegt auf einer Matratze Raúl, die Augen starr zur Decke gerichtet. Dann wandert der Blick des Mannes zum Fenster, durch das nahe Musik dringt, und er steht auf, geht auf den Klang zu, der vom

Barackenviertel herübersickert. Eine Gruppe von Außenseitern wärmt sich an einem Lagerfeuer. Auf einem Hügel verbreitet ein improvisierter, schäbiger Imbißstand Musik, und junge Pärchen in Leder versuchen einen Rock zu tanzen. Riesige Ratten, zu Hunderten, bilden einen beweglichen Teppich über dem Müll. Vier Motorradfahrer tauchen über der Schutthalde auf. Unmöglich, ihre Gesichter zu sehen, sie gleichen in Leder und Eisen gepanzerten Kriegern. Die Ratten stieben panikartig vor den Rädern auseinander. Der Dicke, nun gewaltig dick, seine Beleibtheit hervorgehoben durch das Elend der Landschaft und den silberfarbenen Luxus der Limousine, aus der er gestiegen ist. Er ruft der Motorradbande zu: »Wir müssen ihn finden! Er darf nicht entwischen!«

Raúl verharrt in sich gekehrt, nicht sehr sauber, ungekämmt, mit Dreitagebart, die Hände um einen dampfenden kleinen Trinknapf gelegt. Er dreht sich erschrocken um, als er hört, daß eine Tür geöffnet wird.

»Du mußt abhauen. Es sind seltsame Leute im Anmarsch.«

»Bist du sicher, Pignatari?«

Pignatari nickt im Halbschatten. Raúl ändert die Richtung seines Blicks. Das offene Fenster zeichnet sich ab und wird größer. Plötzlich steht Raúl Tourón auf, nimmt vor dem Rahmen Schwung und taucht in die Landschaft ein. Der andere Mann sieht, wie er fällt, über den Boden rollt, läuft und sich im Labyrinth der Baracken verliert. Die Motorradfahrer streifen planlos durch die schmalen Gänge zwischen den Behausungen aus Schrott und Pappe, die Reifen in Abwasserpfützen. Am Imbißstand scheinen die gleichen Pärchen teilnahmslos den immer gleichen Rock tanzen zu wollen.

An den Wänden Fotos von Freud, Jung, Lacan, Reich. Also ein Eklektiker, entscheidet Carvalho. Font y Rius ist ein vierzigjähriger Mann mit ausgeprägten Geheimratsecken, die Gesichtszüge hervorheben, die man vor fünfzig Jahren als vornehm bezeichnet hätte. Er raucht Pfeife, unterschreibt Papiere und redet mit Carvalho, ohne seine Arbeit zu unterbrechen.

»Wissen Sie, was ich unterschreibe? Psychologische Gutachten? Nein. Fleischerrechnungen. Die Irren, wie Sie sagen, essen auch.«

»Fleisch? Ich dachte, den Irren würde Fisch besser bekommen.«

»Wenn du einem argentinischen Irren das Fleisch wegnimmst, wird er noch irrer.«

Carvalho betrachtet die Fotos der Meister.

»Ihre Meister. Wären sie heute damit einverstanden, die Irren als Irre zu bezeichnen?«

»Ich nannte sie auch nicht Irre, als ich mich von der Antipsychiatrie mitreißen ließ, ein Begriff, der in Wahrheit nicht auf Laing zurückgeht, obwohl das allgemein geglaubt wird. Cooper war es, der das, was Laing und andere Experimentierfreudige wie Basaglia machten, als ›Antipsychiatrie‹ zu bezeichnen begann. Aber der Wahnsinn existiert. Das Böse existiert.«

»Und das Gute?«

»Nein.«

»Warum kehrte Ihr Schwager Raúl zurück?«

Font y Rius hört zu unterschreiben auf. Er wirkt plötzlich nachdenklich und mißtrauisch.

»Ich weiß nicht, er setzte sich auf diesen Stuhl, sah mich an. Er sagte nichts. Ging fort. Kam nicht wieder. Das ist ein typisch depressives Verhalten, zwischen einer reaktiven und einer unterschwelligen Depression, nicht unbedingt pathologisch.«

»Will heißen: Ihrem Exschwager Raúl gelingt es, Jahre

nach dem Tod seiner Frau, dem Verschwinden seiner Tochter, nach Spanien zu fliehen, und er kehrt zurück. Er kommt Sie besuchen. Ihnen zufolge reden Sie nichts. Er geht, und das ist alles.«

»Auch wenn es unglaublich erscheinen mag, ist das alles. Wir sprachen über gar nichts, denn er konnte keinen einzigen zusammenhängenden Satz hervorbringen. Er schimpfte. Er weinte.«

»Wen beschimpfte er? Warum suchte er Sie auf, ging aber nicht zu Alma? Warum weinte er?«

»Er beschimpfte die Henker des Prozesses.«

»Von welchem Prozeß?«

»Wir erfanden hier einen Euphemismus, um von der Diktatur zu sprechen, das war der Prozeß, Prozeß der Nationalen Reorganisation nannten ihn die Militärs. Für die einen der Normalisierungsprozeß des Landes, für die anderen die Vernichtung. Alle Diktaturen maskieren ihr Image, und die Sprache ist ein Mittel der Maskierung. Wenn du die Grausamkeit Festigkeit nennst, hört sie auf, Grausamkeit zu sein.«

»Das stimmt. In Spanien hatten wir einen König, den die rechten Geschichtsschreiber den Gerechten nannten, die anderen aber den Grausamen.«

»Sehen Sie, was habe ich gesagt?«

»Wen beschimpfte er sonst noch?«

»Auch uns. Die Überlebenden kamen ihm suspekt vor. Vielleicht besuchte er Alma nicht, weil sie Berta zu ähnlich sieht oder weil er sie nicht beschimpfen wollte.«

»Was oder wen beweinte er?«

»Ich glaube, er beweinte sich selbst. Obwohl er manchmal um das Mädchen zu weinen schien.«

»Sie hat er im besonderen beschimpft. Warum?«

»Weil ich mich weigerte zu verschwinden. Sie sind alle Verschwundene. Haben Sie Alma gesehen? Sie scheint wirklich, oder? Nein. Sie ist nicht wirklich. All diese Leute sind vor zwanzig Jahren verschwunden. Als sie sich weigerten, erwachsen zu werden.«

»Deshalb trennten Sie sich von Alma?«

»Uns trennten die Militärs. Will heißen, die Geschichte. Denn das alles ist bereits Geschichte. Eine Geschichte, die immer weniger Leute interessiert. Es genügt, die mengenmäßige Differenz zu berechnen zwischen denen, die verschwanden, und denen, die nicht verschwanden. Immer gewinnen die, die sich weigern zu verschwinden.«

»Und das Mädchen?«

»Alma suchte es verzweifelt. Sie sucht es immer noch durch die Großmütter, durch die Organisation der Großmütter der verschwundenen Kinder.«

»Die Mütter von der Plaza de Mayo?«

»Nein, das ist schon Folklore. Die sind übergeschnappt.«

Durch das Fenster zum Garten sieht man die herkömmlichen Irren hartnäckig Runden drehen. Der Psychiater hat die Assoziation von Gedanken und Bildern, die Carvalho durch den Kopf gehen, erraten. Vielleicht bereut er, was er gesagt hat.

»Diese Frauen sind verrückt vor Einsamkeit und Ohnmacht, und jedes Mal, wenn sie sich auf der Plaza de Mayo versammeln, ist es, als würden sie die Geister ihrer Kinder beschwören. Ein Ritus.«

Es ist seine Einführung in Kultur und Geschmack der Cafés von Buenos Aires. Ihre wunderbaren Interieurs sind mit den grauenhaften Jugendstil- und Art-déco-Imitationen der meisten spanischen Cafés überhaupt nicht zu vergleichen. Holz, Holz und nochmals Holz. Die großzügigen argentinischen Wälder in gezähmte Verkleidungen verwandelt, um Tee oder Espresso zu trinken, die fließende und musikalische Unterhaltung – Kastilisch mit italienischem Wohlklang. Es ist sein erstes Café. Es heißt Tortoni, und als Alma den Namen aussprach, schien sie den eines Tempels auszusprechen. Avenida de Mayo, Piedras, bemalte Oberlichte, durch das bearbeitete Holz und die bedruckten Tapeten der Wände schimmerndes Licht, romantische Spiegel, rote Lederbezüge, Billardtische und wohnzimmerartige Salons für Stammkunden, an den Wänden die Bildersammlung der Cafés und ihrer Zeit – das Tortoni scheint sich seine eigene Logik der Zeit bewahrt zu haben.

Die Plaza de Mayo und ihr alltägliches Bild mit den Müttern ist nicht weit weg, aber der Stimmung nach liegt sie anscheinend am entgegengesetzten Pol zu jenen freundlichen Frauen, die sich bei Kaffee oder Schokolade unterhalten. Carvalho möchte gern die Stimmung von weiter unten spüren, dort, wo der Platz an die Casa Rosada grenzt. Doch zwischen dem edlen, nach erlesenen Kaffeesorten, Schnäpsen, Torten und Eis duftenden Mobiliar hat die Geschichte nichts zu suchen, und Frauen und Männer erscheinen wie immer als bloße Händler ihrer Leben oder ihrer Waren.

»Wenige Meter entfernt fordern Mütter ihre toten Kinder zurück, und hier beachtet sie niemand.«

»Und draußen sehr wenige Leute.«

Alma zeigt sich von Carvalhos Erstaunen verwirrt.

»Als Individuen neigen wir dazu, das Schlechte, das wir getan haben oder das uns angetan wurde, zu vergessen. Warum nicht auch in der Masse?«

»Manchmal befällt mich ein naiver jugendlicher Drang zum Widerstand.«

»Die Ethik des Widerstands. Die wird mit meiner Generation sterben, und meine Generation hat schon wenig davon.«

Man muß hinuntergehen, bis man auf den kreisförmigen Trupp der Frauen mit dem einen oder anderen Transparent stößt, die auf ihrer Brust, wie Trophäen, die Fotos ihrer verschwundenen Kinder tragen. Manche Brüste gleichen einem ganzen Universum von Lücken. Wenige einheimische Neugierige, ein paar Ausländer mit der Seele von ethischen oder von gewöhnlichen Touristen. Doch bei allen herrschen zu gleichen Teilen Emotion, Neugierde und Gleichgültigkeit. Die Leute aus Buenos Aires zeigen sogar eine Art Überdruß, denn sie stört »der schlechte Ruf«, den das gute historische Gedächtnis der Stadt einbringt.

»Erklären sie eigentlich, warum sie demonstrieren? Wissen sie etwa nicht, daß ihre Kinder tot sind?«

Wilde Wut blitzt in Almas Augen auf.

»Wenn sie akzeptieren, daß sie tot sind, hören sie auf, eine Anklage gegen das System zu sein. Wenn sie Geld als Wiedergutmachung annehmen, würden sie damit das System entschuldigen. Wie viele Komplizen hatten die Milicos, um zu tun, was sie getan haben? Trotz allem ist diese Demonstration der Mütter von der Plaza de Mayo zu einer Touristenattraktion mehr geworden. Ich arbeite mit den Großmüttern. Sie suchen systematisch nach den adoptierten, von den Milicos entführten Kindern, wie meine Eva María. Diese Kinder existieren. Sie sind keine Einbildungen. Meine Nichte. Sie muß nun schon zwanzig Jahre alt sein. Wer könnte sie wiedererkennen?«

Die Demonstration löst sich nach und nach auf. Bonafini, die wortführende Mutter, ergreift das Megaphon und zieht die politische Schlußfolgerung des Treffens: Wir werden wiederkommen, damit unsere Kinder nicht aus dem Gedächtnis an die Niederträchtigkeit ausgelöscht werden. Sie haben sie uns lebend weggenommen. Sie müssen sie uns lebend zurückgeben. An anderen Orten der Welt suchen andere Mütter nach ihren Kindern. Die Barbarei des Systems hört nicht auf. Carvalho und Alma überqueren die Straße, die die Demonstranten vom Portal der Casa Rosada trennt. Carvalho ruft sich alle Bilder in Erinnerung, die er über eines der berühmtesten Regierungsgebäude der Welt gespeichert hat.

»Willst du hineingehen? Möchtest du lieber bis zur Tür des Kongresses hinaufsteigen? Einen Tag in der Woche demonstrieren die Alten im Ruhestand. Sie wirken wie eine vollständige Sammlung schöner alter Menschen. Willst du in die Casa Rosada hinein?«

»Ist das so leicht?«

»Das Haus ist voll von alten Freunden. Sogar von alten Aktivisten. Der Menemismus wollte die Linke zersetzen, indem er sie integrierte, so wie die PRI in Mexiko. Ich muß nur an der Rezeption meinen Namen nennen, damit sich mir die Türen bis zu den obersten Leitern öffnen.«

»Mir steht nicht der Sinn nach Audienzen.«

»Wenn du mich brauchst, pfeife, und ich werde kommen.«

Daraufhin kehrt ihm Alma den Rücken und geht weg, verärgert über Carvalho oder über sich selbst oder über die Umgebung, die Casa Rosada und die Mütter eingeschlossen. Carvalho holt sie ein.

»Ich möchte die Wohnung von Raúl und Berta sehen. Begleitest du mich?«

»Für wen hältst du mich eigentlich, Gallego? Mein Maß an Schaulust ist bereits voll. Nein. Glaubst du, ich habe nichts anderes zu tun, als dich zu begleiten?«

»Womit habe ich dich verstimmt?«

Aber Alma ist schon so weit entfernt, daß es zwecklos wäre, ihr nachzulaufen, denn sie rennt, um den Colectivo noch zu erwischen. Und schon ist sie in dem kleinen Stadtbus verschwunden. Ein Taxi kommt von Puerto Madero herauf, und Carvalho läßt sich Richtung Recoleta fahren, um zu skizzieren, was ihm noch aus dem Buch über Buenos Aires von Horacio Vázquez Rial in Erinnerung geblieben ist, das er sich vor seiner Abreise aus Barcelona zwischen

Lust und Unlust, sich einem Buch als Leser zu stellen, zu Gemüte geführt hatte. Manche Viertel von Buenos Aires sind wie eine Stadt in der Stadt, schreibt der Autor. Norte und Recoleta gehören zu den Vierteln, in die die Reichen aus der von Epidemien geplagten Hafenstadt flohen. Später setzten sie ihre Hedschra in noch bessere Gegenden fort, so wie es in allen Städten der Welt geschehen ist, die etwas mehr als eine Stadt darstellen.

Dort sind die Gummibäume, von denen der Reiseführer spricht, mit ihren Zementkrücken, die es den alten Zweigen ermöglichen, weiterhin alte Zweige zu sein. Ihnen gegenüber erstreckt sich der Recoleta-Friedhof, so sehr von Borges besungen – immer Borges, wie ein steinerner Gast bei allen Wahrzeichen von Buenos Aires. Carvalho betritt Recoleta auf der Suche nach dem Pantheon von Eva Duarte de Perón, nach dem, was übrigblieb von einem so oft einbalsamierten Kadaver, das von einem wahnsinnigen antiperonistischen und nekrophilen Militär gefoltert, zerschlagen, geschändet wurde, der sich in die eisige Seele der toten Feindin verliebte. Die Blumen füllen die Geometrie des Steins mit Anteilnahme, und zwei Frauen frischen die Erinnerung an Evita auf, als hörte diese ihnen von den Tiefen aus zu, in denen sie begraben wurde, um weitere Schändungen zu vermeiden.

»Ach, Evita! So weit weg von Chacarita, wo Perón zur ewigen Ruhe gebettet ist!«

Es ist ein prunkvolles Pantheon von Reichen, das sich homogen in den Friedhof einfügt, so wie dieser in das Viertel, das von rationellen und breiten Straßen durchzogen ist. Die Häuser von Recoleta haben blankpolierte bronzene Türklopfer. Die Portale sind aus dem Holz der besten Wälder – äußere Zeichen für die dort Wohnenden, jemand zu sein, von Portiers in Uniform bewacht wie der, der das Haus betreut, in dem Berta und Raúl bis zum Überfall wohnten. Der Portier bringt die Goldverzierungen am

Treppengeländer zum Glänzen und hat keine Lust, dem offensichtlichen Gallego zu antworten. Während Carvalho auf die Erwiderung wartet, will eine alte Bewohnerin den Aufzug benutzen.

»Er funktioniert nicht.«

Die Nachbarin beginnt resigniert die vornehme Marmortreppe hinaufzusteigen.

Nun will sich der Portier scheinbar rechtfertigen.

»Das einzige, was in diesem Viertel funktioniert, sind die Portiers.«

»Hat Señor Raúl Sie nicht um den Schlüssel zu seiner Wohnung gebeten?«

»Von welchem Raúl sprechen Sie?«

»Ich habe Ihnen schon gesagt, daß ich der Cousin eines ehemaligen Bewohners, Raúl Tourón, bin. Ich würde ihn gern treffen, und vielleicht ist er ja hier vorbeigekommen.«

»Ach, Sie meinen den Doktor Tourón? Er lebte hier vor vielen Jahren. Wenn auch nicht lange.«

»Ist er vor kurzem hier gewesen?«

»Ja, aber ich habe ihm den Schlüssel nicht gegeben. Er hat mich auch nicht darum gebeten. Doch selbst wenn, hätte ich ihn ihm nicht aushändigen können. Die Wohnung war nach der Nacht des Überfalls versiegelt. Und dann wurde sie den Besitzern zurückgegeben, Doktor Tourón hatte sie nämlich nur gemietet. Die Besitzer verkaufen die Wohnungen in diesem Viertel, vor allem an Europäer und Nordamerikaner. Viele Spanier erwarben billige Wohnungen. Argentinien stand zum Verkauf. Mittlerweile sind die Preise gestiegen, und selbst für Ausländer ist es hier schon sehr teuer.«

»Was genau hat Señor Tourón hier gemacht?«

»Zuerst blieb er eine Weile da auf der Straße, auf dem gegenüberliegenden Gehsteig, hatte Angst hereinzukommen. Ziemlich lange. Dann überquerte er die Straße, öffnete die Tür, ich bat ihn um Erklärungen, denn auch wenn mir sein Gesicht etwas sagte, hatte er sich doch sehr verändert. Er nannte mich bei meinem Namen: Matías. Ich fragte ihn: Sie sind Doktor Tourón, nicht? Er nickte. Dann fragte er mich: Und das Mädchen? Ich weiß nichts, Doktor, ich wußte nie etwas. Und da ging er wieder fort.«

»Stimmt es, daß Sie nie etwas gewußt haben?«

»Ein Portier weiß alles und weiß nichts. Ich sehe Leute ein und aus gehen. Fast immer weiß ich, wer sie sind, und wenn ich es nicht weiß, frage ich sie. Und so Jahr um Jahr. Ich bringe das Metall zum Glänzen, schüttle den Staub aus den Teppichen. Wenn Sie in eine dieser Luxuswohnungen hinaufgehen, wird man Sie heute nicht einmal auf einen Kaffee einladen können, weil die Kaffeemaschinen elektrisch sind und es keinen Strom gibt. Drücke ich mich deutlich aus?«

»Zweifellos. Aber ich verstehe Sie nicht.«

»Das ist es, was ich wollte, mich deutlich ausdrücken und von Ihnen nicht verstanden werden.«

»Gut. Doktor Tourón kehrt nach einem langen Exil zurück, kommt hierher, stellt logische Fragen, geht. Ist Alma, seine Schwägerin, in all den Jahren ebensowenig gekommen?«

Der Portier hat die Lust am Philosophieren verloren. Seine Augen sind kalt geworden, und seine Hände umklammern das Putzleder, als wäre es für ihn lebenswichtig.

»Ich kann Ihnen nicht mehr sagen, weil ich nicht mehr weiß, und ich habe schon zuviel geredet. Neunundneunzig Prozent der Argentinier hätten Ihnen auf das, was Sie gefragt haben, gar nichts geantwortet. Die Geschichten des Prozesses waren nicht Sache der Portiers. Wir beobachteten einzig und allein immer das Kommen und Gehen.«

Es ist ein Schlagwort, aber auch ein Firmenname: Neue Argentinität. Carvalho erinnert sich plötzlich an das Gespräch mit dem Dicken im Flugzeug. Die Welt ist ein Dorf. Das Institut für Ernährungsforschung und Tierverhalten, in dem sein Cousin vor der Diktatur gearbeitet hatte, hieß nun »Neue Argentinität«, doch trotz seines Namens ist es ein Gebäude im neoklassizistischen Stil der vierziger Jahre, mit mussolinischem Mief, und ständig springen den Besucher nationalistische Verherrlichungen an. Produktionsdaten, Verherrlichung der argentinischen Rinder, Pferde und sogar der menschlichen Rasse. Carvalho bewegt sich durch Räume von wissenschaftlicher Sauberkeit. Ihm voraus geht ein Mädchen in einem weißen Arbeitskittel, unzureichend, um die Pracht des Hinterns und der Schenkel zu verbergen, und Carvalho kann dem Lockruf des Augenfälligen nicht widerstehen.

Die Tür des Labors öffnet sich, und es erscheint einer der dicksten Dicken dieser Welt, auch wenn Carvalho einige Sekunden brauchen sollte, bis er die Fotokartei, die ihm sein Gedächtnis wie einen Blitz sendet, wiedererkennen kann. Es ist der Dicke aus dem Flugzeug. Der Mann übergeht ihn, Carvalho hingegen zeigt Interesse für das mustergültige Labor mit seinen Rattenkäfigen und seiner wissenschaftlichen Aufmachung, die ihm alchimistisch erscheint. Schließlich kommt Roberto Améndola und stellt sich vor. Er ist ein riesiger Mann, in physischem, zynischem und spielerischem Sinn. In seinen Händen und in seinem Mund wirkt alles klein. Er mustert Carvalho, als wäre er eine Maus.

»Raúl und ich haben zusammen Biologie studiert. Wir bekamen gleichzeitig die Stellen, leiteten dieses Labor gemeinsam. Zum Glück heiratete ich nicht, und er heiratete unglücklicherweise. Berta, seine Frau, war wie eine Mischung aus Marta Harnecker und Evita Perón. Wissen Sie, von welcher Art Weibern ich spreche?«

»Was Frauen betrifft, bin ich eine Enzyklopädie.«

»Er ließ Berta machen, was sie wollte, ließ sich mitreißen. Er war brillant. Ich hartnäckig. Verkehrt. Warum? Weil er der Sohn von Emigranten war und die Rolle des Hartnäckigen ihm zukam. Ich stamme aus einer Familie, die sich hier in den Zeiten von Rosas niederließ. Eine gute Abstammung für Argentinien. Es war an mir, brillant zu sein.«

»Er stürzte sich in politische Schwierigkeiten und Sie nicht.«

»Dabei verriet ihn sehr wohl die Emigrantenherkunft. Er hatte etwas von einem Rebellen, aber mit italienischen Seidenkrawatten, einem Appartement in Recoleta und einem importierten europäischen Auto. In Wirklichkeit zogen ihn seine Frau und seine Schwägerin in die Politik hinein. Diese beiden Mädchen hatten eine männliche Sicht der Geschichte.«

»Haben Sie eine weibliche?«

»Sagen wir, ich übernehme die konventionelle Frauenrolle. Ich verhalte mich der Geschichte gegenüber passiv. Ich finde das biologische Gedächtnis der Tiere interessanter als das Geschichtsgedächtnis der Menschen. Wozu dient heutzutage das Geschichtsgedächtnis?«

»Wandte er sich an Sie, als er zurückkam?«

»Ja.«

»Was wollte er?«

»Ich weiß nicht. Wenn ich ehrlich bin, ich weiß es nicht. Er sprach von seinen Arbeiten, von dem Punkt, an dem er sie aufgegeben hatte. Sie waren schon sehr überholt, aber ich bot ihm an, dabei zu helfen, seine Stelle in dieser Abteilung wiederzuerlangen. Man verdient nicht mehr so viel wie früher, weil keine Verträge mit privaten Firmen zustande kommen und der Staat schlecht bezahlt. Der Name Neue Argentinität gefiel ihm überhaupt nicht. Er meinte, er wäre faschistisch. Ich brauchte neue Partner, und sowohl diese wie alle Argentinier brauchen es, an die Argentinität zu glauben, nach dem ganzen Dreck, mit dem wir uns bewarfen und den man über uns kippte. Vorher war es leichter. Wissen Sie, wie es uns gelang, vorher und jetzt gut zu leben? Wir wenden einen Teil unserer Entdeckungen dazu an, Rattengift herzustellen.«

Carvalho versucht innerlich Distanz zu dem Wissenschaftler zu gewinnen. Seine Augen schweifen im Labor umher, das wohl als Kerker für Ratten errichtet worden ist aus der Furcht heraus, die Ratten könnten eines Tages Kerker für Menschen errichten. Die Tierchen versuchen die Fluchtmöglichkeit mit der Schnauze zu erraten oder stellen sie sich vielleicht vor. Die Stimme des Forschers klingt wie ein Geräusch mit Willen zur Information.

»Das Verhalten dieser Ratten zeigt uns, was zu tun ist, um die anderen Ratten zu vernichten, aber auch, wie man vorgehen muß, um den Menschen zu retten. Wie man vorgehen muß, um das einzige Tier zu retten, das nicht verdient zu leben. Zum Beispiel, indem man seine Ernährung verbessert. Was wissen Sie von Lupinen?«

»Das ist seltsam. Zum zweiten Mal fragt man mich so etwas Ähnliches. Fast nichts. Muß man sie essen?«

»Die Kühe werden die Lupinen essen und wir die Kühe.«

»Es scheint ein beinahe historisches und sehr weit verbreitetes Projekt zu sein.«

Roberto ist in Gedanken versunken, und Carvalho respektiert seine Flucht einige Sekunden lang.

»Raúl. Sagte er Ihnen nichts über seine Absichten?«

»Seine ganze Rede klang abgehackt, aber gelassen. Er sprach über Ratten, sagte mir, daß er, als er Ratte war, in einem unterirdischen, von oben durch ein Gitter belüfteten Verlies gefangengehalten wurde und manchmal hinaufsah und glaubte, uns beide zu sehen, wie wir ihn betrachteten. Du und ich, sagte er, wir standen dort über dem Gitter und betrachteten mich, und ich wollte mich wie eine brave Ratte verhalten, manchmal ungeduldig, drollig, wie eine Ratte, die auf die Uhr sieht, aber ...«

»Was?«

»Er hatte keine Uhr. Offensichtlich ließ man ihn keine Uhr haben.«

Der Gedanke schien ihn zu erheitern. Das üppige Mädchen, möglicherweise seine Assistentin, geht an ihnen vorbei. Der Detektiv beäugt ihren Hintern und ihre Beine. Roberto bemerkt das Interesse.

»Das erreicht man mit viel tierischem Eiweiß, mein Freund, viel Rumpsteak. Unsere Hintern sind voller Argentinität. Wollen Sie das tiefste Argentinien sehen?«

Robertos Augen wandern zum Plakat mit der Kuh. Carvalhos Augen auch. »Stiftung Neue Argentinität« steht an der Tür. Jenseits der Fenster lungern Motorradfahrer herum, die rigoros als bedrohliche Motorradfahrer verkleidet sind. Roberto geht Carvalho voraus und führt ihn zu einem Stall wie aus einem vielleicht nordamerikanischen Film, in dem kein Zeichen des Fortschritts fehlt. Denkwürdige Kühe. Sehr gut gepflegt.

»Zuerst die Lupinen ..., denken Sie daran, dann die Kuh, der Mensch, der Reichtum, die Sättigung. Wieder die Zukunft.«

Roberto durchquert das Gehege, tätschelt die Kühe, küßt sie, und Carvalho weiß nicht, ob er lachen oder sich Sorgen machen soll. Er sieht sich um, ob ihnen jemand zuschaut, bemerkt aber nicht, daß hinter einer heruntergelassenen Jalousie ein hagerer Mann mit hellgrauen Eiswürfeln in den Augen sie beobachtet, und neben ihm preßt der Dicke aus dem Flugzeug seine Kiefer unter den aufgeblähten Backen zusammen. Der hagere, athletische, fünfzigjährige Mann betrachtet die Szene und sagt zu dem Dicken: »Er ist ein Idiot. Warum hat er den Gallego hierher geführt?«

»Er ist ein Unsicherheitsfaktor, Capitán, das sagte ich Ihnen. Er wird uns Ärger machen. Der Einbruch des verrückten Raúl neulich hat ihn aus der Fassung gebracht.«

»Ich hätte vor zwanzig Jahren alle zermalmen sollen. Dieser Mistkerl ist nicht bedeutend genug, um mir Ärger zu machen. Verflucht sei die Stunde, in der ich auf die Idee kam, mit ihm gemeinsame Sache zu machen.«

In der Ferne theoretisiert Roberto weiterhin über die Kühe. Plötzlich hält er inne. Er hat auf der anderen Seite des Zauns Raúl entdeckt, der ihn von einer Mulde aus anstarrt. Roberto will etwas sagen, kann aber nicht, so als ob Raúls halbverborgener Anblick ihm Körper und Stimme lähmen würde. Er löst sich aus seiner lähmenden Verblüffung, stammelt an Carvalho gewandt eine Entschuldigung, dreht sich um und läuft auf das Stiftungsgebäude zu. Er stürzt in den Salon, wo ihn der Dicke und der Capitán mit vernichtenden Blicken empfangen.

»Er ist da, ich hab ihn soeben gesehen!«

Der Dicke geht auf ihn zu und fragt: »Wer?«

»Raúl!«

Der Capitán eilt ans Fenster. Er sieht nur Carvalho mit den Kühen philosophieren. Der Dicke geht durch eine andere Tür und läuft aufgeregt winkend auf die Motorradfahrer zu. Die Motorräder umringen das Gebäude und nähern sich der Stelle, an der Carvalho, erstaunt angesichts der Verbissenheit der Motorradfahrer, auf seine Höhe zu kommen, stehengeblieben war. Er hat keine Zeit, irgend etwas zu fragen. Die schwarzen Lederengel stürzen sich auf ihn und werfen ihn zu Boden. Er bekommt zwei Fausthiebe ab, und als er dem dritten auszuweichen versucht, glaubt er hinter den maskierten Gesichtern der Motorradfahrer den Dicken aus dem Flugzeug zu sehen, außer sich und zeternd: »Ihr Trottel! Den nicht!«

Und Carvalho verliert das Bewußtsein.

Raúl ist durch einen Geländeeinschnitt gelaufen und fällt atemlos neben eine Rinne. Er stützt sich auf seine Ellbogen und nimmt keine Gefahr in der Ferne wahr. Er kniet nieder, um mit der hohlen Hand Wasser zu schöpfen, und das zitternde Gesicht, das ihm das Wasser als sein Spiegelbild zurückwirft, läßt ihn erstarren. Die weit aufgerissenen Augen eines Mannes. Raúl. Derselbe. Mißhandelt. Mit Dreitagebart, als wäre er noch nicht aus diesem von einem Gitter bedeckten Betonschacht herausgekommen, auf das sich mit allem Gewicht der Welt die Stiefel der Milicos stellten. In seinen Träumen damals verdoppelte er sich manchmal und sah sich selbst auf dem Gitter, neben Roberto, die Reaktionen seines gefangenen anderen Ichs kommentieren, eine Ratte, eine Laborratte. Dort standen sie in den weißen Arbeitskitteln und betrachteten den gefolterten Raúl mit derselben Asepsis, mit der sie eine Maus betrachten würden. Vielleicht überlebte er, weil er fähig war, aus sich herauszutreten und sich wie eine gefolterte Laborratte zu sehen, die objektivierbaren Schlüssel seiner Situation zu verstehen. Aber warum war Roberto immer dort, Komplize seines anderen, wissenschaftlichen, Ratten quälenden Ichs? Sie kommentierten sogar in neutralem Tonfall das Gequieke der Ratte. Raúl, außer sich, vor Schmerz und Angst nahe am mentalen Blockieren. Und neben den beiden Wissenschaftlern tauchte plötzlich der Capitán mit seiner gewandten, seelenruhigen Grausamkeit auf.

»Möchten Sie hinausgehen, Doktor Tourón?«

Oder aber: »Wen würdest du umbringen, du Dreckskerl, damit du deinen Kopf nach draußen stecken kannst?«

Es war derselbe Capitán. Derselbe, der ihn damals in seinem eigenen Auto spazierenfuhr. Das war keinerlei Garantie fürs Überleben. Die Folterer holten dich plötzlich aus dem Loch, in das nur die Schatten der Realität drangen, und erlaubten dir für eine oder zwei Stunden durch die Straßen zu gehen, wo dich deine aufgeschobenen Leben erwarteten. Sie brachten dich ins Kino. Ins Restaurant. Sie zeigten dir die Rechnungen für die Blumensträuße, die sie in deinem Namen deiner Frau, deiner Mutter geschickt hatten. Der Capitán ging mit ihm in den *Partyschreck* mit Peter Sellers, und nach wenigen Minuten lachten er und sein Folterer in einer Ruhepause von ihren wirklichen Rollen, aber danach, wieder in seinem Gefängnis, bürgte nichts dafür, daß die Nettigkeit anhalten und ihn nicht eine Tracht Prügel oder eine Behandlung mit Elektroden plötzlich in die einzig mögliche Realität zurückholen würde. Und du konntest die kurzen Ausflüge nicht zur Flucht nutzen, da jede Art von Drohungen deine Familie, dich selbst umgaben und jenseits der Drohungen das Syndrom des dankbaren Entführten.

»Das ist ein ausgezeichneter Gedanke, Señor Tourón«, sagte eines Tages der Capitán während eines Ausflugs zu ihm. »Und er ist von Ihnen. Der dankbare Entführte! Ich erinnere mich, daß Sie in Ihren Forschungen über das Tierverhalten sehr eingehend über die willkürliche und seltene Belohnung als wohltuende Ausnahme der willkürlichen und beständigen Strafe nachdachten.«

Und eines Tages erlaubten sie ihm, seinen Vater zu sehen. Das war das Zeichen, daß sie ihn nicht umbringen würden, daß er nicht verschwinden sollte und der Alte genausowenig. Aber der war sehr standhaft. Sehr selbstsicher, und der Capitán schien ihn zu respektieren. Sie konnten unter vier Augen miteinander reden, aber sie sagten nichts. Sie sagten sich nie mehr etwas. Nicht, als sie Tage später nach Spanien fuhren. Nicht in Spanien während fast zwanzig Jahren. Nur am Tag vor seiner fluchtartigen Rückkehr nach Buenos Aires, als er ihn vor die vollendete Tatsache stellte, beschränkte sich der Alte darauf zu sagen: »Die Würfel sind gefallen. Alles ist zwecklos gewesen.«

Die Studenten hörten ihr vielleicht zu, weil sie einer reifen Madonna glich, feine Wundmale im Gesicht, wie freiwillig zugelassen. Die Aula einer heruntergekommenen Universität, wie einer verarmten Kultur angemessen. Alma spricht von dem Tisch auf dem Podium aus, und Carvalho ist durch den Spalt der halboffenen Tür in den Saal geschlüpft, hinter dem Rücken der sorgfältig verwahrlosten Studenten in der nachlässig verwahrlosten Aula, ein abgenutzter und schäbiger Raum, dem Geist der Worte fremd, die aus dem vollen und bleichen Mund Almas kommen.

»Die Kritik an der unter Außenseitern verwendeten Sprache, die diese als Nichtsprache bezeichnet, verhüllt den Umstand, daß alle Sprache sich in eine Nichtsprache verwandelt hat. Schenken wir den gewöhnlichsten Mitteilungen Aufmerksamkeit, die uns von seiten der Politik oder der Werbung erreichen. Sie streben nicht danach, Wissen zu vermitteln oder Wahrheit oder Geheimnis, sondern wollen uns nur überreden. Wir spielen alle die Überzeugten, aus dem Verdacht heraus, daß es sich nicht lohnt zu argwöhnen noch zu zweifeln, und noch weniger zu verneinen. Steiner wirft romantisch die Frage auf, ob es noch möglich ist, die Wiederkehr des Geheimnisses der Worte zu erhoffen, so wie es in den Ursprüngen der tragischen Dichtkunst vorkam.«

Die Professorin ist ebenso schön wie selbstsicher und skeptisch.

»Warum stellt sich Steiner diese Frage? Stellt er sie etwa nicht aus der Verfälschung seiner eigenen Sprache heraus? Täuscht er nicht eine unmögliche Nostalgie vor?«

Schweigen.

»Vielen Dank für Ihr Schweigen. Morgen werden wir uns mit dem Thema, ausgehend von Roland Barthes' Perspektive in *Mythen des Alltags*, beschäftigen.«

Während er sich zwischen den jungen Körpern seinen Weg bahnt, studiert Carvalho Almas routinemäßige Gesten, die rhythmische Weisheit, mit der sie die Bücher einsammelt, sich die Strickjacke zuknöpft, aufsteht und die schönen Muskeln dem großartigen Knochengerüst einer vierzigjährigen Frau anpaßt. Sie setzt das kurze Rückzugslächeln auf, und als sie den Kopf hebt, um die beste Fluchtmöglichkeit zu erspähen, sieht sie Carvalho am Fuß des Podiums stehen.

»Der maskierte Gallego. Interessiert dich Steiner oder Barthes?«

»Ist das ein Duo von Tangosängern? Der linke Flügel vom Fußballklub Boca Juniors?«

»Mach mich nicht noch mehr reden. Ich habe Durst. Durst nach Wasser.«

»Der Durst nach Wasser ist primitiv, der Durst nach Wein ist Kultur, und der Durst nach einem guten Cocktail ist zweifellos der gehobenste.«

Eben in dem Moment sieht Alma die Spuren der Schläge in Carvalhos Gesicht und ein durchsichtiges Pflaster an einem Mundwinkel.

»Was ist dir passiert?«

»Man hat mich aus Versehen verprügelt. Sie glaubten, Raúl zu schlagen, und schlugen mich.«

Alma ist die Ironie abhanden gekommen. Sie sieht sich um, als könnte der Name Raúl nur Alarm und Unglück hervorrufen. Carvalho geht ihr voraus, und sie folgt ihm widerstandslos und ohne besonders auf den Weg zu achten, bis sie sich in einem holzvertäfelten Klub befinden, mit einer Cocktailliste in Händen. Sie schaut sie nicht an. Ihre Aufmerksamkeit gilt noch immer Carvalhos Gesicht.

»Wirst du es mir endlich erzählen oder nicht?«

Doch da ist schon der Kellner bei ihnen. Carvalho studiert die auf der Karte angebotenen Drinks, klappt sie zu und reicht sie dem Kellner.

»Überraschen Sie mich.«

»Möchten Sie einen Maradona?«

»Was ist da drin?«

»Bourbon, Pfirsich-, Zitronen-, Orangensaft, ein Zweiglein frische Minze und Erdbeeren.«

»Was hat das mit Maradona zu tun?«

»Möglicherweise nichts. Aber wenn der Señor Spanier ist...«

»Merkt man mir das an?«

»Ihr Spanier seid beinahe so unverkennbar wie die Argentinier.«

»Das ist mir nicht aufgefallen. Fahren Sie fort. Wenn ich Spanier wäre, womit würden Sie mir dann aufwarten?«

»Mit einen Quinto centenario, zum Beispiel.«

»Was ist da drin?«

»Pisco, Weißwein und ein paar Tropfen süßer Sherry.«

»Hilfe.«

Alma hat gelacht, obwohl ihre Augen besorgt und fragend werden, sobald sich der Kellner entfernt.

»Ich besuchte Roberto, den ehemaligen Partner von Raúl. Mein Cousin war dort gewesen und kam noch einmal vorbei. Die Forschungen sind Teil einer Stiftung namens Neue Argentinität, eine Stiftung, die mir seit dem Beginn der Reise vertraut ist. Einer ihrer Manager saß im Flugzeug neben mir. Er erzählte mir von der Neuen Argentinität, von Güelmes.«

»Von Güelmes?«

»Von eurem angehenden Minister Güelmes. Während Roberto mir die besten argentinischen Kühe zeigte, glaubte er scheinbar Raúl zu sehen und lief davon. Plötzlich stürzten sich zwei Motorradfahrer auf mich und begannen mich zu prügeln. Doch bevor ich das Bewußtsein verlor, hatte ich noch Zeit, zu sehen, wie mein Reisegefährte, ein Dikker wie aus einer Krimiserie, der Motorradbande Befehle gab.«

»Und was sagte dir Roberto?«

»Er verarztete mich, bat mich um Entschuldigung und

sprach von dem Wahn Raúls, immer wieder ins Labor zurückzukehren. Zuerst war es ein Besuch zur Kontaktaufnahme gewesen, dann drang er eines Nachts ins Labor ein und brachte alles drunter und drüber, und schließlich war er vor wenigen Minuten aufgetaucht. Als ich jedoch vom Dicken sprach, von dem Mann, den ich im Flugzeug kennengelernt hatte und der hinter den Motorradfahrern stand, geschah etwas Seltsames. Roberto setzte das Gesicht eines Wissenschaftlers vor einer unwahrscheinlichen oder nutzlosen Erkenntnis auf und versicherte mir, daß das einzig Dicke der Neuen Argentinität die Kühe wären. An meinem Zusammentreffen mit dem Dicken im Flugzeug ist etwas faul. Sie wußten zweifellos, daß ich aus Spanien anreisen würde. Ich glaube, sie haben deine Korrespondenz mit meinem Onkel oder deine Telefongespräche mit ihm überwacht. Wie konnten sie es sonst wissen?«

Alma hat keine Zeit zu erschrecken, obwohl sie es möchte. Zwei Quintos centenarios fallen vom Himmel und unterbrechen Carvalhos Beichte. Alma wartet, daß der Mann das Gesöff kostet, dem Kellner zuzwinkert und seine Meinung äußert.

»Sehr erfrischend.«

Der Kellner zieht sich zufrieden zurück.

»Scheußlich, oder?«

»Ich habe schon Schlimmeres getrunken. Was hältst du von meinem Abenteuer?«

»Warum haben sie dich geprügelt? Will heißen, warum ließ Roberto zu, daß sie jemanden prügelten, den sie für Raúl hielten?«

»Er sagte, der nächtliche Überfall Raúls hätte böses Blut gemacht.«

»Und du glaubtest das?«

»Nein. Aber ich kann auch nichts anderes glauben. Übrigens, ich werde nicht mehr in deine Vorlesung kommen.«

»Warum? Mache ich es so schlecht?«

»Du bist eine Pessimistin der Sprache, verdienst dir aber das Leben damit, zu sprechen und die Sprache der anderen zu analysieren. Glaubst du nicht an das, was du sagst?«

»Ich spreche, um mir mein Leben zu verdienen, und sage das, was erwartet wird. Bist du kein Pessimist?«

»Ich muß in einer Stadt, die ich nicht kenne, einen mir unbekannten Cousin suchen. Ihr, die ihr am meisten mit ihm zu tun hattet, könntet mir dabei helfen. Hast du ihn ganz gewiß nicht gesehen?«

Alma hält seinem Blick stand.

»Nein.«

»Warum? Das verstehe ich nicht.«

»Er wollte mich nicht sehen. Vielleicht erinnere ich ihn an meine Schwester. Wir sahen uns zu ähnlich.«

»Vielleicht.«

Alma trinkt einen Schluck und wechselt das Thema.

»Ich habe auch schon schlechteres Zeug getrunken.«

»Was hältst du von deinem Schwager?«

»Ein Industrieller der Wissenschaft. In Wirklichkeit wollte er mit seinen Entdeckungen Geschäfte machen. Er war ein Verhaltensforscher, der zeigte, wie man Menschen behandelt, als wären sie Ratten.«

»Berta war einverstanden?«

»Nein. Im gegebenen Moment dachte sie, die Entdeckungen wären vielleicht positiv für die Sache, aber oft erzählte sie mir ihre Zweifel. Raúl, wie fast alle, die aus der Unterschicht stammen, trägt einen Zwillingsbruder in sich eingekapselt, der reich sein möchte, obwohl sein Vater bereits ein reicher Mann war. Aber genug von Raúl geredet.«

»Was ist euch passiert?«

»So im allgemeinen?«

»Nein. In der Nacht, als sie euch festnahmen. Wie hast du überlebt? Was genau ist mit dem Mädchen geschehen?«

Alma lehnt mit dem Kopf ab, etwas zu sagen, doch schließlich denkt sie nach, spricht, als würde sie keine Zuhörer brauchen, spielt sogar verschiedene Rollen der in jener Nacht Beteiligten.

»Sie sind mit Fußtritten eingedrungen, unter Schreien und Beschimpfungen, mit den Brecheisen in der Hand. Wir waren in der Wohnung von Raúl und Berta. Es waren auch andere Kollegen da, die nicht mehr leben, nicht mehr davon erzählen können. Font y Rius, mein Mann, ja, mein Mann. Pignatari hatte einen besonderen, Eva María gewidmeten Rocksong geschrieben – die Kleine war wie das Maskottchen der Gruppe – und ihn in eine Spieldose gestanzt. Hast du einmal einen Rocksong aus einer Spieldose gehört? Und plötzlich kamen sie. Es war wie ein Schlachtruf. Berta griff nach einer Pistole und stellte sich ihnen entgegen. Darauf verschanzten sie sich in der Eingangshalle, und während sie vorrückten, schrie Raúl gegen den Boden gepreßt Berta zu, sie solle keinen Widerstand leisten. Sei doch nicht verrückt, die werden uns umbringen. Das Mädchen! Sei nicht verrückt, sie bringen uns um. Die Kleine! Die Kleine! Da dachte ich an Eva María, ließ die Pistole fallen, lief zum Bettchen. Ein Baby, ein Jahr alt. Ich hob es auf. Ich dachte an gar nichts, und vielleicht konnte ich deshalb davonkommen, weil ich an nichts dachte. Ich ging mit meiner Eva María hinaus. Der Kugelhagel hörte auf, als wir vorbeigingen.«

Alma kehrt in die Wirklichkeit zurück. Sie bewegt die Arme, als würde sie noch das Mädchen tragen. Carvalho hält mit einer Hand das Wiegen auf, nicht aber den Willen zu berichten.

»Tage später erfuhr ich aus den Zeitungen, daß Berta bei der Schießerei gestorben war. Ich dachte, es wäre der Augenblick, heimzukehren oder zumindest in das Haus meiner Eltern zu gehen, um ihnen Eva María zu übergeben. Ich hatte versteckt, einem Ungeziefer gleich, überlebt, ohne mich an jemanden wenden zu können. Ich ging zu meinen Eltern. Die Milicos waren dort. Ich konnte die Alten nicht einmal sehen. Sie verhafteten mich. Sie nahmen das Baby mit.«

Wieder will es aus ihr hervorbrechen. Carvalho bringt sie davon ab.

»Es ist schon genug. Für heute ist es schon genug.«

»Du hast recht. Du hast mich über das zum Reden gebracht, wovon ich niemals wieder sprechen wollte.«

Alma ist nicht mehr aufgewühlt, sondern zornig auf sich selbst und auf Carvalho, den sie mit wütenden Augen ansieht, während sie das Geständnis und das Treffen für beendet erklärt. Sie steht auf und läßt Carvalho mit offenem Mund und mit der Tatsache konfrontiert zurück, daß sie ihn soeben zum zweiten Mal sitzenläßt.

Alle glaubwürdigen Büros der Menschenrechte sehen einander ähnlich, vor allem wenn sie von unten nach oben entstanden und gewachsen sind, vorangetrieben von einem Kollektiv aus Opfern. Karge Wohnungen, aufgesammelte Möbel, Plakate, die unter grellem Neonlicht Hoffnung verkünden, und Menschen mit klösterlichem Benehmen, angeregt durch die geheime Fröhlichkeit, die jeden erfüllt, der sich von einem Teil seines Egoismus befreit hat. Solidarische Leute also, in diesem Fall fast alle Frauen, zwischen Pensions- und Greisenalter, gepflegte Kleinbürgerinnen, die während des Prozesses und in ihrer eigenen Familie die Grausamkeit der Geschichte entdeckten. Jeder, der in ein solches Büro vordringt, gibt und erhält eine unsichtbare ethische Kreditkarte, eine Master Card der Solidarität. Carvalho spürt sie in der linken Brusttasche seiner Jacke, als er sein Problem einer Greisin vorträgt, die so kurzsichtig ist, daß ihn hinter den Dioptrien gleichzeitig fünf versunkene und übereinander liegende Augen anlächeln, so wie ein schmaler, kleiner, leicht rot geschminkter Mund, maßgerecht für eine sanfte Redeweise. Die Greisin kehrt ihm den Rücken und betritt einen Gang, der zum schmerzvollen gewahrten Gedächtnis der Großmütter führt, die ihre Enkel suchen, die ebenso verschwunden sind wie die Eltern, von der Militärjunta entführt. Carvalho rührt alles, was ihn umgibt, sogar die routinemäßige Trägheit, die sich bereits in manchem bürokratischen Verhalten zeigt, die Patina der Gewohnheit auf der empfindlichsten Haut, sogar auf dem schon ganz gehäuteten Fleisch. Und die Alte kommt mit einer großen weißen Mappe zurück. Sie beschnuppert sie, bevor sie sie aufklappt.

»Ich habe ihnen gesagt, sie sollen mir diese Kügelchen gegen die Feuchtigkeit hineinlegen.«

Und sie widmet ihre unzulänglichen und ozeanischen Augen dem Blättern im Inhalt der Mappe, bis ...

»Ich finde mich schon zurecht ... Ich finde mich schon zurecht ...«

... sie sich zurechtfindet und ihren Blick wieder auf Carvalho richtet.

»Eva María Tourón Modotti. Alle Spuren verlieren sich in dem Moment, als man sie ihrer Tante Alma wegnimmt. Ein verschwundenes, ein gründlich verschwundenes Baby. Jenen Einsatz leitete Capitán Ranger, auch wenn sich die Verhafteten an ihn als Gorostizaga erinnern. Niemand weiß mit Sicherheit, wie er hieß. Wollen Sie ihn sehen?«

Sie hält ihm einen Zeitungsausschnitt hin. Jemand zeichnet Capitán Ranger mit einem Orden aus. Reine Muskeln und Kraft, Augen, die zu Gehorsam zwingen, ein abfälliges Lächeln auf den Lippen, geometrisch gezeichnete Geheimratsecken.

»Ein Held des Falklandkriegs.«

»Hat man mit ihm bezüglich des Einsatzes gesprochen?«

»Offiziell wurde nichts über seine Teilnahme an der Verhaftung und Entführung bewiesen. Die Archive sind leer. Wir wissen es durch eigene Daten, die von der Tante des Mädchens, Doktor Alma Modotti, und von anderen Überlebenden stammen. Aber man kann nicht einmal die Einsatzleiter des gesamten Kinderhandels anklagen. Manchmal verschwanden sie in den unteren Gesellschaftsschichten. Ranger ist ein Pseudonym, das man ihm gab, weil er an der Marineschule in Panama ausgebildet wurde, dort, wo die Yankees alle blutrünstigen Militärs Lateinamerikas drillten.«

»Keine einzige Spur?«

»Nichts. Der Fall gehört zu den dunklen, ganz dunklen, bei denen sich manchmal, wenn sie gelöst werden, herausstellt, daß die Entführten nur eine Handbreit von unserer Nase entfernt waren. Manchmal sind wir gegenüber dem Offensichtlichen blind.«

Trotz der Kurzsichtigkeit nimmt sie Carvalhos ironisches Lächeln wahr.

»Ich rede nicht von mir, die ich alle Dioptrien dieser Welt habe. Jede Schwangerschaft kostete mich drei Dioptrien. Vier Schwangerschaften.«

Nun sieht Carvalho, daß sie drei Porträts mit Stecknadeln an die Brust geheftet trägt. Die Frau könnte in Tränen ausbrechen, doch fällt der Schluß ihrer geheimen Logik standhaft aus.

»Von meinen vier Kindern bleibt mir nur eine Tochter, sie lebt in Schweden. Sie sagt, sie kehrt nicht nach Argentinien zurück, selbst wenn ihr Menem den Ferrari schickt, um sie abzuholen.«

»Irgendein Enkelkind in den Archiven?«

»Ein wiedergefundener Junge und ein noch zu findendes Mädchen.«

Carvalho wünscht ihr mit einer Geste Glück. Dann gibt er ihr eine Visitenkarte.

»Sollten Sie etwas über das Baby Tourón Modotti erfahren.«

»Baby? Jetzt wird das ein fast zwanzigjähriges Mädchen sein.«

Als Carvalho auf die Straße tritt, sind seine Augen voller Feuchtigkeit. Er befürchtet schon, sich selbst eingestehen zu müssen, daß er weint. Feuchtigkeit ist Feuchtigkeit. Tränen sind Tränen.

Es ist nicht einfach, eine Tür zu öffnen, wenn man die Arme mit zwei Tüten beladen hat und das Hirn von einer absurden Idee der Zeitersparnis besessen ist – was dich daran hindert, die Tüten auf den Boden zu stellen, die Tür zu öffnen, sie wieder aufzuheben und jedes Ding zu seiner Zeit zu machen. Während Carvalho beladen agiert, denkt er nach, wie er sich wirkungsvoller bewegen könnte. Doch als er es schafft, die Tüten wohlbehalten auf den Tisch zu stellen, freut er sich, seinen eigenen Sinn für Rationalität in die Tat umgesetzt zu haben, zumal das Zimmer im Dunkeln liegt. Er geht zum Fenster, öffnet die Läden und lächelt vom Gewicht befreit und froh über das hereinströmende Licht. Aber etwas Unvorhergesehenes besetzt Raum in seinem Rücken. Er dreht sich um. Ein kantiger, starker, selbstbewußter Mann befingert die Tüten, die Carvalho auf den Tisch gestellt hat. Ein anderer steht mit gespreizten Beinen da, die Hände in den Hosentaschen, und mustert ihn finster. Der erste Mann stülpt eine Tüte um, aus der Bücher herausfallen. Dann die andere, und es kommen verschiedene Lebensmittel zum Vorschein. Eine Dose rollt auf den Boden und auf Carvalho zu, der sich bückt, um sie aufzuheben. Ein Fuß versetzt der Dose einen Tritt und stößt sie weg. Carvalho betrachtet von unten die bedrohliche Anwesenheit und richtet sich langsam auf. Eine Polizeimarke im Vordergrund fesselt seine Augen, und als er sie hebt, stellt er fest, daß dieser argentinische Polizist jedem beliebigen anderen Polizisten der Welt gleicht. Ein Polizist ist kein Gesicht. Er ist ein Geisteszustand.

»Inspektor Óscar Pascuali.«

Carvalho erhebt sich mißtrauisch. Er setzt das Gesicht des geplagten, zähen Privatdetektivs auf. Manchmal ist es angebracht, das Haus mit dem Dach zu beginnen. Doch der argentinische Polizist gehört zur Rasse der sarkastischen Polizisten.

»Auf Einkaufsbummel?«

Der zweite Polizist verharrt in seiner Wachposition. Carvalho entfernt sich von Pascuali, hebt die Dose vom Boden auf und legt sie auf den Tisch. Pascuali bewegt sich zum Tisch. Er befingert die Sachen und Bücher.

»Gesalzener Stockfisch, Tomatensoße, Paprikaschoten, Reis, ein Buenos-Aires-Führer, Olivenöl, Knoblauch, *Wer tötete Rosendo?*, *Die offenen Adern Lateinamerikas*, *Die Cafés von Buenos Aires*, *Gesammelte Werke* von Jorge Luis Borges, *Adam Buenosayres*, *Kein Schmerz und kein Vergessen mehr*, zwei Flaschen chilenischer Wein, drei argentinischer Wein, zum Glück, Navarro Correa, Velmont, *Das tragische Jahrzehnt*, *In den Gärten von Quilmes geraubte Blumen*, *Die peronistischen Jungen*, ein langer, dunkler Fleischstreifen – Entraña –, Blutwürste. Haben Sie jemanden, der Ihnen das alles kocht?«

»Ich bin ein ziemlich guter Koch.«

»Und Leser.«

»Ich werfe kaum einen Blick in die Bücher. Sie durchzublättern würde eine übermäßige Anstrengung bedeuten. Ich mag es, sie aufzubewahren und sie zu verbrennen.«

»Bücher verbrennen? Hast du gehört, was er gesagt hat,

Vladimiro? Señor Pepe Carvalho verbrennt Bücher. Das steht uns zu, den Polizisten. Stimmt's nicht? Stimmt es etwa nicht, daß wir Polizisten Faschisten sind? Bücher verbrennen ist Faschistensache. Sind Sie Faschist?«

»Ein wenig, wie Sie, wie alle.«

»Ich bin nur ein Polizist. Aber ich respektiere Bücher. Selbst die hier, die ich höchstwahrscheinlich niemals lese. Wissen Sie, warum ich Bücher respektiere?«

Carvalho zuckt mit den Achseln.

»Weil ich als Junge nur ein einziges besaß.«

»*Herz* von Edmondo De Amicis?«

»Wie haben Sie das erraten?«

»Es war das einzige Buch der Kinder aus der Unterschicht, und Sie sehen so aus, als würden Sie aus der unteren Unterschicht kommen.«

Pascuali nähert sich Carvalho, bis sich ihre Nasen fast berühren, bläst ihm den Atem ins Gesicht und sagt: »Wenn man in dieses Land einreist, muß man seine Eier am Zoll lassen. Bei der Ausreise geben wir sie wieder zurück.«

Er entfernt sich ein paar Schritte, um die Wirkung seiner Worte auf Carvalho festzustellen, aber er sieht nur ein undurchdringliches Gesicht, das keinerlei Gefühlsregung erraten läßt. Pascuali macht seinem Begleiter ein Zeichen, ihm zu folgen. Beide gehen zur Tür. Dort dreht er sich um.

»Das beste, was Sie für Raúl Tourón tun können, ist, aufzuhören, ihn zu suchen, und wenn seine Familie ihn finden möchte, soll sie sich an die Polizei wenden.«

»Wo? Ich bin Ausländer. Wo kann ich die Polizei finden? Lassen Sie mir Ihre Visitenkarte da?«

Vladimiro will sich auf Carvalho stürzen, doch Pascuali hält ihn zurück.

»Laß ihn. Dieser Trottel gehört zu denen, die sich selbst erledigen.«

Der Satz beim Abgang geht ihm nicht aus dem Kopf, während er um einen dampfenden Topf herumstreift.

»Stimmt es etwa, daß ich ein Trottel bin, einer von denen, die sich selbst erledigen?«

Er verbessert die Würze. Hält eine hohle Hand in den Dampf, der aus dem Topf steigt, und führt sie dann zur Nase.

»Der Schein trügt. Ich habe immer einen Erhaltungstrieb besessen.«

Ab und zu widmet er sich der Lektüre eines oberhalb der Herdflammen aufgeschlagenen Buchs: *Die offenen Adern Lateinamerikas.*

»Aber Erhaltungstrieb wovon? Was lohnt sich zu erhalten von dem, was ich besitze? Mich selbst?«

Im Eßzimmer ist der Tisch gedeckt. Ein einziger Teller, ein Besteck, ein Topf Reis mit Stockfisch, die Weinflasche entkorkt, das Glas.

»Erhaltungstrieb von dem hier?«

Carvalho geht zum Kamin. Er ordnet die Holzscheite. Er nimmt das Buch, in dem er gerade gelesen hat. Seine Hände vierteilen es und legen die zerrissenen Seiten unter die Späne. Sie fangen Feuer, die Flammen erhellen sein Gesicht. Er weiß es und stellt sich sein eigenes erleuchtetes Antlitz vor, als wäre es das eines anderen. Als er den Blick wieder dem Tisch zukehrt, glaubt er den aromatischen Lockruf des Essens wahrzunehmen, doch erweckt er keinen anderen Sinn als den des Heimwehs, eine Stichflamme, in der das Gesicht der Großmutter verbrennt, mit einem ähnlichen Topf in Händen. Dann wird er die Gabel in den Reis stecken, und er wird ihm nach Exil schmecken, so als würde irgendeine Zutat fehlen, damit das Gericht dem in seiner Erinnerung gliche. Die Gabel lädt sich die letzten Reste vom Teller auf, um jegliche Selbstgefälligkeit in der Niedergeschlagenheit zu schmähen, dann nimmt Carvalhos Hand das halbvolle Glas und leert es. Ein zufriedener Seufzer, seinem anderen Ich gewidmet, das ihm während des einsamen Abendessens Gesellschaft leistet.

Carvalho steht auf. Das Feuer im Kamin flackert noch kräftig. Carvalho läßt sich in einen Lehnstuhl fallen. Unvermittelt geht er zum Schreibtisch und sucht nach dem Zettel, auf dem er den so oft unterbrochenen Brief an Charo fortgesetzt hat. »Vielleicht müßte uns klar werden, daß wir nicht mehr die Jüngsten sind und wir die Möglichkeit, die letzten Jahre, die uns zu leben oder zu vegetieren bleiben, aufs Spiel setzen.« Er liest das Geschriebene noch einmal, legt den Brief weg. Er beschließt, zum Telefon zu greifen, und wählt eine lange Nummer.

»Biscuter? Ich bin's, Carvalho, aus Buenos Aires. Es mag dir so vorkommen, als ob ich nah wäre, aber von nah keine Rede... Zehn Uhr abends... Tut mir leid. Ich habe den Zeitunterschied nicht richtig berechnet... Reis mit Stockfisch... Nein, nein. Es ist Heimweh. Wie ist das Wetter in Barcelona?... Gibt es was Neues von Charo?... Gut. Diese Stadt ist nach wie vor voll mit deprimierten Argentiniern. Hör mal, du gibst doch manchmal Paprikastreichwurst, Sobrasada, zum Würzen in die Soße für den Reis mit Stockfisch, oder? Geh mit den Beständen sparsam um.«

Alma wartet in der Schlange auf den Autobus. Carvalho beobachtet von einem Taxi aus das Einsteigen der Frau. Er beugt sich vor, gibt dem Taxifahrer Anweisungen, den befremdet seine Aufforderung nicht, und er führt sie aus, als wäre das in Buenos Aires das Normalste, aber seine Augen verraten Erregung. Er startet hinter dem Autobus, folgt ihm mit einer professionellen Genauigkeit, obwohl er jedesmal aufgeregt ruft, wenn ihn, ausgerechnet ihn, ein anderes Auto behindert. Haben Sie gesehen? Ich soll ruhig bleiben, aber dieser Typ verdient es, daß ich ein Brecheisen hervorhole und ihm den Schädel einschlage.

Fährt Ihr Freund oder Ihre Freundin nach Caminito? Ist das ein Zweikampf zwischen Touristen?

Der Autobus fährt in Richtung La Boca. Auf der linken Seite die zeitgenössischen Ruinen des Puerto Viejo. Meter um Meter von Hafenschuppen, bis vor kurzem verlassen, halbverfallen, überholt, poetisch nutzlos, auch wenn sie vielleicht während der Nacht, wenn alle Katzen und Vagabunden grau sind, zu irgend etwas dienen. Alma steigt aus dem Autobus. Carvalho bezahlt seinen Taxifahrer.

»Fahrten wie diese werden in Dollar bezahlt«, schreit der ihm im Losfahren nach.

Doch Carvalho ist Alma auf der Spur, die leichtfüßig durch eine in grellen Farben leuchtende Straße voller Straßenmaler läuft, bis sie in einen Bereich mit teils touristischen, teils einheimischen Restaurants gelangt. Die Frau zögert. Sie sieht nach rechts und links, unentschlossen, ob sie den Ausflug beenden soll, oder aber aus Furcht, verfolgt zu werden. Schließlich geht sie durch das Wellblechtor eines Lagers mit verkommener Fassade. Im Inneren scheinen zwanzig Jahre von nichts und niemandem vergangen zu sein. Ungebräuchliche Gegenstände früherer Arbeiten liegen herum, dem Staub, dem Rost und den Ratten überlassen. Alma steigt über eine eiserne Wendeltreppe zu einer Plattform hinauf. Dort erwarten sie der Anblick einer ärmlichen, improvisierten Unterkunft und ein Mann mit weißem Haar, eine gealterte Mischung aus Gaukler und Schauspieler, der sich entspannt, als er die Frau erblickt. Sie sehen sich an. Sie lächeln sich an. Er stürzt sich auf sie. Auf Almas Gesicht seltsame Ruhe, ein zartes Lächeln, während der Mann sie mit heftigen Handbewegungen bis zur Taille auszieht und sich Mut macht.

»Du kannst nicht ohne meinen Schwanz leben, stimmt's? Du kannst nicht ohne den Spatz von Norman leben, stimmt's? Nichts ist wie der jüdische Spatz von Norman.

So schön beschnitten, daß er wie ein Lutscher aussieht, wie eine große rote Erdbeere. Stimmt's?«

Alma läßt sich zur Matratze hindrängen, macht es sich auf ihr gemütlich, spreizt die Beine, als sie den feurigen Norman schon über sich hat, der den Reißverschluß seiner Hose aufmacht und beginnt, sie zu bespringen. Auf Almas Gesicht, unter dem sexuellen Überfall, kontrollierte Sanftheit, so als wäre sie dabei, einen Gefallen zu tun. Fünf Stöße, fünf Keucher, nur fünf. Alma scheint sie stumm, mit der Bewegung ihrer Lippen, zu zählen. Beim fünften Keuchen fällt der Körper des Mannes über ihrem zusammen. Almas Hände streicheln seinen Nacken, und sie versucht, ihm in die Augen zu sehen.

»Heute warst du viel besser, Norman.«

Norman hat sich an den Rand der Pritsche gesetzt. Er lächelt, selbstzufrieden. Der nackte, etwas verschwommene Körper Almas deckt ihm den Rücken.

»Wie viele Fahrer sind's gewesen?«

»Fünf.«

Norman schlägt sich mit der Faust gegen die Handfläche.

»Ich komme wieder in Form. Das letzte Mal waren es drei. Erinnerst du dich an meine guten Zeiten? Nein, du warst nicht meine Partnerin. Aber wie sie mich nannten, erinnerst du dich, wie sie mich nannten?«

»Das unersättliche Frettchen.«

»Ich werde wieder sein, wer ich war.«

Alma streichelt sein Haar.

»Schön langsam, mit Geduld.«

»Du schüchterst mich nicht ein. Aber wenn eine Alte, schon bevor es anfängt, schreit und sagt ›Besorg's mir!‹, ›Nimm mich!‹ und die Muschi wie einen Mixer schwenkt ... dann kann ich einfach nicht, Alma. Früher vögelte ich wahllos. Eine halbe Stunde. Eine halbe Stunde Bumsen, ohne ihn herauszuziehen!«

»Was ist mit Raúl?«

Norman zieht sich zurück, so als würde ihn die Frage in die Enge treiben.

»Weiß ich nicht.«

Almas Sanftheit verwandelt sich in Alarm und Empörung.

»Was heißt, du weißt es nicht?«

Norman zeigt auf einen Käfig, in dem nervös eine Laborratte hin und her läuft.

»Das ist alles, was von ihm übrig ist.«

»Aber was sagst du da, du Idiot?«

»Er tauchte mit dieser Ratte auf, und als er gestern verschwand, ließ er sie zurück, und ich nahm sie mit. Ich brachte sie vom Theater hierher.«

Alma drängt Norman zur Seite, steht auf, zieht an einer Decke, um ihre Nacktheit zu verhüllen. Die Strümpfe sind wie Socken zusammengerollt, und der Büstenhalter ist bis zur Taille verrutscht. Sie tauscht die Decke gegen ein Laken.

»Du bist ein Trottel, ein Mistkerl, ein Luftikus!«

»Ich bin so. Was soll man machen.«

»Wie lang ist er schon weg?«

»Ich konnte mich nicht den ganzen Tag um ihn kümmern. Um seine Monologe über Ratten, über Berta, über Eva María. Er ist erwachsen. Ein freier Mann.«

»So erwachsen wie du, so frei wie wir alle. Bist du nicht auf die Idee gekommen, ihn zu fragen, woher er die Ratte hatte? Kannst du es dir nicht vorstellen? Merkst du nicht, daß er in Gefahr ist? Wie lange ist er schon fort?«

»Vier Tage.«

»Vier Tage! Warum hast du mich nicht verständigt?«

»Aber wer glaubst du denn, daß du bist? Immer noch die Chefin, die Piratin?«

Der Mann fängt zu weinen an.

»Ich weiß nicht. Ich habe ihn, mich selbst, uns alle satt.

Er sagte seltsame Dinge. Daß er in seinem ehemaligen Labor gewesen sei, daß ihn Typen auf dem Motorrad verfolgten und versucht hätten, ihn im Hafen zu überfahren oder ins Wasser zu stoßen. Daß er sehr nahe daran sei herauszufinden, wo Eva María steckt. Ich dachte, er phantasierte. Ich ging weg, um einen Schauspieler zu engagieren. Ich konnte nicht fehlen, es war meine erste Generalprobe. Ich sagte ihm, er solle Pignatari besuchen. Was machst du?«

Alma zieht sich blitzartig an. Plötzlich wendet sich Norman um, ein Alarmzeichen, und steht von der Matratze auf.

»Wer ist das?«

Alma schaut in die von Norman angezeigte Richtung. Carvalho taucht zwischen den Schatten der Lagerhalle auf.

»Carvalho, der maskierte Gallego.«

Norman springt auf, will sich auf Carvalho stürzen, erstarrt jedoch, als er seine Nacktheit bemerkt. Er vernimmt die verächtlich klingende Stimme des Eindringlings.

»Daß dein unersättliches Frettchen nur nicht zu Schaden kommt!«

»Beruhige dich, Norman. Er ist ein Spanner.«

»Ein ekelhafter Spanner!«

»Ein respektvoller Spanner, der erst aufgetaucht ist, als die Señora bereits unbeschäftigt und fast angekleidet war.«

Almas Gesicht zeigt verhaltene Empörung, doch noch ist sie halbnackt und Carvalho Herr der Lage.

»Laß uns in aller Ruhe, schön langsam, über Raúl sprechen, und ich hoffe, daß du aufhörst, mich zu belügen. Warum hattest du behauptet, Raúl nicht gesehen zu haben, wenn du wußtest, wo er sich versteckt hielt?«

»Ich habe dich nicht belogen, Raúl wollte mich nicht sehen. Eine andere Sache ist es, ob ich ihm helfe.«

»Warum wollte er dich nicht sehen?«

»Jetzt weiß ich genausoviel wie du. Ich dachte, er wäre bei Norman in Sicherheit, doch er ging fort.«

»Von hier?«

»Nein. Norman hatte ihn in einem kleinen Theater, das er leitet, so gut wie versteckt. Er gab vor, ihn für die Reinigung anzustellen.«

»Wer sind diese Motorradfahrer, die ihn verfolgen und mich schlugen?«

Alma zuckt mit den Achseln. Norman hat sich angekleidet, und der Tonfall seiner Stimme ist sicher geworden.

»Jetzt frage ich: Wer ist dieser Scheißgallego, der hier alles durcheinanderwirbelt?«

Er fügt jedoch nach der Art eines englischen Gentleman in einer Komödie von Noël Coward hinzu: »Die Herrschaften werden vieles zu besprechen haben. Ein Kavalier ist einer, der bemerkt, daß er überflüssig ist. Señora.«

Er küßt Alma die Hand, dreht sich um, neigt leicht den Kopf vor Carvalho und geht an ihm vorbei, doch als er ihn ganz nah hat, verpaßt er ihm einen Hieb in die Genitalien und läuft weg. Carvalho krümmt sich, während sich Norman mit hastigen Schritten entfernt und ruft: »Das nächste Mal schau jemand anderem beim Vögeln zu, du mieser Spanner!«

Carvalho hat sich auf die Matratze gesetzt und versucht, sich zu erholen. Alma mustert ihn zweifelnd, weiß nicht, ob sie reden, ob sie etwas tun soll.

»Hast du etwas gesehen?«

»Alles und nichts. Mit vierzig Jahren ist jeder für sein Gesicht und für seinen Hintern verantwortlich.«

Carvalho betrachtet die Ratte im Käfig. Er nimmt den Käfig.

»Der Partner von Raúl hat mir nicht die ganze Wahrheit gesagt. Oder vielleicht hat er mir gar keine Wahrheit gesagt. Raúl kam dort vorbei, aber was genau geschah?«

»Roberto ist ein Stück Scheiße, er ist immer ein Stück Scheiße gewesen und wird es immer sein. Im Grunde war er eifersüchtig, weil Raúl und Berta brillant waren.«

Alma geht zur Pritsche und setzt sich neben Carvalho. Sie steckt die Hand in seine Jackentasche, zieht das Zigarrenetui und daraus eine Zigarre hervor. Alma zündet die dicke Zigarre an, macht einen Zug und gibt sie Carvalho. Der Detektiv raucht sie mit Genuß.

»Freunde?«

Alma schwankt angesichts Carvalhos Vorschlag, doch gewährt sie ihm auch eine Hand und ein Lächeln.

»Freunde.«

»Werden wir zusammenhalten?«

Alma nickt mit einer gewissen Zärtlichkeit.

»Wir Künstler werden mithelfen. Norman ist kein schlechter Kerl. Auch wenn er dir so einen gemeinen Schlag verpaßt hat,er ist ein Schauspieler. Er spielt immer. Wir Künstler werden mithelfen. Ich, Pignatari.«

»Pignatari?«

»Vielleicht ist der Augenblick für Pignatari gekommen. Aber ich rate dir, Güelmes einen Besuch abzustatten, er verkörpert die Macht. Er ist angehender Minister. Eines Tages wird er es sein.«

Ein ernster, schlanker Schauspieler, das Gesicht beinahe weiß geschminkt und die Frisur gelackt, ist dabei, sich auf der Bühne eines kleinen Theaters, das nie gute Zeiten erlebt, in dem niemals jemand irgend etwas uraufgeführt hat, einen Finger abzuschneiden.

»Ich entferne dich von mir. Summarische Verstümmelung. Wegen Hinweisens auf Personen, Dinge, unmögliche Wünsche.«

Er versteckt seine Mühe, sich den Finger abzuschneiden. Eine kräftige Stimme ertönt aus dem Off: »Arschloch!«

Der Schauspieler schüttelt ärgerlich den Kopf, wirft das Messer auf den Boden, reißt sich den Gummifinger herunter und will gehen. Doch hält ihn erneut die hysterische Stimme zurück, die aus dem Halbdunkel des Parketts heraufkommt: »Nein! Du wirst nicht entkommen!«

Norman stürzt auf die Bühne, wirft sich auf den Schauspieler, zieht ihn zu Boden, tritt ihn, setzt ihm einen Fuß an den Hals.

»Wiederhole: Ich bin ein Arschloch!«

»Ich bin ein Arschloch.«

»Lauter!«

»Ich bin ein Arschloch!«

»So gefällt's mir. Jetzt steh auf. Nimm wieder das Messer.«

Er hält ihn an den Haaren gepackt, während er zu ihm spricht, Aug' in Aug'.

»Und du wirst dir den Finger wirklich abschneiden! Weil du ein Arschloch bist! Wiederhol es noch einmal. Was bist du?«

»Ich bin ein Riesenarschloch!«

»Die Steigerung ist nicht nötig. Es genügt, wenn du zugibst, ein Arschloch zu sein.«

Norman verläßt die Bühne. Der Schauspieler spuckt aus und schreit: »Ich hasse dich, Norman!«

Die Stimme Normans kommt wieder, seltsam gelassen, aus dem Halbdunkel des Zuschauerraums herauf: »Das gefällt mir besser!«

Der Schauspieler haßt Norman offensichtlich, aber er stülpt sich den Gummifinger wieder über, senkt das Messer drohend über ihn und rezitiert mit völliger Wildheit: »Ich entferne dich von mir! Summarische Verstümmelung, wegen Hinzeigens auf Personen, Dinge, unmögliche Wünsche.«

Applaus aus dem Zuschauerraum. Normans Stimme: »Genial, du Arschloch, phantastisch!«

Norman sitzt mit den Ellbogen auf den vorderen Sessel gestützt, das Gesicht in den Händen, während er dieselben Worte murmelt, die der Schauspieler auf der Bühne deklamiert.

»Obszöne Realität! Wenn ich dich nicht benenne, existierst du dann?«

Norman wirkt etwas zufriedener, bis an seiner Seite Carvalhos Stimme ertönt: »Ist das die Stanislawski-Methode?«

Norman hat Carvalho zu seiner Linken, Alma zu seiner Rechten sitzen. Eine Hand Almas hält ihn zurück und besänftigt ihn. Carvalho raucht seine Zigarre zu Ende.

»Es ist meine Methode.«

Alma hat einen Arm um Normans Schultern gelegt, als wolle sie ihn schützen und gleichzeitig Carvalho empfehlen.

»Norman ist ein Schwindler. Er ist nicht Schauspieler, sondern Architekt. Als er in Barcelona im Exil war, gab er sich als Psychologe aus, weil es dort zu viele Architekten, aber zu wenige Psychologen gab.«

»Es ist nur möglich, die nationalen Verrücktheiten zu kennen. Freud konnte nur Österreicher heilen, weil er selbst ein österreichischer Irrer war, verängstigt durch die Krise des österreichisch-ungarischen Imperiums und des bürgerlichen Ichs. Wie hätte ich Katalanen heilen sollen? Die einzigen Patienten, die ich in Barcelona gesundmachen konnte, waren zwei Siamkatzen. Sie zeigten Selbstmordabsichten, weil ich mit ihrem Frauchen ins Bett ging, die ihrerseits Psychobolsche war.«

Nun versucht Alma, sich für Carvalho zu verwenden.

»Wir müssen dem Gallego helfen. Er ist in Ordnung.«

»Zuerst arbeitet man mit den Privatdetektiven zusammen und am Ende mit der Polizei. Schließlich ist ein

Privatdetektiv der Exponent der Sehnsucht nach einem angeblichen goldenen Zeitalter, einer alten, rund um eine kollektive Mythoideologie geordneten Zivilisation, eines von zwei festen Autoritäten beherrschten Lebenssystems: Gesetz des Herrn und der Kirche, oder aber Dogma und politische Einheitsparteiführung. Zwischen einem Detektiv von Chesterton und einem marxistischen Detektiv existiert kein qualitativer Unterschied. Sie sind zwei Nostalgiker der Reaktion, der Ordnung.«

Er ist zufrieden mit seiner Rede.

»Ich muß aufschreiben, was ich soeben gesagt habe. Es ist genial. Erinnern Sie mich. Aber jetzt, nehme ich an, wollen Sie den Ort sehen, an dem sich die Katastrophe ereignet hat, der Höhepunkt der Tragödie. Kommen Sie mit mir!«

Und sie folgen ihm bis zu der schmalen Treppe, die zu den unteren Künstlergarderoben führt.

»Denken Sie, meine Lieben, daß Sie eine Mischung aus *Die letzte Metro* von Truffaut und *Das Phantom der Oper* erleben.«

Norman geht voraus, Carvalho und Alma folgen ihm. Eine eiserne Wendeltreppe, die über Jahrhunderte in der Versenkung gewesen zu sein scheint, ohne daß sie je ein menschlicher Fuß betreten hätte. Als sie bei einer Metalltür ankommen, zündet Norman ein Streichholz an, öffnet sie, und es erscheint ein winziger Raum, in dem mit Mühe eine Pritsche, eine Waschschüssel, ein ganz kleiner Schrank und ein paar Bücher Platz finden.

»Hier war Raúl fast einen Monat.«

Carvalho versucht irgendeine Spur wahrzunehmen, irgendeine verdinglichte Botschaft des Flüchtlings. Aber es erreicht ihn nicht die geringste Schwingung.

»Erzählte er Ihnen, was er tun wollte, warum er zurückgekehrt war?«

»Ein Impuls. Zum Teil war er empört über die Begnadigung der Putschisten, aber ich weiß nicht, ob ihm die Begnadigung allzu wichtig war. Er sprach davon, seine Tochter wiederzufinden, aber er wollte eher sich selbst wiederfinden, erneut seine Rolle im Film einnehmen. Manchmal redete er auch von seinem Vater. Er sagte, der Alte überraschte ihn. Ihm war nicht klar, daß in dieser Nacht alles aufhörte. In diesem starren Foto.«

Almas Stimme klingt bitter.

»Schreib's auf, es ist ein brillanter Satz.«

Die Frau streichelt die Bücher, die auf dem Tisch liegen. Sie wählt ein Exemplar der *Universalgeschichte der Niedertracht* von Jorge Luis Borges aus. Dann läßt sie jäh von dem Buch ab und wendet sich an die Männer.

»Man muß von vorn anfangen. An einem dieser Tage wird er dich wieder besuchen kommen, oder die anderen beiden.«

»Dich nicht?«

Alma hält Carvalhos Blick nur schwer stand. Sie und Norman sehen sich in geheimer Verbundenheit an. Norman findet als erster eine Antwort.

»Es ist nicht ratsam für ihn, Alma zu sehen. Sie ist Berta zu ähnlich.«

Aber Carvalho hat nur Augen für Almas aufgewühltes Gesicht und Ohren für das, was die Frau nicht sagt.

Irgend jemand hat widerwillig die fahlen Lichter von La Boca angezündet und versucht, mit ihnen nur die Restaurants zu erleuchten, deren bunte Farben grell sein könnten, wären sie nicht vom ewigen Dunst des Flusses verschleiert. Der Rest ist ein Viertel, in dem Fassaden aus Schrott vorherrschen, ein Viertel voller verrosteter Prothesen, um weiterhin überleben zu können ohne anderes episches Motiv als die Siege des Boca Junior in einem Stadion, das bessere

Zeiten erlebt hat, inmitten des ungeordnetsten Brachlandes der Welt. Alma und Carvalho schlendern an den Restaurants vorbei, zwischen Rechtecken gelben Lichts, das aus den offenen Türen fällt, Klangfetzen von geheimen Bandoneons und Geruch nach Kohle, gegrillten Kadavern von gekreuzigten Lämmern und Chimichurri hängen in der Luft.

»Erinnere dich an die Anschrift von Pignatari, doch heb meine Notiz nicht auf.«

»Wir sind in einer Demokratie.«

»In einer überwachten. Die Leute haben Angst vor der Erinnerung. Die Rückkehr Raúls hat die Erinnerung zu sehr wachgerüttelt. Nein. Glaub nicht, daß du vor einem politischen Problem stehst, es ist eine einfache Frage von Angst vor der Erinnerung.«

»Die Sieger nutzen die Erinnerung der Besiegten aus, und wenn es den Besiegten gelingt, sie wiederzuerlangen, ist die Erinnerung schon nicht mehr, was sie war. Glaubst du wirklich, daß ihn jemand verfolgt?«

»Es ist möglich. Die Ratten, die Ratten, die er über so lange Zeit studiert hat. Er schrieb eine Abhandlung über das Tierverhalten in Situationen völliger Entfremdung. Er war von uns allen am besten vorbereitet, um theoretisch dem, was geschah, zu widerstehen, aber er zerbrach.«

»Und Norman?«

»Der zerbrach auch, aber das war vorgesehen, das stand in Bertas Drehbuch. Sie glaubte von militantem Verhalten ebensoviel zu verstehen wie ihr Mann von Tierverhalten. Norman war immer harmlos, und die Milicos dachten das auch. Er gab die Architektur für das Theater auf. Als Student wollte er die Buenos-Aires-Utopie von Le Corbusier umsetzen. Die ›Ville Verte‹ bauen unter Ausnutzung der Fruchtbarkeit dieser humusreichen Böden, wo die Bäume etwas mehr als Bäume sind. Nun inszeniert er Theaterstücke in der Off-Off-Szene der Stadt, Werke, die er wahrscheinlich nie aufführen wird, und verdient sich das Leben als Showman, als Führer durch das Programm eines Tangokabaretts in San Telmo: Tango Amigo.«

»Wieder der Tango. Ihr lehnt den Tango ab, wollt ihm entkommen und kehrt unweigerlich zurück.«

»Das Land selbst ist ein Tango. Diese Stadt ist ein Tango. Ich erinnere mich an einen Satz von Malraux, der nach edlem Tango klingt: ›Buenos Aires ist die Hauptstadt eines Imperiums, das nie existierte.‹ Ich verabscheute den Tango. Ich gehöre der Generation der Rockfans an, der Stones, wie Pignatari, der es wagte, ein Rocksänger zu sein. Alles kam uns so jung, so für immer jung vor, und jetzt, mit vierzig Jahren, erröte ich jedesmal, wenn ich gestehe, daß meine Musik der Rock ist. Als würde ich sagen, die Polka. Aber nach dem Rock, was? Und die deine?«

»Der Bolero – fast immer –, der Corrido, der Tango – manchmal.«

»Du magst auch lieber die Worte als die Körper. Der Rock ist eine Musik für den Körper, doch die du genannt hast, ist voller Worte, sie ist ans Wort gebunden.«

Carvalho mustert sie von oben bis unten. Alma lenkt ihn mit einem Lächeln ab.

»Gallego, Gallego. Pignatari zieht noch immer mit seinem grauen Pferdeschwanz rockend durch die Dörfer, auch durch die ärmsten Viertel, neben dem Riachuelo. Barracas, La Boca, aber nicht La Boca für Touristen, wie du sie gerade siehst, mit dieser folkloristischen Buntheit der Caminito, dieses Postkartenbild. Vielleicht ist Raúl zu ihm gegangen, damit er ihm hilft. Ein weiterer Verlierer. Pignatari.«

»Und du?«

»Weder will er mich sehen, noch ich ihn.«

»Wirst du mich in dieses Tangolokal bringen, in dem Norman auftritt?«

»Ich werde dich hinbringen, wenn du reif bist.«
»Reif wozu?«
»Reif, nichts weiter als das, Gallego, reif.«

Das zerstreute Dahinschlendern hat seine Grenzen und seinen Preis. Carvalho umgeben menschliche Gestalten, und inmitten der visuellen Verwirrung vermeint er eine Polizeimarke zu sehen. Eine Stimme bestätigt das, indem sie ruft: »Polizei!« Dann dreht sich ihm die Welt, weil sie ihn schütteln, gegen eine Wand stoßen und zwingen, Arme und Beine zu spreizen. Es filzen ihn geübte Hände, die er nur an den Hoden spürt. Sie durchsuchen seine Taschen. Ein beachtliches Springmesser und eine Plastiktüte voll weißem Pulver fallen auf den Boden. Kokain, sagt sich Carvalho und lächelt müde. Zwei Pranken zwingen ihn, sich umzudrehen. Carvalho hat Óscar Pascuali und zwei weitere Polizisten in Zivil vor sich, einer von ihnen ist der reizbare Vladimiro. Pascuali schaut zu Boden, wo Messer und Tüte auffällig nach Aufmerksamkeit zu heischen scheinen. Pascualis Stimme ist kalt, sein Atem heiß.

»Waffen, Drogen.«

»Wie wollen Sie wissen, daß es Stoff ist? Es könnte Waschpulver sein. Ich lebe allein, muß meine Wäsche waschen. Ich verwende Coral.«

Pascualis Hand greift nach der Tüte, öffnet sie, steckt einen Finger hinein, riecht daran und bohrt ihn Carvalho fast in die Nase.

»Coral? Omo?«

»Ich kenne die argentinischen Marken nicht.«

»Die Waschpulver sind international.«

Carvalho glaubt sich im Recht, ungeduldig zu werden.

»Das ist wie im Schundroman. Jeder Arzt, selbst ein

Polizeiarzt, wird feststellen, daß ich seit meiner Erstkommunion nicht gesnifft habe. Das Messer gehört mir, die Droge Ihnen.«

Pascuali gibt ihm das Messer zurück und steckt die Droge in seine Jackentasche.

»Lassen wir es dabei für diesmal. Aber es ist leicht möglich, daß Sie eines Tages die Nase voller Rotz und Kokain haben und die Wohnung bis obenhin mit Tüten wie dieser. Haben Sie Ihrer Freundin erzählt, daß ich Sie besucht habe?«

»Nein.«

»Warum nicht?«

»Das ist Männersache. Je weniger Dinge wir den Frauen erzählen, desto besser.«

»Fragen Sie sie nach mir.«

»Sind Sie ein Exkämpfer des ›schmutzigen Kriegs‹, Chef?«

»Ja. Eines schmutzigen, sehr schmutzigen Kriegs. Des Kriegs um die Malvinen.«

»Dann sind wir Verlierer unter uns. Ich verlor den Spanischen Bürgerkrieg, als ich ein Junge war. Alma verlor den ›schmutzigen Krieg‹ und Sie den Falklandkrieg. Warum gründen wir nicht einen Verein der Exkämpfer?«

Jemand beschimpft Carvalho hinter dem Rücken Pascualis. Aber es ist nicht Vladimiro gewesen, denn er mustert den Detektiv mit gewissem Respekt. Der andere war's. Ein junger Bursche. Pascuali schüttelt mißbilligend den Kopf.

»Reg dich nicht auf. Er hat einen goldenen Schnabel. Schau Vladimiro an. Der weiß schon, wie er diese geriebenen Kerle behandeln muß.«

»Ein Polizist, der Vladimiro heißt. War sein Vater Lenin-Anhänger?«

Pascuali mag keine Abschweifungen.

»Ich will Ihnen gegenüber klar und deutlich sein.

Je schneller wir Ihren Cousin finden, desto besser für ihn, für uns und für Sie. Wir sind nicht die einzigen, die nach ihm suchen. Ihr Cousin sah zuviel und entwischte durch die Hintertür. Es müssen fünfzig Jahre vergehen, damit die Hauptfiguren dieses Alptraums verschwinden. Jemand hat es auf ihn abgesehen, und wenn er ihn findet, ist Ihr Cousin ein toter Mann. Sie sind zu alt, um Marlowe zu spielen.«

»Früher ahmte ich Marlowe nach. Sie haben recht. Ich bin alt geworden. Mein Vorbild ist Maigret. Der hat kein Alter.«

»Was suchten Sie bei der Vereinigung der Großmütter?«

»Ein Mädchen.«

»Und bei Neue Argentinität?«

»Unterlagen über Kühe.«

»Worüber unterhielten Sie sich mit diesem jüdischen Clown?«

»Über Theater und selbstmörderische Siamkatzen.«

»Wenn Sie einen Atem im Nacken spüren, beunruhigen Sie sich nicht, das bin ich. Wenn man Ihnen einen Genickschuß verpaßt, sind Sie allein dafür verantwortlich, und ich werde es nicht gewesen sein.«

Die drei Männer verwandeln sich hinter den Scheinwerfern ihres Autos in Schatten.

Seit er Kennedy getötet hatte, war Carvalho nie mehr der Macht so nah gewesen. Nie hatte er seinen Fuß in ein Ministerium gesetzt, höchstens in eine Generaldirektion, die der Sicherheit, als er den Mord am Generalsekretär der Kommunistischen Partei Spaniens untersuchte. Vielleicht aber war es in einem anderen Leben gewesen, möglicherweise hatte er Macht gehabt, denn ihm kommt das Kommen und Gehen der Beamten, Kunden und Bittsteller, die sich in einem Gebäude bewegen, das leer, veraltet und völlig unglaubwürdig wirkt, bekannt vor. Die bloße Erwähnung von Sekretär Güelmes hat ihm alle Türen bis hin zum Vorzimmer geöffnet, in dem sich die Sekretärin ebenfalls als Gallega zu erkennen gibt.

»Aber eine richtige Gallega, aus Galicien. Hier nennen sie ja sogar die Andalusier Gallegos. Meine Eltern gingen nach dem Bürgerkrieg ins Exil.«

»Republikaner?«

»Arm. Arm wie Kirchenmäuse.«

Güelmes läßt ihn eintreten. Carvalho hat einen noch jungen Mann aristokratischen Benehmens vor sich, der mit geschmeidigen, fast tänzerischen Bewegungen um einen Tisch herumgeht, so als wollte er das Sitzen hinauszögern. Durch den Türspalt hatte Carvalho beobachten können, wie er sich eine Line Kokain reinzog, dann mit der Fingerkuppe über den Tisch fuhr und sie darauf am Zahnfleisch rieb. Als Carvalho hereinkommt, hat er kaum eine Sekunde auf dem Stuhl gesessen, aus dem er nun wieder aufsteht, um Carvalho die Hand zu geben und ihn nach Alma, nach Norman zu fragen. Carvalho fällt es schwer, den Blick von der Wand zu lösen, an der ein gerahmtes Plakat der Neuen Argentinität mit der unvermeidlichen Kuh hängt.

»Alle haben Lust, Spanien zu besuchen, und ihr Spanier hört nicht auf, nach Argentinien zu kommen.«

»Es ist billiger.«

»Nicht mehr viel. Dank der Politik Menems kommt das Land aus dem Bankrott heraus. Durch dieses Büro gehen hundert Ansuchen, hundert Ansuchen täglich, um in Argentinien zu investieren. Man setzt Vertrauen in unsere Zukunft. Alma rief mich an, und für mich ist ein Anruf Almas ein Befehl, aber viel mehr weiß ich nicht. Was wünschen Sie?«

»Waren Sie Guerillero?«

»Dank Menem sind wir alle, Guerilleros oder nicht, wieder Peronisten. Wer mit zwanzig Jahren kein Revolutionär war, hatte kein Herz, und wer es mit vierzig noch ist, hat kein Hirn.«

»Die Macht.«

Güelmes hat verstanden, daß der kurze Einwurf Carvalhos die Frucht der Betrachtung eines herrlichen Büros im Rahmen des sonst baufälligen Gebäudes ist.

»Einer muß sie ausüben, und es ist viel besser, sie übt einer wie ich aus, der die Anrufe von Alma entgegennimmt.«

»Ist Raúl Tourón hier vorbeigekommen?«

»Nein. Ist er denn in Argentinien? Ich vermutete ihn in Spanien. Ich war einige Zeit in Spanien, dann in Deutschland, in den Vereinigten Staaten im Exil, ein langer Hin- und Rückweg. Viele Argentinier, Chilenen, Uruguayer gingen nach Spanien in der Hoffnung, im Mutterland gut aufgenommen zu werden. Aber ihr Spanier seid eher bereit, ins Exil zu gehen, als den anderen Asyl zu gewähren.«

»Das ist eine alte historische Tendenz.«

»Raulito war ein Fall für sich. In Wirklichkeit verlor er nie seine spanische Nationalität. Nun möchte ein Verrückter, ein spanischer Richter namens Garzón, Militärs gerichtlich verfolgen, weil sie Spanier verschwinden ließen. Raúl, ein weiterer Verrückter, rettet seine Haut und kommt nun zurück, um sich selbst zu erledigen, nicht?«

»Scheinbar sucht ihn alle Welt, ich im Auftrag seines Vaters, die Polizei und seltsame Unbekannte mit bösen Absichten.«

»Weshalb ist Tourón zurückgekehrt?«

»Die einen sagen, um sich zu rächen, und andere, daß er nicht einmal selbst weiß, warum er zurückgekommen ist.«

Güelmes lacht gesittet, und Carvalho schließt daraus, daß angehende Minister so lachen.

»Um sich zu rächen? In alphabetischer Reihenfolge?«

»Vielleicht sucht er seine Tochter.«

Güelmes wirkt skeptisch.

»Und was erwarten Sie von mir?«

»Sie könnten die Polizei auffordern, mir zu helfen.«

»Ich werde in zivilen und wirtschaftlichen Bereichen respektiert. Auf polizeiliches oder militärisches Gebiet kann ich mich nicht begeben. Die haben auch ihre Erinnerung.«

»Vielleicht könnten Sie herausfinden, wer ihn verfolgt. Ich vermute, die Leute haben etwas mit diesem Plakat zu tun.«

Güelmes dreht sich nach dem Plakat um.

»Neue Argentinität? Das ist ein Projekt, in das wir große Erwartungen gesetzt haben, mit unmittelbaren japanischen Investitionen. Roberto, der Kollege von Raúl, leitet es als eigene Sache.«

»Denen der Neuen Argentinität behagt Raúl nicht.«

»Das haben sie Ihnen gesagt?«

»Ich konnte es spüren. Würden Sie diesen Teil der Angelegenheit aufklären?«

»Das ist schwierig, aber nicht unmöglich.«

»Und wenn er hier vorbeikommt, könnten Sie uns vielleicht verständigen.«

»Wen? Wen uns?«

»Alma, mich, Norman Silverstein ...«

»Silverstein! Sein Name während des Kriegs war Camilo. Camilo Cienfuegos. Was für ein großer Schauspieler! Manchmal gehe ich abends zur Entspannung ins Tango Amigo, ein angenehmes Lokal, die vorletzte Insel des Tangos. Ich lüge. Sie sind ein Tourist. Sie können ins Viejo Almacén oder ins Café Homero, in der Calle Cabrera gehen.«

»Ich wollte kein bloßer Tourist sein, sondern ein Reisender. Auch wenn ich keine Zeit habe, um diese Stadt ganz zu verstehen.«

»Wenn Sie ein Reisender und kein Tourist sind, dann gehen Sie ins Tango Amigo. Dort führt Silverstein durch die Vorstellung. Manchmal ist er genial. Je hysterischer, desto genialer. Haben Sie die Show noch nie gesehen?«

»Nein. Alma sagt, ich bin noch nicht reif dafür. Waren Sie auch rockbegeistert?«

»Wer mit zwanzig Jahren kein Rockfan war, hatte kein Herz, und wer es mit vierzig immer noch ist, hat kein Hirn. Wir hatten in unserer Gruppe einen großen Rocksänger: Pignatari. Kennen Sie ihn? Wir waren eher Brüder als Kameraden. Wir mochten uns sehr. Pignatari bastelte eine Spieldose mit der Musik einer seiner Nummern für Eva María, die Tochter von Berta und Raúl.«

Er schweigt und mustert Carvalho unverhohlen. Schließlich fragt er, nachdem er ihn den Namen Pignatari fertig in ein Notizheft schreiben läßt: »Und sagen Sie, wenn die Frage gestattet ist... warum suchen Sie Raúl mit solchem Interesse?«

»Weil mich sein Vater damit beauftragt hat. Das heißt mein Onkel. Mein Onkel aus Amerika.«

»Wissen Sie, was ich Ihnen sage? Wer vor zwanzig Jahren keinen Onkel in Amerika hatte, der hatte keine Vergangenheit. Aber wer noch immer einen hat, der hat keine Zukunft. Jetzt sind die Onkel aus Europa vorzuziehen.«

Er platzt vor Lachen, im Gegensatz zu Carvalhos schlichtem, abschätzendem Lächeln. Der Detektiv steht auf. Als er Güelmes den Rücken zukehrt, verwandelt sich das Lächeln des Staatssekretärs in Sorgenfalten. Seine Stimme ertönt in Carvalhos Rücken.

»Wissen Sie, was mich für diesen verdammten Machtberuf entschädigt?«

Carvalho zuckt mit den Achseln. Güelmes fordert ihn auf, mit ihm auf den Balkon zu treten. Er zeigt ihm ein Pärchen, das auf dem Rasen ein Vorspiel beginnt.

»Das Leben von der Geschichte aus zu betrachten. Den

Sex von der Macht aus. Ich erinnere mich, daß einer unserer Leitsprüche lautete: ›Die Geschichte verändern, wie Marx und Evita forderten, und das Leben verändern, wie es Rimbaud wollte.‹«

Das Pärchen ist nun voll bei der Sache.

»Wie schön!«

Güelmes begleitet ihn bis zur Tür, doch bleibt ihm keine Zeit, sie zu öffnen. Es drängt sich die ganze Fülle des Dicken herein, den Carvalho im Flugzeug kennengelernt hatte. Verblüffung zeigt sich auf dem Gesicht des Dicken und verhaltene Empörung auf dem von Güelmes.

»Entschuldigung, niemand sagte mir …«

Carvalho streckt dem Dicken eine Hand hin.

»Was machen die Wolfsbohnen, oder die Lupinen?«

Der andere gibt sich erstaunt.

»Sprechen Sie mit mir?«

»Die Wolfsbohnen. Im Flugzeug. Erinnern Sie sich?«

Der Dicke heuchelt, zunächst befremdet, dann nach und nach empört.

»Was sagen Sie mir da von Lupinen?«

Ein langes, jedoch dickliches Gesicht, das in eine ausgeprägte Halbglatze übergeht, wenn auch in der Mitte des Schädels üppiges graues Haar wächst, das in einem nicht sehr sauberen Pferdeschwänzchen endet. Falten im Gesicht. Ein Ohrring. Das Telefon scheint von dem Fett verschmutzt, das die über dem Ohr angehäuften Haare durchtränkt.

»Pignatari, ich bin es.«

Der Mann hört zu, deckt das Mobiltelefon mit einer Hand ab und dreht sich nach rechts. Im Inneren einer Baracke legt Raúl Tourón auf einem Metalltisch Patiencen. Jenseits des Fensters Binsendickicht und Mückenschwärme über den Ufern des Flusses. Pignatari informiert mit gedämpfter Stimme: »Es ist der Gallego! Dein Cousin!«

Raúl schlägt mit einem Hieb in die Luft die Möglichkeit aus, seinen Cousin zu beachten. Er setzt sein Spiel fort, obwohl er das Pignataris Ohr nähere Auge auf das halbe Gespräch, das er hören kann, richtet.

»Möglicherweise kann ich Ihnen helfen. Heute abend trete ich in Barracas auf. Pignatari-Rock. Ich erwarte Sie nach dem Auftritt.«

Nach dem Telefonat denkt Pignatari an das Gehörte und an das, was er sagen wird.

»Du solltest mit diesem Gallego reden.«

»Ich vertraue ihm nicht.«

»Wie kannst du bloß auf die Idee kommen, daß dein Alter dich in eine Falle locken will?«

»Woher will ich wissen, daß ihn mein Vater schickt? Und selbst wenn, ist es keine Garantie.«

»Alma hatte Kontakt mit dem Alten. Vertraust du Alma auch nicht? Und dem Alten?«

Raúl unterbricht die Patience, um zu entscheiden, ob er Alma und seinem Vater vertraut oder nicht. Doch er entscheidet es nicht. Pignatari hat aus einem Kanister Wasser in eine Waschschüssel gegossen. Er zieht sich das Hemd aus, seift Hände, Gesicht und Achselhöhlen ein, spült mit dem Wasser aus der Schüssel nach und trocknet sich mit einem gebrauchten Handtuch ab, an dem er zuvor prüfend gerochen und den Impuls, es abzulehnen, gebremst hat. Raúl hat seine Gesten beobachtet, und ihre Blicke treffen sich.

»Erstaunt dich so viel Armut?«

»Meine Fähigkeit zu staunen ist nicht mehr so wie früher.«

»Für mich ist der Rock eine Ethik, und der Protestrock verlangt es unter denen zu leben, die protestieren.«

Raúl erfaßt mit einem kreisenden Blick alles, was sich in der Baracke befindet und was man draußen erahnen kann.

»Wer protestiert denn hier?«

»Niemand. Aber sie müßten protestieren. Du weißt doch, daß das äußere Bewußtsein notwendig ist, damit sich die niederen Schichten der erlittenen Ausbeutung bewußt werden.«

»Der Rock wird nur getanzt. Es ist nicht einmal den Corridos gelungen, zur Revolution aufzurufen.«

»Ich könnte ein bequemes bürgerliches Leben führen; doch welche Songs hätte ich dann das Recht zu komponieren?«

»Die Randgruppen fordern nicht, daß ihre Idole im Elend leben. Im Gegenteil, es gefällt ihnen, wenn sie im Mercedes zu den Konzerten oder den Fußballmatches vorfahren. Denk an Maradona.«

»Dieser Außenseiter interessiert mich nicht.«

Pignatari zieht sich bedächtig ein rotes Seidenhemd mit schwarzen Tupfen an, eine nietenbesetzte Lederjacke, eine enge Lederhose, graue Stiefel mit Silberverzierungen und Sporen. Er nimmt ein Toupet aus einer Schachtel, das seine Halbglatze abdeckt und sich mit dem natürlichen grauen Haar und seinem Pferdeschwänzchen verbindet. Er betrachtet sich in einem Spiegel, und als er sich umdreht, glaubt er, Traurigkeit in Raúls Augen zu bemerken. Pignatari sagt nichts. Er nimmt die elektrische Gitarre von einem kaputten alten Stuhl.

»Das Vernünftigste ist, du kommst im Kleinlaster mit. Du kannst so tun, als wärst du ein Mitglied des Teams. Diese Typen mit den Motorrädern können wiederkommen.«

Raúl gehorcht schweigend. Er schweigt auch während der Fahrt zu der verlassenen Hühnerfarm in Barracas, wo Pignatari das Konzert geben wird. Dort wartet der Rest der Gruppe, etwas jünger als Pignatari, aber keiner unter vierzig. Ihre Gesten sind von präziser Professionalität, aber schlaff, bis sie zu den Instrumenten greifen und sich gegenseitig mit Akkorden zum Einspielen anstacheln. Dann, von der Bühne aus, erforschen sie das altersmäßig in der Mitte liegende Publikum, das mit einer Mischung aus Spott und Faszination für Untergrundmusik teilnimmt. Gröhlen, als der Auftritt zu Ende ist. Sie wollen mehr, verlangen nach einem bestimmten Lied. Der Sänger ist müde, doch er willigt ein. Der Song beginnt, ein Rock, der einem kleinen Mädchen gewidmet ist: Eva María. Ein triumphaler Rocksong, vorher geschrieben, kurz vor der Sintflut, die Raúls Augen feucht werden läßt, während er mit einem Drahtkorb voller Bier durch das Publikum geht.

Eva für Eva,
Sternchen María,
das Mädchen strahlt,
Eva María.

Eva María
wird den CIA erledigen
mit einem
Kanonenrohr.

Pignatari schwitzt. Für eine zweite Zugabe gibt es nicht genug Applaus, und er springt von der Bühne in den Zuschauerraum, möchte mit einer Geschmeidigkeit prahlen, die ihm ein unterdrücktes Stöhnen und ein Krachen der Knie einbringt. Ein Heft und ein Kugelschreiber. Er gibt ein Autogramm und zwinkert dem Bierverkäufer, Raúl, zu, der sich ihm nähert.

»Ist es endgültig? Willst du nicht mit zu dem Treffen mit deinem Cousin kommen?«

»Ich werd's schon sehen.«

Ein Mädchen versperrt ihm den Weg. Sie hält ihm ebenfalls, zitternd, Papier und Kugelschreiber hin.

»Es ist für meine Mutter.«

Pignatari lächelt selbstmitleidig. Er verläßt das Lokal, und inmitten des völligen Brachlands, das ihn empfängt, wirkt der kleine Stand, an dem seine Platten und Kassetten verkauft werden, noch kleiner und trostloser. Ihn betreut ein junger, schlecht gekleideter Verkäufer, der wenig davon überzeugt ist, ein Verkäufer zu sein.

»Wie war's heute?«

»Wie immer.«

»Das heißt schlecht.«

Er sieht auf seine bunte Plastikuhr. Er hat noch Zeit, doch nach dem Lampenfieber verlangt sein Körper nach Entspannung, und der Wohnwagen erwartet ihn, als wäre er ein Alkoven, eine Heimat. Pignatari geht vertrauensvoll und müde hinein. Zwei korpulente Insektenmenschen oder Menscheninsekten erwarten ihn. Einer packt ihn an der nietenbesetzten Lederjacke. Der andere schlägt mit der von einem Schlagring gepanzerten Hand zu. Pignatari hat keine Zeit, in Deckung zu gehen, während alle Gegenstände im Wohnwagen durch die Luft fliegen oder zusammenfallen, bis sich ein halbzerstörtes Bild ergibt, dessen Vordergrund Pignataris blutverschmiertes, aufgeplatztes, verschwollenes Gesicht einnimmt. Aber er schreit entweder nicht, oder seine Schreie sind deshalb nicht zu hören, weil jemand Pignataris Song mit voller Lautstärke laufen läßt.

Eva für Eva,
Sternchen María,
das Mädchen strahlt,
Eva María.

Letzter lebendiger Ausdruck Pignataris zwischen Agonie und Schrecken. Die Motorradfahrer zeigen keinerlei Regung. Sie keuchen und zermalmen mit einer tödlichen

Schlagkraft. Einer von ihnen schlägt, ohne etwas zu fragen. Der andere haut auch zu, aber er ist kein eindimensionaler Mensch und bewahrt eine gewisse Fähigkeit zur Neugierde.

»Wo ist Raúl Tourón?«

Pignatari will etwas sagen, kann aber nicht mehr. Sein Kopf sinkt auf die Brust. Die Motorradfahrer halten inne. Einer läßt seinen Handrücken voller Metallspitzen auf die Halsschlagader niedersausen.

»Wir gehen zu weit.«

»Wir machen uns für nichts und wieder nichts die Hände dreckig.«

Er tritt leicht, aber verächtlich gegen Pignataris Körper, der in sich zusammenfällt.

Zwei Polizeiautos mit blinkendem Alarmlicht. Neugierige, die sich um den ersten Rang im Halbkreis, der den Wohnwagen umgibt, streiten. Pascuali erscheint im Türrahmen. Ekel steht ihm ins Gesicht geschrieben. Vladimiro fragt ihn: »Und was tun wir jetzt?«

»Bei ihm wachen, Vladimiro, bei ihm wachen.«

In der letzten Reihe der Gaffer stehend, wirkt Raúl zugleich fasziniert und erschrocken, und er erschrickt noch mehr, als neben ihm die Stimme Carvalhos ertönt, der, ohne ihn anzusehen, aus dem Mundwinkel zu ihm spricht.

»Raúl, keine Angst. Mich schickt dein Vater. Alma, Norman. Pignatari hatte uns hergebeten. Ich bin dein Cousin Pepe.«

Raúls Ausdruck hat sich nun verändert. Er scheint die Lage wieder im Griff zu haben.

»Mein lieber Alan Parker, ich hoffe, wir werden uns eines Tages unter günstigeren Umständen wiedertreffen. Sie werden von mir hören. Grüßen Sie mir Zully Moreno.«

Carvalho nickt.

»Sollte ich Zully Moreno sehen, werde ich sie von dir grüßen. Aber ich glaube, sie hat sich vor Jahren vom Film zurückgezogen.«

Er zögert, seinen Cousin anzusehen. Als er es tut, ist Raúl verschwunden, doch Pascualis Angriff hindert Carvalho daran, ihn zu suchen.

»Zufall?«

»Ich hatte eine Verabredung mit Pignatari.«

»Wann kamen Sie hierher?«

»Fast zugleich mit der Polizei.«

»Können Sie das beweisen?«

»Es ist kein Theorem.«

Pascuali ruft Vladimiro zu sich.

»Vernimm dieses Subjekt.«

Reine Lust am Schikanieren, denkt Carvalho, während er unter den Schaulustigen, die nach und nach von der Polizei zerstreut werden, seinen Cousin auszumachen versucht. Vladimiro drängt ihn dazu, in eines der beiden Autos zu steigen, und als beide drinnen sind, schnauft der Polizist ärgerlich.

»Warum haben Sie sich in dieses Durcheinander eingemischt?«

»Das ist mein Job.«

»Mein Vater ist Gallego, er kam nach jenem Krieg, und nun will er nicht aus dem Haus gehen. Er hat Angst, daß Franco, Perón, Videla zurückkommen. Was weiß denn ich! Die Politik macht alles kaputt.«

»Deshalb heißen Sie Vladimiro, Ihr Vater war zum Zeitpunkt Ihrer Taufe Leninist.«

»Ich bin nicht getauft.«

»Gibt es viele ungetaufte Polizisten?«

»Jedenfalls mehr ungetaufte Polizisten als ungetaufte Geistliche.«

Vladimiro besitzt Sinn für Humor. Aber der kommt

ihm abhanden, als er einen Block aus der Jackentasche zieht. Er hat keinen Kugelschreiber. Carvalho hält ihm einen hin.

»Los, sagen Sie mir ein paar Dummheiten, damit wir's hinter uns bringen.«

Vladimiro ist menschlich. Carvalho beschränkt sich darauf zu erzählen, daß er eine Verabredung mit Pignatari hatte, zum vereinbarten Zeitpunkt ankam, aber bereits alles gelaufen war.

»Die Verabredung hatte zum Ziel, Informationen über den Aufenthaltsort von Don Raúl Tourón zu erlangen, Cousin von Pepe Carvalho und dem Anschein nach in Buenos Aires weilend, wenn auch an unbekanntem Ort.«

Nachdem die Formalität abgeschlossen ist, verläßt Carvalho den Wagen und erhält, als er schon mit dem halben Körper draußen ist, einen Rat vom jungen Polizisten.

»Verstricken Sie sich nicht in Unannehmlichkeiten, Landsmann.«

Er hat Lust, noch etwas hinzuzufügen, wagt es aber nicht.

»Sonst noch was?«

Vladimiro sieht in alle vier Himmelsrichtungen, und als er feststellt, daß ihn niemand belauschen kann, sagt er mit leiser, erstickter Stimme: »Mein Vater ist ein entfernter Cousin des deinigen. Mein dritter oder vierter Nachname ist Carvalho.«

Er zwinkert ihm zu und betrachtet die Vertraulichkeit als abgeschlossen.

Vierundzwanzig Stunden später, als ihm Carvalho im Fahrwasser Pascualis bei der Trauerfeier von Pignatari begegnet, ist Vladimiro wieder der kräftige, junge, dem störenden Gallego gegenüber verächtliche und mißtrauische Polizist. Aber alle sind schon in einer anderen Sequenz, denn die Leiche ruht in ihrem Sarg in einem zweiten Saal, während sich im ersten zwei konventionelle Witwen und drei nicht weniger konventionelle halbwüchsige Kinder konventionelle Beileidswünsche und Traurigkeiten aufteilen. Ganz anders Alma, in einem Sofa zusammengefallen, tiefer betroffen als die Verwandten. Norman versucht sie zu trösten, etwas zu sagen, doch er kann nicht. Alma schon.

»Erinnerst du dich? Erinnerst du dich an die Spieldose mit dem Lied, das er Eva María widmete?«

Carvalho erscheint in einiger Entfernung. Er lenkt seinen Blick von Alma-Norman zu Font y Rius und Roberto, dem Forscher. Sie scheinen zu diskutieren. Font y Rius murmelt mit zusammengepreßten Lippen Sätze, und Carvalho glaubt zu hören: »Die Schonzeit wurde wieder aufgehoben?«

Die Antwort Robertos hingegen vernimmt er ganz klar: »Ich sagte dir doch, daß Raúls Rückkehr alles verkomplizieren würde.«

Er vernimmt sogar den Nachsatz, als seine Augen auf die Robertos treffen.

»Der Detektiv hat uns gerade noch gefehlt.«

»Soll er ihn doch nach Spanien mitnehmen, verdammt noch mal!«

Vierzigjährige Rockfans drängen sich an der Tür, wollen die Leiche sehen, für die Leiche unterschreiben, der Leiche Beifall spenden. Eine Radiosprecherin redet mit ihrem Taschenrekorder, als wäre er ein unentbehrlicher Fortsatz ihrer selbst.

»Das durch den brutalen Überfall und Tod der wichtigsten Figur des Protestrocks in Buenos Aires, Pignatari, ausgelöste Interesse ist so groß, daß der Staatssekretär für wirtschaftliche Entwicklung, Doktor Güelmes, höchstpersönlich hierherkommt, um sich von seinem Freund und bedeutenden Staatsbürger zu verabschieden.«

Güelmes beweist, daß er die Situation zu meistern versteht. Er geht durch das Blitzlichtgewitter direkt auf die ältere der Witwen zu, umarmt sie gerührt, trocknet sich eine flüchtige Träne und kehrt, bereit fürs Interview, zur Presse zurück.

»Verstehen Sie meinen Schmerz. Respektieren Sie ihn. Mit Pignatari und anderen Freunden erlebten wir harte Jahre des Kampfs, aber auch der Hoffnung. Wir schufen die Worte, er die Musik der Emanzipation. Ich habe den Freund verloren, wir alle jedoch haben den Musiker verloren. Vielen Dank.«

Er macht Anstalten, sich zurückzuziehen, hält jedoch das Ohr für Fragen offen. Viele kommen undeutlich an. Eine Stimme setzt sich gegen die anderen durch.

»Handelt es sich um eine Abrechnung, die aus der Zeit des Prozesses stammt?«

»Von welchen Rechnungen sprechen Sie? Dank Menem sind alle Rechnungen beglichen.«

Ein plötzliches Schweigen geht dem Abgang von Güelmes voraus, der mit Carvalho einen Blick wechselt. Der Detektiv nimmt ihn als einen zugleich angespannten und ironischen Blick wahr.

»Señor Tourón möchte mit Ihnen sprechen. Soll ich Sie verbinden?«

Font y Rius ist von seiner eigenen Sprechanlage verwirrt und braucht etwas Zeit, um Faden und Ton wiederzuerlangen.

»Was sagten Sie? Wer ruft mich an?«

Die Stimme aus der Sprechanlage wiederholt das Gesagte im gleichen Tonfall.

»Ich sagte, Señor Tourón möchte mit Ihnen sprechen. Soll ich verbinden?«

Font y Rius grübelt über der Antwort, während er in alle vier Ecken seines Büros späht, als könnte von ihnen eine Idee kommen, die jemand mit einem weniger vollen Hirn als dem seinen im Augenblick angeregt hat.

»Halte ihn kurz hin, erfinde irgendeine Ausrede, damit er nicht auflegt.«

Dann wählt er, rasend, mit der Raserei eines von seiner eigenen Psychose überwältigten Psychiaters, eine Telefonnummer. Bevor er spricht, atmet er tief durch, wie die Basketballspieler, bevor sie die Freiwürfe losschleudern.

»Der Biologe versucht mit mir Kontakt aufzunehmen. Ich werde ihn, wenn's geht, möglichst lang hinhalten. Orten Sie den Anruf.«

Er legt auf und drückt den Knopf der Sprechanlage.

»Verbinden Sie mich.«

Font y Rius lächelt plötzlich.

»Hallo? Hallo? Raúl, bist du's? Wo steckst du? Hallo? Raúl? Raúl Tourón? ...«

Die Stille verwirrt ihn. Unvermittelt beginnt im Apparat ein Ton zu erklingen. Jemand pfeift das Eva María gewidmete Lied, das Pignatari beim Konzert gesungen hat.

»Aber was soll denn das? Raúl? Blödmann! Wer glaubst du, daß du bist? Raúl! Komm her, wenn du ein Mann bist. Von woher rufst du an?«

Font y Rius hält das Telefon mit hochrotem Kopf weg. Als er es wieder ans Ohr klemmt, ist noch immer das gepfiffene Lied zu hören. Er erhebt sich wütend, während er weiterhin flucht. Die Musik dröhnt in seinem Kopf, als wäre sie nicht ein schwaches Pfeifen, sondern eine durchdringende musikalische Beschallung. Dann plötzliche Stille.

»Raúl? Bist du da? Verzeih mir, wenn ich ein wenig heißgelaufen bin, aber ich mag es nicht, daß du den Geheimnisvollen spielst. Raúl? Raúl?«

Der Psychiater starrt auf das Telefon, als hätte es sich in ein unbrauchbares und zugleich verdächtiges Gerät verwandelt. Er legt auf. Er sieht einen Terminkalender durch, den er aus der Brusttasche seines Arztkittels gezogen hat, entschließt sich und wählt eine Nummer.

»Capitán? Der Kreis wird eng. Uns umringt ein Mann allein. Raúl wird allmählich lästig. Es muß etwas getan werden. Aber mit allem Respekt, so wie wir vereinbarten, nicht in Ihrem Stil.«

Fast alle Sprechanlagen sind gleich. Auch die Stimmen, die sie übertragen, und manchmal gleichen einander sogar die gewechselten Worte.

»Señor Raúl Tourón möchte mit Ihnen sprechen.«

Güelmes denkt nach.

»Ist er hier?«

»Nein, Señor, am Telefon.«

»Verbinden Sie mich.«

Er setzt ein sanftes Lächeln auf, damit seine Stimme und seine Erinnerungen sanft klingen.

»Raúl. Raulito?«

Es ist keinerlei Antwort auf so viel bemühte Sanftheit zu hören.

»Raulito? Ich bin's. Güelmes, der Teufelskerl, wie du mich nanntest.«

Aus dem Telefon strömt verrückt nostalgisch das Lied Pignataris, gepfiffen, mit einem gewissen Gefühl gepfiffen.

»Raúl. Geh nicht von dort weg, wo du bist. Raulito. Denk an die alten Zeiten, vertrau mir.«

Die einzige Antwort ist weiterhin das Pfeifen des Lieds.

»Vertrau mir, rühr dich nicht von der Stelle. Raúl?«

Das Telefon sendet nur noch den Ton der leeren Wellen. Güelmes legt langsam auf. Seine Augen sind voller Sorge, als er eine Telefonnummer aus der Schreibtischlade zieht und persönlich die Verbindung nach außen und mit dem Anrufempfänger herstellt.

»Doktor Font y Rius, bitte. Er ist nicht da? Wissen Sie, wo er hin ist?«

Die Stimme weiß es, und Güelmes schüttelt sie ab, um ein weiteres Gespräch zu führen, das ihm unter den Nägeln brennt.

»Capitán! Es wird komplizierter. Font y Rius ist nervös und ist auf dem Weg zur Neuen Argentinität, um mit Roberto zu reden. Mistkerl. Sie sind Mistkerle, alle beide. Aber rühren Sie mir Raúl nicht an. Wir haben kein Interesse, Aufsehen zu erregen.«

Der Capitán hat aufgelegt.

Roberto beobachtet hingebungsvoll die Bewegungen seiner Tierchen. Er ruft verschiedene Nagetierpärchen bei ihren Namen.

»Hermann und Dorothea, ich sehe euch sehr streitsüchtig heute morgen. Jelzin und Gorbi, das ist jetzt aber das letzte Mal, daß ihr miteinander rauft. Galtieri, Galtieri… schon wieder betrunken? Raúl, Raúl, wo steckst du?«

Er versucht die Maus mit einem Glasstab aus ihrem Versteck zu locken. Ein Schatten fällt über ihn. Er dreht sich um.

»Du?«

Aber mehr kann er nicht sagen, denn die Brechstange saust auf seinen Kopf nieder, teilt den Schädel und das

Zimmer in zwei Hälften – der Kopf gespalten wie eine besonders zähe Frucht. Der Wissenschaftler bricht zusammen. Sein Arm steckt in einer Vitrine voller Ratten, die zunächst erschrecken, dann aber den Fluchttrieb wiedererlangen und hochspringen, um in die Hand des Toten zu beißen. Jemand hat die Tür zum Labor geöffnet und ruft: »Roberto? Roberto?«

Font y Rius versucht, den Forscher zu erspähen.

»Roberto? Roberto?«

Font y Rius geht vorsichtig weiter, als hätte er Angst, die empfindlichen Glasapparate, die ihn umgeben, zu zerbrechen, oder als wollte er die zwanghaft übertriebenen Bewegungen der Ratten eindämmen.

»Was ist mit euch los, ihr Scheißratten?«

Im Halbdunkel nimmt er Robertos über den Arbeitstisch gebeugten Körper wahr.

»Mir scheint, Raúl weiß das mit der Studie. Roberto?«

Robertos Körper bewegt sich nicht, und als Font y Rius äußerst beunruhigt einen Schritt zurück macht, nimmt ein Motorradfahrer das gesamte Blickfeld ein und schlägt ihm mit der Faust ins Gesicht. Font y Rius jammert und versucht sich zu schützen. Herausfordernd steht der Motorradfahrer vor ihm. Er nimmt Helm und Brille ab. Es ist der Capitán.

»Sie haben nichts gesehen.«

Alma hat sich die Brille aufgesetzt, auf dem Tisch liegen mehrere Bücher, sie ordnet verstreute Notizen und setzt sich an einen kleinen Computer, den sie hin und her bewegt, als würde sie einen bevorzugten Platz für ihn suchen. Sie seufzt zufrieden über die Ordnung, die der Arbeit vorausgeht, doch läutet es, und sie geht zur Wohnungstür, öffnet sie sperrangelweit. Sie will etwas sagen, doch eine Hand legt ihr ein Handtuch aufs Gesicht, bedeckt sogar die erschrockenen, zu spät gewarnten Augen. Als sie wieder zu sich kommt, ist sie nackt an einen Stuhl gefesselt, von zwei Motorradfahrern flankiert, gegenüber ein beleuchtetes Laken. Dahinter das Schattenbild einer bequem sitzenden Person – übertrieben, bedrohlich die Bequemlichkeit. Die Augen der Frau versuchen die beschnittene Beweglichkeit des Körpers wettzumachen. Sie rasen wie verrückt durch den Raum. Es läßt sich nichts ausmachen. Eine der behandschuhten Hände der Motorradfahrer hält einen Schraubenzieher an ihre Kehle. Von der anderen Seite des Lakens ertönt eine Stimme.

»Alma? Erinnerst du dich an meine Stimme? Ich bin der Capitán, Alma! Wir treffen uns also wieder. Die Welt dreht sich und dreht sich, und wir treffen uns wieder. Wir bereiten alles vor, damit du leicht vergessen kannst, was geschieht. Und wir ziehen dich nackt aus, damit du dich erinnerst, was geschah. Du hattest Glück. Deine Schwester starb. Arme Berta, sie war sich so sicher, die Geschichte zu verändern, und verlor das Leben! Du hingegen, ein paar Monate Gefängnis, ein goldenes Exil.«

»Meine Kleine!«

»Deine Kleine?«

»Meine Nichte.«

»Verschwunden, bedauerlich, aber sie ist gewiß besser aufgehoben als bei dir oder ihrer Mutter.«

Alma versucht ihre Augen auf den eigenen Körper zu lenken, auf die Kälte, die sie auf ihrer ganzen Haut spürt, doch die Spitze des Schraubenziehers drückt sich in den Hals, und es ist zwecklos, daß ihre Augen nun Zorn, Ohnmacht ausdrücken.

»Wo ist Raúl Tourón?«

Alma will etwas sagen, sie schluckt ihre Wut hinunter, es fällt ihr schwer zu reden. Schließlich sagt sie mit gebrochener Stimme: »Ich weiß nicht.«

»Ich glaube dir, Alma. Erinnerst du dich, wie wir uns näherkamen? Erinnerst du dich, wie oft meine Stimme dich in jenen so schwierigen Momenten tröstete? Ich glaube dir, Alma. Vielleicht weißt du, was Tourón sucht. Wen er sucht. Seine Tochter? Mich? Wer bin ich?«

»Ich weiß es nicht. Ich weiß es nicht!«

Sie hat die Stimme erhoben, und der Schraubenzieher sticht zu, bis ein Tropfen Blut hervorquillt. Alma beißt sich auf die Lippen und stößt die Verzweiflung durch die Augen aus.

»Ich glaube dir, Alma. Ich glaube dir. Ich habe dir immer geglaubt. Aber vergiß nicht, was ich dir sagen werde. Wenn Tourón sich irgendwann mit dir in Verbindung setzt, dann häng die Bluse, die wir dir ausgezogen haben, aus dem Fenster, nur diese Bluse. Welche Farbe hat sie, Alma?«

Alma versucht sich an die Farbe zu erinnern. Ein Motorradfahrer hält ihr die Bluse unter die Nase.

»Blau. Hellblau. Blau wie der Himmel an einem klaren Tag. Himmelblau, das gleiche Himmelblau, das du in Kürze sehen wirst. Die Bluse im Fenster, denk daran. Das ist alles, Alma. Wiedersehen. Bis bald.«

Das Schattenbild löst sich auf, und Almas Augen warten, daß das Laken und alles, was es darstellt, herunterfällt. Das Handtuch verdeckt ihr wieder die Wirklichkeit, ihr Selbst.

Pascuali läßt seinen Blick langsam über Font y Rius' entsetztes Gesicht wandern. Der Psychiater leidet an einer vorübergehenden Lähmung, die ihn daran hindert, rückwärts oder vorwärts zu gehen, zu denken, zu sprechen.

»Sie sind also hierhergekommen, um eine Studie zu suchen. Um welche Studie handelt es sich?«

Font y Rius wendet seinen Blick zu Pascuali, der nun

vor dem Hindernis der vom Tisch herabhängenden Beine des Toten stehengeblieben ist; sie wirken wie ein Gegengewicht zum Kopf und dem Arm, der in der großen Vitrine voller Laborratten steckt.

»Das ist eine alte Geschichte.«

Pascuali überlegt, will schon zu reden anfangen, entschließt sich aber doch nicht und wartet, daß Font y Rius, den sogar die Luft im Raum erdrückt, unter der Last seiner Depression hervorkommt.

»Wir sind allein. Sie können sprechen.«

Font y Rius redet leise, noch aufgewühlt, doch gewinnt er nach und nach an Gelassenheit.

»Alles geschah vor fast zwanzig Jahren. Wir hatten schon ein Jahr Militärregime, und was wie ein weiterer, das Gleichgewicht wiederherstellender Putsch zu sein schien, entpuppte sich ganz klar als das, was als ›schmutziger Krieg‹ in die Geschichte einging. Wir erhielten Informationen über die Ungeheuerlichkeiten, die begangen wurden. Folterungen. Verschwundene. Ich hielt mich am Rande, doch meine Frau, meine Schwägerin, Raúl und Roberto verfaßten eine ganz genaue Studie über den psychischen und physischen Widerstand bei Schmerz und Nötigung. In Wirklichkeit war das über Jahre hinweg das Thema ihrer Arbeit. Sie wußten alles über den Schmerz bei Ratten und verfaßten eine vollständige Sammlung von Fällen. Alle möglichen Variablen, um den Verhören standzuhalten. Die Studie mußte streng geheim bleiben und, sobald sie auswendig gelernt war, vernichtet werden. Sie wurden fast alle verhaftet. Ich war in jener Nacht dort, als sie in die Wohnung von Raúl und Berta in Recoleta eindrangen. Aber Roberto und ich waren als Unbeteiligte dort.«

»Und die Studie?«

»Jemand hat sie den Milicos übergeben.«

»Roberto?«

»Ich weiß es nicht. Niemand wußte mit völliger Sicherheit, wo sie war. Ich könnte Ihnen schwören, daß ich es nicht gewesen bin, doch in einem Versuch, die Freiheit zu erkaufen, hätte es jeder von uns gewesen sein können. In Wahrheit rettete sich der Kern von Berta Modottis Gruppe, wir alle, außer ihr, die bei der Schießerei starb. Aber da ist noch etwas.«

Pascuali fordert ihn nicht auf, es zu sagen, aber er tut es.

»Ich half den Milicos, die Texte der Studie auszulegen.«

»Und die anderen nicht?«

»Nicht daß ich wüßte. Wir sprachen nie in Einzelheiten über unsere persönlichen Erfahrungen in der ESMA, diesem berüchtigten Konzentrationslager. Dort waren wir nämlich.«

»Niemand ist perfekt. Alle haben etwas zu verbergen.«

»Einer mehr, andere weniger. Plötzlich dachte ich, daß Raúl vielleicht Roberto für den Verantwortlichen der Übergabe hielt. Ich wollte es mit ihm diskutieren.«

»Seit 1977 hatten Sie keine Zeit, das zu diskutieren?«

Der Gerichtsmediziner ist gekommen, und Pascuali fordert Font y Rius auf, ihm zu folgen. Sie gehen durch ein Spalier von Neugierigen, und beider Augen bleiben an denen des Leiters der Neuen Argentinität hängen. Doch der Blick von Font y Rius möchte ausweichen, und der Pascualis kehrt sich nach innen und sucht im Gedächtnisarchiv nach diesem eckigen Gesicht, diesem verächtlich dreinblickenden Mann. Sie erreichen das Polizeiauto. Pascuali greift zum Telefon.

»Zentrale? Machen Sie den Haftbefehl von Raúl Tourón als mutmaßlichen Mörder von Doktor Roberto Améndola Labriola offiziell. Suchen Sie Archivfotos, so neue wie möglich.«

»War es Raúl?«

Pascuali dreht sich zu Font y Rius und murmelt mit einer gewissen Verachtung: »Wenn Sie den Mörder nicht gesehen haben, dann schon. Für den Moment war er es. Merkwürdig, ich glaubte den Leiter des Zentrums wiederzuerkennen. Er sagte, er heiße Doñate.«

Font y Rius wirkt nicht interessiert.

Alma schmerzt das übertriebene Licht, das sie umgibt. Sie glaubt einen schmutzigblauen Himmel zu sehen, gewaltig schmutzig, gewaltig blau. Sie umschlingt ihren Körper, als befürchte sie ihn nackt. Aber sie ist bekleidet, in aller Eile. Die Bluse schief, ohne Strümpfe, der Rock aufgeknöpft. Sie überprüft die Spuren der Fesseln an ihren Armen. Sie steht vom Sofa auf, ihr Kopf dreht sich, und sie riecht oder schmeckt Chloroform. Dort steht einsam der Stuhl, an den sie gefesselt gewesen war. Alles andere ist an seinem Platz: die Bücher, die Notizen. Sie weint zwischen Panik und Freude. Es klingelt an der Tür. Sie beißt sich in eine Hand, um nicht zu schreien. Carvalhos Stimme dringt zu ihr: »Alma? Ich bin's. Der maskierte Gallego.«

Sie lacht unter Tränen und läuft hin, um zu öffnen. Carvalho schließt sie in die Arme, bis sie den Faden von dem findet, was sie ihm sagen will, zerbrochen die Worte, der Atem, der Blick verloren durch den Schrecken. Er setzt sich neben sie auf das Sofa, hüllt sie in eine weitere Umarmung, in die er Mitleid und sie Schutzbedürfnis legt.

»Wirst du mir ein für allemal die Wahrheit sagen?«

»Die Wahrheit weiß ich nicht. Mir bleiben keine Wahrheiten. Ich kann dir meine sagen. Ich erzählte dir, was in der Nacht des Überfalls geschah. Nein. Es war nicht so, wie ich es dir erzählte. Als sie hereinkamen, saßen wir beim Abendessen und arbeiteten an politischen Plänen. Vor allen Dingen bin ich nicht Alma. Ich bin Berta.«

Carvalho will und kann seine Verblüffung nicht verbergen.

»Laß mich reden. Ich war Berta. Jetzt will ich es nicht mehr sein. Ich versuchte dem Überfallkommando Widerstand zu leisten.«

Und vor ihrem inneren Augen läuft die Sequenz, die ihre Worte übertragen, während sie verschiedene Personen nachspielt: Raúl schrie mir vom anderen Zimmer aus zu: Laß den Unsinn! Sie bringen uns um! Die Kleine! Alma stand auf, wollte das Baby nehmen, und eine Maschinengewehrsalve tötete sie. Ich konnte es nicht glauben. Almas Leiche, ich und Font y Rius, Almas Mann, waren auf dem Boden, im selben Zimmer. Mein Schwager rief mir zu: Pack das Mädchen, und flieh übers Badezimmer! Ich drehte Almas Körper um. Das Gesicht war entstellt. Mein Schwager beharrte: Flieh mit dem Mädchen! Ich werde sagen, daß du die Tote bist. Rette die Kleine! Ergib dich für die Kleine. Ich ergebe mich! Nicht schießen! Ich kroch in das Zimmer, in dem mein Baby war. Ich hob es hoch, es war nach wie vor ein winziges, zartes, duftendes Geschöpf, aber schwer, sehr schwer. Ich kletterte vom Fenster aus auf eine klappbare Feuerleiter, die wir sehr versteckt für den Fall der Fälle angebracht hatten. Ich stieg mit dem Baby im Arm hinunter. Es war schwer. Es war so schwer, daß ich Angst hatte, es könnte mir aus dem Arm fallen! Die Milicos hatten die Straße abgeriegelt. In der Wohnung des Portiers war Licht. Ich schlüpfte hinein. Der Portier und ich von Angesicht zu Angesicht. Er sah mich an, sah das Mädchen an, sein ärgerlicher Gesichtsausdruck machte Verständnis Platz. Er schob mich weiter und steckte mich in einen Kleiderschrank, wobei er noch Zeit fand zu sagen: Ich habe nichts gesehen. Wenn man Sie findet, ich habe nichts gesehen. Alles andere ist dem, was ich dir erzählte, sehr ähnlich. Nun bin ich Alma, und das gern. Es ist die einzige Möglichkeit, meine Gewissensbisse zu bekämpfen. Sowohl Alma als auch Raúl sind durch mich hineingeraten. Eva María, mein Mädchen, ist die einzige wirkliche

Verschwundene. Ich hasse Berta. Ich hasse mich selbst. Ich weiß, das sollte ich nicht, aber ich hasse mich, wenn ich mich daran erinnere, wie ich war.

»Die Erinnerung verdient uns manchmal nicht, manchmal verdienen wir sie nicht.«

Alma stürzt sich in die Heimat, die Carvalhos Arme und Brust bieten. Für kurze Zeit. Es läutet an der Tür, Carvalho öffnet und trifft auf einen wortkargen Pascuali und einen besorgten, aber herausfordernden Vladimiro.

Während der Fahrt zum Polizeirevier gibt Vladimiro die Befehle. Pascuali spricht nicht zu ihnen, auch später nicht in seinem Reich, wo er ein ums andere Mal an Carvalho vorbeigeht, ohne ihn anzusehen, genausowenig Alma oder Font y Rius, die auf gegenüberliegenden Bänken sitzen. Alma und Font y Rius versuchen, sich mit den Blicken etwas zu sagen. Da macht ihnen Pascuali ein Zeichen, ihm zu folgen. Das Arbeitszimmer riecht nach Metallmöbeln und Ketchup. Pascuali sieht sie alle scharf an, Trottel für Trottel, sagt sein Blick. Er fordert die anderen Polizisten mit den Augen auf, zu verschwinden. Er schweigt noch ein paar Sekunden, als sie weg sind, dann brummt er in seinen Bart: »Ein Mord. Ein Überfall gefolgt von einer Entführung im eigenen Haus. Eine Szene aus einem sadopolitischen Film. Was verbergen Sie vor mir? Die Geschichte?«

Plötzlich schlägt Pascuali mit der Faust auf den Tisch.

»Mir steht Ihre Geschichte bis zum Hals! Ein Verrückter, der seine Vergangenheit, seine Entdeckungen wiedererlangen will. Und er taucht im schlechtesten Moment auf, weil niemand von Ihnen ihn braucht.«

Er erhebt sich, bleibt vor Carvalho stehen, und brüllt hysterisch: »Du, du Scheißschnüffler, mach dich aus dem Staub, hau endlich ab, und mach nicht alles noch komplizierter.«

Dann tritt er Alma gegenüber.

»Und Sie, gehen Sie doch auf der Plaza de Mayo spazieren wie eine weitere Witwe, eine Witwe der Geschichte. Aber machen Sie mir keine Probleme mehr! Und sofern Ihr Schwager auftaucht, liefern Sie ihn mir in Reichweite, zu Ihrem Wohl und zu dem von allen. Wollen Sie denn, daß eine weitere Jagd beginnt?«

Er verharrt einige Minuten in Schweigen, und schließlich explodiert er: »Gehen Sie!«

Als Font y Rius an ihm vorbeigeht, knurrt er: »Psychiater!«

»Wie ist das Wetter in Barcelona, Biscuter? ... Ist die Olympiade vorbei? ... Vor fünf Jahren? Ich weiß schon nicht einmal mehr, an welchem Tag ich lebe. Hat Charo angerufen? ... Nein. Ich koche gerade ... Nun ja. Ein argentinisches Gericht, das niemand in Buenos Aires macht. Carbonada criolla. Wie ein Rindfleischeintopf mit Mais, Bataten, Kürbis, Pfirsichen. Nun gut ... Die Stadt? Gut. Sie ist nach wie vor voll mit deprimierten Argentiniern.«

Er legt auf und nimmt lustlos den Brief, den er nicht fertigschreibt, wieder zur Hand. »Charo. Was wäre für dich und für mich eine normale Lösung? Gibt es ab fünfzig normale Lösungen, oder bleibt schon nur noch die Angst, in Einsamkeit und ohne Würde zu altern ...?«

Er schickt sich an, den Brief zu zerreißen, verschont ihn, legt ihn weg. Er geht in die Küche, braucht eine Weile, um zu begreifen, daß Alma dort ist, vor dem Kochtopf, gewissenhaft wachend.

»Alles in Ordnung?«

»Und das ist Kochen?«

»Was denn sonst?«

»Es macht sich von allein.«

Carvalho entkorkt eine Flasche Wein.

»Du machst ihn schon auf?«

»Ein ausgezeichneter Cabernet Sauvignon aus Mendoza, Clos de Nobles. Vier Jahre. Er muß noch eine Weile atmen. Aber du bist doch aus guter Familie. Du müßtest diese Dinge wissen.«

Später, vor den Resten des Abendessens auf den Tellern, betrachtet Alma das Weinglas gegen das Licht.

»Etwas habe ich heute nacht gelernt. Den Wein muß man betrachten, riechen, genießen. Meine Eltern waren reich, aber sie haben mir diese Dinge nicht beigebracht. Sie wußten sie vielleicht nicht. Es gibt Reiche, die es nicht zu sein verstehen. Meine Eltern verstanden nicht, es zu sein. Sie kamen auch nicht damit zurecht, daß ihre Töchter der Stadtguerilla angehörten. Aber wie können wir über Wein sprechen. Was ist aus meiner Eva María geworden? Was wird aus Raúl werden?«

»Wenn sie mich nicht aus dem Land hinauswerfen, werde ich ihn finden. Glaubst du, daß er Roberto umgebracht hat?«

Alma verwirft den Gedanken mit einer Handbewegung.

»Das ist unmöglich. Raúl ist geboren worden, um getötet zu werden, nicht, um zu töten.«

Carvalho betrachtet sie mit einer gewissen Zärtlichkeit.

»Was schaust du so?«

Carvalho antwortet nicht. Alma läßt die Augen zum Nebenzimmer schweifen, spricht ruhig, ohne Grobheit.

»Bist du gewohnt, daß die Frauen dir für das Abendessen danken, indem sie mit dir ins Bett gehen?«

Carvalho trinkt Wein und redet gelöst.

»Wenn du es mir vorschlägst, sage ich nicht nein. Aber wenn ich gewußt hätte, daß du ins Bett wolltest, hätte ich dir ein anderes Menü zubereitet. Du harmonierst nicht mit der argentinischen Carbonada.«

»Womit harmoniere ich denn?«

»Gefüllte Kalbsschulter, zum Beispiel.«

»Und das ist genießbar?«

»Sehr genießbar.«

»Und Charo? Ist Charo genießbar?«

»Was weißt du von Charo?«

Alma deutet mit dem Kopf in die dem Schlafzimmer entgegengesetzte Richtung, auf Carvalhos unvollendeten Brief.

»Ich konnte der Versuchung nicht widerstehen. Ich las ihn. Ich mag Briefe. Ich mag die Briefliteratur.«

»Sagen wir, sie ist meine Lebensgefährtin gewesen.«

»Ist sie auch Privatdetektivin?«

»Nein. Sie ist Hure.«

Alma sieht ihn erstaunt und gekränkt an. Sie ist über sich selbst erstaunt und im Namen Charos gekränkt.

»Die Wahrheit ist die Wahrheit. Ich habe eine abseitige Seele. Meine Freundin war eine Telefonnutte. Mein technischer Berater, Kellner, Koch und Sekretär ist ein ehemaliger Autodieb, der Biscuter heißt. Mein geistiger und feinschmeckerischer Vertrauter, ein Nachbar, namens Fuster, der auch mein Verwalter ist. Verwalter des wenigen, das er mir verwalten kann. Ich mag die unmöglichen Familien. Die möglichen verabscheue ich.«

»Du verabscheust deinen Vater und deine Mutter?«

»Ich verabscheue die möglichen lebenden Familien. Die toten Familien begeistern mich.«

Alma trinkt gedankenverloren. Carvalho nimmt den Brief, zerknüllt ihn. Er ist unschlüssig, was er mit dem Papierknäuel tun soll. Schließlich geht er zum Kamin, doch dann steckt er den Knäuel in die Tasche. Er macht sich daran, das Feuer anzuzünden. Alma beobachtet entspannt seine Bewegungen, bis sie sieht, daß er nach einem Buch greift und es zu zerreißen beginnt.

»Aber das, aber ... Du spinnst wohl!«

Sie will aufstehen und ihn daran hindern. Doch es ist schon zu spät. Das Buch brennt und steckt den ganzen Stoß aus Spänen und Holzscheiten an.

»Bist du verrückt? Was bist du denn, ein Faschist? Die Faschisten sind die einzigen, die Bücher verbrennen.«

Carvalho gibt sich der Bequemlichkeit des Sofas hin und zündet sich eine Zigarre an.

»Es ist eine alte Gewohnheit. Vierzig Jahre meines Lebens las ich Bücher, jetzt verbrenne ich sie nach und nach, denn sie haben mich kaum zu leben gelehrt.«

»Das klingt nach Julio Iglesias.«

Sie mustert, noch immer entgeistert, Carvalho und das Feuer.

»Du wirst doch keinen wichtigen Autor verbrannt haben, oder?«

»Ich glaube, er hieß Ernesto Sábato. Ich weiß nicht, um was es ging. Mir scheint, der Titel lautete ungefähr *Tango. Das Lied von Buenos Aires.*«

Alma ist am Rande eines Wutanfalls.

»Aber das ist doch wunderbar!«

»Zum Teufel damit. Letztens verbrannte ich *Adam Buenosayres.*«

»Du willst mir sagen, du wagtest es, den Roman von Marechal zu verbrennen?«

»Es ist mir egal, von wem er ist.«

»Aber das ist unser *Ulysses*!«

Alma ist endgültig empört.

»Du bist ein verdammter Faschist. Ein Koch!«

»Die Kultur bringt dir nicht bei zu leben. Sie ist nur die Maske der Angst und der Unwissenheit. Des Todes. Du siehst eine Kuh in der Pampa …«

»Muß es die Pampa sein?«

»Also irgendwo. Du tötest sie, ißt sie roh. Alle würden auf dich zeigen: Er ist ein Barbar, ein Wilder. Wenn du aber die Kuh einfängst, sie tötest, sie gekonnt zerteilst, sie brätst und mit Chimichurri würzt, dann ist das Kultur. Die Beschönigung des Kannibalismus. Das Vertuschen des Kannibalismus.«

»Du meinst also, es wäre ehrlich, wenn wir uns gegenseitig roh auffressen würden?«

»Nein. Man muß sich selbst betrügen. Aber es ist wahr, daß wir uns gegenseitig roh auffressen. Manchmal verbrenne ich ein Buch, sogar ein Buch, das mir gefällt.«

Er rezitiert: »›Wer fürchtet nicht zu verlieren, was er nicht liebt?‹«

»Quevedo?«

»Quevedo, von mir abgeändert.«

Er hält Alma einen Zettel hin.

»Eine Nachricht von Raúl. Ich habe sie unter der Tür gefunden.«

Alma reißt den Zettel an sich und liest seinen Inhalt laut: »Cousin, ich habe bei Güelmes Zuflucht gesucht. Ich bin es müde zu fliehen und habe Eva María zum Greifen nah, wie Peter Pan die Sterne.«

Alma hört zu lesen auf und hebt beunruhigt die Augen. Carvalho hat ihr eine Hand auf den Kopf gelegt und dreht ihr Gesicht zu sich hin. Ihre Lippen nähern sich, doch Pascuali und vier Polizisten stehen vor der Tür, läuten und zerstören die Umarmung.

»Der unvermeidliche Pascuali.«

Drei stürzen sich auf Carvalho, halten ihn fest. Pascuali bleibt vor Alma stehen.

»Genug der Spiele. Ich will keine Toten mehr. Ich muß Ihren Schwager vor ich weiß nicht wem finden, aber sicher ist, daß er, wenn ich ihn nicht finde, schlechter dran sein wird. Ich habe den neuen Leiter der Neuen Argentinität wiedererkannt, und ich mag nicht mit Phantomen spielen.«

Carvalho ist es gelungen, sich von den Polizisten loszumachen. Er stößt mit dem Ellbogen dem einen in die Leber und holt zu einem Fußtritt aus, der den anderen aber nicht trifft. Pascuali hat den Finger am Abzug der Pistole und zielt auf Carvalho, während er mit einer Geste seine Männer zurückhält.

»Genug. Sie haben sich schon vor der Señora bewiesen. Jetzt schweigen Sie, denn Sie wissen nichts.«

»Ich weiß, wie man Raúl findet.«

Alma und Pascuali sehen sich verblüfft an.

»Entweder versteckt ihn Güelmes, oder es versteckt ihn Font y Rius. Ein Ministerium oder eine psychiatrische Klinik, sichere Orte.«

Pascuali zweifelt, aber nicht an Carvalho.

»In Argentinien sind die Ministerien nicht sicher.«

Carvalho ergänzt: »Und die Minister auch nicht.«

Er hält Pascuali den Zettel mit Raúls Nachricht hin.

Sie gehen gemächlich am Fluß spazieren. Der Mond malt Clownschminke auf Raúls zum Himmel gewandtes Gesicht, während er rezitiert:

Die alten Sterne
betrachtet haben
von der Schattenbank aus.
Diese verstreuten Lichter
betrachtet haben,
die meine Unwissenheit nicht gelernt hat zu benennen
und auch nicht in Konstellationen zu ordnen ...

Er dreht sich um und mustert seinen Begleiter. Güelmes redet sehr sanft, so als wollte er Träume in Erinnerung rufen und sie in Worte verwandeln.

»Die alten Sterne. Du warst ein Stern, Raúl, erinnere dich an deine Intelligenz, an unsere Bewunderung. Ich war damals Student der Wirtschaftswissenschaften, mehr militant als Student, und machte mir erst nach dem Exil in den Vereinigten Staaten einen Namen als Volkswirt. Der Synthese. Erinnerst du dich an meine Analyse à la Mandel oder à la Gunder Frank über den unvermeidlichen Niedergang des Kapitalismus? Eines Tages wird er fallen, da bin ich mir sicher, aber du und ich werden es nicht erleben. Nun bin ich ein Volkswirt der Synthese. Ein Sozialliberaler. Sozial Montag, Mittwoch und Freitag, liberal Dienstag, Donnerstag und Samstag. Sonntags ruhe ich aus. Ich bin erwachsen geworden. Aber du nicht. Was suchst du? Die Erinnerung eines Gefühls? Oder suchst du vielleicht die Rechte, die dir für deine Entdeckungen über Tierernährung zustehen? Roberto und ich haben uns geeinigt, sie zu vermarkten, als ich aus dem Exil zurückkam und eine entsprechende Stelle besetzte. Du warst verschwunden. Roberto trat als Entdecker der Formel auf und ich als geldgebender und gleichzeitig sozusagen staatlicher Partner.«

Er hält inne. Raúl scheint nichts zu verstehen.

»Roberto ist tot. Er war zu nervös geworden. Deine Rückkehr – er wollte dir alles erklären. Dein Schwager Font y Rius steckt auch mit drin.«

»Und Alma?«

Güelmes lächelt und murmelt »Alma«, als handele es sich um einen unglaubhaften Namen. Er zieht eine Pistole, zielt auf Raúl. Vom Erstaunen verfällt Raúl in Lachen und quiekt zunehmend wie eine Ratte. Man könnte sagen, selbst sein Mienenspiel ist das einer bedrohten Ratte, die ihre Schnauze runzelt, aus der borstige weiße Haare sprießen. Güelmes glaubt in ihm die Überblendung einer gigantischen Ratte zu sehen.

»Bist du verrückt?«

Er zielt weiter auf Raúl. Aber seine Augen künden die wirkliche Lösung an, die er vorbereitet hat.

»Du schon, du bist verrückt. Und weißt du, wo die Verrückten landen?«

Raúl versucht wie eine weniger hysterische Ratte zu quieken und quiekt weiterhin, als er, von der Pistole aufgefordert, ins Auto steigt, bis er sich mit der Situation abfindet und das Quieken verschwindet, als wäre es eigenständig. Güelmes zu seiner Rechten, ein Unbekannter zu seiner Linken, ein weiterer neben dem Fahrer. Das Auto hält vor der Klinik von Font y Rius, der sie hinter den hohen, vergitterten Fenstern, mit einer Zigarette in der Hand erwartet, geblendet von den Scheinwerfern des Autos, das seine Schnauze bis unter das Fenster geschoben hat. Font y Rius wirft die Zigarette weg und macht sich auf, sie zu empfangen. Die Gruppe geht an ihm vorbei, angeführt von Güelmes, der nicht stehenbleibt, und so folgt Font y Rius seinem gleichgültigen Rücken. Güelmes schiebt Raúl eher vorwärts, als daß er ihn führt. Font y Rius will das Durcheinander seiner Gefühle wieder geordnet haben.

»Du hältst das für eine gute Idee?«

Güelmes macht sich nicht einmal die Mühe, ihn anzusehen.

»Die guten Ideen sind immer nur vorläufig.«

Mehrere Mitglieder der Gruppe bleiben im Büro von Font y Rius, während er Güelmes und Raúl nacheilt. Als sie in die geheimsten Gänge der Klinik gelangen, wird die Bewachung des Eingelieferten durch zwei Krankenwärter verstärkt. Einer der beiden öffnet ruckartig eine Tür, und das Kreischen des Metalls setzt sich in den Korridoren des Labyrinths fort. Raúl wird in einen weißen, sehr hell erleuchteten Raum gestoßen. Vor den ungerührten Augen von Güelmes und den duldenden Font y Rius' reißt man ihm die Kleider herunter und steckt ihn in eine Zwangsjacke. Raúl quiekt wie eine Ratte. Auf dem Rückweg zum Büro geht Güelmes Font y Rius voran; seine Handflächen schwitzen, und er trocknet sie mit einem Taschentuch ab. Als sie ins Büro kommen, stellen Güelmes und Font y Rius fest, daß ihnen der Raum nicht mehr gehört. Zwei Motorradfahrer halten an beiden Seiten des Tisches Wache. Weiter vorn auf einem Stuhl der Dicke und im Gegenlicht der Präsident der Neuen Argentinität. Man sieht sein Gesicht nicht ganz, doch als seine Stimme ertönt, werden Font y Rius' Augen schmal, und Güelmes schluckt.

»Finden Sie, daß es eine gute Idee war?«

Güelmes antwortet mit gespielter Natürlichkeit: »Wir konnten ihn nicht umbringen. Es suchen ihn zu viele Leute.«

Die Stimme des Mannes im Halbdunkel klingt skeptisch. Er scheint zu sich selbst oder zum Dicken und den Motorradfahrern zu sprechen, nicht jedoch zu Güelmes und Font y Rius: »Sie konnten ihn nicht umbringen.«

Er schlägt mit der Faust auf die Handfläche, und Güelmes und Font y Rius zucken zusammen. Der Dicke lacht.

»Und deshalb rufen Sie mich? Um mir zu sagen, daß Sie ihn nicht umbringen konnten?«

Font y Rius wagt sich vor: »Capitán, es sind schon zu viele Leute gestorben.«

Der Dicke dreht sich zu dem verborgenen Gesicht um. Es tuschelt ihm etwas ins Ohr, das nur er versteht. Er setzt sich in Bewegung, und die Motorradfahrer folgen ihm. Als er draußen ist, dreht der Capitán den Stuhl um und sitzt nun Güelmes und Font y Rius gegenüber.

»Liebe Partner. Wir hatten lange Zeit keine Versammlung der Aktiengesellschaft. Sie spielen nach wie vor mit dem Tod. Sie sind nach wie vor nicht professionell. In einem Krieg bringt das Erbarmen mehr Übel als Gutes. Das Erbarmen ist gefährlich. Es stehen Ihre Leben und mein Geld auf dem Spiel, ein Geld, das auch nicht meines ist, sondern sehr mächtige Finanziers mit einschließt. Neue Argentinität kann das Geschäft meines Lebens, Ihres Lebens sein,

ein Geschäft, das durch die Schuld eines Wahnsinnigen, der weder Vergangenheit noch Zukunft hat, in Gefahr ist.«

Font y Rius scheint langsam zu begreifen, was im Gange ist.

»Wo sind der Dicke und diese zwei Schlächter hinverschwunden? Was haben sie mit Raúl vor?«

Der Capitán macht sich nicht die Mühe zu antworten. Er setzt seine Rede fort: »Von wem ist dieser kleine Roman, *Das gefährliche Erbarmen*?«

Font y Rius jedoch macht einen Sprung und hängt sich verzweifelt an die Schnur des Alarmsignals. Es ertönt unerträglich schrill, so sehr, daß der Dicke und die Motorradfahrer auf ihrem Weg durch die unterirdischen Gänge der Klinik stehenbleiben. Der Ton erfüllt alles. Der Dicke zieht eine Pistole. Die Motorradfahrer führen eine Hand an die Schneide der Messer, die an ihren Waden anliegen. Sie drehen und wenden sich, als suchten sie nach dem Ursprung des Tons, erschrocken, angespannt, und die Anspannung wächst, als klar und deutlich ein Schuß aus dem Büro an ihre Ohren dringt. Sie laufen hin und platzen in eine Szenerie, in der Font y Rius noch immer mit einer Hand am Alarm hängt und mit der anderen versucht, das Blut zu stillen, das ihm aus der Hüfte fließt. Güelmes kauert auf dem Boden und schützt seinen Körper mit den Armen. Die Füße des Capitán gehen an ihm vorbei. Güelmes schützt nun den Kopf. Die Füße des Mannes nähern sich dem Fenster. Der Garten ist voller Polizisten, angeführt von Pascuali. Der Alarm hat aufgehört, doch nun ist ein Geschrei zu hören, das noch durchdringender ist. Jeder Irre hat sich in ein Alarmsignal verwandelt – offene Münder, die aus Überzeugung, Häme, Furcht brüllen. Raúl kauert in einer Ecke der nackten Zelle in seiner Zwangsjacke, die ihn daran hindert, sich die Ohren zuzuhalten und vor dem Lärm zu schützen. Die Tür geht auf. Auf der anderen Seite Pascuali mit einer Pistole in der Hand. Carvalho dicht hinter ihm. Der Korridor ist voller Polizisten. Carvalho stürzt zu Raúl, um seinen Zustand zu prüfen, zwei Krankenwärter sind ihm dabei hilfreich oder hinderlich. In seinem Rücken ertönt die Stimme des Capitán.

»Gute Arbeit, Pascuali.«

Pascuali dreht sich um und grüßt ihn erstaunt, aber mit Respekt. Er schätzt ihn als einen Mann um die Fünfzig ein, schlank, hager, kalt, zufrieden.

»Zu Ihren Diensten, Capitán.«

»Diese brillante Arbeit wollte ich mir nicht entgehen lassen. Ich würde gern persönlich den Häftling befragen.«

Carvalho beobachtet den Dicken, dann mustert er den Capitán.

»Sie habe ich auf einem Foto gesehen.«

»Der Capitán …«, versucht Pascuali zu informieren, doch Carvalho benötigt diese Information nicht.

»Capitán Ranger, Kriegsheld, Held des Falklandkriegs.«

Carvalho stellt sich zwischen Raúl und den Capitán.

»Ich habe soeben mit der Spanischen Botschaft telefoniert, sie schicken einen Emissär, der Ihnen allen, und natürlich meinem Cousin, zur Verfügung stehen wird.«

Der Capitán ist nicht überzeugt.

»Sie haben soeben angerufen? Wußten Sie schon, daß ›das‹ Ihr Cousin war?«

»Welcher Unterschied besteht zwischen soeben angerufen haben und gleich anrufen?«

Der Capitán entspannt sich, lächelt, dreht sich um, bahnt sich den Weg durch die Polizei, geht an Alma vorbei und grüßt sie mit einem leichten Kopfnicken. Und er sagt, leise genug, daß nur die Frau seine Worte hören kann: »Du brauchst die blaue Bluse nicht mehr aufzuheben, Alma.«

Alma beobachtet erschrocken, wie sich der Capitán, nun gefolgt von den Motorradfahrern und dem Dicken, zurückzieht. Zwei Sanitäter nehmen, unter Aufsicht von

Güelmes, der seine ganze Autorität, seine ganze politische Würde wiedererlangt hat, den verletzten Font y Rius mit. Pascuali ist sehr nervös. Alma mutlos. Carvalho telefoniert. Raúl, schon ohne Zwangsjacke, schaut alle an, sein Gesicht spiegelt verschiedene Eindrücke wider, bis er bei Alma angelangt ist und es sich verzerrt. Alma dreht sich weg. Carvalho läßt bedächtig den Hörer fallen. Pascuali bringt Raúls Gerührtheit aus der Fassung.

»Was ist los?«

Güelmes schaltet sich ein.

»Es ist die Emotion. Er sieht seine Schwägerin zum ersten Mal. Und sie ist seiner Frau so ähnlich.«

Carvalho ergreift die Initiative. Er faßt Alma beim Arm, nimmt ihren Kopf und zwingt sie, Raúl anzusehen.

»Alma, schau, das ist Raúl. Raúl, das ist Alma.«

Raúl sieht zu Güelmes, Alma, Pascuali, Carvalho. Schließlich lächelt er und fragt gequält: »Wie geht's, Alma?«

Er tritt zu ihr, die Gesichter nähern sich für einen höflichen Kuß, doch als Raúls Lippen die Wange der Frau berühren, entströmt der Haut eine ganze verlorene Geschichte, seine und ihre Augen sind schmerzerfüllt, sie umarmen sich, sie geben ihre beiden Körper einer völligen Verschmelzung hin, jenseits des Widerstands von Fleisch und Gerippe. Sie flüstern: Eva María. Eva María.

Pascuali will nicht gerührt sein.

»Hier geht keiner weg, ohne mir zu sagen, was ich wissen muß.«

Güelmes schlägt sich gut.

»Fragen Sie, und wir werden Ihnen antworten.«

»Wer schoß auf Font y Rius?«

»Ein Unfall, verursacht durch die Nervosität beim Ertönen des Alarms.«

Pascuali nimmt den Argwohn nicht zurück, den Güelmes' Erklärung seiner Meinung nach verdient.

»Warum ertönte der Alarm? Was hat der Capitán mit Ihnen allen zu tun?«

Güelmes schlägt sich weiterhin gut.

»Wir ernannten ihn zum Präsidenten der Neuen Argentinität, es ist angebracht, die Bande zwischen dem politischen, zivilen und militärischen Teil der Gesellschaft enger zu knüpfen, damit nicht noch einmal tragische Mißverständnisse geschehen. Wir brauchen es, daß die Helden den guten Geschäften Bedeutung geben. Alles ist ganz einfach. Pascuali, komplizieren Sie nicht Ihr Leben und Ihr Curriculum. Die Neue Argentinität beruht auf Entdeckungen, die Freund Tourón und sein Assistent Roberto, er ruhe in Frieden, vor zwanzig Jahren machten. Ich nehme an, unser Freund Raúl wird sich einem so glänzenden Team anschließen und die Früchte seiner damaligen Arbeit ernten wollen.«

Güelmes wendet sich bedeutungsvoll an Raúl: »Raúl. Willkommen an Bord. Uns befehligt wieder der Capitán. Die nationale und familiäre Versöhnung. Dein Schwager, ich, du, Partner. Alles bleibt in der Familie.«

Raúl scheint zu lächeln, doch als er sich Güelmes nähert, kommt in Zeitlupe Schleim aus seinem Mund, der in einem hohen Bogen auf der Brust von Güelmes landet. Vladimiro und ein weiterer Polizist nehmen sich seiner an und führen ihn zum Gefangenenwagen. Carvalho und Pascuali gehen fast Ellbogen an Ellbogen. Carvalho ist müde, Pascuali verwirrt. Sie müssen am Capitán, dem Dicken, den Motorradfahrern vorbei. Carvalho fragt Pascuali: »Wer ist der Capitán?«

»Ein hohes Tier.«

»Wo? Seit wann?«

»Wo, weiß ich nicht. Seit jeher. Für immer. Offensichtlich verschwindet die geheime Scheiße der Macht nie.«

»Vorsicht, Pascuali. Mir wird gleich etwas Anarchistisches auskommen.«

Sie sind bei dem Dicken angelangt, der den Capitán zu beschützen scheint. Carvalho klopft ihm mit dem Handrücken auf den Bauch.

»Vorsicht mit den Wolfsbohnen.«

Der Capitán kühlt mit einem Blick den Zorn seines Stellvertreters ab.

Die Ambulanz nimmt Font y Rius mit. Alma, Raúl und Carvalho steigen in einen Gefangenenwagen. Güelmes entfernt sich in einem Dienstauto. Pascuali hat überwacht, wie Raúl, Alma, Carvalho und die zwei Polizisten ins Innere des Wagens gestiegen sind, und schließt ihn von außen ab. Dann macht er es sich vorne neben dem Fahrer bequem. Er gibt den Befehl zu starten, der Wagen fährt los. Im Inneren Raúl und Alma nachdenklich, mit ineinander verschlungenen Händen. Carvalho mustert sie. Die Polizisten halten locker ihre Maschinengewehre. Raúl hebt den Kopf und sieht Alma zärtlich an.

»Und die Kleine?«

»Ich tat, was ich konnte. Es gibt keine Spur von ihr. Der sie entführt hat, muß eine sehr mächtige Kanaille sein.«

»Sie muß nun fast zwanzig Jahre alt sein.«

»Neunzehn Jahre, sechs Monate und vier Tage ...«

Raúl weint lautlos, und plötzlich fragt er die Anwesenden und zugleich niemanden: »Warum? Warum?«

Raúl streichelt sie, soweit das seine Handschellen zulassen. Carvalho beobachtet sie weiterhin mit carvalhianischem Pokergesicht. Raúl murmelt an Alma gewandt: »Danke.«

»Danke wofür?«

»Dafür, zu leben.«

Plötzlich beginnt Raúl wie eine Ratte zu quieken und sich zusammenzukrampfen. Alle außer Carvalho sind beeindruckt. Die Polizisten wissen nicht was tun, richten aber für alle Fälle die Maschinengewehre auf ihn. Alma schiebt sich zwischen die Maschinengewehre und Raúl.

»Wollt ihr gefälligst diesen Schwanz wieder in den Hosenschlitz zurückstecken, ihr Vollidioten? Seht ihr denn nicht, daß er krank ist?«

Ein Polizist ergreift die Initiative und setzt sich mit dem Fahrerhaus in Verbindung. Das Fenster geht auf, und das vergitterte Gesicht Pascualis erscheint.

»Was ist da los?«

»Dieser Wahnsinnige hat einen Anfall.«

»Scheiße!«

Der Wagen bremst. Carvalho und Raúl sehen sich an. Raúls Blick verrät Klarheit, sein Gequieke nicht. Sekunden nachdem der Gefangenenwagen angehalten hat, öffnet sich die Tür, und in ihrem Rahmen steht Pascuali, die Füße auf der Straße, den Oberkörper ins Innere geneigt. Es bleibt ihm kaum Zeit, um erbost zu fragen: »Was ist hier los?«

Raúl macht einen unerwarteten Sprung und stürzt sich nach draußen, fällt auf Pascuali, der unter dem Gewicht des Flüchtenden wehrlos ist. Als Pascuali die vertikale Haltung wiedererlangt und zur Pistole greift, läuft Raúl auf das Gebüsch zu, das die Straße von einem Wald, schwarz wie die Nacht, trennt. Die Polizisten zielen mit ihren Maschinengewehren. Carvalho tut so, als würde er das Gleichgewicht verlieren, fällt auf sie und bekommt einen Hieb mit dem Gewehrkolben ab, der ihn halb bewußtlos auf dem Boden des Gefangenenwagens niederstreckt. Er öffnet die Augen, als er spürt, daß Alma sich über ihn beugt. Ihr bewegtes Gesicht ist den Augen des gestürzten Carvalho ganz nah, und sie fragt etwas. Bevor er noch antworten kann, verliert Carvalho das Bewußtsein.

Ein Polizist begleitet Carvalho mit unerschütterlicher Gemächlichkeit zur Tür. Der Detektiv steigt die Stufen hinunter. Er atmet die freie Nachtluft und befühlt die Pflaster auf seiner Wunde. Als er losgeht, fährt ein Auto auf seiner Höhe. Carvalho ist mißtrauisch. Doch aus dem Fenster beugt sich Güelmes und fordert ihn auf einzusteigen. Als er drinnen ist, breitet sich Carvalho neben Seiner Exzellenz, dem Staatssekretär für wirtschaftliche Entwicklung, aus.

»Es kostete mich Mühe, Sie herauszuholen. Ich mußte meinen ganzen Einfluß und meinen gesunden Menschenverstand einsetzen. Was taten Sie? Letztlich verhinderten Sie, daß sich die Polizei in Schwierigkeiten brachte. Einen ausländischen Staatsbürger niederschießen! Einen Spanier! Der Botschafter wäre fuchsteufelswild gewesen! Die UNO! Amnesty! Mutter Teresa von Kalkutta! Richter Garzón! Heißt er nicht Garzón, dieser spanische Richter, der die gesamte Militärjunta des Prozesses ins Gefängnis bringen will? Und was ist mit unserer Souveränität? Wir sind die Herren unserer Folterer und haben beschlossen, ihnen zu verzeihen. Wozu sonst dient die nationale Souveränität in diesen Zeiten der globalisierten Wirtschaft und Politik?«

»Die Staaten sind nur Herren ihrer staatlichen Folterer und Mörder.«

»Irgendeine Zuständigkeit muß man uns lassen. Pascuali ist ein guter Beamter, aber er nimmt den Beruf zu ernst. Argentinien muß sein demokratisches Image wiedererlangen. Irgendwelche Fragen?«

Carvalho zuckt mit den Achseln.

»Haben Sie Antworten?«

»Hier drinnen schon. Ihr Wort gegen meines. Die letzte Erläuterung, die ich abgebe. Wir wahren das Geheimnis, daß Alma durch Berta ersetzt wurde. Zunächst wußte es nur Font y Rius. Später Pignatari, Norman. Raúl konnten wir es während seiner Haft nicht sagen, und später befahl uns Alma, will heißen Berta, zu sagen, es wäre besser, wenn er fortgehen und in Spanien ein neues Leben beginnen würde. Berta, will heißen Alma, fühlte sich an unserer Politisierung schuld. Sie war unser Idol, unser Mädchen, die Anführerin der Piraten. Mythen der Jugend. Wer mit zwanzig Jahren kein Idealist ist!«

»Ich kenne diese Platte. Und der Verrat? Die Geschäfte mit dem Capitán?«

»Sie verwechseln Verrat mit Pragmatismus. Es war die Idee des Capitán. Während der Verhöre wurde er sich über das Geschäft klar. Er war ein schmutziger Held und wollte nun ein sauberer Reicher sein. Jetzt ist er der respektable Präsident einer Stiftung: Neue Argentinität. Ratten, Kühe, Menschen. Ein neuer Humanismus. Den Menschen mästen. Der einzig mögliche Humanismus. Außerdem war es kein Verbrechen, die Entdeckungen Raúls auszubeuten. Die Zeiten haben sich geändert.«

Güelmes lächelt und nimmt Carvalho beim Arm.

»Lassen Sie es mich noch einmal sagen, und nehmen Sie es zur Kenntnis. Wer mit zwanzig Jahren nicht die Welt verändern will, ist ein Mistkerl, aber wer sie mit vierzig noch immer verändern will, ist ein Schwachkopf...«

Güelmes' Wagen liefert Carvalho an den Toren von San Telmo ab, und der Detektiv findet den richtigen Weg zur Plaza Dorrego, zur alten Tangobar, die ihm Alma genannt hat. Alles ist so, als würde Gardel soeben seinen Todesflug angetreten haben, und Alma läßt ihn nur mit dem Blick die Bilder der toten Sentimentalitäten streifen. Sie schlendern dann durch Gassen voller Antiquitäten, über die Alma berichtet: »Das sind die Reste vom Schiffbruch des reichsten Bürgertums Lateinamerikas. Sie begannen alles zu verkaufen, als der Peronismus die Hemdlosen aufstachelte, und verkauften schließlich alles, als die Militärs die Inflation und die Armut entfesselten.«

Alma und Carvalho gehen etwas voneinander entfernt. Sie hüpft die Gehsteigkante hinunter und hinauf, sooft es ihr die parkenden Autos in den Straßen San Telmos erlauben. Er betrachtet die Sterne.

»Von meinem Haus in Vallvidrera aus betrachte ich manchmal zum Zeitvertreib die Sterne. Wenn ich sie gut sehe, bin ich nüchtern, sehe ich sie schlecht, bin ich betrunken.«

»Und die Luftverschmutzung?«

»In Vallvidrera gibt es keine Luftverschmutzung.«

Durch das Gehsteig-Hüpf-Spiel kann Alma hinauszögern, was sie sagen will, doch am Ende entschließt sie sich.

»Ich schulde dir eine Erklärung.«

»Du hast schon alle deine Schulden beglichen, hast schon alle deine Toten begraben.«

»Du bist reine Poesie.«

»Es gibt schlimmere.«

Alma nimmt ihn beim Arm und zeigt ihm das Schild, das über einem erleuchteten Lokal prangt: Tango Amigo.

»Das kleine, glückliche Reich von Norman, von Norman Silverstein. Du bist schon reif geworden. Du kannst hinein.«

Und der Eindruck ist stark: kosmischer Nebel aus Lichtern und Dämpfen, das Jenseits von Körpern, aufgestützt auf einen Tresen oder entrückt gegen eine tiefe Bühne hin, auf der ein Scheinwerfer den Kreis eingegrenzt hat, in dem sich von einem Moment zum anderen der Zauber entfalten wird. Carvalho und Alma gehen zwischen dem Publikum nach vorne. Ein Kellner geleitet sie zu zwei reservierten Stühlen ganz in der Nähe der kleinen Bühne. Carvalho flüstert Alma ins Ohr: »Was macht ein Rockfan wie du an so einem Ort?«

Sie lacht los. Dunkelheit im Saal. Bitten um Ruhe. Der Scheinwerfer wirft einen Lichtkegel auf Norman Silverstein, der, stark geschminkt, mit einem übertriebenen Lächeln, einem krampfhaften Grinsen, mit ebensolcher

Komödiantenstimme spricht, ohne irgendwelche Zügel, die seinen Wortschwall bändigen.

»Willkommen in Buenos Aires! Wir wissen, daß Sie gekommen sind, weil diese Stadt für Ausländer billig ist und Argentinien zum Verkauf steht!«

Er zeigt auf Leute im Publikum.

»Und du! Und du!«

Sein Finger hält bei Carvalho inne, den der Scheinwerfer anstrahlt.

»Was nicht zum Verkauf steht, ist nämlich nichts wert.«

Er zieht sich theatralisch die Uhr vom Handgelenk.

»Diese Uhr hat mir mein Großvater, der Milico war, verkauft, und sie hat ihm immer, immer die Stunde der Staatsstreiche, der Erschießungen und der weichgekochten oder elektrodengebeutelten Eier angezeigt. Verstehen Sie also, was es für mich bedeutet, sie zu verkaufen. Ich werde sie weder für hundert noch für eine Million, noch für einen einzigen Peso verkaufen.«

Er kniet sich weinerlich hin.

»Ich bitte Sie, nehmen Sie sie mit, nehmen Sie sie mir weg. Wir Argentinier mögen es, daß man uns die Uhren, die Lieben, die Inseln wegnimmt.«

Er wechselt jäh den Tonfall.

»Übrigens, was wissen Sie von Buenos Aires?«

Norman hat seine Arroganz wiedergefunden und befragt das Publikum wie ein Lehrer.

»Los. Zeigen Sie, was Sie wissen. Was wissen Sie von Buenos Aires? Schreien Sie, rufen Sie ›Jaaaa‹, wenn Sie erkennen, was ich Ihnen sage.«

Trommelwirbel.

»Tango?«

Das Publikum antwortet ergeben.

»Jaaaaa!«

»Maradona?«

»Jaaaaa!«

»Verschwundene?«

Ein Teil des Publikums vollzieht das Ja, als würde es eine banale Frage beantworten, andere bemerken die Dramatik von Frage und Antwort und halten sich zurück. Nach und nach ensteht eine Stille, die ein leichter Trommelwirbel untermalt. Man könnte meinen, das Schlagzeug zitterte.

»Unglücklicherweise, liebes und geschätztes Publikum, hatte Maradona Probleme, weil er die Nase in etwas steckte, das ihn nichts anging. Maradona glaubt nur noch an seine Familie und an Fidel Castro. Nicht einmal an Menem glaubt er! Ihm geht es genauso wie Zulema!«

Allgemeines Gelächter.

»Die Verschwundenen. Hat jemand irgendwann einmal einen Verschwundenen gesehen? Und wenn niemand einen Verschwundenen gesehen hat, wie kann er dann versichern, daß es Verschwundene gab?«

Zunehmend betretenes Schweigen, sogar das eine oder andere verärgerte Kopfschütteln unter den Anwesenden.

»Aber uns bleibt der Tango! Immer der Tango! Wir sind der Tango! Und der Tango ist eine Frau, heute nacht ist der Tango eine Frau, die von El Polaco, vom großen Goyeneche, als einziges Mädchen begrüßt wurde, die ihn zu singen verstand! Der Tango ist...« – er kündigt mit einem Arm das Erscheinen der Sängerin an – »Adriana Varela!«

Eine Frau, weiß und mit tiefem Dekolleté. Geheimnisvoll und mit den sieben Türen und den sechs Sinnen gut ins Licht des Mondes gesetzt. Das Orchester beginnt mit dem Bandoneon, und die Frau nimmt die Bühne in Besitz, von der Norman abgegangen ist.

Du suchst
die Schatten einer Erinnerung,

gestampft in das Blut,
alt wie die Sonne.

Du suchst
ein verwundetes Tier,
Beute der Bestimmung,
die seinen Schmerz nicht kennt.

Geh vorüber, Fremder,
es gibt kein Erbarmen
für den, der verlor
den Zug der Zeit.

Spuren
in der leidenden Stadt,
Zwischenkriegslandschaft
zwischen dem Sein und dem Nichtsein.

Spuren
eines verwundeten Tiers,
Massentier
in blindem Eigensinn.

Geh vorüber, Fremder,
es gibt kein Erbarmen
für den, der verlor
den Zug der Zeit.

Du kommst
aus einer müden Stadt,
mit ihren zerbrochenen Spiegeln
Gleichgültigkeit vortäuschend.

Du suchst danach,
daß vielleicht unter den Resten

dein Gesicht das Gesicht ist
einer Zeit, die starb.

Die Sängerin nimmt zurückhaltend, dem Ritual entsprechend, den Applaus des Publikums entgegen. Carvalho sieht sie ebenso verblüfft wie bewegt an. Pascuali hat den Auftritt von der letzten Reihe aus verfolgt. Von dort aus sieht er, wie Adriana Varela grüßt. Er dreht sich um und tritt auf die Straße. Pascuali atmet tief und betrachtet die unverrückbaren Sterne. Es sind die gleichen Konstellationen, die Raúl mit nach hinten geneigtem Kopf wahrnimmt, während seine Beine über den Weg am Fluß laufen, eine mechanische Übung, die bei ihm schon das Gehen ersetzt hat. Wann wird er sich wieder wie ein normaler Mensch bewegen können? Vom Fenster des gepanzerten Autos aus verfolgen die Augen des Capitán dieselben Sterne, der Gegenwart und dem ständigen Reden des Fahrers gegenüber gleichgültig. Die Scheinwerfer lassen die ausufernden Umrisse des Dicken am Steuer kaum erkennen. Aufmerksam betrachtet er das von den Lichtern aufgebrochene Dunkel der Straße, aus den Augenwinkeln jedoch auch die angespannte Reglosigkeit des Capitán auf dem Rücksitz. Unerschütterlich. Er sieht durch das Glas hindurch die Sterne, dann versuchen die scharfen Augen des Chefs zu berechnen, wie weit es noch ist. Das Auto hält auf dem Gartenkies eines abgeschiedenen Landhauses in der Lichtung eines Eukalyptuswalds. Der Capitán steigt aus. Der Dicke hat ihm die Tür geöffnet und steht vor ihm stramm.

»Zu Ihren Diensten, mein Capitán.«

Der Capitán bedeutet ihm mit einem Wink, daß er sich rühren und fortgehen soll.

»Meine Empfehlungen an Doña María Asunción und an das Mädchen.«

Doch der Capitán ist in einen eingeübt federnden Gang

verfallen und erreicht die Tür, öffnet sie, ohne einen Schlüssel zu gebrauchen oder innezuhalten, und kommt in ein Entree. Er schnuppert. Seine Augen wandern zu einer fast leeren Whiskyflasche auf einem Tisch. Hinter dem Glas der Flasche, verformt, das Gesicht einer Frau, die zwischen Schlaf, äthylischer Benommenheit und der Notwendigkeit, so zu tun, als hätte sie bemerkt, daß jemand ins Haus gekommen ist, dahindämmert. Jagdtrophäen. Selbst die spärlichen, dekorativen Bücher, die strategisch auf die Bücherregale verteilt sind, wirken wie Jagdtrophäen. Auch eine argentinische Fahne, darüber das vergrößerte Foto einer Gruppe von lächelnden Soldaten, im Hintergrund das Meer, das Meer der Malvinen. Der Capitán geht mit dem nun wieder geschmeidigen Gang an der betrunkenen Frau vorbei, die sich in einem Schaukelstuhl wiegt, und sagt nicht, sondern stößt vielmehr hervor: »Und das Mädchen?«

Die Frau deutet mit dem Kopf nach oben. Der Capitán nimmt zwei Stufen auf einmal. Er erreicht eine Tür, öffnet sie. Ein etwa zwanzigjähriges Mädchen schläft ruhig. Der Capitán deckt es zu. Sein makelloses, grausames, hartes Gesicht ist vor Zärtlichkeit weich wie Plastilin geworden. Das Mädchen bewegt sich.

»Nichts und niemand wird uns trennen.«

Der Capitán öffnet eine Spieldose. Das Döschen von Eva María, in Almas Erinnerung gegenwärtig, die Musik von Pignatari. Der Capitán haucht einen Kuß auf ihre Stirn und tritt ans Fenster, um die Sterne zu betrachten. Es sind dieselben Sterne, die Carvalho von seiner Wohnung aus sieht. Im Kamin brennen die Scheite über der Asche von *Buenos Aires. Ein Freilichtmuseum* von Léon Tenenbaum. Cavalho, schlaflos, aus dem Fenster gebeugt. Dann kehrt er zum Tisch zurück, nimmt einen Zettel und liest laut: »Liebe Charo, als ich wegen eines Auftrags nach Buenos Aires aufbrach, begann ich dir zu schreiben, um ein Mißverständnis zu klären. Die Dinge waren nicht so, wie du glaubtest, Charo. Vielleicht müßte uns klarwerden, daß wir nicht mehr die Jüngsten sind und wir die Möglichkeit, die letzten Jahre, die uns zu leben oder zu vegetieren bleiben, aufs Spiel setzen. Charo, was wäre für dich und für mich eine normale Lösung? Gibt es ab fünfzig normale Lösungen, oder bleibt nur noch die Angst zu verfallen, ohne Würde und in Einsamkeit zu altern? Hier hat alles aufgehört, und alles kann in jedem Moment wieder anfangen. In jedem Ende liegt wie überall ein Anfang, aber ich bin noch an keinen Ort gekommen, von dem ich nicht fort will, und ich habe ebensolche Angst davor, daß du mich bräuchtest, wie daß ich dich bräuchte. Vielleicht suche ich nach einer Ausrede, um noch etwas länger hierzubleiben. Eine berufliche Ausrede. Meinen Cousin zu suchen. Die Arbeit bezahlt bekommen. Die Schulden begleichen. Endgültig die Toten begraben ...«

2
Der Versteckte

Weil eine uralte Frau unter Mühen das Tablett trägt, zittert ein Abendessen, vor allem der Suppenteller gleicht einem Meer ohne Ufer. Die Alte geht hartnäckig vorwärts und versucht trotz ihrer eingeschränkten Beweglichkeit, mit ihren Parkinsonschen Händen, die Suppe nicht zu verschütten. Es gelingt ihr nur schwer, eine Ecke der Küche zu erreichen und das Tablett endlich abzustellen. Sie tastet nach einem Knopf, und der mit Holz verkleidete untere Teil der Wand öffnet sich. Ein schwarzer Eingang ins Unbekannte. Nach einer gewissen Zeit des Wartens erscheint ein Mann gleichen Alters. Morgenrock, Lesebrille, mißtrauischer Blick, sein Körper bis zur Taille aus der dunklen Öffnung ragend.

»Ist alles wie immer?«

»Alles.«

»Ist der Backenbärtige weiterhin an der Macht?«

»Weiterhin, Favila, so wie gestern, so wie vorgestern.«

»Kehrte Perón nicht zurück?«

»Hör doch auf mit Perón! Er ist tot.«

»Ich kann's nicht glauben.«

»Komm, iß dein Abendessen, sonst wird es kalt.«

Das Aufheben des Tabletts ist ebenfalls beschwerlich. Ihr zittern die Hände und ihm auch. Doch sie schaffen es, keinen einzigen Tropfen der Bouillon zu verschütten. Als er das Tablett übernommen hat, zieht er sich zurück, und als sie wieder auf den Knopf drücken will, gibt er ihr noch eine letzte Anweisung.

»Wenn die Milicos, die Anhänger Francos oder sonstige bewaffnete Leute kommen, dann denk daran, was du ihnen sagen mußt.«

Sie achtet nicht auf ihn. Sie betätigt den Mechanismus mit einem gewissen Groll, und der Mann verschwindet in seinem Versteck. Die Frau will noch etwas erwidern und stößt nach kurzem Zögern hervor: »Ich vergaß, was ich ihnen sagen sollte. Ich werde ihnen sagen, was mir gerade in den Kram paßt.«

Die schlanke Gestalt Norman Silversteins schwitzt unter der clownesken, vom Scheinwerfer angestrahlten Schminke.

»Bis vor kurzem tauchte noch ab und zu ein Japaner in einem Urwald des Pazifiks auf, der davon überzeugt war, daß der Weltkrieg noch nicht aufgehört hätte. Ich glaube, es war immer derselbe Japaner. Man gab ihm ein paar Pesos, einen Krug mit Sake, und es gelang ihm, lästig zu fallen. Die Touristen sagten sich: ›Schau, da kommt der verdammte japanische Soldat, der noch immer für seinen Kaiser kämpft!‹ Und er spielt auf Teufel komm raus den kaiserlichen Soldaten, bedrohlich mit diesem japanischen Säbel, wie ihn die besten Japaner tragen. Aku! Hatamitaka! Fujimori! Tanaka! Los, Takiri! Spiel nicht länger den Deppen! Mach Harakiri! Offensichtlich lohnt es sich schon nicht mehr, daß sich die Japaner verstecken. Wissen Sie aber, wie viele Maulwürfe, wie viele versteckte Menschen es auf der Welt gibt und warum? Solche, die ihre Gläubiger nicht bezahlen können, solche, die all den Frauen, von denen sie sich scheiden ließen, den Unterhalt nicht zahlen können, solche, die Angst haben, als Exfolterer erkannt zu werden, solche, die Angst haben, noch einmal gefoltert zu werden, eine Million Tutsis versteckt vor den Hutus und eine Million Hutus vor den Tutsis versteckt. Wir sind alle, alle unbegreifliche japanische Soldaten, denn wer verlangt heutzutage von wem Erklärungen? Wir akzeptieren alles. Gott ist tot. Marx ist tot. Der Mensch ist tot. Marlene Dietrich ist tot. Ich selbst fühle mich nicht besonders gut. Alles ist erlaubt! Nicht einmal die Staaten besitzen Souveränität! Man schickt uns die multinationalen Konzerne, die Währungsfonds, die Fixpreise, die Yankee-Militärs. Die einzige Souveränität, die wir uns bewahren, ist die der Folterer. Wenn ein ausländischer Richter unsere Folterer anklagen möchte, dann pochen wir auf die nationale Souveränität! Die Souveränität der Unterdrückung! Die, die uns das Imperium überträgt. Daß keiner sich wundert, wenn es drunter und drüber geht. Die Guerilleros heiraten Mädchen aus der Oligarchie, und die Bürgermeister der Linken nehmen alles mit nach Hause, was sie in Buenos Aires finden: die Bäume, die Gehsteige, ganze Häuserblocks, die Baugründe, die Laternen, das Licht der Laternen, die Schatten der Hunde, wenn sie an die Laternen pinkeln, und lassen uns nur noch die Demonstrationen der Mütter von der Plaza de Mayo und die der Alten im Ruhestand vor dem Kongreß übrig. Alles ist erlaubt! Was für einen Sinn hat es, sich zu verstecken? Nun gut. Einen einzigen. Ich respektiere diejenigen, die sich verstecken, weil sie vergessen haben, wo Buenos Aires, Argentinien, Amerika, die Welt ist, und nur noch den Winkel wiedererkennen, an dem sie Angst hatten, haben und haben werden.«

Die Gesichter der Anwesenden entsprechen der elementaren soziologischen Berechnung, die Carvalho über die Wirkung von Normans Sarkasmen aufgestellt hat: halbherziges Lächeln, Beklemmung, Verblüffung, Widerwille. Carvalho verlangt nach der Rechnung und zahlt. Er betrachtet seine Brieftasche und sieht sie durch. Ihm bleiben nur noch wenige Pesos. Er mustert skeptisch die Kreditkarten. Als er Almas Stimme hört, dreht sich Carvalho um.

»Ist dir die Kohle ausgegangen?«

»Mir geht die Kohle aus, und ich kann meinen Onkel um keinen Vorschuß mehr bitten, solange ich seinen Sohn nicht gefunden habe.«

»Du wirst arbeiten müssen. Was kannst du?«

»Beobachten.«

Silverstein hat seinen Monolog beendet und verkündet: »Wir alle wissen, daß es ein Davor und ein Danach des modernen Tangos gibt und daß diese Trennlinie der unglückliche Piazzolla als Interpret eines bestimmten Tangos anzeigte: *Ballade für einen Verrückten.* Meine Damen und Herren, heute abend beehrt uns der Sänger, Dichter, Autor des Wunders und des tiefsten Gedächtnisses von Tango und Lunfardo mit seiner Anwesenheit: Horacio Ferrer!«

Unter dem stürmischen Beifall erhebt sich ein mächtiger Bohemien mit klugen Augen, so groß wie sein Schnurrbart.

»Und nun ein Tango, wie er einem so berühmten Gast gebührt: *Der Versteckte*!«

Die Musik des Tangos beginnt zu erklingen. Doch Carvalho kehrt der Bühne, auf der soeben Adriana Valera erschienen ist, den Rücken.

»Du gehst schon? Bist du nicht mehr von Adriana entzückt? Sagtest du nicht, daß sie die beste Tangosängerin ist und daß sie mit dem schönsten Dekolleté von Buenos Aires singt?«

»Ich habe geschäftlich zu tun.«

Die Nacht auf der Straße kommt ihm grünschwarz vor oder grünweiß, wenn er zum Mond aufsieht. Doch die Fassaden sind grün und die Halbschatten; auch das Taxi, in das er steigt, scheint ihm grün und selbst der Taxifahrer, den er anweist: »Nach Recoleta.«

Er blinzelt mehrmals, bis er die spärlich gewährte Vielfarbigkeit der Nacht wiederfindet. Das Grün, das seine Augen füllt, ist das gleiche Grün wie das der Eisentüren und Gitter des Gefängnisses Modelo, in dem er in seiner Jugend einige Zeit zubrachte. Immer wenn jemand von Verfolgten spricht, stoßen ihm, wie bei schlechter Verdauung, Farbe und Geruch des Gefängnisses auf. Nun aber sieht er die Farbe des Whiskys im Glas und gießt einen Teil seines Inhalts in den restlichen Kaffee, wobei er das Wort Carajillo murmelt und das Gebräu in der Tasse wie eine Heimat betrachtet. Er hebt den Blick, mustert die Leute, die allmählich die Bar füllen, und schließlich seinen Gesprächspartner. Ein Mann um die Sechzig, das Haar silbern durch das Neonlicht und mit gewöhnlicher Pomade geglättet, übertrieben gut gekleidet, obwohl man dem Anzug ansieht, daß er nicht neu und das Hemd schon oft gewaschen ist, aber die Manschettenknöpfe glänzen, ebenso wie die Krawattennadel, die Schuhe und der Goldzahn.

»Vito Altofini mein Name, Altofini Cangas, der Vater Lombarde und die Mutter Asturierin.«

»Don Vito, ich brauche einen argentinischen Partner. Als Ausländer kann ich nicht als Privatdetektiv tätig sein.«

»Da sind Sie auf den richtigen Mann gestoßen.«

Don Vito verteilt auf dem Tisch schon sehr vergilbte Zeitungsausschnitte, die Kriminalfälle wiedergeben: »Vito Altofini landet einen Treffer, wo die Polizei scheiterte. Eine Spur im Fall der Bayer-Entführung.« Carvalho hält einen Ausschnitt in der Hand. Darauf ist ein etwas jüngerer Don Vito zu sehen, der ein Stück Stoff zeigt. Unter dem Foto steht: »Die Entführer kamen aus Uruguay. Ein politisches Motiv für die Entführung wird ausgeschlossen.«

»Wie ging es aus?« fragt Carvalho.

»Unglücklicherweise erfuhr man nie mehr etwas von den Bayers, aber niemand hat beweisen können, daß die

Entführer keine Uruguayer waren. Der Stoff, den ich zeige, ist der Rest einer auf uruguayische Art gewebten Weste, aus einer Zeit, in der noch mit der Hand gewebt wurde. Wo haben Sie Ihr Büro?«

»Ich werde es in meiner Wohnung einrichten.«

»Stil?«

»Stil?«

»Yankee-Privatdetektiv der vierziger Jahre, Arbeitszimmer mit Polstermöbeln à la Hercule Poirot, Büro voller Leuchtstoffröhren und Computer nach Art der Hollywood-Billigserien der achtziger Jahre.«

»Sind Sie Filmkritiker? Ausstatter?«

Don Vito wirkt nun verträumt.

»In den guten Zeiten hatte ich mein Büro genau so ausgestattet wie das von Dick Powell in der Serie nach Dashiell Hammett, die beste, die je gemacht wurde, in Schwarzweiß.«

Don Vito prüft Carvalhos Kleidung und nebenbei seine Haltung dem Carajillo und dem Leben gegenüber.

»Haben Sie vor, mit diesem Beruf in Buenos Aires reich zu werden?«

»Ich muß Geld verdienen, um Zeit zu gewinnen. Ich kam, um meinen verschwundenen Cousin zu suchen, und meine Reserven gehen zu Ende.«

»Ein Verschwundener? Politisch? Jetzt? Dieser Colectivo ist schon abgefahren, mein Freund.«

»Colectivo?«

»Bei ihnen heißt das ›Autobus‹.«

»Vielleicht ist er nicht verschwunden. Möglich, daß ich mich schlecht ausgedrückt habe.«

Carvalho überlegt, bevor er folgert: »Vielleicht ist er nur ein Versteckter.«

Die Träger nehmen den Eßtisch mit, und wie durch einen Zaubertrick ersetzen sie ihn durch einen Arbeitstisch, ein paar alte Aktenschränke aus einem Vierziger-Jahre-Büro mit irgendeiner billigen Art-déco-Erinnerung. Alma hilft Carvalho die Dinge, die auf dem Tisch waren, zu ordnen und die kleinen Lehnstühle für die künftigen Besucher an ihren Platz zu stellen.

»Und wo wirst du essen?«

»In der Küche.«

Alma sieht auf die Uhr und ruft nervös aus: »Oh, ich komme zu spät zur Vorlesung!«

In ihrer Hast stößt sie mit Don Vito zusammen, der unter seinem zur Seite geneigten Filzhut für Carvalho fast nicht wiederzuerkennen ist, obwohl ihn beim Lächeln der Glanz des Goldzahns verrät. Er beehrt die davonstürzende Frau mit einem kavaliermäßigen Gruß, den Hut in der Hand, in der anderen eine Aktentasche mit Reißverschluß, ganz Geschäftsmann der fünfziger Jahre. Der Neuankömmling mustert die Ausstattung, seine Miene verändert sich, und er geht verärgert auf Carvalho zu.

»Schließlich haben Sie sich für die heruntergekommene Variante des Humphrey-Bogart-Stils entschieden.«

»Heruntergekommener Carvalho-Stil.«

»Was haben Sie dieser überaus interessanten Frau getan, daß sie entsetzt die Flucht ergriff?«

»Sie ist fast eine Cousine.«

»Genial. Ich hatte immer so zwanzig, dreißig Cousinen im Rennen. Jetzt sind es schon Nichten.«

»Es ist nicht, was es scheint. Sie hatte es eilig. Sie ist Literaturprofessorin. Ihre Vorlesung beginnt jetzt.«

Carvalho sieht auf die Uhr, hat plötzlich die Erklärungen satt und fordert Don Vito im Befehlston auf: »Setzen Sie sich!«

Carvalho zieht eine Flasche fünfzehn Jahre alten Malt-Whisky JB hervor.

»Das ist alles, was ich im Umkreis von vier Häuserblocks gefunden habe.«

Aber Altofini lehnt freundlich ab und holt die Zutaten für einen Matetee aus der Tasche.

»Wenn Sie mir erlauben, Ihre Küche zu benutzen, werde ich mir einen Matetee machen. Kennen Sie doch, oder?« Und im stillen denkt er: »Dieser Gallego hat sicherlich nicht den geringsten Schimmer, was Matetee ist.«

Carvalho überläßt ihm mit einer Geste die Küche, und nach einer Weile schlürft Altofini den Tee in einem mit den Whiskyschlucken des Gallego synkopierten Rhythmus. Carvalho gefällt dieses Schälchen mit den ziselierten Silberverzierungen als Gegenstand, ein wertvoller Gegenstand, so wie ihn Altofini streichelt, und ihm gefällt die Liturgie, nach der Don Vito den Matetee schlürft. Carvalho fühlt sich ein wenig angeheitert. Redselig, aber nicht betrunken.

»Im Moment gibt es keine Klienten, Don Vito. Hier besteht das gleiche Problem des moralischen Relativismus wie in Spanien, wie im Westen, wie im ganzen fruchtbaren Norden. Ehebruch, Raub und Mord haben als Tabus keinen Sinn mehr, weil schon alle Ehebrecher, Diebe, potentielle Verbrecher sind. Andererseits stimmt es zwar, daß die öffentliche Polizei in einer quantitativen und qualitativen Krise steckt und es mit jedem Tag mehr private Polizei gibt, doch handelt es sich dabei um eine private Dienstleistung, die von großen Firmen, manchmal von multinationalen Konzernen kontrolliert wird. Deshalb haben wir klassischen Privatdetektive keine Klienten.«

»Die öffentliche Polizei betreibt unlauteren Wettbewerb. Ich würde die Polizei privatisieren. Die ganze.«

»Also sehen Sie es als eine Frage des Arbeitsmarkts?«

»Selbstverständlich. In Krisenzeiten sind selbst die Notare unbeschäftigt. Ein Verwandter von mir ist Notar. Er macht die Buchführung von zwei oder drei Geschäften.

Nicht nur die Arbeiterklasse ist in Ungnade gefallen, mein Freund, auch das Bürgertum ist nicht mehr das, was es war.«

Don Vito trällert:

> Die Mittelschicht fiel in Ungnade,
> Mireya ging, Margot starb,
> und jener junge Aristokrat
> eingeschüchtert... zog sich zurück.
> Er beklagte den Grund seines Fortgangs,
> beklagte die Wurzeln so großen Übels,
> während die hübsche Barra Florida
> ihren sentimentalen Gesang anstimmte.

Don Vito bemerkt Carvalhos Erstaunen nicht und fügt einen neuen Vorschlag hinzu: »Wenn Sie wollen, suchen wir unterdessen Ihren Cousin.«

»Wo fange ich an? Als ich aus Spanien ankam, hatte ich ihn nach wenigen Wochen beinahe in Reichweite. Mein Cousin ist während des Prozesses von hier entkommen und dachte, seine Frau wäre tot und seine Tochter verschwunden. Jahre vergingen, und plötzlich hatte er die Schnapsidee, zurückzukehren, und er tat es in einem schlechten Moment. Es waren zwanzig Jahre vergangen. Seine Frau lebte, aber... Verzeihen Sie. Sie war tot. Die Lebende ist seine Schwägerin, die Frau, die Sie hinauslaufen sahen.«

»Also eine echte Cousine. Carvalho, Sie sind ein Mann mit Prinzipien.«

»Ein Teil der Exkollegen meines Cousins war ihm treu, andere jedoch hatten sich seine wissenschaftlichen Entdeckungen angeeignet und mit der Mithilfe eines Generals der Milicos patentieren lassen, derselbe, der sie zwanzig Jahre zuvor verhaftet hatte und sie jetzt durch Terror und durch die Kohle kontrolliert. Der Aufenthaltsort der Tochter meines Cousins ist nach wie vor unbekannt.«

»Das klingt ja wie eine argentinische Seifenoper, die sich ein venezolanischer Drehbuchschreiber ausgedacht hat«, sagt Don Vito plötzlich ernst, »aber es ist die Wirklichkeit. So wirklich wie Sie und ich. Verfolgt sonst noch jemand Ihren Cousin?«

»Die Polizei. Besser gesagt, ein Polizist namens Pascuali, und er ist ein hundertfünfzigprozentiger Beamter, will heißen, er möchte die Ordnung aufrechterhalten, die das Gesetz verlangt.«

Don Vito entschlüpfen fast ein Lachen und der Matetee, den er im Mund hat. Er nimmt sich zusammen, da es an der Tür läutet und im Rahmen ein blasser junger Mann erscheint, schlank, mit Ringen unter den Augen, in importierte Mode gekleidet. Er stellt sich ohne Umschweife vor: »Ich heiße Javier Lizondo. Wenn Sie die Detektive sind, die unten auf dem Schild stehen, brauche ich Ihre Dienste. Man hat meine Freundin umgebracht.«

Don Vito und Carvalho sehen sich verstohlen erfreut an, es gelingt ihnen aber, den Klienten bekümmert zu betrachten.

»Da sind sie bei uns richtig.«

Der junge Mann ist nervös und schluckt Speichel. Don Vito ermuntert ihn mit Gesten, weiterzureden. Carvalho mustert ihn aus der Entfernung. Don Vito scheint die Erzählung des Burschen mitzufühlen, sein Gesicht spiegelt das Auf und Ab der Geschichte wider.

»Ich heiße Javier Lizondo. Man hat meine Freundin umgebracht. Nun … das habe ich schon gesagt. Meine Freundin. Meine Freundin …«

»Ihre Freundin?« fordert Don Vito ihn auf, weiterzureden.

»Wollen Sie andeuten, daß sie nicht meine Freundin war?«

»Aber ich bitte Sie! Ich lade Sie bloß ein, Ihre Rede fortzusetzen, wir lauschen Ihnen bewegt und erwartungsvoll.«

»Meine Freundin arbeitete in einem Cabaret, in einer Oben-ohne-Bar. Als eine, die ...«

Don Vito macht eine Geste, als würde er mit seinen eigenen Brüsten in der Luft spielen, ohne jedoch seinen tieftraurigen Gesichtsausdruck aufzugeben.

»Sie machte es, um sich ihr Brot zu verdienen. Sie war ein gutes Mädchen. Gebildet. Jawohl. Sie hatte Kultur. Sie hieß Carmen, Carmen Lavalle.«

Er zeigt das Foto eines hübschen Mädchens, das so lächelt, als glaubte es, bis in alle Ewigkeit zu leben.

»Haben Sie kein Oben-ohne-Foto von ihr?« fragt Don Vito. »Ich sage das ausschließlich, um sie zu identifizieren.«

Carvalho greift ein.

»Es genügt uns zu wissen, wo sie ihrem Beruf nachgegangen ist und warum Ihnen die polizeiliche Untersuchung nicht von Nutzen ist.«

Javier verschlägt es die Sprache. Schließlich fängt er zu weinen an, und Don Vito steht ihm in seiner Erschütterung bei, ohne jedoch selbst Tränen zu vergießen.

»Ich lebe auf der Flucht. Verborgen. Es gibt einen Haftbefehl, aber ich war es nicht.«

»Ein weiterer Versteckter«, sagt Carvalho zu jemandem, der sich nicht im Raum befindet.

Manchmal macht oder denkt man Dinge, an jemanden gerichtet, der sie nicht sieht, der sie nicht weiß, der sie nicht empfängt. Carvalho bezieht sein Denken und Handeln in Buenos Aires auf Alma. Es ist sie oder ihre verschwommene Silhouette, die seine Monologe empfängt, die wie ein unsichtbares Phantom in den verschiedenen Situationen anwesend ist, um zu rechtfertigen, was Carvalho tut oder sagt. Aber nun ist sie da, nun betrachtet Alma körperlich anwesend die Kochkünste Carvalhos mit verhaltenem Erstaunen.

»Und in Spanien hast du immer gekocht?«

»Nein. Im Büro kochte Biscuter, mein Assistent. Eine kleine Mißgeburt, effektvolle Mischung aus Spielberg, Doktor Watson und ausgezeichnetem Koch.«

»Warum nennst du ihn kleine Mißgeburt?«

»Weil er so aussieht. Wie eines dieser Kinder, die nicht auf die Welt kommen wollen und mit der Geburtszange aus dem Bauch der Mutter geholt werden.«

»Du rufst ihn sehr oft an. Magst du ihn?«

»Ich bemitleide ihn.«

»Und dein verlorenes Mädchen in Spanien, Charo, magst du sie?«

»Ich bemitleide sie.«

»Bist du denn unfähig zu lieben? Empfindest du nur Mitleid? Und diese armen Tiere, die du im Topf schmortest und kochtest, tun sie dir leid, oder magst du sie?«

»Ich liebe sie. Deswegen esse ich sie.«

Bei Tisch rührt Alma mit der Gabel die dünnen Nudeln der Fideuà um, die sich auf dem Teller türmen.

»Sie sehen wie Würmer aus, schmecken aber sehr gut.«

»Es sind ganz einfach dünne Nudeln«, erwidert Carvalho melancholisch.

»Du kochst, ißt, aber bist deprimiert.«

»Ich koche und esse, weil ich deprimiert bin.«

»Raúl?«

»Es ist vielschichtiger und erinnert mich an ein Gedicht, das ich vor langer Zeit, als ich noch Gedichte las, gelesen habe. Ein Fahrer hat eine Reifenpanne und überlegt: Ich mag den Ort nicht, aus dem ich komme, und es beruhigt mich nicht, wohin ich gehe. Warum erwarte ich den Radwechsel mit Ungeduld?«

»Das ist von Brecht, Bertolt Brecht.«

»Ich wußte, daß es von Brecht ist. Es gab eine Zeit, in der ich wußte, wer Brecht war.«

»Und jetzt weißt du's auch.«

»Nein. Jetzt weiß ich's nicht.«

»Du mußt die Metapher auflösen. Wer oder was ist dieses Rad?«

»Raúl vielleicht. Ich weiß nicht, wo anfangen. Hat er sich nicht mit dir in Verbindung gesetzt?«

»Glaubst du, ich hätte es dir nicht gesagt?«

Carvalho schlägt mit der Hand auf den Teller, der vor ihm steht, und erhebt sich wütend, hysterisch.

»Was weiß denn ich? Was weiß denn ich, was ihr über mich denkt? Bin ich für euch etwa nicht bisweilen ein Eindringling? Ist nicht auch Raúl ein Eindringling? Was weiß denn ich, welche deine Interessen, die eurer Kameraden, in bezug auf Raúl sind? Wollt ihr, daß ich ihn finde? Daß ich ihn nicht finde?«

Alma steht empört auf.

»Er war mein Mann! Er ist der Vater einer Tochter, von der ich noch nicht weiß, wer sie geraubt hat! Er flieht mehr vor sich selbst als vor einer konkreten Gefahr.«

»Die Polizei ist keine konkrete Gefahr? Und dieser Capitán und seine Partner, die ihm das Patent stahlen, sind sie denn keine konkrete Gefahr?«

Alma läßt sich leise weinend auf den Stuhl fallen und sagt, während ihre grünen Augen den Regenbogen ihrer Tränen betrachten: »Ich kann eine konkrete Gefahr von einer anderen, abstrakten, eine tatsächliche von einer imaginären Furcht schon nicht mehr unterscheiden.«

Carvalho hat sich beruhigt und möchte sich ihr gerne zärtlich nähern, doch er beherrscht sich.

»Ich möchte meine Tochter finden, aber es sind schon

so viele Jahre vergangen, daß sie eine Unbekannte sein würde. Möchte ich sie finden, oder möchte ich den elenden Kerl fertigmachen, der sie mir geraubt hat? Was hingegen Raúl betrifft, hätte ich gern, daß du ihn findest und nach Spanien mitnimmst. Für immer. Er ist nicht Teil meines Lebens. Nur der entsetzlichsten Dinge meiner Erinnerung.«

»Wo beginnen?«

Alma lächelt, als handele es sich um eine seltsame Offenbarung.

»Mit einem Asado, einem Grillfest. Hier beginnt und endet alles mit einem Asado. Wir werden ein Asado der Exkämpfer organisieren. Raúl muß sich in dieser Welt bewegen. Er hat niemand anderen, der ihn beschützen könnte. Schmeckt dir Gegrilltes?«

Der Dicke sitzt am Steuer. Auf dem Rücksitz der Capitán, neben ihm seine Tochter, die, den Schoß voller Bücher, noch ein paar Aufzeichnungen durchsieht. Der Capitán sieht sie gerührt, dann besorgt an. Das Auto hält vor dem Eingang der Fakultät. Das Mädchen küßt ihren Vater hastig, doch liebevoll, nimmt die Bücher und gibt dem Dicken einen Klaps auf seinen großen Schädel.

»Ciao, Onkel Cesco.«

Auf dem Gesicht des Dicken zeichnet sich Zufriedenheit ab.

»Warum bist du so in Eile, Muriel? Was ist heute los mit dir?« fragt der Capitán, den Kopf aus dem Fenster reckend.

»Die erste Vorlesung bei einer harten Nuß, einer Literaturprofessorin.«

»Wie heißt sie?«

»Alma. Alma Soundso«, antwortet Muriel und dreht sich im Laufen um.

Der Capitán versucht zu lächeln, doch es will ihm nicht recht gelingen. Der Dicke macht eine Geste, als wollte er aus dem Wagen steigen, aber der Capitán hält ihn zurück. Als sie sich von der Universität entfernen, ist die Miene des Capitán immer noch düster, und er bemüht sich um eine gewisse Undurchdringlichkeit. Die Nerven des Dikken liegen bloß.

»Haben Sie gehört? Es mußte ausgerechnet... Wir hätten sie alle vernichten müssen, Capitán. Wissen Sie, was passieren kann, wenn Muriel und diese Frau aufeinandertreffen?«

»Nichts«, erwidert der Capitán trocken.

»Nichts? Und die Stimme des Blutes?«

»Das Blut ist lautlos, Dicker. Das müßtest gerade du wissen, der du viel gesehen hast. Jedenfalls ist nach wie vor Raúl, der Vater, gefährlicher. Der hat noch Lust zu fragen, zu suchen. Berta oder Alma, wer sie auch sein mag, ist eine Verschwundene. Niemand bemerkt es, aber sie ist eine Verschwundene.«

»Ich würde sie nicht unterschätzen.«

Der Wagen des Capitán hält vor dem Tor des Ministeriums für wirtschaftliche Entwicklung. Der Capitán, mit seinen fünfzig Jahren immer noch kräftig und athletisch, steigt behende aus und geht raschen Schritts, schmalgesichtig und die dünnen Lippen zusammengepreßt, die Treppe hinauf. Er weist dem Wachposten eine Erkennungsmarke vor und geht hinein, ohne darauf zu warten, daß man ihm den Durchgang gestattet. Die Sekretärin ist nicht erstaunt, ihn zu sehen, und hält ihn auch nicht zurück, wie üblich ohne Erlaubnis in den Bereich des Ministers Güelmes einzudringen.

»Ist er allein?« fragt der Capitán.

»Er wird es sein.«

Der Capitán wartet, während die Sekretärin anruft. Die Tür des Büros öffnet sich, und ein brüsk verabschiedeter und etwas erstaunter Besucher erscheint.

»Sie meinen also, es wäre alles klar?«

Die Stimme des Ministers ertönt aus dem Hintergrund: »Völlig klar.«

»Vielen Dank, Exzellenz«, erwidert der Besucher befriedigt. »Es ging alles viel schneller als erwartet.«

Er tritt etwas verwirrt zur Seite, und der Capitán geht durch den freigegebenen Spalt hinein. Vor dem Minister angelangt, stemmt er die Arme in die Seite und wartet darauf, daß dieser etwas sagt. Güelmes aber mustert ihn forschend, mit Amtsgewalt, ehe er sagt: »Es ist mit jedem Mal weniger ratsam, daß Sie hierherkommen.«

»Mir stehen alle Türen Argentiniens offen.«

»Wir befinden uns nicht im Argentinien von 1977, auch nicht in dem von 1981 oder dem von 1985.«

»Nein. Was den Kalender betrifft, haben Sie recht. Was das Land betrifft, nicht so ganz. Die Kalender vergehen, die Länder bleiben. Worüber wollten Sie mit mir sprechen? Vor allem möchte ich Ihnen zu Ihrer Beförderung gratulieren, Herr Minister.«

Güelmes versucht wieder in seine Ministerrolle zu schlüpfen. Er setzt sich in seinen mächtigen Staatssessel und fordert den Capitán auf, ebenfalls Platz zu nehmen. Der unter Strom stehende Mann hört nicht auf ihn.

»Mich interessiert nach wie vor ein Pakt. Abgesehen davon, daß wir mit der Ausnutzung der Nahrungsindustrie fortfahren und daß Font y Rius alles vergessen hat, was er sah.«

»Zur Sache«, unterbricht ihn der Capitán.

»Mein Pakt besteht nach wie vor darin, bei der Suche nach Raúl zu helfen, doch unter der Bedingung, daß Sie ihn nicht töten werden. Wir müssen ihn aus Argentinien hinausschaffen, aber lebend.«

»Wissen Sie, wo er ist?«

»Nein. Aber Alma hat ein merkwürdiges Treffen organisiert, ein Asado bei den Barojas, Sie wissen schon, von der intellektuellen Fraktion der peronistischen Linken. Ein Asado für Exkämpfer. Alte Freunde. Sie hatte die Freundlichkeit, mich einzuladen. Es wird scheinbar deshalb veranstaltet, damit wir dabei helfen, Raúl zu finden.«

»Ich vermute, daß der Gallego auch hinkommt.«

»Natürlich. Offiziell ist er derjenige, der ihn sucht. Er und Inspektor Pascuali.«

»Diesen Pascuali müßte man eines Tages aufrütteln. Ich werde aus diesem Anbeter der formellen Demokratie nicht schlau. Da verstehe ich mich besser mit einem Terroristen. Nun gut, gehen Sie, und genießen Sie das Asado. Gut Ohr, und wenn uns etwas zu Raúl führen kann, möchte zuerst ich ihn sehen, wegen des bestehenden Interesses, und dann Pascuali, wenn er will. Ich brauche einen Bericht über alles, was bei diesem Asado gesprochen wird und wen man erwähnt.«

»Möchten Sie auch wissen, was wir essen?«

»Es wird bei allen Asados das gleiche gegessen. Besser oder schlechter, aber das gleiche.«

Schon an der Tür, fragt der Capitán, ohne sich umzudrehen: »Wissen Sie, ob Alma immer noch darauf erpicht ist, ihre Tochter zu suchen?«

»Sie spricht schon seit Jahren nicht mehr davon«, antwortet Güelmes betont gelangweilt.

Die Studenten schweigen nach und nach. Alma setzt die Brille auf, sieht die Aufzeichnungen durch und hebt den Kopf. Es ist ganz still.

»Auch wenn die auf die Literatur angewandte Sprache unser Stoff ist, möchte ich heute darüber sprechen, wie sich andere Sprachen kodieren und dekodieren, zum Beispiel die der realen Architektur, die einer bestimmten Stadt, dieser, um ein auf der Hand liegendes Beispiel zu nehmen.«

Das Öffnen der Tür unterbricht sie. Muriel kommt herein, erhitzt vom Laufen, die Bücher gegen die Brust gedrückt. Sie stammelt eine Entschuldigung und sucht einen Platz nahe der Tür, wo sie sich verstecken oder ihr Zuspätkommen vergessen machen kann. Es gibt keinen. Alma schweigt, und alle Blicke konzentrieren sich auf die Nachzüglerin.

»In der ersten Reihe haben Sie einen wunderschönen Platz. Die Letzten werden die Ersten sein.«

Fast alle lachen, als Muriel nach vorne geht. Schließlich setzt sie sich und sieht die Professorin völlig verwirrt an.

»Ich verlange nicht, daß die Studenten in meine Vorlesungen kommen. Aber ich bitte sie, vor mir zu kommen. Wenn Sie mein Fach nicht interessiert ...«

Überstürzt und treuherzig, vor Anspannung fast weinend, ruft Muriel aus: »Aber es ist das, was mich am meisten interessiert!«

Ihre Kommilitonen lachen. Auch Alma lächelt und sagt, an alle gewandt: »Es sei festgestellt, daß wir das nicht einstudiert haben! Kehren wir zu Buenos Aires zurück. Ich erwähnte bereits, daß Malraux über unsere Stadt sagte, sie gliche der Hauptstadt eines Imperiums, das nie existierte, und Le Corbusier sie in die ›Ville Verte‹ seiner Träume verwandeln wollte. Ein mit mir befreundeter Architekt, besser gesagt ein verhinderter Architekt, denn er hat den Beruf nie ausgeübt, pflegt zu sagen, daß bei Le Corbusier die Entwürfe viel bedeutender sind als das tatsächlich Gebaute. Er plante ein wirklich revolutionäres Moskau, und die sowjetische Bürokratie hat es verhindert. Er plante ein grünes Buenos Aires, und wir ließen ihn hier nur ein kleines Haus für Victoria Ocampo gestalten. Er war knapp davor, Barcelona zu verwandeln, und der Bürgerkrieg hinderte ihn daran. Ich möchte gern, daß Sie über all das nachdenken und Ihre Meinung über dieses scheinbare Paradoxon niederschreiben. Vergleichen Sie Buenos Aires mit der Hauptstadt eines Imperiums, das nie existierte, mit Wien, das die Hauptstadt eines nicht mehr existierenden Imperiums ist. Können wir den Gedanken des Zusammenbruchs einer Phantasie, zum Beispiel Buenos Aires, und den des Zusammenbruchs einer Realität, will heißen, zum Beispiel, Wien, gegeneinander stellen? Andererseits begünstigte das imperiale Wien in seiner letzten Phase die wichtigsten Kulturschübe dieses Jahrhunderts, neben denen des außerordentlichen Jahrzehnts der sowjetischen Revolution. Gibt es etwas Entsprechendes in diesem Buenos Aires mit dem zerstörten Bild? Unsere großen Schriftsteller umkreisen für gewöhnlich die Erkenntnis. Sie wagen es nie, von der ausschließlich literarischen Erkenntnis abzurücken, oder sie wollen es nicht. Borges wäre der größte Exponent. Das Wien Freuds oder Klimts bot der Welt die Beklemmung angesichts der Krise des bürgerlichen Ichs dar und das Moskau der Revolution eine Hoffnung als Ausgleich zu dieser Beklemmung. Was hat Buenos Aires der Welt geboten? Borges? Die Literarisierung einer von Borges, Bioy, Mallea, Sábato, Macedonio Fernández begangenen Entfremdung? Fragen, die ich nicht beantwortet haben will, sondern verdaut. Umkreist. Sie können sogar einen Tango darüber schreiben. Der Tango bewahrt nach wie vor, zu meinem Bedauern, die Fähigkeit, das Gegenwärtige zu schildern. Was halten Sie von diesen Versen von Horacio Ferrer? Sie sind aus *Juanito Laguna hilft seiner Mutter.*

Geboren in einer Geranie,
machten sie ihm eine Windel
aus einer halben Seite des Clarín.«

Ein Student schüttelt unwillig den Kopf, und sein zusammengebundener blonder Schopf hüpft von einer Schulter zur anderen.

»Bist du nicht einverstanden, Alberto?«

»Wenn es diesen Leuten so schlecht geht, warum lesen sie dann *Clarín*? Warum lesen sie nicht die linke Tageszeitung *Página doce*?«

Alma wirft Mappen und Bücher auf ein Sofa, zieht sich die Schuhe aus und massiert sich die Füße, so als würden sie schmerzen.

»Du bist verrückt. Dir tut der Kopf weh, und du streichelst deine Füße.«

Sie steht auf, zieht sich aus, um eine bequeme Hose, eine Bluse und Pantoffeln überzustreifen. Als sie den Kühlschrank aufmacht, blickt ihr gähnende Leere entgegen. Als sie schließlich in der Speisekammer nach einer Dose sucht, überrascht sie die Türglocke, doch hält sie sich mißtrauisch zurück und öffnet nicht. Durch das Guckloch sieht sie einen Mann in Arbeitsuniform, kann das Gesicht aber nicht gut erkennen.

»Wer ist da?«

»Terminator.«

»Ich bin nicht zu Scherzen aufgelegt.«

»Ich vernichte Ratten, Señora. Hatten Sie nicht nach einem Rattenvernichter verlangt?«

Sie sieht noch einmal durchs Guckloch. Dort ist Raúls Gesicht, fern und verzerrt durch das Vergrößerungsglas. Alma schiebt hastig Riegel und Gegenriegel weg, und als die Tür sperrangelweit offensteht, zögert Raúl einzutreten, bis sie ihn hereinzieht, die Tür schließt, ihn in einer besitzergreifenden Umarmung festhält, der er sich hingibt. Die Worte atemlos, die Hände überstürzt, die aufgeschobene Zeit überlagernd, und ein dringendes Suchen nach Nacktheit, nach menschlicher Haut, nach dem vor zwanzig Jahren so gut gekannten Körper, Keuchen, das beiden aus einem Kassettenrekorder zu kommen scheint, aus dem Kassettenrekorder der Erinnerung. Dann zieht sich Alma einen Pyjama an, weil sie ihre eigene Nacktheit stört, und setzt sich auf das Bett, den Rücken ans Kopfende gelehnt. Raúl sitzt am Fußende, und sie streckt die Arme aus, damit ihre Hände sich ineinanderschlingen können.

»Zwanzig Jahre später sind wir wieder ...«

»Ich hatte das nie erwartet. Ich nahm zu lange an, du seist tot. Ich begreife nicht, warum mir niemand die Wahrheit sagte, nicht einmal du. Ich verstehe, daß du die Persönlichkeit deiner Schwester angenommen hast, um die Milicos zu täuschen, aber was ist mit mir, Berta?«

»Ich heiße Alma. Nie wieder werde ich mich Berta nennen.«

»Und die Kleine?«

»Ich habe sie gesucht. Du kannst es dir nicht einmal vorstellen. Ich habe mich gründlich in der Bewegung der Großmütter engagiert, verkleidet als Tante meiner Tochter. Zwecklos. Wenn sie lebt, hat sie jemand geraubt, der alle Spuren, die zu ihm führten, verwischen konnte. Manchmal sehe ich ein Mädchen auf der Straße, und etwas sagt mir: Deine Tochter würde ihr ähnlich sehen. Und ich beginne innerlich zu weinen. Aber sobald ich in meinen vier Wänden bin, weine ich äußerlich. Ich bin psychisch davon erschöpft, sie zu brauchen. Manchmal denke ich: Du willst sie nicht finden, du willst nur denjenigen fertigmachen, der sie dir weggenommen hat.«

Raúl stimmt ihr zu: »Mir passiert etwas Ähnliches. Verstecke ich mich, weil man mich verfolgt, oder kann ich nur versteckt leben? Vor wem? Vor was?«

»Dich verfolgen sie, Raúl. Vergiß das nicht. Der Capitán, seine Partner, die dich verraten haben und nun deine

Entdeckungen vermarkten, auch wenn sie dich weiterhin mögen, Güelmes, Font y Rius. Am besten wäre es, wenn es deinem Cousin gelänge, dich hier herauszuholen. Argentinien existiert nicht. Das Argentinien, das du und ich kannten, das uns ausmachte, gibt es nicht mehr. Wir Überlebenden, die weiterhin an dieselben Ideale glauben, sind noch verschwundener als die Verschwundenen.«

»Du willst, daß ich fortgehe, nicht wahr?«

»Ich weiß es nicht«, antwortet Alma, stürzt sich aber schließlich auf ihn, umarmt ihn, küßt ihn voller Lust auf Wiederfindung. »Aber diese Nacht bleib hier.«

Sie wachen unter den Laken auf, ohne einen anderen Horizont als die Zimmerdecke. Alma will etwas sagen, doch Raúl bittet sie zärtlich mit einem Finger, der ihre Lippen schließt, zu schweigen.

»Nein. Sag nichts. Ich weiß, was heute geschah und was immer geschehen wird. In der Erinnerung sind wir jenes junge Liebespaar, das wie Rimbaud das Leben und wie Marx und Evita, das seltsame Paar, die Geschichte verändern wollte.«

»Und Trotzki!«

»Marx, Evita, Trotzki. Ich war Trotzkist, du eine nationale Peronistin. Jetzt bist du eine Frau in der Blüte ihrer Jahre, die nicht mehr heißt wie meine Erinnerung, und hast mit einem deprimierten Mann geschlafen, der nicht einmal mehr Libido besitzt. Du weißt ja, daß eines der ersten Anzeichen der Depression ist, daß er dir nicht steif wird.«

»Nicht alles reduziert sich darauf.«

»Nein. Das stimmt nicht. Ich gehe fort. Eines Tages werden wir uns frei wiedertreffen können, plaudern, Bande wiederherstellen. Vielleicht, vielleicht dann. Jetzt bitte ich dich nur um Erlaubnis, dich zu sehen und mit dir zu reden. Wie Scarlet Pimpernel. Ich bin ein Versteckter. Ich werde dir nicht einmal sagen, wo ich mich verstecke noch wer mich versteckt. Aber ich bin nicht leichtsinnig, auch wenn es den Anschein hat. Ich weiß, daß Eva María lebt, und ich weiß besser als vor einigen Monaten, wie ich sie finden kann. Frag mich nicht. Ich könnte dir auch nichts Konkretes sagen.«

Sie küssen sich. Aus den Laken gekrochen betrachtet der Mann seine eigene Nacktheit mit gewissem Sarkasmus.

»Kommst du zum Asado der Barojas?«

»Das ist zu riskant.«

»Du hast recht. Ich habe es organisiert, um über dich zu reden, um vorzufühlen, und nicht, damit du dabei bist.«

Raúl tritt im Arbeitsanzug eines Rattenbekämpfungsunternehmens auf die Straße, in der Hand einen Koffer mit ein paar Firmenkürzeln. Vladimiro hebt das Walkie-talkie an die Lippen.

»Ein Angestellter kommt heraus. Er sieht aus wie von einem dieser Unternehmen, die Ungeziefer vernichten.«

»Was für Ungeziefer?« fragt Pascuali.

»Ratten. Es steht dort irgendwas von Rattenvertilgung.«

»Folg ihm!« befiehlt Pascuali. »Hast du's noch immer nicht kapiert, du Holzkopf?«

»Ob ich noch immer nicht was ...?«

Vladimiro beschließt zu starten und schaltet die Sirene ein.

»Ist das, was ich höre, die Sirene?« fragt Pascuali.

»Ja.«

»Schieb sie dir in den Hintern! Was wetten, daß der Kerl verschwunden ist? Trau dich, es zu verneinen, wenn du ein Mann bist!«

Vladimiro versucht erfolglos, den Rattenvernichter in der durch die Straße schlendernden Menge wiederzufinden, dabei steht die Dringlichkeit seiner plötzlichen Beschleunigungen in keinem Verhältnis zu dem säumigen und gar nicht forschenden Lächeln, das er aufsetzt.

»Soll ich es zu Fuß probieren, Inspektor Pascuali?«

»Krepieren sollst du! Und keine Sorge. Der schönste Kranz bei deiner Beerdigung wird von mir sein.«

Ein aufgeschlitztes und mit auseinandergespreizten Beinen gekreuzigtes Lamm. In einer zu großen Entfernung für die zudringlichen Augen Carvalhos das Feuer, als wollte es sadistisch »Brat ich dich, brat ich dich nicht« spielen. Auf einem Grill wurden die Glut und die Roste für andere Tiere und die Nomenklatur der unerbittlichsten Autopsie angewandt, die Carvalho aus den fremden Kommentaren ableitet: Medaillon, Entraña, Chinchulines. Rund zwanzig Personen sehen zu, wie einige wenige mit dem Fleisch auf dem Grill hantieren, Gruppen bilden oder durch den Garten eines Landhauses schlendern, eines von Tausenden rund um Buenos Aires. Es besitzt eine leicht verwahrloste Schönheit und erinnert Carvalho, ohne daß er weiß warum, eher an eine der Datschas in der Umgebung von Moskau, wie er sie in den sechziger Jahren kennengelernt hatte, als an einen geschniegelten Zweitwohnsitz nach spanischer Art. Die meisten Anwesenden sind locker gekleidet, so wie Berufstätige, die ein Wochenende in freier Natur verbringen und ihre Kinder aus dem Kinderhort abgeholt haben, um den Gedankengang des guten Wilden wiederaufzunehmen. Die Gespräche hingegen sind etwas angespannt oder drehen sich in jedem Fall um Politik und Kultur, abgesehen von dem einen oder anderen Kämpfer, der versucht, mit dem Ball vor seinen Söhnen zu glänzen.

»Näher an den Vierzig als an den Dreißig. Unterschiedliches Alter. Der eine oder andere nahe den Fünfzig, wie Girmenich. Die Generation, die mit der Entführung von Aramburu den bewaffneten Kampf begann. Dann die, die fast von der militanten Jugend aus die Auswirkungen des

Staatsstreichs und des Prozesses erlebten. Das ganze Argentinien in Waffen begrüßt dich, Gallego.«

Silverstein hat es sich angewöhnt, ihm ins Ohr zu sprechen, als wäre er die ausschließliche Off-Stimme. Aber vielleicht ahmt er bloß das Verhalten der Bösewichte in den Tragödien Shakespeares nach. Font y Rius ist auch unter den Gästen, doch stellt sie alle die Ankunft eines eskortierten Dienstwagens, aus dem Güelmes steigt, in den Schatten. Ein blonder Mann mit blauen Augen ruft verächtlich aus: »Schau, Güelmesito.«

Wieder die raschen Lippen Silversteins und seine sezierenden Augen.

»Der das gesagt hat, ist Luis Barone, Deckname Luigi. Und sieh nur, der dort mit dem mächtigen Kiefer und dem grimmigen Blick ist Girmenich, einer der ersten Montoneros, der peronistischen Stadtguerilla, einer von denen, die an der Entführung Aramburus beteiligt waren. Er spaltet uns. Einige haben ihn noch auf dem Altar der Guerilleros, während andere ihn auf den Tod hassen. Er ist nach wie vor katholisch. Man sagte mir, daß er an die Jungfrau Maria glaubt.«

»Güelmesito bringt niemand aus dem Dienstwagen heraus«, bemerkt eine Frau mit designten Augen und spitzer, empfindlicher Nase, die man als Liliana Mazure vorgestellt hatte.

»Auf daß es so bleibt! Zumindest denkt er an seine alten Freunde.«

»Er war der König des Plastiksprengstoffs«, informiert Barone Carvalho. »Ihm gaben sie kein Maschinengewehr in die Hand, denn er sieht nicht einmal seine Nasenspitze, aber mit dem Sprengstoff war er eine Wucht!«

»Weißt du noch, wie wir das Polizeirevier in die Luft gejagt haben?« meint ein dickbäuchiger Mann mit vor Müdigkeit schlaffen Augen.

Carvalho geht der Begegnung mit Güelmes aus dem

Weg und spaziert neben Silverstein, der ihm eine Zusammenfassung des Treffens liefert.

»Schau nur, wie wir alle auf den Lockruf von Alma und die Düfte eines guten Asado wie Trottel herbeieilen. Der Hausherr besitzt eine großartige Bibliothek und ist Nachkomme von Baroja, glaube ich, das ist eine Familie der argentinischen Linken über mehrere Generationen. Baroja! Möchtest du nicht dem Gallego deine Bibliothek zeigen?«

Güelmes begrüßt, schüttelt Hände, kameradschaftlich, doch auch mit der Selbstsicherheit, ein Staatsmann zu sein. Einige verneigen sich spöttisch, küssen ihm die Hand und sagen ehrfürchtig: Herr Minister. Silverstein vermeidet offensichtlich die Begegnung und wendet sich laut an einen der Männer, die am eifrigsten mit dem Asado beschäftigt sind.

»Baroja, zeig dem Gallego deine Bibliothek. Er verbrennt mit Begeisterung Bücher, und vielleicht löst er dir das Problem, daß du keinen Platz mehr hast.«

Baroja wirkt etwas jünger als die anderen, nimmt aber genauso verbunden an der Operation Nostalgie teil. Er führt, nachdem er sich die Hände an der Schürze abgewischt hat, Carvalho zum Haus. Sie betreten das große Gebäude und werden von der Übermacht der Bücher erdrückt. Ein Mausoleum der Literatur der Linken des 20. Jahrhunderts. Carvalho nimmt die Bücher von Gramsci, Howard Fast, Wright Mills, Habermas, Adorno zur Hand, als gehörten sie einer geschützten Spezies an, und stellt sie vorsichtig wieder an ihren Platz zurück.

»Das ist wie ein Paradies der Linken für Leser zwischen siebzig und vierzig Jahren«, sagt Carvalho. »Von Lukács bis Marta Harnecker.«

»Bereits mein Vater war ein Roter. In Wirklichkeit ist er es immer noch, gehörte der peronistischen Linken an. Befreundet mit Walsh, Gelman, Urondo. Ich war 1976 ein kleiner Junge, doch waren all diese Leute im Garten für mich wie ältere Geschwister. Helden.«

»Und jetzt?«

Silverstein antwortet für Baroja: »Er mag uns, wie man die besten Kindheitserinnerungen mag, einschließlich Spielsachen und Zuckerwürfel.«

»Und Raúl? Wird er zum Fest kommen?« fragt Carvalho schneidend.

»Raúls Augenblick wird schon noch kommen. Alma hat mir den Zweck des Treffens erklärt.«

Sie betrachten vom Fenster aus das Treiben im Garten. Dort erheben sich drängende Finger und zeigen auf die Armbanduhren. Sie haben es eilig.

»Das Asado wartet, und einige wollen früh nach Buenos Aires zurück. Heute spielt Boca gegen Independiente. Ich besitze nur Bücher. Ich kann Ihnen nicht einmal einen Fernseher anbieten. Ist das Ihr erstes Asado? Ein Asado ist mehr als ein Essen. Es ist ein ausgeklügelter Ritus, der auf den Überlebenswillen des Pioniers, des Gauchos, zurückgeht, der alles Fleisch aß, das er essen konnte. Kennen Sie die argentinische Art des Fleischzerteilens?«

»Ein wenig. In Barcelona gab es einmal ein ziemlich gutes argentinisches Restaurant: La Estancia Vieja. Es wurde von einem gewissen Cané und Marcelo Aparicio geführt. Aber ich bringe noch alle Stücke durcheinander. Mehr als Bife de chorizo und Asado de tira kenne ich nicht.«

»Dann aber los, mein Freund. Das Bife de chorizo ist ein Beefsteak von der Rippe, schon nahe der Hinterbacke. Das Bife de lomo ist das, was Sie Lendenstück nennen, und das Bife de costilla ist der feine Teil der Lende mit Knochen. Dann gibt's noch das sehr schmackhafte Vacío, das ist das Fleisch der Flanke, und die Entraña – dieser dunkle, schmale Fleischstreifen, der unterhalb des Zwerchfells herausgeschnitten wird, ist eine wahre Delikatesse. Aber zu einem guten Asado gehören auch Chinchulines, die Gedärme, und Mollejas, Brieschen, was wir Innereien und Sie Schlachtabfälle nennen. Die Blutwürste. Da haben Sie. Ich schenke Ihnen das *Handbuch des argentinischen Grills* von Raúl Murad.«

»Wozu gibst du es ihm? Er wird es verbrennen.«

»Die Bücher, die zu etwas nützlich sind, verbrenne ich nicht.«

Im Garten beginnen sie schon zu essen. Vier Stunden lang hat Carvalho Zeit, die bedächtige Hingabe zu beobachten, mit der sich die Tischgenossen an Proteinen sattessen – die gleiche Begeisterung bei Erwachsenen wie Kindern, nicht einmal die Frauen verbergen wie etwa in Europa ihre Gefräßigkeit beim Verzehren toter Tiere. Das Treffen erinnert Carvalho an die Freßgelage im Freien, die in jedem Ort Spaniens verschiedene heilige Alibis im Dienst der Erinnerung an die Verbindung zwischen Hunger und Überfluß verlangen. Beträchtliche Reste an Fleisch, Empanadas und Salaten, mehrere zur Hälfte geleerte Flaschen sind noch auf dem Tisch.

»Ein Asado mißt man an dem, was übrigbleibt, nicht an dem, was gegessen wird.«

Das teilt ihm Alma mit, als sich durch die Geschwätzigkeit nach dem Essen die Gespräche kreuzen.

»Sag mal, Font, wie geht's denn den Irren in deiner auf den Prinzipien der Antipsychiatrie beruhenden Klinik?« fragt ein grobschlächtiger Mann mit Schnurbart. »Man hat mir kürzlich erzählt, daß du sogar reiche Ehefrauen von armen Männern aufnimmst, die diese für unmündig erklären wollen, damit sie an ihr Vermögen kommen.«

»Vor allem, um ihre Frauen loszuwerden«, erwidert Font y Rius unerschütterlich und fügt hinzu: »Oder nimm es als ein revolutionäres Mittel. Du nimmst den Reichen ihre Güter weg, um sie ihren Ehemännern, die arm sind, zu geben, oder umgekehrt. Machtest du nicht das gleiche, als du im Exil Goldene Visakarten fälschtest?«

Barone erklärt Carvalho, daß der grobschlächtige Mann das halbe argentinische Exil mit Haushaltsgeräten eingedeckt hatte, indem er Kreditkarten von Reichen aus dem Norden fälschte. Die Geschichte erheitert eher die Männer als die Frauen, und eine von ihnen fordert Font y Rius heraus.

»So machistisch bist du, daß du in deiner Klinik keine reichen Erben aufnimmst?«

»Um mit der Statistik zu sprechen, nehme ich nur eine Minderheit auf, das gebe ich zu.«

»Ich sage das, weil ich dir meinen Mann schicken möchte.«

Almas Löffel schlägt an ein Glas.

»Es ist wunderschön gewesen, uns wiederzutreffen, und nun geht es darum, vor denjenigen bei Raúl Tourón zu sein, die ihn verfolgen. Einige von Ihnen wissen bereits, daß er sich hier herumtreibt. Wir sollten uns zusammentun, um ihn zu beschützen.«

Font y Rius hält den Kopf gesenkt, Güelmes wirkt interessiert, aber zurückhaltend, Silverstein beobachtet die Reaktionen aller. Bei einigen Pokergesichter. Andere sind gerührt, während Almas Stimme erklingt: »Alle wissen, daß es Raulito gelang, aus der Hölle zu entkommen. Und viele Jahre später ist er nun aus Spanien zurückgekehrt. Niemand weiß, was er sucht, vielleicht nach seiner verschwundenen Tochter. Oder er möchte sein Leben wieder aufbauen, wie wir, doch im Moment versteckt er sich. Er verfolgt sich selbst, und ihn verfolgen irgendwelche Nachrichtendienste, die ihm eines seiner Patente gestohlen haben und nicht wollen, daß er es reklamiert. Es wäre sehr kompliziert, das alles nun zu erklären. Jeder von Ihnen, der etwas erfährt... Wir müssen ihn vor den Männern des Capitán finden.«

Auf einigen Gesichtern beginnt sich Unruhe abzuzeichnen. Die von Güelmes und Font y Rius sind angespannt. Mehrere Stimmen fragen: Aber ist denn dieser Henker, dieser elende Mistkerl noch immer aktiv? Alma fährt fort: »Ja, er ist noch aktiv. Es gibt auch noch einen weiteren Verfolger. Ein Polizist, nennen wir ihn einen Beamten, von denen, die an die Gesetze glauben, an die formelle Demokratie, an die Gewaltenteilung.«

»Gott ist tot, Marx ist tot, Montesquieu ist tot, doch die Schwachköpfe, die bringt niemand um!« ruft Silverstein pathetisch.

»Das Beste wäre es, wenn ihn sein Cousin, dieser Gallego ...«, spricht Alma auf Carvalho zeigend weiter.

»Der maskierte Gallego! Der versteckte Gallego! Der unerläßliche Gallego!« unterbricht Silverstein erneut.

»Er ist vertrauenswürdig«, bemerkt Alma. »Zumindest für die Personen, denen ich vertraue. Bitte. Wenn Raúl sich an Sie gewandt hat, ich wiederhole, wäre es das Beste, wenn ihn sein Cousin nach Spanien mitnimmt.«

Silverstein erklimmt einen Tisch, wobei er auf einige Reste vom Asado tritt. Er deklamiert: »Ein Versteckter könnte an irgendeinem Ort sein. Aber denken wir nicht an uns, die wir kamen, sondern an die glorreichen Exkämpfer der unvollendeten, ausstehenden peronistischen Revolution, die nicht gekommen sind. Erinnern wir uns an sie!«

Silverstein serviert sich noch ein wenig Asado von den Resten, auf die er nicht getreten ist. Carvalho trinkt, von einem seltsamen Durst geplagt.

»Hat jemand bemerkt, daß Honrubia nicht gekommen ist?« fragt Barone.

Einige pfeifen, andere lachen.

»Der ist in den Flitterwochen und dabei, diesmal ohne Maschinengewehr, die Familie Brucker auszuplündern. Du hast ihn gut gekannt, Girmenich, oder?«

Girmenich hat kaum geredet, doch während des ganzen

Asado ist um ihn herum eine Mischung aus Annäherung und Entfernung entstanden, so als hätte jeder der Anwesenden eine andere Beziehung zum ältesten Montonero.

»Uns in jenen Jahren gekannt zu haben heißt nicht, daß wir uns wirklich kennen.«

»Bist du noch immer katholisch, Girmenich?«

»Noch immer.«

»Und du glaubst an die Jungfrau Maria.«

»Ja.«

»Und an den bewaffneten Kampf?«

Barone hat gefragt, vielleicht weil er einen dialektischen Zusammenprall hervorrufen will. Girmenich beantwortet seine letzte Frage nicht, wohl aber eine blasse Frau, deren Haut so durchscheinend ist, daß die Venen zu sehen sind.

»Wenn wir ihn gewinnen, schon. Ich glaube an den bewaffneten Kampf. Wenn wir ihn verlieren … Sie haben uns besiegt. Und auf welche Weise!«

»Hast du dich noch nicht ausgesöhnt, Celia? Würdest du sie umbringen?« fragt Barone.

»Eigenhändig.«

Die Nacht macht sich breit. Barone sitzt am Steuer. An seiner Seite hat Carvalho zwischen äthylischem Schlaf und Zuhören, was der Fahrer erzählt, Zeit zu der Bitte gefunden, ihn zu einem Nachtklub namens El Salto zu bringen.

»Das ist ein Puff.«

Barone sieht nach hinten, ob Alma seine Bemerkung gehört hat, doch die Frau döst, und auch Silverstein schwankt zwischen Dämmern und Schlaf. Barone ist nach wie vor mit Honrubia beschäftigt.

»Die Erwähnung von Honrubia war nicht harmlos. Er

war ein ganz hervorragender Montonero, auf den man Kopfgeld aussetzte, weil er unter anderen Großtaten die Brüder Brucker entführte, Erben aus der höchsten Oligarchie. Dann ging er ins Exil, war in der halben Welt, immer radikal, mit der Brechstange bei der Hand, bereit, die unvollendete Revolution zu verwirklichen.« Er fängt an zu lachen. »Honrubia war ein toller Kerl! Danach kehrt er zurück, verbringt eine Weile im Gefängnis, um den clownesken Prozeß gegen Videla und die anderen auszugleichen, kommt heraus. Menem überträgt ihm ein bedeutendes Amt. Man wirft ihn hinaus, weil er sich zu schnell die Taschen füllt, und plötzlich wird seine Hochzeit mit einer gewissen Señorita Brucker bekanntgegeben, einer Schwester der von ihm Entführten, die zwanzig Jahre jünger ist als er. Und er heiratet sie nicht nur, sondern es gelingt ihm auch, ihre Brüder aus dem Familienunternehmen hinauszudrängen, und nun ist er schon fast unumschränkter Geschäftsführer.«

Alma ist aufgewacht und beugt sich zu den Männern vor.

»Fahr langsam, Luis. In diesem Land passieren die meisten Verkehrsunfälle von Amerika.«

»Wir haben noch andere Rekorde: die höchste Rate an Selbstmorden, Scheidungen und im Konsum von Limonaden und Deodorants. Wir mögen es nicht, gut zu riechen, sondern nicht zu riechen. Ich erzählte deinem Freund, daß Honrubia sehr gut situiert ist. Er hat sich als ein guter Unterhändler erwiesen.«

»Die Militanz machte uns leistungsfähig, arbeitsam, zynisch und das Scheitern pragmatisch. Deshalb waren wir danach in den Geschäften so erfolgreich. Nun gut, diejenigen, die sich in die Welt der Geschäfte begaben.«

Barone schüttelt zweifelnd den Kopf.

»Ich habe trotz allem den Eindruck, daß wir uns alle im Provisorium eingerichtet haben, so als würden wir eine Waffenruhe zwischen Niederlage und Sieg durchleben.«

»Zwischen zwei Niederlagen.«

»Du bist zu pessimistisch, Alma. Eines Tages wird die Zeit der Kirschen wiederkommen, wie im Chanson von Montand. Nichts kann von einem einzigen Land, mit ausschließlich aktivistischem Voluntarismus, geregelt werden. Aber irgendwann wird man eine neue revolutionäre Internationale aufbauen müssen.«

Carvalho nickt, und Barone glaubt, daß er ihm recht gibt.

»Bist du einverstanden, Gallego?«

»Mir machen ein paar Details Sorgen.«

»Zum Beispiel?«

»Es ist heutzutage unmöglich, eine Internationale ohne Fax aufzubauen.«

»Bis dahin kann ich folgen.«

»Wo installieren wir das Fax? In Moskau geht es nicht mehr, in Havanna auch nicht, es in Tripolis oder in Teheran zu installieren wäre Selbstmord. Wo installieren wir das Fax, Señor...?«

»Barone.«

Der Wagen hält vor El Salto. Wie bei allen Puffs der Galaxie leuchtet der Name in grünroten Neonbuchstaben über dem Eingang.

»Hat das Asado bei dir sexuelle Begierden hervorgerufen?« fragt Alma.

»Wir Privatdetektive haben seltsame Gefährten beim Asado und im Bett.«

Carvalho verabschiedet sich. Beim Aussteigen weckt er durch das Zuschlagen der Tür Silverstein und steuert mit von Alkohol und Proteinen bleiernen Beinen auf das Puff zu. An der Tür erreicht ihn die Bemerkung Silversteins, der den halben Körper aus dem Fenster beugt: »Wer hätte das gedacht! Der Gallego hat Sex.«

El Salto ist ein Puff wie jedes andere, mit Nutten, spärlicher Beleuchtung, schriller Musik und dem unvermeidlichen brasilianischen Transvestiten, der die Hübscheste von allen ist.

»Ich rasiere mich dreimal am Tag«, wirft der Brasilianer Don Vito an den Kopf, als er sich nach mehreren Versuchen, ein Gespräch anzuknüpfen, mißachtet fühlt.

Don Vito hat die Ellbogen auf die Theke gestützt, erdrückt von Lärm und Lichtern, zwinkert aber allen Mädchen zu, die in seiner Reichweite sind. Als ihm Carvalho eine Hand auf die Schulter legt, dreht er sich um und bringt seine Erleichterung zum Ausdruck.

»Gott erlöse und schütze mich. Es war schon höchste Zeit. Meine Ohren sind voll mit dieser Scheiße. Ich muß schnell nach Hause und mir Tangos von Libertad Lamarque auflegen. Das sind die beruhigendsten. Ich werde noch das Match Boca–Independiente versäumen!«

Carvalho betrachtet das weibliche Personal, folgt den lüsternen Blicken Don Vitos und versucht, seinen Geschmack zu erraten.

»Sie scheinen sich nicht so schlecht zu amüsieren.«

»So laute Musik löst Impotenz aus. Sehen Sie dort drüben bei den Toiletten jenen grobschlächtigen Mann? Sie nennen ihn El Guapo, den Hübschen, und er spielt die erste Geige und was man hier sonst noch alles spielen kann. Ich hab keine Zeit, um ihn auszufragen.«

Don Vito setzt seinen Hut auf, grüßt Carvalho mit einer leichten Berührung der Krempe und geht, doch auf dem Weg zur Tür beugt er sich zu der Oben-ohne-Zigarettenverkäuferin und sagt: »Wenn du mir die Unterhose gibst, die du anhast, kaufe ich dir ein halbes Dutzend.«

Er gibt dem Mädchen keine Zeit zu reagieren und setzt seinen Weg nach draußen fort. Einen Whisky mit Eis vor sich, sieht Carvalho beiläufig, wie El Guapo zum Kassierer hingeht und ihm etwas erklärt.

»Und was willst du machen? Reingehen, um zu sehen, ob sie fixt? Mach keinen Stunk«, rät ihm der Kassierer.

El Guapo scheint sich schwer beherrschen zu können. Ganz ähnlich wie Gabriela Sabatini. Carvalho spricht ihn an: »Viele Süchtige?«

El Guapo will patzig antworten, doch bemerkt er einen Fünfzigdollarschein in der Hand, den Carvalho ihm zugesteckt hat, als er vorgab, sie ihm zu drücken.

»Privatdetektiv? Bulle sind Sie keiner, denn Bullen zahlen nicht.«

»Soziologe«, stellt Carvalho klar.

El Guapo ist verblüfft, und Carvalho nutzt die Überraschung.

»Was wissen Sie über das ermordete Topless-Girl?«

»Ich sagte schon, was die Polizei wollte, daß ich sagte. Das Mädchen hatte einen Namen. Sie hieß Carmen Lavalle.«

»Leitet Pascuali die Untersuchung?«

»Kennen Sie ihn?«

»Inspektor Pascuali und ich sind wie Brüder. Ich weiß bereits, daß Sie ihm gestanden, das Mädchen gevögelt zu haben.«

»Hier gibt es kein Mädchen, mit dem ich nicht gevögelt habe«, erwidert El Guapo stolz. »Aber ich bin kein Geier. Ich habe meine Ethik. Auch wenn ich sie ab und zu genommen habe, wußte ich doch, daß diese Süße anders war. Sie machte es nicht aus Vergnügen. Sie erfüllte ihre Pflicht, und das war alles.«

Carvalho mustert den Zuhälter und versucht ihn aus etwas Abstand zu prüfen, doch er gönnt ihm keine Pause.

»Sie lernte Latein.«

»Latein?«

»Latein.«

Carvalho legt ihm einen weiteren Fünfzigdollarschein auf die Hand.

»Sie wissen sicherlich die Adresse des Lateinlehrers. Übrigens, Sie sind nicht etwa der Bruder von Gabriela Sabatini? Sie sehen ihr sehr ähnlich.«

El Guapo schreibt ihm die Adresse auf eine Papierserviette, und Carvalho verläßt fluchtartig das Puff. In einem heruntergekommenen Viertel und in einem Treppenhaus, in dem es weder Sprechanlage noch Portier gibt, sucht er einen bestimmten Namen. Er findet ihn nicht. Drei Wohnungen sind ohne Türschilder. Er sieht die Treppe hinauf. Eine Frau steigt mühsam, als würden ihre Füße schmerzen, herunter und trägt in einem Korb einen alten Radioapparat.

»Soll ich Ihnen helfen? Tut Ihnen etwas weh?«

»Ich habe zuviel Körper für so wenig Fuß.«

»Ein kleiner Fuß ist Zeichen für die Feinheit des Geistes.«

Die Frau zeigt sich nun zufrieden mit ihren Füßen, betrachtet sie.

»Sie können mir vielleicht sagen, wo hier ein Lateinlehrer wohnt.«

Die Frau rümpft die Nase. Sie betrachtet Carvalho nach wie vor wohlwollend, doch in ihren Augen hat sich Ärger eingenistet.

»Im Treppenhaus nennt man ihn die Pest. Er scheint mit der Seife auf Kriegsfuß zu stehen und ist zu allem Überfluß auch noch von Katzen umringt. Aus seiner Wohnung dringt ekelhafter Geruch.«

»Ach du lieber Himmel. Wie ist das möglich? Ein Gelehrter. Ein Latinist.«

»Ein Lati was?«

»Ein Latinist. Ein Spezialist in der Sprache der alten Römer.«

»Ich hoffe, die sprachen besser als die heutigen. Mein Mann ist Sohn von Italienern, aus Rom, und ihm kriechen Skorpione aus dem Mund. Der Lehrer wohnt im dritten

Stock, zweite Tür. Wenn Sie den Aufzug nehmen, geben Sie acht, daß Sie nicht durch das Loch fallen; es ist ziemlich in der Mitte.«

Die Frau kehrt ihm den Rücken zu und bewegt sich schleppend davon. Carvalho steigt umsichtig die Treppe hinauf, ohne weitere Beleuchtung als das Licht, das durch die schäbigen kleinen Fenster fällt, die auf den Innenhof gehen. Er erreicht die Tür und drückt naserümpfend auf die Klingel. Der Gestank ist grauenhaft, und aus dem Innern dringt verzweifeltes Miauen. Niemand meldet sich. Er versucht mit der Kreditkarte zu öffnen. Das Schloß ist zu alt, und er muß es mit verschiedenen Dietrichen probieren, bis die Tür sich öffnet. Ein Flur, auf dem ihm eine Schar Katzen entgegenkommt. Einige laufen ins Treppenhaus, andere reiben sich an Carvalhos Hosenbeinen. Der Flur ist kurz. Die angrenzenden Zimmer wetteifern miteinander in Schmutz und Unordnung. Er mündet in einer Küche, Geschirr mit nicht erkennbaren Essensresten in der Spüle. Alles aus dritter Hand oder drittem Leben. Verbeult. Nicht besonders sauber. Ein Eßtisch mit Wachstuch. Überall Regale mit uralten Büchern. Sogar in der Küche Regale, mit geräucherten, fettigen Büchern. Carvalho öffnet ein Fenster, um Luft zu schnappen. Dann dreht er sich, von einem vorherrschenden Geruch geleitet, um und geht auf eine halboffene Tür zu. Die Leiche des Lehrers liegt auf dem Bett, Arme und Beine gekreuzt. Das ausgeflossene Blut hat auf Decke und Boden einen trockenen Film gebildet. Eine Katze ist hiergeblieben und leckt das geronnene Blut. Im Leben gelb, durch den Tod und den Blutverlust noch gelblicher, hat das Gesicht begonnen aufzuweichen. Carvalho wendet sich vom Toten ab und untersucht die Laden seines Schreibtisches. Ein Durcheinander von Zetteln und Gegenständen, sogar ein angeschimmeltes halbes Brötchen, und ein Heft, auf dem in sorgfältiger Schrift geschrieben steht: Schülerliste. Carvalho schiebt das Heft unter sein Hemd und setzt die Durchsuchung fort. Bücher, alte Fotos von Leuten, die wahrscheinlich tot oder uralt sind... Aber Carvalho wendet den Kopf, als er eine Stimme in seinem Rücken vernimmt.

»Immer suchen Sie dasselbe wie ich.«

Die Stimme Pascualis. Carvalho dreht sich scheinbar gelassen um.

»Diesmal bin ich so freundlich gewesen, Ihnen die Tür aufzumachen.«

Eine Stunde später hat sich die Wohnung in einen Treffpunkt der halben Polizei von Buenos Aires verwandelt. Carvalho rümpft die Nase und tritt an Pascuali und seinen Schatten Vladimiro heran.

»Ich möchte lieber draußen mit Ihnen reden, wenn es Ihnen nichts ausmacht. Dieser Geruch wird wochenlang an uns kleben bleiben.«

Pascuali verteidigt sich ebenfalls mit gekräuselter Nase gegen den Gestank, und sie entscheiden sich gemeinsam für eine Bar mit Charakter, mit Billardspielern im hinteren Teil, der typischen Holzvertäfelung, und Herren, wie irgendeiner Zwischenkriegszeit entstammend, gepflegt, prächtig und gut gekleidet, die Geschäfte abwickeln oder abzuwickeln scheinen. Pascuali bestellt einen Cocktail und Carvalho einen Portwein.

»Dürfen Sie im Dienst Cocktails trinken?«

»Lassen Sie sich nicht gehen, Gallego. Nehmen Sie sich keine Frechheiten heraus. Ich wollte Sie weit weg von Buenos Aires sehen, und was geschieht? Sie machen ein Detektivbüro auf.«

»Ich beschränke mich darauf, meinem Chef, Don Vito, zu helfen.«

»Noch so ein Schwindler. Ein Gauner, der soviel von einem Privatdetektiv wie von einem klassischen Balletttänzer hat. Suchen Sie nicht mehr nach Ihrem Cousin?«

»Der hat sich sehr gut versteckt. Wissen Sie, ob der Capitán ihn noch sucht?«

Pascuali beugt sich drohend zu Carvalho.

»Ich bin Beamter im öffentlichen Dienst. Ich glaube nicht an Privatdetektive wie Sie. Auch nicht an ähnliche Dienste wie die des Capitán.«

»Sie haben es schwer in dieser Welt, in diesem Jahrhundert. In Zukunft wird die gesamte Polizei privatisiert, und alle Staaten werden mafios werden, voll mit solchen Diensten, Klempnern der Scheiße, Kloakenspezialisten.«

»Wer hat Sie auf den Fall des Topless-Girls und seines Lateinlehrers angesetzt? Ihr Freund? Dieser weitere Flüchtling? Ein feiner Pinkel aus guter Familie, der sich wohl unter den Kittelfalten irgendeiner altjüngferlichen Tante seiner Mutter versteckt.«

»Warum lernte ein Topless-Girl Latein?«

»Vielleicht wollte sie Nonne werden.«

»Die Antwort entspricht nicht Ihrem Niveau, Señor Pascuali.«

Pascuali scheint sich auf ihn stürzen zu wollen, doch gewinnt er sofort die Beherrschung wieder.

»Kommen wir zum anderen Versteckten, Ihrem Cousin. Nicht ganz so versteckt. Interessiert Sie Alma?«

»Inwiefern?«

»Ein Mann, eine Frau.«

»Ich habe eine feste Freundin in Spanien.«

»Auch Privatdetektiv?«

»Nein, sie war eine Nutte, eine von diesen Telefonnutten. Aber dann bekam sie Depressionen, war ohne Kunden wegen Aids. Die festen Liebhaber wurden alt. Ich selber war auch nicht mehr der, der ich früher war. Sie ging fort. Ich suche auch sie. Personen zu suchen ist mein Schicksal.«

»Es wundert mich gar nicht, daß Ihre Freundin eine Nutte war. Aber Alma ist auch nicht so ohne. Sie besucht

Sie oft, ißt mit Ihnen zu Abend. Sie gehen zusammen in Tangolokale und zu Silverstein, und dann empfängt sie ihren Schwager, Raúl Tourón. Sie verbringen die Nacht zusammen.«

»Ergänzten Sie das Dreieck?«

»Ich habe eine sichere Informationsquelle.«

»Und wie kommt es, daß Sie ihn entwischen ließen? Es gibt nichts Wehrloseres als einen Mann im Adamskostüm und im Bett.«

Pascuali kann sich nicht beherrschen und holt über dem Tisch zu einem Faustschlag aus, der Carvalho voll auf die Nase trifft. Danach blickt er um sich, ob ihn jemand gesehen hat.

»Den Faustschlag hat Ihnen der Mensch, nicht der Polizist verpaßt.«

Carvalho revanchiert sich mit einem Faustschlag, der gegen die Nase des Polizisten knallt. Pascuali betastet sie. Es fließt Blut, wie aus der seines Gegners.

»Wissen Sie, daß ich Sie dafür zehn Jahre einlochen kann?«

»Den Faustschlag habe ich dem Menschen zurückgegeben, nicht dem Polizisten.«

Aber Pascuali hat ihn mehr erwischt, und aus dieser Befriedigung heraus läßt der Polizist den Detektiv gehen. Carvalho schmerzen – durch die geheimen Gänge, die Nasen mit Seelen verbinden – Nase und Seele. Als er zu Hause angekommen ist, bewegen sich seine Finger auf dem Telefon. Sie wählen blind die Nummer seines Büros an den Ramblas.

»Biscuter? ... Ja, ich bin's. Alles in Ordnung? ... Hast du das Geld von meinem Onkel erhalten? Sag ihm, daß alles gut läuft, mein Cousin in Reichweite ist, aber daß, nun ja, daß es technische Schwierigkeiten gibt. Daß Raúl bei guter Gesundheit ist ... Nun, ich habe zu Abend gegessen ... Calamares en su tinta ... Ja, in Buenos Aires gibt es Tintenfische und deprimierte Argentinier ... Ja, es ist immer noch voller deprimierter Argentinier und paranoider Polizisten. Psychiater, auch. Sie sind nicht alle nach Barcelona ins Exil gegangen. Hat Charo angerufen? ... Sie hat keinen Piep gesagt? ... Was hast du dir zum Abendessen gekocht? ... Ein Omelett mit Pilzen! ... Nun ja, Charo hat nicht angerufen. Was macht Barcelona? ... Und die Ramblas?«

Carvalho, klein geworden, umklammert das Telefon, so als wäre plötzlich alles um ihn herum größer geworden, inmitten eines unermeßlichen Einsamkeitsgefühls und des ermeßlichen Eindrucks, daß Pascuali ihm die Nase eingeschlagen hat.

Das Haus in nostalgischem englischen Stil inmitten eines makellosen Rasens, Mobiliar des Gartens Eden, ein Grill, gewiß von einem nicht unter Foster rangierenden Designer kreiert, Gäste, mit Gauchoeleganz gekleidet, so als würden sie als Giorgio-Armani-Gauchos für ein ungezwungenes Asado in freier Natur posieren, wobei sie den Aromen des verkohlenden Fleisches mit einer entsprechenden Dosis von Must von Cartier – die Gauchas – und Opium for Men – die Gauchos – entgegenwirken. Als reiche Gauchokellner verkleidete Hausangestellte servieren Brötchen. Carvalho steigt die Rasenböschung hinunter und nähert sich den Aperitif trinkenden und lustlos Brötchen kauenden Anwesenden, die auf das Asado warten.

»Erwischen sie uns oder irgendeines unserer Kinder mit hundert Gramm Kokain, werden wir im Fernsehen als Verbrecher hingestellt. Erwischen sie Pelusa vollgepumpt mit Koks, machen sie aus ihm einen Märtyrer der Nation. Das ist die peronistische Demagogie. Finden Sie nicht?« hört

Carvalho von den Lippen einer gut erhaltenen blonden Dame, die mit zwei aufmerksamen Kavalieren plaudert. Einer von ihnen ist der Capitán, ebenfalls in Luxus-Asado-Kleidung.

Der Capitán antwortet höflich: »Die Politik ist immer Demagogie.«

»Sie, der Sie ein Mann der Waffen und einer der intelligentesten Verteidiger des Staates waren…«, sagt ein Senator, der es schon von Geburt an gewesen zu sein scheint, zum Capitán.

»War? Wer sagt denn, daß er es nicht weiterhin ist? Wer kann, der kann«, wendet die Dame ein.

»Sie sind sehr liebenswürdig.«

»Nun, Sie, der Sie ein Mann der Tat sind und gleichzeitig im Nachrichtendienst, wissen mehr als irgend jemand sonst, was es heißt, Politik zu machen. Kann man Politik machen, ohne in Demagogie zu verfallen?« fragt der Senator.

»Wenn ich Ihnen mit Nein antworte, werde ich gerichtlich verfolgt.«

Sie lachen, der Capitán grüßt und geht an Carvalho vorbei, der ihm den Rücken zukehrt und in die Gegenrichtung schlendert, als wollte er zu einem als Marschall des Heers von Rosas verkleideten reichen Protz, der vor einer Brötchen kauenden bunten Gruppe redet.

»Die Radikalen haben immer mit der linken Hand gestohlen, die Peronisten aber mit vier Händen.«

»Vier Hände, Brucker?« fragt ein Gesprächspartner.

»He. Verstehst du nicht, daß sie Primaten sind? Daß sie soeben vom Baum herunterkamen?«

»Sagst du das auch zu deinem Schwiegersohn, der peronistischer war als Perón?«

»Aber er besuchte die besten Schulen und ist aus einer hervorragenden Familie«, erwidert Brucker.

»Suchen Sie jemanden?« fragt ein Hausangestellter Carvalho und zerstört damit seinen Status des unsichtbaren Zuhörers.

Der abweisende Diener, unterstützt von zwei weiteren abweisenden Dienern, stellt sich Carvalho in den Weg, und ein Kreis plaudernder Leute beobachtet neugierig die Szene.

»Wir wollen weder Journalisten noch Zaungäste.«

»Ich wiederhole, daß mich Señor Honrubia hergebeten hat.«

»Hier ist ein gewisser ...« Der Diener fragt über ein Walkie-talkie nach.

Carvalho hält ihm die Visitenkarte hin, auf der steht »Altofini und Carvalho. Detektivgemeinschaft«.

»Ein gewisser Altofini-Carvalho.«

Er erhält wohlwollende Anordnungen und durchsucht Carvalho nach Waffen.

»Folgen Sie diesem Weg bis zum See, Señor Honrubia erwartet Sie auf der Landungsbrücke.«

Der Capitán beobachtet das Geschehen aus der Ferne. Er verliert Carvalho, der auf den See und die Landebrücke zugeht, nicht aus den Augen. Ein korpulenter Mann sitzt auf dem Steg und betrachtet das Wasser, als würde es ihn sanft zu einem sanften Selbstmord verführen oder aber einen Ertrunkenen verbergen, den nur er sieht. Je näher Carvalho kommt, desto größer werden der plumpe Leib des Mannes und sein Gesicht eines traurigen Hundes.

»Señor Honrubia?«

Honrubia mustert Carvalho. Die Melancholie verwandelt sich in Mißtrauen.

»Mögen Sie die Asados nicht? Sie wirken sehr einsam.«

»Sind Sie von der Zeitschrift *Gourmet*?«

Carvalho hält ihm eine Visitenkarte hin.

»Alma hat mir schon erzählt. Wie geht's Alma?«

»Neulich waren wir bei einem Asado, bei den Barojas, mit Girmenich, Silverstein, Güelmes.«

»Was für eine Dinosauriersammlung. Wissen Sie, warum der Dinosaurier ausstarb? Es ist ein Witz. Ein russischer Witz. Sie wissen es nicht? Der Dinosaurier starb aus, weil er ein Dinosaurier war.«

»Die Dinosaurier erinnerten sich an die Zeiten, in denen sie Brecheisen und Plastiksprengstoff verwendeten, und sprachen viel von Ihnen.«

»Schlecht. Gewiß. Ich bin der Verräter, der eine Señorita der Oligarchie, gegen die wir kämpften, geheiratet hat.«

»Mir schien, daß man sie zutiefst beneidete. Sie haben die Schwester der Brüder Brucker geheiratet, die Sie, als Sie Montonero waren, entführten, und sind nun im Begriff, zum Generalverwalter der Unternehmen Ihres Schwiegervaters ernannt zu werden.«

Der beleibte Mann erhebt sich. Ein Arm bewegt sich auf Carvalho zu. Er könnte drohend wirken, spielt damit, legt sich aber schließlich auf die Schulter des soeben Kennengelernten und lädt ihn ein, in Richtung Fest zu spazieren.

»Ich bin Guerillero gewesen, im Exil, halbtot vor Hunger, Räuber, korrupter hoher Beamter, im Ruhestand, und jetzt bin ich Oligarch. Aber ich bin diesen Versen Paveses treu: ›Der Mensch, der im Gefängnis gewesen ist, kehrt ins Gefängnis zurück jedes Mal, wenn er in ein Stück Brot beißt.‹«

Er ist beinahe gerührt, fährt sich mit einer Hand über die Augen und deutet auf die Leute, die auf das Asado warten.

»Schauen Sie. Alle posieren für die Zeitschrift *Caras.* Gäbe es die Zeitschrift *Caras* nicht, würde es diese Leute nicht geben. Sie sind wie Affen und reden wie klassenlose Affen. Wer Montonero war, bleibt es im Grunde seines Herzens das ganze Leben. Wer für die Geschichte gekämpft hat, verliert diese Identität nie.«

»Güelmes behauptet das Gegenteil.«

»Der war nie Montonero. Der ist ein Scheißkerl.«

Ein junges und mäßig hübsches Mädchen läuft auf sie zu.

»Bevor meine Frau herkommt, was wollen Sie von mir?«

»Ich suche Raúl, Raúl Tourón.«

Nun ist keine Melancholie mehr in Honrubias Gesicht. Bloß Mißtrauen. Das Mädchen hängt sich zärtlich an den Arm des kräftigen Mannes, und die drei nähern sich dem Schauplatz des Asado. Als sie ankommen, ist die philosophische Anstrengung Bruckers und seiner Gäste in vollem Gange.

»Das Asado ist nach wie vor Sache der Diener. Eine Sache ist die Strategie und eine andere die Umsetzung.«

»Mich hingegen begeistert es, mir die Asbesthandschuhe überzustreifen und zu grillen und zu grillen.«

Señor Brucker erklärt: »Die Lämmer überwache ich! Niemand versteht es wie ich, ihnen dieses gewisse Etwas zu geben!«

Einige Anwesende nicken nachsichtig.

»Niemand grillt die Lämmer wie Vater!« ruft die Frau Honrubias aus, und der Ehemann bekräftigt es, wieder mit dem Gesicht eines traurigen Hundes. Carvalho, Honrubia und seine Frau folgen den Gästen zu dem Platz, an dem die Lämmer gegrillt werden. Fünf Märtyrer am Andreaskreuz, wie gekreuzigt über der Glut.

»Agnus Dei qui tollis peccata mundi!« betet Honrubia.

»Du kannst ja sogar Latein! Was hast du gesagt?« fragt seine Frau begeistert.

»Lamm Gottes, das du hinwegnimmst die Sünden der Welt!« psalmodiert Honrubia mit dem Gesicht eines biblischen Propheten.

»Ora pro nobis«, sekundiert ihm Carvalho.

Es dämmert eigens für Honrubia und Carvalho, die in der Bibliothek sitzen, in äußerst bequemen Lehnstühlen aus dem besten Leder der besten Rinder. Im Kamin brennen die besten Holzscheite der besten Wälder von Misiones oder Bariloche. Honrubia trinkt hingegen ein ganz volles Glas schlechten Whiskys. Carvalho auch.

»Was bringt Sie auf den Gedanken, daß ich Raúl versteckt haben könnte?«

»Sie sind Herr von halb Argentinien.«

»Genau von Null Komma Null Neun von Argentinien.«

»Nicht schlecht, wenn man bedenkt, was den anderen Argentiniern zufällt.«

»Eines Tages werden diese Häuser brennen, und diese ganze Welt wird fallen. Die Revolution ist unvermeidlich. Die Welt kann nicht weiterhin geteilt sein zwischen einer Minderheit von Gesindel wie wir und Millionen von Halbverhungerten.«

»Unterdessen ...«

»Unterdessen«, unterbricht Honrubia, »dachte ich, daß dieser Whisky ausgezeichnet wäre, bis Sie mir das Gegenteil sagten. Sie gehören zu den wenigen, die einen guten Malt zu schätzen wissen, und dieser ist es, soweit ich sehe, nicht.«

»Er ist nicht einmal ein Malt.«

»Sind Sie subversiv?«

»Ich war es. Nun beschränke ich mich darauf, alles zu trinken und zu rauchen, was ich nur kann, und manchmal verbrenne ich Bücher.«

Honrubia zeigt auf die ganze Bibliothek.

»Verbrennen Sie, was Sie wollen. Sie sind von meinem Schwiegervater, oder von seinem Vater, oder von seinem Großvater. Was soll's! Die haben nie etwas gelesen.«

»Darf ich wirklich?«

Honrubia persönlich geht mit dem Beispiel voran. Er

steht auf, nimmt ein offensichtlich teures Buch und wirft es in den Kamin. Carvalho macht es ihm nach, und Honrubia setzt die Verbrennungsserie fort. Nach einer Weile steigt eine Rauchwolke von der Einäscherung der halben Kultur des Okzidents aus dem Kamin der Bibliothek. Mehrere Diener, angeführt von Señor Brucker, und einige der letzten Gäste dringen ins Zimmer ein. Sie finden es leer vor, doch ein paar Bücher brennen noch im Feuer.

»Zum Glück sind es nur Bücher!« sagt Brucker.

Das erste Lächeln, das er erntet, stammt vom Capitán.

Carvalho folgt unterdessen Honrubia über Treppen, die in den Weinkeller führen, wo ihn eine aufsehenerregende Flaschensammlung stark beeindruckt.

»Hier lagert Bordeaux von 1899. Um ihn anzusehen, nicht zum Trinken.«

Honrubia sucht eine Tür und tritt in den Garten. Ein Pfad führt zu einem alten kleinen Lustschlößchen.

»Mein Reich. Ein heiliger Ort.«

Sie gehen darauf zu, und schon beim Überschreiten der Schwelle glaubt Carvalho in eine andere Dimension gelangt zu sein. An den Wänden Revolutionsposter (Evita, Che, Castro), Bücher, Pamphlete und Waffen in einer Vitrine. Honrubia bedeutet Carvalho, sich zu setzen, und verschwindet durch eine Tür. Carvalho betrachtet das Ambiente mit einer gewissen Ironie. Auch ein Teleskop steht da, um die Sterne durch eine Glaskuppel zu betrachten, die sich in dem Augenblick in der Decke auftut, als sich Carvalho dem Gerät nähert. Der sternenübersäte Himmel. Ein Geräusch in seinem Rücken. Carvalho dreht sich um. Honrubia und Raúl sehen ihn an.

»Zehn Minuten«, merkt Honrubia an, bevor er sich zurückzieht.

Raúl bleibt stehen, Carvalho sitzen. Sie reden sekundenlang nicht.

»Wie geht es meinem Vater?«

»Er überlebt, weil er auf dich wartet.«

»Es ist eine Vermögensfrage. Der Alte hat Angst, daß ihn meine Tante und meine Cousinen bis aufs Blut aussaugen. Ich habe ihn auch das ganze Leben lang bis aufs Blut ausgesaugt. Durch ihn erreichte ich, was ich war, und ich verlor alles, als ich mich von ihm losmachte. Jetzt ist es schon zu spät.«

»Es wäre alles einfacher, wenn du mit mir nach Spanien zurückkämst.«

»Alles ist nach wie vor schwierig. Ich habe entdeckt, daß ich Argentinier bin. In Spanien fühlte ich mich wie ein Sudaca, nennt man uns Südamerikaner dort nicht so? Hier, irgendwo, ist meine Tochter. Auf Alma habe ich verzichtet. Hier ist meine Vergangenheit, meine Sehnsucht. In Spanien hatte ich keine Zukunft und keine Vergangenheit.«

»Nicht nur ich suche dich. Der Capitán. Pascuali. Mit Pascuali kann ich verhandeln, daß er dich aus dem Land hinausläßt.«

»Mir würde eine Sache genügen: daß er mich hier leben ließe, nicht weggehen. Die Suche, die mich am meisten beunruhigt, ist deine. Du machst mir am meisten angst. Du bist ein Retter. Du willst mich vor mir selber retten.«

»Ich bin ein Profi. Ich werde dafür bezahlt, dich nach Spanien zurückzubringen.«

»Ich suche meine Tochter. Ich bin auf einem guten Weg.«

Raúl mustert ihn und sagt schließlich: »In zwei Wochen wird ein Asado im Familienkreis stattfinden.«

»Noch ein Asado?«

»Alle Asados sind gleich und doch verschieden. Bei einem Onkel zweiten Grades, ein Cousin meines Vaters. In Villa Flores. Du wirst mich dort nicht antreffen. Aber du wirst meine endgültige Antwort erhalten. Du würdest mich hier auch nicht mehr finden. Ich kann hier nicht länger bleiben, also besteh nicht darauf, wiederzukommen.«

Er hält ihm einen Zettel hin. »Das ist der Ort für das endgültige Treffen oder für den endgültigen Abschied.«

Carvalho entfernt sich vom Haus Bruckers im luxuriösesten Mercedes aller Mercedesse. Ein Chauffeur in Livree drückt auf eine Fernbedienung, und das mächtige schmiedeeiserne Tor des Anwesens Brucker öffnet sich und gibt den Horizont frei. Schon außerhalb des Gartens Eden fragt der Chauffeur: »Hat Ihnen das Asado geschmeckt, Señor?«

»Ausgezeichnet.«

»Jedes Asado ist anders. An jedem freien Sonntag mache ich eines im Hinterhof. Ich wohne in einem dieser ehemaligen Herrenhäuser, die zu Mietskasernen umfunktioniert wurden. Das Asado entspannt mich am meisten. Es ist beruhigend, es bringt dich zur Wahrheit des Lebens zurück: töten, essen.«

Carvalho betrachtet neugierig den Nacken des Chauffeurs.

»Waren Sie auch Guerillero?«

»Ja, ganz von der Basis, Señor. Ich war an einer erbärmlichen Akademie in Barracas, und dort rekrutierte mich Señor Honrubia. Er hat hier viele alte Kameraden eingestellt.«

»Um die anstehende Revolution vorzubereiten«, sagt Carvalho für sich. »Die Bruckers wissen nicht, was sie erwartet.«

Mehrere Motorräder kreisen um die Mauern des Anwesens. Schließlich sammeln sie sich an einem der Eingänge. Die Fahrer steigen ab, ohne Helm und Maske herunterzunehmen. Die beiden mit dem Schutz des Tors beauftragten Wächter verwehren ihnen nicht den Zutritt. Einer von ihnen öffnet es sogar, nachdem er an der Alarmanlage einen Code eingegeben hat.

»Es ist nur der Bereich rund um den Pavillon Honrubias abgeschaltet«, teilt der Wächter mit.

Die Motorradfahrer nicken. Sie verteilen sich rund um den Pavillon, aus dem Lichtstrahlen herausdringen. Einer sieht durch das Fenster. Holzscheite brennen im Kamin, und Honrubia scheint zu lesen. Er singt auch. Die Motorradfahrer umstellen das Haus. Während einer gegen die Tür tritt, gelangt ein anderer in den Wohnraum, indem er sich gegen das große Fenster wirft. In Zehntelsekunden haben alle sechs die Waffen auf Honrubia gerichtet, der sein Gesicht eines traurigen Hundes nach wie vor nicht verliert, obwohl seine Augen eine Spur von Unruhe verraten. Zwei der Eindringlinge gehen ins Nebenzimmer und machen ein zustimmendes Zeichen. Einer von denen, die bei Honrubia geblieben sind, reagiert darauf. Beim Badezimmer scheinen die Angreifer Hemmungen zu haben, doch überwinden sie das Eindringlingssyndrom, als sie sehen, daß das Bidet verschoben ist und unterhalb etwas zum Vorschein kommt, was im Grunde ein Versteck sein könnte. Die Maschinengewehre zielen auf das Loch. Das Bidet hört auf sich zu drehen, die Öffnung des Verstecks wird größer. Eine kräftige Laterne enthüllt seine gähnende Leere. Als das Überfallkommando in den Salon zurückkehrt, befiehlt eine neutrale Stimme Honrubia: »Bleiben Sie eine Viertelstunde lang da, wo Sie sind. Ohne sich vom Fleck zu rühren. Sehen Sie auch nicht aus dem Fenster.«

Das Überfallkommando zieht sich zurück und erreicht wieder das Tor, wo die Wachen warten, die ihm die Dinge erleichtert haben. Zwei der Motorradfahrer ziehen aus den Tiefen ihrer Lederoveralls eine Flasche, ein Taschentuch. Die Nasen der Wächter strecken sich unterwürfig dem Chloroform entgegen. Die schon zu Boden gesunkenen Köpfe der Wächter bekommen ein paar Schläge mit den Gewehrkolben ab. Die Angreifer besteigen ihre Motorräder und erreichen ein im Wald verborgenes Auto. Am Steuer der Dicke. Einer der Motorradfahrer nimmt

Helm und Maske ab, die sein Gesicht verbargen. Es ist der Capitán.

»Dieser verdammte oligarchische Guerillero ist seinen Kumpan losgeworden.«

»Soll ich ihm die Schrauben fester anziehen?« fragt der Dicke.

»Manchmal wirkst du echt verblödet«, sagt der Capitán, als er sich auf den Rücksitz fallen läßt. »Er ist ein falscher Brucker, aber ein Brucker.«

Vor Carvalho auf dem Tisch liegt das aufgeschlagene Heft, das er aus der Wohnung des Lateinlehrers mitgenommen hat. Die sorgfältige Schrift auf dem Einband setzt sich im Innern fort, das manichäischen Notizen über die Schüler dient: welche bezahlen und welche schulden. Carvalhos Augen fassen die Gruppen zusammen: Juan Miñana, Postbeamter; Mudarra Aoíz, sitzengebliebener Schüler; Carmen Lavalle, Tänzerin und Studentin der klassischen Philologie; Enzo Pasticchio, Lehrer.

»Bei *der* Bezahlung wäre er vor Hunger gestorben, wenn sie ihn nicht umgebracht hätten.«

»Diese Alten im Ruhestand haben ein unglaubliches Durchhaltevermögen«, bemerkt Don Vito, der Carvalho gegenübersitzt.

»Wenn Sie sie bei der Demonstration vor dem Kongreß gesehen haben, werden Sie bemerkt haben, daß einige Skeletten gleichen. Und sie sind es, weil sie sich praktisch von Knochen ernähren. Andere sind schöne alte Menschen, von der Sonne bei den Demonstrationen gebräunt, die bräunt nämlich sehr. Einige gehen mit entblößtem Oberkörper, prahlen mit der epischen Muskulatur der Arbeit. Aber die Mehrheit sind Überlebende. Seit mich meine fünfte Ehefrau verlassen hat, kaufe ich manchmal bei den Metzgern in meinem Viertel ein, und dort siehst du die Alten: Señora, geben Sie mir zweihundert Gramm Fleisch vom Billigsten, es ist für den Hund. Verstehen Sie, Don Pepe?«

»Teilen wir die Leute auf. Carmen Lavalle ist tot. Sie kümmern sich um Mudarra Aoíz und Enzo Pasticchio, ich mich um Juan Miñana.«

»Zwei gegen einen.«

»Ich habe ja noch meinen Cousin. Oder mein Cousin hat mich. Manchmal denke ich, er ist es, der mich überwacht.«

Da Alma soeben ins Büro gekommen ist, zählt Don Vito sie dazu.

»Und Ihre Cousine. Da ist Ihre Cousine.«

Carvalho betrachtet Alma mit einer besonderen Ironie, was sie zunächst erstaunt, bis sie dazu übergeht, ihn herausfordernd anzusehen. Don Vito bekommt das Duell mit.

»Ich wollte gerade gehen. Wir stecken bis zum Hals in Arbeit.«

Er rechtfertigt sich vor Alma, grüßt sie mit einer leichten Verbeugung, die sie erwidert. Carvalho wendet sich an die Frau und weist auf den Stuhl für Klienten.

»Nehmen Sie doch Platz.«

»Wollen wir Detektiv und Klientin spielen?«

»Wollen wir spielen.«

Alma setzt sich, schlägt die Beine übereinander, betrachtet Carvalho wie ein Sexual- und Gefühlsobjekt.

»Kommen Sie, um mich damit zu beauftragen, Ihren Mann, Verzeihung, Ihren Schwager, zu finden?«

»Das ist Ihr Problem.«

»Vielleicht wird es allmählich das Ihre, nach der großartigen Liebesnacht, die Sie neulich in Ihrer Wohnung verbracht haben. Die ganze Nacht!«

Alma erhebt sich empört.

»Hast du mich bespitzelt?«

»Ich nicht. Pascuali schon, und Raúl ist um ein Haar der Verhaftung entgangen.«

»Und was ist dabei, wenn er bei mir war? Hatte ich die Verpflichtung, es dir zu sagen?«

»Er war in deiner Wohnung in der Nacht vor dem bescheuerten Asado mit den Exkämpfern, und du batest schamlos um Hilfe, um ihn zu finden: ›Wir müssen vor dem Capitán bei ihm sein.‹«

»Versuch nicht, meine Stimme nachzumachen. Ich rede nicht wie ein Schwuler.«

»Und du überzeugtest mich, als du bekräftigtest: ›Das Beste wäre es, wenn ihn sein Cousin nach Spanien mitnehmen würde.‹«

»Warum machst du dich lustig? Das Beste wäre, wenn du ihn nach Spanien bringen würdest und du mit ihm gingst. So bald wie möglich.«

Sie greift nach dem erstbesten Ding auf dem Tisch, ein leichtes Dossier, und schleudert es nach Carvalho. Dann geht sie davon, doch als er ihr hinterherläuft und sie auf der Treppe einholt, läßt sie sich erwischen.

»Es war so traurig. Es war wie das Ende einer zwanzigjährigen Geschichte, die nie existierte. Ich sagte ihm, daß es für euch beide das Beste wäre, wenn er mit dir abreiste.«

»Damit ich auch abreise.«

Sie lächelt etwas verzagt.

»Ob Raúl fortgehen wird, weiß ich nicht, aber du, Gallego, wirst früher oder später zu Biscuter, Charo, zu deinen Ramblas zurückkehren. Du siehst aus wie jemand, der Angst hat, nicht wieder nach Hause zurück zu können.«

Carvalho wirkt direkt gerührt.

»Ich bin nie nach Hause zurückgekehrt. Und das Schlimme ist, daß ich mich weder an den Augenblick meines Fortgehens erinnere noch weiß, aus welchem Haus.«

Alma umarmt ihn und versucht, ihm Vertrautheit zu vermitteln.

»Seit wann? Seit du klein warst? So?« Sie schätzt mit der Hand eine kindliche Körpergröße von Carvalho.

»Ich lade dich zum Abendessen in eine miese Kneipe ohne Licht ein, zwei Häuserblocks von hier«, sagt Carvalho mit wiedergewonnener Haltung.

»Mein Körper verlangte danach.«

Carvalho bahnt sich zwischen Postsäcken, Lieferwagen, Briefträgern, Aufsehern den Weg zum Büro des Personalchefs.

»Juan Miñana? Der arbeitet nicht mehr hier. Er war in seiner Freizeit Romanschriftsteller. Er hat einen wichtigen Literaturpreis bekommen und ist nach Europa gefahren. Er hat einen Onkel in Europa. Vorher war das hier alles voll mit Europäern, und jetzt wollen alle nach Europa gehen.«

»Kannten Sie ihn gut?«

»Er war wie ein Sohn für mich. Ich habe ihn angespornt, damit er weiterhin schreibt, studiert. Was ist vorzuziehen: Briefträger zu sein oder Schriftsteller?«

»Das mit dem Briefträger ist sicherer, und wie würde es außerdem den Schriftstellern ohne Briefträger ergehen?«

Er läßt ihm keine Zeit zur Verblüffung.

»Wissen Sie, daß er Latein lernte? Finden Sie das nicht seltsam?«

»Man merkt, daß Sie kein Schriftsteller sind«, sagt der Beamte. »Was sollte er denn studieren? Quechua? Das einzige, was uns das Quechua gebracht hat, ist das Wort Chinchulines. Wozu Latein notwendig ist? Glauben Sie denn, daß man gut Spanisch schreiben kann, ohne Latein zu beherrschen?«

»Können Sie Latein?«

»Glauben Sie, daß ich hier wäre, wenn ich Latein könnte?«

Carvalho will sich nicht die Mühe machen, über das Urteil des schlechtgelaunten intellektuellen Gönners von Miñana nachzudenken, und begibt sich zur Verabredung mit Don Vito, am gleichen Ort des ersten Treffens.

»Es ist sicherer, hier zu reden als zu Hause. Ich vermute, es ist alles voller Mikrofone«, sagt Carvalho.

»Sie montieren sie nur, um zu nerven. Aus reiner antikonstitutioneller Abhörlust. Ob sie sie brauchen oder nicht.«

»Bilanz«, drängt Carvalho.

»Aber, aber, warum drängen Sie so? Manchmal wirken Sie auf mich eher wie ein Deutscher als wie ein Gallego. Sie gehen die Dinge zu direkt an. Man muß sie aber ein bißchen drehen und wenden, mein Freund«, sagt Don Vito und tut so, als würde er mit sich selber tanzen.

»Bilanz.«

Don Vito gibt auf.

»Das Topless-Girl tot, der Romane schreibende Briefträger in Europa. Enzo Pasticchio ist ein Lateinlehrer der Mittelstufe, der über einen Wettbewerb versucht, an die Universität zu kommen, und Mudarra, der Junge, genau das ist er nämlich, ein Junge, ein seltsamer Junge, Sohn einer invaliden Witwe, führt jede Nacht seinen Hund spazieren. Canelo heißt der Hund. Er, Mudarra, ist eine Mischung aus Vornehmheit und Schmutzfink, blond, elegante Gesten, aber er bohrt in der Nase, ohne sich um die Anwesenheit von Fremden zu kümmern.«

Er unterbricht sich, als Carvalho angeekelt das Gesicht verzieht.

»Ich kann Leute, die öffentlich in der Nase bohren, nicht ertragen.«

»Der Mittelstufenlehrer ist ein Hansdampf in allen Gassen. Er unterrichtet am Gymnasium, an zweitausend Akademien und hat diese fixe Idee mit der Universität. Von so starkem Einsatz des Hirns für so wenig Ergebnis ist er glatzköpfig geworden. Nichts Bemerkenswertes, aber ...«

»Aber?«

»Mudarra erzählte mir den Grund, warum er vor einigen Wochen den Unterricht bei dem Lateinlehrer aufgegeben hat. Carmen Lavalle und der Herr Latinist waren allein in seinem Büro. Der Lehrer über Carmen gebeugt, die Hände auf ihren Schultern, während sie sich auf die Lektüre des Buches konzentrierte, das auf dem Tisch lag. Ich vermute, er gab ihr Ratschläge und ließ gleichzeitig seine Augen das Dekolleté auf der Suche nach den zwischen den Brüsten verlorenen Tälern hinuntergleiten: ›Lesen Sie getragener, ergötzen Sie sich an Catulls Gefühl. Bebamus mea Lesbia atque amemus ...‹«

»Wo haben Sie diese Verse her?«

Doch Don Vito wünscht keine Unterbrechungen und setzt seinen Monolog fort: »Carmen las das Liebesgedicht Catulls, und die Hände des Lehrers begannen zu streicheln. Carmen hörte zu lesen auf, drehte sich um, und auf ihrem Gesicht lag ein heiterer Ausdruck. Was ist los? Wir Alten haben auch ein Herz, antwortete der Latinist mit bejammernswerter Miene. Meinen Sie Sex?«

»Don Vito, improvisieren Sie?«

»Ich biete Ihnen eine dreidimensionale Wiedergabe mit zwei Stimmen. Der betagte Latinist erwidert: Warum nicht? Wir haben auch Sex. Wir sind zwar sehr, sehr schlecht ernährt, aber wir haben Sex. Carmen klappt das Buch zu, steht auf, legt ihre Hände auf die Schultern des beschämten, mit gesenktem Kopf dastehenden Lateinlehrers. Sie zieht seinen Schädel mit einer Hand zu sich heran, küßt ihn auf die Stirn. Dann gibt sie ihm einen leidenschaftlichen Kuß auf die Lippen. Als sich die Gesichter voneinander lösen, wirkt der Lehrer verwirrt, fast bestürzt. Carmen zwischen strahlend und heiter. In der Tür Pasticchio und Mudarra, die soeben hereingekommen sind und erstaunt das Ende der Szene miterlebt haben. Zwischen beunruhigt und erschüttert. Verstehen Sie?« fragt Don Vito, redet aber weiter, ohne eine Antwort abzuwarten. »Pasticchio ist ein Mann mit Prinzipien, er hat sechs Kinder, ist Seminarist gewesen, ist gegen Kondome. Es muß erst gar nicht erwähnt werden, daß alle Kinder von derselben Frau sind.«

»Und Mudarra?«

»Er hat keine Kraft. Er ist wie ein Junge ohne Muskel«, sagt er verächtlich und führt die Hand an den Hosenschlitz.

Seit Jahren hat niemand das Unkraut gejätet noch die Bäume beschnitten, noch in den Kampf zwischen Ratten und verwilderten Katzen eingegriffen, doch das sich gegen den Himmel abzeichnende Haus, mehr französisch als englisch, ist nach wie vor schön, losgelöst vom Lebensprogramm, das es einmal beherbergte. Marmorstufen bis zur verzierten Holztür mit einem Türklopfer aus matt gewordener Bronze, der nicht benutzt werden muß, da die Tür sich öffnet, sobald Raúl die Fingerspitzen gegen sie drückt. Von der weitläufigen Vorhalle gehen Türen weg und eine Treppe aus rosa Marmor, die bei der Statue eines einladenden Engels ihren Anfang nimmt. Durch eine der Türen dringt Musik, und Raúl geht auf sie zu, öffnet sie, und ein Lama stürzt heraus, verfolgt vom Gekreische eines Papageis, der auf einem Trapez schaukelt.

»Ich mag Tunten! Ich mag Tunten! Ich mag Tunten!« wiederholt der Papagei beharrlich. Er flattert durch den großen Wohnraum voller auf dem Boden verteilter bunter Kissen und setzt sich auf die Schulter eines Schwarzen.

An seiner Seite liegt halb ausgestreckt ein als Seefahrer, etwa im Stil des 17. Jahrhunderts, verkleideter Mann, wenn auch Raúl nicht in der Lage ist, das Jahrhundert einzuschätzen. Auch der Schwarze ist so gekleidet wie ein Schwarzer nach der Phantasie romantischer Illustrationen, und seine Hand streicht zärtlich durch das graue, welke Haar des weißen Mannes.

»Was hat Sie erschreckt, der Papagei oder das Lama?«

»Ich komme im Namen von Señor Honrubia.«

Der Seefahrer lacht und meint zum Schwarzen gewandt: »Wenn er im Namen von Honrubia kommt, müßte man ihn durchsuchen, womöglich ist er bewaffnet.«

Raúl spreizt die Beine, hebt die Arme, senkt den Kopf resigniert auf die Brust.

»Durchsuche ihn nicht, Freitag. Dieser Mann ist schon zu oft in seinem Leben durchsucht worden. Merkst du ihm das nicht an?«

Der Schwarze, der sich bisher gar nicht bewegt hat, betrachtet nun heiter den Eindringling, und der Seefahrer mutmaßt: »Wenn Sie ein Freund Honrubias sind, der es nicht verdient, durchsucht zu werden, dann will das heißen, daß Sie einer der Verlierer des ›schmutzigen Kriegs‹ sind. Nur die Verlierer des ›schmutzigen Kriegs‹ werden es nie verdienen, durchsucht zu werden. Stimmt's, Freitag?«

»Ja, Mister Crusoe.«

Sie spielen also Robinson Crusoe, die einsame Insel, der treue Diener Freitag. Raúl unterdrückt seine Lust, dorthin zu gehen, woher er gekommen war, errät, daß sie ihn einem Spiel unterwerfen und der Seefahrer Unterwürfigkeit erwartet. Er bittet um Erlaubnis, sich auf die Kissen setzen zu dürfen, die ihm mit einer derart großzügigen Geste erteilt wird, daß er alles rundum als sein eigen betrachten kann.

»In diesem Haus gelten die Prinzipien des Privateigentums nicht. Wollen Sie ein Glas Lamamilch? Kühles Wasser? Einen Marihuanaaufguß? Hier werden Sie weder

Coca-Cola noch Seven Up trinken. Wir wollen nur gesunde und antiimperialistische Getränke.«

Raúl will auch auf gesunde und antiimperialistische Getränke verzichten, zeigt aber eine gewisse Neugier, Lamamilch zu trinken.

»Ich dachte mir schon, daß Sie das Unmögliche verlangen würden. Unser Lama ist soeben entwischt, und es ist sehr schwierig, es einzufangen, zumindest vor der Zeit seiner Fütterung. Nun gut, Sie haben unsere Erlaubnis, uns den Grund Ihres Besuchs zu erklären.«

Raúl faßt sein Leben und die allgemeine Geschichte, die ihn geprägt hat, zusammen. Er erzählt von der Niederlage von 1977, dem Verschwinden seiner Tochter, seiner verstörten und ohnmächtigen Rückkehr nach Spanien, bevormundet von einem übertrieben beschützenden Vater, von der Identitätskrise der letzten Monate, der Notwendigkeit, seine Tochter zu finden, vom Rat Honrubias: Du mußt einen Freund besuchen an der Adresse, die ich dir sagen werde, ich kann dir seinen Namen nicht nennen, aber so merkwürdig es dir erscheinen mag, dieser Mann wird dir helfen.

Der Seefahrer hat aufmerksam Raúls Gesten, das Mienenspiel, die Worte, die Wechsel im Tonfall verfolgt. Ab und zu hat er mit den Augen in einem Code, den nur sie verstehen, den Schwarzen befragt, und als Raúls Rede zu Ende ist, beraten sich Robinson und Freitag weiter mit Blicken, ohne ein Wort. Der Papagei bricht das Schweigen.

»Ich mag Tunten! Ich mag Tunten! Ich mag Tunten!«

Und so als hätte das Tier die verschwörerische Stille zerstört, erhebt Robinson seine große, stattliche Gestalt und spricht zu Raúl: »Es gab eine Zeit, in der ich mächtig war, und wie alle mächtigen Männer umgab ich mich mit Informationen und abschreckenden Archiven. Etwas von all dem bewahre ich, wenn es auch sehr selten in meinem neuen Leben benutzt wird, das dem Rekrutieren von Freiwilligen geweiht ist, um eine Phalanstère, eine sich selbst genügende Gemeinschaft auf den Malvinen aufzubauen. Ich muß entscheiden, ob Sie unsere Hilfe verdienen, nicht nur weil Sie ein verängstigter Mensch oder ein bekümmerter Vater sind. Würden Sie mich kennen, so wüßten Sie, daß ich keine mitleidige Person bin. Auch lasse ich mich nicht von so etwas Willkürlichem wie dem Optimismus oder dem Pessimismus leiten. Ich bin ein Sklave des klaren Verstands. Wenn mir mein klarer Verstand sagt: Hilf diesem Mann, dann werde ich Ihnen helfen. Was meinst du, Freitag?«

»Die Geschichte ist zu sentimental.«

»Das stimmt, das ist ihr Fehler, aber gegen wen geht es? Ist es nicht äußerst interessant, gegen wen es geht?«

Freitag scheint es klar geworden zu sein, und er zeigt sich erstaunt über das überraschende Zweckdenken seines Herrn und Gebieters der einsamen Insel. Er nickt ergeben. Robinson ruft aus: »Ich werde Ihnen helfen, weil Sie und ich gegen die Oligarchie sind!«

Eine heruntergekommene Kneipe, Tacuarí kurz vor San Juan, innere Peripherie von Buenos Aires, vier oder fünf Stühle, ein paar Stammkunden, ein Tresen und dahinter ein müder Kellner. Seine Lustlosigkeit ist es, die das Café zu alt macht und Carvalho verdrießt, der einen einheimischen Grappa konsumiert, den Blick einem Tor auf der anderen Straßenseite zugewandt. Er sieht auf die Uhr. Zwölf Uhr nachts. Das Tor öffnet sich, und ein Junge unbestimmten Alters erscheint, einen Hund hinter sich herziehend. Keiner der beiden zeigt besondere Lust hinauszugehen. Er ist blond, sieht aus wie ein Schwindsüchtiger oder wie ein Prinz mit in Dekadenz begriffenen Genen. Jung, aber alt und traurig alles, was er anhat, vor allem die Schuhe. Alt nicht, weil halbkaputt, sondern wegen der durch eine übertriebene Sauberkeit verdeckten Armut. Carvalho packt ein paar Kroketten in ein Stanniolpapier, zahlt und tritt hinaus auf die Straße. Er bleibt auf seinem Gehsteig, in einem gewissen Abstand von Mudarra und seinem Hund. Der Junge zerrt das sich vergeblich sträubende Tier ab und zu weiter. Canelo pißt. Scheißt. Carvalho überquert die Straße und tut so, als würden sie sich zufällig begegnen. Der Spaziergänger sieht ihn an, ohne die geringste Regung zu zeigen.

»Sie sind immer auf die Minute pünktlich. Wenn ich vom Abendessen komme, tauchen Sie mit Canelo auf, er heißt doch Canelo? Canelo!« Der Hund scheint über Carvalhos Anwesenheit sehr glücklich zu sein. »Du bist aber ein Schlauer.«

Er zieht das Päckchen mit den Kroketten aus der Tasche, öffnet es und läßt das Essen vor Canelo fallen, der sich darauf stürzt.

»Er hat schon gefressen«, sagt der junge Mann mit einer gewissen Unsicherheit.

»Die Tiere fressen alles, was du ihnen hinwirfst.«

Canelo verschlingt die Kroketten. Der junge Mann sieht Carvalho neugierig an.

»Woher kennen Sie uns?«

»Weil ich Sie jede Nacht aus dem Tor da kommen sehe. Kurz nach zwölf. Ich bin Stammgast der Bar.«

»Woher wissen Sie, daß mein Hund Canelo heißt?«

»Weil ich Sie ihn mehr als fünfzigmal rufen gehört habe. Ihren Namen hingegen weiß ich nicht. Der Hund pflegt Sie nicht beim Namen zu nennen.«

»Mudarra. Ich heiße Mudarra.«

»Ein merkwürdiger Name. Er stammt aus einem Heldenepos.«

»Aus was?«

»Aus einem spanischen Heldenepos.«

»Mein Vater war Spanier. Aus Navarra, glaube ich.«

Mudarra zerrt an Canelos Leine, um den Spaziergang fortzusetzen. Carvalho geht neben den beiden her, als müßte er in dieselbe Richtung.

»Ich mag Tiere sehr. Vor Jahren brachte man meine Schäferhündin um, sie hieß Bleda. Ich schwor mir, keinen Hund mehr zu haben. Denn es schien mir ein Verrat an Bleda. Wie geht es Ihrer Mutter? Hat sie sich wieder erholt?«

Mudarra lächelt, als wollte er den Grund seines Lächelns nicht verraten.

»Sie sind auch über meine Mutter im Bilde?«

»Die Kellner in den Bars wissen alles.«

»Ich habe nie eine Bar betreten.«

»Sicher?«

»Ich mag sie nicht.«

Er grübelt und kehrt von seiner kurzen Gedankenreise zurück.

»Wollen Sie meine Mutter kennenlernen? Sie liebt Besuch.«

»Um diese Zeit?«

»Meine Mutter schläft nicht. Ich auch nicht. Der einzige zu Hause, der schläft, ist der da.«

Er zieht an Canelos Leine.

»Es ist schon sehr spät. Aber ich komm ein andermal mit nach oben. Ihre Mutter ist invalide, wie es meine war.«

»Mehr. Viel mehr. Meine Mutter war immer viel invalider als irgend jemand sonst.«

Er zerrt erneut an Canelos Leine.

»Hören Sie mir aufmerksam zu«, sagt Pascuali, und seine vier üblichen Adjutanten, ganz besonders Vladimiro, widmen ihm ihre Aufmerksamkeit.

Pascuali liest den Bericht vor, den er in den Händen hält: »›Vertraulich. Überfall auf den Wohnsitz der Brucker. Dunkelheit. Gruppe von Unbekannten, als Motorradfahrer gekleidet, mit fast zur Gänze verhüllten Gesichtern.‹ Kommt Ihnen das mit den Motorradfahrern bekannt vor? ›Sie schlugen die Sicherheitspolizei an einem der hinteren Tore des Anwesens zusammen, betäubten sie und drangen gewaltsam in ein Gartenhaus ein, üblicherweise Ort der Ruhe und Besinnung von Señor Honrubia. Zum Glück verletzten sie niemanden im Gartenhaus, will heißen, sie verletzten Honrubia nicht, und alles blieb bei Sachschäden und dem Angriff auf die Privatpolizei.‹ Vertraulich! Ver-trau-lich! Kein einziges Wort zur Presse. Nichts außerhalb dieser Abteilung. Vertraulich!«

Der bloße Handkontakt mit dem Bericht spornt ihn an. Er durchschreitet auf einmal mit dem Bericht in der Hand alle Türen, die sich ihm entgegenstellen, und tritt auf den Flur der Generaldirektion der Sicherheit. Er marschiert zur Überraschung der Sekretärinnen durch mehrere Vorzimmer und bleibt vor einer offensichtlich wichtigen Tür stehen. Er stößt sie auf, geht hinein und schließt sie hinter sich. Ein Mann, der zu jung ist, um für den Generaldirektor von irgend etwas gehalten zu werden, sieht sich das Video vom Match Boca–Independiente an.

»Hallo, Pascuali. Verzeihen Sie, aber ich konnte nicht zum Spiel gehen und es auch nicht im Fernsehen verfolgen. Haben Sie gesehen, wie die den Ball streicheln? Viel Streicheln, aber hier bestimmt niemand. Es ist so, als hätte Bilardo vergessen, daß man Fußball mit Bällen spielt. So als wäre er vom Geschwätz Menottis angesteckt worden. Fußball ist eine Kunst! Haben Sie kürzlich das Interview mit Valdano gelesen? Linksfußball! Den Ball berühren und berühren und berühren, von links. Spielen, indem man die Bälle setzt, von rechts. Bilardo haben sie das Hirn herausoperiert. Flaco hat ihn mir halb verblödet.«

Doch Pascualis Gesicht zeigt wenig Verständnis, und der Zettel, den er in der Hand hält, fordert den Generaldirektor dazu auf, das Video auszuschalten und sich von seinem Drehsessel aus seinem Untergebenen zu widmen.

»Vielen Dank für Ihre vertrauliche Information, aber mir scheint, wir haben es mit der Einmischung von Diensten zu tun, die in einer offiziellen polizeilichen Untersuchung, die dieses Ministerium, Ihre Generaldirektion, meine Abteilung leiten, unerhört ist.«

Der Generaldirektor läßt ihn reden, ohne die Fassung zu verlieren.

»Ich werde mir den Capitán und seine Motorradfahrer vorknöpfen, wenn Sie mir die Befugnis erteilen, sie in ihre Grenzen zu weisen.«

»Sie werden sich den Capitán nicht vorknöpfen, Pascuali. Der Capitán war schon vor Ihnen da, um den Staat zu verteidigen, und hat sich die Hände schmutzig gemacht, er war nicht der einzige. Jeder Staat braucht Kloaken und Kloakenexperten, vor allem ein demokratischer Staat. Was die öffentliche Hand nicht weiß, macht die verborgene Hand. Seien Sie doch nicht so naiv.«

»Wenn wir diese Art von Polizei neben der öffentlichen Polizei beibehalten, werden wir wieder in derselben Scheiße landen.«

»Übertreiben Sie nicht. Ein demokratischer Staat steckt nie ganz in der Scheiße, hört aber auch nicht auf, Scheiße zu haben. Alle vier, sechs Jahre erneuert er seine Machthaber an den Urnen. Was sind die Stimmzettel? Toilettenpapier? Auch. Die Stimmzettel dienen dazu, die Scheiße wegzuwischen. Arbeiten Sie in Ihrem Bereich, das machen Sie sehr gut, und behalten Sie den Capitán und seine Burschen im Auge. Aber nur im Auge behalten! Diese Kerle sind ein wenig, ich weiß nicht, theatralisch. Sie hingegen sind nicht theatralisch. Sie sind zu fad, Pascuali.«

Er dreht den Sessel herum und schaltet das Video

wieder ein. Aus Pascualis Mund gleiten lautlos immer größere Schlangen, und sein Gesicht ist die reinste Grimasse bezähmter Empörung, unbezähmbar, als er sein Arbeitszimmer erreicht und vor dem Halbkreis seiner vier erwartungsvollen Adjutanten den Hintern auf den Sessel schiebt. Er fordert sie auf zu gehen, hält aber Vladimiro zurück.

»Vladimiro, bleib hier!«

Vladimiro mustert schweigend, wie die Gefühle darum ringen, die Lippen, die Wangen, die Augen Pascualis zum Bersten zu bringen.

»Sag mal, Vladimiro, hast du an dem Tag, als du zur Polizei kamst, deine Eier an der Türklinke hängenlassen?«

»Das hat mir niemand gesagt.«

»Schau, ich dachte, das wäre ein Beruf, in dem man Mumm haben muß, aber nein, sogar ich muß meine Eier an die Türklinke hängen, bevor ich hereinkomme. Wenn also irgendein Scheißpolitiker mir unter Geltendmachung der Staatsräson einen Tritt in die Eier verpaßt, wie dieser mit Masters gespickte Kretin von Generaldirektor Morales, dann stellt er überrascht fest, daß ich die Eier nicht umgeschnallt habe. Verstehst du, was ich sagen will, Vladimiro?«

»Ich glaube schon.«

Vladimiro sieht auf die Uhr, und die Geste entgeht Pascuali nicht.

»Hast du's eilig?«

»Ja, um ehrlich zu sein schon.«

»Ein Kälbchen?«

»Nun, fast. Ein Asado. Im Familienkreis.«

»Ah! Die Asados sind heilig. Nur los, Vladimiro, und vergiß, was ich dir gesagt habe.«

»Und was mach ich mit den Eiern?«

»Mit welchen Eiern?«

»Mit meinen. Soll ich sie an der Türklinke hängenlassen? Sie mir umschnallen?«

Pascuali explodiert und stürzt sich auf Vladimiro, der zurückweicht.

»Der einzige, der hier die Eier immer zu tragen hat, bin ich!«

Der Hinterhof einer Vorstadtvilla, zwölf Meter Fassade und hundert Jahre Vergessen im Gitterwerk von Tür und Balkon, gleicht eher der Kabine der Marx Brothers in *A Night at the Opera*. Immer mehr Leute, vor allem Ehepaare zwischen dreißig und vierzig, Kinder, Halbwüchsige und Verwandte ohne Partner, die Männer verloren ohne Halskette, die Frauen mit Halskette. Die tatkräftigsten plagen sich an einem bescheidenen Grill, der das Seine schon gegrillt hat und dasselbe noch zweimal grillen muß. Man trinkt perlenden Apfelwein. Andere halten sich an den Apfelwein ohne Kohlensäure nach asturischer Art. Sie essen zum Aperitif Empanadas und spanische Paprikawurst in Scheiben, von einem italienischen Metzger fabriziert. Favilas alte Frau versucht sich wieder und wieder nützlich zu machen, Tabletts dahin und dorthin zu tragen im Kampf gegen ihre Parkinsonsche Krankheit und ihre Schwiegertöchter oder Enkel oder Söhne, die versuchen, sie davon abzuhalten. Sie übergeht es, bringt Fleisch und Flaschen in Gefahr, obwohl ihr nie etwas herunterfällt, nie etwas heruntergefallen ist, wie sich jemand erinnert. Der ältere Sohn umarmt sie von hinten.

»Mutter, warum gehen Sie jetzt nicht den Alten holen? Sagen Sie ihm, daß wir alle da sind … sogar die Polizei.«

Er zeigt auf einen der Anwesenden, Vladimiro, und alle lachen.

»Daß bloß niemand auf die Idee kommt, dem Alten zu sagen, daß Vladimiro Polizist ist. Er glaubt, daß er als Anwalt arbeitet. Er glaubt alles, was er glauben muß«, entgegnet die Mutter.

Die offensichtliche Gefährtin Vladimiros wirkt etwas verärgert.

»Also wirklich, ich verstehe nicht, warum man nicht Polizist sein kann.«

Niemand schenkt ihr besondere Beachtung, nicht einmal Vladimiro, der mit fachmännischem Auge das Asado begutachtet. Die Alte verläßt den Hof und geht in die Küche. Mühsam nähert sie sich wie immer dem Druckknopf für das Versteck, trifft ihn, und die Tür öffnet sich. Sie ruft: »Favila! Es sind schon alle da. Es ist dein Geburtstag. Favila! Komm doch endlich raus, verflucht!«

Aus der Dunkelheit löst sich der blasse alte Favila in Festtagskleidung.

»An deiner groben Ausdrucksweise merkt man, daß du Spanierin bist.«

»Ich rede, wie mir der Schnabel gewachsen ist.«

»Ist bestimmt keine Gefahr im Verzug?« fragt Favila, während er seinen Gang zum Hof zwar nicht unterbricht, aber doch ins Stocken bringt.

»Hier in Argentinien nicht. Das darf ja wohl nicht wahr sein!«

»Habt ihr an den Apfelwein gedacht?«

»Warum hast nicht du dich darum gekümmert, statt Verstecken zu spielen?«

Die Alte setzt ihren Marsch fort, getragen von ihrer angesammelten Empörung. Bevor sie den Hof erreichen, bringt Favila seine drückenden schwarzen Schuhe mit einer Serviette auf Hochglanz. Als er im Hof erscheint, klatschen alle Verwandten und Gäste Beifall, umringen und küssen ihn, überreichen ihm Geschenke.

»Ist Vladimiro gekommen?« fragt Favila.

Vladimiro geht zu seinem Vater hin, und der küßt ihn mit besonderer Rührung.

»Der Kleine, und trotz der schwierigen Zeiten, in denen du geboren wurdest, unter der Diktatur dieses Mörderlehrlings namens Onga...«

Er verschluckt sich, so groß ist die Leidenschaft, mit der er spricht. Eine seiner Töchter versucht ihm das Wort abzuschneiden.

»Vater. Keine Politik. Heute ist dein Jahrestag als Irdischer.«

»Vladimiro heißt so zu Ehren Lenins, wie du Rosa heißt zu Ehren von Rosa Luxemburg und du Dolores dank Dolores Ibárruri, La Pasionaria«, erklärt Favila eigensinnig und zeigt mit dem Finger auf jeden einzelnen seiner Nachkommen.

»Und ich, Vater, warum heiße ich Fulgencio?« fragt ein anderer Sohn. »Wegen Batista?«

»Mach mich nicht wütend. Du heißt Fulgencio, weil so mein Vater, dein Großvater, hieß. Die Revolution ist mit der Tradition nicht verfeindet. Mal sehen. Ich möchte den Apfelwein einschenken, denn ihr seid Tölpel, aufgewachsen mit Coca-Cola und Seven Up.«

Er zeigt auf die Jüngsten.

»Coca-Cola, das Getränk des Imperialismus.«

Man gibt ihm eine Flasche Apfelwein.

»Wir haben ihn in dem Laden in der Calle Corrientes gekauft. Du weißt schon, der, der spanische Produkte führt.«

Don Favila stimmt mit den Augen zu. Er nimmt das vorschriftsmäßig breite Glas. Mit einer Hand hebt er die Flasche hinter seinen Nacken, mit der anderen hält er das Glas darunter und trifft mit dem genau richtig bemessenen Strahl hinein, so daß der Apfelwein vom Grund des Glases her aufschäumt. Beifall und Hochrufe. Er reicht das Glas liebenswürdig seiner Frau. Sie nimmt es zitternd. Die Alte weint. Sie trinkt den Apfelwein, bemerkt aber: »Er hat mir nie geschmeckt, er sieht wie Pisse aus.«

Die Leute nehmen zwanglos Platz. Auf den Tischen stehen bereits das erste Fleisch, Salate, Empanadas, italienische Pasta, sogar eine Schüssel mit Bohneneintopf aus der Dose bereit. Es läutet an der Tür. Die Alte will hingehen, doch eine Schwiegertochter hält sie ab.

»Bis Sie ankommen, ist der Gast schon weg.«

»Verdammtes Miststück. Der Kuckuck soll dich holen«, murmelt die Alte erbost in sich hinein.

Kurz darauf erscheint die Schwiegertochter in Begleitung von Carvalho, beide verlegen, sie, weil sie nicht weiß, wie sie ihm etwas erklären soll, was zweifellos eine lange Geschichte ist, und Carvalho, weil er nicht so viele Leute erwartet hatte. Und seine heimliche Verwirrung steigt noch, als er unter den Gästen Vladimiro sieht.

»Das ist Pepe Carvalho Tourón, ein Neffe von Evaristo Tourón, seinem Cousin«, sie zeigt auf den alten Favila, »und Sohn von Evaristo Carvalho, Bruder von …«

Favila erhebt sich gerührt und ruft aus: »Neffe!«

Kommentare und Erinnerungen breiten sich aus, während Favila Carvalho umarmt.

»Ich kannte dich nicht, aber du bist das lebendige Ebenbild deines Onkels und deines Vaters. Dein Vater war ein Held, der dem Franquismus die Stirn bot und fünfzig Jahre im Gefängnis saß.«

»Fünf, nur fünf«, berichtigt Carvalho.

»In jenen Jahren waren fünf wie fünfzig.«

Carvalhos Blick kreuzt sich mit dem Vladimiros, und die verzweifelte Botschaft des Polizisten bleibt in der Luft schweben. Favila stellt ihm seine Kinder vor. Fulgencio wie sein Großvater. Rosa wie Rosa Luxemburg. Dolores wie Dolores Ibárruri, Vladimiro wie Lenin.

»Meinen Glückwunsch. Der letzte Leninist«, merkt Carvalho an, bevor er von Favila dazu gedrängt wird, sich an den Tisch zu setzen und am Fest teilzunehmen.

Er setzt sich und ißt, mit jedem Mal gieriger, unbefangener, als würden die Geschmäcke es ihm erlauben, nach Hause zurückzukehren. Nach einer Weile taucht in seiner Erinnerung ein Hochzeitsmahl in Barcelona auf, ein Cousin heiratete ein Dienstmädchen, beide Galicier, jahrelang verlobt, gespart – ein Festmahl aus galicischem Eintopf, Fleisch mit Kartoffeln, Empanadas mit Herzmuscheln. Es war das Bankett seiner Kindheitserinnerungen, das Glück des Überflusses und eines sonderbaren Moments des Ausspannens vom Leben oder vielleicht besser gesagt von der Geschichte. Die Geschichte hatte seine Kindheit und das Leben unter versteckten Männern und Frauen geprägt, und jetzt fühlte er sich wieder glücklich, während er ohne Furcht aß und trank und Fragen, vor allem die von Don Favila, beantwortete.

»Ich verstecke mich nach wie vor, für alle Fälle. Eines Tages wird es wieder zu einem Putsch kommen oder aber endlich die Revolution ausbrechen, und man soll uns nicht überrumpeln. Wir sind Vorkämpfer gewesen und werden es sein. Die Revolutionen scheitern, wenn die Avantgarde verschwindet oder erschlafft, wie in der UdSSR. Mit Leuten wie deinem Vater oder mir.«

Rosa Luxemburg führt einen Finger an die Schläfe, um Carvalho auf den Zustand von Don Favila hinzuweisen. Das Fest verläuft im Magen und im Herzen und erreicht schließlich die gesättigten Gehirne. Es werden Stücke vom Kuchen ausgeteilt, der sich durch die zehn Puster, die Don Favila gebraucht hat, um die vierundachtzig Kerzen auszublasen, auch auf dem Tischtuch und den Gesichtern verstreut hat. Carvalho betrachtet mit einem Glas in der Hand die Szene. Pokergesicht, wenn auch ein Funken Rührung in seinem Blick. Vladimiro geht auf ihn zu.

»Sie sind die Überraschung meines Lebens gewesen.«

»Mein Vater weiß nicht, daß ich Polizist bin.«

»Mein Vater starb, ohne zu erfahren, daß ich nicht mehr Kommunist und von Beruf Privatpolizist bin.«

Vladimiro zögert, doch schließlich redet er: »Ich wußte, daß Sie kommen würden, doch nicht während des Essens. Raúl beauftragte mich, Ihnen zu sagen, daß er im Augenblick keine Antwort für Sie hat. Er hat sich wieder versteckt. Der Capitán drang in das Haus der Brucker ein.«

»Die Verbindung zu Raúl waren Sie?«

»Er ist mein Cousin. Ein Cousin zweiten Grades, aber immerhin mein Cousin. Glauben Sie, ich könnte meinem Alten noch ins Gesicht sehen, wenn ich derjenige wäre, der ihn verhaftete?«

»Und Pascuali?«

»Ein Polizist mit einem guten Paar Eier.«

»Gibt es denn einen Polizisten, der nicht zwei Eier hat? Das Problem ist, wo er sie hat. Wenn er sie nur im Kopf hat, dann ist das schlecht.«

Vladimiro nimmt wieder seinen Platz neben seinem Mädchen ein. Sein Mädchen, denkt Carvalho, sie wirkt nicht wie seine Frau. Seine Augen wandern zur Gestalt der Alten, die in der Küche mit einer geheimen Bestandsaufnahme von wirklichen oder imaginären Gegenständen beschäftigt ist. Sie scheint zu beten. Vom Fenster aus fordert sie ihn mit einem gekrümmten Finger auf, ins Haus zu kommen. Carvalho geht zu ihr in die Küche und sieht, daß ihn Don Favila halbverborgen in einem Winkel, den man vom Garten aus nicht sehen kann, erwartet.

»Ich muß wieder in mein Versteck. Ich habe das Schicksal zu sehr herausgefordert. Ein Tag ist ein Tag, aber man sollte nicht zu vertrauensselig sein. Aber ich habe gewollt, daß du bleibst, weil du es – stellvertretend für deinen heldenhaften Vater – verdienst, mein Geheimnis zu kennen. Ich lebe in meinem Versteck und komme nur einmal im Jahr, an meinem Geburtstag, heraus.«

»Und wenn sie ein Spiel von Boca im Fernsehen übertragen«, fügt die Alte hinzu.

»Welcher Mensch hat keine Schwächen? Gefiel es Lenin etwa nicht, wie ein Wolf im Mondlicht zu heulen?«

Don Favila drückt den Knopf, und die Tür seines Zufluchtsorts öffnet sich. Er geht zuerst hinein und drängt Carvalho, ihm zu folgen. Carvalho macht der Alten Platz und will ihr helfen vorauszugehen.

»Ich da hinein? Nicht einmal tot würden sie mich da hineinbringen. Erst wenn der wieder ins Bett zurückkommt, um die Pflicht zu erfüllen, wie Gott befiehlt, daß die Ehemänner sie zu erfüllen haben, werde ich mich in diese Grube legen, die wohl das Tor zur Hölle sein muß.«

Carvalho begibt sich in das Versteck. Vier Stufen, Don Favila steigt sie sicher hinunter und macht Licht. Sie befinden sich in einem ausreichend großen unterirdischen Zimmer, doch Carvalho kann, überrumpelt und gefesselt von den Botschaften an den Wänden, nicht vom Fleck. Es gleicht einem Museum für rote Kultur von den Anfängen des Jahrhunderts bis zu den siebziger Jahren, mit der einen oder anderen Bildersammlung von aktuellstem postmarxistischen Protest. Sogar irgendein befreiungstheologisches Plakat neben einem von Pazifisten im Krieg von 1914. Rebellion der spanischen Soldaten im Afrikakrieg. Der Spanische Bürgerkrieg. Che. Castro. Die Oktoberrevolution. Fotos von den Idolen der Weltrevolutionen. Bücher, ausgewählt für einen schiffbrüchigen Roten auf einer einsamen Insel in den dreißiger Jahren. Das Modell von einer der riesigen Leninstatuen. Ein weiteres vom Entwurf des *Denkmals der III. Internationale* von Tatlin. Ein Foto vom maskierten Subcomandante Marcos. Rigoberta Menchú. Der Alte prüft die Wirkung der Bildersammlung auf Carvalho.

»Die Welt ist voll mit Versteckten. Diese Stadt auch. Immer schon hat sie sich vor jemandem verstecken müssen. Buenos Aires ist voll mit unterirdischen Geheimgängen, und ich weiß, daß in der Calle Perú ein äußerst vollständiges Netz von Katakomben existiert. Warum sollte ich nach draußen? Ich erkenne mich, indem ich sehe. Dort draußen haben sie alles dem Imperialismus angepaßt. Für den Augenblick hat er gesiegt, doch eines Tages wird eine neue Generation die alte und die neue Unordnung aufdecken, und alle Hoffnungen werden wieder Sinn haben. Stimmt's?«

Carvalho bejaht. Er läßt sich vom Alten auf einen Stuhl ziehen, der eine Platte, schwer wie Stein, von achtundsiebzig Umdrehungen auf ein Grammophon legt. Kurz darauf ertönt die Hymne der Brigade Thälmann von den Internationalen Brigaden im Spanischen Bürgerkrieg. Der Alte singt in vermeintlichem Deutsch mit. Am Ende tut auch Carvalho so, als würde er mitsingen, doch unterstreicht er sie vor allem mit feurigen Bewegungen der Arme.

»Die Deutschen haben immer ein großes symphonisches Talent besessen.«

Carvalho gibt ihm mit einem Nicken recht.

Carvalho und Alma bahnen sich im Tango Amigo auf der Suche nach zwei Stühlen in der Nähe des Podiums einen Weg. Norman beendet soeben seinen Monolog des Monats über die Versteckten.

»Ich respektiere diejenigen, die sich verstecken, weil sie vergessen haben, wo Buenos Aires, Argentinien, die Welt ist und nur noch den Winkel wiedererkennen, an dem sie Angst hatten, haben und haben werden.« Er gibt den bedeutungsschweren Tonfall auf. »Und jetzt wird Ihnen die verborgene Adriana Varela endlich den Tango *Der Versteckte* singen!«

Adriana Varela erscheint. Sie ist der Tango. Ihr Dekolleté und ihre Art des Vortrags sind wie geschaffen für den erzählenden Tango.

Für wen hältst du dich, Mann ohne Schatten?
Für wen hältst du dich inmitten der Finsternis,
im Schein einer alten Angst,
die dich einhüllt und erstarren läßt?

Für wen hältst du dich, Herr ohne Hund?
Für wen hältst du dich, Besitzer von gar nichts,
der du deinen Blick ausgelöscht hast,
um weder zu sehen noch zu töten.

So mancher fürchtet die Henkersknechte,
so mancher fürchtet, Angst zu haben,
so mancher fürchtet, zum Henker zu werden,
so mancher will weiterhin blind bleiben.

So mancher flieht vor der Schwiegermutter,
so mancher flieht eine Erinnerung,
so mancher flieht seine Träume,
um weiterhin bei Verstand zu bleiben.

Für wen hältst du dich, Mann ohne Schatten?
Für wen hältst du dich inmitten der Finsternis,
im Schein einer alten Angst,
die dich einhüllt und erstarren läßt.

Für wen hältst du dich, Herr ohne Hund,
für wen hältst du dich, Besitzer von gar nichts,
der du deinen Blick ausgelöscht hast,
um weder zu sehen noch zu töten.

Du wirst sehen im Schatten,
du wirst sehen in der Finsternis
das Beste deiner Erinnerung,
das dich einhüllt und erstarren läßt.

Wenn das Weiße schon schwarz schien,
als alles so weiß war,
wozu dann heraus aus der Gruft,
warum zurück ins Geschehen?

Du hast deinen Blick schon ausgelöscht,
um weder zu sehen noch zu töten.

Der Tango ist zu Ende, Adriana strahlend, Carvalho weggetreten, das von Alma ausgewählte Wort, um seine Faszination für Adriana zu benennen, und wieder Almas Hand, die ihn den Abgang der Sängerin vergessen läßt.

»Weißt du, warum dir Adriana so sehr gefällt? Weil sie Tangos singt und für dich darstellt, was du für den Prototyp der argentinischen Frau hältst: eine Mischung aus Schuld, Sex und Melancholie.«

»Schuld, Sex und Melancholie. Das ist nicht übel. Ich erinnere mich an eine Show von Cecilia Rosetto, die ich in Spanien sah. Der Monolog einer armen Hysterikerin. Übrigens habe ich Rosetto immer noch nicht gesehen.«

Er springt plötzlich auf.

»Du gehst schon? Um die Rosetto zu sehen? Studier das Programm.«

»Ich bin Privatdetektiv. Wir suchen immer einen versteckten Mann, eine versteckte Frau. Aber heute nacht ist es weder Raúl noch die Rosetto.«

»Hast du eine vollständige Sammlung?«

»Es ist eine endlose Sammlung.«

Er tritt, von Almas Blick gefolgt, hinaus auf die Straße. Diesmal muß er durch die Straßen von San Telmo schlendern, Zeit gewinnen und sich den Ausläufern des Viertels nähern, um in das Grenzuniversum des jungen Mudarra und des melancholischen, Kroketten verschlingenden Hundes Canelo zu gelangen. Er geht in die Bar. Der Kellner wirkt müder denn je. Manchmal nickt er ein. Mudarra kommt diese Nacht nicht heraus, und es ist schon Mitternacht. Carvalho wartet wie schon andere Male vor dem Haus, daß sich das Tor öffnet. Er sieht auf die Uhr. Halb eins. Er geht in die Bar zurück und fragt den Kellner, der gerade die Stühle auf die Tische stellt: »Der Junge mit dem Hund? Der kommt heute nicht raus.«

»Ich weiß nicht. Er ist kein Kunde von uns. Ich glaube, ehrlich gesagt, nicht, daß dieser Junge irgendwo Kunde ist, denn die leben sehr schlecht. Die einzige Kohle, die hereinkommt, ist die Pension der Mutter. Stellen Sie sich vor, was die wohl essen, weniger als ein Kannibale in einem Goldfischglas. Der Junge hatte schon immer schlechte Nerven.«

Carvalho geht zu Mudarras Haus und öffnet das Tor mit seinem Schlüsselbund. Er tastet sich eine Treppe hoch, die mit Hilfe des Stroms beleuchtet ist, den Recoleta diesem armseligen Viertel übrigläßt. Er erreicht die Wohnung Mudarras, streicht zweifelnd über sein Schlüsselbund. Schließlich steckt er es ein und läutet. Es vergeht eine gewisse Zeit, dann öffnet sich die Tür. Mudarra sieht Carvalho ohne augenscheinliche Gefühlsregung an.

»Ich bin gekommen, Ihre Mutter zu begrüßen. Sie sagten mir, es würde ihr gefallen, wenn man ihr einen Besuch abstattet.«

Mudarra tritt zur Seite, um Carvalho den Weg freizugeben. Eine ebenso ärmliche und trostlose Wohnung wie die des Lateinlehrers, aber sauber, blitzsauber. In der Wohnküche, vor einem flimmernden Schwarzweißfernseher ohne Bild, sitzt eine offenkundig invalide Frau in ihrem Rollstuhl, mit einer Decke auf den Knien. Aber Carvalho sieht Blut auf ihrem Gesicht. Die Augen tot. Er tut so, als merke er es nicht.

»Sie schläft. Tut mir leid...«

»Sie schläft, endlich.«

»Und Canelo?«

Mudarra weist mit dem Kopf in eine unbestimmte Ferne.

»Der schläft auch.«

Carvalho geht weiter, gefolgt von dem zaghaft lächelnden, bedächtigen jungen Mann. Sie treten in ein Badezimmer. Eine Badewanne, die einst komfortabel gewesen war, nun ein abgeblätterter Dickhäuter auf drei Beinen, die vier sein müßten. Im Inneren Wasser mit Blut vermischt und der Kadaver von Canelo, der Kopf aufgetaucht, die Augen trüb, die Zähne gebleckt, als würde er vergeblich den Tod bedrohen oder auf Carvalhos Kroketten warten.

»Er jaulte zuviel. Die Nachbarn beklagten sich. Meine Mutter bewegte sich nicht. Die ganze Welt ist falsch. Und wenn nicht, dann sehen Sie sich meine Mutter an. Sie mochte mich, weil sie mich brauchte, aber hätte sie mich nicht gebraucht, würde sie gestanden haben, daß sie mich haßte.«

»Und der Lateinlehrer?«

Mudarra erstaunt die Frage nicht.

»Noch so ein Scharlatan. Ein Lüstling, ein altes Schwein, den Hosenschlitz immer halb offen. Dieser Geruch nach Pisse. Ich kann den Geruch nach Pisse nicht ertragen.«

»Und Carmen Lavalle?«

»Eine Hure. Sie bezahlte zwar ihr Studium, indem sie als Tänzerin arbeitete, aber es war ihr egal, mit jedem Beliebigen zu knutschen, sogar mit dem Alten.«

»Mit Ihnen nicht?«

Mudarra reibt sich wieder und wieder die Lippen, als wären sie schmutzig. Carvalho wirft einen letzten Blick auf das ganze Grauen in dieser Wohnung. Er geht leise an der toten Frau vorbei.

»Wiedersehen, Señora.«

Mudarra folgt ihm und geht schließlich voran, um ihm die Tür zu öffnen. Bereits auf dem Treppenabsatz dreht sich Carvalho nach dem Gesicht des schwindsüchtigen Prinzen ohne Gefühle um.

»Und Sie? Was werden Sie tun?«

»Ich werde das Haus nie mehr verlassen.«

Er schließt sorgfältig die Tür. Carvalho hört, wie sich die Riegel vorschieben – einer nach dem anderen. Dann beginnt er die Treppe hinunterzusteigen.

3
Der Krieg um die Malvinen

Auf der »Florida« ist nie etwas Derartiges gesehen worden, und wie ist es möglich, daß etwas nie auf der »Florida« gesehen worden ist? Ein als Seefahrer oder Schiffbrüchiger verkleideter Mann in einem von einer Illustration des *Robinson Crusoe* aus dem 19. Jahrhundert übernommenen Kostüm. Hinter ihm geht ein Schwarzer in nicht weniger extravaganter Aufmachung, ein Freitag nostalgischen Designs. Der Schwarze hat sogar einen Papagei auf der Schulter und Robinson ein Lama als Begleittier. Robinson und Freitag, zwei eindrucksvolle Gestalten mit sehr gepflegtem, schulterlangem Haar. Der Weiße trägt einen mehrere Jahre alten Bart, sein Gang ist arrogant, und Freitag tritt auf wie der gute Wilde, mißtrauisch gegenüber der großen Stadt und ihren so bekleideten Menschen. Die Vorübergehenden glauben, es mit einem Straßenanimationstheater oder einer Fernsehsendung, die Publikumsreaktionen provozieren will – vielleicht ein Millionenwettbewerb –, zu tun zu haben. Robinson nimmt einen primitiven Lautsprecher zur Hand, einen einfachen Trichter, nach Art der Straßensänger oder Liederbuchverkäufer vor dem Koreakrieg, und Freitag unterstreicht Robinsons Sätze mit rhythmischen Trommelschlägen.

»Bürger der Republik Argentinien! In diesen Zeiten der Korruption und des Untergangs der ethischen, sozialen und vaterländischen Werte, in denen der Mann ein Wolf für die anderen Männer ist und die Frau die ärgste Wölfin für die übrigen Frauen, müssen der Mensch und das Vaterland im Geiste Robinsons erneuert werden. Laßt uns wieder zu Inselbewohnern werden. Erlangen wir die reine Einsamkeit zurück, die abgeschiedene Größe Robinsons auf seiner Insel, um einen Kontinent, die Welt wiederzuerobern. Von welchen Inseln aus? Müssen wir sie uns vorstellen wie Daniel Defoe? Nein. Wir haben unsere Inseln. Die Malvinen müssen zurückerobert werden, um das Vaterland zu retten.«

Beifall, Pfiffe, das eine oder andere Gewieher, der Spott eines Einarmigen: »Ich muß auf die Malvinen zurück, weil ich einen Arm dort gelassen habe. Mal sehen, ob die Gurkhas ihn mir aufgehoben, ihn gegessen oder sich in den Hintern geschoben haben.«

Die Traurigkeit einer auf die schlechte Art gealterten Frau: »Und ich habe einen Sohn dort gelassen. Mal sehen, ob sie ihn mir auch aufgehoben haben.«

Aber Robinson hat seine Botschaft beendet und schmuggelt sich, gefolgt von Freitag, dem Lama, dem Papagei, ins Warenhaus Harrods. Er geht geradewegs zum Barbiersalon, wo die spärlichen Kunden aus ihrem Halbschlaf des 19. Jahrhunderts erwachen und sich über die Erscheinung wundern. Robinson auf einem Barbierstuhl. Das Lama. Freitag und der Papagei. Die Barbiere schneiden mit den Messern die Luft. Das Wachpersonal weiß nicht, ob es eingreifen soll. Robinson spricht, und die Kunden hören mit halbrasiertem Gesicht oder zur Hälfte gewaschenem oder geschnittenem Haar zu. Die Hände der Maniküren haben auf den Händen der Manikürten innegehalten. Robinson verkündet: »Und wenn ich von den Malvinen spreche, spreche ich gleichzeitig von realen und symbolischen Inseln. Wir müssen unsere Inseln besetzen, aber ohne zu denken, daß sie einzig und allein unsere sind. Sie sind ein erster Schritt zur Eroberung der universellen Vernunft, der ethischen Werte, der Solidarität, der Gleichheit und Freiheit.«

Dasselbe Quartett, Herr, Sklave, Lama und Papagei, spaziert vor dem Tor der Geisteswissenschaftlichen Fakultät auf und ab, bis die Hörerschaft versammelt ist. Robinson scheint seine einzige Rede fortzusetzen, ohne Rücksicht auf die Zusammensetzung des Publikums, wie man meinen könnte, überhaupt ohne Rücksicht auf das Publikum.

»Die Malvinen erobern, um uns selbst, um die Unschuld zurückzuerobern, die uns die Folterer und ihre Helfershelfer geraubt haben, aber: wie sie erobern?«

Alma ist es, die ihre Stimme unter den teils gleichgültigen, teils neugierigen Zuhörern erhebt: »Zuallererst muß man hinkommen. Schwimmend. Wie beim letzten Mal, als die Milicos unsere Jungen schwimmend hinschickten.«

Nicht nur Gelächter, sondern auch der konstruktive Kommentar eines Studenten: »Bauen wir Flöße.«

Robinson verschränkt die Arme und sieht sie an, als würde er die Leichtigkeit ihres Standpunkts bedauern.

»Warum nicht schwimmend? Warum nicht auf Flößen? Mein Plan zielt darauf ab, das Ökosystem zu retten, und wir können die neuen Revolutionäre der Erde, die Umweltschützer und die Befreiungstheologen zu einer pazifistischen und universellen Invasion der Malvinen zusammenrufen. Was würden die Briten tun, wenn Tausende, Millionen von Pazifisten die Malvinen besetzten?«

Wieder versucht Almas Stimme ihre Zuhörer auf den Boden der Wirklichkeit zurückzubringen: »Sie erschießen.«

Lachen und Pfiffe diesmal und erneute Empörung Almas: »Aber wo kommt denn dieser Prophet her? Bist du ein Verrückter oder ein Elender? Glaubst du, die Massen aufstacheln zu können, als ginge es um ein Fußballspiel zwischen Argentinien und Chile?«

»Frau, wer hat dir den Glauben genommen?«

»Wo warst du denn, als mir Videla und Co. den Glauben nahmen?«

Sowohl der Applaus als auch die Pfiffe drängen Alma dazu, die Position aufzugeben und ihren Ärger über die eigene Unbeherrschtheit auszudrücken. Wütend betritt sie den Hörsaal, legt Bücher und Notizen auf den Tisch, setzt sich und möchte sich beruhigen. Sie hebt den Blick. Einige Studenten kommen schon herein. Unter ihnen Muriel, die einen Platz nahe ihres Tisches einnimmt, was Alma begrüßt, erhofft, da sie es mag, den wachen Blick des Mädchens in der Nähe zu haben. Langsam treffen alle Studenten ein. Sie diskutieren untereinander über die Worte Robinsons, und plötzlich sind zwei in eine Prügelei verstrickt. Alma schreit: »Genug! Was ist da los?«

Aber die Arme der sie trennenden Kommilitonen sind wirksamer als die hysterischen Schreie der Professorin. Ein Student zieht Bilanz.

»Der da sagt, er würde für die Malvinen sein Leben geben, und der andere sagt, er würde nicht einmal...«

»Nicht einmal was?«

»Nicht einmal...«

Röte färbt das Gesicht des Studenten, und es ergreift derjenige das Wort, der den Satz ausgesprochen hat.

»Ich war's. Ich habe gesagt, ich würde für die Malvinen nicht einmal das Stück Papier geben, mit dem ich mir den Hintern abgewischt hab.«

Mehr Pfiffe als Applaus diesmal, und Alma hat ihren Platz, ihre Stimme, den Grund, warum sie sich einen Meter über den jungen Leuten befindet, wiedergefunden.

»Zwischen der harten realistischen Sprache und der derben gibt es immer noch einen Unterschied. Die Malvinen existieren. Sie sind für das Bewußtsein vieler Menschen ein nationaler, ein nationalistischer Bezug. Antiimperialistisch vielleicht. Ich weiß schon nicht mehr, ob es gut oder schlecht ist. Da sind sie. Aber dieser Clown am Tor redete auf symbolische, unverantwortliche Weise. Ohne die Toten zu zählen, die solche Abenteuer kosten.«

Muriel unterbricht: »Verzeihen Sie, Frau Professor, aber warum nennen Sie ihn einen Clown?«

Alma mustert Muriel erstaunt. Sie hält den brillanten Satz auf ihren Lippen zurück, mit dem sie das Mädchen hätte niederschmettern können, und legt Sanftheit in ihren Blick.

»Es gibt gefährliche Gedichte, sogar gefährliche Musik. Die Clowns sind unschuldig, aber es gibt kriminelle Clownerien, wie die des Generals Galtieri, die den Falklandkrieg ausgelöst haben.«

Später sollte sie mechanisch den Satz wiederholen: Es gibt gefährliche Gedichte, sogar gefährliche Musik, kriminelle Clownerien, als sie im Colectivo sitzt, als sie die paar Schritte geht, die zwischen der Haltestelle und ihrer Haustür liegen, und sie braucht eine Weile, um das Spektakel zu begreifen, das sie unten am Eingang erwartet: Robinson, Freitag, das Lama, der Papagei. Die Frau durchquert das Quartett und läßt dabei eine fragende Bemerkung fallen: »Ist denn schon Karneval?«

Robinson verneigt sich, um ihr seinen Willen zur Höflichkeit näherzubringen.

»Wir wollten mit Ihnen sprechen.«

Alma betrachtet das Quartett.

»Sie bilden das pittoreskeste Buenos-Aires-Quartett, das je gesehen wurde. Und nun wollen Sie offensichtlich mit mir ein Quintett bilden.«

»Wir möchten nur mit Ihnen sprechen.«

»Wenn Sie sprechen wollen, müssen Sie alle mitkommen, das Lama auch.«

Das Quintett besetzt den Aufzug und ruft, als es an wartenden Hausbewohnern vorbeifährt, Erstaunen hervor, denn sie können die Himmelfahrt von Alma, Robinson,

Freitag, dem Lama und dem Papagei nicht glauben. In der Wohnung legt Alma ihre Bücher und Notizen ab und fordert sie auf, es sich bequem zu machen.

»Als wären Sie in Ihrer Hütte. Ich bedaure, daß dieses Haus kein Pfahlwerk besitzt, damit Sie sich sicherer fühlen könnten.«

Robinson nimmt auf dem Sofa Platz, Freitag an seiner Seite, der Papagei auf seiner Schulter. Das Lama schnuppert an den Zimmerpflanzen. Alma ist bereit, ihre Rolle als Gastgeberin zu übernehmen.

»Lehnen Sie diesen Komfort ab? Kann ich mit etwas aufwarten: Schiffszwieback, Dörrfleisch, Señor Robinson? Haben Sie sich immer Robinson Crusoe genannt?«

»Ich hieß anders und beschloß, Robinson zu sein. Sie hießen anders und beschlossen, sich Alma zu nennen.«

Alma wird vorsichtig. Robinson ist schon nicht mehr die schrullige Person, die durch die Straßen spaziert. Er redet mit seltsamer Ruhe.

»Ich bin Ingenieur der Petrochemie. Das ist mein Beruf, und ich übte ihn im Mittleren Osten und in Argentinien aus. Danach handelte ich mit Waffen, Beziehungen, Devisen. Ich habe das Schwarzgeld vieler Mörder dieses Planeten gewaschen. Mein Chauffeur und bevorzugter Haushofmeister kann Ihnen sagen, ob ich lüge.«

Er hat auf Freitag gezeigt, und Almas Blick wandert vom Herrn zum Sklaven, dann wieder zum Herrn zurück, um schließlich den Sklaven herauszufordern.

»Sprechen Sie mit dem Tonfall des dankbaren Sklaven?«

Freitag antwortet wie eine weibische Frau: »Ich mag verrückte Tunten wie dich, denn daneben wirke ich normal.«

Robinson ist über Freitags Kommentar sehr zufrieden. Der Papagei auch, und er wiederholt: »Ich mag Tunten, ich mag Tunten, ich mag Tunten.«

Das Lama beschnuppert Almas Lieblingsficus, und sie befürchtet, es könnte ihn fressen. Doch Robinson zerstreut ihre Sorge.

»Der Schein trügt, aber er ist das einzige, auf das wir zählen können. Ich könnte als Priester jeder beliebigen Sekte verkleidet herumgehen, warum nicht als Robinson? Ich trug zum Falklandkrieg, zu jedem beliebigen Krieg bei, indem ich Waffen verkaufte und Kommissionen kassierte. Auf den Malvinen töteten sie meinen Sohn, meinen Jüngsten. Er war ein Idealist, der an Videla, Galtieri und an seinen Vater glaubte, vor allem an seinen Vater. Er glaubte an mich.«

Freitag nähert sich ihm und küßt ihn auf die Wange, legt einen Arm um seine Schultern, scheint ihn vor seinen eigenen Gespenstern schützen zu wollen. Alma versucht, Eiseskälte in ihre Stimme zu legen: »Und was habe ich mit alldem zu tun?«

Robinson sagt ohne Anstrengung und scheinbar ohne Hinterhalt: »Man hat mir viel von Ihnen erzählt.«

»Wer?«

»Raúl. Raúl Tourón.«

Angeordnetes Dunkel im Saal. Ein großer Fernsehbildschirm gibt ein Video wieder, das dickliche Finger voller Ringe gestartet haben. Im Halbdunkel ist das Raubvogelprofil des Capitán auszumachen, der die Bilder, den Dicken, der sie bewegt, und weitere Personen, Statisten und Verwirrte, betrachtet. Der Dicke betätigt die Fernbedienung und kneift wie ein Bilderjäger die Augen zusammen. Das Video zeigt die Straßenauftritte von Robinson und Freitag. Die Stimme des Capitán klingt wie ein geschleuderter Stein.

»Identifizierung bestätigt?«

Der Dicke ist es, der antwortet: »Bestätigt. Joaquín Gálvez, vor nicht allzulanger Zeit einer der Exvizepräsidenten des Arbeitgeberverbands, von der Gruppe um Ostiz, Brucker und all denen. Ich glaube, er war es bis zu den ersten Monaten von Galtieri. Der Schwarze war damals sein Chauffeur und fuhr immer einen weißen Rolls-Royce. Sie töteten seinen jüngsten Sohn auf den Malvinen.«

Der Capitán stößt hervor: »Ich kannte ihn. Ein Spaßvogel.«

Der Dicke kennt den Bericht auswendig.

»Waffen- und Devisenschmuggel, gute Beziehungen zu den Yankees. Es wird behauptet, daß er eng mit Reagan befreundet war, bevor dieser Präsident wurde.«

»Und wo hat er nun Robinsons Hütte errichtet?«

»Er besitzt noch ein großes altes Haus am Ufer des Flusses. Bevor man zum Tigre kommt.«

»Ruiniert?«

»Nicht zu ermitteln. Ein Großteil seiner Geschäfte läuft gut, und sein Sohn Richard Gálvez führt sie.«

»Warum Richard?«

»Zu Ehren des Expräsidenten Nixon. Ehrung, als er noch nicht Präsident und auch nicht Expräsident, sondern Vizepräsident Eisenhowers war. In jener Zeit hatte Gálvez Verbindungen zu einer kalifornischen Lobby, derselben, die den jungen Nixon unterstützte.«

Es ist der Augenblick, in dem Robinson vor den Studenten spricht, und der Capitán befiehlt dem Dicken zu schweigen und Robinson die Stimme wiederzugeben: »Mein Plan zielt darauf ab, das Ökosystem zu retten, und wir können die neuen Revolutionäre der Erde ...«

»Verdammter Blödhammel, Clown, Luftikus.«

Doch der Capitán unterbricht die Litanei, weil er in der ersten Reihe der Studenten Muriel erblickt.

»Es ist das Mädchen! Nimm den Ton weg, und laß das Bild stehen! Es ist Muriel! Dieser Mistkerl vergiftet mir das Mädchen! Kann man einen Bildausschnitt vergrößern? Siehst du, wen ich sehe?«

»Señorita Muriel.«

»Vergrößere die Aufnahme meiner Tochter.«

Das Mädchen wirkt von dem, was Robinson sagt, beeindruckt. Der Capitán reibt sich die Augen, als wollte er dieses Bild auslöschen.

»Aber bist du denn noch zu retten? Wer hat dir gesagt, daß du bei dieser Komödie dabeisein sollst? Mach weiter, Dicker, mach weiter!«

Robinson kehrt wieder, samt Stimme: »Was würden die Engländer tun, wenn Tausende, Millionen von Pazifisten die nunmehr Falklandinseln heißenden Malvinen besetzten?«

Zuerst die Stimme: »Sie erschießen.«

Dann die Besitzerin der Stimme: Alma. Der Capitán springt von seinem Sitz.

»Die hat noch gefehlt. Hast du gesehen? Die hat noch gefehlt!«

Die Stimme fährt fort, Almas wütender Ausdruck: »Aber wo kommt denn dieser Prophet her? Bist du ein Verrückter oder ein Elender? Glaubst du, die Massen aufstacheln zu können, als ginge es um ein Fußballspiel zwischen Argentinien und Chile?«

Robinson antwortet: »Frau, wer hat dir den Glauben genommen?«

Alma: »Wo warst du denn, als mir Videla und Co. den Glauben nahmen?«

Von der Stirn des Capitán fließt Schweiß, dünn wie sein Gesicht. Er befiehlt: »Abbrechen!«

Und mit dem Licht macht sich Schweigen breit, das Gesicht des Capitán hinter seinen Handflächen verborgen, der Dicke unsicher, die anderen wie gelähmt. Der Capitán bemerkt das Licht um ihn.

»Wer sagte, daß Sie Licht machen sollen? Ich befahl Ihnen nur, das Bild auszuschalten!«

Er ist außer sich, und alle greifen auf das Schweigen der Vernunft zurück, schauen ihm mit betretenen Gesichtern nach, als er den Vorführungssaal verläßt und zum Parkplatz geht. Er wirft sich mehr auf den Rücksitz, als daß er sich setzt. Am Steuer ist der Dicke, der allmählich die Lage erfaßt hat. Er macht seiner Sorge laut Luft: »Ich sagte Ihnen schon, daß das mit der Universität gefährlich sein würde. Die ist ein Unkraut, das nicht verdirbt. Dreißigtausend Verschwundene? Es wird wieder dreißigtausend Linke geben. Die Linken treiben wie schädliche Pflanzen neu aus, und das Mädchen in ihrer Mitte.«

»Ich konnte es ihr nicht verweigern zu studieren. Sie sollte nicht dazu verdammt sein, betrunken dahinzuvegetieren wie meine Frau.«

»Jetzt können wir sie nicht einmal mehr hinbringen oder abholen, denn wir dürfen nicht auf diese Subversive treffen.«

Durch das Hirn des Capitán ziehen Flashs aus dem Video. Alma, wie sie Robinson antwortet: »Aber, wo kommt denn dieser Prophet her? Sind Sie ein Verrückter oder ein Elender …?« Auch Muriel, begeistert von Robinsons Rede. Die Gesichter von Alma und Muriel verschmelzen ineinander. Der Capitán schließt die Augen. Der Dicke verfolgt im Rückspiegel die Entwicklung seines Gemütszustands.

»Chef, wenn Sie wollen, räum ich sie aus dem Weg.«

»Das könnte ich selbst tun, aber im Augenblick sind diese Leute unantastbar. Außerdem fasziniert mich die Situation: Eine Mutter gibt einem Mädchen Literaturunterricht, das ihre Tochter ist, ohne daß sie es weiß. Obwohl Muriel meine Tochter ist, weil ich sie ihr weggenommen habe, um sie vor einer Dynastie von Subversiven zu retten. Es ist eine Wette. Ein Spiel.«

»Mit den Gefühlen kann man nicht russisches Roulette

spielen. Lassen Sie mich sie liquidieren, Chef. Eines Tages könnte das Mädchen …«

»Vorläufig verlieren Sie mir Robinson und die Professorin nicht aus den Augen. Noch müssen wir Raúl Tourón finden. Und scharf aufgepaßt, denn es könnte zu einer schwerwiegenden, sehr schwerwiegenden Folge kommen. Ein Zusammentreffen zwischen Gálvez, Robinson und Tourón könnte sehr gefährlich sein. Um meine Tochter kümmere ich mich.«

Silverstein macht mit seiner Show weiter. Aus der Ferne dringen Gelächter und seine Stimme herüber, ohne daß Alma und Pepe verstehen, was er sagt. Vielleicht, weil das Gespräch hitzig ist, so sehr, daß Alma Carvalho mitten im Satz verläßt und sich durch einen Seitengang wegschleicht, um den Monolog zu hören.

»Früher war es sehr, sehr verpönt, wenn deine Frau mit einem anderen davonlief, während du im Knast oder im Krieg warst, zum Beispiel im Falklandkrieg. Je patriotischer die Kriege waren, desto verpönter war der Ehebruch. Heute schickt es sich nicht, daß sie noch da ist, wenn du aus dem Gefängnis oder Krieg zurückkommst, da ist diese blöde Kuh und wartet auf dich, weil es niemanden gibt, der sie mitnimmt. Jetzt warten sie, weil sie keinen Liebhaber finden, der sie aus ihrem Hausfrauendasein befreit. Die Krise, die ethische Krise, der Verfall der Sitten. Gibt es schlechte Frauen? Gab es irgendwann einmal gute Frauen? Lebende? Hören Sie den Tango von Adriana Varela, die Stimme, die nicht nur singt, sondern ein ganzes Orchester ist. El Polaco sagte: Ich mag nicht, wenn die Mädchen Tango singen, das kann nur Adriana Varela tun.«

Der Scheinwerfer umfängt Adriana, führt sie wie eine mythische, in die Dunkelheit gestanzte Silhouette, und als

Stille, Dunkelheit und gestanzte Silhouette übereinstimmen, unterstreicht das Bandoneon den Beginn der ersten Strophe:

> Wegen einer schlechten Frau läßt du dein Leben,
> sagte deine Mama, eine Heilige;
> wegen einer schlechten Frau verlierst du die Kohle,
> sagte dein Vater, ein Taugenichts.

Silverstein entfernt sich von der Stimme, um sich Pepe und Alma anzuschließen. Mürrisch und schweigend verharren die Farben kaum vergangener Erhitzung auf Almas Wangen. Pepes Empörung beginnt in einem Glas Whisky Schiffbruch zu erleiden.

»Worüber wird diskutiert?«

Und angesichts des massiven Schweigens: »Worüber habt ihr gestritten?«

Carvalho zeigt auf Alma.

»Alma hat sich mit Robinson Crusoe und Freitag angefreundet.«

Bevor noch Alma die Empörung mit ihren Worten in Einklang bringen kann, macht Silverstein einen Kniefall, nimmt ihre Hand und rezitiert: »Alle Schiffbrüchigen finden sich früher oder später.«

Diesmal sieht Carvalho Alma mit Ironie an, als er sagt: »Sie weiß sogar, wo sie ihre Insel haben.«

Die vorhandene Aggression, die Alma an Carvalho ausläßt, läuft nicht von Angesicht zu Angesicht, sondern fast Nase an Nase ab.

»Hör zu, verdammter Gallego: Entweder du hältst den Mund, oder ich gehe. Es ist alles viel einfacher, Norman. Hast du diese beiden gesehen, die als Robinson und Freitag verkleidet durch die Calle Florida spazieren?«

»Ich sehe schon seit so langer Zeit Buenos Aires nicht. Tagsüber schlafe ich, abends probe ich Theaterstücke, die trotz der achtzig oder neunzig Off-Off-Säle in Buenos Aires sehr selten zur Aufführung kommen, und nachts arbeite ich.«

»Sie sind zwei Mystiker oder zwei Scharlatane. Das ist unwichtig. Sie predigen eine neue Weltordnung.«

»Wie Menem.«

»Sie sind als Robinson und Freitag verkleidet. Sie predigen eine neue, gleichheitliche Weltordnung. Aber das ist mir scheißegal. Sie leben in einem großen alten Haus in der Nähe des Tigre, zwischen San Isidro und dem Tigre. Dort gewähren sie den Bettlern, den Flüchtenden Unterschlupf. Und dort geht Raúl ab und zu hin. Robinson hat mir gesagt, daß er Raúl hilft. Glaubst du, daß es eine Dummheit ist, diese Spur zu verfolgen? Kannst du nicht diesen verdammten Gallego, diesen schrecklichen Sturschädel, davon überzeugen, daß ich keine Scheißlügnerin bin?«

Carvalho beharrt finster: »Das ist eine Falle.«

»Wer soll sich denn diese Falle ausgedacht haben? Inspektor Pascuali, der weniger Phantasie besitzt als eine Drohne? Der Capitán? Kannst du dir etwa die Männer des Capitán als Robinson Crusoe verkleidet vorstellen? Ich habe jedenfalls eine Verabredung in diesem Haus, und ich werde hingehen, mit euch beiden oder allein.«

Silverstein hat von Carvalho Besitz ergriffen, indem er ihm einen Arm um die Schultern legt.

»Wir beide werden dich begleiten.«

Sie breitet, ihre Ohnmacht zugebend, vor Carvalho die Arme aus und erträgt mit einem Lächeln Normans Trost.

»Die schlechten Frauen erreichen bei uns immer, was sie wollen.«

Und er fordert sie dazu auf, Adrianas Lied zuzuhören.

Wegen einer schlechten Frau läßt du dein Leben,
sagte deine Mama, eine Heilige;

wegen einer schlechten Frau verlierst du die Kohle,
sagte dein Vater, ein Taugenichts.

Früher abgetakelte, kraftlose Blondinen,
nun kaputte Magere mit tausend Perücken;
früher glichen sie aufgeblasenen Puddingen,
nun sind sie hektische Skelette;
aber egal, ob Gesindel oder Miststücke,
sie verderben dir dein Leben.

Kameliendamen, in tausend Gedichten besungen,
lassen ihre Tragödien in Schwindsucht enden,
oder sie schnappen sich irgendeinen traurigen Deppen,
der sie liebt, ohne zu leiden,
von ihren Reizen betört, ein Tölpel zwischen Muscheln.

Nun sind sie bekannte Misses
vom Cosmos, vom Belgrano, vom Misiones,
Topmodels, die nackten Körper gestylt
von den Händen eines anspruchsvollen Lebemannes,
der verkauft und kauft, Buenos Aires kauft und
verkauft.

Wegen einer schlechten Frau läßt du dein Leben,
sagte deine Mama, eine Heilige;
wegen einer schlechten Frau verlierst du die Kohle,
sagte dein Vater, ein Taugenichts.

Ich, die ich die schlechte Frau dieses Kerls bin,
kann dir sagen, daß ich einer gegarten Muschel gleiche,
nach so viel Deppen, die mich aufsuchen,
weil ich schlecht bin, davor fliehend,
in ihrem eigenen Bettchen zu schlafen.

Früher abgetakelte, kraftlose Blondinen,
nun kaputte Magere mit tausend Perücken;
früher glichen sie aufgeblasenen Puddingen,
nun sind sie hektische Skelette;
aber egal, ob Gesindel oder Miststücke,
sie verderben dir dein Leben.

Als würde er ihm das Kästchen des Unvermeidlichen öffnen, hat sich der Schlüssel mit einem für den Capitán untypischen Zaudern ins Schloß gesteckt. Er benötigte zwei Versuche dafür, das Schlüsselloch zu treffen, und beim dritten öffnet sich die Tür, gibt den Blick auf seine Frau frei, die vor dem surrenden Fernseher sitzt, geistesabwesend, betrunken, mit verzweifelt aufgerissenen Augen, um zu zeigen, daß die leere Flasche auf dem Tischchen nichts mit ihr zu tun hat, daß sie nicht versteht, warum ihr Mann sagt: »Manchmal glaube ich, daß du dich nicht einmal zum Pissen von diesem Stuhl wegbewegst. Ist das Mädchen gekommen?«

Die Frau zeigt nach oben und verschanzt sich weiterhin hinter der Vorspiegelung ihrer Würde, ihrer Klarheit, doch als der Capitán die Treppe hinaufsteigt, sagt sie zunächst leise und schreit schließlich: »Arschloch. Arschloch. Arschloch!«

Muriel hört die Fingerknöchel des Vaters an die Tür klopfen und versteckt, was sie gerade schreibt, unter einem Haufen Bücher, dann gewährt sie ihm Zutritt.

»Herein!«

Sie erwidert den zärtlichen Gesichtsausdruck des Capitán mit einem Lächeln, steht auf, umarmt und küßt ihn. »Mein niedlicher kleiner Höhlenbär …«

»Muriel, Muriel, glaubst du, man kann seinen Vater Höhlenbär nennen?«

»Wenn er ein Höhlenbär ist und außerdem ein niedlicher kleiner Höhlenbär … dann schon …«

Der Capitán scheint überzeugt, läßt seinen Blick über die Bücher schweifen, die das Zimmer füllen.

»Bücher, Bücher. Das Leben findet normalerweise außerhalb der Bücher statt.«

»Aber es endet schließlich immer in den Büchern. Du kannst nichts tun, weder Gutes noch Schlechtes, das nicht in einem Buch landet.«

Der Capitán holt sich einen Stuhl, während die Augen flüchtig über die Poster von Helden des Rock, die ihm nichts sagen wie Kurt Cobain, von Nelson Mandela, von Reisen, fast alles Inseln des Pazifiks, gleiten. Nun sieht er Poster für Poster an, als würde er eine Bestandsaufnahme machen.

»Reisen, ja, Reisen ist schön, Muriel. Ich muß mit dir reden.«

»Über Mutter.«

Für einen Moment ist der Capitán verwirrt, doch das Mädchen bringt ihn wieder ins Lot.

»Ich weiß, du redest nicht gern über sie, aber sie braucht Hilfe. Sie trinkt jeden Tag mehr, ist immer einsamer. Sie braucht ärztliche Hilfe, einen Psychiater. Sie sagt sehr seltsame Dinge.«

»Was für seltsame Dinge denn?«

»Sie beharrt darauf, daß sie mir eines Tages etwas sagen wird, das den Sinn unserer Leben ändert.«

Der Capitán zuckt kaum mit der Wimper.

»Sie redet irre. Sie will oder kann sich nicht selbst helfen, das ist alles. Nein. Ich wollte nicht über deine Mutter mit dir sprechen. Muriel, man hat mir gesagt, daß heute ein Prophet, ein Scharlatan an der Fakultät war, der die Revolution predigt.«

»Die pazifistische.«

»Es gibt keine pazifistischen Revolutionen. Ich weiß,

daß du ein gesundes Mädchen mit klarem Verstand bist, aber ich sehe dich jetzt zu sehr in eine abstrakte Bücherwelt versunken, märchenhaft, verfälschend, ohnmächtig gegenüber der Realität. Wie lange ist es her, daß du nicht mehr in den Klub gehst, um Tennis zu spielen, zu schwimmen? Der Sport entfernt uns die Spinnweben des Gehirns. Ich kannte viele gesunde junge Menschen, aus guten Familien, gebildet, deren Ideen später verfaulten und die schlimm endeten, gegen die Gesellschaft kämpfend, aus der sie kamen.«

»Die Subversiven?«

»Die meisten waren keine schlechten Menschen, aber die schlechte Lektüre, die schlechte Gesellschaft, die kommunistische Propaganda. Es kam der Punkt, wo wir uns gegen sie verteidigen mußten, denn sie waren im Begriff, Argentinien in ein marxistisches Konzentrationslager zu verwandeln.«

»Aber sie sind verschwunden, nicht? In Wirklichkeit errichteten sie das Konzentrationslager für sich selbst.«

»Sie wollten unsere Leben ändern ohne andere Argumente als Dreigroschenideologie. Nicht alle sind verschwunden. Sie sind weiterhin aktiv, getarnter, aber aktiv. Heute gehen sie mit den Umweltschützern, der Befreiungstheologie, den NGOs, das alles. Am schlimmsten sind die Professoren. Viele sind ehemalige Montoneros, die jetzt mit Worten töten. Wie sind deine Professoren?«

»Es gibt gute und schlechte. Vor allem aber eine ist großartig, die Professorin Alma Modotti. Mich begeistert diese Frau, obwohl ich spüre, daß sie mich nicht mag.«

»Wie willst du das wissen?«

»Schwingungen. Ich weiß nicht. Manchmal scheint es mir auch das ganze Gegenteil zu sein, daß sie mich nämlich auf besondere Weise ansieht. Jedenfalls verlangt sie von mir mehr als von den anderen. Das ist gut, oder? Von klein auf hast du mir immer wiederholt, daß Lehrer und Eltern viel verlangen sollen, stimmt's nicht, mein kleiner Höhlenbär?«

»Altofini und Carvalho. Detektivgemeinschaft«. Es gibt sie schon, zumindest geht das aus dem Siebdruck auf dem gekörnten Glas der Tür hervor, und als sie sich öffnet, erscheint der Rücken eines in ein Selbstgespräch vertieften Mannes. Ein adretter Fünfzigjähriger, wenn auch mit offensichtlicher Betrübnis im Gesicht, das Haar sorgfältig gefärbt und der Backenbart übernatürlich weiß.

»Das heißt also zusammenfassend, daß eine schlechte Frau schuld war.«

Carvalho versucht die Schlußfolgerung ohne Schmunzeln zu verdauen, geschützt durch die Entfernung und den Tisch, den Alma in einem mehr Gerümpel als Antiquitäten führenden Laden erstanden hat, in einer der Straßen, die San Telmo verlängern oder darüber hinauswachsen.

»Ja, wegen einer schlechten Frau. Ich will, daß Sie, daß Sie beide sie finden. Mein Sohn war die unentschlossenste Person der Welt, beeinflußbar, ein guter Mensch, zu gut. Es tut mir sehr leid, daß ich nicht mehr für ihn da sein konnte. Ich bin Witwer. Ich arbeite viele Stunden in meinen Damenwäschegeschäften. Der Junge ist eigenständig aufgewachsen und war nicht immer in bester Gesellschaft. Ein guter Mensch, mein armer Octavio, zu gut, aber seit er diese Schlampe traf, veränderte er sich. Er wurde aufdringlich, aggressiv, strengte sich an, mir zu widersprechen, was schwierig war, weil wir nur ganz wenig miteinander redeten. Er versuchte mir aus dem Weg zu gehen.«

Carvalho schnuppert, es riecht nach Rosen, und er überprüft es, als die Tür aufgeht und Don Vito Altofini hereinkommt. Er riecht tatsächlich nach Rosen. Er trägt ein weißes Stecktuch in der Brusttasche seiner Jacke. Seine Manschettenknöpfe, die Krawattennadel, der Goldzahn, der Blick glänzen.

»Mein Partner und Geschäftsinhaber: Don Vito Altofini, diplomiert in Kriminologie an der Universität von Buenos Aires.«

Don Vito ist zunächst über den frisch erworbenen Titel erstaunt, nimmt ihn aber an und fügt ihm noch weitere Qualifikationen hinzu.

»Diplomiert? Also diese Gallegos spielen immer alles herunter. Doktor bin ich. Doktor. Dem sind noch ein Master in Kriminologie und andere Fortbildungen am MIT hinzuzufügen.«

»Verzeihen Sie, Don Vito, Doktor in Kriminologie. Wir haben hier einen bedauerlichen Fall. Der Sohn dieses Herrn ist durch die Schuld einer schlechten Frau verschwunden.«

Don Vito nimmt es mit Ernst auf, trällert aber: »›Wegen einer schlechten Frau ließ ich mein Leben ...‹ Wieviel Wahrheit liegt in den Tangos! Fahren Sie fort, mein Herr, fahren Sie fort. Nur ein alternder Vater, der nicht weiß, wo seine Kinder sind, kann verstehen, was Sie sagen.«

Der Mann ist gerührt. Es fällt ihm schwer, den Faden der Geschichte wiederzufinden.

»Durch den Einfluß dieser schlechten Frau hat sich mein Sohn in meinen Feind verwandelt, und eines Morgens, ich erinnere mich, als wäre es heute, komme ich in mein Büro und finde meine wichtigsten Mitarbeiter mit Trauermiene vor.«

Carvalho wendet sich an Don Vito.

»Don Leonardo ist ein wichtiger Damenwäschefabrikant.«

Und Don Vito wird träumerisch und gelehrt.

»Die tatsächliche Haut der Frauen! Ein bedeutender Schriftsteller sagte: ›Das Tiefgründigste beim Mann ist die

Haut.‹ Und ich füge hinzu: Und bei der Frau die Unterwäsche.«

Carvalho fordert Leonardo auf, weiterzureden.

»Also. Eine Unterschlagung. Mein Sohn nahm sich in meiner Abwesenheit und unter Ausnutzung der ihm von mir erteilten Befugnisse eine Million Pesos von unseren Konten.«

»Von denen von 1984?«

Don Leonardo wirkt nun durch Altofinis Einschätzung verletzt.

»Würden Sie sich wegen einer Unterschlagung von einer Million Pesos von 1984 Sorgen machen? Menschenskind. Eine Million Pesos von 1984, die hatten ja auf einem Schein Platz!«

Don Leonardo ignoriert das bewertende Pfeifen Don Vitos, entschlossen, seine Darlegung zu Ende zu führen.

»Nun denke ich: Was ist eine Million Pesos im Vergleich zum Leben meines Sohnes? Ich erstattete keine Anzeige bei der Polizei, sondern beauftragte die Detektei Davidson, nach ihm zu suchen.«

Altofini führt zunächst eine Hand an den Kopf, senkt sie dann, um sich den Mund zuzuhalten, doch der Mund weigert sich zu schweigen.

»Wie schrecklich! Verzeihen Sie. Aber die Davidsons sind mittelmäßig. Wenn sie nicht weiterwußten, berieten sie mit mir ihre Fälle am Telefon.«

»Ich wollte nur, daß sie vor der Polizei bei meinem Sohn ankämen, und das taten sie. Er war mit dieser Schlampe, dieser Blutsaugerin, auf den Bahamas. Ich wollte nicht das Geld zurück, ich wollte meinen Sohn zurück. Ich schwöre es. Der Schlag soll mich treffen, wenn ich nicht sage, was ich denke. Ich ordnete an, daß man ihnen das Gefühl geben sollte, überwacht zu werden. Was Schlimmeres hätte ich nicht anordnen können. Sie bekam Angst und verließ ihn. Er fühlte sich allein, dachte vielleicht, daß ich ihn verachte.

Er floh. Niemand weiß, wo er ist. Ich ahne, daß ich ihn nie wiedersehen werde.«

Der Klient bricht plötzlich in Tränen aus. Don Vito weint auf seine Weise und legt eine tröstende Hand auf die Schulter des gebrochenen Vaters, der sich bald wieder beruhigt.

»Finden Sie diese Frau.«

Carvalho schweift durch seine Gedanken und gibt das von sich, was ihn am meisten beschäftigt: »Wozu?«

»Ich möchte, daß Sie sie mir vorstellen. Natürlich trete ich dabei unter falschem Namen auf. Ich möchte ihre ekelhafte Seele entdecken und ihr so viel Schaden zufügen, wie ich nur kann.«

Der Klient ist schon gegangen, als Don Vito sich die Frage stellt, ob es ethisch sei, jemanden zu suchen, damit der Klient ihn umbringt.

»So habe ich es verstanden.«

Carvalho hält ihm den Scheck mit dem Vorschuß hin. Don Vito kann sich einen lustlosen Blick nicht verkneifen, doch dann nimmt er ihn, konzentriert sich auf die Summe.

»Und das ist erst der Vorschuß? Gut. Analysieren wir den Fall vom Standpunkt der beruflichen Deontologie aus.«

»Meine Deontologie ist angewandt und ganz einfach. Wir erfüllen den Auftrag, indem wir die Frau finden und direkt oder indirekt dem Klienten vorstellen. Der Rest ist seine Sache.«

Don Vito ist verwundert.

»He, Sie haben mir die Worte aus dem Mund genommen.«

»Außerdem kenne ich diese Frau.«

»Schon?«

»Nein. Früher. In Barcelona hatte ich einen gleichen Fall. Wie abgepaust. Ein Vater suchte die schlechte Frau, die das Verderben seines Sohnes war. Ein Unterschied: Der Sohn hatte sich umgebracht. Dort hieß die schlechte Frau Beatriz, Beatriz Maluendas. Aber wetten, daß es dieselbe ist?«

Alma, Carvalho und Silverstein sind ruhig, wie hypnotisiert vom Wasser. Silverstein wirft wie ein Kind, beeindruckt vom Geheimnis der Ferne im Verhältnis zur Tiefe, flache Kiesel auf die Oberfläche, damit sie springen. Carvalho dreht sich um und betrachtet das große alte Haus hinter einer von Efeu, Geißblatt und Glyzinien überwucherten Mauer. Ein herrschaftliches Wohnhaus in französischem Stil, das noch etwas von seinem vergangenen Glanz bewahrt hat, mächtig inmitten der anderen herrschaftlichen Häuser von San Isidro, in der Nähe des Jachtklubs. Ein hohes schmiedeeisernes Tor mit der Devise von Cesare Borgia: »Kaiser oder nichts«. Sie nähern sich dem Anwesen. Alma drückt auf die Klingel, doch es läutet nicht. Carvalho stößt gegen das Tor, und es eröffnet sich ihnen der Blick auf einen einst gepflegten Garten, in dem noch Statuen, Wege und Hecken erhalten sind, die sich niemand mehr die Mühe macht instand zu halten. Freitag erwartet sie an der Tür.

»Niemand öffnet die Türen besser als wir Schwarze.«

»Für einen Schwarzen finde ich Sie sehr bleich.«

Er erwidert nichts auf Carvalhos Sarkasmus. Er gibt sich extrem weibisch. Sie folgen seinem Hinternwackeln durch die verwahrloste Villa, leergeräumt, ohne Möbel, Spuren von Bildern an den Wänden, die vor dem Schiffbruch geflohen sind. Einigen Alabasterstatuen ist das nicht gelungen. Sie erreichen einen großen Salon, der einem Kissendepot gleicht. Mehrere Kissen sind zu einem Berg aufgetürmt, damit Robinson von dort aus Flöte spielen kann. Auf den restlichen verteilen sich beispielhafte Exemplare von Ausgestoßenen: Heranwachsende mit Aids; alte Frauen voller blauer Flecken und mit trunkenen Augen; Irre, die nach vermeintlichen Fliegen schnappen. Im Kamin des ehemals luxuriösen Saals kocht etwas in einem riesigen Kupferkessel, und die Bettler gehen ab und zu hin, um ihre Näpfe mit Essen zu füllen. Robinson unterbricht das Konzert.

»Freitag, hol große, saubere Sitzkissen für sie.«

Freitag wirft die Kissen nacheinander den Neuankömmlingen vor die Füße. Alma und Norman setzen sich, aber Carvalho bleibt stehen.

»Haben Sie keinen Stuhl?«

»Der letzte, den ich hatte, verbrennt soeben im Kamin. Man muß die Bäume schneiden, um Brennholz zu bekommen, doch wer kann sie schneiden?«

»Ich setze mich nicht gern auf Kissen. Ich bleibe lieber stehen.«

»Wenn du stehenbleibst, ist dein Geist blockiert.«

»Stehend oder sitzend ist er blockiert seit dem Tag, an dem ich zur Welt kam.«

Robinson mustert ihn. Dann fällt sein Blick auf Alma, die das menschliche Verzeichnis eher durchsieht als betrachtet und enttäuscht wirkt.

»Ich hoffte, wir hofften Raúl anzutreffen.«

»Raúl weiß, daß Sie hier sind. Wenn er will, wird er kommen. Wenn nicht, kann ich Ihnen seine Nachricht übermitteln. Sie ist einfach zusammenzufassen. Er weiß noch nicht, was er will, hofft aber, daß ich es ihm klarmache. Wenn ich mich der Entdeckung seiner Seele widme, wird er seine Seele entdecken. Wenn ich mich dem Finden seiner Tochter widme, wird er seine Tochter finden. Es ist ihm egal.«

Er fordert sie mit einer Geste auf, ihm zu folgen, und sie gehen eine vornehme Treppe aus rosa Marmor hinauf,

Robinson voran, Freitag hinter ihm, Alma, Silverstein, Carvalho. Im oberen Stock fehlen fast alle Türen.

»Wir haben die Türen verheizt. Es sollte keine Türen geben. Sie sind eine bürgerliche Erfindung. In den Hütten des guten Wilden gab es keine Türen.«

Ein Raum dient als Bibliothek. Alma ist beeindruckt von der Quantität und Qualität der Bücher. Ihre lobenden Kommentare quittiert Robinson mit einem Lächeln.

»Ich kaufte sie vor vielen Jahren nach Metern. Jetzt lese ich sie. Nach und nach. Das ist der Lieblingsort von Raúl. Sind Sie beruhigt? Beachten Sie, daß die Innenausstattung, trotz des französischen Stils des Hauses, englisch ist. Ich bin einer dieser anglophilen Argentinier, die während des Konflikts um die Malvinen in den sauren Apfel beißen mußten. Ich spielte Kricket im Hurlo, samt Tee, Toast und Marmelade um fünf Uhr nachmittags, meine Bars waren das Dickens Pub, das John Bull, das Fox Hunt Café, und ich hatte den *Buenos Aires Herald* abonniert. Also gut, nun habe ich Ihnen mein Geheimnis verraten und Ihnen mein Lager, die Hütte von Robinson, gezeigt. Vielleicht helfe ich Ihnen, Sinn in meiner Parabel der Malvinen zu finden. Parabel, Metapher. Raúl sagt, ich sei in Wahrheit ein utopischer Sozialist, und wenn man mich ließe, würde ich die Welt mit Phalanstères füllen.«

»Haben Sie denn keine Angst vor einer Razzia?«

Robinson lacht los.

»Alma, meine Vergangenheit schützt mich. Ich war so reich, daß die Tore dieses Heiligtums der Polizei Respekt einflößen. Die Polizei respektiert den Reichtum. Ich kann Raúl helfen. Mir scheint, wir haben gemeinsame Feinde. Aber was kann ich für Sie tun?«

Silverstein wartet nicht darauf, daß die anderen antworten.

»Interessiert es Sie nicht, ins Theatergeschäft zu investieren?«

»Auf die Idee bin ich noch nicht gekommen.«

»Denken Sie darüber nach, und unterdessen helfen Sie uns, Raúl zu retten. Es ist eine alte Geschichte. Ihn verfolgen das halbe Argentinien von früher und das halbe Argentinien von heute.«

»Was bedeutet für Sie ›sich retten‹?«

Nun schaltet sich Carvalho ein. »Kommen Sie uns nicht auf metaphysisch, Freund. Sich retten will heißen, daß sie dich nicht umbringen, bevor du stirbst.«

»Leonardo. Damenwäsche«. Hätte Carvalho ein Damenwäschegeschäft, welches Schild würde er anbringen? »Carvalho. Damenwäsche«. Nein. Damenwäsche gewiß nicht. Irgendein Bild, zweifellos, das die weibliche Haut evoziert, von der kindlichen Faszination her, die er den Dessous gegenüber bewahrt hat. Moiré nannten die Leute in seinem Stadtviertel den Stoff, die Kundinnen seiner Mutter, die er verstohlen durch den Türspalt der winzigen Werkstatt erspähen konnte. Nächtlich die Straße, ohne anderen Charakter als eine Straße mit Lagerhallen und kleinen Betrieben, und das nahe Geräusch der Autos, die über die Panamericana fahren. Carvalho wartet am Personalausgang, seine Augen sieben aus, bis sie sich auf eine junge Frau um die Dreißig konzentrieren, sehr schlank, noch schlanker die Beine, die beim Versuch, einen unloyalen Autobus zu erreichen, komisch zu laufen beginnen. Carvalho trägt dazu bei, daß ihr Bemühen scheitert.

»Doña Esperanza Goñí?«

Die Frau weicht einen Schritt zurück, bevor sie eingesteht, Esperanza Goñí zu heißen. Ihr Bus ist sowieso weg, außerdem zeigt ihr Carvalho einen Ausweis, den sie für wichtig hält.

»Detektiv Carvalho. Erschrecken Sie nicht. Ich nehme

eine Untersuchung über das Verschwinden von Don Octavio vor. Eine Formalität. Versicherungsgesellschaften, aber was werde ich Ihnen als tüchtige Sekretärin dazu erklären müssen.«

Esperanza, traurig geworden, geht mit kurzen Schritten weiter, läßt zu, daß Carvalho sie begleitet.

»Ich war Sekretärin. Jetzt bin ich's nicht mehr. Ich war Don Octavios Sekretärin, doch sein Vater versetzte mich ins Archiv. In gewisser Weise hat er mich rangmäßig heruntergesetzt. Er macht mich verantwortlich für das andere Leben seines Sohnes und dafür, daß ich ihn nicht informiere.«

»Ein Unternehmer bleibt immer ein Unternehmer. Sie waren sicherlich ihrem Chef, Don Octavio, gegenüber loyal. Schließlich war das Ihre Pflicht.«

»Das ist meine Ethik.«

»Die einzig mögliche. Sie werden wissen, wer die Begleiterin Ihres Chefs ist. Sie werden ihn verstehen. Meine Firma steht am Rande des Bankrotts, und es gibt keine Archive, in die sie mich stecken könnten. Entweder kann ich diesen Fall positiv erledigen oder ...«

Carvalho schneidet sich mit einem Finger die Kehle durch und sieht die solidarische Señorita Esperanza eindringlich an.

»Helfen Sie mir. Ich muß diese schlechte Frau finden.«

»Schlechte Frau? Aber sie war doch reizend!«

»Besser. Viel besser. Aber ich muß mit ihr sprechen. Vielleicht wissen Sie, wie ich sie finden kann.«

Esperanza hütet ein Geheimnis, das für sie allein zu groß ist, und Carvalho ist sicher, daß das Geheimnis ihrer Brust entweichen wird, noch bevor sie zur Haltestelle zurückkehren, um auf den nächsten Bus zu warten.

»Manchmal rufen wir uns an. Marta und ich. Diese schlechte Frau heißt Marta und trägt den Namen des Ehemanns.«

»Sie ist verheiratet?«

»Sie war es. Mit einem Piloten der Aerolíneas Argentinas. Verzeihen Sie. Mir fährt der Bus davon.«

Esperanzas Beinchen, dünn wie Stelzen, laufen stolpernd davon, und Carvalho erinnert sich, daß Beatriz Maluendas auch mit einem Piloten der Aerolíneas Argentinas verheiratet war. Entweder handelt es sich um dieselbe Frau, oder die Statistiken haben etwas gegen die Piloten der Aerolíneas Argentinas.

»Don Vito, begeben Sie sich eiligst nach Ezeiza, und fragen Sie nach einem Piloten namens Fanchelli. Er soll der ursprüngliche Ehemann der schlechten Frau sein.«

Die ungeschicktesten oder am meisten zu Exhibitionismus neigenden Reisenden verlassen langsam das Flugzeug, mit Lust, die letzten zu sein, von den schnelleren an Bord des Flughafenbusses erwartet zu werden; Piloten und Stewardessen steigen in den Kombiwagen für das Flugpersonal. Als sie vor dem Hauptgebäude von Ezeiza aussteigen, zischelt ein Angestellter dem vorangehenden Piloten etwas ins Ohr. Er nickt. Der Pilot ist ein kräftiger, athletischer Mann. Er geht federnd, eine Tasche in der Hand, zu einem kleinen Büro, wo ihn Don Vito mit einem breiten Lächeln empfängt, ihm die Hand schüttelt und eine Visitenkarte hinhält, die er gleichzeitig laut darlegt.

»Altofini und Carvalho. Detektivgemeinschaft.«

Der Pilot hat die Tasche auf den Boden gestellt. Er hält die Visitenkarte in einer Hand. In der rechten. Er wartet, daß Don Vito noch etwas sagt.

»Señor Fanchelli, es ist von lebenswichtiger Bedeutung, daß wir so bald wie möglich Señora Fanchelli finden.«

»Wen, sagen Sie?«

»Ihre Gattin, Señora ...«

Er hat keine Zeit, den Namen zu nennen. Der Pilot verpaßt ihm mit der Linken einen Kinnhaken, der Don Vito zu Boden wirft. Dann läßt er die erhaltene Visitenkarte auf den liegenden Körper fallen. Er nimmt die Tasche und verläßt ruhig, man könnte meinen glücklich, den Raum. Bereits im Büro von »Altofini und Carvalho. Detektivgemeinschaft« versuchen Carvalho und Alma Don Vitos Kinnlade wiederherzustellen.

»Er war Linkshänder.«

»Wie bemerkten Sie das?«

»Weil er mich mit der Linken schlug, ohne das Kärtchen loszulassen, das er in der Rechten hielt. Worüber lachen Sie, Alma? Ich verstehe nicht, warum es euch Frauen immer amüsiert, wenn wir Männer gedemütigt werden. Fassen Sie sie mir nicht an, Carvalho, so als ginge sie Sie nichts an! Ich werde sie schon selbst anfassen. Die Kinnlade tut schließlich mir weh. Wenn Sie sie anfassen, Alma, tut sie mir weniger weh.«

Carvalho gibt seine Quacksalberbemühungen auf und entschuldigt sich, Don Vito nicht rechtzeitig darauf hingewiesen zu haben, daß Marta, die schlechte Frau, sich manchmal Fanchelli nennt, ihre Ehe aber schon seit Jahren nicht mehr besteht.

»In der Tat ist sie spanischer Herkunft. Sie debütierte hier mit Fanchelli und heiratete ihn. Nach Fanchelli lebte sie mit einem Importeur von Luxusschuhen. Sie naschte noch an anderen Gütern. Dann kehrte sie nach Spanien zurück, versuchte Kino zu machen, in Spanien und hier.«

»Gelang es ihr?«

»Nein, aber sie brachte es zu einigen kleinen Hermelincapes, der einen oder anderen Nerzstola, nie aber zu einem ganzen Mantel.«

»In Spanien brachte sie es ebensowenig zu einem ganzen Mantel. Das ist ihr Schicksal. Eine schlechte Frau mit einem kleinen Hermelincape. Wir ertrinken im Tango. Und da Sie das alles wußten, warum sagten Sie mir nichts? Wo können wir sie nun finden?«

»Auf den Bahamas, in Santo Domingo, Miami, Las

Vegas, New Orleans, immer in den besten Hotels, in Miami zum Beispiel das Fontainebleau. Ihr letzter Gönner ist Pacho Escámez. Er ist in Buenos Aires, und heute essen sie im Chez Patrón zu Abend.«

»Pacho Escámez? Der vom Fernsehen?«

»Der vom Fernsehen.«

»Das scheint unmöglich. In Spanien umgarnte sie einen Fernsehproduzenten, hier einen Moderator. Diese Frau ist genial. Ihre Kerle sind immer aus derselben Berufssparte und gut situiert.«

Carvalho greift zum Telefon und wählt eine Nummer.

»Don Leonardo? Es wäre gut, wenn wir heute gemeinsam in Puerto Madero zu Abend essen könnten. Chez Patrón, was halten Sie davon? Nein, es ist keine Laune. Die Wahrscheinlichkeit ist hoch, daß Sie Señora Fanchelli persönlich sehen können. Wir werden einen glaubhaften Tisch organisieren. Sie steuern die Kreditkarte bei und ich den Rest.«

Alma fragt: »Was ist ein glaubhafter Tisch?«

»Du, Don Vito, ich, Don Leonardo.«

Alma zieht sich zurück, ohne sich umzudrehen, und verkündet von der Tür aus: »Rechnet nicht mit mir. Ich habe meine eigenen Theorien über das Glaubhafte.«

»Chez Patrón. Und das lassen Sie sich entgehen? Ein Tisch ohne Frau ist nicht glaubhaft. Und wenn ich ein Cousinchen mitbrächte?«

Schon am Haustor sieht Alma auf die Uhr. Sie hält ungeduldig nach einem Taxi Ausschau. Mit rätselhafter Schnelligkeit taucht eines auf.

»Zur Universität, so rasch wie möglich. Ich komme zu spät.«

Alma zerstreut sich mit dem Betrachten der vorbeirauschenden Bilderfetzen von Autos und Personen. Das Taxi sucht die Route zur Ciudad Universitaria, doch plötzlich ist Alma befremdet, ihr scheint, daß sie schon zu lange herumfahren, und dann stellt sie fest, daß sie sich auf einem Weg befinden, den sie nicht kennt, den ihre Erinnerung zurückweist. Eine Glasscheibe trennt sie vom Taxifahrer. Alma klopft sacht.

»Irren Sie sich nicht, Señor? Ich sagte Ihnen doch, daß ich in Eile bin.«

Der Taxifahrer macht sich nicht einmal die Mühe, sich umzudrehen, und Alma beschließt, nicht besorgt zu sein, ist es aber. Zunächst stellt sie fest, daß die Türen nicht aufgehen. Sie sind blockiert. Nun gerät sie aus der Fassung, bekommt es mit der Angst zu tun. Sie trommelt mit den Fäusten gegen die Fenster, um so vielleicht die Aufmerksamkeit der wenigen Passanten an diesen einsamen Orten zu erregen. Das Taxi fährt durch Straßen, die sie nicht kennt, die sie aber nahe von Quilmes vermutet, und es dauert eine Ewigkeit, bis sie die Stadt verlassen, sich schmutzigen, einsamen Wäldern zuwenden, um einen Pfad zu nehmen, der in das waldige Halbdunkel eindringt. Trotz ihres Entsetzens hat sie gesehen, wie der Taxifahrer mit einem Finger den Mechanismus betätigt und die Türverriegelung aufgehoben hat. Alma reagiert schnell, öffnet die rechte, springt hinaus, doch die Eroberung der Außenwelt kostet sie den Zusammenstoß mit zwei Motorradfahrern, die sie an den Armen packen und mit einem Kinnhaken betäuben.

Als sie zu sich kommt, sieht sie die Baumkronen, den bewölkten Himmel, aber auch vier Motorradfahrer und den Dicken, die sie umringen. Man hat sie auf dem Boden, in Form eines X, zwischen vier Pflöcke gebunden. Der Dicke beginnt ihr mit der Schuhspitze leichte Tritte gegen ihr Geschlecht zu versetzen. Alma heult vor Angst oder vor Schmerz. Der Dicke beugt sich über sie. Sein Gesicht im Vordergrund wächst ins Riesenhafte.

»Weißt du, was das ist?«

Er zeigt ihr ein Rasiermesser.

»Was möchtest du lieber, daß ich dir abschneide? Die Brustwarzen? Die Klitoris? Oder vielleicht magst du lieber das hier.«

Eine behandschuhte Hand streckt ihr eine zähe Substanz hin.

»Nimm, friß Scheiße. Es ist bessere Scheiße als die, die aus deinem Mund kommt. Diese Scheiße ist von mir. Ich hab sie heute morgen geschissen.«

Alma wirft den Kopf hin und her, preßt die Zähne zusammen, doch kann sie nicht verhindern, daß die zähe Masse auf ihre Lippen, auf ihre Nase fällt.

»Das ist die letzte Warnung. Aufgepaßt, was du mit deinen Studenten redest. Aufgepaßt mit deiner Gehirnwäsche.«

Der Dicke verschwindet. Die Baumkronen. Wieder der Himmel. Almas Tränen auf dem Dreck in ihrem Gesicht und das Würgen, das dem Erbrechen vorausgeht, das ihr der Magen und die Tränen verweigern.

Pascualis Augen weigern sich aufzunehmen, was sie auf dem Boden sehen. In seinem Rücken kämpft Vladimiro verzweifelt gegen den Brechreiz an, und weitere zwei Polizisten warten von Mitleid erfüllt auf Anweisungen. Alma öffnet die Augen, damit das Entsetzen herauskommt. Abscheu und Mitleid bei den Polizisten. Pascuali löst sich aus seiner Lähmung, hockt sich nieder, reißt die Pflöcke heraus, bindet die Frau mit Hilfe seiner nun herbeigeeilten Kollegen los. Einer von ihnen bringt einen Wasserkanister aus dem Auto, und Pascuali befeuchtet sein Taschentuch, um Almas Gesicht zu säubern. Wasser und Taschentuch sind unzureichend. Schließlich nimmt sie selbst den Kanister und gießt das Wasser über ihr Gesicht, ihren Kopf. Sie hat sich aufgerichtet und weint unter dem Wasserstrahl, sucht in Pascualis Armen Zuflucht, die sie ihr gewähren. Der Adamsapfel des Mannes hüpft im Takt eines stummen Entsetzens auf und ab, während die herzzerreißenden Schluchzer der Frau gegen seine Brust schlagen. Plötzlich bemerkt Alma, wo sie sich befindet, und zieht sich jäh zurück, als umarme sie etwas Unangenehmes, und einander gegenüber erlangen die Gesichter der Frau und Pascualis die Zurückhaltung, das Mißtrauen wieder.

»Wer war es?«

»Sie wissen es nicht? Klar... Sie spazierten durch den Wald und fanden mich durch Zufall. Ist das Ihr Lieblingswald?«

»Telefonischer Hinweis. Haben Sie jemanden erkannt?«

»Machen Sie von Ihrer Phantasie Gebrauch. Ist es nötig, daß ich Ihnen sage, wer es wagen kann, so etwas zu tun? Wer, welche Personen genießen nach wie vor völlige Straffreiheit?«

»Im heutigen Argentinien niemand.«

Alma schreit hysterisch: »Niemand? Wollten Sie sagen, daß niemand Straffreiheit genießt? Ich werde es Ihnen sagen, ich erkannte den Dicken, dieses fette Arschloch, den Stellvertreter des Capitán. Und diese Typen auf Motorrädern. Werden Sie sie verhaften? Wollen Sie, daß ich Sie begleite?«

Pascuali drängt darauf, daß Alma in den Wagen steigt. Er setzt sich an ihre Seite. Vladimiro fährt und beobachtet im Rückspiegel das verbohrte Schweigen von Alma und Pascuali, bis sie vorschlägt: »Setzen Sie mich zu Hause ab.«

»Verzeihen Sie, aber ich kann Sie nicht direkt nach Hause bringen.«

»Ich bin nicht zu Erklärungen aufgelegt.«

»Die Aussage ist unumgänglich. Und es geht nicht nur um eine Aussage. Zunächst gibt es da noch andere Dinge.«

Alma erlebt eine lange, endlose Durchquerung von Buenos Aires, und die Strecke verdeutlicht sich in den Landschaften, die zum herrschaftlichen Haus Robinsons führen. Pascualis Wagen fährt durch das offene Tor in den von weiteren Polizeiautos und auch einer Ambulanz besetzten Garten, Almas verletztes, müdes, bestürztes Gesicht hinter der Fensterscheibe. Und sie erhält den Befehl auszusteigen, Pascuali zu folgen, schnellen Schrittes, ein ungeeignetes Tempo für ihre seelische Mattigkeit, die Treppe ins obere Stockwerk, der Flur, von dem man in ein sehr geräumiges Schlafzimmer gelangt, ein Bett für zwei Ehepaare und auf den blutdurchtränkten Laken die halbnackte Leiche Robinsons. Ein Schnitt durch die Kehle hat ihm den Kopf abgetrennt. Das Lama wiederkäut in einem Winkel des Schlafzimmers. Der Papagei auf seiner Schaukel kreischt hin und wieder: »Ich mag Tunten. Ich mag Tunten.« Alma hat ihren Blick vom blutigen Bild abgewandt und bezwingt die Lust, über das Geplapper des Papageis zu lachen.

»War es notwendig, mich hierherzubringen, so wie ich mich fühle?«

»Sie kannten sich. Sie waren vor ein paar Tagen hier, Ihr Gallego, der jüdische Clown und Sie.«

»Was stört Sie an Norman? Der Clown oder der Jude?«

Pascuali antwortet nicht, und Alma spaziert durch das Zimmer.

»Ist er der einzige Tote?«

»Fällt Ihnen sonst noch einer ein?«

»Freitag.«

»Freitag? Ach ja. Robinson und Freitag. Nein. Er ist nicht hier. Was halten Sie von einem Verbrechen aus Leidenschaft als Erklärung? Ein schwarzer Diener, schwul, köpft seinen weißen und ebenfalls schwulen Herrn, der sich als Robinson Crusoe entpuppt.«

Der Papagei scheint Pascualis These zu unterstützen.

»Ich mag Tunten. Ich mag Tunten …«

»War Raúl hier, als Sie kamen?«

»Nein. Ich schwöre es Ihnen. Aber Robinson, also, wie er auch heißen mag …«

»Er hieß Joaquín Gálvez Rocco, und dieser Name sagt Ihnen sicherlich etwas. Er war einer jener Oligarchen, die Sie erpreßten, denunzierten, manchmal entführten, überfielen, ermordeten oder hinrichteten oder exekutierten, welches Wort verwendeten Sie?«

Alma betrachtet den Toten, als hätte sie ihn soeben erkannt.

»Gálvez Rocco.«

»Wem nützt sein Tod?« fragt sie Pascuali.

»Dem Menschengeschlecht insgesamt. Gálvez Rocco war einer der Oligarchen, die die Militärjunta unterstützten, wie Ostiz oder Pandurgo oder Mastrinardi. Verlieren Sie nicht viel Zeit mit diesem Typen. Werden Sie nichts in meiner Sache unternehmen? Den Dicken suchen?«

»Den können wir nicht finden. Er wird nicht so naiv sein, zu Hause darauf zu warten, daß wir eine Anzeige gegen ihn prüfen. Wir wissen auch nicht einmal, wo er wohnt.«

»Und im Haus des Capitán?«

Pascuali schwankt.

»Wissen Sie auch nicht, wo der Capitán wohnt?«

»Das ist streng geheim, zumindest für mich. Niemand weiß, wo der Capitán wohnt. Man kennt nicht einmal seinen wirklichen Namen, also ist es schwierig, den Dicken zu finden.«

Die metallene Faust, die ins Gesicht des Dicken schlägt, entspannt sich mit den Rissen und Schwellungen, die sie nach und nach herstellt. Ihm blutet der Mund, er führt eine Hand zu ihm, holt einen kaputten Zahn hervor, sieht mit der Furcht und dem Erstaunen eines geprügelten Hundes seinen Angreifer an, bekommt aber zwei aufeinanderfolgende Hiebe, auf den Arm, in den Magen. Er sackt stöhnend zusammen. Bereits auf dem Boden fleht er mit den Augen um Erbarmen. Vor ihm erhebt sich der Capitán. Kalt. Seine Füße treten den Gestürzten. Dann packt er ihn am Kragen, hebt ihn trotz des Gewichts hoch, schmettert ihn gegen die Wand, stößt ihm mit dem Knie in die Hoden.

»Erbarmen, Chef.«

»Wer hat von dir verlangt, dich einzumischen? Wer hat von dir verlangt, die Professorin zu entführen? Wer, daß du diesen Drecksack umbringst?«

»Ich habe niemanden umgebracht, Chef, ich schwöre es.«

Ein blutgetränktes Lumpenbündel an der Wand. Er scheint sogar abgenommen zu haben. Er nutzt die Pause zwischen den Schlägen.

»Ich gebe zu, daß ich mit der Professorin zu weit gegangen bin, aber mich schmerzt das Böse, das sie dem Mädchen antun kann. Doch umgebracht habe ich niemanden, das sollen die dort bestätigen.«

Der Chor der Motorradfahrer verharrt im Halbdunkel, schweigend.

»Von welchem Toten sprechen Sie, Chef?«

Der Capitán drückt auf den Knopf des Videorekorders. Auf dem Bildschirm die geköpfte Leiche Robinsons.

»Der Schnitt ist gut, Dicker.«

»Sehr gut, aber nicht von mir, Chef, ich schwöre es. Aber ich weiß, wer es gewesen sein kann. Er ist gut. Aber nicht von mir. Ich wollte nur das Mädchen beschützen.«

»Vielleicht wird er mich mehr beschützen als das Mädchen. Oder nicht. Mich beschützen heißt Muriel beschützen.«

Carvalho unterdrückt den Flug seiner Hände, die dem Polizisten an den Kragen wollen.

»Sie machen Ihrem Beruf alle Ehre. Diese Frau ist entführt, geschlagen worden, und Sie halten sie seit Stunden ohne jegliche Anklage fest.«

»Man hat sich um sie gekümmert. Unser Ärzteteam hat sie untersucht. Sie haben ihr Beruhigungsmittel gegeben, und wenn sie jetzt noch hier ist, dann aus dem gleichen Grund wie Sie beide. Sie waren die letzten Personen, die Robinson und Freitag lebend gesehen haben.«

»Worauf warten wir? Ihnen bereitet es offensichtlich Vergnügen, uns auf diesem Polizeirevier festzuhalten.«

»Wir warten auf den Sohn Robinsons. Es ist sein ausdrücklicher Wunsch.«

»Er möchte uns sehen?«

Pascuali weigert sich zu antworten, dreht ihnen den Rücken zu und verdammt sie zu einer Wartezeit, die Silverstein dazu nutzt, das schmerzerfüllte Gesicht Almas zu streicheln, und Carvalho, um sowohl die Umstände, die ihn nach Buenos Aires geführt haben, als auch das Verbundenheitsgefühl mit diesen menschlichen und historischen Überresten zu verfluchen, und er wiederholt grollend und mitleidig die Adjektive, während er die von Silverstein und Alma gebildete Pietà betrachtet.

»Ihr mögt euch zu sehr. Ihr bemitleidet euch zu sehr.«

»Was sagt der Gallego?«

Der Gallego hat keine Zeit zu antworten. Es ist eindeutig jemand wichtiger hereingekommen. Ein Mann um die Vierzig, sportlich gekleidet, erlesen sportlich, sportlich elegant, gefolgt von zwei unerbittlich als Anwälte verkleideten Männern. Er bewegt sich mit der Sicherheit, zehn goldene Kreditkarten bei sich zu tragen, und wendet sich an den Polizisten am Eingang, als wäre der ein Pedell: »Inspektor Pascuali erwartet mich. Ich bin Gálvez Aristarain. Melden Sie mich an.«

Der Polizistenpedell zeigt ihm den Weg zu Pascualis Arbeitszimmer und geht ihm voraus. Der Neuankömmling kommt an der niedergeschlagenen, geistesabwesenden und durch das Warten entmutigten carvalhianischen Truppe vorbei. Die Tür zum Büro hat sich geöffnet und zeigt einen mürrischen Pascuali, der die Anmeldung des Polizistenpedells hört, der die soeben erhaltene Visitenkarte liest.

»Gálvez Aristarain.«

Gálvez jr. übergeht den Einführenden und streckt Pascuali seine Hand entgegen.

»Pascuali?«

Pascuali greift magnetisiert nach der Hand.

»Ich bedaure die Verspätung, aber mein Flugzeug wurde nicht dazu entworfen, gegen schwere Unwetter zu kämpfen. Es grenzt an ein Wunder, daß ich hier bin. Ich war schon im Leichenschauhaus. In der Tat. Es ist mein Vater. Unsere einzigen Kontakte waren, seit er sich in Robinson Crusoe verwandelt hat, nur notarieller und telefonischer Natur.«

Pascuali fordert ihn auf, mit ins Büro zu kommen, und weist ihn von dort aus auf die draußen Gebliebenen hin.

»Dort sehen Sie drei außergewöhnliche Persönlichkeiten: eine Universitätsprofessorin, einen spanischen Privatdetektiv, einen Komiker. Nein. Ich bin nicht verrückt. Sie waren die letzten identifizierbaren Personen, die Ihren Vater lebend gesehen haben. Die Bettler, denen er Unterschlupf gewährte, sind verschwunden. Freitag, sein Diener ...«

»Liberto. Mein Vater verpflichtete ihn, als er ihn einstellte, sich Liberto zu nennen. Seinen wirklichen Namen kenne ich nicht.«

»Also, Liberto ist verschwunden, und ich werde Ihnen eine Frage stellen, die ich Ihnen stellen muß, obwohl Frage und Antwort möglicherweise nur unter Ihnen und mir bleiben. Hatten Ihr Vater und Liberto ein Verhältnis miteinander? Schließlich ...«

»Mein Vater vertraute mir, als er mich mit der Geschäftsführung eines gut Teils seines Vermögens beauftragte, auch Familiengeheimnisse an. Einige brauchen Sie nicht zu wissen, andere dem Anschein nach schon. Mein Vater sagte mir, daß er immer bisexuell gewesen war, und ab fünfundfünfzig, sechsundfünfzig Jahren wurde er eindeutig homosexuell.«

»Die Analysen beweisen, daß Freitag, ich meine Liberto, Aids im letzten Stadium hat. Wir hatten Zugriff auf die ärztliche Kartei über die Behandlung des Schwarzen. Ihm bleiben nur noch einige Monate zu leben. Hier sehen Sie die seltsame Truppe, mit der Ihr Vater in Beziehung stand, aus Gründen, die ...«

»Aus welchen Gründen?«

»In letzter Zeit verwandelte sich das alte Herrenhaus von San Isidro in eine Art Hospiz für menschlichen Abfall. Dort treibt sich ein Verschwundener herum, ein Bescheuerter, Freund und Verwandter dieser Leute, und es würde mich nicht wundern, wenn Ihr Vater das Bindeglied wäre. Ich hielt sie fest, damit sie mit Ihnen sprechen, vielleicht kann dieses Gespräch etwas klären.«

Gálvez jr. betrachtet das wartende Trio abschätzend und schüttelt den Kopf.

»Diese Zusammenkunft interessiert mich nicht.«

»Aber Sie haben mir gesagt ...«

»Ich weiß, was ich gesagt habe, aber das Treffen hat aufgehört, mich zu interessieren.«

Pascuali zieht die Schultern hoch und hat sie immer noch hochgezogen, als er Carvalho, Alma und Silverstein entläßt.

»Sie können gehen, aber bleiben Sie verfügbar.«

»Als wären wir Verpackungen.«

»Bringen Sie mich nicht in Wut, Carvalho. Ich kann mich in Ihren Schatten verwandeln und Ihnen die Arbeit unmöglich machen.«

»Ab neun Uhr dreißig finden Sie mich im Chez Patrón. Kreative Küche.«

Pascuali verzichtet darauf, sich zu ärgern. Gálvez lächelt neugierig, und Alma behält die Empörung für sich. Sie explodiert erst, als sie wieder auf der Straße sind.

»Der Gallego geht also zum Abendessen aus, du gehst zu deinen Tangos und ich nach dem Tag, den ich heute hatte... nach Hause? Warten, daß sie wiederkommen? Warten, daß sie mich wieder abholen und mir das Gesicht mit Scheiße bewerfen?«

»Es ist ein geschäftliches Abendessen. Du warst eingeladen und wolltest nicht. Willst du, daß ich Don Vito und die Vogelscheuche von Cousine oder Nichte, die er mitbringen wird, allein lasse?«

Silverstein legt schützend seinen Arm um ihre Schultern.

»Komm mit mir. Du kannst dich eine Weile in meiner Garderobe ausruhen.«

»Nachher hole ich dich ab. Heute schläfst du bei mir.«

Alma läßt es geschehen, daß die beiden Männer über ihr Leben bestimmen. Als die Gruppe sich schon auflösen will, hält einer der Anwälte von Gálvez Carvalho eine Visitenkarte hin.

»Señor Gálvez Aristarain wäre sehr daran interessiert, mit Ihnen über geschäftliche Angelegenheiten zu sprechen.«

Gálvez Aristarain geht neben ihm vorbei. Carvalho spricht ihn an: »Ist das Ihre Visitenkarte?«

»Ja.«

»Können Sie sie nicht eigenhändig austeilen? Brauchen Sie einen Anwalt dazu?«

Die Anwälte werden nervös, und einer macht eine Geste,

als wolle er Carvalho gegenübertreten. Gálvez jr. hält ihn zurück. Er nimmt die Visitenkarte aus Carvalhos Hand, zerreißt sie, zieht eine andere ans der Tasche und reicht sie ihm.

»Einverstanden?«

»Sie sind ein sehr gut erzogener junger Mann.«

Alma ist sehr stolz auf Carvalho.

Fünfzigjährig und in Technicolor, stellt Don Vito sie als seine beste Cousine vor, von feiner, sogar gebildeter Redeweise, als wäre sie auf Schönschrift, Umrisse und Dicke bedacht. Carvalho ist allein und mildert den Gesichtsausdruck des von der Herzlichkeit der Dame und der höflichen Schmeichelei Don Vitos eingefangenen Tiers, als er Don Leonardo erscheinen sieht. Carvalho stellt vor: »Madame Lissieux, Ballettlehrerin und Nichte meines Partners, den Sie bereits kennen.«

»Sie ist meine Cousine, nicht meine Nichte; und sie ist Ballerina des modernen Balletts. Man muß präzisieren.«

Don Leonardo küßt ihr die Hand.

»Für Sie könnte es kein anderer Tanz sein.«

Nachdem er Platz genommen hat, erwartet Don Leonardo eine Erklärung. Carvalho weist mit dem Kinn auf einen leeren Tisch und fügt hinzu: »Wenn mich meine weibliche Eingebung nicht trügt, werden sich an diesen Tisch die schlechte Frau und ihr momentaner Liebhaber setzen, ein Fernsehmoderator, der fast nichts mehr zu sagen hat, aber das weiß sie nicht.«

»Nein. Ich bin nicht vorbereitet. Vielleicht reagiere ich falsch.«

»Beherrschen Sie sich, und denken Sie an jenen Leitsatz von Konfuzius: ›Warte an der Tür deines Hauses, daß die Leiche deines Feindes vorüberkommt.‹«

Madame Lissieux zieht Carvalho beiseite und korrigiert ihn flüsternd: »Das ist ein arabisches Sprichwort.«

»Ich weiß. Aber die Klienten pflegt es als Leitsatz von Konfuzius mehr zu beeindrucken. Ich schreibe fast alles Konfuzius zu. Sogar die Gedanken von Menem.«

Die Gerichte folgen aufeinander, der von Carvalho bezeichnete Tisch bleibt leer, und Don Leonardo philosophiert über das, was er ißt.

»Das ist Nouvelle Cuisine? Nicht gerade das Essen, das mir am besten schmeckt, obwohl ich es mir leisten kann. Das meine sind die Kneipen, La Cabaña, wenn Sie wollen, La Costanera, und um gute Geschäfte zu machen und gut zu essen, gibt es kein besseres als das Restaurant der Kammer für Aktiengesellschaften, in der Florida, hinter dem Cabildo-Gebäude. Und diese Frau kommt nicht.«

»Wir könnten diese Küche ›kreative Küche‹ nennen.«

Madame Lissieux unterstützt ihn.

»Wie die von Gato Dumas. Ich glaube, Robuchon und Girardet ziehen sich zurück. Kreative Küche. Wie das Kino von Bergman.«

Don Vito ist stolz auf das Niveau seiner Begleiterin.

»Claire, du bist bei interessanten Abendessen mit interessanten Leuten einfach unentbehrlich.«

Don Vito und Claire schlingen ihre Hände ineinander, und die Augen Carvalhos wandern von Claires gepflegten Händen zur Tür. Dort steht die schlechte Frau, in Begleitung von Moderator Pacho Escámez. Ziemlich groß, genügend füllig, blond, die Haut so weiß, als hätte man sie mit der Milch lackiert, die aus ihren aus dem Dekolleté heraussehenden üppigen Brüsten kommen könnte. Es ist Beatriz, Beatriz Maluendas, doch sie geht an Carvalho vorbei, ohne ihn zu erkennen. Der alte Escámez an ihrer Seite, als postmoderner Fernsehheld verkleidet, verleitet Don Vito zu einer schonungslosen Feststellung: »Wie alt doch Pacho ist. Er sieht wie eine soeben aus dem Recoleta-Friedhof entkommene Mumie aus. Aber auf dem Bildschirm macht er noch was her.«

Alles, was bei Escámez die Sicherheit des alten telegenen Verführers ausmacht, ist bei der Frau Lebenslust, die man ihr in ihrem bloßen Gang zum Tisch ansieht, in der Freude, mit der sie das Menü auswählt, mit der sie die geäderte, fleckige Hand des Alten streichelt. Die scharfen Augen Leonardos verfolgen Geste um Geste. Carvalho mustert ihn und empfiehlt: »Beobachten Sie sie nicht zuviel. Sie könnten es bemerken.«

»Der Gedanke, daß dieses Miststück ...«

Don Leonardo atmet tief ein, um seine Gefühle zu beherrschen. Beherrschung und Gefühle maßlos augenfällig, denkt Carvalho. Die schlechte Frau hingegen bläst den Rauch ihrer Zigarette in das Gesicht von Escámez, der sie halbherzig zu schelten versucht. Don Leonardo sieht seine Tischgefährten dankbar an.

»Danke, daß Sie so effizient gewesen sind. Da habe ich sie. Da ist die Urheberin des Verderbens meines Sohnes.«

Carvalho seufzt und widerspricht Don Leonardo.

»Das ist und bleibt eine Metapher.«

»Warum?«

»Wenn ich mich nicht irre, ist Ihr Sohn dreißig, und die Señora, verheiratete Fanchelli, Marta Fanchelli, oder Beatriz Maluendas, um genauer zu sein, dürfte auf die Fünfunddreißig zugehen. Man kann nicht gerade von Verführung Minderjähriger sprechen.«

Leonardo lächelt traurig.

»Mein Sohn mochte in allen möglichen Dingen die Nummer eins sein, aber was Frauen angeht, ist er soeben erst ausgeschlüpft. Wir sind eine andere Generation. Wir haben weniger beschützt gelebt. Ich begann mit dem Verkauf von Damenunterwäsche von Haus zu Haus und auf Raten, vernaschte die Hälfte meiner Kundschaft, mit Verlaub, Madame Lissieux. Wissen Sie, wo mein Sohn gelandet ist? Man hat mir gesagt, er sei einer dieser amerikanischen Sekten beigetreten, die sich in Mittelamerika angesiedelt haben. Er ist wie programmiert. Was kann ich bloß tun?«

Die Eindringlichkeit von Leonardos Blick hat Marta Fanchelli wachsam gemacht, und sie erwidert ihn mit einem Lächeln.

»Haben Sie bemerkt, wie sie mich ansieht?«

Madame Lissieux schaltet sich ein.

»Sie sehen ja schließlich wirklich toll aus.«

Don Vito drückt seiner Cousine den Arm, und das ist wie ein Zeichen. Madame Lissieux steht auf und geht zu dem Tisch des Moderators und seiner Begleiterin. Don Leonardo sieht erstaunt zu Carvalho, verfolgt aber die Bewegungen der modernen Ballettänzerin, die Tischen, Kellnern, flammenden Beistelltischchen fürs Flambieren ausweicht.

»Sie bewegt sich wie Burrito Ortega«, ruft Don Vito bewundernd.

Claire hält ein Notizheft und einen schmalen goldenen Kugelschreiber in der Hand. Sie überwindet das Erstaunen, mit dem sie Pacho empfängt.

»Verzeihen Sie, aber ich habe Sie gleich beim Hereinkommen erkannt. Sie waren und sind immer noch mein Lieblingsmoderator. Ich erinnere mich aber auch an Ihre Zeiten als jugendlicher Liebhaber. Niemand hat bis jetzt *Sehnsucht nach Organdy* oder *Der blutbefleckte Zaster*, neben Mirta Legrand, übertroffen. Nein. Nein. Es war die Laplace.«

Ein breites Lächeln auf den lilafarbenen Lippen von Escámez. Er nimmt freudig den Kugelschreiber und schreibt eine lange Widmung. Madame Lissieux wendet sich an Marta: »An meinem Tisch meinten wir, daß Sie zweifellos einer der nächsten großen Stars des Kanals – des Kanals acht? – sein werden. Ihre letzte Entdeckung, Don Pacho?«

»Kann sein.«

Als sich Madame Lissieux zurückzieht, küßt ihr der Alte die Hand. Carvalho hat sich zu Leonardo gebeugt, und die Anweisungen, die er leise erteilt, gleichen unwiderruflichen Befehlen.

»Sie heißen Álvaro de Retana, sind Fabrikant von nachgemachten Antiquitäten und besitzen verschiedene Ledergeschäfte in der dazu passenden Gegend, Santa Fe, Paraguay, dort irgendwo. Hier sind Ihre Visitenkarten.«

Don Leonardo betrachtet verblüfft die Visitenkarten, die ihm Carvalho entgegenstreckt. »Álvaro de Retana. Leder Los Macabeos«. Eine Adresse, die ihm nichts sagt.

»Ich habe mir erlaubt, in Ihrem Namen ein luxuriöses Appartement in der Nähe des Hotels Alvear anzumieten. Jetzt werden Sie den Schritt tun, um mit der Señora Kontakt herzustellen, und dann wird unsere Arbeit zu Ende sein. Sie werden mit Madame Lissieux hingehen, sie wird Escámez ablenken, und Sie geben mit äußerster Diskretion der schlechten Frau eines dieser Kärtchen. Alles, was von nun an geschieht, ist Ihre Sache. Einschließlich des Bezahlens unserer Rechnung.«

Leonardo weiß nicht, ob er sich aufregen oder die Anordnungen befolgen soll. Madame Lissieux läßt ihm keine Wahl. Sie erhebt sich und geht los, Don Leonardo folgt ihr, Carvalho und Don Vito beobachten und hoffen, daß ihre Strategie durch das, was geschieht, bestätigt wird. Madame Lissieux und Don Leonardo grüßen das Paar. Pacho unterhält sich mit der Lissieux, und Don Leonardo spricht mit der Frau. Etwas gleitet von seiner Hand in die Martas.

Den Mund mit den Händen schützend, bemerkt Don Vito: »Wir werden Komplizen eines Verbrechens sein.«

»Oder des Beginns einer großen Freundschaft.«

»Mit der, die seinen Sohn ins Verderben gestürzt hat?«

»Mir scheint, es gibt eine griechische Tragödie, in der etwas Ähnliches geschieht.«

Don Vito ist begeistert, wie gut Madame Lissieux ihre Rolle spielt.

»Claire macht es so gut! Ich habe daran gedacht, ihr etwas zu schenken. Wenn wir bezahlt worden sind, klar. Keine Provision, verstehen Sie mich. Eine kleine Aufmerksamkeit. Etwas Feines.«

Carvalho betrachtet freudig die Startvorbereitungen der Sportflugzeuge, so als wolle er selbst einsteigen. Er dreht sich um, als er jemandes Gegenwart in seinem Rükken bemerkt. Gálvez jr. und seine Anwälte. Sie schütteln sich ausreichend die Hände, und der Finanzier nimmt Carvalho zur Seite.

»Ich bedaure das überstürzte Treffen, doch bin ich zur Zeit wie ein Blatt im Wind, von hier nach dort. Ich möchte, daß Sie parallel zur Polizei Nachforschungen anstellen und mich auf dem laufenden halten. Das mit dem Aids hat mir gar nicht gefallen. Wenn Freitag Aids hat, kann das uns alle verseuchen; als erstes die Erinnerung an meinen Vater. Die Geschäfte heutzutage beruhen auf dem äußeren Schein, dem guten Image. Wenn man Erdöl auf sie gießt, verwandeln sie sich in riesige Brände. Wenn das Erdöl verbrennt, ist der Brand zu Ende.«

»Verzeihen Sie, aber ich verstehe nicht. Ich tu mir schwer mit den Metaphern.«

»Ob Sie die Metaphern verstehen oder nicht, Sie haben aber sehr wohl verstanden, daß ich Sie beauftragt habe. Ich lasse Ihnen einen meiner Anwälte hier, damit Sie sich einigen. Geld spielt keine Rolle.«

Er geht in Begleitung von zwei seiner getreuen Schatten zu einem wunderschönen Privatflugzeug; neben Carvalho bleibt der überzählige Anwalt zurück.

»Sie fliegt man nicht im Sportflugzeug spazieren?«

»Das ist kein Sportflugzeug. Sie und ich müssen über Geld reden.«

»Ich mache Sie darauf aufmerksam, daß ich mir eine goldene Nase verdienen möchte.«

Der Anwalt versteht die Metapher nicht.

»Sie und ich tun uns schwer mit den Metaphern. Kohle! Viel Kohle!«

Carvalho hält den Scheck Don Vito hin, der den Lehnstuhl besetzt, in dem Carvalho sonst sitzt.

»Kohle! Kohle! Viel Kohle! Aber auch viel Arbeit. Der Fall der schlechten Frau. Jetzt der von Robinson Crusoe.«

»Wir werden einen Adjutanten brauchen.«

»Das wäre dann schon ein multinationaler Konzern oder eine Anwaltskanzlei oder ein Architekturbüro. Ich mag Multis nicht.«

»Teilen wir die Arbeit auf. Man muß sich organisieren.«

»Sie spezialisieren sich auf schlechte Frauen, und ich mach mich auf die Suche nach Freitag.«

»Und nach Ihrem Cousin. Vergessen Sie Ihren Cousin nicht.«

Kaum hat Carvalho ihm den Rücken zugekehrt, zeigt ihm ein über die Mißachtung seines Vorschlags erboster Don Vito die Hörner. Das hat Carvalho nicht sehen wollen, doch die Gegenwart Pascualis, die über ihn herfällt, sobald er aus dem Portal tritt, kann er nicht übersehen. In der Erwartung, daß der Polizist die Initiative ergreift, geht Carvalho los. Vorerst marschiert er neben ihm, als würde er ihn begleiten, in zwei Meter Abstand von seinen Lieblingsadjutanten gefolgt.

»Man kann nicht leugnen, daß Sie sehr fleißig sind.«

»Sie gleichen einem Polizisten, der Akkordarbeit leistet. Sie sind ein gutes Beispiel für die Produktivität der Arbeiter im öffentlichen Dienst. Hat Ihnen Menem schon die Medaille für herausragende Arbeitsleistungen verliehen? Bezahlt man Ihnen Provision für jeden Verhafteten?«

»Lernen Sie fliegen? Gestern wurden Sie in Begleitung von Richard Gálvez auf dem Flughafen gesehen. Kommen Sie mir nicht noch einmal in die Quere.«

»Mich bewegt die Logik der Situation. Der Fall Robinson führt zu Raúl. Sobald ich Raúl finde und ihn überzeugen kann, mit mir nach Spanien zurückzukehren, adiós. Dann werde ich Sie von meiner Anwesenheit befreien. Aber ich verstehe nicht, warum ich Sie mehr störe als der Capitán. Wer kontrolliert diese Scheißordnung? Sie vor den TV-Kameras oder der Capitán von den Kloaken aus?«

»Kommen Sie mir jetzt nicht mit ethischen Problemen. Ich bin hier, um Ihnen einen Pakt vorzuschlagen, der in Wirklichkeit immer bestanden hat: Freitag für Raúl. Wenn Sie Raúl finden, baue ich Ihnen eine goldene Brücke, damit Sie ihn mitnehmen, ihn mitnehmen dorthin, wo der Pfeffer wächst. Aber in allem, was den Fall Gálvez-Robinson betrifft, will ich, daß Sie mir unverzüglich mitteilen, was Sie in Erfahrung bringen.«

»Zuviel Interesse für einen Robinson. Es ist ein einfacher Fall von Arteriosklerose. Ihn kann Freitag abgemurkst haben, ein Bettler ...«

»Damit Sie meine guten Absichten bestätigt sehen, möchte ich Ihnen eine Information geben, die Ihnen vielleicht noch nicht bekannt ist. Robinson hat sich als Erpresser entpuppt.«

Carvalho verlangsamt seinen Gang nicht. Pascuali bemerkt aber, daß er zumindest den Schritt verändert hat.

»Erpresser aus Liebe zur Menschheit, versteht sich. Er bedrohte große Haie der Finanz, der Industrie, des Handels, wollte eine Revolutionssteuer, um die Malvinen zurückzuerlangen, für seine Phalanstères, um die Menschheit zu erlösen. Er kannte sämtliche Abfälle, die in den letzten dreißig Jahren von der Oligarchie dieses Landes produziert worden sind. Verstehen Sie, warum man ihm die Kehle durchgeschnitten hat?«

»Oligarchie. Was für eine Sprache, Pascuali. Sie scheinen ein Polizist zu sein, der von der Existenz des Klassenkampfes überzeugt ist.«

»Ich bin auch kein Befürworter von Aids, und Aids existiert.«

Der Detektiv beschleunigt seinen Gang, für den Fall, daß es auch Pascuali tun sollte, doch der Polizist verläßt sein Fahrwasser und gibt ein Zeichen, damit sich ein Auto in Bewegung setzt, das Carvalho folgen wird.

Es ist zweifellos der Saal mit den schwerstkranken Kranken, und er geht wie auf Zehenspitzen, um sich nicht selbst mit einem Übermaß an Mitleid zu belasten. Der Arzt, der ihm vorangeht, scheint im Gehen zu schlafen, doch die Schläfrigkeit verwandelt sich in Nervosität, als er schließlich Carvalho im Büro allein gegenübersteht.

»Ich weise Sie darauf hin, daß meine Freundschaft mit Raúl, mit seiner Frau Berta, sie ruhe in Frieden, nie politischer Natur war. Ich sollte auch unter Berufung auf die ärztliche Schweigepflicht nicht mit Ihnen sprechen.«

»Es handelt sich um einen Fall auf Leben oder Tod. Freitag, will heißen Liberto, der ehemalige Haushofmeister von Gálvez, befindet sich im Endstadium, stimmt's?«

»Stimmt, und was seinen klinischen Zustand betrifft, werde ich nichts mehr sagen.«

»Er braucht eine Behandlung, eine Behandlung, die Sie ihm gaben, und nun kommt er seit Tagen nicht her.«

»Tatsache, und es wundert mich, obwohl ich auch die Zeitungen lese und etwas fernsehe. Ich brachte es mit dem Mord an Señor Gálvez, an Robinson, in Zusammenhang.«

»Sie haben deduktive Fähigkeiten.«

»Die Wissenschaft bedient sich der Deduktion und der Induktion.«

»Seien Sie nicht hart, mein Guter. Diese Befragung wird ab dem Augenblick nicht mehr notwendig sein, in dem Sie mir sagen, wo ich Freitag finden kann. Wenn Freitag zu finden bedeutet, Raúl zu finden, dann machen Sie sich keine Sorgen. Sie kannten sich als Studenten. Ich bin sein Cousin. Alma, seine Schwägerin, hat schon mit ihm gesprochen. Er ist einverstanden.«

»Ich weiß nur, daß Liberto einen Freund in Bolívar hatte. Hinter dem Lezama-Park. Wissen Sie, wo der ist?«

»Einen sehr guten Freund?«

»Einen sehr guten Freund.«

Da Carvalho die Achseln zuckt, sieht der Arzt auf einer Karteikarte nach, schreibt eine Adresse auf und gibt sie ihm in dem Wunsch, ihn loszuwerden.

»Jedenfalls, ich habe nicht mit Ihnen gesprochen.«

Zu viele Leute am Horizont, also weist Carvalho den Taxifahrer an, stehenzubleiben, und geht zu Fuß auf den Schauplatz des Tumults zu, wo Polizeiautos, den Verkehr sperrende Polizisten und Neugierige konkrete Formen annehmen. Carvalho mischt sich unter die Neugierigen und versucht, bis zur vordersten Reihe des Spektakels vorzudringen. Als es ihm gelingt, richtet er seine Augen dorthin, wo alle hinsehen: auf die Fenster eines Gebäudes, die das Treiben der Bullen übertragen, als wäre das Geschehen im Inneren bereits auf die Erwartung des Publikums abgestimmt worden. Pascuali steht hinter dem Fenster und hört die Erklärungen des Gerichtsmediziners an oder sieht zum Bett, wo Freitag, im Slip, tot, die Requisiten der Überdosis beibehält: ein Gummiband am Arm, die von einer Vene hängende Spritze, die der Gerichtsmediziner mit behandschuhten Händen wegnimmt. Um das zu tun, hat er aber über eine weitere Leiche auf dem Boden steigen müssen, ein Junge, der zu schlafen scheint, mit dem Unterarm auf den Augen.

»Überdosis? Der auf dem Boden auch?«

Der Gerichtsmediziner nickt, und Pascuali schlägt mit der Faust in die Luft.

»Nehmen Sie alles mit, was Sie mitnehmen können, und suchen Sie sogar hinter den Gemälden an den Wänden.«

Er tritt wieder ans Fenster, und sein Gesichtsausdruck wechselt das Register. Er hat unter den Schaulustigen Carvalho ausgemacht und sieht, wie sich ihm ein anderer alter Bekannter allmählich nähert: Raúl. Bald würde sich das Zusammentreffen ereignen, von dem Carvalho nichts weiß, und Pascuali zieht ein Funkgerät hervor.

»Achtung, Kollegen der Wagen vier und fünf. Beziehen Sie beim Elektrogerätegeschäft an der Ecke Stellung. Ohne Aufmerksamkeit zu erregen. Unser Freund Carvalho und Raúl Tourón sind nur wenige Schritte vom Geschäft entfernt. Einkreisungsaktion, ohne Aufmerksamkeit zu erregen. Ich betone. Gehen Sie zur Verhaftung über, bevor ich komme, aber ich bin schon unterwegs.«

Er unterbricht den Funkkontakt und eilt hinaus, doch unterdessen ist Raúl schon bis an Carvalhos Seite vorgedrungen. Er fordert ihn auf, nicht herzusehen, sondern spricht seitlich zu ihm, so als wäre er ein Schaulustiger mehr.

»Ich habe die Leichen vor der Polizei gefunden. Ich war hier mehr als eine Nacht versteckt.«

»Und dir fällt nichts Besseres ein, als dich hier blicken zu lassen?«

»Sie ließen mir keine Zeit zu verschwinden. Noch bin ich neugierig. Freitag wollte mir eine postume Information von Gálvez geben.«

Carvalho wendet kein Auge von den geparkten Polizeiautos, die Türen haben sich geöffnet, zu viele Polizisten scheinen Lust auf einen Spaziergang zu haben, und fast alle möchten dorthin gehen, wo sie sind.

»Wenn du willst, daß sie dich verhaften, daß Pascuali den Pakt erfüllt, daß wir nach Spanien zurückkehren, dann bleib stehen. Wenn nicht, dann lauf los, denn die Polizei kommt schon auf uns zu.«

Raúl hat wieder das Verhalten eines in die Enge getriebenen Tiers angenommen und läuft von Angst beflügelt davon. Die Polizisten geraten angesichts der Passivität Carvalhos und der rasenden Flucht des anderen in Verwirrung. Zu spät teilen sie sich auf, und die auf den Detektiv zueilen, stehen ihm in dem Augenblick gegenüber, als er sich eine Rey del Mundo anzündet, speziell für draußen, aber mit der Seelenruhe eines Rauchers von Zigarren für drinnen. Die Geste hat ihnen nicht gefallen, und sie ziehen die Pistolen, als wären sie sexualisiert, schreien: »Halt, keine Bewegung!« Das Geschrei wächst wie der Sicherheitsabstand rund um den Mann, der eine Zigarre raucht, ohne den Ernst des Augenblicks zu respektieren. Pascuali trifft ein, atmet schwer, durchbricht den Kreis. Er bleibt vor Carvalho stehen. Schließlich reißt er Carvalho die Zigarre von den Lippen, wirft sie auf den Boden und zertritt sie.

An jedem beliebigen Ort der Welt gleichen sich die gewöhnlichen Verhafteten, wie sich die feinen Pinkel und die Irren gleichen. Carvalho und sieben oder acht gewöhnliche Verhaftete, gewöhnlich in ihren Vergehen und in ihrem Aussehen, bis auf einen grobschlächtigen, kurzsichtigen Mann. Er hat bemerkt, daß Carvalho kein gewöhnlicher Verhafteter ist, und bittet ihn um Feuer für seine Zigarette.

»Der korrupte und korrumpierende Staat unterscheidet schon nicht mehr, was die Tugend vom Laster trennt, er beschränkt sich darauf, eine Grenze zu setzen. Mein Papa schrieb: ›Es wird nie eine Tür geben. Du bist drinnen, und die Festung umfaßt das Universum.‹«

»War Ihr Papa Gefängnisfunktionär?«

Die unendliche Geduld des Verhafteten war oft schon auf die Probe gestellt worden, und dennoch beschränkt er sich darauf, liebenswürdig zu sein, als er antwortet: »Mein Papa war Jorge Luis Borges. Die leibhaftige Literatur.« Er reicht ihm eine Visitenkarte und stellt sich gleichzeitig ausführlicher vor. »Ich bin der natürliche Sohn von Jorge Luis Borges.«

Er zieht ein Heft aus der Jackentasche und gibt es Carvalho.

»*Lob des Schattens*, eines der besten Bücher meines Vaters. Ich habe es eigenhändig abgeschrieben. Ich kann es auswendig. Lieben Sie Bücher?«

»So sehr, daß sie in meinen Händen brennen.«

»Ein wunderbares Bild! Es ist wahr. Bücher sind wie Flammen, die aus unseren Händen hervorzüngeln.«

»In meinem Fall völlig zutreffend. Ich verbrenne sie.«

Doch er bemerkt schon Pascualis Gegenwart auf der anderen Seite des Gitters. Ein Polizist öffnet es, bedeutet Carvalho herauszukommen, setzt sich ohne Erklärungen in Bewegung. Carvalho folgt ihm, verabschiedet sich aber noch vom Sohn von Borges mit einer verbindlichen Geste, und Borges jr. dankt es ihm und rezitiert kräftig, tief, getragen:

> Und es gibt keine Vorderseite, keine Rückseite,
> weder Außenmauern noch geheimen Kern.
> Erwarte nicht, daß die Härte deines Weges,
> der störrisch sich in einem anderen gabelt,
> ein Ende nimmt. Eisen ist dein Schicksal.

Pascuali hat sich umgedreht und beobachtet finster den Vortragenden.

»Es gibt mehr Verrückte draußen als in den Irrenhäusern.«

»Haben Sie ihn verhaftet, weil er verrückt ist?«

»Wegen Persönlichkeitsfälschung.«

»Ist er nicht der natürliche Sohn von Borges?«

»Er ist der übernatürliche Sohn. Gehen Sie nach Hause.«

Bereits im Flur des Polizeireviers voller Schatten von Bewachten und Bewachern, diskutiert Carvalho den Vorschlag nicht. Beim Hinausgehen halten ihn Pascualis Hände zurück.

»Sie haben den Pakt gebrochen. Sie halfen Raúl zu entwischen, und die Abmachung war, daß ich Ihnen helfen würde, damit er das Land ohne Probleme verlassen könnte. Sie sind verrückt. Nicht einmal ich kann den Fall Raúl Tourón ganz unter Kontrolle haben, und Sie mischen sich außerdem in den von Robinson Gálvez ein, der noch mehr stinkt. Wissen Sie, daß Robinson Gálvez ein Hai war, der seine ehemaligen Aquariumsgefährten erpreßte, um Kapital für die Eroberung der Falklandinseln zusammenzubringen? Wissen Sie, womit dieses Aquarium gefüllt war? Mit Haien!«

Und als ob Carvalho ein Hai wäre, befördert ihn Pascuali mit einem Stoß nach draußen, der ihn über die ersten Stufen stolpern läßt. Ohne sich nach Pascuali umzudrehen, holt Carvalho tief Luft und stößt genügend laut hervor: »Arschloch!«

Er hat es eilig, nach Hause zu kommen und mit Barcelona, mit Biscuter zu sprechen, vielleicht zu kochen, aber wenn auch das Wozu klar war, dann für wen? Er teilt von einer Telefonzelle aus Alma seine Vorhaben mit und erhält keine Sicherheiten. Zu Hause angelangt, überprüft er die von der Küche gebotenen Möglichkeiten und erinnert sich an ein Rezept einer katalanischen Köchin aus Sant Pol de Mar, das er in einer Zeitungsbeilage gelesen hat. Die Welt ist ein Dorf. Pilota catalana auf einem Bett von Gemüse und Sepiastreifen: Gehacktes Schweinefleisch mit Ei, zerkrümeltem Brot, Knoblauch, Petersilie durchkneten. In weißem Mehl wenden, kochen. Abgetropft auf ein Bett aus Spinat und feinen, wie dünne Bandnudeln geschnittenen Sepiastreifen legen. Eine Vinaigrette mit einem Hauch Sherryessig, etwas Sojasoße.

»Biscuter? Entschuldige, aber ich bin pausenlos unterwegs.«

Biscuter hat eine Liste von Beschwerden und Dringlichkeiten, aber ja, ja, die Banküberweisung ist gekommen, und alles ist vorbereitet für seine Rückkehr.

»Ich koche Ihnen ein Gericht zum Fingerabschlecken, Chef. Pilota auf einem Bett von Gemüse und Sepiastreifen. Ich habe es aus einer Zeitschrift, es ist von einer Köchin aus der Gegend, die Ruscalleda heißt.«

»Es konnte von keinem anderen Ort sein.«

»Überrascht Sie das Gericht?«

»Wen nicht?«

»Ich bin dabei, meine Kochkünste zu verfeinern. Wann kommen Sie zurück, Chef? Ich habe Neuigkeiten von Charo, die Ihnen vielleicht gefallen. Mir scheint, sie wird zurückkommen.«

Ihm ist danach, nicht zu antworten, doch Biscuter will eine Antwort.

»Wie finden Sie das?«

»Gut.«

»Wissen Sie, was sie mir sagte, als sie anrief? Sie sagte mir, Sie wären der Mann ihres Lebens.«

»Ihres ganzen Lebens?«

»Das hat sie mir nicht näher erklärt.«

Carvalho macht sich mehr von Charo als von Biscuter los und kehrt zu seinen Töpfen zurück, bis es an der Tür läutet. Er zieht eine in Plastik gewickelte Pistole aus einer Dose mit italienischen Teigwaren und steckt sie unter der Schürze in den Gürtel. Er drückt sein Auge gegen das Guckloch. Er öffnet, und Alma ist da, so müde wie er.

»Ich möchte etwas Liebevolles zu Abend essen. Meine Stimmung ist so niedergedrückt, daß kein Barometer sie mehr anzeigt.«

Carvalho macht ihr Platz und beschreibt ihr den ersten Gang.

»Aber das ist ja Architektur, nicht Kochen.«

»Ich habe andere, bereits vorbereitete Alternativen: ein Zwiebelomelett mit Stockfisch, Lamm süßsauer mit Kräutern der Provence, Feigen auf syrische Art.«

Alma lacht immer vergnügter. Carvalho, gekränkt, wartet, bis sie in der Küche sind, und zeigt ihr, was er versprochen hat.

»Unglaublich. Und das alles hast du gekocht, um es allein aufzuessen?«

»Ich war deprimiert. Außerdem kann man aufheben, was übrigbleibt. In Spanien kochte ich für einen Nachbarn, Fuster, ein Freund. Wenn ich allein bin, füllt sich diese Wohnung mit imaginären Gästen. Manchmal habe ich ganze Töpfe mit Essen, dessen Zubereitung mich Stunden gekostet hat, ins Klosett geworfen.«

Sie haben zu Ende gegessen, und Alma läßt zu, daß sie Carvalhos Schweigen umfängt. Dann berühren die Augen, die Hände des Mannes ihr Gesicht und greifen nach ihren Locken. Sie nähert sich mit klarem Blick, den Körper offen, doch es klingelt, Carvalho sieht auf die Uhr und ruft aus: »Verdammter Mist!«

Alma ist beunruhigt.

»Keine Angst. Es ist Don Vito. Ich vergaß, daß ich ihn hierher bestellt hatte.«

Almas Augen bitten darum, daß er ihn nicht empfängt.

»Ich werde ihn abschütteln, sobald ich kann. Laß dich nicht blicken.«

Don Vito läßt sich in den Lehnstuhl des Arbeitszimmers fallen, überwältigt von dem Tango, den er in sich trägt.

»Ihr Anruf hat die Liebe, die mich umgab, verduften lassen.«

»Nehmen Sie Fahrenheit von Yves Saint Laurent. Das bringt niemand zum Verduften. Sie werden nun an den Höhepunkt Ihrer Karriere gelangen. Sie müssen wie ein Schatten der Polizei, Pascuali, folgen.«

»Aber sind Sie denn übergeschnappt? Ich steige in ein Taxi und sage zum Fahrer: Folgen Sie diesem Wagen, dem Polizeiwagen.«

»Das beste wäre, Sie hätten einen festen Taxifahrer, will heißen, engagieren Sie einen vertrauenswürdigen Chauffeur, und der wird bezahlt.«

Don Vitos Gesicht hellt sich auf.

»Madame Lissieux! Sie war europäische Rallyemeisterin.«

»Ich habe Ihnen das Parfüm der Liebe zurückgegeben. Ich will eine vollständige Liste von den Besuchen, die Pascuali in den nächsten vierundzwanzig Stunden macht. Er verfolgt zu mächtige Typen, um sie ins Polizeirevier zu zitieren. Ich will wissen, wer sie sind.«

Alma erwartet ihn nackt zwischen den Laken, aber sie hat noch einige Fragen.

»Der verfolgte Verfolger. Warum Pascuali?«

»Ich habe von Robinsons Sohn, einem Yuppie, der sogar in sein Privatflugzeug steigt, um in Mar del Plata den Aperitif zu nehmen und danach in Buenos Aires Polo zu spielen, den Auftrag bekommen. Freitag ist aufgefunden worden, an einer Überdosis krepiert. Raúl war dort. Manchmal suchte er in der Wohnung eines jungen Liebhabers von Freitags Unterschlupf, hinter dem Lezamapark. Er kam hin und fand die beiden Leichen. Überdosis.«

»Der Capitán.«

»Ich weiß es nicht. Robinson Gálvez erpreßte Gefährten aus seinem ehemaligen Leben als Superreicher, um die Malvinen zurückzuerlangen. Ich nehme an, Pascuali hat eine Liste von Erpreßten, die er aufsuchen wird. Er wird diese Leute ins Polizeirevier bitten, es gibt schließlich noch Klassenunterschiede. Vito wird Pascuali folgen, und in zwei Tagen halten wir eine Liste der betroffenen Oligarchen in Händen. Ich bin an Trümpfen interessiert, denn der junge Gálvez ist ein Spieler, nehme ich an.«

»Robinson war ein Terrorist.«

»Der schon. Dieses Original war der beste Verkünder des bürgerlichen Individualismus und der moralischen Vorsehensgläubigkeit des Kapitalismus.«

Alma ist so erstaunt über den Kommentar, daß sie sich aufrichtet und ihre Brüste mit schlaffen Brustwarzen über der Bettdecke hervorsehen.

»Das sage ich in meinen Vorlesungen!«

»Schon möglich. Nach diesem Verhör bist du noch nackt?«

»Was meinst du?«

Als Carvalho den nackten Körper umarmt, gehen von der Frau elektrische Schwingungen aus, und sein Mund füllt sich gleich mit dem blonden Haar auf ihrem schimmernden Schamhügel. Er muß ihr Geschlecht essen, wie jemand, der die Erde küssen muß, wenn er nach einem langen Exil zurückkommt. Alma spricht nicht, schreit nicht, doch ihre Augen werden sanft, als er in sie eindringt, und ihre Hände kneten die Schulter des Mannes, als würde sie ihn bei jedem Stoß wiedererkennen. Die Liebe schließlich, es ist Liebe gewesen, befürchtet Carvalho, macht sie nach innen gekehrt. Alma, halbbekleidet, sogar melancholisch vor den vorbereiteten Holzscheiten, während Carvalho ein Buch zerlegt und die Teile unter die aufgeschichteten Scheite legen will.

»Himmel! Jedesmal, wenn ich dich sehe, verbrennst du ein Buch. Willst du die Adresse eines Psychiaters?«

Carvalho verbrennt das Buch, ohne sich aus der Fassung bringen zu lassen.

»Von wem ist es heute?«

»Von Borges. *Lob des Schattens*, nach Meinung seines Sohns eines seiner besten Bücher. Ich rede vom Sohn von Borges.«

»Ein Sohn von Borges? Borges hatte keine Kinder. Man vermutet, daß er unberührt starb.«

»Er stellte sich als natürlicher Sohn von Jorge Luis Borges vor, und er sah ihm ähnlich.«

»Wo?«

»In den Arrestzellen von Pascuali. Ich vergaß, dir zu sagen, daß er mich ein paar Stunden in Haft behalten hat. Er zweifelte, ob er meine Zigarre zertreten oder mich festnehmen sollte, und beschloß, meine Rey del Mundo zu zertreten und mich für ein paar Stunden in eine Zelle zu stecken. Das soeben brennende Buch habe ich ein wenig durchgeblättert, irgend jemand sagte, man käme nie aus dem Labyrinth heraus. Ich habe, wie du bereits weißt, immer schon gedacht, von Kindheit an, daß ich nie nach Hause zurückkehren würde. In welches Zuhause?«

»Pepe, du bist ja noch trauriger als ich. Küß mich, aber nicht so wie vorher. Küß mich wie ein impotenter Liebhaber.«

»Und das in meinem Alter! Zweimal vortäuschen. So knapp hintereinander. Potenz vortäuschen. Impotenz vortäuschen.«

Aber er küßt sie wie ein impotenter Liebhaber, und dann macht er sich von Alma los, um die Scheite im Kamin zu ordnen.

In seiner besten, schäbig gewordenen Aufmachung wartet Don Vito im Innern seines Wagens. Er sieht zu oft auf die Uhr. Ein Taxi hält wenige Meter entfernt. Ein seltsames Wesen, Geschlecht, Körper und Gesicht nicht identifizierbar, steigt aus. Es bezahlt den Taxifahrer und dreht sich um: Madame Lissieux, als Rallyefahrerin im Stil der vierziger Jahre verkleidet, inklusive Brille und Gamaschen. Sie grüßt Don Vito liebevoll von weitem.

»Und wie sie daherkommt! Sie gleicht Fangio!«

Aber er ändert seine Miene, steigt aus und überläßt der Frau, nachdem er ihr die Hand geküßt hat, das Steuer, Geste eines geckenhaften Kavaliers gegenüber einem unbestimmten Automobillenker.

»Du bist wohl jeder Lage gewachsen.«

»Wen gilt es zu verfolgen? Einen gefährlichen Verbrecher?«

»Den gefährlichsten. Den Staat.«

Trotz der Brille läßt sich die professionelle Konzentration von Madame Lissieux erraten, als sie, bereit, ihr Ziel in Angriff zu nehmen, startet.

»Sie fuhr, als ginge es um ihr Leben, eher um meines als um ihres, Gallego, überholte wild, damit ihr Pascuali nicht entwischte, und riskierte dabei, daß Pascuali uns entdeckte und verhaftete.«

Carvalho fühlt sich in den Cafés von Buenos Aires wohl, wo neben dem Holz glattes Metall vorwiegt und es Raum gibt für die Zeit. Don Vito spielt den müden Mann nach einem unerträglichen Tag. Er lockert seine Krawatte, knöpft den Hemdkragen auf.

»Wissen Sie, was es bedeutet, der Polizei in einem Auto zu folgen, das ein Chauffeur – eine Synthese aus Juan Manuel Fangio und dem Maskierten Mann – lenkt, und der Chauffeur obendrein eine Frau, Madame Lissieux, ist?«

»Haben Sie einmal neben einer Frau gesessen, die die Avenida del Libertador y Callao mit hundertzwanzig Sachen überquert? Wissen Sie, was es heißt, an der Ampel von einem Polizisten aufgehalten zu werden, der meinte, wir wären zu schnell gefahren, und Madame Lissieux erwiderte: ›Halten Sie uns nicht auf, wir verfolgen dieses Polizeiauto da‹?«

»Hat man Sie festgenommen?«

»Nein, im Gegenteil. Er hat uns den Weg freigemacht, damit wir dem Polizeiauto folgen konnten.«

»Die Worte haben einen Herrn. Auftrag erledigt?«

Don Vito wirft theatralisch ein Blatt Papier auf den Tisch.

»Das gleicht der Nationalauswahl der reichen Argentinier, aber ohne Maradona. Diese Leute haben mehr Kohle als Fort Knox.«

Carvalho steckt das gefaltete Blatt ein. Don Vito hat wieder genug Atem, um mit einem nicht jungfräulichen Mädchen ins Gespräch zu kommen, das ihm vorrechnet, was eine Nacht, Bett ausgenommen, kostet.

»Ich habe mich nicht mit derartigen Absichten an Sie gewandt, sondern wegen der reinen Freude, den Duft der Dekolletés und Leisten einzuatmen.«

»Der Kerl ist vielleicht ekelhaft!«

Carvalho überläßt Don Vito seinem Schicksal und bittet den Taxifahrer, ihn zum Poloklub zu bringen.

»Zu welchem? Zu dem in Palermo?«

»Er heißt Hurlingham.«

»Ah, in den Hurlo. Dort gehen die Leute mit ganz viel Kohle hin.«

Unter nächtlichem Himmel, im Scheinwerferlicht, gehorchen die Männer der unerklärlichen Verfolgung des Balls. Ein Herrensport, denkt er, als er die letzten Würfe des Spiels beobachtet. Unter den aufbrechenden Spielern erkennt er Gálvez jr., sieht, wie dieser vom Pferd steigt und es lustlos und müde einem Stallburschen übergibt. Er hat Carvalho am Geländer entdeckt und winkt ihm zu. Als er näherkommt, zieht er sich die Handschuhe aus.

»Ich gehe mich duschen. Nehmen Sie einen Drink. Sagen Sie, Sie wären mein Gast. Man mag hier keine Fremden.«

Die Augen des Kellners blicken sehr streng und haben beschlossen, daß Carvalho es nicht verdient, sich in diesen so exklusiven Salons des Klubs aufzuhalten. Doch noch bevor er ihn mit einer allzu wohlerzogenen Andeutung abkanzeln kann, verschanzt sich Carvalho.

»Señor Gálvez hat mich gebeten, hier auf ihn zu warten.«

Obwohl Carvalhos Aufmachung weder Treffen noch Nichttreffen mit dem mächtigen Gálvez jr. vermittelt, beschließt der Kellner, den Satz als ausreichend anzusehen, um den Eindringling als Clubman zu behandeln.

»Möchten Sie etwas trinken, Señor?«

»Vier Finger breit Malt-Whisky, ohne Eis.«

»Vom teuersten?«

»Vom besten.«

»Das ist sehr subjektiv.«

»Ihr Problem.«

Der Kellner verbeugt sich und geht. Carvalho erleidet einen Anfall des Stockholm-Syndroms und mustert das übliche Publikum mit einer gewissen Zuneigung. Sportliches Outfit, gepflegte Körper, aber eine gewisse Irrealität, als wären alle Komparsen in einer Filmszene von Wohlstand, der schon nicht mehr zum Ende dieses Jahrtausends gehört. Der Maître, nicht der Kellner, kommt nun mit einer Flasche Whisky und einem Glas auf einem Tablett an seinen Tisch.

»Der Kellner hat mir Ihre Wünsche übermittelt, und ich habe mir erlaubt, sie zu interpretieren. Für diese Stunde habe ich einen Glenmorangie, einen Single Malt, ausgewählt, der sich sowohl zwischendurch als auch nach dem Essen eignet. Ich erlaube mir, diesen zwanzig Jahre alten vorzuschlagen und Ihnen in Erinnerung zu rufen, daß er mit Eis oder Wasser an Aroma gewinnt, aber seinen runden Abgang verliert. Whisky, wie Sie nur zu gut wissen, ist nicht wie Wein, der sich auf Gaumen und Zunge entfaltet. Whisky schmeckt man erst richtig in der Kehle.«

Carvalho willigt ein. Fünf Finger Malt im Glas, und Flasche, Glas und Tablett bleiben zu seiner Verfügung. Er hebt das Glas, riecht dreimal daran, während er die Flüssigkeit mehr oder weniger stark schwenkt, nimmt einen Schluck. Die Kehle dankt es ihm. Carvalho nickt zustimmend.

»Hervorragend, Señor …«

»Loroño, zu Ihren Diensten.«

»In meiner nächsten Reinkarnation werde ich Sie als Whiskysommelier engagieren.«

»Verzeihen Sie meine Neugierde, aber als was wollen Sie sich reinkarnieren?«

»Als Mitglied dieses Klubs.«

Die Ankunft eines tadellosen Gálvez unterbricht die Antwort des Maîtres.

»Wünschen Señor Gálvez das Übliche?«

Gálvez nickt und sieht auf die Uhr.

»Wartet das Flugzeug auf Sie?«

»Nein. Ich weiß, daß ich ziemlich gut ins Klischee passe. Flugzeug und Polo. Mein Vater hat mich dazu erzogen, einen Privatjet zu haben und Polo zu spielen, mich wie ein englischer Yuppie zu benehmen. Mein Vater war trotz allem anglophil, gehörte zu denen, die glaubten, daß die Probleme Argentiniens an dem Tag begannen, als wir die britische Kolonialisierung zurückwiesen. Ich leite dreißig Unternehmen über das ganze Land verstreut.«

»Die wirklichen Yuppies wissen nicht, daß sie es sind.«

»Ich habe einiges gelesen, nicht viel. Genug, um zu wissen, daß es nicht gut ist, ein Yuppie zu sein, ich meine, es ist nicht gut, als solcher zu gelten.«

Carvalho hält ihm den Zettel hin, den ihm Don Vito gegeben hat.

»Ihr Vater, senil oder klaren Verstandes, hat diese Herren erpreßt. Er wollte Geld, um sich auf friedliche Weise der Malvinen zu bemächtigen und die Welt mit Phalanstères zu füllen.«

Das Lesen jedes Namens ruft bei Gálvez jr. einen monotonen Ausruf nach Art einer Litanei hervor.

»Himmel. Himmel. Himmel...«

Dann betrachtet er verblüfft Carvalho.

»Ist er verrückt geworden? Er hat nicht etwa die unscheinbareren erpreßt, sondern die härtesten.«

»Die, über die er am meisten kompromittierende Informationen hatte.«

»Es schlug ein wie ein Blitz. Jeder von ihnen könnte den Mord finanziert haben.«

»Ist das üblich?«

»Wahrscheinlich. Und gefährlich. Man darf die geheime Mafia und noch weniger die öffentliche nicht herausfordern. Die öffentliche Mafia, die von den Subversiven Oligarchie genannt wird, ist viel gefährlicher. Gibt es Kopien von dieser Liste?«

»Pascuali hat sie alle aufgesucht.«

Carvalho glaubt fast hören zu können, wie der Yuppie nachdenkt und zu seinen Schlußfolgerungen kommt.

»Ich werde etwas Ähnliches tun müssen. Ich gehe direkt zum Kopf des Ganzen. Ostiz und Maetzu. Ich glaube, sie sollen erfahren, daß ich über alles Bescheid weiß.«

Der Maître bringt das übliche Getränk.

»Ihr Fruchtsaftmix, Señor.«

Gálvez beobachtet Carvalhos Reaktion und fängt zu lachen an.

»Ein Getränk à la Robinson. Wenn ich erwachsen, gewachsen bin, möchte ich Robinson Crusoe sein.«

Aber Geschäft ist Geschäft, und nach einem gesunden,

befriedigenden Schluck, den Carvalho mit einem ungesunden und nicht weniger befriedigenden wettmacht, befiehlt Gálvez eher als er sagt: »Ich möchte, daß sie mich zu dem Treffen mit Ostiz und Maetzu begleiten.«

Ein Sonnenstrahl zaubert auf Almas gelocktes Haar goldene Reflexe. Muriel folgt mit den Augen dem Leuchten – es sieht so aus, als würden dem Kopf der Professorin tatsächlich die Feuerzungen der Weisheit entspringen –, während diese ihren Monolog zu Ende führt.

»Demnach ist Robinson kein harmloser Mythos, sondern ein Vorschlag, die Rolle des Menschen in der Welt als ein individuelles Wesen zu verstehen, das in der Lage ist, durch Erfahrung, Intelligenz und die Garantie der göttlichen Vorsehung zu herrschen. Defoe gibt auf die Philosophie des Bürgertums, die unweigerlich aufsteigende Klasse, Antwort, und als didaktischer Vorschlag sollte Robinson schließlich realistischer sein als Rousseaus Émile. Rousseaus Émile trägt den Keim des Ungehorsams und der anarchistischen Rebellion in sich. Der zeitgenössische Liberalismus hat sich gegen den Vater des Liberalismus erhoben und verneint die Natur des Menschen als guter Wilder, der vom gesellschaftlichen Umfeld abhängt. Didaktische Literatur? Welcher Schriftsteller würde es heute wagen, Helden wie Robinson, Émile, Werther, Iwan Karamasow zu erschaffen? Verhaltensmodelle lassen sich nur aus der Hoffnung heraus entwerfen, selbst wenn diese angsterfüllt ist. Die Hoffnung kann eine theologische Tugend sein. Manchmal ist sie aber bloß eine historische Tugend oder eine biologische Notwendigkeit – eine biologisch-historische Notwendigkeit wie bei Bloch. Er erfaßte die Zukunft als Religion.«

Die Studenten ziehen sich zurück, Alma nimmt ihre

Sachen. Als sie den Kopf hebt, sieht sie Muriel vor ihrem Tisch stehen.

»Verzeihen Sie, wenn ich störe.«

»Im Gegenteil.«

»Ich habe *Robinson* gelesen, so wie Sie es angeordnet, nun ja, empfohlen haben. Und meine Sicht war eine andere, eine ökologische.«

»Man kann *Robinson* auch als Apologie des freien Argentiniers lesen, der am Wochenende bei sich zu Hause ein Asado veranstaltet. Das ist ein Scherz. Jedes hervorragende literarische Werk ist offen für die verschiedensten Lesarten. Der Leser ist immer freier als der Autor und verfügt über Jahrhunderte, um seine Interpretation durchzusetzen.«

Muriel murmelt »danke« und geht. Alma sieht ihr nach. In ihren Augen liegt eine professionelle Zärtlichkeit, doch ihre Lippen rufen: »Muriel.«

Das Mädchen ist überrascht, daß sich Alma an ihren Namen erinnert.

»Es gefällt mir sehr, wie du am Unterricht teilnimmst, wie du arbeitest. Du schreibst gut, zumindest soweit ich es aus den abgelieferten Arbeiten ersehen kann.«

Dem Mädchen hat es die Sprache verschlagen, sie möchte vor Freude weinen, und ihre Stimme zittert ein wenig, als sie flüstert: »Ich mag den Stoff sehr gern.«

»Woher kommt das? Hat deine Familie mit all dem etwas zu tun?«

»Nein, gar nichts. Mein Vater hat seine Geschäfte, und meine Mutter, nein, überhaupt nicht.«

»In den Ferien würde ich gern eine Literaturwerkstatt organisieren, nichts Schweres, sondern etwas Spielerisches, sehr Freies. Dazu möchte ich ein paar Studenten zusammenbringen, zum Schreiben, Meinungsaustausch und um Texte zu kommentieren. Würde dir das gefallen?«

»Natürlich!« entfährt es Muriel fast wie ein Schrei.

Alma ist gerührt und schlägt ihr vor, gemeinsam hinauszugehen. Als sie auf der Teppe sind, kommt Alma wie ein Flash die Rede ins Gedächtnis, die Robinson vor den Studenten gehalten hatte.

»Erinnerst du dich an den Dichter? Robinson? Kürzlich?«

Muriel weicht aus, da sie sich erinnert, daß es zwischen ihr und der Professorin keine Übereinstimmung gegeben hat.

»Vielleicht verstand ich nicht wirklich, was er sagte.«

»Ich habe es nicht deshalb erwähnt. Es bleibt nichts mehr von dieser Szene übrig. Robinson ist tot. Freitag ist tot... und ich glaube...«

Muriel ist bestürzt.

»Tot?«

»Und ich denke, was wohl mit dem Papagei geschehen ist? Und mit dem Lama? Und mit dem Lama? Vor allem mit dem kleinen Lama, dem armen.«

Don Vito hat ihm erzählt, wie seine nächtliche Eroberung ausgegangen ist: »Sie war keine Nutte, Carvalho. Eine fröhliche Witwe war sie.«

Aber er merkt, daß der Gallego nicht zu Vertraulichkeiten aufgelegt ist, und stellt es endgültig fest, als er ihm eine Seite des *Clarín* unter die Nase hält: »Pacho Escámez ermordet. Die Polizei verfolgt die Spur der Weißen Dame.«

»Nun ja, der alte Pacho. Das Schöne in seinem Leben kann ihm niemand mehr nehmen. Was aber haben Sie und ich mit diesem unseligen Ende zu tun?«

»Erstatten Sie für Sekunden die erträumten Brüste ihrer Besitzerin zurück, und lesen Sie nur vier oder fünf Zeilen. Ich habe sie für Sie angestrichen.«

»Durch einen Genickschlag hat einer der besten Moderatoren des argentinischen Fernsehens sein Leben gelassen. Die Polizei sucht nach der letzten ständigen Begleiterin des großen alten Hasen, verborgen unter den Initialen M.F.M., eine Frau, die als blond und weißhäutig beschrieben wird. Der Fall hat bereits einen Namen: Der Moderator und die Weiße Dame.«

»Die schlechte Frau!«

»Diese Ausgabe des *Clarín* ist fünf Tage alt, das heißt, Sie und ich lesen keine Zeitungen, oder wir lesen sie flüchtig.«

»So viel Korruption, so viel Sport. Schauen Sie. Maradona scheißt auf die argentinischen Politiker und sagt, er traut nur noch Fidel Castro.«

»Die Zeitung hat mir ein ehemaliger Klient, Don Leonardo, überlassen, und er möchte, daß wir ihn aufsuchen.«

Erneut ein niedergeschlagener Don Leonardo, mit Dreitagebart, einem Glas, das schon mehrmals mit Grappa gefüllt und wieder geleert worden war, Zigarettenstummel in den Aschenbechern. Eine gewissermaßen luxuriöse Unordnung. Don Leonardo geht zum Fernseher und dreht sich fragend zu ihnen um: »Haben Sie denn die Nachrichten nicht gesehen?«

Carvalho und Don Vito verneinen.

»Ich habe sie auf Video.«

Vom Bildschirm flimmert eine Anhäufung von Journalisten und Schaulustigen vor einem Gerichtssaal. Pascuali mit seinen Polizisten. Eine blonde, weißhäutige Frau, wenn auch mit einem Tuch auf dem Kopf und Sonnenbrille, versucht sich, verfolgt vom Mikrofon des Ansagers, einen Weg zu bahnen und wendet sich schließlich zur Kamera.

»Im Fall der Weißen Dame hat sich heute mittag eine Wende von hundertachtzig Grad ergeben. Marta Fanchelli Maluendas, die berüchtigte M.F.M., erschien freiwillig, um auszusagen, und aus ihrer Erklärung geht hervor, daß sie den Moderator Escámez nicht umgebracht hat.«

Marta spricht mit an das Mikrofon gehefteten Lippen, als würde sie es küssen: »Wie sollte ich jemanden mit einem Genickschlag töten? Ich halte mein Leben lang Diät und kann nicht einmal eine Fliege erschlagen.«

»Aber Sie wissen, wer es war.«

»Alles, was ich weiß, ist schon Angelegenheit des Richters und der Polizei.«

Sie zeigt auf die Polizisten und im besonderen auf Pascuali.

»Inspektor Pascuali war sehr liebenswürdig und sehr verständnisvoll.«

Die Hauptrolle gehört nun ganz dem Moderator.

»Und es konnte nicht anders sein. Von den Initialen M.F.M., die Marta Fanchelli Maluendas verbargen, sind wir auf die ebenso symmetrischen von L.C.L. gestoßen. Das neue Ziel der polizeilichen Ermittlungen.«

Don Leonardo unterbricht die Übertragung. Er verharrt einige Sekunden gedankenverloren vor dem Bildschirm, dann dreht er sich um.

»L.C.L. Leonardo Costa Livorno. Ich.«

Don Vito ist empört.

»Wie kann diese Schlampe es wagen?«

Carvalho fordert ihn auf zu schweigen, aber Don Vito ist bereits in Fahrt.

»Diese schlechte Frau!«

Don Leonardo sieht ihn mit verhaltenem Zorn an.

»Der Schein trügt. Marta, Marta ist eine außergewöhnliche Frau. Ich muß mein Herz ausschütten, Don Vito, Pepe, erlauben Sie mir, daß ich Sie Pepe nenne. Sie hat meinem Sohn ihre riesengroße Zärtlichkeit gegeben, versucht, ihn von dem Schwindel abzuhalten. Sie folgte ihm bis auf die Bahamas, weil sie das Schlimmste befürchtete, was schließlich auch eintraf. Der psychische Zusammenbruch des armen Jungen. Sie war ihm eine Frau, eine Frau voller Liebe, voller Leben. Sie ist keine Selbstmörderin, aber mein Sohn war ein Selbstmörder, ist ein potentieller Selbstmörder, wie sie mir klar und deutlich vor Augen geführt hat. Ich liebe sie, sie liebt mich. Dieses Schwein von Escámez hat sie erpreßt, ihr gedroht, wenn sie ihn verlassen würde, mir alles zu erzählen, und außerdem hat er ihr Liebhaber aufgedrängt, die ihr bei der Karriere helfen sollten.«

»Haben Sie ihn umgebracht?«

»Warum nicht ich? Ich sagte ihr, so sollte Sie es vor Gericht sagen. Ich, in einem Anfall von Empörung, als ich die ekelhaften Anträge des Alten mitanhörte.«

»Sind Sie ein Karatekämpfer?«

»Ich weiß mich zu verteidigen. Ich kann Ihnen einen Schlag mit der eisernen Faust verpassen.«

»Immer mit der Ruhe.«

Auch Carvalho ist dagegen.

»Vergessen Sie die eiserne Faust.«

»Morgen werde ich mich stellen, und ich will, daß Sie die Wahrheit sagen, daß ich sie für das haßte, was sie meinem Sohn angetan hat. Ich möchte, daß der Richter die ganze Geschichte kennt, die vom Haß zur Liebe und nicht von der Rache zum Tod führt. Ich bezahle Ihnen, was Sie verlangen.«

Carvalho und Don Vito sehen sich an, und Altofini spricht das Urteil.

»Wir als Zeugen kassieren nicht.«

Am nächsten Tag schalten Carvalho, Alma und Altofini das Fernsehgerät ein, um die Nachrichten zu sehen. Ein Wirrwarr von Journalisten und Gaffern, Pascuali und zwei Polizisten mit Leonardo in Handschellen, die sich in Pose setzen, und der Moderator verkündet: »Leonardo Costa Livorno, geständig des Mordes an Pacho Escámez, stellte sich heute morgen und erzählte eine Liebesgeschichte zwischen ihm und der Weißen Dame. Pacho Escámez wollte die Romanze verhindern, indem er die Frau, wie ihr Anwalt bestätigte, in Korruption und Mädchenhandel hineinzog.«

Als käme er soeben vorbei, erscheint der Anwalt und erklärt: »Es war eine Handlung im Affekt angesichts der heimtückischen Machenschaften des alten Lustmolchs. Ein Liebesimpuls. Don Leonardo hatte in der Vergangenheit Marta Fanchelli wegen ihrer Beziehung zu seinem Sohn gehaßt, bis er ihre menschliche Qualität entdeckte.«

Carvalho schaltet den Fernseher aus. Don Vito trällert den Tango *Cambalache*:

Zwanzigstes Jahrhundert, ein Trödelladen
voller Probleme und fiebernd,
wer nicht weint, hat nichts zu beißen,
und wer nicht klaut, ist ein Depp.
Nur weiter so! Immer drauflos!
Dort unten im Ofen werden wir uns wiedertreffen!
Denk nicht mehr nach,
rück zur Seite,
niemanden kümmert es,
ob du ehrbar zur Welt kamst.
Du gleichst, auch wenn du Tag und Nacht
schuftest wie ein Tier,
dem Schlächter, dem Heiler.
dem Gesetzesbrecher.

Alma schlürft einen Matetee und merkt an: »Sie werden ihm eine kräftige Haftstrafe aufbrummen.«

»Zunächst haben sie ihm strafmildernde Umstände zugestanden. Er wird wenig absitzen müssen. Nur in den Tangos bringt einen Liebesleid lebenslänglich ins Gefängnis.«

Kellner in Livree und mit Silbertabletts. Carvalho, von einem fleischfressenden Lehnstuhl verschluckt, sieht sie vorbeigehen. Gálvez jr., dessen Körper an derartige Hingabe gewöhnt ist, ist es gelungen, sein Knochengerüst den verschlingenden Absichten des einer Seegurke gleichenden Sessels aufzuzwingen. Die andern beiden Gesprächspartner, Ostiz und Maetzu, sitzen in aller Natürlichkeit da und verlieren Carvalhos mit Ellbogen und Hintern geführten Kampf, sich in Gesprächsposition zu bringen, nicht aus den Augen. Ostiz, kantig und edel glatzköpfig, hat begonnen, Gálvez zu unterweisen.

»Ich glaube, Richard, es wäre dumm, wenn die Leiche deines Alten das Davor und Danach von Beziehungen spaltet, die notwendigermaßen gut sind.«

Maetzu verfolgt das Gespräch mit trunkenen, traurigen Augen und einer Brosche aus einem halben Kilo Platin.

»Bedauerlicherweise wird ihm nichts mehr das Leben zurückgeben, und du hast mit deiner Arbeit und Intelligenz das Beste deines Erbes gerettet.«

Ostiz schaltet sich, vom Orchester eingeladen, ein.

»Richard, du mußt anerkennen, daß es dieser letzte Gálvez, dieser poetische Mann, ebenso pathetisch wie poetisch, das ist das Wort, der sich als Robinson verkleidet und uns die Lektion seines universellen Sinns für Solidarität erteilt, verdient, von uns nicht vergessen zu werden.«

Maetzu schließt seine alkoholschwangeren und traurigen Augen, um zu sagen: »Er war einer von uns, und man soll wissen, daß wir an die anderen denken, daß sich nicht alles auf das Scheffeln von Reichtum beschränkt. Die begüterte Klasse Argentiniens hat durch die Rückkehr der Hemdlosen eine schlechte Presse. Die Zeiten sind vorbei, wo wir zusammen mit den Gewerkschaften demonstrierten. Selbst unsere Frauen sind zu Perón-Anhängerinnen geworden.«

»Must von Cartier, Parfüm und Achselschweiß. Ich las es im *Nuevo Porteño.*«

Carvalhos Kommentar hat Ostiz erheitert und Maetzu verärgert. Gálvez bedeutet mit einem Nicken, daß Carvalho zum Angriff übergehen kann.

»Mein Klient und ich wollten die zweifellos nichtige Angelegenheit, daß jemand befahl, Señor Gálvez und seinen Chauffeur umzubringen, nicht unbeachtet lassen.«

Ostiz und Maetzu sehen sich an und verlangen übereinstimmend nach einem Bediensteten des Klubs. Der kommt mit einer riesigen, feinen Ledertasche, von denen, die Architekturprojekte zu beinhalten pflegen, herbei, und zieht aus ihr einen großen Plan hervor. Die Finanziers müssen sich erheben und ihn vierhändig ausbreiten wie ein Laken. Das Augenfälligste darauf ist ein Fluß, zwischen Buenos Aires und seiner Mündung. Ostiz übernimmt die Erklärung des Projekts.

»Wir werden eine künstliche Insel zu Ehren deines Vaters errichten. Sie soll Robinson-Joaquín-Gálvez-Insel heißen, und wir haben das Grundkapital schon garantiert. Es ist sogar sehr wahrscheinlich, daß wir mit der Unterstützung von Bush-Geldern rechnen können. Eigentlich ist es unsererseits ein Wohltätigkeitsprojekt, und was Bush betrifft, werden wir schon sehen. Dir sind fünfzehn Prozent zugesichert, Richard. Ein Teil des Gewinns der Robinson-Insel, ein Vergnügungspark, wird jedenfalls in die Erforschung neuer Krankheiten fließen. Wir werden Aids nicht erwähnen, damit niemand es mit deinem Vater in Verbindung bringen kann.«

Carvalho besteht auf seiner Rolle als Wortführer des stummen Richard Gálvez.

»Warum eine künstliche Insel? Gibt es denn keine natürlichen mehr?«

»Die haben Preise! Alles im Tigre ist bereits verboten teuer, und in Buenos Aires erinnert man sich noch an den Quatsch mit der künstlichen Insel von Le Corbusier.«

Gálvez jr. hat sich der Logik der Industriellen angeschlossen und nickt zustimmend. Ja, in der Tat, eine natürliche Insel wäre unmöglich. Maetzu verfällt ins Träumen.

»Ich sehe sie! Ich sehe sie vor mir! Die Insel von Robinson, ›Joaquín Gálvez‹!«

Carvalho wartet, daß Richard auf die Frage des Todes seines Vaters zurückkommt, und unternimmt einen letzten Versuch, sie zur Sprache zu bringen.

»Kehren wir zur Insel des Nimmermehr zurück, Señores. Haben Sie auf diese Frage eine Antwort ...?«

»Lassen Sie es, Carvalho«, hat Richard Gálvez angeordnet, wie es nur ein Industrieller tun kann, und Carvalho denkt, daß der alte Gálvez letztlich Richards Vater und nicht seiner war. Und er hört Richard zu, wie er mit den Anstiftern des Mordes an seinem Vater seelenruhig plaudert, wie sie sich schließlich einigen, den gleichen Code verwenden, Trinken und Essen für die nächsten Tage vereinbaren, wenn auch Richard manchmal zu Carvalho sieht, seinen Gedankenprozeß erraten und ihn ins Spiel bringen möchte.

»Señor Carvalho ist ein richtiger Gourmet.«

»Tatsächlich?«

»Ich hasse Gourmets, aber in gewissem Sinn bin ich einer.«

»Sehr interessant.«

Ostiz hat sich interessiert gezeigt.

»Ich besitze Weinberge, Wein, und stellte mit Freunden einen Gourmetklub auf die Beine. Wir tafeln unter uns im Chez Reyero, sprechen über das, was wir essen, was wir aßen und was wir essen werden. Wollen Sie sich als eingeladen betrachten, Señor Carvalho? Du selbstverständlich auch, Richard.«

»Ich kann eine Kartoffel nicht von einer Aubergine unterscheiden.«

»Werden Sie unser Gast sein, Carvalho?«

Werde ich Gast dieser Bande von Mistkerlen sein? überlegt Carvalho. Antworte, antwortet er sich.

»Ja.«

Die geschmückte Jacht fährt am Flußufer entlang. Der Nebel ist so schmutziggrau wie das Wasser, doch der Glanz der eingeladenen Leute und die Lichter verleihen ihrem langsamen Dahingleiten etwas Magisches. An Bord Delinquenten, die sich eines hervorragenden Lebens erfreuen, mindestens ein Erzbischof, vermeintliche Figuren der Politik, Presse, Fernsehkameras. Gálvez ist die Stimme aus dem Off, die Carvalho die Liste der prominenten Gäste ins Ohr flüstert. Von der höchsten Brücke aus ruft Maetzu: »Insel in Sicht!«

Das Schiff geht vor Anker. Ostiz zeigt strahlend auf die umliegende Wasserfläche: »Da ist die Insel!«

Carvalho kann sie nirgends sehen. Aber die Leute begeben sich an Backbord und entdecken dort eine kleine Betonmischmaschine, die an Bord eines Boots arbeitet, und als die Mischung fertig zu sein scheint, verneigt sich Ostiz, damit der Bürgermeister den Rest tut und der Erzbischof segnet. Der Bürgermeister verfolgt mit seinem Blick die Bewegungen der Arbeiter, die die erste Ladung Beton an die Stelle kippen, an der die Insel wachsen wird. Der Erzbischof segnet. Der junge Gálvez flüstert verwundert in Carvalhos Ohr: »Sie haben zwanzig Millionen Dollar veranschlagt.«

Aber er verstummt, denn es ist Zeit für die Ansprachen und auch für eine sanft klingende, unvollendete Nationalhymne. Gálvez nimmt Carvalho am Arm.

»Papa wird zufrieden sein. Robinson vielleicht nicht. Fühlen Sie sich nicht enttäuscht, Carvalho. Die Wahrheit ist nicht immer vonnöten. Man muß den richtigen Moment abwarten. Er wird kommen, oder ich werde ihn herbeiführen. Ich versichere Ihnen, daß die Sache nicht ungestraft bleiben wird. Kommen Sie, ich lade Sie zum Abendessen ein. Gehen wir nach Puerto Madero, man hat mir gesagt, daß dort das kulinarische Angebot interessanter ist als in Recoleta. Seit Gato Dumas wegging, ist in Recoleta wieder alles wie immer. Gefällt Ihnen mein Vorschlag nicht? Ich sehe Sie sehr lustlos.«

»Man trinkt, um sich zu erinnern, man ißt, um zu vergessen. Wie lösen Sie diese Regel der Prioritäten?«

Gálvez denkt nach, reagiert schließlich.

»War das nicht umgekehrt? Es geht darum, sich zu erinnern oder zu vergessen, je nach unseren Bedürfnissen.«

Schon am Tisch eines italienischen Restaurants mit dem Anspruch, mit den besten italienischen Restaurants, denen New Yorks, vergleichbar zu sein, versucht Carvalho die Fülle melancholischer Gedanken von Gálvez jr. aufzunehmen, bis sich ihm eine behandschuhte Hand auf die Schulter legt und, als er den Kopf hebt, Marta, die Weiße Dame, dasteht, mit ihrem rosafarbenen Lächeln und ihrer herabfallenden goldenen Haarmähne.

»Erinnern Sie sich an mich?«

Carvalho steht auf und stammelt: »Beatriz oder Marta, Sie sind unvergeßlich, können Sie sich denn an mich erinnern? Aus Spanien? Der Fall Frigola? Señor Frigola?«

Doch sie lacht bloß, setzt ein Kompliment voraus, das sie nicht gehört hat. Sie hat es eilig mitzuteilen: »Leonardo sitzt im Gefängnis. Für kurze Zeit.«

»Das weiß ich.«

Da sieht er, daß Marta in Begleitung eines gutaussehenden jungen Mannes ist, der in angemessener Entfernung auf sie wartet.

»Unsere Geschichte ist zu Ende, ich meine, was zwischen mir und Leonardo war. Aber wir sind weiterhin gute Freunde. Ich besuche ihn jede Woche. Keine Sorge. Ich bin nicht mehr damit einverstanden, daß sich die Männer wegen mir umbringen.«

»Sie können einen das Fürchten lehren. Es gelingt Ihnen, daß sich die Männer umbringen und für Sie töten.«

Sie lacht schallend und drückt dankbar einen sanften Kuß auf Carvalhos Lippen, bevor sie an ihren Tisch geht. Carvalho setzt sich und übergeht Gálvez' stumme Neugierde. Marta hat ihre Hüften auf einem Stuhl gegenüber von ihrem Begleiter plaziert und nutzt das erste ihr servierte Glas Champagner, um sich zu ihrem Landsmann umzudrehen und ihm schweigend aus der Entfernung zuzuprosten. Der Detektiv erwidert die Geste. Gálvez verrät seine Neugierde.

»Wer ist sie? Darf man das erfahren?«

»Eine schlechte Frau. Für eine schlechte Frau kann man das Leben, die Kohle, beides lassen. Mögen Sie schlechte Frauen?«

»Ich kenne den Mann an ihrer Seite. Er ist der Sohn von Leonardo, dem reichen Damenunterwäschefabrikanten.«

»Ist der nicht zu einer Sekte gegangen?«

»Ich bin nicht auf dem laufenden. Aber ich antworte auf Ihre Frage. Ja. Ich mag schlechte Frauen. Sie entzücken mich.«

Carvalho breitet den Arm, die Hand aus und lädt Gálvez ein, die Entfernung zu überwinden, die ihn vom Verderben trennt.

»Nur zu, aber versuchen Sie, niemanden ihretwegen zu töten.«

Die schlechte Frau hat die strenge Rede ihres jungen

Begleiters vernachlässigt und aus der Ferne das sie miteinbeziehende Gespräch verfolgt. Die schlechte Frau sieht Gálvez jr. vielsagend an, und er hält ihrem Blick stand und hebt sein Glas, um ihr schweigend zuzuprosten.

4
Der natürliche Sohn von Jorge Luis Borges

In der ältesten Hafengegend von Buenos Aires, jenseits vom touristischen Teil von La Boca: ein Mann, schlecht gepflegte, vernachlässigte vierzig Jahre alt, obwohl sein Verhalten etwas vermittelt, das man früher einmal »aus gutem Stall« genannt hat – vielleicht liegt es aber auch nur an seinen lautlosen Bewegungen. Er späht mißtrauisch von der einen zur anderen Straßenseite. Schließlich schlüpft er durch die unversperrte Tür eines verlassenen Lagers. Er sucht schwankend nach einem Winkel, keiner scheint ihm geeignet, doch schließlich läßt er sich langsam nieder und beginnt einen Schuß vorzubereiten, mit dem Ritual, das das Heroin verlangt. Er setzt sich den Schuß. Sein Gesicht entkrampft sich und nimmt zufriedene Züge an. Ein anderer Mann ist ihm gefolgt. Das Licht hinter ihm macht es unmöglich, sein Gesicht zu sehen. Der Mann holt unvermittelt aus und schlägt dem Drogensüchtigen mitten ins Gesicht, der die Schläge ohne zu schreien hinnimmt. Die wandernden Augen sehen die Faust kommen, und sie schließen sich in Dunkel und Sternenfluchten. Ein Dutzend Fausthiebe eines mit jedem Mal wütenderen Angreifers treffen den Kopf des Opfers. Am Ende bleibt der Körper auf dem Boden hingestreckt liegen, vor den ruhigen, man könnte auch sagen gelassenen, Füßen des Henkers.

Stuck, Alabaster, Marmor, Kristallüster. Ein theatralisches Szenario für eine Pressekonferenz. Fernsehkameras, Journalisten, Radioreporter mit den an ein phallisches Mikrofon gehefteten Lippen, die knisternde Spannung vor wichtigen Ereignissen, und plötzlich hört man den Kammerton der unvermeidlichen Vorfälle, eine tiefe, dunkle Stimme, die wie vom Himmel herab vorträgt:

Der Himmelskreis mißt meinen Ruhm.
Die Bibliotheken des Orients streiten um meine Verse.
Die Emire kommen, um mir den Mund mit Gold zu füllen.
Die Engel rezitieren mein letztes Gedicht schon auswendig.
Meine Arbeitswerkzeuge sind die Demütigung und die Angst.
Wäre ich bloß tot zur Welt gekommen.

Überraschte Journalisten, nicht nur Sportreporter, die an diesem Tag ein als patriotisch und literarisch angekündigtes Ereignis wahrzunehmen haben, blicken, den Ursprung der Stimme eines so exotischen Gottes suchend, nach oben. Mit dem Ende des Vortrags erscheint hinter einem Vorhang ein grobschlächtiger, kräftiger Mann, ja man könnte meinen, Jorge Luis Borges höchstpersönlich.

»Borges!« rufen selbst die Zweifler oder diejenigen, die nicht wissen, daß der Dichter schon tot ist.

Der große Mann beherrscht gewandt die Situation und nutzt die entstandene Erwartung, um sich in die Mitte des Podiums zu begeben, die Journalisten ernst anzusehen und mit ganz nach Borges klingender Stimme auszurufen: »Meine Damen und Herren, ich heiße Ariel Borges und bin der natürliche Sohn von Jorge Luis Borges.«

Gemurmel, Geflüster, das eine oder andere Pfeifen, doch der angebliche Sohn von Borges erhebt die Arme, um Ruhe zu gebieten.

»Ich bin die Sensation des Jahrhunderts und werde

Ihnen die Schlagzeile für Ihren Chronikteil liefern: das bestgehütete Geheimnis der Weltliteratur.«

Flashs, Scheinwerfer für die Filmkameras. Vor dem angeblichen Ariel Borges drängen sich die Aufnahmegeräte der Journalisten, Mikrofone, Fragen: »Was war der Ursprung dieses Wunders?«

»Meine Mama ist die Tochter eines exzentrischen englischen Lords und einer Prinzessin aus Samarkand. Sie war Tänzerin und lernte meinen Vater bei einer Tournee durch Argentinien kennen.«

»Welchen Tanz führte Ihre Mutter vor? Bauchtanz?«

»Meine Mama war ein Schlangenmensch und konnte den *Sterbenden Schwan* nach Art der Spinnentiere tanzen, wie Carlota von Ussler, die sich, nach hinten gebogen, wie auf vier Beinen bewegte.«

»Und wie gelang es Ihrer Frau Mutter, eine derart befruchtende Aktivität des hervorragenden Schriftstellers Jorge Luis Borges zu inspirieren?«

»Mein Papa, will heißen Borges, bekannte sich nie öffentlich zu seiner Vaterschaft, um Tante Nora oder Tante Victoria nicht aufzuregen, und meine Mutter gab eine überzeugende Erklärung ab: Jorge Luis hatte anstelle von Samen immer Tinte besessen, und die Vorstellung, einen Sohn zu haben, jagte ihm einen Schrecken ein, so als wenn ihm alle Tintenfässer ausgetrocknet wären.«

»Und wie steht's um Ihre Tintenfässer?«

Borges jr. läßt sich nicht aus der Fassung bringen. Er macht eine Handbewegung, und hinter dem gleichen Vorhang, der seiner Erscheinung Platz gemacht hat, tritt eine kleine, dünne Frau hervor, mit ausdruckslosem, etwas angewidertem Gesicht, wie die Miniaturausgabe einer Hauslehrerin, aber geschminkt wie eine Alte, die sich weigert zu altern. Die Frau raucht Pfeife, schiebt einen mit Büchern vollgestopften Einkaufswagen vor sich her. Sie bietet den Journalisten Bücher an und leiert lustlos die Titel der

Werke herunter: *Geheimer Brief an den Vater* und *Universalgeschichte der Niedertracht.* Während die Frau die Verteilung übernimmt, füllt Borges jr. den Raum mit seiner Stimme.

»Ich bin der Sohn eines Königs und einer Prinzessin. In meinen Adern fließt die Tinte oder das Blut, womit Wordsworth seine *Ode an die Unsterblichkeit* geschrieben hat.«

Stunden später, vor den Fernsehkameras, in einem Studio, dessen Ausstattung dem literarischen Ereignis des Jahrhunderts angepaßt ist, bewahrt er weiterhin diese Haltung. Ariel Borges setzt den vor Journalisten begonnenen Satz fort: »Ich sage immer, daß ich Sohn eines Königs und einer Prinzessin bin und daß durch meine Adern die Tinte oder das Blut fließt, womit Wordsworth seine *Ode an die Unsterblichkeit* geschrieben hat.«

Die Kamera erweitert das Blickfeld, und neben dem angeblichen Sohn von Borges erscheint eine irgendeiner literarischen Phantasmagorie von Jorge Luis Borges entsprungene Moderatorin. Beide sind im Bett. Sie in Unterwäsche und Borges, mit dem Oberkörper in Tweed und Krawatte zwischen den Laken hervorsehend und mit einer Tasse Tee zwischen den Fingern.

»Aber Sie als glückliche Frucht einer poetischen Begegnung, keiner geringeren als der von Borges und einer Tochter der Prinzessin von Samarkand.«

»Die Prinzessin ist meine Großmutter.«

»Genau das, Ihre Großmutter. In diesem Treffen liegt etwas Magisches. Wie war es?«

Das Bild schwenkt von den großen Augen des Sohnes seines Vaters zu einer von Schauspielern dramatisierten Erinnerung, wie der Ursprung seines Lebens hätte sein können.

»Meine Mutter trat in einem kleinen Theater in Palermo Chico auf, das es schon nicht mehr gibt, und mein Papa war in jener Nacht mit seiner unverzichtbaren Truppe hingegangen: Victoria Ocampo, Tante Nora, Onkel Guillermo, der Gallego war, Bioy. Wenn Bioy sprechen wollte, aber Bioy will Borges mit niemandem teilen. In jener Nacht…«

Das die Erinnerung heraufbeschwörende Gesicht verschwimmt, und auf dem Bildschirm erscheint das Flashback. Die seltsame Irrealität der Erinnerung verwandelt sich in die Irrealität eines völlig unwirklichen Szenarios: Die Schlangenfrau raucht Pfeife und tanzt auf allen Vieren, gefährlich verrenkt, nur von einem Klavier begleitet. Zwischen Rauch und Gegenlicht aus dem Saal hebt sich die Gestalt von Borges ab, dargestellt von seinem vermeintlichen Sohn, der während des Tanzes aufsteht und rezitiert:

Vierfüßig in der Morgenröte, aufrecht am Tag,
und mit drei Beinen umherirrend durch den leeren
Kreis des Nachmittags; so sah
die ewige Sphinx ihren unbeständigen Bruder,
den Menschen; und mit der Dämmerung kam ein Mensch,
der entsetzt im Spiegel des monströsen Bildes den Widerschein
seiner Neigung und seines Schicksals entschlüsselte.
Wir sind Ödipus und sind auf eine ewige Weise
die ausgestreckte und dreifache Bestie, alles,
was wir sein werden und was wir gewesen sind.
Es würde uns auslöschen, die gewaltige Form
unseres Seins zu sehen; barmherzigerweise
beschert uns Gott Nachkommenschaft und Vergessen.

Die Frau hat aufgehört zu tanzen und wird zu einem polyedrischen, fleischlichen Rhombus, die Beine über ihren vorgestreckten Kopf gekreuzt, als wollte sie im Publikum den Dichter erspähen. Sie sieht nicht gut, und ohne ihre seltsame Stellung aufzugeben, zieht sie aus irgendeiner unsichtbaren Falte ihres Kostüms eine Brille hervor, setzt sie auf und hat erneut die rauchende Pfeife im Mund. Doch dann geht sie wieder in die Vertikale, schreitet durch die

Kulissen des Theaters, Borges an der Hand, einen großen, gewichtigen Mann, langsam, ungeschickt, als wäre er schon blind. Kulissen und Gang unwirklich und im Off die Borges-Stimme des Sohnes: »›Und sie durchschritten die Gänge der eigenen Erinnerung, um zur geteilten Zukunft eines Lagers aus Klage und Wollust zu gelangen.‹«

Der Gang mündet in einer Künstlergarderobe, und als die Tür aufgeht, ist sie zur Gänze von einem riesigen Himmelbett mit salomonischen Säulen eingenommen. Die Verrenkungskünstlerin verläßt den Mann. Sie läuft zum Bett und vollführt eine merkwürdige Figur, völlig verknotet, aber mit dem Geschlecht in die korrekte Richtung, dem herankommenden Liebhaber zugewandt. Der beschleunigt plötzlich seinen Schritt, so als könne er Sehnsucht und Verlangen nicht mehr länger zurückhalten. Trotz der schwierigen Stellung raucht sie weiterhin Pfeife.

Sie kehrt zur Wirklichkeit der Bühne zurück, wo die Moderatorin Borges jr. gegenüber ironisch wird.

»Also gut! Was Sie erzählt haben, klingt phantastisch, im borgianischen wie im absoluten Sinn des Wortes.«

»Im borgianischen und im absoluten, ja. Im relativen nicht.«

»Im relativen natürlich nicht. Und sagen Sie, Señor, wie möchten Sie, daß ich Sie anspreche? Als Borges, Borges junior? Junior?«

»Alles, nur nicht junior.«

Carvalho hat das Interview mit dem vermeintlichen Sohn von Borges, die dramatische Umsetzung seiner Erinnerung, von zu Hause aus verfolgt, während er in einer Schüssel Eier verquirlt. Die Moderatorin fragt soeben: »... wie möchten Sie, daß ich Sie anspreche? Als Borges? Borges junior? Junior?«

»Alles, nur nicht junior.«

Die Antwort hat Carvalho, der weiterhin vor dem Fernseher Eier verquirlt, gefallen.

Was bleibt von der Welt, wenn man sie durchs Whiskyglas betrachtet? Regale, auf denen alle Flaschen für die Gäste des Tango Amigo bereitstehen. Carvalho hat sich die Frage schon beantwortet und stellt fest, daß Alma dasselbe, aber ohne Filter betrachtet. Verblüfft angesichts der Flaschen, aber ohne das Whiskyglas vor Augen. Weiter hinten nehmen die Leute auf ihren Stühlen an den mit Lampen bestückten Marmortischchen Platz. Alma trinkt mild etwas Mildes, einen Früchtecocktail, nach dessen Namen sie nicht gefragt hat. Carvalhos selbstbezogener Kommentar dringt zu ihr.

»Ich schwöre dir, der Kerl meint es ernst. Er sprach von seinem Papa, als würde er daran glauben, daß es sein Papa ist. Ich kenne dieses Gesicht.«

»Er sieht Borges ähnlich, warum sonst so eine Aufregung?«

»Ich habe diesen Kerl schon irgendwo gesehen.«

»In deiner letzten Reinkarnation vielleicht. Warst du Verrenkungskünstlerin in deiner vorigen Reinkarnation?«

Carvalho ist mit dem Wiederkäuen seiner eigenen Erinnerung beschäftigt, doch die Lichter gehen aus, die Vorstellung beginnt, und Schweigen legt sich über den im Halbdunkel liegenden Raum wie ein Schleier, so leicht wie der Cocktail, den Alma trinkt, oder wie die Gaze, die ihre festen Brüste nuanciert. Silverstein ist nach Art der englischen Schriftsteller am Übergang des 19. zum 20. Jahrhundert gekleidet und erinnert mit seinem Mittelscheitel etwas an Oscar Wilde.

»Ich stelle mich vor. Ich bin der Sohn von Oscar Wilde und vom jungen Lord Douglas. Meine Geburt wurde geheimgehalten, weil ich, seit ich mich meines Verstandes bedienen konnte, beunruhigende Triebe an den Tag legte, und mein argentinischer, eher Lacan als Freud zugeneigter Psychiater vermutet, daß ich Jack the Ripper war. Ich besuchte die Schule der natürlichen Kinder oder Waisen von Schriftstellern und lernte dort Arielito Borges, Macedonita Fernández, Osvaldita Soriano, Manolito Puig und andere kennen, deren Abstammung väterlicherseits sich vermuten ließ, aber nicht anerkannt war. Es gab zum Beispiel ein halbes Dutzend Mädchen, die Jorge Asís glichen. Sie brachten uns alles außer Schreiben bei, und als sich bei einer wissenschaftlichen Untersuchung der Chromosomen herausstellte, daß wir Schriftstellergene hatten, die über das für eine Beschäftigung bei *Caras* erforderliche Niveau hinausgingen, löschte man sie uns. Unsere Papas wollten nicht die geringste Konkurrenz. Über den Tod der Väter ist alles geschrieben worden, was aber über den Tod der Söhne? Träumen denn die Väter nicht vom Tod der Söhne, um ihren eigenen hinauszuzögern? Deshalb erstaunt es mich, daß Arielito Borges schreibt.«

Er ahmt eine Kinderstimme nach: »Arielito war als kleiner Junge sehr dickköpfig, und um seinen Vater zu ärgern, las er die englischen Schriftsteller auf portugiesisch. Ein beeindruckender Eifer, denn er konnte kein Portugiesisch. Arielito Borges, Borges junior, aber ich glaube, Adriana Varela möchte Ihnen etwas über das genetische Wunder vorsingen.«

Das Licht schwenkt zu Adriana Varela. Carvalho kann seinen Blick nicht von der Talsohle ihres Dekolletés abwenden, bis Alma ihm eine Hand auf die Augen legt.

»Du mieser Lustmolch.«

Applaus beim Erscheinen der Sängerin. Silverstein geht zu ihr und küßt ihr die Hand.

»Erstaunliche Nachricht, Adriana, nicht wahr? Wer hätte gedacht, daß der Alte etwas anderes als Tinte in den Adern hatte?«

»In den Adern hat man so viele Dinge.«

»Titel des Tangos?«

»Borges junior.«

»Verfasser?«

»Borges junior.«

Die Scheinwerfer nutzen den Moment, um ins Publikum zu schweifen, und zum größten Erstaunen eines Großteils des Publikums taucht der mächtige Körper von Borges jr. auf. Die Meinungen sind geteilt, wenn auch das Schweigen den Applaus überwiegt. Silverstein verstummt, zeigt auf Adriana und verschwindet im Schatten. Adriana singt:

Sohn!
Borges junior
nennen dich schon
Dirnen
mit Krampfadern,
Professoren
mit Würmern.
Gib acht,
was du sagst!

Sohn!
Borges junior
rufen dich öffentlich
wundertätige
Chromosomen,
Kandidaten
zu Personen.
Es ist schon Zeit
für die Neuronen.

Sohn!
Der Stoff soll dir nützen,
und Danke für deine Dienste,
die mich zum Zuchthengst machten.

Laß mich nicht hängen,
wenn ich in Schwierigkeiten bin.
Buenos Aires ist darauf erpicht,
mich für immer zum Schweigen zu bringen.

Gib acht, was du sagst,
denn du bist Fleisch von meinem Fleisch,
Hoden meiner Hoden,
Wollust eines Abends.

Sohn!
Borges junior
nennen dich schon
Dirnen
mit Krampfadern,
Professoren
mit Würmern.
Gib acht,
was du sagst!

Sohn!
Borges junior
rufen dich öffentlich
wundertätige
Chromosomen,
Kandidaten
für Personen.
Es ist schon Zeit
für die Neuronen.

Sohn!
Der Stoff soll dir nützen,
und Danke für deine Dienste,
die mich zum Zuchthengst machten.

Und inmitten des Beifalls dröhnt die Stimme Carvalhos, der den postumen Sohn nicht aus den Augen gelassen hat, wie ein Donner dicht an Almas Ohr.

»Jetzt weiß ich's! Diesen Kerl habe ich in den Arrestzellen Pascualis kennengelernt.«

Zwei Fäuste bewegen sich im Ring. Geschickte, vom Publikum angefeuerte Fäuste. Peretti und Negro Salta. Peretti, Mittelgewicht, etwa dreißig, dem Anschein nach noch nie auf die Nase getroffen. Sein Beinspiel gleicht dem eines Fechtmeisters. Er wirkt wie ein sich dem Boxen widmender Prinz. Der andere ist ein aus Salta stammender, prismatischer Sandsack, der dem ständigen Spiel des Prinzen im Ring Kraft und Mut entgegensetzt.

»Schwarzer! Polier diesem Lackaffen endlich die Fresse!« schreit ein Zuschauer.

»Noch ist keiner geboren worden, der Peretti ins Gesicht schlagen kann!« erwidert eine Stimme.

»Boxen ist Männersache!«

»Dann steig du Idiot doch hinauf, um ihm die Fresse zu polieren!« ruft eine unzureichend blonde Frau.

Der Begleiter der Blondine versucht, sie im Zaum zu halten.

»Spiel jetzt nicht verrückt, am Ende muß ich es ausbaden.«

Doch die Frau wirft sich weiterhin gegen den Kritiker Perettis ins Gefecht.

»Ja, klar. Hier unten hast du mächtig Mumm!«

»Komm mit mir ins Bett, und ich zeig dir, daß ich mehr Mann bin als der Hahnrei dort neben dir!«

Der Begleiter der Blondine seufzt resigniert. Er legt seinen sehr eleganten Mantel, den weißen Schal ab, läßt alles sorgfältig auf einem Stuhl, dreht sich zu demjenigen um, der ihn beschimpft hat, und verpaßt ihm ohne Vorwarnung einen nach allen Regeln des Boxkampfes korrekten Faustschlag. Die Zuschauer laufen zusammen. Die Blondine, hysterisch, will dem Gegner ihres Mannes die Augen auskratzen, während Perettis Fäuste endgültig Negro Salta schlagen, der sich mit aufgegebener Deckung um sich selbst dreht und zusammenbricht. Allgemeines Gebrüll. Peretti kehrt ganz langsam rückwärts in seine Ecke zurück. Er stützt die Ellbogen auf das Seil und sieht mit einem genugtuenden Blick ins Publikum, das nun in einen anderen Kampf vertieft ist.

Die auf natürliche und überraschende Kinder spezialisierte Fensehmoderatorin faßt die verschiedenen Meinungen, die zur Entdeckung der Existenz von Ariel Borges kundgetan wurden, zusammen. Ihre Stimme ertönt aus dem Off, hinter dem Gesicht Maradonas, während sie verschiedene Äußerungen vorträgt:

»Die landes- und weltweiten Reaktionen auf die Möglichkeit, daß Jorge Luis Borges einen natürlichen Sohn gehabt haben soll, waren unterschiedlich. Nur der engste Kreis um Borges, vor allem seine Witwe María Kodama, haben diesbezügliche Aussagen verweigert oder ihre größte Verachtung für den von ihnen als Opportunismus eines Schwindlers bezeichneten Vorfall zum Ausdruck gebracht. Andere jedoch teilten uns ihre Meinung dazu mit:

›Die Liebe wirkt Wunder‹, sagt Maradona.

›Was die Fruchtbarkeit der Argentinier betrifft, würde mich nichts überraschen‹, merkt Menem an.

›Und ich bin Sohn von Christoph Kolumbus und Isabella der Katholischen‹, äußert Serrat.

›Auf Tintenbasis gezeugt, müßte dieser Sohn schwarz sein‹, kommentiert Jorge Asís.

›Das vorletzte Wunder des Peronismus‹, beobachtet Osvaldo Soriano.

›Endlich hat sich Borges dem magischen Realismus angeschlossen‹, verkündet Gabriel García Márquez.

›Ich habe alle Tage Kinder‹, bekennt Saddam Hussein.«

Die Sprecherin gewinnt Gesicht und Stimme wieder.

»Wir zeigen Ihnen nun die Schlagzeilen verschiedener argentinischer und internationaler Zeitungen:

Clarín: ›Etwas ist klar. Ariel Borges schreibt nicht wie sein Vater.‹

Página 12: ›Ein Fall von Gentechnologie: der Sohn von Borges.‹

Somos: ›Nur in einem Klima des Abenteuergeistes gibt es für Abenteurer Platz.‹

La Prensa: ›Epilog zur *Universalgeschichte der Niedertracht*: der angebliche Sohn von Borges.‹

El País: ›Der vermeintliche Sohn von Borges erklärt sich als Antiperonist.‹

New York Times: ›Angeblicher natürlicher Sohn des mexikanischen Schriftstellers Pedro Luis Borges.‹

Daily Mirror: ›Ein englischer Lord, Großvater des natürlichen Sohns von Borges.‹«

Das Gesicht von Ariel Borges wendet sich vom Fernseher ab und sieht zum Fenster, wo er einen Schlag gehört zu haben glaubt. Die geblendeten Augen Ariels forschen, was auf der anderen Seite der Glasscheibe geschieht, und plötzlich zieht sich der Kopf zurück, da sich aus der Gruppe der Belagerer ein Stein gelöst hat, gegen das Glas schlägt und es zerbricht. Das Bersten begleiten Rufe von der Straße her.

»Betrüger!«

»Nutten- und Speichelbrut!«

Ariel wendet seine kranken Augen wieder dem Wohnzimmer zu, das mit Büchern, Andenken, winzigen Fetischen, Puppen in Vitrinen und Mauernischen, Pferden aus Karton, altem kaputten Spielzeug vollgestopft ist. Der Sohn von Borges geht vom Fenster mit der zerbrochenen Scheibe weg. Die kleine Frau, die ihn bei der Vorstellung begleitet hat, verharrt in ihrer Reglosigkeit. Sie raucht Pfeife und strickt an einem Pullover. Mit einer Geste ruft sie den großen Kerl zu sich. Sie mißt das Gestrickte an der Schulter von Borges jr. und murrt: »Du bist so riesig wie dein Vater.«

»Mama, du hast mir doch schon fünfundzwanzig Pullover gestrickt.«

Aber er erschrickt erneut, weil ein weiterer Stein gegen die Fensterscheiben schlägt, die überlebt hatten. Die Alte strickt ungerührt weiter und raucht dabei ihre nordamerikanische Indianerpfeife.

Die drei Japaner lassen die Erklärungen von Güelmes übereinstimmend kalt, sitzen unbequem auf den Stuhlkanten, mit Lust zu gehen.

»Das ist der Brief eines geistig Verwirrten. Eines armen Kerls, der zu Beginn – das stimmt – an den Forschungen mitwirkte, die über fünfzehn Jahre später, ich wiederhole, mehr als fünfzehn Jahre später, die Ergebnisse zeigten, über die wir nun mit Ihnen verhandeln wollen. Wo war Raúl Tourón in der Zwischenzeit? In Spanien, und nun ist er zurückgekehrt, um sich zu rächen. Um Probleme zu machen.«

Einer der Japaner unterbricht den Gleichmut durch ein mechanisches Lächeln.

»Wir investieren nicht in problembehaftete Geschäfte.«

Ein anderer unterstützt seine Stellungnahme.

»Sie haben das Problem und müssen es lösen.«

Die beiden, die gesprochen haben, wenden sich dem zu, der geschwiegen hat. Der schweigsame Japaner sagt etwas in seiner Sprache und steht auf. Seine beiden Kollegen tun es ihm gleich. Ein besorgter Güelmes, halb erhoben und etwas durcheinander hinter dem Tisch. Es nützt ihm nicht einmal der Versuch, Zeit zum Nachdenken zu gewinnen, während er sagt: »Dieser …«

Sie gehen unter Ehrbezeugungen, doch Güelmes hat bereits das Selbstbewußtsein wiedergefunden, um die Verabschiedung wie ein Minister zu beherrschen, und als er allein ist, sagt er zu sich: »Was mag dieser Depp wohl gesagt haben?«

Eine halbgeöffnete Bürotür öffnet sich ganz. Durch sie kommen der Capitán, Font y Rius und hinter ihnen ein Japaner herein.

»Wir wissen, was er gesagt hat: ›Diese Rassisten glauben, daß sie uns Japaner für dumm verkaufen können.‹«

Güelmes geht ungeduldig auf und ab, der Capitán sitzt gelassen, und Font y Rius tut es ihm gleich, um seine Schuhspitze besser aus der Nähe betrachten zu können. Der Dolmetscher wartet in angemessener Distanz auf Anweisungen.

»Die Dummen sind wir. Genaugenommen Sie.«

Der Capitán zeigt auf Font y Rius.

»Würden Sie sich nicht so zieren, wäre Raúl Tourón bereits kein Problem mehr.«

Güelmes explodiert: »Wer hat denn annehmen können, daß dieser Mistkerl, dieser durchgeknallte Idiot, sich ausgerechnet in diese Sache einmischen würde?«

Font y Rius erwidert nicht sonderlich überzeugt, daß es schließlich Raúl gewesen sei, der die Entdeckung machte, aber Güelmes ist nicht einverstanden.

»Er formulierte sie! Das ist alles. Wer aber, wenn nicht wir, hat sie weiterentwickelt und in etwas Vermarktbares verwandelt?«

»Du und ich sind übereingekommen, daß es Raúls Leben zu respektieren gilt.«

»Dann soll er uns gefälligst nicht länger reizen!«

Der Capitán wohnt innerlich befriedigt dem Streit zwischen Güelmes und Font y Rius bei.

»Raúl Tourón will nur stören. Dieser Brief an unsere möglichen Geschäftspartner ist eine Kriegserklärung.«

Font y Rius wird sarkastisch.

»Schmutzig? ›Schmutziger Krieg‹, Capitán? So wie Sie es mögen?«

»Es gibt keine sauberen Kriege.«

Er erhebt sich, geht an Güelmes' Schreibtisch, nimmt den Brief an sich und legt ihn wie einen unwiderruflichen Beweis vor: »Das hier ist eine Kriegserklärung.«

Der Capitán liest mit einer vorgegebenen, sachlichen Kühle: »›... Ich teile Ihnen mit, daß das Geschäft, das Ihnen von der Neuen Argentinität durch die Herren Gesellschafter Güelmes und Font y Rius vorgeschlagen wurde, auf einer widerrechtlichen Aneignung basiert. Beim Unterzeichnenden handelt es sich um den Biologen, der vor über fünfzehn Jahren eine mögliche Verbindung zwischen Tierhaltung und Nahrungsqualität entdeckte. Eine breitgefächerte Verschwörung versucht mir nun die Früchte meiner Arbeit zu rauben. Ich verweise Sie, was die Urheberschaft der uns beschäftigenden Sache betrifft, auf die 1975 von mir an den Kongreß für Ernährung und Entwicklung der UN-Wirtschaftskommission für Lateinamerika in Ottawa gesandten Mitteilungen sowie auf den im Januar 1976 in *Ciencia Latina* veröffentlichten Artikel, *Das Tier ist, was es ißt* ...‹«

Die Anwesenden schweigen, doch Güelmes hat sein Umhergehen unterbrochen und konzentriert seinen wütenden und forschenden Blick auf Font y Rius.

»Ich frage mich, wie dieser Taugenichts an die Namen unserer Geschäftspartner herangekommen ist. An ihre Adresse. An die Niederlassung hier in Buenos Aires. Ich vermute, er ist nicht allein, ihm hilft jemand, und ich denke weder an diesen Gallego noch an Alma oder Silverstein.«

»Weniger Worte und mehr Handeln.«

Der Capitán hat den Satz vorwiegend an Font y Rius gerichtet und wendet sich auch weiterhin an ihn, als er, vom Dolmetscher gefolgt, den Raum verläßt.

»Ich stelle mir die gleichen Fragen wie der Herr Generalsekretär, Verzeihung, Minister. Aber ich habe nur eine Antwort. Ein Taugenichts hat unsere Zukunft in der Hand. Und glauben Sie nicht, daß es nur gegen mich geht. Es geht gegen uns alle drei und gegen alles, was wir bisher eingesetzt haben.«

Kaum sind der Capitán und sein Dolmetscher verschwunden, fährt Güelmes seinen Freund an.

»Der Capitán ist wütend. Er weiß es zu verbergen, aber ich merke ihm an, daß er wütend ist.«

»Und was ist mit mir? Es scheint so, als ob sich nichts verändert hätte und wir nach wie vor Gefangene des Capitán wären. Ich will niemandes Gefangener sein! Und du? Wozu nützt dir der ganze äußere Schein der Macht? Du denkst immer noch wie ein Gefangener, wie ein Gefangener des Capitán.«

»Und du? Bist du nicht in deinem schlechten Gewissen gefangen? Gefangener eines Phantoms, einer Phantasievorstellung von Raulito? Den Raúl, den wir alle gemocht haben, gibt es nicht mehr. Er ist ein in die Enge getriebenes Tier, das tötend sterben wird. Es gilt zu wählen.«

»Ihn umbringen, wie es dein Capitán möchte?«

Güelmes verscheucht den Gedanken mit einer Handbewegung.

»Dieser Streß setzt mir sehr zu. Lassen wir es für heute.«

Er zieht ein Blutdruckmeßgerät aus einer Schreibtischlade, legt den Finger darauf, überprüft das Ergebnis. Dann reißt er die Augen auf und betrachtet Font y Rius vorwurfsvoll.

»Da hast du's. Mein Blutdruck spielt verrückt. Hundertvierzehn zu hundertelf! Hundertvierzehn zu hundertelf! Der obere Wert liegt wieder viel zu nah beim unteren!«

Er verhindert mit einer Hand den wütenden Abgang von Font y Rius.

Nun zeigt sich Güelmes kalt.

»Einer von den beiden ist zuviel. Entweder Raúl oder der Capitán.«

Das Gemurmel der jungen Leute, ihre Gespräche beim Frühstück, Bücher, Scherze dringen wie eine entfernt vertraute Geräuschkulisse zu ihm. Etwas, was er sich weigert Jugend zu nennen. Aber es ruft in ihm keine Erinnerung wach, weder gute noch schlechte, sondern erscheint ihm unpassend. Er fühlt sich fehl am Platz, hat Lust, so bald wie möglich zu gehen. Font y Rius hat knapp auf Almas Erstaunen über die Verabredung in der Bar der Universität geantwortet. Die Nervosität des Mannes vermag das Treffen eher in ruhigere Bahnen zu lenken als Almas Wille.

»Ich sehe keine andere Lösung. Ich kann sie nicht länger aufhalten. Wenn Raúl nicht Ordnung schafft… dann werden sie ihn suchen.«

»Wie konntest du ihm die Nachricht von den Geschäftsverhandlungen mit den Japanern, ihre Adresse zukommen lassen?«

»Raúl kam zu mir. Ich versichere dir, es war wie eine Erscheinung. Ich war mit den allerbürokratischsten Dingen beschäftigt und blickte, um mich ein wenig zu zerstreuen, in den Garten. Dort waren die üblichen Patienten mit ihren bekannten Ticks, die Krankenschwestern, die Wärter. Aber meine Augen entdeckten ein visuelles Geräusch, und ich bemerkte, wer es auslöste. Raúl. Er spazierte völlig gelassen unter den Irren, als wollte er in ihre Haut schlüpfen. Eine Weile später hatte ich ihn vor mir sitzen. Ich versuchte liebevoll und verantwortungsbewußt zu ihm zu sprechen: Weißt du schon, was du willst? Alles, nichts, antwortete er mir. Ich versuchte vernünftig zu sein: Die Zeiten stehen schlecht für alles oder nichts. Wir geben uns mit etwas zufrieden. Man kann keine Kriege gewinnen, nur die eine oder andere Schlacht. Das sagt Lupi in *Ein Platz auf der Welt*, dem Film von Aristarain. Ich bin einverstanden. Was willst du? Der sein, der ich bin. Der du bist oder der du warst? Der du warst, kannst du unmöglich sein. Es sind schon zwanzig Jahre vergangen. Für dich, für mich, für alle, für unsere Erinnerung. Wir können selbst unserer Erinnerung nicht trauen. Meine Karriere. Meine Tochter. Ich glaube zu wissen, wer sie hat. Sicher? Nein, sicher bin ich nicht. Ich war näher daran, bevor sie Robinson getötet haben. Hörst du mir zu? Von welchem Robinson sprach er denn? Ich verlor die Geduld. Du willst eine Tochter zurückbekommen, die dich nicht kennt, die dich nicht wiedererkennt? Von der wir nicht einmal wissen, wo sie ist? Wäre die Arznei nicht schlimmer als die Krankheit? Das mit deiner Karriere ist einfacher. Und an diesem Punkt habe ich den Fehler begangen. Kannst du mir folgen, Alma?«

»Ich folge dir.«

»Ich schlug ihm vor: weder alles noch nichts. Etwas, etwas, an das man sich klammern kann, Raúl. Willst du unser Partner sein? Er antwortet mir: Partner in der Ausbeutung einer Entdeckung, die mir geraubt worden ist? Ich beharrte: Weder alles noch nichts. Der Capitán ist ein übler Feind, doch ein guter Geschäftspartner. Alle sind Entführte, leben völlig im Stockholm-Syndrom. Partner ihrer eigenen Kerkermeister. Weder alles noch nichts. Etwas, etwas, Raúl. Verstehst du, was ich ihm sagen wollte, Alma? Verstehst du meine Haltung?«

»Ich verstehe. Du bist der gute Polizist, der Capitán der schlechte und Güelmes der beamtete. Während der Verhöre hatten wir Zeit, unsere Rollen zu lernen.«

»Um zu den anderen so hart zu sein, warst du, glaube ich, dir selbst gegenüber zu weich. Ich war es, der Raúl auf die Idee brachte, uns zu stören, unsere Pläne zu durchkreuzen. Die Sache war gelaufen, und zu diesem Zeitpunkt konnte ich ihnen vorschlagen, Raúl einzubinden, mit ihm eine Einigung anzustreben.«

»Nach der Yankee-Schule. An den Rand des Abgrunds gehen, um den Pakt durchzusetzen. Was wir in der Schule Kissinger ankreideten, seine teuflische Wahrscheinlichkeitsrechnung. Wie in Vietnam mit Napalm bombardieren, um den Frieden zu erreichen, die lateinamerikanische Linke ausrotten, um mit den Überlebenden paktieren zu können.«

»Ich habe eine Haltung, ihr habt gar keine! Ihr seid alle wie Raúl, Flüchtlinge, und ihr könnt nicht in die verlorene Heimat zurückkehren, die ihr in eurer Erinnerung tragt!«

Alma steht über sich selbst wütend auf.

»Paktieren! Paktieren! Paktieren!«

Sie kehrt Font y Rius den Rücken und geht, hört aber noch den Ruf des Mannes.

»Berta, Bertita.«

»Nenn mich nicht Berta und noch weniger Bertita.«

»Alma, erinnere dich doch bitte. Entweder wir paktieren, oder wir kommen da nicht heraus. Du hast auch paktiert.«

Privatklub El Aleph oder Königliche Englische Akademie für Borges-Studien. Eine Villa in einem Wohnviertel, aus Holz erbaut: englisch wie die Kellner, die als englische Butler verkleidet sind – in menschlicher Haut. Als hießen sie alle James, werden sie von ebenfalls verkleideten Gästen, die einem viktorianischen Sittenbild des ausgehenden 19. Jahrhunderts entsprungen zu sein scheinen, mit James angeredet. Die Klubmitglieder versammeln sich um den offensichtlichen Chef, der mehr als irgend jemand sonst wie ein englischer Adliger aussieht.

»Die Niedertracht gipfelt darin, wie plump der Topos Borges satirisiert wurde, wo doch der Meister die jeglichem Topos fremde Literatur schlechthin verkörpert. Und was für ein Borges-Topos! Enkel einer Tänzerin aus Samarkand und eines englischen Lords und Sohn, wie auch nicht, von Borges!«

Ein Akademiemitglied zieht seine eigenen Schlüsse.

»Ostiz, dieser Hund verdient es nicht zu leben!«

Der Präsident gebietet Ruhe und bedeutet mit einer Geste einem weiteren als Lord verkleideten Akademiker, bedächtig und ruhig in der Sprache, blaß und blond, sich zu Wort zu melden.

»Übereinstimmend mit dem Herrn Präsidenten, dem Doktor Ostiz, habe ich mich heute morgen als Juda der Unberühmte, die Figur Hardys, verkleidet und vor dem Haus des Heuchlers Position bezogen. Ich ließ ihm keine einzige Fensterscheibe ganz. Ich bin gut im Steineschleudern. Durch die Fenster konnte ich das bleiche Gesicht des Schwindlers erkennen, durch die Folgen seines Handelns noch bleicher, wenn das überhaupt möglich ist.«

»James, bringen Sie mir einen Scotch, einen Langavulin, siebzehn Jahre, in einem Cognacglas. Ohne Eis. Ohne Wasser«, bestellt der Präsident und löst damit eine Reihe von weiteren Bestellungen aus.

»James, ich möchte eine Sarsaparrille mit Eis und Zitrone.«

Ein dritter Akademiker zum selben Kellner: »Ich hätte gern einen Glühwein. Mit etwas Honig.«

Aber etwas beunruhigt den Präsidenten, denn er beobachtet forschend den jungen, blonden, Steine werfenden Lord und fragt ihn: »Warum dieses Kostüm eines Engländers aus dem 19. Jahrhundert?«

»Der Meister schätzte die realistischen englischen Schriftsteller des 19. Jahrhunderts sehr, und ganz besonders Hardy. Eines Tages sagte er zu mir«, er imitiert die allertiefste Stimme von Borges: »›Martínez, fast der ganze Realismus ist miserabel, und der armseligste von allen ist der spanische Realismus. Unser Realismus rettet sich, weil die realistischen Schriftsteller auf dieser Seite des Atlantiks aus dem Schrecken heraus schreiben, auf dieser Seite des Atlantiks geblieben zu sein. Aber das mit den Engländern ist eine andere Sache. Sei es bei Hardys Nachhutrealismus oder bei Kipling, man merkt das Pulsieren des Imperiums, denn in jedem Imperium erstrahlt irgendein Mond.‹«

Zustimmendes Gemurmel, einige feuchte Augen. Erstickte Ausrufe: »Genial, genial!« Irgendein Beifall, vom Ruf des Präsidenten nach Ruhe unterbrochen.

»Auf ›schmutzige Kriege‹ muß man mit ›schmutzigen Kriegen‹ antworten. Unsere Geschichte beweist das. Da mögen die Subversiven oder das Gesindel, das sie unterstützt, alle diese Verteidiger der Menschenrechte, sagen, was sie wollen. Man muß diesen Schwindler einschüchtern. Zuerst muß man ihn einschüchtern, und wenn er so weitermacht ...«

Ein Lord durchtrennt mit einem Finger seine Kehle und unterstützt seine Geste mit einem aufschlußreichen Grunzen. Dann bestellt er bei einem zur Verstärkung herbeigekommenen anderen Kellner: »James, einen Tee. Den Aufguß direkt in heiße Magermilch.«

Ein nach seiner Schüchternheit zu schließen niedrigerer Lord hat dem Präsidenten etwas ins Ohr geflüstert, und der folgt, ohne die Versammelten um Erlaubnis zu bitten, seinem Informanten. In einem angrenzenden Salon, ebenso holzgetäfelt wie das restliche Gebäude, warten Pascuali und Vladimiro.

»Inspektor Pascuali hat uns etwas über den Betrüger zu sagen.«

Pascuali betrachtet nicht nur, sondern beschnuppert auch, was ihn umgibt, als ob das geschnitzte Holz, das polierte Metall und das Pampa und Gaucho darstellende Trompe-l'œil an der Decke einen besonderen Geruch verströmten. Er hält ein vergrößertes Foto des rezitierenden Borges jr. in Händen. Der Präsident räuspert sich, damit sich Pascuali umdreht und ihm das Gesicht auf dem Foto zeigt.

»Ist dieses das Antlitz des Eindringlings in das Borges-Universum?«

»Ja, das Gesicht des Arschgesichts.«

Vladimiro lacht über den Witz seines Chefs, aber die borgianischen Erzengel stehen ihm nicht bei.

»Ich erwarte, daß die Polizei eine entsprechende Entscheidung trifft.«

»Versteht sich. Solange er harmlos ist, werden wir ihn in Ruhe lassen.«

»Aber dieser Mann wird doch registriert?«

Pascuali weist auf eine bescheiden auf einen zu prächtigen Tisch gelegte dicke Akte.

»Er hat achtzehn versuchte Betrügereien auf dem Bukkel, einige davon erfolgreich. Für ihn ist Betrug wie ein Spiel. Einmal hat er sich als Sohn des Piloten Lindbergh, des verschwundenen Jungen, ausgegeben.«

»Man sagt, es hätte nicht einmal das Alter gestimmt. Werden Sie ihn festnehmen?«

»Nein. Ich hatte ihn erst kürzlich auf dem Revier,

weil er verkündete, der jüngste Bruder von Eva Perón zu sein.«

»Was werden Sie also unternehmen?«

»Die Akte neunzehn eröffnen.«

Und Pascuali gerät in Wut: »Aber in welcher Welt leben Sie? Man muß zwischen großen und kleinen Betrügern unterscheiden.«

Doktor Ostiz rümpft seine Whiskykennernase.

»Was Sie soeben gesagt haben, kommt mir demagogisch vor.«

Der Pullover wächst unter den Händen der Alten, die Pfeife zwischen den Zähnen. Borges jr. sitzt vor seinem beim Trödler gekauften alten Schreibschrank, hält ein soeben aus einem Briefumschlag gezogenes Blatt in der Hand, und seine Hände beginnen beim Lesen zu zittern.

»... laß ab von deinem Betrug, oder wir Testamentsvollstrecker des Borges-Universums werden dich in die Höllen der Niedertracht schicken. Die Mauern deines schäbigen Schlupflochs werden dich nicht retten. Fürs erste haben wir dir die Fenster zertrümmert. Dann werden wir dir die Seele zertrümmern, wenn du eine Seele hast, denn ein Ding, ein Ding bist du, nicht einmal ein Tier.«

»Schlechte Nachrichten?«

»Ein anonymer Brief.«

»Ich muß den Pullover fertigstricken, bevor sie dich umbringen.« Sie unterbricht nachdenklich die Arbeit und fügt hinzu: »Bevor sie uns umbringen.«

»Wie steht es um unsere Ersparnisse?«

»Für zwei Begräbnisse werden sie ausreichen.«

Mit der gleichen nachdenklichen Traurigkeit, mit der er die Bemerkung seiner Mutter aufgenommen hat, schlendert er durch die Straßen und betritt im selben Gemütszustand Carvalhos Büro. Er steht vor Don Vito, der Carvalhos Amtssessel einnimmt, gibt ihm Erklärungen.

»Ihn kenne ich.«

»Wenn Sie ihn kennen, kennen Sie mich. Wie schon Konfuzius sagte: Kenne deinen Partner, dann kennst du dich selbst.«

»Papa dachte, Konfuzius wäre eine Erfindung. Daß jede Epoche Konfuzius Worte in den Mund legt, die er nie sagte, Gedanken, die er nie hatte.«

»Die Klassiker! Ach, die Klassiker! Dazu sind die Klassiker da. Ihr Papa, Konfuzius, Gardel. Mein Partner wird gleich hier sein.«

Don Vito sieht ungeduldig zu der Tür, die das Büro von den Privaträumen der Wohnung trennt. Carvalho richtet sich im Bett auf. Er hat bekleidet geschlafen. Mit dem Blick, mit den Händen tastet er seinen Körper ab, klemmt eine Falte Fleisch oder etwas Ähnliches ein, obwohl er dünn ist.

»Zu viele Asados, zuviel Chimichurri.«

Sein Blick entdeckt eine offensichtlich leere Flasche Knockando, ein umgestürztes Glas auf dem Boden, in der Nähe des Bettes.

»Zuviel Whisky.«

Er hat einen üblen Geschmack im Mund und fährt sich mit der Zunge über den Gaumen. Er steht auf, schwankt.

»Kater. Alter Freund. Endlich habe ich dich wieder.«

Im Badezimmer bietet das Licht der Glühbirne über dem Spiegel einen über sein eigenes Aussehen erstaunten Carvalho dar, die Zahnbürste zwischen den Lippen hängend, Dreitagebart, Ringe unter den Augen. Er tippt mit einem Finger an die Glühbirne. Sie ist brennend heiß. Er zieht den Finger zurück.

»Sonne, innere Sonnen. Wie mag wohl das Wetter in Barcelona sein?«

Er spricht mit der Person, die ihm der Spiegel zurückwirft.

»Du wirst nie nach Hause zurückkehren.«

Er entscheidet sich dafür, seinen Mund zu spülen. Dann beschmiert er seine Wangen mit Rasiercreme, die aus einer Spraydose kommt. Er blickt haßerfüllt auf die Dose, dann zur Decke, sucht vergeblich nach den südlichen Himmeln.

»Ich habe soeben einen Zentimeter der Ozonschicht kaputtgemacht.«

Er mustert die Decke, ob dort etwa die Ozonschicht sei. Abblätternde Farbe. Feuchte Stellen. Er gräbt mit dem Standardrasierer eine Hautfurche in das eingeseifte Gesicht. Als er die Tür zum Büro öffnet, fühlt er sich wiederhergestellt, aber etwas müde. Er überblickt die Bildkomposition, die Don Vito und Borges jr. abgeben.

»Señor Altofini, könnten Sie in Ihrer Zeitung nachprüfen, wie das Wetter in Spanien ist?«

Als wäre das um diese Zeit das Normalste, nimmt Don Vito eine sorgfältig zusammengefaltete Zeitung vom Tisch und erhebt sich, um Carvalho den Stuhl zu überlassen und seinen Auftrag zu erfüllen. Carvalho setzt sich auf seinen Platz und akzeptiert, daß Borges jr. ohne Umschweife zu reden beginnt.

»Im Namen unserer alten Freundschaft komme ich, um Sie um professionelle Hilfe zu bitten. Wir lernten uns an einem jener Orte kennen, wo man die Menschen tatsächlich kennenlernt: in den Gefängnissen, auf den Polizeirevieren, in den Rettungsbooten.«

»Jetzt erinnere ich mich. Es war in einem Rettungsboot.«

»Es war auf dem Polizeirevier. Erinnern Sie sich an den Sohn von Borges, der Ihnen in Augenblicken der Verzweiflung Mut zusprach? Eine Gruppe von fanatischen Borgianern, die sich selbst El Aleph nennen, haben mich bedroht. Sie haben mir diesen anonymen Brief geschickt.«

Carvalho liest ihn.

»Was bedeutet Aleph?«

»Es ist der Buchstabe Alpha, will heißen, das A des hebräischen Alphabets. Aber mein Vater hat ihm alle Bedeutungen und keine gegeben.«

Don Vito hat gefunden, was er suchte.

»Hier ist es. Hochdruckgebiet im Südwesten Europas. Wollen Sie die Höchst- und Tiefsttemperaturen wissen?«

»Das Wetter ist etwas anderes. Was hat das Wetter mit der Temperatur zu tun?«

Der Detektiv schüttelt besorgt den Kopf. Er schwenkt den anonymen Brief in der Luft.

»Es gibt keine schlimmeren Fanatiker als die Anhänger von kulturellen Mythen. Und vor allem in Zeiten wie diesen, wo die Leute an nichts glauben. Wenn sie an etwas glauben, scheuen sie, es verteidigend, auch nicht vor einem Verbrechen zurück. Das wird eine kostspielige Nachforschung.«

»Sehr kostspielig«, bemerkt Don Vito.

»Äußerst teuer«, vermehrt Carvalho den adjektivischen Druck.

»Diese Kerle dürften den ganzen Tag damit zubringen, Fragmente des Werks Ihres Herrn Vaters zu rezitieren.«

»Sie zu besudeln. Machen Sie sich wegen des Gelds keine Sorgen. Meine Mutter, ich selbst, verfügen, nach zwei langen, gezwungenermaßen arbeitsreichen Leben, über Ersparnisse. Mama war die Königin der Verrenkungskunst zu Zeiten, als die Kunden sie mit Geschlechtskrankheiten und Schmuck überhäuften. Schade, daß sie so winzig ist, sonst besäße sie mehr Schmuck.«

Don Vito dankt Gott, daß die Geschlechtskrankheiten vergehen und der Schmuck bleibt. Ariel Borges nimmt jedoch in einer plötzlichen Anwandlung eine Hand Carvalhos zwischen seine mächtigen Hände und ruft dramatisch aus: »Ich kann beweisen, daß ich der Sohn meines Vaters bin!«

»Es gibt viele Möglichkeiten.«

»Als Kind, als ich ein Junge war, nahm mich meine Mama zu ihm in die Wohnung in der Calle Maipú mit, ohne daß es Tante Nora oder die borgianische Mafia erfuhr. Aber Papa erkannte mich an. Er schrieb es 1964 in *Der andere* nieder, als Mama ihn besuchte, um ihn an seine Vaterschaft zu erinnern. Das Gedicht trägt den Titel *An den Sohn.*«

> Ich bin es nicht, der dich zeugt. Die Toten sind es.
> Es ist mein Vater, sein Vater und seine Älteren.
> Die sind es, die ein langer Wirrwarr der Lieben
> zeichneten seit Adam und den Wüsten,
> von Kain und Abel, in einer Morgenröte,
> so alt, daß sie schon Mythologie ist.
> Und es kommen Blut und Mark, an diesem Tag
> der Zukunft, an dem ich dich nun zeuge.
> Ich spüre ihre Menge. Wir sind es
> und, unter uns, du und die kommenden
> Kinder, die du zu zeugen hast. Die letzten
> und die des roten Adam. Ich bin diese anderen,
> auch. Die Ewigkeit liegt in den Dingen
> der Zeit, die flüchtige Formen sind.

Borges jr. hat zu rezitieren aufgehört und betrachtet erwartungsvoll die bei Carvalho und Don Vito hervorgerufene Wirkung. Altofini ist tatsächlich erstaunt.

»Er rezitiert sehr gut.«

»Sehr gut. Möglicherweise kann mein Partner sich Ihres Falls annehmen und in diesem Klub von Fanatikern, der Sie bedroht, Nachforschungen anstellen. Wir ersticken in Arbeit.«

»Wir bestehen aus Arbeit«, bekräftigt Altofini.

»Ich bin hinter einem ewigen Flüchtling, meinem Cousin Raúl Tourón, her, einem ungewöhnlichen Menschen. Sind Sie ihm nicht irgendwann einmal begegnet?«

»Ich gehe wenig aus dem Haus.«

»Wundern Sie sich nicht über die Frage. Ich stelle sie allen.«

»Diese Fragen wirken dumm, doch eines schönen Tages zeigen sie Ergebnisse. Mein Papa sagte ...«

Er kann sein Wühlen in der Erinnerung nicht mehr fortsetzen, da sich an der Türschwelle die Gegenwart eines Mannes aufpflanzt, mit Maulheldgehabe und Augen, die alles abschätzend betrachten und in diesem Fall zu einer ironischen Grimasse führen. Er reicht dem eifrigen Don Vito, mit einer seiner zudringlichen Freundlichkeit angepaßten Geringschätzung, eine Visitenkarte.

»Getulio Merletti, Manager von Bum Bum Peretti.«

Borges jr. verabschiedet sich unter Versprechungen künftiger Kontakte und Zusicherungen spezieller Aufmerksamkeiten. Er neigt seinen mächtigen Kopf vor dem Neuankömmling, der ihn nicht wahrnimmt, und geht die im Halbdunkel liegende Treppe hinunter, auf seine für den massigen Körper zu dünnen Beine achtend. Das blendende Sonnenlicht läßt ihn innehalten, mehr noch überrumpelt ihn jedoch die Stimme.

»Blind wie der Papa?«

Borges erkennt Pascuali wieder. In knapper Entfernung sieht er die zwei Polizisten, die ihn begleiten.

»Ich bin sauber.«

»Jetzt nennst du dich Ariel. Vor zehn Jahren hast du dich Ariel, Ariel Carriego genannt.«

»Sie verfolgen mich umsonst. Ich habe mich zurückgezogen. Ich habe wieder meine eigene Identität angenommen.«

»Und was ist mit der Mama, der Verrenkungskünstlerin?«

»In ihrem Alter bekommen ihr Verrenkungen nicht mehr.«

»Man hat es im Blut. Deiner Mutter, der langen Dora, ist es gelungen, einem Unglücksraben einen Philips-Rasierer anzudrehen, mit dem er angeblich mit den Ufos in Verbindung treten konnte.«

Pascuali deutet mit dem Kopf auf das Portal, aus dem er soeben herausgekommen ist.

»Seit wann braucht ein Gauner wie du Privatdetektive?«

»Ein alter Bekannter. Ich lernte ihn durch Sie in einer Arrestzelle kennen.«

Pascuali legt ihm eine Hand um die Mitte, denn er reicht nicht bis zu den Schultern dieses korpulenten Mannes, der traurig, niedergeschlagen wirkt, und drängt ihn, sich in Bewegung zu setzen, während er an seiner Seite geht.

»Borges, lassen wir gelten, daß du Borges heißt. Heute will ich mit dir über Pepe Carvalho reden. Aber du bist so blaß. Was ist denn los?«

»Ich habe Hunger. Um diese Zeit habe ich immer Hunger. Ich bin sehr korpulent und sehr hungrig.«

Pascuali führt Ariel in eine Kneipe, und nach einer halben Stunde betrachtet der Polizist fasziniert ein Tablett, auf dem nur wenig von einem auch für vier Personen üppigen Asado übrig ist, von dem der Polizist nur zwei Blutwürste gegessen hat. Pascuali wohnt verblüfft der Gefräßigkeit von Borges jr. bei, der noch die Reste verbrannten Öls mit Brot auftunkt.

»Es ist besser, dir ein paar Schuhe zu kaufen als dich zum Essen einzuladen.«

»Glauben Sie bloß das nicht. Ich esse viel, weil ich viel Körper habe. Ich habe Schuhgröße fünfundvierzig.«

»Hast du richtig verstanden, was ich dir gesagt habe? Ich vergesse deine Akte. Du spielst den Schriftsteller. Ich beschütze dich vor diesen Fanatikern, und du gewinnst das Vertrauen von Carvalho, Alma, Silverstein. Sie werden schon auftauchen. Sie suchen dasselbe wie ich.«

»Raúl Tourón. Das klingt nach einem dieser Schriftsteller des 19. Jahrhunderts, die mein Papa erfand.«

»Deinem Vater lag auch das Erfinden?«

Borges, über die Reste des Asado gebeugt, verwandelt sich plötzlich in einen traurigen Hund.

»Aber haben Sie denn nichts von Papa gelesen?«

»Ich bin einer der vielen Argentinier, die nichts von Borges gelesen haben, und einer der wenigen, die es zugeben.«

In Carvalhos Büro führt Altofini einem skeptischen Carvalho einen Boxkampf vor.

»Und er setzt die Linke an, aber es ist eine Finte. Mit explosiver Geschwindigkeit schnellt die Rechte vor. Die Rechte Perettis, und bum! Kein Kiefer, der sich ihr widersetzt. Stimmt es etwa nicht? Er ist ein intelligenter Boxer, doppelt intelligent, denn es hat dumme Boxer gegeben, die nur im Ring intelligent waren. Außerhalb des Rings waren sie Trottel. Peretti ist … der Intellektuelle des Boxsports, wie Menotti der Intellektuelle des Fußballs ist!«

»Beruhigen Sie sich, Don Vito, beruhigen Sie sich. Sie werden noch einen Infarkt bekommen.«

»Die Kunst begeistert mich. Es gibt Metzger, die Künstler sind, in jedem Beruf kann man ein Künstler sein.«

»Es hat unnachahmliche Henker gegeben. Perfektionistische Folterer.«

»Verzerren Sie mir da nichts. Sie und ich sind in unserem Bereich Künstler.«

In dem Moment kommt Alma herein.

»Und ich?« fragt sie.

Altofini eilt auf sie zu, nimmt ihre Hand, küßt sie, hält sie fest und ruft aus: »Künstlerin und Muse zugleich!«

Alma nimmt die Pose einer geschmeichelten Königin an und fragt ein wenig abgehoben: »Was wird heute gespielt?«

»Der natürliche Sohn von Jorge Luis Borges und Bum Bum Peretti haben uns engagiert«, erwidert Altofini.

»Seltsam, Borges glich manchmal einem blinden Boxer, und Peretti, ist er nicht ein intellektueller Boxer?« fragt sie, den Blick auf Carvalho gerichtet, damit er ihr antwortet.

Carvalho antwortet ihr nicht. Sprachlähmung? Mondwechsel? Mangelnde Kenntnis der Materie?

»Es ist weder mein Tag noch meine Woche, noch mein Monat, noch mein Jahr«, entschuldigt sich Carvalho.

»Und wie steht's mit dem Jahrzehnt?«

»Eine Scheiße.«

»Mein Jahrzehnt waren die fünfziger Jahre, die sechziger, von fünfundfünfzig bis fünfundsechzig! Altofini, ganz oben auf der Welle, besaß zwanzig Filzhüte, zwei Zylinder für das Pferderennen und ein halbes Dutzend Melonen.«

Alma bricht angesichts der Verwirrung Altofinis in hemmungsloses Gelächter aus. Carvalho ist ebenfalls erheitert und lacht schließlich schallend. Alma und Carvalho weinen vor Lachen.

»Kannst du dir ihn mit Melone vorstellen?« fragt Alma.

»Und mit zwei Zylindern, einer über dem anderen?« fügt Carvalho hinzu.

Altofinis Verblüffung weicht einer verhaltenen Empörung.

»Ein ritterlicher Herr, wenn er wirklich wie ein Herr aussehen will, muß einen Hut tragen.«

»Und das Pferd nicht?« fragt Alma.

Altofini möchte nicht auf die Frau böse sein, wohl aber auf Carvalho, als er mürrisch in den Wagen steigt, der sie zur Verabredung mit Bum Bum Peretti bringen soll. Er antwortet einsilbig auf die Fragen, die Carvalho stellt, um aus Buenos Aires hinauszufinden.

»Nach Süden. Immer nach Süden. Richtung Mar de la Plata. Das Landhaus von Bum Bum liegt zwischen Dolores und Maipú.«

Altofini hat sich den Hut aufgesetzt, entschlossen, seinen Spöttern eine Lektion zu erteilen. Carvalho sieht ihn während der Fahrt aus den Augenwinkeln an.

»Sie hatten tatsächlich recht. Mit dem Hut sehen Sie wie ein echter Herr aus.«

»Dieser ... Man muß sie zu tragen verstehen, das ist alles. Ich komme aus einer sehr hutbegeisterten Familie. Mein Papa. Mein Großvater. Und die Frauen! Mama, Mama ging nie ohne ihren Hut zu einem wichtigen Ereignis, und sie besaß einen Hut für jede Gelegenheit. Ach, Mama!«

Träumerisch, nostalgisch rückt Altofini seinen Hut mit einem Blick in den Spiegel der Sonnenblende zurecht.

»Fahren Sie nicht zu schnell. An der nächsten Kreuzung müssen Sie nach links abbiegen. Ihr Auto ist eine Schande. Als Argentinien ein reiches und zivilisiertes Land war, hatte es die schönsten und gepflegtesten Autos der Welt. Wissen Sie, wann ich bemerkt habe, daß es mit uns bergab geht? Als ich sah, daß die Leute die Beulen ihrer Autos nicht mehr reparieren und die Radkappen nicht mehr putzen.«

Das erste Treffen findet auf einem Privatflugplatz statt, und sie kommen hin, als ein kleines Flugzeug Kreise zieht, um zu landen. Als es endlich den Boden erreicht hat, ist Merletti der erste, der es verläßt. Die folgenden haben plattgedrückte Nasen und gespaltene Augenbrauen, doch schließlich taucht ein hübscher blonder Mann auf, der beim Herabsteigen der vier Stufen der Fokker seine Fingernägel betrachtet. Endlich Peretti. Federnd, mächtig, oben auf der Treppe, Distanz zwischen ihm und den Vorangegangenen lassend. Auf der Landepiste tuschelt er mit Merletti, und der Manager geht zum Wagen von Carvalho und Altofini.

»Der Chef möchte lieber zu Hause reden. Folgen Sie der Autokolonne. Sollten Sie abgehängt werden: Landgut Angostura, zwanzig Kilometer vor Maipú.«

Sie lassen sich nicht abhängen und fahren im Konvoi bis zum Landhaus vor, das Stein für Stein aus irgendeiner englischen Grafschaft übertragen zu sein scheint. Merletti erwartet sie mit saurem Pokergesicht und schenkt Altofinis Hut einen etwas ironischen Blick.

»Setzen Sie ihn tief in die Stirn, denn hier weht ein Wind aus der Pampa, der könnte ihn Ihnen fortreißen.«

Don Vito nimmt seinen Hut ab und behält ihn in Händen. Sie gehen in die Eingangshalle des großen Hauses, und trotz der fast luxuriösen Gediegenheit der Ausstattung vermitteln zu viele vergessene oder schlecht arrangierte Gegenstände Unsicherheit – so als ob das Haus nicht von ihren tatsächlichen Besitzern bewohnt würde.

»Bum Bum erwartet Sie. Er konnte nicht nach Buenos Aires kommen, weil für ihn viel im Kampf gegen Azpeitia, diesen Drecksack von Spanier, auf dem Spiel steht, der nur den Angriff und die Kopfstöße auf die Augenbrauen kennt.«

»Das ist kein Boxer, sondern ein Ziegenbock«, sagt Altofini.

»Aber er läßt keine Augenbraue ganz, und Peretti duldet es nicht, daß man ihm das Gesicht zeichnet.«

»Das Gesicht ist der Spiegel der Seele und deshalb des Boxsports als einer der Schönen Künste. Die großen Kämpfer mit Stil sind mit unversehrtem Gesicht davongekommen. Cassius Clay.«

»Er hieß Muhammad Ali«, verbessert ihn Carvalho.

Sie durchqueren die Halle und erreichen durch eine Seitentür einen Innenhof, der mit seinem versiegten Springbrunnen wie ein ehemaliger Kreuzgang wirkt. Sie gehen an dem rund um eine Araukarie angelegten Myrtenbeet vorbei und steuern auf die Tür des Trainingsraums zu. Peretti trainiert bereits mit Sparringpartnern. Sein geschütztes Gesicht läßt sich kaum erahnen, wohl aber Entschlossenheit, wenn er mit Erbitterung zuschlägt. Der blonde Jüngling, der sich um seine Fingernägel kümmerte, mißhandelt sie nun beim Spiel mit einem Punchingball. Er parodiert eher die Bewegungen und Schläge, die Peretti mit den Sparringspartnern austauscht, als sie nachzuahmen. Mehr als seine unsicheren Schläge fällt die riesige Tätowierung ins Auge, die fast den ganzen linken Arm bedeckt. Merletti schlägt auf einen Gong. Der Sparringspartner gibt den Kampf auf. Nicht so Peretti, der weiterhin wütend Faustschläge austeilt, den Sparringspartner achtlos trifft und mit einer Rechten niederstreckt. Dann bemerkt er die hervorgerufene Verblüffung und hilft dem Hingefallenen aufzustehen. Er entschuldigt sich. Er nimmt den Schutz herunter und ist wieder der »intellektuelle« Boxer, als den ihn die Presse bezeichnet, sieht nach Merletti und den Neuankömmlingen. Merletti stellt sie lustlos vor: »Carvalho und Altofini, Privatdetektive.«

Peretti zeigt zuerst auf Carvalho, dann auf Altofini.

»Carvalho? Altofini?«

»Sie haben tatsächlich richtig zugeordnet.«

»Mit Luchsaugen«, bestätigt Altofini.

»Einfach. Man hat mir gesagt, daß einer der beiden Gallego ist, und Sie gehen wie ein Gallego.«

»Wie gehen die Gallegos?«

»Ohne Schwung. Für einen Gallego ist der Schritt die kürzeste Linie zwischen zwei Punkten.«

»Das ist eine Theorie.«

»Eine geistreiche und zutreffende«, bekräftigt Altofini.

»Bring sie in die Bar. Ich komme sofort nach«, ordnet Peretti Merletti an.

Er geht auf den Spitzen seiner Stiefel hüpfend weg, als

würde er weiterhin im Training sein. Der tätowierte junge Mann, der den Neuankömmlingen die gleiche Unlust wie dem Punchingball entgegengebracht hat, folgt ihm. In der Bar serviert Merletti Whisky aus einer geschliffenen Rauchglasflasche.

»Sie wollen wirklich kein Eis und Wasser?«

»Zuerst koste ich, ob er gut ist«, erwidert Carvalho.

In dem Augenblick machen sich Stimme und Anwesenheit Perettis breit, wie stets mit dem blonden Jüngling im Gefolge.

»Der Gallego ist ein guter Whiskykenner. Nehmen Sie ihn ohne Eis oder Wasser. Es ist ein Springbank, dreißig Jahre alt. Man hat ihn mir als einen guten Whisky geschenkt.«

»Wenn es ein dreißig Jahre alter Springbank ist, dann irren Sie sich nicht, der ist sehr gut und sehr teuer.«

»Haben Sie ihn schon probiert?« fragt Merletti sarkastisch.

»In den Flugzeugen meiner Klienten wird nichts anderes getrunken.«

Altofini betrachtet sein mit Eis, Wasser und dreißigjährigem Springbank gefülltes Glas.

»So, mit Wasser und seinem Eis, pisse ich alles heraus. So wird der ganze Whisky herausgepißt. Für Whisky pur muß man die Nieren von Bum Bum oder die des Gallego haben.«

Peretti hat sich eines Lehnstuhls und des Zimmers bemächtigt. Er deutet mit dem Kopf auf seinen Begleiter.

»Robert, mein Sohn.«

Der blonde Jüngling grüßt mit einem Kopfnicken.

»Was soll das heißen, Ihr Sohn?« fragt Altofini. »Dazu sind Sie zu jung! Der kann nur adoptiert sein.«

Peretti unterbricht trocken, und Carvalho versucht mit Blicken, die Aufdringlichkeit Altofinis einzudämmen.

»Mein Sohn. Das genügt.«

Altofini ist so sehr einverstanden, daß er zu einer erneuten Entschuldigung ansetzt, doch ein stummer Ruf Carvalhos hält ihn davon ab.

»Und nun möchte ich mit unseren Besuchern allein sprechen«, verkündet Peretti.

Merletti und Robert gehen. Peretti fühlt sich zunächst in der neuen Situation nicht wohl. Schließlich entspannt er sich. Er kramt in seiner sportlichen Jacke, holt einen Brief hervor und hält ihn Carvalho hin. Der liest ihn schweigend.

»Lieber Lorenzo! Ich weiß von deinen Erfolgen aus der Zeitung, und manchmal bin ich zum Luna gegangen, um dich boxen zu sehen, aber der Eintritt ist sehr teuer für mich. Alles ist für mich sehr teuer. Ich erinnere mich an jene Monate, als ich ein junger Lehrer war und du ein heranwachsender Schüler, an jene Zeiten, in denen wir glücklich waren, zwei in einem, auf doppelte Weise Menschen, so wie du es gern nanntest, und ich bin betrübt, mich nun so zu sehen, zu Abfall geworden, völlig drogenabhängig und an nichts hängend, glücklos in Leben und Beruf und mit steigender Furcht vor der Selbstzerstörung. Ich brauche deine Hilfe. Nicht im Namen dessen, was wir einander bedeuteten, sondern in dem deiner menschlichen Qualität, von der ich so viele Beweise habe. Schreib mir an das Postfach 3457. Ich habe keinen festen Wohnsitz.

Loaiza«

Peretti wartet, daß Carvalho etwas sagt. Er stimmt zu, als ihn der Detektiv um Erlaubnis fragt, den Brief an Altofini weitergeben zu können. Um Zeit zu gewinnen, tut Carvalho so, als würde er das Lesen seines Partners abwarten. Als Altofini mit dem Lesen fertig ist, setzt er eine so aseptische Miene auf, daß die Strenge schon fast komisch wirkt.

»Und?« fragt Peretti.

»Haben Sie auf den Brief geantwortet?«

»Ja. Ich gestehe, daß ich aus einer Mischung von Mitleid und Furcht heraus gehandelt habe. Mitleid, weil ich Bruno Loaiza sehr bewunderte, und Furcht, weil jemand, der schäbig lebt, sich schäbig verhält.«

»Junger Lehrer. Heranwachsender Schüler. Auf welche Zeit bezieht er sich?«

»Das war Ende der siebziger Jahre. Ich war ein Sonderling, der sich in der Welt des jugendlichen Amateurboxens bewegte, hatte mich aber auch an der Universität eingeschrieben. Es fehlten viele Professoren: politisch Verfolgte, Ermordete, Geflüchtete, der eine oder andere war geblieben, und Bruno gehörte zu den brillantesten, wie ein Bindeglied zu den glänzenden Intellektuellen vor dem Putsch. Bruno war brillant und ein skrupelloser Verführer. Er spielte gern moralisches und sexuelles russisches Roulette. Wer auch immer den Schuß abbekommen mochte. Aber ich empfinde keine Rache, sondern Neugier, vielleicht Neugier auf mich selbst, auf den ebenfalls neugierigen Jungen ohne Grenzen, der ich gewesen bin.«

»Wann hörten Ihre Beziehungen auf?«

»Die intimsten dauerten kaum ein Studienjahr. Als Freunde sahen wir uns ab und zu, immer seltener, vor allem, seit ich als Profiboxer bekannt wurde und er zunehmend in die Drogenabhängigkeit versank.«

»Als Sie den Brief erhielten, sahen Sie ihn dann?«

»Nein. Aber ich schickte ihm Geld. Mehrmals. Seine Briefe wurden immer bitterer, fordernder. Drohender.«

Peretti wartet, daß Carvalho weiterfragt, doch der Detektiv schweigt, und Altofini wagt sich nicht vor.

»Verzeihen Sie, daß ich Ihnen die darauffolgenden Briefe nicht zeige. Sie fügen nur Sensationsgier und Schmutz hinzu, als wollten sie etwas beflecken, das sich als schön bezeichnen ließe. Ein jugendlicher Ausrutscher. An der Universität. Ich wollte Boxer und gleichzeitig ein auf allen

Gebieten bewanderter Gelehrter sein. Ich hatte mich für verschiedene Studien eingeschrieben. In Philosophie lernte ich Loaiza kennen. Ich erwähnte schon, daß er ein junger Aushilfslehrer, ein vielversprechender Dichter war, der sich fasziniert zeigte, weil er meinte, in mir den vollkommenen Mann zu sehen. Sie fragen mich nicht danach, aber ich werde es Ihnen sagen, damit es ein für allemal feststeht, damit die Karten auf dem Tisch sind. Wir hatten während mehrerer Monate eine homosexuelle Beziehung.«

»Wie viele, um genau zu sein?« fragt Altofini.

»Vier Monate und siebeneinhalb Tage, um ganz genau zu sein, keine Sekunde mehr, keine Sekunde weniger.«

»Die Griechen, Platon, die türkischen Kämpfer. Man muß sich nicht schämen«, meint Altofini dazu.

»Ich schäme mich weder, noch bereue ich etwas, aber ich kann mir nur zu gut vorstellen, was passiert, wenn ans Licht kommt, daß ich mit zwanzig homosexuelle Beziehungen hatte. In diesem Land kannst du deine Frau aus dem Fenster werfen, und sie werden es dir verzeihen, weil du ein Mann bist. Die Homosexualität hingegen wird nur bei ein paar Schauspielern geduldet. Ich muß Bruno Loaiza überwachen, wissen, wo er ist, ihm gegenübertreten. Diesen Drohungen ein Ende machen. Es geht mir nicht ums Geld. Es geht mir um die absurde, launische Logik eines Drogensüchtigen.«

Sie verlassen Perettis Haus, als es schon Nacht ist. Carvalho fährt schweigend, müde. Altofini, immer mit Hut, durch all das Gesehene und Gehörte verstummt, macht einen mentalen Prozeß durch, aus dem er nach dreißig Kilometern auftaucht, um sich zu Carvalho zu beugen und mit zwei Fingern jeder Hand die Geste des Koitus zu zeigen.

»Sie haben ihn sich also in den Hintern geschoben?«

»Wohin denn sonst?«

»Klar. Klar. Wie schön der Schwule spricht! Wie recht

hatte Victor Hugo, mein Meister: ›Was gut überlegt ist, drückt sich gut aus / in Worten, die schnell herbeikommen.‹ Menschliche Natur! ›Je mehr der Mensch den Körper pflegt, desto mehr bewundert er den Körper des anderen Menschen‹, wie Platón sagte.«

»Der Philosoph?«

»Nein. Platón Carrasco, ein Exschwager von mir, der in der Nähe des Friedhofs von Chacarita ein Fitneßstudio hatte. Er war sehr peronistisch. Wollte die Rasse verbessern.«

Carvalho schnuppert melancholisch an den Ständen, wundert sich über die fremden Namen der Tierteile, die wenigen Fische. Alma sieht ihn über dem verschieden zerteilten Fleisch grübeln: Vacío, Entraña, Bife, Bife de chorizo. Sie geht zu ihm und überläßt ihn seiner Betrachtung, bis Carvalho zu ihr sagt: »Eines Tages wirst du nach Barcelona kommen, und ich werde dich zum Mercado de la Boquería führen. Spanien ist voll mit wunderbaren Märkten. In Galicien gibt es Fischmärkte, die versunkenen Kathedralen gleichen.«

»Völlig unter dem Abstinenzsyndrom des Heimwehs? Wie bekämpfst du das Abstinenzsyndrom? Indem du auf einen Markt gehst?«

»Zuerst kommt das Verbrechen. Dann der Markt. Dort schreite ich ein.«

»Von welchem Verbrechen redest du?«

Er fordert sie auf, sich umzusehen.

»Wir sind von Leichen umgeben: Kühe, Lämmer, Fische, Salat, Rüben, Sellerie. Jemand hat ihnen das Leben genommen, damit wir sie essen.«

»Die Schlächter oder die Verkäuferinnen, sind sie die Mörder?«

»Mörder oder Hehler. Niemand entkommt.«

Alma sieht nun die Verkäuferinnen als Mordkomplizinnen und betrachtet, eines nach dem anderen, die Opfer, vor allem die nicht zerteilten Fische in ihrem passiven oder zuckenden Tod. Alma schließt die Augen.

»Entsetzlich! So betrachtet, scheinen wir uns auf einem Friedhof zu befinden.«

»Tote ohne Begräbnis. Das Begräbnis findet hier und hier statt.«

Er deutet auf Kopf und Magen.

»Ich werde nie mehr Tiere essen.«

»Ist es gerechtfertigter, Pflanzen zu töten? Hast du gesehen, wie eine Selleriestaude dreinschaut, wenn du sie aus der Erde reißt? Manche Botaniker sagen, daß die Pflanzen schreien, wenn sie sterben.«

Alma starrt Carvalho an, als wäre er der Bote des Entsetzens.

»Bist du gekommen, um schockiert zu werden?«

»Ich bin schon schockiert gekommen. Font y Rius hat den Machiavellismus übertrieben und Raúl erneut in den Wirbelsturm geworfen.«

Sie gehen in die Wohnung des Detektivs, den Korb voller Leichen und Carvalhos Kopf mit kulinarischen Vorhaben gefüllt.

»Nur das Kochen maskiert die Tragödie, die Barbarei.«

Alma berichtet von ihrem Dialog mit Font y Rius, doch Carvalho scheint alles, was Raúl betrifft, satt zu haben. Er betrachtet den feinen Regen hinter den Fensterscheiben, Alma hat eine Schale Matetee in den Händen, Carvalho ein Glas Whisky mit Eis, und er denkt über die Hartnäckigkeit des argentinischen Monsuns nach.

»Es regnet, es regnet seit Wochen. Das erinnert mich an die Regenfälle von Ranchipur. Ich bin schon so alt, daß ich noch die Verfilmung *The Rains Came* mit Myrna Loy und

Tyrone Power im Kopf habe. Weißt du, wer Myrna Loy war? Wie mag das Wetter in Barcelona sein?«

»Je schneller du Raúl findest, desto schneller kannst du nach Hause zurückkehren. Du gleichst E.T. Nach Hause! Nach Hause!«

»Font y Rius ist verantwortungslos. Psychiater mußte er werden. Aber wie kann man meinen Cousin dazu bringen, russisches Roulette zu spielen? Wer hat dir gesagt, daß du mich auf dem Markt finden würdest?«

»Don Vito. Er war sehr begeistert, daß euch dieser Schwindler um Hilfe bat. Dieser Mistkerl, der sich als Sohn von Borges ausgibt.«

»Meine Klienten sind keine Mistkerle.«

»Der ist einer. Er ist in Erscheinung getreten, um die Erinnerung an den Alten zu untergraben, sein Image zu beschmutzen.«

»So wichtig ist dir das Image dieses Reaktionärs? Er hat euch Montoneros alle in den Dreck gezogen und den ›schmutzigen Krieg‹ befürwortet.«

»Wer hat den ›schmutzigen Krieg‹ nicht befürwortet? Sogar der eine oder andere von uns hat ihn befürwortet. Wir sagten uns: Sollen sie kommen, sollen sie uns abholen! Sie werden das wirkliche Gesicht des Systems hervorkehren.«

»Bewaffneter Hochmut.«

»Sag das nicht. Es ist der Titel eines Buchs und eine Haltung, die mich abstößt. Wenn unsere Sache Hochmut war, was war dann die vom System? Borges wird in fünfzig Jahren als Schriftsteller, nicht als Ideologe gelesen werden. Wer zieht heute noch in Betracht, daß Vergil ein Speichellecker von Augustus oder Defoe ein elender Spitzel, oder Verlaine ein schlechter Mensch war?«

»Mit Vergil kenne ich mich nicht aus. Ich habe nur Jules Verne gelesen.«

»Lüge. Und weil deine Unbelesenheit eine Lüge ist, mußt du Borges nicht schmähen. Das Andenken an Borges zu schmähen bedeutet, uns alle zu schmähen. Wir müßten doch zumindest an die Magie des Schöpferischen glauben.«

Carvalho faßt Alma am Arm, versucht ihre Aufregung zu mindern.

»Besteh nicht weiter darauf, du hast mich überzeugt. Aber meine Arbeit ist meine Arbeit. Sagst du in deinen Vorlesungen an der Universität das gleiche?«

»Heute vormittag habe ich meinen Studenten das gleiche erzählt. Mir bleiben wenig Wahrheiten, wenig Rechte, und eines davon besteht darin, die kulturelle Aasfresserei zu praktizieren, die mir am meisten gefällt.«

Carvalho steckt die Hand in eine Einkaufstasche und zieht einen großen, wirklich toten Fisch hervor, steckt ihn aber wieder in sein sackleinenes Grab zurück, da Almas Gesicht einer Landkarte des Ekels gleicht.

»Darf ich mir etwa die Kadaver, die ich esse, nicht aussuchen?«

Der Capitán im Nike-Outfit macht auf einer Matte in seinem Büro Liegestütze und Bauchübungen mit Gewichten. Außer Computer und Bücherarchiven ein Punchingball, eine Rolle, ein Seil, das wie eine Schlange von der Decke hängt. Muriel stürmt herein, die Arme voller Bücher. Sie beugt sich zu ihm und unterbricht mit ihrem Kuß die Liegestütze.

»Läufst du, oder fliegst du?«

»Ich komme zu spät zur Universität. Ich möchte die Vorlesung nicht versäumen.«

Der Capitán ist aufgestanden, wischt sich mit einem Handtuch den Schweiß ab, zappelt dabei weiterhin mit den Beinen.

»In welche Vorlesung gehst du?«

»Frau Professor Modotti versprach uns, über Borges zu reden. Sie erwähnte diesen falschen Sohn, und sie wollte über die *Universalgeschichte der Niedertracht* sprechen. Hast du diesen durchgeknallten Typen gesehen, der sich als Sohn von Borges ausgibt?«

»Durchgeknallt? Ist das die Sprache, die sie dir an der Universität beibringen?«

»Er ist ein Betrüger. Man muß den echten Schöpfern gegenüber Respekt bewahren. Das ist die einzige Magie, die uns bleibt. Die der Dichter.«

»Es gibt gefährliche Dichter, die dir das Virus der Zerstörung und Selbstzerstörung ins Blut setzen. Unter den Subversiven gab es Dichter. Urondo, Gelman. Selbsternannte Dichter, aber ein Dichter hat konstruktiv zu sein.«

»Gelman begeistert mich! Mit Urondo habe ich noch nicht begonnen, doch Gelman begeistert mich.«

»Du hast diese Leute gelesen?«

Muriel läuft davon. Der Capitán sieht ihr mit einer Zärtlichkeit nach, die sich nach und nach in Härte verwandelt. Er geht zum Sandsack, schlägt auf ihn ein, die Faustschläge werden härter, während er schreit: »Magie! Magie! Magie! Magie!«

Muriel erreicht laufend den Colectivo, und die Uhr zeigt ihr an, daß ihr die Zeit knapp wird. Je näher sie dem Zentrum kommt, desto unruhiger wird sie, und der Colectivo bleibt auch noch in einem Tumult von Fußgängern stecken. Vom Fenster aus sieht Muriel Borges jr. auf einem Gehsteig spazieren, eingenommen von seiner frisch erworbenen Bedeutung, bestaunt von den Passanten, die sich nach ihm umdrehen, als würden sie eine Berühmtheit aus dem Fernsehen wiedererkennen. Den Tumult hat aber ein Lieferwagen mit Lautsprecher hervorgerufen, der langsam in zweiter Spur neben Ariel herfährt. Aus dem Lautsprecher dröhnt eine drohende Stimme: »Dieser hier stolzierende

Pfau behauptet, der Sohn des bedeutendsten Schriftstellers, den Argentinien je hervorgebracht hat, zu sein. Er ist ein Abenteurer, der nur in einem Argentinien der Abenteurer seinen Platz hat. Spucken Sie dem Schwindler ins Gesicht. Im Gedenken an den großen Borges. Spucken Sie dem Schwindler ins Gesicht!«

Der Colectivo trägt Muriels Verblüffung mit sich davon, und Borges jr. tut zunächst so, als gingen ihn die Worte nichts an; dann beschleunigt er seine Schritte. Eine Alte stellt sich ihm in den Weg und spuckt ihn an. Ariel geht noch schneller, verfolgt von den Blicken der Passanten und dem Lieferwagen, der weiterhin verkündet: »Spucken Sie dem Schwindler ins Gesicht!« Schließlich läuft er los und erreicht nach mehreren Häuserblocks keuchend das Portal von Carvalhos Büro. Er geht nach oben, mit von seinem Gewicht beeinträchtigtem Atem, hält vor der Tür inne, um die seinen Lungen fehlende Luft zu schöpfen, und betritt schließlich das Büro. Carvalho sitzt weit weg, hinter seinem Tisch, in der richtigen Entfernung für den Atem, der Borges jr. bleibt, bis er sich beruhigt und vom Fenster aus Verkehr und Leute betrachtet, um seine offenkundige Erschöpfung wegzuschieben.

»Papa schrieb im *Aleph*: ›Diese Stadt ist so schrecklich, daß ihre bloße Existenz und Fortdauer, selbst inmitten einer geheimen Wüste, Vergangenheit und Zukunft verseucht und auf gewisse Weise die Gestirne gefährdet. Solange sie besteht, kann niemand in der Welt tapfer oder glücklich sein …‹ Halten Sie das nicht für eine Vorahnung und gleichzeitig für eine Beschreibung des gegenwärtigen Buenos Aires?«

»Alle Städte verseuchen Vergangenheit und Zukunft. Die Städte und die Menschen.«

»Ich erinnerte mich an das, was Sie neulich über Ihren Cousin sagten. Papa war ein gewollt hermetischer Schriftsteller, und an einer Stelle des *Aleph* könnte eine Vorwegnahme Ihres Falls vorhanden sein. Ihr Cousin ist wie Odysseus, der nach Ithaka zurückkehrt, und nichts ist mehr so, wie es war, oder? Vielleicht hat sich Penelope mit dem Auftrennen begnügt, und Telemach existiert nicht oder bleibt verborgen. Homer erzählt der Hauptfigur des *Aleph*, daß er – wie Odysseus – ein Jahrhundert in der Stadt der Unsterblichen gelebt hat, dieser Stadt, die Vergangenheit und Zukunft verseucht.«

Carvalho zeigt sich erstaunt, und sein Erstaunen läßt Borges jr. verstummen.

»Und?«

»Irgendwann wird Ihr Cousin zwangsläufig zur gleichen Entdeckung wie Cartaphilus kommen: ›Wenn sich das Ende nähert, bleiben von der Erinnerung keine Bilder mehr: Es bleiben nur Worte.‹«

»Da ist was Wahres dran. In letzter Zeit schreibt mein Cousin anonyme Briefe, aber er schreibt. Die Erinnerungen sind ihm schon ausgegangen. Deshalb beginnt er aggressiv zu werden. Er will sich einmischen, stören. Nein, sterben will er nicht. Er möchte wieder leben. Er fällt denen, die ihn verraten haben, lästig. Er schreibt sogar den Japanern Briefe. Er dringt zur Modernität vor. Es gibt keine Modernität ohne Japaner.«

»Mein Vater hat einige Dinge über Araber und Chinesen geschrieben, aber soviel ich weiß … nichts über Japaner.«

»Hat sich Ihr Vater irgendwann einmal für Tierernährung interessiert?«

»Niemals!«

Die Köchin rührt mit den Augen und einem Holzlöffel in verschiedenen wie auf einem Xylophon von Flammen aufgereihten Töpfen. Im angrenzenden Umkleideraum, wo die Kleider nach Archäologien von Gerichten riechen, sind vier Angestellte gerade dabei, sich mit einer Buster Keaton würdigen Gelassenheit und Zeremonie in Butler zu verwandeln. Eine Glocke ertönt, die des Dienstboteneingangs, und beim zögernden Öffnen erwartet den Kellner die freudige Umarmung Don Vitos.

»Lorenzo? Du bist doch Lorenzo, nicht?«

Don Vito nimmt auf das stumme Nein des halb als Butler verkleideten Kellners keine Rücksicht und tritt ein, während er bereits nach Erklärungen verlangt.

»Aber Lorenzo ist doch hier, oder etwa nicht?«

Dem Kellner ist es egal.

»Wir heißen hier alle James.«

Er wendet seinen Kopf zur Küche.

»Gibt es unter euch einen Lorenzo?«

Einer der drei Angestellten hebt ohne besondere Begeisterung den Kopf.

»Ja. Ich heiße Lorenzo.«

Don Vito geht begeistert hinein, hält schon die offenen Arme für den vermeintlichen Lorenzo bereit. Als er jedoch in der Küche vor den drei lustlosen, erst halbverkleideten Kellnern steht, stockt er, ändert aber sein Gehabe nicht, da er Lorenzo an seinem am wenigsten gelangweilten Gesicht errät.

»Lorenzo!«

»Vito?«

»Der bin ich.«

Er umarmt Don Vito, erinnert sich zunehmend an ihn und läßt das Geschwätz des Besuchers, der ihn beiseite nimmt, über sich ergehen.

»Können wir nicht an einem verschwiegeneren Ort miteinander reden?«

»In Kürze geht hier der Zirkus los, und die Klubmitglieder sind zwar versponnen, aber sehr anspruchsvoll.«

Drei der Bediensteten streifen, schon als Butler verkleidet, durch die Küche, und im Umkleideraum muß

Don Vito Lorenzos zu laute Antwort mit einem Zischen tadeln.

»Aber... weißt du, was du da von mir verlangst? Das ist ein höchst privater Klub. Wie soll ich dich die Archive sehen lassen?«

Don Vito schwelgt in der Vergangenheit.

»Erinnerst du dich an deine Zeiten als Schmuggler, als ich dir den Rücken deckte? Altofini, sagte deine Frau zu mir, hilf doch Lorenzo, der steckt immer in Sachen, die ihn nichts angehen.«

»Eben deshalb will ich keine Schwierigkeiten mehr. Hier drinnen gibt es viele gefährliche Typen. Sehr vornehm, aber sehr gefährlich. Leute, die Macht haben oder in der Gunst der Mächtigen stehen, reinstes Protein der Oligarchie. Was genau hier gespielt wird, weiß ich auch nicht. Literarisches Leben nennen sie es. Clowns sind sie. Doch wenn sie ihre Verkleidung ablegen, sind sie Mistkerle, Kannibalen. Ich heiße James, und nur das zählt.«

»Nur einen kurzen Blick in die Archive, Lorenzo. Eine Hand wäscht die andere.«

Lorenzo sieht ihn abschätzend, vielleicht einer persönlichen Wertvorstellung folgend an.

»Ich zahle meine Schulden, aber ich werde dich nicht dafür bezahlen, damit du mir hilfst, mich nicht in Unannehmlichkeiten zu bringen. Ich bezahle dich, weil du dir meine Frau geschnappt hast und ich so diese Nudel losgeworden bin. Ich konnte mit dieser Walküre nicht.«

Von dem Geständnis gerührt und darauf aus, Vertrauen zu schaffen, legt Don Vito seinem Schützling eine Hand auf die Schulter.

»Lorenzo, ich will ehrlich sein. Ich konnte auch nicht.«

»Verschwinde, und nimm diesen Schlüssel. Ab zwölf Uhr ist niemand mehr hier.«

Es mochte knapp nach zwölf sein, als die Tür zwischen Angestelltengarderobe und Küche aufgeht. Vorsichtig durchquert Don Vito den Ankleideraum. Er betritt die Eingangshalle, von der aus man zu den Geschäftsräumen des Klubs El Aleph gelangt, und mustert die von den Notlichtern ausgehende spärliche Beleuchtung. Er zieht einen Zettel aus der Tasche, studiert den handgezeichneten Plan und beginnt die Stufen zum ersten Stock hinaufzusteigen. Dort angekommen, geht er auf die ersehnte Tür zu, überprüft sie auf dem Papier, will schon eintreten, als er ein Husten vernimmt, dessen Herkunft nicht auszumachen ist. Er bleibt wie angewurzelt stehen und wartet auf die Bestätigung des Geräuschs, die aber nicht eintrifft, und so öffnet er die Tür.

Als er bereits im Sekretariat ist, kann er die Bestätigung des Hustens aus dem Nebenzimmer nicht hören, auch nicht sehen, daß mehrere Klubmitglieder, wie Boxkämpfer nach Mode der Jahrhundertwende gekleidet, auf ihren Auftritt zu warten scheinen. Sehr lange Hosen, quergestreifte Polohemden, schwere Handschuhe, das pomadisierte Haar in der Mitte gescheitelt, Bärte nach Art des Königs von England oder des russischen Zaren. Diesmal verfügen sie über keinen anderen Butler als Lorenzo, der ihnen erfreut mitteilt: »Dieser verdammte Mistkerl ist schon drinnen.«

Ungeduld bei den Boxern, sie hüpfen auf ihren Zehenspitzen, schlagen in die Luft. Der Präsident meint: »Man muß ihm geben, was er verdient.«

Die Boxertruppe verläßt den Raum. Ihr Marsch wirkt eher kriegerisch als sportlich. Lorenzo hat bei ihrem Abgang wieder sein James-Gesicht aufgesetzt, preßt aber zwischen den Zähnen hervor: »Vito Altofini, du wirst dich noch an diesen Gehörnten erinnern.«

Don Vito sollte sich später kaum noch daran erinnern, daß er die Schubfächer des Archivs geöffnet, bereits die eine oder andere Mappe ausgewählt, sich sogar die Brille aufgesetzt und die Papiere mit einer Taschenlampe, ein Geschenk von Madame Lissieux, angeleuchtet hatte.

Plötzlich wird die Tür aufgerissen, und vier Boxer in nostalgischer Kluft kommen, Hiebe austeilend und schnaufend, auf ihn zu. Es stimmt, daß Don Vito die Lage in den Griff zu bekommen versucht, wenn auch vielleicht nicht mit den passenden Worten.

»Es handelt sich bloß um ein Mißverständnis.«

Doch die Boxer haben sich schon auf ihn gestürzt, und er kann sich nur mit Faustschlägen und Fußtritten wehren. Sie nehmen ihn in die Mangel, und es beginnen gezielte Hiebe auf ihn niederzuprasseln. Die aufgelöste Verzweiflung Don Vitos bildet einen krassen Gegensatz zu dem systematischen Antreten der Boxer. Sie verpassen ihm unerbittliche Schläge. So unerbittlich, daß sie den Mann, das Gesicht verschwollen, zu Boden gehen lassen. Einer der Boxer zieht seinen Kopf an den schon blutverschmierten Haaren hoch, und die anderen setzen ihm weiter mit den Fäusten zu. Don Vito Ecce Homo hat bereits das Bewußtsein verloren.

Vladimiro gibt laut wieder, was ihm Borges jr., schuldbewußt und niedergeschlagen, soeben gestanden hat.

»Don Raúl Tourón ist also von den Toten auferstanden und setzt seinen Kumpanen kräftig zu.«

Er beginnt zu lachen. Borges sieht ihn mit traurigen Hundeaugen an.

»Ich habe das Vertrauen dieser Leute mißbraucht.«

In seinem Rücken ertönt Pascualis Stimme.

»Jetzt willst du auf einmal zimperlich sein? Hast du etwa das Vertrauen der Leute, die du, zusammen mit deiner Alten, betrogen hast, nicht mißbraucht?«

»Ohne Leute, die begaunert werden wollen, würde es keine Gauner geben.«

»Und es würde keine Mörder geben ohne Leute, die gern ermordet werden wollen. Red keinen Quatsch.«

»Diese Fanatiker verfolgen mich, ich habe Angst, ich brauche Ihren Schutz.«

Pascuali ist genervter als sonst.

»Sekten. Sekten, literarische Sekten, die haben mir gerade noch gefehlt.«

Er wartet, bis der damit beschäftigte Polizist den Bericht fertiggeschrieben hat, gibt seinen Jüngern einen Wink, den Borges nicht zu deuten versteht, und durchschreitet die Gänge, die ihn vom Büro trennen, das der Generaldirektor während seiner Besuche auf dem Revier zu benutzen pflegt. Das Treffen fällt nicht besonders redselig aus, und Pascuali hält dem Politiker den soeben fertigen Bericht vor die kurzsichtigen Augen.

»Können Sie mir nicht den Inhalt zusammenfassen? Auch wenn es in drei Worten ist.«

»Sekten. Literarische Sekten.«

»Literarische Sekten? Und womit ißt man das?«

Doch Pascualis hartnäckiges Schweigen veranlaßt ihn, den kurzen Bericht zu lesen. Bevor er sich erhebt, sieht er Pascuali über den Rand seiner Brille hinweg an, als wollte er ihn ohne verformende Filter betrachten. Dann steht er auf. Er stemmt die Fäuste auf den Tisch und neigt den Kopf ganz nah an den des Polizisten. Dem Generaldirektor behagt es, wenige Zentimeter von Pascualis Nasenlöchern entfernt, loszubrüllen: »Sekten? Wissen Sie, wer dem Klub El Aleph angehört? Die Crème de la crème des Unternehmertums. Der Präsident ist Ostiz. Sagt Ihnen der Name etwas? Hohe Funktionäre, Nutznießer, Leute, die viel Kohle und viel Macht haben. Was wollen Sie? Einen Hausdurchsuchungsbefehl? Und was sonst noch? Daß ich Güelmes, einen eben erst ernannten Minister, über seine

Geschäfte mit einer Gruppe von Japanern befrage? Was wollen Sie noch? Daß ich die Verfassung für verfassungswidrig erkläre? Daß ich über den Präsidenten der Republik einen Such- und Verhaftungsbefehl verhänge? Wollen Sie mich arbeitslos machen? Und alles wegen eines miesen Betrügers und eines Wahnsinnigen, den sie suchen! Was will dieser Mistkerl? Was will er? Mich verrückt machen? Wie Sie?«

Pascuali läßt das Gewitter über sich ergehen, ohne das Gesicht abzuwenden. Der Generaldirektor wirkt erschöpft. Er geht zu seinem Tisch, zieht aus einer Lade ein Blutdruckmeßgerät hervor, wie es vom Generaldirektor aufwärts verwendet wird, und setzt es sich an.

»Hundertvierzehn zu hundertelf! Hundertvierzehn zu hundertelf! Noch nie hat mein oberer Wert so nah am unteren gelegen!«

Aber er spricht zu niemandem. Die Tür hat sich hinter Pascuali geschlossen. Der Generaldirektor greift zu seinem Handy, setzt es in Betrieb und wählt die Nummer, die er von seinem Taschencomputer abgelesen hat.

»Güelmes? Pascuali macht immer mehr Druck. Es muß etwas geschehen. Wir müssen uns treffen. Übrigens: hundertvierzehn zu hundertelf. Und Sie?«

Der Arzt quillt aus der bange betrachteten Tür eher hervor, als daß er heraustritt. Carvalho stürzt, von Alma gefolgt, auf ihn zu. Der Arzt flüstert Worte und weist ihnen eine Richtung, in die sie eilen, bis sie vor dem Wandschirm stehen, der sie von einem durch die Verbände einer Mumie gleichenden Don Vito trennt. Er kann seine verschwollenen Lippen kaum bewegen. Alma und Carvalho sind angesichts des brutalen Anblicks stehengeblieben, doch Don Vito fordert sie mit einer Kopfbewegung auf, näherzukommen. Was er zu sagen versucht, ist nicht verständlich, und Carvalho neigt sich ganz dicht an das Ufer seines Flüsterns. Er nickt und dreht sich zu Alma um.

»Er sagt, wir lebten in einer Welt voller Fanatiker. Er hat auch gemeint, daß die Mädchen die Kranken küssen, wenn sie sie im Spital besuchen.«

Alma lächelt, doch als sie ihn küssen will, bemerkt sie, daß Don Vito nur den Mund verbandfrei hat.

»Ich kann ihn nur auf den Mund küssen.«

»Ich glaube, genau das will er.«

Don Vito bringt die Unabänderlichkeit der Situation zum Ausdruck. Alma küßt ihn gefällig auf den Mund, ohne im geringsten den Schein wahren zu wollen. Der erste oder der letzte Kuß einer Liebesgeschichte. Feucht. Tief. Don Vitos Augen geraten in Ekstase, werden aber plötzlich warnend, und er versucht mit dem Kopf etwas zu bedeuten. Carvalho und Alma sehen ihn, sehen sich erstaunt an, begreifen endlich und drehen sich um: Pascuali steht in der Tür. Zum Hinausgehen aufgefordert, traben Carvalho und Alma dem Polizisten hinterdrein, der murmelt, damit es nur sie hören: »Ich habe genug von Ihnen. Wirklich genug. Wo auch immer Sie Ihre Nase hineinstecken, bauen Sie Mist!«

Als sie vom Flur in die Eingangshalle gelangt sind, packt Pascuali Carvalho grob am Arm.

»Ich möchte es wissen.«

Carvalho kehrt die Geduld nach außen, die er braucht, um Pascuali zu ertragen.

»Was wollen Sie wissen? Vito Altofini ist auf grausame Weise von Fanatikern, von borgianischen Fundamentalisten angegriffen worden.«

»Lassen Sie den Quatsch! Ich will alle Einzelheiten zur Erpressung von Raúl Tourón wissen, einschließlich der Geschichte mit den Japanern.«

»Einer, der da mit drinsteckt, ist der Capitán.«

Er nähert sich Pascuali und wiederholt: »Der Capitán. Schon zuviel Capitán für Sie, Pascuali?«

Der Polizist antwortet nicht, gestikuliert nicht einmal, und Carvalho und Alma versuchen seine Verwirrung für ihren Abgang zu nutzen, doch Pascuali läuft hinter ihnen her, faßt Carvalho an der Schulter und zwingt ihn, sich umzudrehen.

»Der Capitán, du verdammter Gallego, ist ein Milico, ein Überbleibsel aus der Zeit der Milicos. Doch das wird eines schönen Tages aufhören. Das einzige, was die Gesellschaft braucht, sind Polizisten, keine Milicos. Die Milicos werden schon die Yankees stellen.«

»Das ist eine Theorie.«

»Eine offenkundige Notwendigkeit. Ich bin die Zukunft, die einzig mögliche Ordnung.«

»Wie die Privatpolizei.«

»Sie?«

»Nein. Ich bin der letzte Mohikaner. Ich spreche von der, die im Dienst der Ordnung steht und stehen wird. Ich stehe im Dienst der Unordnung. Ich bin die Unordnung.«

Saubere Teller und Besteck, poliert, Stück für Stück vom Küchengehilfen nach einem visuellen Rhythmus angeordnet. Raúl drückt die letzten Tropfen schmutzigen Wassers aus dem Abwaschschwamm und wirft ihn in die Spüle. Er betrachtet die Küche. Alles glänzt. Er lächelt zufrieden. Durch das große Fenster saugt er die auf der Höhe von Costanera Norte im Fluß tanzenden Lichter ein. Er läßt sich auf einen Hocker fallen, fährt sich mit den Händen übers Gesicht. Die Tür geht auf, und der Küchenchef kommt herein, überprüft die Lage und nickt anerkennend.

»Es war ein schrecklicher Tag. Wir haben halb Buenos Aires verköstigt.«

»Und die andere Hälfte hat uns auch noch ihr schmutziges Geschirr dagelassen.«

Raúl nimmt das Kuvert, das ihm der Chef gibt, drückt es an den Rändern, damit es sich ein wenig öffnet und er die Scheine darin sehen kann. Er steckt es ein und murmelt ein Danke, das der andere nicht mehr hört, weil er die Küche bereits verläßt. Raúl steht auf, streift die Schürze ab, hält seinen Kopf unter den Wasserhahn und trocknet sich mit einem sauberen Geschirrtuch ab. Als er zerzaust und mit dem vom Abreiben geröteten Gesicht unter dem Tuch hervorkommt, bemerkt er, daß er nicht allein ist. Aber er erkennt den Eindringling, nickt ihm zu. Schon auf der Straße, drängt ihn der Begleiter, in eine ewig lange Lincoln-Limousine mit getönten Scheiben einzusteigen. Der im Inneren wartende Mann riecht nach frisch aufgetragenem Parfüm und hat eine so rosige Haut wie ein Baby.

Der Wagen setzt sich in Bewegung, und der Gastgeber beginnt seinen Monolog: »Zunächst einmal die Dinge klar auf den Tisch. Ich weiß, wer Sie sind, und Sie dürften wissen, wer ich bin. Gálvez junior, Richard Gálvez Aristarain. Erinnern Sie sich? Mein Vater, Robinson, Freitag. Es ist erst wenige Monate her, daß man meinen Vater umbrachte. Er versprach, Ihnen zu helfen, Ihre Tochter zu finden. Wie ich Sie schon wissen ließ, fand ich in seinen Unterlagen einige Nachforschungen über die Suche. Interessant. Nicht entscheidend, aber interessant. In den Aufzeichnungen bezog sich mein Vater auf ein Gespräch, in dem Sie auf eine erstaunliche, schmerzvolle, vor kurzem gemachte Entdeckung anspielen. Eine aufrüttelnde Sache. Hier, in Buenos Aires?«

»Nein, in Spanien.«

»Und wegen dieser Entdeckung sind Sie nach Argentinien zurückgekehrt, oder?«

»Nicht wirklich. Ich wollte schon zurückkehren, ehe es zu dieser Enthüllung kam.«

Gálvez jr. ist neugierig, doch Raúl kommt dem nicht entgegen. Er seufzt.

»Endlich. Die Karten auf dem Tisch. Ich hatte von Anfang an den Verdacht, daß der Tod meines Vaters etwas mit den Erpressungen zu tun hatte, die er an einen Großteil meiner Freunde und Kollegen gerichtet hatte, die Sie Oligarchie nennen. Wir wissen nicht, wie wir uns nennen sollen. Vorschläge werden angenommen. Einer der gefährlichsten Erpreßten war Ostiz. Sagt Ihnen der Name etwas?«

»Ein Komplize des Militärputsches.«

»Beinahe der ganze argentinische Geldadel war an diesem Putsch beteiligt, doch Ostiz ist darüber hinaus sehr kämpferisch. Er liebt es, die Kloaken zu bezahlen und den Kloakenwächter zu spielen. Er hat meinen Vater auf dem Gewissen, klar, und danach trug er zur Finanzierung des ersten Steins eines Robinson-Erlebnisparks bei. Der erste Stein. An den zweiten kann sich schon keiner mehr erinnern.«

»Was hat Ostiz mit meiner verschwundenen Tochter zu tun?«

»Das ist die Unbekannte, aber in den Papieren meines Vaters fand ich folgende Korrelation von Vektoren: Tochter von Raúl – Ostiz – Señora Pardieu.«

»Warum spielen Sie auf meiner Seite?«

»Ich spiele mein Spiel. Ich kann Ostiz nicht frontal angreifen, aber ich will, daß er für den Tod meines Vaters bezahlt. Wir wußten, wer Sie waren, wer Ostiz ist, aber nichts über Señora Pardieu. Wir stellten Nachforschungen an. Sie taucht als ledige Mutter einer 1977 in Buenos Aires geborenen Tochter auf. Das Mädchen ist unter dem Namen Eugenia eingeschrieben, und man weiß nichts weiter über die ledige Mutter oder das Kind. Eine Mauer. Ohne Ritzen. Also muß man auf Ostiz zurückkommen. Warum stellte mein Vater diese Verbindung her? Ostiz war einer der Oligarchen, die das finanzielle Gerüst der hauptsächlich in die direkte Repression Involvierten unterstützte, die Adoption der Kinder von Verschwundenen inklusive, und es wäre nicht verwunderlich, wenn er selbst die unsittliche Entbindung der ledigen Mutter Pardieu gedeckt hätte. Eine ledige Mutter trägt zur Tarnung eines an der Sache beteiligten Militärs oder Polizisten bei.«

»Gibt es keinen Militär namens Pardieu?«

»So naiv werden sie nicht gewesen sein.«

Carvalho öffnet die Schubfächer des Archivs. Eines nach dem anderen. Leer. Er dreht sich um, befürchtet, in eine Falle gegangen zu sein. Er geht zur Tür, öffnet sie einen Spalt. Es ist niemand zu sehen. Er geht wieder nach hinten, durchsucht die Schreibtische. Nichts von Interesse in den Schubladen. Er betrachtet die Wände, die Möbel, als wollte er eine visuelle Bestandsaufnahme machen. Schließlich zieht er ein Bündel unter seinem Trenchcoat hervor: eine Dose mit Benzin. Er zieht eine Spur durch den Raum, die sich wie Schnörkel um die Aktenschränke, den Tisch windet, und setzt sie bis zum Treppenabsatz fort. Den Rest verteilt er noch über die Stufen. Er nimmt Abstand, zündet ein Feuerzeug an. Er entflammt ein zusammengerolltes Papier und wirft es auf die Benzinspur. Das Feuer breitet sich aus, züngelt nach oben. Carvalho betrachtet den beginnenden Brand und zieht sich dann mit mäßiger Eile zurück. Auf dem Weg zu seiner Wohnung tanzen die Flammen vor seinen Augen, als stünden sie hinter der Windschutzscheibe, und er malt sich die Reaktionen der einzelnen Personen aus. Pascuali. Die Vorgesetzten Pascualis. Du bist ein Brandstifter, sagt er sich. Warst schon früher einer.

Der Generaldirektor zetert ins Telefon. Er hängt ein und läßt sich in den Lehnstuhl fallen, am Rande der selbstmitleidigsten Auflösung. Plötzlich öffnet er eine Schreibtischlade und zieht das Blutdruckmeßgerät hervor. Er hält den Finger darauf. Die aufscheinenden Ziffern entsetzen ihn. Er hebt den Blick, und sein Schrecken verwandelt sich in Empörung, weil er den geduldig wartenden Pascuali vor sich hat.

»Wer hat mir den Klub El Aleph in Brand gesteckt?«

»Vielleicht könnten Ihnen die Feuerwehrleute die Frage beantworten.«

»Die Feuerwehr? Daß ich nicht lache! Da, nehmen Sie! Lesen Sie! Schlüpfen Sie aus Ihrer Selbstgefälligkeit des Kinopolizisten!«

Er schleudert ihm einen Zettel so hin, daß ihn Pascuali aus der Luft fangen muß. Pascuali liest ihn. Er täuscht Gleichgültigkeit vor, während der Generaldirektor seinen Sarkasmus hervorkehrt.

»Das ist die Liste der Klubmitglieder. Zwei Minister dieser Regierung und ich weiß nicht wie viele aller möglichen Regierungen! Seit den Zeiten von Sarmiento und Mitre! Finanziers? Alle, die Sie wollen. Um einen Anfang zu machen: Ostiz höchstpersönlich, ein hohes Tier in der Unternehmervereinigung, ist der Präsident dieser Spinner.«

Er steht auf, um Gestalt und Rang vor Pascuali aufzurichten.

»Ich will diesen Brandstifter fassen! Ich will Ordnung! Ich will mich nicht unnötig über die Unordnung aufregen, die Sie zulassen!«

Diesmal ist es der Generaldirektor, der Pascuali mit dem Wort auf den Lippen im Büro zurückläßt. Er geht, Fragen zurückweisend, durch die Korridore und nimmt den Aufzug zur Tiefgarage. Eine Geste genügt, damit sich die zwei als Leibwachen in Aktion tretenden Polizisten zurückziehen, und er öffnet selbst die kleine Eisentür. Dahinter ein durch die Jahre und die Feuchtigkeit heruntergekommener Raum für geheime Zusammenkünfte, und Güelmes, lächelnd, freundlich die Arme ausbreitend.

»Ach, hätte ich bloß Ihren Optimismus. Der Klub El Aleph ist soeben in Flammen aufgegangen, und ganz Buenos Aires verlangt von mir den Kopf des Schuldigen.«

»Der Fall Borges junior. Eine mindere Angelegenheit. Wir werden ein altes Gespräch fortsetzen, Morales, geschätzter Morales. Nehmen wir doch Platz. Lassen Sie uns hinsetzen und ein wenig entspannen.«

Der Entspannung nicht besonders gewiß, entspannt sich Morales, weil es ihm ein Vorgesetzter befohlen hat.

»Morales. Sowohl im Fall Raúl Tourón, der etwas mit dem von Borges junior zu tun hat, als auch in einer Reihe von hemmungslosen Aktionen, die wir beide in Erinnerung haben, taucht der Capitán auf. Kennen Sie eigentlich seinen richtigen Namen? Wissen Sie, wo er lebt?«

»Das ist ein Staatsgeheimnis, zu dem ich keinen Zugang habe.«

»Ich kenne den Capitán. Er hat die verschiedensten Namen besessen: Lage, Bianchini, Gorostizaga. Jetzt heißt er Doreste. Als ich mich in seinen Händen befand, hieß er Gorostizaga. Ich gebe zu, daß es Eindruck macht, diesen Namen auszusprechen, vor allem, wenn deine Zunge und Genitalien von den Elektroschocks geschwollen sind. Aber keine Sorge. Ich reise nicht in die Vergangenheit, sondern in die Zukunft. Wir können Personen wie dem Capitán nicht die Stirn bieten, aber sie stören uns. Sie stellen eine Macht dar, die überflüssig geworden ist. Oder etwa nicht? Wir können den Dreck, den sie verbergen, nicht aufdecken, wohl aber auf die Jiu-Jitsu-Technik zurückgreifen. Kennen Sie die Regeln des Jiu-Jitsu?«

Der Generaldirektor schüttelt den Kopf.

»Sie beruhen darauf, die Aggressivität des anderen zu nutzen, um ihn zu besiegen. Die Aggressivität ist die Falle, die der Gegner sich selbst stellt. Der Capitán fühlt sich übermächtig, aber er hat ein schwaches Glied in der Kette:

seine Beziehung zu Raúl Tourón. Es ist nicht normal, daß er mit solcher Hartnäckigkeit gegen ihn vorgeht. Dahinter steckt eine Verbindung, die wir noch nicht kennen.«

»Also gut ... und?«

»Ich schlage vor, ein Kommando zu bilden, das Raúl Tourón entführt und herausfindet, was er weiß. Nichts Offizielles. Nicht einmal Pascuali soll darüber informiert sein. Sobald klar ist, was Tourón weiß, sobald sich herausstellt, daß es sich wirklich um ein Kettenglied handelt, das den Capitán vernichten kann, lassen wir ihm freie Hand und bleiben wachsam, helfen ihm sogar, wie Kapitän Nemo Ciro Smith in der *Geheimnisvollen Insel*. Wenn Raúl Tourón nichts in der Hand hat, nutzen wir die Festnahme und übergeben ihn Pascuali.«

»Und das Kommando?«

»Sie sind der Generaldirektor für Sicherheit. Aber machen Sie sich keine Sorgen. Der Capitán und andere Personen seines Schlags haben mir gezeigt, wie man solche Kommandos auf die Beine stellt.«

Als würde sie mit dem hinter den Seiten der Examensarbeit verborgenen Studenten reden und streiten, streckt Alma die Arme aus, bedient sich der Hände, um ihre Worte zu unterstreichen, allein, vor einem Berg von schriftlichen Arbeiten.

»Aber, aber, wie ist das möglich? Dämmerung mit einem M! Und du weißt nicht einmal, in welchem Jahr *Martín Fierro* erschienen ist. Aber du, in welcher Schule bist denn du gewesen? Und du? Wie kann man bloß so schwer von Begriff sein? Wie ist es nur möglich, Curcius und nicht Curtius zu schreiben? Curtius! Curtius!«

Sie wirft den Kugelschreiber auf den Tisch.

»Ich werde die Hälfte durchfallen lassen. Wir können

nicht länger immerzu Ignoranten mit Universitätstiteln fördern und fördern.«

Es läutet. Alma hebt den Kopf, sieht auf die Uhr, steht auf und geht mißtrauisch zur Tür. Als sie die Höhe des Gucklochs schon fast erreicht hat, veranlaßt sie die Stimme dahinter innezuhalten, sich abzuwenden, ihr Gesicht zeigt Entsetzen, schreckliches Entsetzen. Sie versucht ihre Fassung wiederzuerlangen. Sie dreht sich um, öffnet die Tür. Eine riesige Hand streckt ihr einen Ausweis entgegen.

Carvalho bückt sich, um das Feuer unter dem Topf zu überprüfen, in dem ein Essen vor sich hinkocht. Bei dieser Beschäftigung überrascht ihn die Türglocke. Er richtet sich vorsichtig auf. Er geht zur Bestecklade und holt aus ihren Tiefen eine Pistole hervor. Mit ihr in der Hand will er den Raum verlassen, bleibt aber stehen und nimmt mit der freien Hand einen hölzernen Löffel und kostet die Soße und das Fleisch darin. Der Detektiv geht halb zufrieden, halb beunruhigt ins Nebenzimmer, nähert sich der Tür und späht durch das Guckloch. In dem Moment ertönt die Klingel laut und ungeduldig zum zweiten Mal. Durch den Türspion sieht er die Zerrbilder von zwei Polizisten. Er tritt zurück und seufzt.

»Wer da?«

»Polizei.«

»Zu Ihren Füßen.«

Er tritt zurück und versteckt die Pistole hinter den Büchern, die im Regal auf ihre Verbrennung warten. Dann wendet er sich wieder zur Tür, öffnet sie. Zwei Polizisten. Einer von ihnen streckt ihm den Ausweis entgegen, der den ganzen Horizont abdeckt.

Ein offensichtlich Todgeweihter läßt die Erzählungen von Don Vitos Heldentaten über sich ergehen, der noch mit Verbänden übersät, aber bereits aufrecht in einem Rollstuhl sitzt, mit den Armen gestikuliert und im halb freigelegten Gesicht, in dem noch die Spuren von Wunden und Blutergüssen zu sehen sind, eine gewisse Ausdruckskraft zeigt.

»Verzeihung, wenn ich ich mich bei einigen Details aufhalte, aber mein Eingreifen war entscheidend, und der Chefinspektor Mendoza sagte zu mir: Altofini, ohne Sie wären wir umzingelt, will heißen verloren gewesen. Sie waren knapp, ganz knapp daran, sogar die Polizei von Rosario zu Hilfe zu rufen.«

Der Todgeweihte kann nicht mehr. Er richtet sich auf und fragt mit ebensoviel Agonie wie Ungläubigkeit in der Stimme: »Seit wann bittet die Polizei von Buenos Aires die von Rosario um Hilfe?«

»Man merkt eindeutig, daß Sie Polizisten nur im Kino gesehen haben. Die Polizei von Rosario ist sehr kompetent. Sie ist sehr gewissenhaft. Meine Mama war aus Rosario. Denen entwischte keiner.«

Der Todgeweihte bricht zusammen, zu sterben bereit, und Don Vito will seine Erzählung fortsetzen, als eine Polizeimarke vor seinen Augen glänzt und er beim Heben seines Kopfes Pascuali vor sich hat. Doch die Aufmerksamkeit des Inspektors und die des Detektivs gelten dem lauten Röcheln des Sterbenden, das ein eindeutiges Zeichen des letzten sich Aufbäumens, des Abschieds ist.

»Sehen Sie? Ich hatte ihn unterhalten. Unterhalten.«

Die Geschichte wird von Altofini ausführlich Carvalho und Alma erzählt, als er sie im Polizeiauto wiedertrifft. Er weint, während er sich daran erinnert, wie er dem Sterbenden das letzte Gespräch gegeben hat.

»Er war aus Rosario, und ich wollte ihn aufmuntern,

indem ich ihm erzählte, daß Rosario eine sehr gute Polizei hat. Sie haben mich illegal festgenommen. Man kann mit Sicherheit keinen Rekonvaleszenten verhaften.«

Carvalho, Alma, Altofini in seinem Rollstuhl, zwei oder drei der üblichen Gäste auf Polizeirevieren: die wegen eines Skandals festgenommene Nutte; ein junges Pärchen, Hände und Willen vereint, daß sie niemand nach Hause zurückschickt; der Psychopath, der sich wie ein Tier unter Strom bewegt; die Polizisten, die sich wie Hirten von Psychopathen und den üblichen Verdächtigen verhalten.

Die Studenten stehen in Gruppen zusammen, besonders dichtgedrängt um Muriel, so als gelte es, eine schwerwiegende Entscheidung zu treffen. Endlich ergreift einer von ihnen, Alberto, die Initiative und steigt auf das Podium, von dem aus für gewöhnlich Alma ihre Vorlesung hält. Er bittet seine Kommilitonen um Ruhe.

»Sie haben Professor Alma Modotti mit der lächerlichen Begründung festgenommen, daß sie verdächtigt werde, an der Brandstiftung im Klub El Aleph beteiligt gewesen zu sein. Dieser unannehmbare Vorwand warnt uns vor möglichen weiteren Verletzungen der Menschenrechte und verpflichtet uns, eine solidarische Haltung zu zeigen. Wir müssen fordern, daß man sie augenblicklich freiläßt.«

»Und das positive Prüfungsergebnis?«

»Jetzt ist nicht der Moment für Nichtigkeiten.«

»Auch nicht, um tatenlos in die Luft zu schauen.«

Pro- und Kontrarufe. Mutlosigkeit beim Studenten auf dem Podium und in Muriels Gesicht. Sie bewegt die Lippen, als wollte sie etwas sagen, kann aber nicht oder wird vom allgemeinen Geschrei daran gehindert. Ihr Gesicht ist noch immer von Ohnmacht gezeichnet, als sie nach Hause kommt, niedergeschlagen am Fenster ihres Zimmers auf die Rückkehr des Vaters wartet. Die Scheinwerfer des Wagens kündigen seine Ankunft an. Muriel löst sich vom Fenster, tritt auf den Treppenabsatz hinaus, läuft die Stufen überspringend hinunter, beachtet ihre Mutter nicht, die vor dem eingeschalteten Fernseher vor sich hindämmert, die Flasche Grand Marnier bei der Hand, die noch das Glas hält. Muriel erreicht die Tür in dem Augenblick, als in ihrem Rahmen der Capitán und hinter ihm der Dicke erscheinen.

»Papa, heute nacht gehe ich aus. Aber vorher will ich dich noch um etwas bitten, um etwas, das ich mir aus ganzem Herzen wünsche.«

»Was ist es?«

»Sie haben eine Professorin festgenommen. Du weißt schon, wer sie ist. Alma. Alma Modotti. Sie wird einer Lächerlichkeit beschuldigt, einen Klub in Brand gesetzt zu haben. Du kennst doch viele Leute von oben.«

»Was weißt denn du, wen ich kenne?«

»Ich habe Augen im Kopf, und ich bin nicht taub. Ich weiß, daß du mit Milicos, mit Polizisten verkehrst.«

»Das hat mir gerade noch gefehlt, daß mich meine Tochter Milico nennt.«

»Verzeih. Unter uns nennen wir die Militärs Milicos, selbst wenn sie unsere Väter sind. Kannst du etwas für Alma tun?«

Die Frau dämmert weiterhin vor dem Fernseher vor sich hin, der Dicke hält sich vorsichtig im Hintergrund, und Muriel wartet stehend darauf, daß ihr Vater etwas sagt. Der Capitán hat sich gefaßt auf das Sofa gesetzt. Er wirkt gelassen, doch zeigt sich Anspannung in seinen aneinandergepreßten Händen und in dem starr auf seine Tochter gerichteten Blick.

»Die Señorita verlangt also von mir, daß ich meinen Einfluß bei den Militärs, mein im Krieg, im Falklandkrieg, erworbenes Ansehen dazu nutze, um zu meinen Oberen zu gehen und ihnen zu sagen: Lassen Sie Señora Alma frei. Alma, wie noch? Modotti, jetzt erinnere ich mich, weil sie Literaturprofessorin ist und wir doch wissen, daß die Literatur harmlos ist. Alle Professoren sind harmlose Pädagogen.«

»Ich verstehe den Sarkasmus nicht.«

»Mit Verlaub, Capitán, aber vielleicht wäre es an der Zeit, das Mädchen über dieses die Universität manipulierende Gesindel aufzuklären.«

Der Capitán kreuzigt den Dicken mit seinem Blick.

»Was soll sie erfahren?«

»Daß nicht alles Gold ist, was glänzt.«

»Wer hat dir das Recht gegeben, dich einzumischen?«

Muriel ist zur Tür gegangen und dreht sich zu ihrem Vater um.

»Wirst du etwas unternehmen, oder wirst du nichts unternehmen?«

»Befinden wir uns vielleicht nicht in einem Rechtsstaat? In einer Demokratie? Die Gerechtigkeit soll ihren Lauf nehmen. Es erscheint mir nicht ethisch, meinen Einfluß geltend zu machen.«

»Du vertraust der Ethik der Macht? Wie oft habe ich dich sagen hören, daß diese Demokratie eine Farce ist.«

»Ich sage, was ich will, und tue, was ich für richtig halte.«

Muriel schlägt beim Hinausgehen, zum Erstaunen des Dicken und des Capitán, heftig die Tür zu. Die Mutter schreckt auf durch den Lärm, sieht mit Furcht, mit Haß zum Capitán, zum Dicken.

»Ein Schuß. Das war ein Schuß. Wer wurde jetzt umgebracht?«

Zwei Polizisten schieben den Rollstuhl mit einem seine Hinfälligkeit übertreibenden Don Vito. Alma folgt ihnen, beobachtet die unglaubliche Geschicklichkeit der Beamten. Als Don Vito auf dem Gehsteig abgesetzt wird, grüßt er die Polizisten militärisch, und sie erwidern seinen Gruß. Alma übernimmt die Griffe an der Rückenlehne des Rollstuhls, beginnt ihn vorwärts zu schieben und hält dabei nach einem Taxi Ausschau. Die Erwartung in ihrem Gesicht verwandelt sich in Staunen, Rührung. Muriel und zwei ihrer Kommilitonen sind um eine Straßenecke gebogen, gehen auf sie zu. Alma empfängt sie mit strahlenden Augen. Sie streichelt die Gesichter der Jungen, umarmt Muriel, die sich der warmen, zärtlichen Umarmung hingibt. Dann fängt sie sich wieder, bemächtigt sich einer gewissen ironischen Distanz, obwohl sie sich mit dem Handrücken die Tränen wegwischen muß, als sie sagt: »Aber in welchem Land glaubt ihr denn, daß wir leben? Das hier ist eine Demokratie.«

Sie deutet auf das Polizeigebäude.

»Erinnert ihr euch nicht an den Satz von Alfonsín? Einigen Intellektuellen sollte man in Erinnerung rufen, daß der zwischen Demokratie und ihrem Nichtvorhandensein bestehende Unterschied der gleiche ist wie der, der das Leben vom Tod trennt. Glaubt ihr daran? Ich bleibe so lange hier, bis Pepe herauskommt.«

Fotos von Carvalho für das Polizeiarchiv. Von vorn. Von der Seite. Ringe unter den Augen, die eher von Schlaflosigkeit als von Sorge herrühren. Eine gewisse Resignation in Gesicht und Gesten. Eine Hand ergreift die seine, um seinen Fingerabdruck zu nehmen. Die sich von der Tinte säubernden Hände. Carvalho läßt sich von anonymen Armen leiten, die ihm den Weg weisen und ihn schließlich in einem Raum, besser möbliert als die vorigen, zurücklassen, wo ihn ein Mann mit so nichtssagendem und gepflegtem Aussehen erwartet, daß man ihn für einen

Diplomaten halten könnte. Carvalho übertreibt seine tatsächliche Überraschung. Der Diplomat streckt ihm eine Hand entgegen, drückt sie und hält in der anderen – ein Zockertrick – schon eine Visitenkarte bereit. Während Carvalho sie liest, erhellt die Stimme des Besuchers seine Identität: »Ich gehöre der Spanischen Botschaft an. Ich kümmere mich um Wirtschaftsangelegenheiten, doch der zuständige Kollege hat soeben eine Tochter bekommen.«

»Meinen Glückwunsch.«

»Nun gut. Er hat schon eine. Aber ich werde es ihm ausrichten. Inspektor Pascuali hat mir gesagt, er wird Sie vorerst nicht hierbehalten, aber Sie sollten erreichbar sein. Wenn Sie wollen.«

Carvalho wartet verblüfft auf eine Erläuterung der letzten Worte.

»Wenn ich will?«

Der Diplomat rückt näher und sagt ganz leise: »Ich glaube, die wollen, daß Sie Argentinien verlassen, und im Gegenzug werden sie den Brandstiftungsfall ad acta legen.«

»Ich weiß nicht, von welcher Brandstiftung Sie sprechen. Ich verbrenne nur Bücher. Ich nehme doch an, daß Sie liberal sind.«

»In meiner Jugend kämpfte ich in der liberalen Partei von Pedro Schwartz.«

»Das merkt man an Ihrem Akzent. Ich verbrenne Bücher. Ich verbrenne Bücher, die ich mir mit meinem Geld kaufe. Keine fremden Bücher.«

»Sie verbrennen Bücher?«

»Wann immer ich kann.«

»Aber wichtige Bücher? Würden Sie den *Don Quijote* verbrennen?«

»Eines der ersten Bücher, das ich verbrannte. Wären sie unwichtig, wozu sollte ich sie dann verbrennen?«

»Das macht Sinn. Ja, doch.«

»Ich habe nicht vor, Argentinien zu verlassen. Mein ganzes Leben lang habe ich davon geträumt, in Amerika das große Geld zu machen.«

Der Diplomat bittet ihn, noch näherzurücken, und senkt die Stimme noch mehr, um ihm vertraulich mitzuteilen: »Geben Sie auf. Niemand kann in diesem Land Ordnung schaffen. Nicht einmal den Japanern würde es gelingen.«

»Und den Katalanen?«

»Genausowenig. Sie begannen gegen Ende des 18. Jahrhunderts herzukommen, dann zahlreich im 19. Jahrhundert. Und woran merkt man das? Haben Sie etwa die katalanische Präsenz in Argentinien wahrgenommen?«

Carvalho überdenkt die ihm zur Verfügung stehenden Daten über den katalanischen Einfluß in Argentinien und kommt zu dem Schluß, daß sie nicht ausreichend sind. Aber er möchte den Diplomaten nicht verstimmen.

»Jetzt, wo Sie es sagen … Übrigens möchte ich Argentinien nicht verlassen, ohne Cecilia Rosetto gesehen zu haben.«

Alma will die volle Gabel soeben zum Mund führen, hält aber inne.

»Loaiza? Bruno Loaiza?«

Carvalho, ihr gegenüber sitzend, nickt.

»Ein Gigerl, der glaubte, die Weisheit mit Löffeln gefressen zu haben.«

»Gigerl. Kannst du mir vielleicht sagen, was das bedeutet?«

»Ein Klugscheißer. Ein kleinlicher Klugscheißer war er. Uns trennten mehrere Jahre. Als ich fertig war, begann er. Er kam von der Seite der Psychobolsches, wie Font y Rius, galt aber bald als Quatschkopf, der die neue ›unpolitische‹

Generation verkörperte. Kapierst du? Später hat er es mit diesem Alibi, unpolitisch zu sein, zum Professor gebracht. Er hat sich an die Milicos verkauft, ein Kollaborateur, den sie völlig im Griff hatten, weil sie sogar über seine Pisse Unterlagen besaßen.«

»Kannst du mir noch einmal erklären, was ein Psychobolsche ist? Ich vergesse es immer.«

»Ein freudianischer Marxist oder ein marxistischer Freudianer, mit viel Reich und Orgontheorie.«

»Ich vermute, er fiel dir nicht angenehm auf.«

»Das hängt von dem Stockwerk ab, aus dem er hätte fallen können. Wäre es ab dem sechsten Stock geschehen, hervorragend. Und er ist gefallen. Als ich aus dem Exil zurückkehrte und hierher kam«, sie umfaßt die Bar der Universität mit einem Blick, »war Loaiza bereits eine junge Ruine. Als Philosoph in Verruf gebracht, durch seine Zusammenarbeit mit den Speichelleckern des Prozesses ausgebrannt und mit einem Privatleben vom Marquis de Sade aufwärts. Es hieß, er wäre Stammgast sämtlicher Sadisten von Buenos Aires.«

»Sadisten oder Sadistinnen?«

»Ein Sadist ist geschlechtslos.«

Carvalho ist hungrig und geht an die Theke. Er wartet, bis er an der Reihe ist, betrachtet dann jedes einzelne Angebot, als würde er insgeheim angesichts der Auswahl in den Vitrinen Pro und Kontra abwägen. Enttäuscht kommt er mit einem fast leeren Tablett an Almas Tisch zurück, nur ein paar Weintrauben auf einem Tellerchen, ein Fläschchen Wein und ein Brötchen. Alma betrachtet das Bild des Jammers.

»Gab es nichts, das dem Gaumen Seiner Exzellenz angemessen gewesen wäre?«

Carvalho setzt sich und seufzt resigniert.

»Wenn sich meine Lebenserwartung bestätigt, habe ich ausgerechnet, daß mir siebentausend mehr oder weniger annehmbare Essen bleiben. Ich will mir nichts vormachen. Das, was sie dort anbieten, kann man nicht Essen nennen.«

»Und die Äthiopier? Weißt du, welchen Hunger die Äthiopier leiden?«

»Nachdem ich über fünfzig Jahre lang Spanier gewesen bin, was willst du mir da über Äthiopier erzählen!«

Mehrere Bettler und Bettlerinnen stehen Schlange, um in der Armenküche ihre Essensration zu bekommen. Loaiza ist unter ihnen. Sein Gesicht trägt noch Spuren einer Prügelei. Raúl steht in der gleichen Schlange, erhält seinen Anteil und sucht sich einen freien Platz an einem Tisch. Er setzt sich Loaiza gegenüber, der ohne viel Appetit und abwesend ißt. Raúl wischt sich den Mund ab, bevor er aus einem Messingbecher trinkt. Da wird Loaiza auf ihn aufmerksam, und Raúl bemerkt, daß er beobachtet wird.

»Wenig Appetit?« fragt Raúl.

»Ich esse, um zu leben. An mir ist nicht viel dran, also esse ich wenig. Der Mensch ist, was er ißt.«

»Das haben viele Leute gesagt. Aristoteles. Feuerbach.«

Loaiza bricht in Gelächter aus.

»Um dieses Land muß es sehr gut oder sehr schlecht bestellt sein. Was für eine großartige, heruntergekommene Mittelschicht! Ein Leser von Feuerbach an diesem Ort! Arbeitsloser Philosoph?«

»Ich bin Batman, aber inkognito unterwegs.«

Loaiza streckt ihm eine Hand über den Tisch.

»Ich bin Mirtha Legrand, und ebenfalls inkognito.«

Raúl betrachtet die Wunden in seinem Gesicht, sagt aber nichts.

»Eine Abreibung, Sie fragen mich zwar nicht, aber ich sage es Ihnen. Eine Abreibung. Ausgerechnet mir, der ich am Dorian-Gray-Syndrom leide und das Altern für mich entsetzlich ist. Eine dieser Abreibungen, die sehr weh tun und dich wirklich erschrecken. Leidenschaftslos. Bum, bum, bum! Auf gezielte Stellen. Ein professioneller Schläger. So lohnt man uns das, was wir für sie tun!«

»Ich will nicht indiskret sein, aber was tun wir für sie?« fragt Raúl.

»Uns ausgrenzen, und indem wir uns ausgrenzen, schenken wir ihnen die Rolle der Aufstrebenden, der herrschenden Gesellschaftsschichten. Wenn es keine Ausgegrenzten gäbe, wozu wären dann die Integrierten gut? Es handelt sich um die gleiche Frage, die früher so beantwortet wurde: Damit es Reiche gibt, muß es auch Arme geben.«

»Sind Sie Marxist?«

»Nein. Im Gegenteil. Ich bin ziemlich faschistisch. Von der Masofraktion. Ich bin ein masochistischer Faschist. Ich glaube an die glückliche Ungleichheit der Menschen. Lachen Sie nicht. Ich meine es ernst. Ich glaube an die Überwesen, an die angeborene Ungleichheit, an die Herrschaft der Elite über die Mehrheit, daran, daß die Wahlstimme eines Dummkopfs nicht der eines Universitätsprofessors gleichgesetzt werden kann, und noch viel weniger mit der von Bernardo Neustadt oder Palito Ortega.«

Raúl bemerkt nun den offenkundigen Ernst Loaizas.

»Sie sind ein Zyniker.«

»Im geläufigen Sinn des Wortes, ja. Im philosophischen, nein. Im philosophischen Sinn bin ich«, er steht auf, um Raúl eine Hand zu entgegenzustrecken, die dieser zwangsläufig drückt, »Bruno Loaiza, rechter Nietzscheaner.«

»Gibt es denn linke Nietzscheaner?«

»Wirklich eine erstaunliche Unterhaltung in diesem Umfeld.«

Er erhebt Körper und Stimme, um laut zu fragen: »Wie viele Nietzscheaner gibt es in diesem Saal?«

Nur das Klimpern des Bestecks auf den Zinktellern gibt ihm Antwort.

Inspektor Pascuali sieht ein paar der Akten auf seinen Knien durch, während er sich mit dem am Steuer sitzenden Vladimiro unterhält, der mehr auf den Rückspiegel als auf die Worte seines Chefs achtet.

»Erstaunlich. Diese Leute, die angeblich Raúl Tourón suchen, kommen in Fahrt und wühlen ganz Buenos Aires auf. Dann werden sie müde, und der Fall kümmert vor sich hin, als wollten sie unbedingt Zeit verstreichen lassen. Dem Staat ist es egal. Dem neuen Generaldirektor sind ungeklärte Fälle völlig schnurz, und er vertritt die Theorie, daß es sich nicht lohnt, etwas aufklären zu wollen, das sie nicht aufgeklärt haben wollen.«

Vladimiro zuckt mit den Achseln.

»Dir ist es egal. Du hast eine Beamtenseele. Mich macht es verrückt, daß dieser Wahnsinnige freien Fußes durch Buenos Aires läuft. Es macht mich verrückt, daß sein Cousin, dieser verdammte Gallego, glaubt, uns für dumm verkaufen zu können. Ich zerbreche mir nicht umsonst den Schädel. Diesem Mistkerl werde ich's noch zeigen.«

»Ich weiß, Chef, ich weiß«, unterbricht ihn Vladimiro, um Pascualis zunehmende Erregung abzuschwächen.

Pascuali schlägt mit der Faust in die Luft. Er scheint zu einer Tat entschlossen.

»Weißt du, warum ich in die Luft boxe, wenn ich wütend bin?«

Vladimiro zuckt mit den Schultern.

»Wenn du wie im Film auf den Tisch haust, machst du dir die Hand kaputt.«

Pascuali amüsiert sich über seinen eigenen Witz.

»Chef, er kommt gerade heraus.«

Carvalho hat sein Haus verlassen, geht um den Häuserblock zu seinem Auto, steigt ein. Pascuali und Vladimiro folgen ihm in angemessenem Abstand. Carvalho hält in einer unbedeutenden Straße, als würde er in der städtischen Anonymität einen Platz suchen. Ein Bettler kommt heran und beugt sich zum Fenster.

»Wie geht's?«

»Don Vito, Sie sehen aus wie der Schornsteinfeger von *Mary Poppins.*«

Altofini steigt in den Wagen. Er ist zufrieden mit seiner Verkleidung, mit sich selbst. Sie streifen durch Buenos Aires, bis Carvalho anhält und Altofini aussteigen läßt. Festen Schrittes taucht er in die soeben hereingebrochene Nacht, und Carvalho setzt seine Fahrt fort.

»Wem folgen wir?«

Pascuali verdrängt seinen Adjutanten vom Steuer und zwingt ihn dadurch, das Auto zu verlassen.

»Sie dem Bettler. Ich dem Gallego.«

Norman hat sechs Gläser Grappa auf der Theke des Tango Amigo vor sich. Er trinkt, damit Alma ihn rügt. Aber Alma, an seiner Seite, betrachtet gedankenversunken ein volles Whiskyglas, und auf der Tanzfläche geht der Auftritt Adrianas zu Ende, die soeben die letzten Strophen des Tangos singt. Norman klatscht mit dem Publikum, als Carvalho eintrudelt und sich zu den beiden gesellt.

»Du kommst zu spät«, tadelt ihn Norman.

»Wofür?«

»Für fast alles«, merkt Alma an.

Norman nickt zustimmend, und in Anbetracht der Lage macht Carvalho Anstalten, aufzustehen und wieder zu gehen.

»Zu dieser Stunde nerven mich die Metaphysiker.«

»Trink etwas, dann wirst du die Dinge wie wir sehen«, schlägt Norman vor und hält ihn zurück.

Carvalho willigt ein und trinkt mit einer gewissen Unruhe den ersten Schluck.

»Auf der Jagd?« fragt Alma.

»Auf Nachforschungserweiterung.«

»Ich gehe, um die Begräbniszeremonie abzuschließen«, unterbricht Norman.

Er schreitet zur Tanzfläche und beendet die Show, indem er sich mit dem Rest von Stimme, der ihm noch bleibt, vom Publikum verabschiedet. Am Tresen Alma und Carvalho, Ellbogen an Ellbogen, sie etwas betrunken, Carvalho knapp davor.

»Begleitest du mich ins Fiorentino's?«

»Was ist das?«

»Eines der Stammlokale von Bum Bum Peretti. Merletti, sein Vertrauensmann, hat mich hinbestellt. Aber ohne Bum Bum Peretti. Der trainiert für den morgigen Kampf, zweihundert Kilometer von Buenos Aires entfernt. Ein Baske scheint dazu entschlossen, ihm das Gesicht zu zerschlagen.«

»Das wird ihm nicht gelingen.«

»Man wird sehen. Kommst du?«

»Ich gehe nicht ohne Norman. Er ist depressiv, will sich umbringen.«

»Vögle mit ihm.«

Alma verpaßt ihm einen Klaps.

»Wenn ich mag. Aber ich mag nicht. Mir ist heute nacht nicht danach, Mutter Teresa von Kalkutta zu spielen. Ich fühle mich als Mörderspinne, als Spinnenfrau.«

Sie fährt sanft mit den Fingernägeln über Carvalhos Gesicht.

»Ich werde Norman bitten, mitzukommen.«

Norman hat die Bühne verlassen und schminkt sich in

seiner Garderobe ab. Er winkt Adriana Varela, die durch den Türspalt hereinschaut, zum Abschied und betrachtet sich mit der weggewischten und noch nicht erneuerten Schminke im Spiegel. Mit zwei Fingern formt er eine Pistole und gibt einen Schuß auf seine Schläfe ab.

»Unbestimmt, unentschlossen, unvollkommen, unreif. Mich definieren nur Verneinungen.«

Er erhebt sich, wie von einem unwiderstehlichen Gedanken getrieben, geht zu einem Schrank, wühlt in seinen Kostümen, entschließt sich für eine granatfarbene Boa, schlingt sie sich um den Hals und fächert sich vor dem Spiegel Luft zu. Dann tuscht er sich die Wimpern und bemalt seine Lippen türkisgrün. Alma sieht etwas, das sie blinzeln läßt und in Anspannung versetzt.

»Hast du das gesehen?«

Carvalho sieht in die Richtung dessen, was Alma so verblüfft hat. Norman, als Blondine einer Buick-Reklame aus den vierziger Jahren, kommt auf sie zu.

»Nennt mich Nelly, bitte. Heute nacht bin ich Nelly.«

Carvalho legt das Geld auf den Tresen und ist im Begriff, zu verschwinden.

»Rechnet nicht mit mir.«

»Auf diese Weise gedenkst du also Normans Geste zu mißachten? So sehr Macho bist du, daß du nicht mitspielen willst?«

»Diese Gallegos sind machistischer als meine Mutter«, sagt Norman mit einer übertrieben weiblich gefärbten Stimme.

Carvalho hält in seiner Flucht inne und dreht sich seufzend um, bietet Norman seinen Arm und seine Nacht an.

»Señorita Nelly, denken Sie daran, daß Sie mir heute nacht alle Tänze schulden.«

»Du wirst mein sein, Gallego, du wirst mein sein.«

In Schatten gehüllt betrachtet Pascuali erstaunt den Abgang. Er nimmt die Zigarette aus dem Mund, wirft sie auf den Boden, tritt sie aus und folgt dem Trio. Er betritt in ihrem Fahrwasser das Fiorentino's und erkennt auf den ersten Blick, im schützenden Schatten der an den Wänden hängenden Bilder aus vergangenen Zeiten, ein halbes Dutzend Figuren aus Film und Theater wieder. Träge vor sich hinfließende Geräusche, vorwiegend entspannte und gezierte Unterhaltungen, häufiges Vorkommen der neuesten Modeworte und nicht mehr so frischen Klatsches. Norman löst sich von Carvalho.

»Voll mit Straußen und Pfauen. Laß mich los. Die Nacht ist mein. Heute mache ich auf schwule Tante. Mal sehen, ob ich mir ein Starlet aufreiße.«

»Und der da und ich?« fragt Alma.

»Gelangweilt, wie immer. Dieses Jahrhundert war einfach nicht eures.«

Die Hüften wiegend, entfernt sich Norman. Carvalho erblickt Merletti in einer Ecke des Lokals sitzend.

»Ich habe eine kurze Verabredung mit der Dogge da drüben. Warte auf mich.«

»Wozu bin ich mit euch hergekommen? Willst du mich jetzt sitzenlassen?«

»Lach dir einen Kerl an.«

Carvalho steuert auf den Tisch zu, an dem sich Merletti in Gesellschaft des Sohns von Bum Bum Peretti und zweier Mädchen langweilt. Als Carvalho näherrückt, erteilt er ihnen Anweisungen, und als er den Tisch erreicht, ist Merletti bereits allein. Der Detektiv sieht sich nach seinen Begleitern um. Norman – Nelly – versucht mit einer jungen, eindeutig jungen, argentinischen Filmschauspielerin anzubändeln, die versucht, der Benedetto zu gleichen. Alma unterhält sich angeregt mit einem älteren Herrn, der auf Millionärsrollen spezialisiert ist oder einfach Millionär ist.

»Und Ihre Begleiter?«

»Und die Ihren?«

»Die sind zu jung.«

»Meine fühlen sich wie *Alice im Wunderland.*«

»Ein Talsken, zehn Jahre alt? Hier haben sie keinen Springbank.«

Carvalho nickt. Während Merletti bestellt, beobachtet Carvalho, wie der Sohn von Bum Bum Peretti mit einem der jungen Mädchen schmust. Auch Merletti hat es mit einem eisigen Blick registriert, hart wie der Zug um seinen Mund, und mit der gleichen Härte spricht er: »Zur Sache. Ich habe Sie kommen lassen, um mit Ihnen hinter dem Rücken von Bum Bum, aber zu seinem Wohl zu reden. Er ist ein intelligenter Mann, zu intelligent manchmal, und zu intelligente Leute sind im Irrtum. Können Sie mir folgen? Die ganze Sache mit den Briefen, die Erpressung, Sie aufgesucht zu haben – all das ist eine Dummheit. Peretti hätte sich nicht als betroffen ansehen sollen. Sein Ruf steht auf dem Spiel. Ich werde den Kerl zur Sau machen!«

Der Schrei ist ihm entfahren. Ebenso impulsiv springt er auf, um zu Robert zu gehen, der das eine Mädchen innig küßt, während das andere wie verrückt lacht.

»Ist es verboten, sich in diesem Lokal zu küssen?« fragt Carvalho.

Merletti faßt sich wieder. Die Whiskys sind gekommen, und er wartet, daß Carvalho den seinen kostet.

»Ich möchte, daß Sie mich als Ihren Klienten betrachten, zu gleichen Bedingungen wie Peretti.«

Carvalhos Miene drückt Befremden aus.

»Ich werde Sie bezahlen, damit ich als erster alles erfahre, was Sie über Loaiza und die Beziehungen mit Peretti herausfinden.«

»Das ist unstatthaft, sowohl von Ihrer als auch von meiner Seite aus.«

»Ich will einzig und allein Bum Bum schützen. Und wenn Sie es mir gratis machen, ist es dann statthaft?«

»Noch weniger. Man würde mich aus der Vereinigung der Privatdetektive hinauswerfen.«

»Ich habe keinen Sinn für Humor.«

»Keine Sorge. Das geht vielen Leuten so.«

»Um Bum Bum zu beschützen, bin ich zu allem fähig. Wie Sie sehen, spiele ich sogar das Kindermädchen für seinen ›Sohn‹.«

»Ist er denn nicht sein Sohn?«

»Adoptiert. Ja, doch. Nach allen Regeln. Und er hat neun Monate auf die Papiere warten müssen, will heißen, eine Schwangerschaft lang.«

Er lacht los. Sein eigener Witz hat ihm gefallen. Carvalho trinkt schweigend. Alma wird zunehmend von dem älteren Herrn befummelt. Norman ist dabei, das Starlet abzuknutschen. Schließlich ergreift Carvalho die Initiative.

»Was wissen Sie über Loaiza?«

»Genug, um nicht zu weinen anzufangen, wenn man ihn demnächst mit vier Kugeln in den Eiern in einer Mülltonne findet.«

Altofini hat das Feuerzeug angezündet, um die menschlichen Bündel, die im Hof hinter den Schuppen des Puerto Viejo um die Glut eines Feuers herum lagern, anzuleuchten. Eines der Bündel richtet sich auf. Vor Altofini erscheint das fürchterliche Antlitz eines Bettlers, der ihm die blitzenden Zähne zeigt, und kurz darauf ein Messer, das das Blitzen seines Gebisses fortsetzt. Altofini sieht ungerührt weitere Bettler aufwachen, weitere Messer, weitere bedrohliche Gegenstände. Er läßt sich nicht aus der Ruhe bringen. Er räuspert sich und fragt: »Verzeihen Sie die Störung. Aber hat jemand von Ihnen den Gran Globero gesehen?«

Die Bettler sind ebenso verblüfft wie der in ausreichendem Abstand versteckte Vladimiro oder Loaiza, der die Szene vom kaputten Fenster im ersten Stock des Lagergebäudes aus betrachtet. Dem Neuankömmling ist es gelungen, die Aufmerksamkeit der anderen Bettler auf sich zu ziehen. Loaiza ist mißtrauisch. Raúls Stimme ertönt an seiner Seite: »Wer ist denn das?«

»Ein Irrer, scheinbar, aber ich trau der Sache nicht«, antwortet Loaiza.

Raúl sieht aus dem Fenster, entdeckt etwas Vertrautes an dem verkleideten Altofini. Loaiza nimmt dieses Wiedererkennen wahr.

»Kennst du ihn?«

»Ich glaube nicht. Einen Moment lang ist es mir so vorgekommen. Ich glaube nicht. Für einen Moment schien es mir so, aber nein, ich glaube nicht.«

»Was schien dir?«

»Es war ein falscher Eindruck.«

»Was schien dir?«

»Werd doch nicht gleich hysterisch. Ich dachte, es wäre jemand, der nach mir sucht.«

»Sie suchen dich auch. Schau! Dahinten lauert ein weiterer Spanner.«

Von Loaizas und Raúls Blickwinkel aus läßt sich der zwischen Mülltonnen versteckte Vladimiro entdecken.

»Alle Welt scheint Katz und Maus zu spielen. Und den dort kennst du?«

»Ich kann ihn nicht gut sehen. Aber er erinnert mich an einen Polizisten. Ich glaube, ich habe ihn mit Pascuali zusammen gesehen.«

»Pascuali! Weißt du eigentlich, daß du sehr gute Beziehungen hast?«

Merletti kann sich nicht länger beherrschen und geht zur Gruppe von Perettis Sohn.

»Wie lang soll der Spaß noch gehen? Wir müssen zurück. Peretti hat gesagt, wir sollten vor dem Morgengrauen zurück sein, und es sind zweihundert Kilometer. Du weißt, wie er vor einem Kampf ist.«

»Fahr doch du zurück, Onkel.«

Die Mädchen kichern. Merletti beugt sich zu Robert, packt ihn am Kragen und zieht ihn hoch, bis sich ihre Gesichter fast berühren.

»Ich werde dich hier in Buenos Aires vor die Hunde gehen lassen, mein Junge.«

»Dazu hast du nicht den nötigen Mumm.«

Merletti läßt ihn los, dreht sich um und geht an die Theke. Carvalho auf halbem Weg zwischen Merletti und der Gruppe Jugendlicher. Robert ruft ihm zu: »Willst du nicht ein Glas mit uns trinken, Schnüffler?«

Carvalho setzt sich zu ihnen an den Tisch. Eines der Mädchen macht sich an ihn heran, streichelt seinen Arm, eine zarte Hellblonde mit verführerischen Augen, doch Carvalho zieht instinktiv seinen Arm zurück. Er mustert Robert, der auf Helmut Berger im Jünglingsalter geschminkt ist.

»Gefallen dir meine Freundinnen?«

»Von der Gürtellinie aufwärts schon.«

Robert und die Mädchen sehen sich erstaunt an.

»Von der Gürtellinie abwärts nicht?« fragt die Hellblonde.

»Nein.«

»Warum?« will Robert wissen.

»Weil sie beide eine Pfeife haben, die sie in der Lendengegend einrollen.«

»Eine Pfeife?« fragt die Hellblonde nach.

»Einen Pimmel. Einen Schwengel. Ihr seid zwei Tunten.«

»Ich kratze dir die Augen aus!« schreit die Dunkelblonde hysterisch.

»Ruhig. Es ist eure Schuld, wegen der Verstellung«, mischt sich Robert ein. »Man sieht euch die Rute meilenweit an.«

»Nur dieser verdammte Kerl hat es bemerkt«, verteidigt sich die Hellblonde.

Carvalho neigt sich lächelnd, fast freundlich, zu Robert.

»Weiß dein Papa, daß du mit diesem Gesindel verkehrst?«

»Ich kratze ihm die Augen aus!« ruft nun die Hellblonde.

»Mein Papa verbringt den Tag mit Bumm ... Bumm ... Und nachts schläft er, um wieder zu Kräften zu kommen.«

Carvalho hebt unvorhergesehen einen Ärmel von Roberts Hemd an, und eine Tätowierung erscheint.

»Gefängnis? Besserungsanstalt?«

»Ich habe eine weitere auf dem Hintern.«

»Willst du sie sehen?« fragt die Dunkelblonde.

Carvalho steht auf und geht an die Theke. Merletti trinkt und hört mit erstaunten Augen Normans Schilderungen zu.

»Haben Sie sich schon bekannt gemacht?« fragt Carvalho.

»Was für eine Nacht. Diese Biene sagt, sie sei keine Biene, sondern ein Schauspieler, der nach einer russischen Methode studiert hat.«

»Stanislawski«, hilft Norman nach.

»Wenn er es sagt«, seufzt Carvalho. »Heute nacht ist keiner der, der er zu sein scheint.«

Alma nähert sich außer sich vor Empörung.

»Dieser Typ war ein Lustmolch.«

Merletti mustert Alma mißtrauisch. Carvalho schürt seinen Verdacht.

»Merletti, der Manager von Bum Bum Peretti. Gustav Mahler, Meister im Gewichtheben. Er verbirgt es sehr gut. Er ist ein Wunder der Travestie und ein Meister im Gewichtheben.«

Merletti starrt mit offenem Mund eine ebenfalls verblüffte Alma an. Pascuali, halbversteckt in einem Winkel des Lokals, an einem der wenigen verstreuten Tische, mit einem Glas in der Hand, hinter dem er sein Gesicht zu verbergen sucht, verteilt seine Grübeleien zwischen der Gruppe an der Theke und der anderen, aus Robert und den zwei Blondinen bestehenden.

Altofini fährt sich mit der Zunge über die Lippen, um die herauskommenden Worte zu befeuchten. Die Bettler, auf dem Boden hockend, lauschen andächtig.

»In den fünfziger und sechziger Jahren, um genauer zu sein zwischen 1955 und 1965, gab es keine Betrügerei in Buenos Aires, bei dem der Gran Globero und ich nicht unsere Hände im Spiel gehabt hätten. Einem Winzer aus Mendoza verkauften wir eine Maschine, um Trüffeln zu finden, und erzählten ihm, daß sie auch zum Geldfälschen zu gebrauchen wäre. Ich arbeitete mit meiner Heiligen, mit meinem Babbo, mit meiner Mamma. Eine Familie, in der alles wie am Schnürchen lief. Mein Großvater hatte für Garibaldi gekämpft. Wir waren alle Anarchisten italienischer Herkunft, die um jeden Preis der Parole Evitas Folge leisteten, als sie mich zum Anführer der Hemdlosen ernannte.«

»Du hast Evita gekannt?«

»Evita gekannt? Weißt du, was du da sagst? Sie hat mich, als ich siebzehn war, aus einer Besserungsanstalt herausgeholt. Warum bist du hier, mein Junge? Gewiß nicht, weil du ein Pascha bist. Ich und ein Pascha, so dürr wie ich war!

Ich bin hier, Evita, weil ich geklaut habe. Mach dir keine Sorgen, sagte sie. Wer einen Dieb bestiehlt, findet hundert Jahre Gnade. Der Kapitalismus verdient es, geplündert zu werden.«

»Das hat Evita zu dir gesagt?« fragt ein anderer Bettler erstaunt.

»Das hat sie zu mir gesagt. Evita! Der Karl Marx der Argentinier!«

»Du hast auch Karl Marx gekannt?«

Altofini führt einen Finger an den Mund.

»Das ist eine andere Geschichte, zu lang und zu verworren in diesen Zeiten, in denen, nach dem Fall der Mauer in Berlin, nun, Sie wissen schon ...«

»Als ich ein Junge war, gefielen mir die Filme der Marx Brothers«, teilt ihm der geschwätzigste Bettler mit.

»Karl war der älteste Bruder, der am meisten reiste, am meisten wußte. Aber Groucho war der sympathischste«, meint Altofini.

»Groucho war sehr sympathisch«, betont der Marx-Bewunderer.

»Sie haben also in letzter Zeit den Gran Globero nicht gesehen?«

»Es ging ihm gesundheitlich nicht gut«, antwortet der Sprecher der Bettlerschaft.

»So ein Pech! Ich wollte nämlich, daß er mich mit dem Philosophen Loaiza in Kontakt bringt. Mit Bruno Loaiza.«

»Was hat der Gran Globero mit einem Philosophen zu tun?«

»Philosoph ist ein Spitzname, weil Loaiza Professor war. Und jetzt soll er sich hier aufhalten.«

»Ah!« ruft der marxianische Bettler aus. »Der Professor. Der ist eine Lagerratte. Vielleicht ist er da drinnen. Er hängt wie eine Klette an der Nadel. Ein Petzer ist er, der sich für überschlau hält, dabei ist er wie alle anderen. Völlig im Arsch. Vor kurzem haben sie ihn ziemlich übel zugerichtet.«

»Da drinnen?« fragt Altofini und sieht zum Schuppen.

»Ich an deiner Stelle würde da nachts nicht hineingehen«, rät ihm der erste Bettler. »Selbst mit nur einem einzigen Goldzahn würde ich da nicht hineingehen.«

»Alles, was ich habe, trage ich auf der Haut, sogar den Schmutz.«

Er setzt sich resigniert ans Feuer. Dann kauert er sich wie die übrigen Bettler zusammen, sieht forschend zu den anderen schlaflosen, vom Feuer gefesselten Gesichter. Altofini betrachtet Zerstörung für Zerstörung. Er schluckt. Er gibt vor zu schlafen, doch unvermeidlich bleibt ein Auge offen. Im Inneren des Schuppens hält auch Loaiza ein Auge offen, und mit dem beobachtet er Raúl, der nicht schlafen kann.

»Vor was oder vor wem versteckst du dich? Du bist kein Fixer, du bist nicht abhängig, hast Bildung. Was zum Kukkuck hast du also hier verloren?«

»Könnte ich dir deine Fragen beantworten, hätten sich alle meine Probleme gelöst. Ich verstecke mich vor der Realität. Ich will die Realität nicht akzeptieren.«

»Im Exil gewesen?«

»Sieht man mir das an?«

»Ich sehe es, sah es, bevor sie ins Exil gingen, und sehe es jetzt, wo sie zurückgekehrt sind. Sie haben die Realität nie wahrgenommen.«

»Du schon?«

»Ich registriere sie, aber sie interessiert mich nicht. Ich kann sie nicht zerstören, ich zerstöre mich selbst. Aber wovor fliehst du nach so langer Zeit? Wer verfolgt dich? Gespenster?«

»Gespenster und Menschen aus Fleisch und Blut.«

»Ist Pascuali hinter dir her?«

»Nicht sehr. Gezwungenermaßen. Mich verfolgt in

erster Linie eine düstere, mit dem Geheimdienst in Verbindung stehende Figur. Ich weiß auch nicht, warum er so scharf auf mich ist.«

»Geheimdienst? Hat dein Verfolger einen Namen?«

Raúl zögert, seufzt schließlich und erwidert: »Einen Namen, der nichts aussagt. Er nennt sich ›der Capitán‹. Man muß in diesem Krieg gewesen sein, um zu verstehen, was ›der Capitán‹ bedeutet. Wir haben nie seinen wirklichen Namen erfahren.«

Loaiza läßt sich auf einen Haufen Säcke und Planen fallen. Er starrt zu der hohen Decke hinauf.

»Der Capitán«, sagt er schließlich interessiert.

Norman verläßt das Fiorentino's, von Alma und Carvalho gestützt. Merletti, der letzte an der Theke, trinkt allein. Pascuali geht zu Robert und den zwei Mädchen.

»Störe ich?«

»Das kommt darauf an«, erwidert Robert.

»Warum solltest du. Ich mag Männer, die sich phantasievoll vorstellen«, sagt die Hellblonde.

Pascuali setzt sich neben die Dunkelblonde. Robert und die andere zwinkern sich zu und gehen weg.

»Kino? Theater? Fernsehen? Deine Arbeit?« fragt die Dunkelblonde Pascuali.

»Verstärker und Spezialeffekte.«

Die Dunkelblonde ist etwas verwirrt, aber nicht lang.

»Sehr spezielle?«

»Wahnsinnig spezielle.«

»Willst du mir so einen Spezialeffekt machen?«

»Hier?«

»Nein, bei mir zu Hause.«

Pascuali läßt sich durch einen nächtlichen stillen Tunnel führen. Die Dunkelblonde öffnet ihre Wohnungstür. Im

Rechteck des Lichts erscheint hinter ihr der Polizist, der den von der Dunkelblonden nach und nach eingeschalteten Lichtern folgt.

»Mach es dir bequem, und schenk dir ein Gläschen ein. Ich werde mir etwas Leichteres anziehen.«

Pascuali füllt ein Glas mit dem einzigen Schnaps, der nicht süß riecht, und stellt der Frau im Raum nebenan laut eine Frage: »Dieser Schnüffler, Carvalho, hat also geschäftlich mit Bum Bum Peretti zu tun, sagtest du?«

»Das weiß ich von seinem Sohn. Bereite dich auf die große Überraschung vor.«

Pascuali läßt die Tür, hinter der die Dunkelblonde verschwunden ist, nicht aus den Augen, und sie taucht bald wieder auf, sorgt augenblicklich für gedämpfteres Licht. Sie ist im Déshabillé und lächelt herausfordernd und selbstbewußt. Pascuali stellt das Glas weg. Die Blondine kommt zu ihm, läßt ihn nicht aufstehen, zerzaust sein Haar. Dann läßt sie ihr Déshabillé fallen. Pascuali hat die Nacktheit betrachtet, doch brauchen seine Augen eine Zeit, um hinzunehmen, daß unter den kleinen, runden Brüsten, unter einem zuckersüßen Nabel, einer Taille, die man mit einer Hand umfaßt, ein kurzer Pimmel hängt, dünn und beschnitten, wie ein Lippenstift. Er wendet seinen Blick vom Lippenstift ab und starrt die Blondine an.

»Magst du keine Varianten?«

»Varianten? Ich sehe keine.«

Pascuali erhebt sich und steht vor der verwirrten Dunkelblonden. Er lächelt unbestimmt, verneigt sich und küßt der Blondine die Hand.

»Señorita, ich habe soeben bemerkt, daß es sehr spät geworden ist, und ich muß meine Kinder stillen.«

Er verbeugt sich förmlich, kehrt ihr den Rücken zu und geht. Die falsche Blondine bleibt schmollend und mit einem Kommentar auf den Lippen zurück.

»Und wer bezahlt mir die verlorene Zeit?«

Alma krümmt sich vor Lachen und Muriel an ihrer Seite auch.

»Niemand war der, der er zu sein schien. Nur der Gallego mit seiner stocksteifen Miene. Der sieht immer wie ein Gallego aus. So ist er eben.«

»Der arme Kerl. Nach deiner Schilderung wirkt er so schutzlos.«

»Ein armer Kerl? Schutzlos? Carvalho? Hilfe! Norman stand kurz davor, ihn zu vernaschen, er sah wie eine großartige Nutte aus, so wie sie im argentinischen Kino der vierziger Jahre vorkamen, eine dieser Nutten, die die Männer ins Verderben stürzten. Aber das Entscheidende waren die falschen Mädchen, die den Sohn von Bum Bum Peretti begleiteten.«

»Hast du Peretti kennengelernt?«

»Nein, aber ich kann ihn kennenlernen. Er hat einen Boxkampf im Boxverein. Möchtest du kommen? Magst du Boxen?«

»Nein, aber Peretti gefällt mir, er ist so ...«

»Schutzlos? Findest du denn alle Männer schutzlos?«

»Interessant. Ungewöhnlich.«

»Und er wird es noch mehr sein, wenn ich dir etwas erzähle, was ich dir nicht erzählen dürfte, nicht erzählen sollte.«

Muriels Augen strahlen begeistert. Alma neigt sich zu ihr und flüstert ihr Vertraulichkeiten ins Ohr, die Muriel von der Begeisterung ins Erstaunen befördern.

»Peretti also, als er jung war ...«

»Als er sehr jung war. Es gilt diesen Loaiza zu finden. Ich werde mal sehen, was seine Kollegen über ihn wissen. Obwohl ich in manchen Fällen mit zugehaltener Nase fragen muß, weil sie so riechen, wie Loaiza roch.«

»Ich hätte gern ein Autogramm von Bum Bum! Ich werde dir helfen!«

»Dann wird es ja viel einfacher sein.«

»Machst du dich über mich lustig?«

»Ich gehe zur Vorlesung.«

»Was ist heute das Thema?«

»Lionel Trillings Interpretation des Werks von Henry James.«

Muriel zögert, als würde sie Alma nicht sagen wollen, daß sie nicht zur Vorlesung kommt.

»Kommst du nicht?«

»Eher nein.«

»Hast du Liebesangelegenheiten zu klären?«

»Ich will endgültig die Sache mit Alberto klarstellen.«

»Du hast also ein Auge auf Alberto geworfen. Auf den Aufsässigsten. Der am meisten Probleme haben wird. Hast du denn nicht in deinem Inneren, in deinem Kopf nachgeforscht? Was wird denn deine Familie sagen. Ausgerechnet Alberto.«

Muriel kann nicht glauben, was sie zu Ohren bekommt.

»Aber du redest mit mir wie eine Mutter in einem uralten Film!«

Beide lachen wieder, umarmen sich.

»Eines Tages mußt du mir deinen Vater vorstellen, von deiner Mutter sprichst du ja nie.«

Muriel hat keine passende Antwort bereit, wie immer, wenn Alma ihre Familie erwähnt. Alma seufzt, und bevor sie die Fakultät betritt, überläßt sie Muriel drei Bücher.

»Da, nimm. Damit du dich wenigstens bildest.«

Alma geht in das Gebäude, und Muriel ruft ihr nach: »Wenn du Peretti vor mir siehst, verlang ein Autogramm von ihm, bitte!«

Alma nickt, ohne den Kopf zu wenden, und Muriel liest die Titel der Bücher: *Die liberale Vorstellung*, *Das vorgestellte Ich*, *In der Mitte des Wegs*. Alberto reißt sie mit einer stürmischen Umarmung aus ihren Betrachtungen: »Ich hab dich erwischt!«

»Du Esel! Erschreckt hast du mich! Wobei wolltest du mich denn erwischen?«

Alberto entreißt ihr eines der Bücher.

»*Die liberale Vorstellung*! Das riecht nach der Schule von Chicago. Nach einem neoliberalen Hund. Nach einem idiotischen Kreolen oder einem nordamerikanischem Idioten.«

Muriel hat keinen guten Tag. Sie reißt das Buch an sich, schimpft ihn einen Dummkopf und geht davon. Alberto faßt es nicht.

»Aber es war doch ein Scherz. Ein intellektueller Witz.«

Der Morgen dämmert, als Loaiza im Schuppen am Hafen sich zu wälzen beginnt, speichelt, stöhnt, schimpft, flucht, Schüttelfrost bekommt.

»Tu doch was! Tu was!«

Raúl weiß nicht, was er tun soll. Er geht ans Fenster und sieht durch die zerbrochenen Scheiben in den Hof. Die Bettler sind verschwunden, außer Altofini, der immer noch neben dem erloschenen Feuer schläft.

»Tu doch was, Himmel noch mal!«

»Was soll ich denn tun? Die Bullen rufen? Eine Ambulanz? Das ist es. Eine Ambulanz!«

Loaiza hält ihn grob am Arm zurück.

»Keine Rede von Ambulanzen oder Bullen!«

Loaiza holt aus seinem schmutzigen weißen Flanellhemd eine Brieftasche hervor. Seine Hände zittern, aber er schafft es, einen zusammengefalteten Zettel herauszuziehen. Er streckt ihn Raúl hin.

»Verlang Kohle von diesem Arschloch, sag, daß sie für mich ist. Kauf mir einen Schuß, einen Schuß. Renn, du Idiot. Renn!«

Er scheint am Ende zu sein, doch muß er sich umdrehen, um nicht auf die Säcke zu kotzen. Er kotzt auf den Boden, das am abscheulichsten stinkende Erbrochene, das Raúl jemals gerochen hat. Der Ekel lähmt ihn, er hält unentschlossen den Zettel fest, den ihm Loaiza gegeben hat. Schließlich geht er zum Fenster. Altofini hat sich aufgerichtet. Verquollen. Ihm tun alle Knochen weh. Raúl flüstert beinahe lautlos ein paar Worte. Er macht ein Zeichen, als wollte er Altofini herbeirufen, doch da bemerkt er eine Bewegung neben sich. Er hat keine Zeit, sich umzudrehen. Das verzerrte, feuchte, bedrohliche Gesicht des Fixers und ein Prügel in seinen Händen, mit dem er ihm auf den Kopf schlägt, bis Raúl das Bewußtsein verliert.

Altofini bewegt sich noch steif, als er das Gelände der Lagerhallen verläßt. Zuerst überprüft er den Inhalt seiner Taschen, dann sein jämmerliches Aussehen. Er späht zum Horizont. Wenige Autos fahren vorbei, das eine oder andere Taxi. Er geht in die Mitte der Fahrbahn. »Wer wird denn anhalten, so wie ich aussehe.«

Loaiza nutzt Altofinis Abgang, um die Lagerhalle zu verlassen, zusammengekrümmt, dicht an der Mauer entlang. Ein Auto hält vor Altofini. Pascuali und Vladimiro mit unausgeschlafenen Gesichtern.

»So früh schon auf?« fragt Pascuali.

»Ebenso wie Sie, offensichtlich.«

»Auf Karneval?«

»Auf transzendentaler Meditation. Manchmal verkleide ich mich gern als Armer, um die Wahrheit der menschlichen Bestimmung wiederzufinden. ›Polvus eris et polvus reverteris.‹«

»Ein schlechter Ort und ein schlechtes Aussehen für ein Taxi«, bedauert Pascuali.

»Sie schickt der Himmel. Darf ich?«

Er möchte einsteigen, doch Pascuali läßt den Wagen ein paar Meter vorwärtsrollen. Altofini nimmt die Beleidigung hin, nähert sich erneut dem Wagen. Pascuali streckt den Kopf aus dem Fenster.

»Das ist kein Taxi. Was haben Sie hier gesucht?«

Altofini antwortet mit einem Schulterzucken. Er kann nicht reden. Pascuali wendet sich ab. Das Auto fährt los.

»Polizist. Polizist mußt du sein. Bulle! Der beste Bulle ist ein toter Bulle!«

Er sieht eine Telefonzelle in der Ferne, geht auf sie zu, doch sie ist besetzt. Er macht kehrt und betrachtet die Umrisse der verlassenen Lagerhalle. Der Mann in der Zelle scheint ein längeres Gespräch führen zu wollen. Ein keuchender, halbzerstörter Loaiza preßt den Hörer an seinen Mund und redet, am ganzen Körper zitternd.

»Keine Mittelsmänner. Ich will mit dem Capitán persönlich sprechen!«

Raúl kommt wieder zu Bewußtsein. Blut rinnt ihm von der Stirn. Er öffnet die Augen. Das Dach der Halle hängt drohend über ihm. Er bekommt Angst, bemerkt, daß er gefesselt ist. Vergeblich versucht er, sich zu befreien. Altofini gibt auf und geht zur Lagerhalle zurück. Er zieht eine Pistole und eine kleine Taschenlampe unter seinen Kleidern hervor, betritt das Gebäude, geht durch die verwahrlosten Hallen, steigt über schon zusammenfallende Treppen. Reste von Lagerfeuern, Exkremente und Dosen überall. In einem Raum ruft Raúl, gefesselt, um Hilfe.

»Ist da jemand? Helfen Sie mir bitte.«

Altofini hat die Rufe nicht gehört. Er streift weiterhin suchend umher, verfällt angesichts der Überreste verschiedenster Formen von Zerstörung ins Philosophieren.

»Wir sind nichts.«

Er glaubt, Geräusche zu hören, geht mit entsicherter Pistole auf sie zu. Die Geräusche werden deutlicher, und Altofini erreicht endlich den Raum, in dem Raúl gefesselt auf dem Boden liegt.

»Ich bin Raúl Tourón.«

»Scheiße!« ruft Altofini aus, während er ihn eilig losbindet.

»Die Welt ist ein Dorf. Als was sind Sie nun verkleidet, als Stromer? Wer hat Ihnen das angetan?«

Raúl, schon losgebunden, hält ihm den Zettel hin, den ihm Loaiza gegeben hat. Altofini liest ihn.

»Peretti, Bum Bum Peretti? Was haben Sie mit Peretti zu tun?«

»Nichts. Aber derjenige, der mich zusammengeschlagen und gefesselt hat, schon.«

Altofini schlägt sich an den Kopf.

»Loaiza!«

»Kennen Sie ihn?«

»Ich versuche, ihn kennenzulernen. Er hat Sie gefesselt? Ist er weit weg?«

»Warum? Er war auf Entzug. Ich wollte ihm helfen. Er gab mir diese Anschrift, damit ich dort Hilfe hole. Er war sicher, sie zu bekommen, doch ganz plötzlich schlug er auf mich ein.«

»Was haben Sie ihm erzählt? Haben Sie ihm etwas von sich erzählt?«

»Mehr oder weniger.«

»Haben Sie jemanden erwähnt? Pascuali? Den Capitán?«

Raúl nickt.

»Verflucht! Wir müssen so schnell wie möglich von hier abhauen. Der Kerl wird Gott und die Welt in Bewegung gesetzt haben.«

Loaiza erreicht schwankend das Tor einer außerhalb der Stadt gelegenen Villa. Er stößt dagegen, und das Tor gibt nach. Seine Kraft erschöpft sich mit dieser Anstrengung, und er fällt zu Boden, als er im Garten ist. Er richtet sich auf, setzt den Weg zum Hauseingang fort. An der Schwelle wird er ohnmächtig. Eine Spritze nähert sich Loaizas geweiteter Vene. Seine Angst weicht der Befriedigung. Er öffnet blinzelnd die Augen und sieht zunächst verschwommen den Dicken, seinen Riesenkörper, der sich zurückzieht und den Blick auf den Capitán freigibt, der seinerseits den Junkie angeekelt betrachtet. Loaiza stammelt: »Capitán. Danke.«

»Keine Ursache. Sie haben das Ihre schon bekommen, jetzt bin ich dran. Welche so wertvolle Information haben Sie?«

»Raúl. Raúl Tourón. Ich habe ihn.«

»Wo?«

»Wie viele Dosen?«

»Wie viele Dosen, eine gute Frage. Dicker, verabreich ihm eine Dosis.«

Der Dicke geht zu Loaiza und verpaßt ihm zwei Fußtritte gegen den Kopf.

»Die Seele der Märkte, Carvalho, ist das Gespenst der getöteten Natur.«

»Das stimmt mit meiner These überein. Stammt es von Ihrem Vater?«

»Nein, von mir.«

Borges jr. geht neben Carvalho her, der Fleisch, Obst, Gemüse betrachtend in der Abasto-Markthalle umherstreift.

»Sie vernachlässigen mich sehr, Carvalho. Was tut sich in meinem Fall?«

»Wir wären Ihretwegen fast im Gefängnis gelandet. Ich glaube, das mit El Aleph ist erledigt.«

»Ich sah den Brand. Vielen Dank. Das Feuer reinigt nicht, vermeidet aber.«

»Von Ihrem Vater?«

»Genausowenig. Es ist von mir. Ich dachte, Sie verfolgten den Fall Ihres Cousins.«

»Ich habe mich kaum darum gekümmert. Wir haben einen Auftrag von Bum Bum Peretti erhalten.«

»Die Boxer lassen sich vom Tastsinn leiten.«

»Das stammt von Ihnen.«

»Nein, von meinem Vater.«

Borges jr. hält immer einen Meter Abstand, wenn Carvalho zu dem einen oder anderen Stand geht, um mit den Verkäuferinnen zu reden. Sie haben schon festgestellt, daß er weder Witwer noch Pensionist, noch schwul ist.

»Was werden Sie heute kochen?« fragt eine Verkäuferin.

»Nach einem Boxkampf, was würden Sie mir empfehlen?«

»Leberhaschee.«

»Eine gute Idee. Fegatini con funghi trifolati!«

»Zu viele Zutaten für ein einziges Gericht«, kritisiert die Verkäuferin.

»Verraten Sie mir ein tolles einheimisches Rezept.«

»Haben Sie Carbonada schon probiert? Ja? Und ›Niños envueltos‹?«

»Eingedrehte Kinder? Nein, weder eingedreht noch aufgedreht.«

»Dann notieren Sie, es ist köstlich und einfach zuzubereiten. Sie mischen Reis, Hackfleisch, eine gehackte Zwiebel und würzen mit Salz, Pfeffer, Zitronensaft, Öl. Sie entblättern einen Kohlkopf und tauchen die Blätter zwei Minuten in kochendes Wasser, damit sie weich werden. Der Rest ist leicht. Sie füllen die Kohlblätter mit der Masse, schichten die fertigen Rouladen in einen Topf und lassen alles eine Dreiviertelstunde dünsten. Jede Art von Soße schmeckt gut dazu.«

»Das erinnert mich an ein katalanisches Gericht. Die Farcellets de col sind so ähnlich, zumindest die Zubereitung. Wollen Sie das Rezept?«

»Geben Sie es mir. Kürzlich habe ich eines Ihrer Rezepte ausprobiert, und mein Mann war hingerissen. Mit Pilzen gefüllte Tintenfische!«

Carvalho diktiert das katalanische Kohlrouladenrezept, inmitten der mit geteilter Meinung wartenden Frauen. Einige schreiben mit, andere beschweren sich, daß das wirklich unangebracht sei und an erster Stelle die Eile der Kunden stehe. Als die Lektion beendet ist und die beiden ihren Gang fortsetzen, nutzt Borges jr. die Gelegenheit zu einer Bemerkung: »Mein Vater war kurz vor seinem Tod in Katalonien, und man servierte ihm Pan con tomate. Ja, mit Tomaten eingeriebenes und mit Olivenöl beträufeltes Brot. ›Wie erbärmlich‹, sagte der Alte.«

Er verabschiedet sich mit einer förmlichen Verbeugung.

»In den nächsten Tagen werde ich vorbeikommen und meine Schulden begleichen.«

Carvalho schlendert auf der Suche nach den nötigen Zutaten für die Fegatini weiter zwischen den Marktständen umher. Hühnerleber, getrocknete Funghi porcini, Sellerie, Zwiebel, Kräuter. Auf Carvalhos Gesicht zeichnet sich eine Spur von Zufriedenheit ab, zurückhaltend, denn schließlich soll man den Tag nicht vor dem Abend loben. Zu Hause angelangt, versucht er den Genuß hinauszuzögern, indem er sorgfältig die Zutaten für das Essen vorbereitet. Die Leber fein säuberlich auf einem Teller, die Pilze eingeweicht, Zwiebel und Sellerie geschnitten. Carvalho überprüft im Gegenlicht, wieviel Weißwein noch in der in Reichweite stehenden Flasche ist. Es läutet an der Tür, und er will automatisch aufmachen, hält aber inne und trifft ein Minimum an Sicherheitsvorkehrungen. Er sieht durch den Türspion und stellt mit einer gewissen Enttäuschung fest, wer es ist: »Altofini.«

Aber Raúl geht dem nicht mehr als Bettler, sondern elegant im Stil der sechziger Jahre und mit Hut gekleideten Altofini voraus. Carvalho schließt die Tür, nachdem er sich versichert hat, daß niemand im Treppenhaus ist. Er tritt ans Fenster, späht auf die Straße. Die Luft scheint rein zu sein.

»Als ich Sie absetzte, waren Sie als Schornsteinfeger verkleidet.«

»Ich war zu Hause, um mich zurechtzumachen. Schauen Sie, wen ich auf jener Müllhalde getroffen habe.«

Ein vom Schicksal niedergedrückter Raúl erwartet Carvalhos Urteil.

»In Spanien würdest du mich einen Trottel nennen.«

Carvalho wendet sich an Altofini. »Welchen Namen könnten wir ihm in Buenos Aires geben?«

»Depp, vielleicht. Ich suchte Loaiza und fand ihn nicht.«

»Ich fand ihn«, sagt Raúl.

Er denkt nach und gibt schließlich Erklärungen ab. Carvalho hört kommentarlos zu. Als Raúl fertig ist, sieht er gespannt zu Carvalho hin. Der aber geht nicht darauf ein, sondern fragt Altofini: »Und Sie, haben Sie den Capitán persönlich gesehen?«

»Wie schon gesagt, ich holte Raúl aus dem Schuppen heraus und versteckte mich in einem dieser Kräne, die aus reiner Gewohnheit noch nicht zusammengebrochen sind. Wie immer kamen die Motorradfahrer und der Wagen mit dem Dicken und dem Capitán. Was in der Lagerhalle passierte, kann ich mir gut vorstellen. Dumm geschaut werden sie haben.«

»Und Loaiza?«

»Den konnte ich nicht sehen, er muß in der Menge untergetaucht sein, denn es war in der Floridastraße, noch dazu an einem Samstag. Ganz Buenos Aires schien dort unterwegs zu sein. Sogar Pascuali und sein Jünger waren da, der mit dem Namen eines Tänzers vom Bolschoi-Ballett.«

»Gehen wir logisch vor. Pascuali folgte Ihnen, um Raúl zu finden. Eine andere Erklärung gibt es nicht. Und wir verfolgten Loaiza und fanden Raúl. Der Capitán suchte nach Raúl, den Loaiza ihm ans Messer liefern wollte. Der Kreis schließt sich, und alles bleibt offen.«

Carvalho wendet sich an Raúl: »Und du, willst du weiterhin deine Privatvorstellung durchziehen? Weiterhin auf Flüchtling machen?«

»Wenn ich wenigstens ein Flüchtling wäre.«

Carvalho reißt die Geduld.

»Aber was zum Kuckuck willst du denn?«

»Daß mich niemand anschreit!«

»Du willst wirklich diesen Schwindler empfangen?«

»Es entspannt mich.«

Merletti zuckt mit den Schultern und macht eine zustimmende Kopfbewegung. Perettis Adjutant öffnet die Tür, und Borges jr. schiebt seine schwergewichtige und schlaffe Menschlichkeit herein, die sich bebend über dem Boxer anhäuft, um ihm die schon behandschuhte Hand zu schütteln.

»Borges junior, einem der Glanzlichter des Fechtkampfs zu Diensten. Sie sind kein Boxer, sondern ein großer Fechter, und mehr noch als ein großer Fechter, ein himmlischer Messerkämpfer.«

»Hat Ihr Vater über das Boxen geschrieben?«

»Er hat sich auf die Messerhelden beschränkt.«

Borges jr. ergreift eine der behandschuhten Hände Perettis und küßt sie. Dann verneigt er sich, in einer Mischung aus Husar der Königin und elegantem Croupier vom Mississippi, und geht, ohne Peretti dabei den Rücken zuzukehren. Durch die offene Tür kommt massiver Lärm, Lärm von der argentinischen Boxerföderation, der dem Kampf vorangeht. Das Publikum brüllt, als hätte es hundert Jahre Einsamkeit und Schweigen hinter sich. Der

Speaker springt mit einem Mikrofon in der Hand in den Ring. In einer Ecke ein kräftiger baskischer Bursche mit seinem Begleitteam. Seine lange Nase ist so zerschlagen, daß sie wie eine Schutzmaske wirkt. In der anderen Ecke Peretti und die Seinen. In der ersten Reihe Merletti, Robert zwischen seinen Freundinnen. Etwas weiter hinten Carvalho, Alma und Muriel. Die beiden Frauen sind sehr aufgeregt.

»Weltmeisterschaft der Superweltergewichtler! Der Herausforderer: Aitor Azpeitia!« ruft der Speaker.

Pfiffe und Buhrufe aus dem Publikum.

»Applaudierst du deinem Landsmann nicht?«

»Er ist nicht mein Landsmann. Er ist Baske, und ich bin ein Mischling.«

»Aber ihr seid beide Europäer.«

»Ich bin Afroeuropäer«, gibt Carvalho Alma zur Antwort.

Der Speaker hebt die Hand, und das Publikum hört zu pfeifen und zu schreien auf.

»Gegen den bisherigen Weltmeister Bum Bum Peretti!«

Patriotischer Beifallssturm und Ekstase, die sich über das Publikum herabsenkt wie die Feuerzungen des Heiligen Geistes über die Köpfe der Apostel. Die Boxer grüßen, jeder auf seine Art. Grob und prahlerisch Azpeitia, mit eleganter Gelassenheit Peretti. Der Gong ertönt. Der Ringrichter erteilt Anweisungen. Sie begrüßen sich mit einem kräftigen Handschlag, und der Baske zischt Peretti zu: »Ich werde dir die Fresse polieren, du Schönling.«

Peretti lächelt, erwidert nichts. Er geht in seine Ecke. Der Gong ertönt. Die Boxer begeben sich in die Mitte des Rings. Zunächst verpassen sie sich harmlose Schläge, doch bald geht Azpeitia zum Angriff über. Peretti weicht ihm mit seinem Beinspiel aus. Die Hiebe des Basken sind kräftig, doch Bum Bum entgeht ihnen und landet plötzlich eine rechte Gerade, die den Herausforderer zwar nicht mitten im Gesicht trifft, aber schmerzt. Ein »Ach!« des Publikums.

Muriel hat die Augen geschlossen. Sie will die Schläge nicht sehen, nur beim Sieg Perettis dabeisein. Alma schaut zu, zählt mit angeekelter Miene die Schläge, Carvalho hingegen bleibt ungerührt. Robert feuert seinen Vater an. Merletti tut das gleiche. Der Baske setzt den Kopf ein und trifft Perettis Gesicht. Bum Bum hebt wütend eine Hand zum Gesicht. Der Ringrichter verwarnt den Basken. Wieder Nahkampf. Peretti landet zwei kraftlose Schläge, und der Gong ertönt. Zehn Gongschläge später, und der Baske hält sich an das Verbot, versucht mit seinen mächtigen Fäusten Perettis Gesicht zu treffen, von den Schreien und Beschimpfungen des Publikums niedergeschmettert.

»Die Rechte, Bum Bum!« rufen sie. »Mach ihn fertig!«

Muriel fühlt sich nicht wohl. Sie öffnet die Augen und läßt sie durch den Saal schweifen. Plötzlich reißt sie sie weit auf. Ihr Vater ist da. An seiner Seite der Dicke. Muriel versucht sich hinter Alma zu verstecken.

»Was ist los mit dir?«

»Nichts.«

Carvalho ist dem Blick Muriels gefolgt und hat den Capitán entdeckt. Alma versteht das Verhalten des Mädchens nicht und teilt das Carvalho mit. Carvalho sagt nichts, doch von nun an sieht er abwechselnd zum Ring, zum Capitán und zu Muriel. Beim elften Angriff ist der Baske müde. Er klammert sich an Peretti und verpaßt ihm zwei Kopfstöße. Der Schiedsrichter verwarnt ihn wieder. Knapp nach der Verwarnung trifft Peretti mit einer linken Geraden die Leber des Angreifers, und als dieser sich decken will, verpaßt er ihm eine kräftige Gerade mit der Rechten. Azpeitia taumelt und vernachlässigt die Deckung. Ein zweiter Schlag mit der Rechten, einer mit der Linken. Die Zuschauer toben vor Begeisterung. Nur der Capitán und Carvalho bleiben unbewegt, sehen sich an.

»Pepe! Das Mädchen!« ruft Alma, als sie bemerkt, daß Muriel nicht mehr an ihrer Seite ist.

»Sie mag Boxen nicht«, erwidert Carvalho.

Das Geschrei zwingt Alma aber, wieder in den Ring zu sehen. Der Baske liegt auf dem Boden, und das Zählen beginnt. Peretti ist Sieger, das Publikum außer sich vor Freude. Robert und Merletti umarmen sich, Alma sucht in der Menschenmenge nach Muriel. Carvalho sieht sich nach dem Capitán um. Er ist verschwunden. Peretti läuft in die Garderobe, und während ihm der Adjutant die Handbandagen abnimmt, redet Merletti aufgeregt unaufhörlich, kommentiert den Kampf, ohne daß ihm jemand zuhört. Peretti betrachtet sich im Spiegel, überprüft, eine nach der anderen, die Spuren der gezielten Faustschläge des Basken. Er fährt mit den Fingerkuppen über sein Gesicht, streicht über eine Quetschwunde oberhalb der Augenbraue.

»Dieser Dreckskerl! Um ein Haar hätte er mir die Augenbraue ruiniert!«

»Ein richtiger Dreckskerl!« wiederholt Merletti. »Aber du hast ihn fertiggemacht, Bum Bum! Dieser Faustschlag hat aus seiner Leber Pastete gemacht.«

Robert lacht laut los.

Ein Portier kommt herein und sagt etwas zu Peretti. Der Boxer denkt nach, zögert. Schließlich nickt er zustimmend. Er nimmt aus einem Tiegel, den ihm Merletti hinhält, ein wenig Creme und trägt sie sorgfältig auf die Wunden in seinem Gesicht auf. Als Alma und Carvalho die Garderobe betreten, dreht er sich um.

»Ich komme in Begleitung der Professorin Alma Modotti.«

Peretti küßt der Frau die Hand, die den Kuß mit verhaltener Faszination entgegennimmt. Carvalho zieht Peretti zur Seite, mißtrauisch von Merletti und Robert beobachtet.

»Der Fall wird zunehmend schwierig«, sagt Carvalho.

»Wir sind bis zu Loaiza vorgedrungen, haben ihn aber nicht. Ihr Freund hat seltsame Beziehungen, und nicht unbedingt sexueller Natur. Außerdem habe ich erfahren, daß er vor wenigen Tagen von Unbekannten eine gehörige Abreibung verpaßt bekam.«

»Damit habe ich nichts zu tun.«

»Ich glaube Ihnen. Ebenso beunruhigend wie die Abreibung ist seine Verbindung zu ehemaligen Schergen der Militärdiktatur.«

Peretti ist erstaunt, und ihm entschlüpft ein Blick in Richtung Merletti, der Carvalho nicht entgeht.

»Bruno spielt gern, aber nicht mit dem Feuer«, sagt Peretti, den Blick bereits von Merletti abgewandt.

»Hatte er diese Kontakte schon, als Sie mit ihm zusammenwaren?« fragt Carvalho.

Peretti überlegt die Antwort: »Bruno war ein Provokateur. Das Klima an der Universität war von Repression und Beamtentum geprägt, und Bruno hatte Spaß daran, die Linken anzuschwärzen und zu behaupten, daß sie ebensolche Mörder wären wie die Milicos.«

»Dachten Sie das gleiche?«

»Ich war nicht für Terrorismus, aber ebensowenig für die Diktatur. Ich war und bin unpolitisch. Man forderte mich auf, so wie Ortega oder Neumann die Listen Menems oder der Radichetas, der Radikalen, zu unterstützen. Die Politik ist unsicherer als der Boxsport. Wenn ich zwischen Perón und den Militärs wählen müßte, würde ich mich für Jünger entscheiden.«

»Eine Panzermarke?«

»Nein. Ein deutscher Schriftsteller.«

»Die Politik ist nur sicher, wenn sie aufhört, Politik zu sein, und sich in einen Boxkampf verwandelt. Ich befürchte, die gefährlichen Bekannten Loaizas werden bald auf den Plan treten.«

»Ich bin ein persönlicher Freund des Präsidenten.«

»Das bezweifle ich nicht. Ich möchte Sie nur bitten, mir nichts zu verheimlichen. Heute nacht habe ich im Publikum eine ›der Capitán‹ genannte Symbolfigur entdeckt. Er hatte Macht in den Kellern der Diktatur, und er hat sie weiterhin in denen der Demokratie.«

»Ich werde Ihnen gegenüber loyal sein.«

Carvalho macht Alma das Zeichen zum Rückzug, doch sie tritt an Peretti heran, hält ihm Papier und Kugelschreiber hin.

»Ein Autogramm, wenn Sie so freundlich wären.«

Carvalho glaubt nicht richtig zu sehen und zu hören.

»Für Sie?« fragt Peretti.

»Nein, für eine Studentin von mir. Widmen Sie es Muriel, sie war da, aber sie ist so schüchtern.«

Peretti schreibt einen Satz hin und unterschreibt. Er gibt das Autogramm Alma, die ihn respektvoll anblickt. Als sie hinausgehen, sieht Peretti Alma und Carvalho besorgt nach. Robert stürzt auf ihn zu.

»Was hat er dir über mich gesagt?«

»Was hätte er mir denn über dich sagen sollen?«

Merletti unterbricht den Dialog.

»Geh zur ärztlichen Untersuchung, danach erzähl ich es dir.«

Carvalho und Alma durchqueren, nachdem sie Perettis Garderobe verlassen haben, auf dem Mittelgang den leeren Saal. Muriel wartet am Ausgang auf sie.

»Wo hast du denn gesteckt?« fragt Alma.

»Ich weiß nicht, was mit mir los war.«

»Da, dein Autogramm.«

Muriel nimmt es und steckt es in ihre Tasche. Sie weiß nicht, was sie sagen soll. Ihre Augen sind vom Weinen gerötet.

»Ich werde euch die Wahrheit sagen: Ich habe meinen Vater unter den Zuschauern gesehen.«

»Na und?«

»Er ist sehr sonderbar. Sehr konservativ. Er kann Professoren nicht ausstehen. Er sagt, sie verderben die Jugend. Ich habe eine Ausrede vorgebracht, warum ich später kommen würde, sagte ihm aber nicht, daß ich mit dir den Boxkampf sehen wollte.«

Alma faßt sie um die Hüfte und drängt sie nach draußen.

»Die Eltern. Man sucht sich seine Eltern nicht aus. Man muß sie nehmen, wie sie sind.«

Carvalhos Gesicht ist in Trauer, selbst in den Augenhöhlen fühlt er Nebel angesammelt. Der Capitán, halb hinter einer Säule verborgen, sieht sie weggehen und beschließt, zur Garderobe zurückzukehren. Den Rücken an der Wand, neben der Tür, kann er von der Seite sehen und hören, was zwischen Merletti und Bum Bum abläuft. Merletti redet auf den sehr wütenden Boxer ein: »Ich mußte es tun, Bum Bum. Du bist ein Idealist. Ich wäre nicht zu Fremden gegangen, sondern hätte es allein geregelt. Deshalb habe ich den Gallego ins Fiorentino's bestellt, und Robert mit seinen Freundinnen war auch dort, du verstehst schon. Er spielt, spielt, als hätte er drei, vier Geschlechter. Deshalb war er besorgt, was dir der Gallego erzählt haben mochte, und meine Argumente hat er einfach zurückgewiesen.«

»Was verheimlichst du mir sonst noch?«

»Nichts.«

»Das Zusammenschlagen Loaizas geht auf deine Kappe.«

»Wie denn, wenn ich doch nicht mal wußte, wo er sich aufhielt?«

»Du warst es, lüg mich nicht noch einmal an.«

»Ja, zum Teufel, ich bin es gewesen! Was willst du tun, wenn sie ihn finden? Ein Restaurant für ihn bereitstellen, ihm die Kohle für die Droge geben? Stimmt's vielleicht nicht? Scheiße versteht nur Scheiße.«

Peretti kann sich nicht beherrschen und verpaßt Merletti einen gemäßigten Faustschlag, den dieser mit einem schlappen Hieb erwidert. Doch nach wenigen Sekunden prügeln sie sich erbittert, lassen ihre Wut heraus, ohne einander wirklich verletzen zu wollen, bis sie schließlich außer Atem sind, Merletti auf den Massagetisch gesunken, Peretti zur Wand gedreht, als suchte er Zuflucht für Gesicht und Körper. Dem Kampf fern, verläßt Robert Garderobe und Saal, ohne den Lauscher an der Wand zu bemerken. Er beobachet beiläufig den Auflauf rund um einen großen, korpulenten Mann, der inmitten von schallendem Gelächter und zur Verblüffung der Menge, die noch Perettis Hiebe in Augen und Sinn hat, Gedichte rezitiert.

Die Fäuste vergeblicher Engel
bringen verrückte Planeten hervor,
den Spuren des Gestirnebeschneiders folgend.

Robert steigt in ein Coupé. Am Steuer die Dunkelblonde von der Nacht im Fiorentino's, nun ein rasierter junger Mann mit dunkelblond gefärbtem Haar. Er gibt Robert einen flüchtigen Kuß und fährt los.

»An den Kampftagen herrscht eine schreckliche Spannung. Alle werden aggressiv.«

»Wer hat gewonnen? ›Papa‹?«

Kaum hat er das Wort Papa ausgesprochen, lacht er schon.

»Mach dich nicht über Bum Bum lustig. Er ist ein guter Kerl, sehr in Ordnung.«

»Was die Kohle angeht. Hat man ihm Hiebe ins Gesicht verpaßt?« Der Dunkelblonde nimmt die Hände vom Steuer, um Robert zu streicheln. »Haben sie dem Papa von meinem Buben sein hübsches Gesicht verunstaltet?«

Robert verpaßt ihm eine Ohrfeige. Der Dunkelblonde

verliert kurz die Beherrschung über den Wagen, packt hysterisch wieder mit beiden Händen das Lenkrad.

»Bist du wahnsinnig? Viel fehlte nicht, und wir wären krepiert!«

»Respektiere Bum Bum! Respektiere denjenigen, der uns ernährt!«

Der Dunkelblonde beruhigt sich. Er mustert im Weiterfahren den Wagen.

»Er kauft dir aber mickrige Autos. Du hättest einen Porsche verdient und nicht dieses billige Coupé. Dir stünde ein Porsche zu.«

Ein hinter ihnen fahrender Wagen blinkt sie an. Der Blonde sieht in den Rückspiegel. Ihm gefällt nicht, was er sieht, und noch weniger, als die Sirene ertönt.

»Bullen! Heute nacht mußten wir in die Scheiße tappen, verdammt!«

Er bremst und bleibt neben dem Gehsteig stehen. Das Polizeiauto ebenfalls. Der Dunkelblonde sieht zwei Polizisten in Zivil herankommen.

»O nein!«

»Was ist los? Was ist los?« fragt Robert nervös.

Aber da neigt sich schon Pascuali ins Fenster auf der Fahrerseite.

»Das frage ich. Was ist los? Betrunken, Koks?«

»Weder betrunken noch Koks«, erwidert Robert.

»Sie fahren in Schlangenlinien, eine neue Disziplin. Ein glücklicher Zufall, denn ich wollte mit dir reden.«

Pascuali zeigt mit dem Finger auf Robert. Der Dunkelblonde atmet erleichtert auf.

Im Fiorentino's hat sich das Menschengeschlecht nicht verändert. Peretti, mit leichten Spuren des Kampfes im Gesicht, genehmigt sich mit Merletti einen Drink. Wenn ihn jemand begrüßt und beglückwünscht, erwidert der Boxer die Aufmerksamkeit mit einem Superweltergewichtler-Lächeln.

»Hör auf mich. Du hättest die Sache nicht in fremde Hände geben sollen.«

Merletti steht auf und geht zur Toilette. Als er sich die Hände wäscht, sieht er im Spiegel den Capitán in seinem Rücken.

»Haben Sie mit ihm gesprochen?« fragt der Capitán.

»Eins nach dem anderen – überlassen Sie mir die Vorgehensweise.«

»Dazu sehe ich keine Veranlassung.«

Merletti ist beunruhigt. Er trocknet sich die Hände ab, geht zu dem bereits an der Tür wartenden Peretti, und sie verlassen gemeinsam das Lokal. Merletti geht gesenkten Hauptes, doch als er den Kopf hebt, sieht er den Capitán auf sie zukommen, der seine stumme Aufforderung zur Zurückhaltung übergeht und direkt an Peretti herantritt.

»Peretti? Ich bin ein Bewunderer von Ihnen.«

Peretti streckt ihm die Hand hin, und der Capitán hält sie fest.

»Ich bin nicht nur ein Bewunderer, sondern auch jemand, der Ihnen einen großen Dienst erweisen kann.«

Peretti versucht sich, weiterhin lächelnd, davonzumachen. Der Capitán sagt nur einen Namen: »Loaiza.«

Peretti bleibt stehen. Merletti schließt die Augen, denn er weiß, daß die Würfel gefallen sind.

Carvalho macht Licht in der Wohnung. Alma folgt ihm müde oder lustlos. Carvalho schließt die Eingangstür und geht ihr voraus, um die Verbindungstür zwischen Büro und Privatbereich aufzumachen.

»Du kannst herauskommen.«

Aus dem Schlafzimmer taucht Raúl auf, und Alma murmelt, wie für sich, seinen Namen. Dann umarmt sie ihn.

»Was spielst du heute? Katze? Maus?«

»Maus, wie fast immer.«

Carvalho drückt sich im Eßzimmer herum, während sich Alma und Raúl ins Büro setzen, die Stühle getrennt, die Hände vereint.

»Bist du es nicht schon müde, davonzulaufen?«

»Das ist fast schon ein Laster. Manchmal stelle ich mir vor, wieder in der Normalität zu sein, als normaler Mensch zu leben, und dann erscheint es mir, als würde ich in meiner Phantasie an einem anderen Leben teilnehmen. Ich bin nicht ich.«

»Wer ist nicht müde? Mich begeistert schon nichts mehr. Norman geht es ebenso. Der Gallego kann nicht einmal sich selbst aushalten. Ich gehe sogar zum Boxkampf.«

Raúl verschweigt, was er sagen wollte. Carvalho klemmt den Hörer zwischen Schlüsselbein und Ohr, während er Teller und Besteck in Reichweite auf den Tisch legt.

»Biscuter? Spanien? Barcelona?«

Er hängt wütend ein, wählt noch einmal, brüllt wie verrückt.

»An dem Tag, an dem die spanische Telefongesellschaft mit der argentinischen zusammenging, hätte der Dritte Weltkrieg erklärt werden müssen!«

Von seinen Schreien herbeigerufen, bestaunen Alma und Raúl seinen Ausbruch.

»Schau, schau. Der Gaita hat die Nerven verloren«, sagt Alma.

»Welcher Gaita, zum Kuckuck. Wo ist denn der Dudelsack?«

»Ein Gaita ist ein Gallego, ein Spanier also.«

»Ich habe nie in meinem Leben Dudelsack gespielt! Und der, der den Lunfardo, diese Gaunersprache, erfunden hat, war ein Volltrottel!«

»Komm schon, erzähl mir, was los ist«, fordert ihn Alma auf.

Carvalho wirft ihr das Telefon hin.

»Ich komme nicht nach Spanien durch. Dieser Apparat hat nur Verbindung mit Patagonien.«

»Laß mich mal. Gib mir die Nummer.«

Carvalho diktiert sie ihr, irrt sich aber in der Vorwahl für Spanien.

»Ausland. Dreiunddreißig für Spanien. Drei für Barcelona.«

»Wenn ich mich nicht irre, gilt die Dreiunddreißig für Frankreich.«

»Bist du etwa Telefonistin? Wie zum Teufel willst du die Vorwahl von Spanien wissen?«

Alma hört nicht auf ihn, wählt noch einmal die Nummer, mit der Vorwahl Vierunddreißig für Spanien. Sie wartet.

»Biscuter? Ich rufe aus Buenos Aires an. Ich bin die Telefonistin von Señor Carvalho Tourón. Bleiben Sie am Apparat. Bis er zum Telefon kommt, werde ich Ihnen einen Tango vorsingen, so wie es in den Warteschleifen der besten Betriebe üblich ist.«

Weil ich gutmütig war, brachtest du mich ins Elend,
ließest mich hängen, raubtest mir sogar die Farbe.
In sechs Monaten ruiniertest du mir mein Geschäft,
den kleinen Stand mit den paar Haken und dem Ladentisch.

Carvalho nimmt ihr den Hörer weg, und Alma tanzt vor dem traurig lächelnden Raúl für sich allein den Tango weiter.

»Biscuter? Eine Übergeschnappte? Eine Übergeschnappte, die mit mir zu Abend essen wird. Fegatini con funghi trifolati«, sagt Carvalho und sieht, wie Alma scherzhaft angewidert das Gesicht verzieht. »Ich habe es in einem

Restaurant in Arezzo, im Buca di San Francesco, probiert. Als Vorspeise Risotto mit Artischocken. Ich habe genug von dieser Stadt voller Argentiniern und Argentinierinnen wie diese hier, die soeben am Telefon war. Sie sind übergeschnappt, nennen mich Dudelsack. Dudelsack! Mich, der ich den Dudelsack immer für eine klägliche Furzfabrik gehalten habe. Hast du meinen Onkel ausfindig gemacht? ... Keine Spur? ... Wie ist das Wetter in Barcelona? ... Es schneit! Hier wissen sie nicht, was Schnee ist ... Charo hat angerufen! Es schneit, und Charo hat angerufen. Gut. Nun denn. Ich werde dich wieder anrufen.«

»Wenn wir stören ...«, meint Alma.

»Natürlich stört ihr, aber da läßt sich nichts machen. Außerdem habe ich ein Abendessen für ein ganzes Bataillon gekocht.«

»Ausgerechnet Fegatini! Nach dem Faustschlag, den Bum Bum dem Basken in die Leber verpaßt hat!« wirft ihm Alma vor.

Alma und Raúl essen mit Appetit die Fegatini. Carvalho kostet sie kaum.

»Ich dachte, es würde dich ekeln.«

»Laß mich, verbrenn lieber ein Buch. Ich hab dir eins mitgebracht, damit du es verbrennst.«

Sie holt ihre Tasche und zieht *Künstlicher Atem* von Ricardo Piglia heraus. Bevor sie es Carvalho gibt, liest sie: »›Aber ich wollte heute, hier, mit Ihnen nicht über die Gesetze des Zufalls nachdenken. Uns alle fasziniert es, an die Leben zu denken, die wir gelebt haben könnten, alle haben wir unsere ödipalen Scheidewege (im griechischen, nicht im wienerischen Sinn des Wortes), unsere entscheidenden Momente. Uns alle fasziniert es, daran zu denken, und manche müssen teuer dafür bezahlen ...‹«

Sie seufzt resigniert und überreicht Carvalho das Buch. Carvalho folgt dem Ritual, und als die Flammen hochzüngeln, schaltet Alma das Licht aus. Das Feuer erhellt ihre

Melancholien, Carvalho vor dem Feuer, Raúl und Alma in seinem Rücken. Die Frau nähert sich von hinten, umschlingt seinen Hals mit den Armen, legt das Kinn auf seinen Kopf.

»Hat deine Charo angerufen? Diese Gaita?«

»Sie hat sich kaum nach mir erkundigt.«

»Durchtrieben wie alle Frauen. Sie denkt nur an dich, und deshalb erwähnt sie dich kaum.«

Sie löst sich von Carvalho, sieht in Raúls betrübtes Gesicht, wendet den Blick wieder zu Carvalho, seufzt.

»Kinder, Kinder. Ihr Jungen, was kann ich bloß für euch tun?«

Alma, Raúl und Carvalho liegen in Kleidern auf dem Bett. Sie starren zur Decke, Carvalho raucht eine Havanna, und Alma versucht ab und zu den Rauch mit der Hand wegzufächeln.

»Es ist gefährlich, wenn Raúl hierbleibt«, sagt Carvalho, das Schweigen unterbrechend.

»Mir ist schon alles egal.«

»Warum kommst du nicht mit mir nach Spanien zurück?«

Aber Raúl ist eingeschlafen, und Alma betrachtet sorgenvoll seinen Schlaf.

»Was wäre ich ohne das Spektakel dieser Verfolgungen? Willst du wirklich nach Spanien zurückfahren, Gallego?«

Carvalho antwortet nicht direkt. »Damals kam ich aus der Schule, und es war noch lange hell. Meine Mutter ließ mich noch auf die Straße hinunterlaufen, nur kurz, es war die Zeit nach dem Bürgerkrieg in Barcelona, und Gerüchte über tuberkulöse Vampire, die den Kindern das Blut aussaugten, gingen um. Eines Morgens gab mir meine Mutter ein Stück Brot, das frisch gebacken war oder ich mir frischgebacken vorstelle, und eine Handvoll schwarzer Oliven, diese runzligen Oliven, ›de Aragón‹ genannt, kräftig im Geschmack. Ich erinnere mich an diesen Geschmack, an meine Freude über die Freiheit auf der Straße. An den beschützenden Blick meiner Mutter. Könnte ich bloß zu jenem Morgen zurückkehren. Das wäre meine wahre Heimat. Mein Rosebud. Erinnerst du dich an *Citizen Kane*?«

»Das Land der Kindheit.«

Alma steht auf und tritt ans Fenster. Sie blickt leicht deprimiert auf die Straße. Ihr Gesicht verzieht sich und nimmt ironische Züge an. Zwei Polizeiautos haben soeben leise vor dem Portal geparkt. Ihnen entsteigen Pascuali und sechs Adjutanten. Sie beziehen an den Ecken und am Hauseingang Stellung. Pascuali befiehlt Ruhe und nähert sich dem Tor. Vladimiro und zwei Polizisten in Zivil folgen ihm. Sie laufen rasch, aber ohne Lärm zu machen, bis zu Carvalhos Wohnungstür hinauf. Carvalho wartet nicht, bis sie läuten. Er öffnet ihnen im Pyjama die Tür und wirkt schläfrig.

»Um diese Zeit ...«

Pascuali stößt die Tür auf und geht hinein.

»Durchsuchungsbefehl?« fordert Carvalho ohne besonderes Interesse.

»Den hab ich hier hängen«, sagt Pascuali und greift sich an den Hosenschlitz.

Die Geste ist überflüssig, denkt Carvalho. Die Polizisten sind schon drinnen. Carvalho folgt ihnen müde. Alma liegt im Bett, offensichtlich nackt, hält sich das Laken vor die Brüste. Die Polizisten inspizieren das Zimmer, als wäre sie nicht vorhanden, und setzen die Durchsuchung der Wohnung fort, unterstützt von dem ironischen Gesicht Pascualis, das sich auch nicht verändert, als er auf dem Eßtisch drei Gedecke zählt. Ein Polizist glaubt den Atlantik entdeckt zu haben, als er, vor dem Kamin kniend, ausruft: »Hier haben sie etwas verbrannt!«

Pascuali wendet sich an Carvalho.

»Borges? Sábato? Asís? Soriano? Macedonio Fernández? Bioy?«

Alma kommt aus dem Schlafzimmer, in das Laken gehüllt, eine improvisierte Vestalin.

»Piglia, Ricardo. Geboren in Adrogué, vor etwa fünfzig Jahren.«

Vladimiro läuft Carvalho über den Weg und vermeidet es, ihn anzusehen.

»Wer war hier? Raúl Tourón?« Pascuali wartet auf die Wirkung seiner folgenden Worte. »Oder etwa Bruno Loaiza?«

»Sie und ich sollten uns allein unterhalten«, schlägt Carvalho vor.

»Sie wissen nicht, wie dankbar ich Ihnen für diese Aufforderung bin. Sie haben mir das Wort aus dem Mund genommen.«

Er hat keine Zeit, Tres Sargentos in Richtung San Martín zu überqueren. Man hat ihn geschnappt und in einen Lieferwagen bugsiert, ohne einen Schlag, nur mit der Gedächtnishilfe zylindrischen Drucks auf einen in Drohungen geschulten Rücken. Das Hirn beginnt zu funktionieren, aber ohne auf Alarm zu schalten, denn weder Geruch noch Gesten weisen darauf hin, daß er wieder in den Händen des Capitán ist, auch nicht in denen Pascualis. Fragen zu stellen ist sinnlos, also stellt er keine. Auch nicht, als der Wagen auf Feldwegen fährt, dem Jammern der Stoßdämpfer nach zu urteilen, und weil sich die vier Männer, die ihn bewachen, an den Wänden festzuhalten versuchen. Sie sind nicht einmal vermummt. Daß sie keine Kapuze tragen, flößt in der ersten Instanz Vertrauen ein, aber in der zweiten vermittelt es das Bewußtsein von Straffreiheit, von Tod. Von draußen kommt der Geruch nach Wasser und pflanzlicher Verwesung. Der Fluß ist in der Nähe oder das Tigredelta. Die Fahrt ist zu Ende, und es kümmert sie auch nicht, daß er das Gesicht des Bootsführers sehen oder die Kanäle des Tigres wiedererkennen kann – Raúl, solidarisch mit den Trauerweiden, deren Zweige ins grünliche trübe Wasser hängen. Das Boot verläßt die Hauptkanäle, wendet sich den abgelegenen zu, und Raúls Augen wollen sich an den vornehmen, allmählich in die Ferne rückenden Gebäuden festklammern: den Cannotieri, den Club de la Marina, den Tigre Club – Gebäude des Grauens in seiner grauenvollen Erinnerung. Nicht so die Bäume, die er in ihrer Pracht wiedererkennt, riesig und durch die Feuchtigkeit in diesem Flußlabyrinth wie Perlmutt schimmernd, Gummibäume, Jakaranda, Palmen, Araukarien; Korallensträucher und Hecken aus Schilfrohr und Farn, das Geschenk der herabhängenden Orchideen, der Geruch nach brackigem Wasser und alten, tiefen Vermoderungen. Sie hindern ihn auch nicht daran, den verwilderten Garten zu sehen und das auf Pfählen stehende Haus, an denen die Hochwassermarken wie Zeichen verschiedener Archäologien zurückgeblieben sind. Sie sind am Tigre, in einem heruntergekommenen Haus, voller ehemals edler, dunkler Hölzer im Inneren, die Fensterscheiben fast alle zerbrochen und von Feuchtigkeit bewohnt, die vom Boden bis zur abblätternden Stuckdecke hinaufkriecht. Ein für die Umgebung zu neuer Tisch steht in der Mitte des Kaminzimmers, und hinter dem Tisch sitzt ein Mann, der ihm lächelnd einen Stuhl ihm gegenüber anbietet.

»Geht es Ihnen gut? Hat man Sie gut behandelt? Soweit das möglich ist, natürlich. Verlieren wir keine Zeit, Señor Tourón. Die Komödie ist zu Ende, und Sie wissen es nicht, doch sie muß zum Wohle aller zu Ende gehen. Ihre Reise nähert sich dem Ende, nicht?«

»Wer schickt Sie? Gálvez?«

»Es gibt viele Gálvez.«

»Sie wissen, welchen ich meine. Richard Gálvez Aristarain.«

»Nehmen wir es einmal an.«

»Die Entführung wäre nicht nötig gewesen.«

»Entführung. Verwenden wir doch nicht diese veraltete Ausdrucksweise. Sie wollen Ihre Identität und Ihre Tochter zurückbekommen. Ihre Identität bietet sich von seiten Ihrer Partner an, doch ist da der Capitán das Hindernis. Ihre Tochter. Bleibt nur Ihre Tochter.«

»Haben Sie etwas Neues über die Verbindung zwischen Ostiz und der mysteriösen Señora Pardieu herausgefunden?«

»Wir sind dabei.«

Der Verhörende gibt den vier Bewachern ein Zeichen und steigt eine unter seinen Füßen ächzende Treppe hinauf. In einem Raum, noch verfallener als das Kaminzimmer, erwarten ihn Güelmes und der Generaldirektor Morales.

»Und wie soll ich jetzt weitermachen? Haben Sie gehört, was er sagte?«

»Sie fragen, wie Sie weitermachen sollen? Aber er hat Ihnen doch soeben den Leitfaden gegeben! Er hat uns in zwei Minuten alles erzählt. Richard Gálvez hilft ihm durch Ostiz und eine gewisse Señora Pardieu bei der Suche nach seiner Tochter. Morales, ich will augenblicklich einen Bericht über die erwähnten Personen, Gálvez, Doktor Ostiz, diesen Borgianer, den Sie so bewundern, und die Pardieu. Die er ›mysteriöse Señora Pardieu‹ nannte. Sie befragen ihn weiter. Versprechen Sie ihm baldige Enthüllungen, und er soll über die Gründe reden, die ihn zur Rückkehr veranlaßt haben. Reden soll er. Reden. Er muß doch Lust haben zu reden.«

Er hat Lust zu reden, vor allem, weil er glaubt, am Ende des Tunnels zu sein, ohne genau zu wissen, was er da finden wird. Eva María. Die schemenhafte Gestalt eines Babys, plötzlich in eine Frau verwandelt. Er selbst. Wie würde er selbst am Ende des Tunnels sein?

»Alles begann in Spanien. Ein Streitgespräch mit meinem Vater. Ein Mann mit einer Willensstärke, die mir fehlt. Ich erklärte ihm meine Entwurzelung. Er konnte es nicht verstehen. Und in der Hitze der Auseinandersetzung enthüllte er mir etwas, das mich entsetzte. Er hatte mit den Milicos meine Freiheit ausgehandelt. Er hatte ihnen meine Forschungsunterlagen gegeben und versprochen, daß keine Ansprüche mehr darauf erhoben würden. Er hat den Schlußstrich gezogen unter das, was mich, meine Familie, meine Gruppe anging. Er verzichtete darauf, nach seiner Enkelin zu suchen. Er verzichtete sogar darauf, sie einzufordern. Ich war sein einziger Sohn. Er hatte nur diese eine Enkelin. Verstehen Sie?«

»Mit wem hat er das alles ausgehandelt?«

»Mit General Gorostizaga. Damals nannte er sich Gorostizaga.«

Der Capitán befiehlt dem Dicken zu gehen, doch die Motorradfahrer bleiben in Aufstellung an seinen Flanken. Merletti auf einem Stuhl, unter dem Gewicht einer rätselhaften Niedergeschlagenheit und dem fragenden Blick Perettis.

»Eine weitere deiner heimlichen Schutzmaßnahmen?«

»Fälle kein vorschnelles Urteil, laß ihn zu Wort kommen.«

»Kein vorschnelles Urteil. Er hat ganz recht«, bekräftigt der Capitán. »Ich will die Karten auf den Tisch legen. Vom Fall Loaiza habe ich durch Zufall erfahren. Du batest uns, einen lästigen Fixer zusammenzuschlagen. Ich suchte eine Maus und traf auf eine Katze. Loaiza und ich sind alte Bekannte. Er war früher ein Kollaborateur, als wir das Land von Bolschewiken säuberten, die sich als Nationalisten und Peronisten ausgaben. Die wahren Nationalisten sind wir gewesen. Loaiza ist nicht mehr der, der er war. Er ist Abschaum und erpreßt Sie. Nein. Streiten Sie es nicht ab. Ich weiß alles. Alles. Ich mische mich nicht in Ihre Beziehungen oder Ihre Vorlieben ein. Ich kannte sehr männliche Schwule. Sie sind ein nationales Symbol, und wir haben nicht vor, nationale Symbole zu zerstören, wie es mit Monzón oder Maradona geschah. Das mit Monzón oder Maradona hätte man zum Staatsgeheimnis erklären müssen. Wen sollen die Argentinier denn mystifizieren? Los!« Er fordert Peretti auf, ihn an eine Tür zu begleiten. Er öffnet das Guckloch und tritt zur Seite. »Schauen Sie, bitte.«

Peretti nähert sich dem Guckloch. In einem nackten Raum, im Hintergrund, Loaiza, auf dem Boden, zusammengekrampft unter den Auswirkungen des Entzugs, inmitten von Urin geifernd.

»Ich war erfolgreicher als Ihr Pepe Carvalho. Warum haben Sie diesen von Subversiven umgebenen Gallego in die Geschichte hineingezogen? Die sollten wir unter uns Argentiniern bereinigen.«

»Ich habe es dir gesagt, ich habe es dir immer gesagt, Bum Bum«, bekräftigt Merletti.

»Lassen Sie ihn frei«, ordnet Peretti an.

»Wen?« fragt der Capitán erstaunt.

»Bruno. Loaiza.«

»Das kann und darf ich nicht. Habe ich mich in Ihnen getäuscht?«

»Wenn Sie ihn nicht freilassen, was werden Sie dann mit ihm machen?«

»Ich habe mich in Ihnen getäuscht. Gehen Sie. Ich bleibe meiner Hochachtung Ihres Mythos treu, aber Sie, als Argentinier, sind für mich nichts weiter als eine Schwuchtel.«

»Ich habe gesagt, Sie sollen Loaiza freilassen«, wiederholt Peretti und packt den Capitán am Arm.

Der Capitán schüttelt den Arm. Peretti verpaßt ihm

einen Faustschlag in den Magen und schmettert ihn gegen die Tür von Loaizas Gefängnis. Die Motorradfahrer stürzen sich auf Peretti, schlagen mit Knüppeln, Ketten, Füßen, Fäusten auf ihn ein. Merletti versucht ihn zu verteidigen, aber auch auf ihn sausen die Ketten nieder. Der Capitán ist wieder zu Atem gekommen und versucht der Prügelei ein Ende zu setzen.

»Rührt Peretti nicht an, ihr Bande von Idioten!«

Merletti und Peretti müssen geschleppt werden, um sie in den Wagen zu schaffen. Der Dicke am Steuer, der Capitán sieht verrenkt und schwankend der Abfahrt zu. Für den Dicken ist es eine Dienstleistung mehr, und er hält, manchmal von seinen Jüngern angefeuert, einen Monolog über das Göttliche und das Menschliche, während er auf der nächtlichen Straße nach einer bestimmten Stelle sucht. Als er sie findet, verlangsamt der Dicke die Fahrt, bremst schließlich. Eine Tür öffnet sich, und Merletti und Peretti werden in den Straßengraben geworfen. Merlettis Gesicht spiegelt die erhaltenen Prügel wider. Das Perettis ist rohes, von den Ketten zerschundenes Fleisch. Peretti nimmt die Hände nicht vom Gesicht, so als wollte er es, nun vergeblich, vor Schlägen schützen. Merletti hat noch nicht richtig begriffen, was geschehen ist, und verfolgt mit dem Blick die Flucht des Wagens. Die führt nicht weit. Das Auto fährt langsam und hält schließlich an einem Müllabladeplatz. Zwei Motorradfahrer steigen im Gegenlicht der Scheinwerfer aus, öffnen den Kofferraum und werfen einen Körper auf den Müll. Das Auto startet, und Peretti läuft zu der Schutthalde, wo der Körper, das Gesicht zum Himmel gerichtet, mit offenen Augen liegengeblieben ist. Es ist Loaiza, stellt Peretti fest und läuft in zweckloser Wut hinter dem Wagen her.

»Es ist Bruno.«

Es ist Bruno, wiederholt er wie besessen Stunden später, ebenso besessen, wie er sein Gesicht im Spiegel betrachtet, entstellt von den Quetschungen und Platzwunden, die genäht werden mußten, den Blutergüssen, dick wie Geschwüre. In der Einsamkeit des Badezimmers weint Peretti um Bruno, beweint sich selbst.

»Das Dorian-Gray-Syndrom. Das Gesicht ist der Spiegel des Scheiterns. Des grundlegenden Scheiterns. So hast du es gesehen. Bruno. Armer Bruno. Armer Peretti. Armer Bum Bum Peretti.«

Er verläßt das Badezimmer. Merletti ist auf einem Sofa eingeschlafen. Peretti geht zu einer Zimmertür, überzeugt sich von Roberts ruhigem Schlaf. Dann tritt er auf die Straße.

Der Capitán kommt nach Hause und geht in die Küche. Er schenkt sich eine Tasse Kaffee ein und trinkt sie in zwei Schlucken aus. Im Haus ist es ruhig. Er steigt die Treppe hinauf, späht ins Zimmer seiner Tochter. Muriel schläft, und der Capitán tritt an ihr Bett, um mit dem Handrücken ihr Gesicht zu streicheln. Muriel wacht auf, lächelt.

»Ich habe ein Geheimnis.«

»Vielleicht ist es für mich gar keines.«

»Ich war beim Boxkampf von Peretti.«

Der Capitán wartet ab, fordert sie auf weiterzureden.

»Es hat mir nicht gefallen, was für eine Roheit!…«

Bevor sie wieder einschläft, zeigt sie mit dem Kopf auf etwas, das auf dem Nachttisch liegt. »Peretti hat mir ein Autogramm gegeben. Er hat es jemand anderem für mich gegeben, weil ich mich nicht getraut habe, ihn darum zu bitten.«

Muriel schläft wieder ein. Der Capitán nimmt das Autogramm.

Einem unbekannten Mädchen, doch mit der Gewähr, daß mich eine Frau, die ganz einfach Alma heißt, um das Autogramm gebeten hat.

Bum Bum Peretti

Der Capitán legt unbewegt das Autogramm an seinen Platz zurück, geht die Treppe hinunter, geht an der vor sich hindämmernden Alkoholleiche seiner Frau vorbei und läßt sich in einen Lehnstuhl vor dem Fernseher fallen. Immer wieder einnickend, wartet er auf die Morgennachrichten, und schließlich kommen die Bilder, die Worte an und bilden in seinem Hirn einen Zusammenhang: Bum Bum Peretti ist etwas zugestoßen. Er reißt die Augen auf, um gegen die Müdigkeit anzukämpfen, reiht Wort an Wort, Bild an Bild, um den am frühen Morgen passierten Zwischenfall zu rekonstruieren.

Die Angestellten vom Flughafen Jorge Newbery, halb geschäftig, halb verschlafen, öffnen die Augen und begrüßen den soeben Angekommenen mit einem Lächeln. Sie schütteln ihm die Hand, beglückwünschen ihn.

»Ein toller Kampf, Bum Bum!«

»Aber diesmal hat es dich erwischt.«

»Im Fernsehen schien es nicht so.«

Der Angestellte faßt zusammen, daß sie wie immer Scherze machten, Bum Bum aber nicht darauf einging. Peretti verbarg seine Augen hinter einer riesigen Sonnenbrille, das Gesicht hinter dem einen oder anderen Verband und dem Kragen seiner Lederjacke versteckt. Er bestieg sein Flugzeug, den Pilotensitz. Er gab ein Zeichen, damit sie ihn starten ließen, legte den Hebel um. Sein Gesicht war nun ohne Sonnenbrille und sonstige Bedeckung: völlig zerstört.

»Sie hatten ihm das Gesicht zu Brei geschlagen.«

Das Flugzeug startete. Peretti steuerte es entschlossen. Es stieg auf, höher und höher. Dann brachte er es in die optimale Lage. Plötzlich stürzte das Flugzeug trudelnd auf eine Autobahn zu. Entschlossenheit lag in den Händen von Bum Bum und in seinem zusammengekrampften Gesicht. Der Aufprall des Flugzeugs auf der Autobahn war schrecklich.

»Schrecklich, weil wir ihn nicht nur sahen, verstehen Sie? Wir hörten ihn auch.«

Der Capitán hat soeben mitbekommen, was passiert ist. Bum Bum hat sich umgebracht.

»Verdammter Schlappschwanz!« schreit der Capitán mit verhärteten Augen.

Alma und Carvalho trinken weder, noch reden sie im Tango Amigo.

»Woran denkst du?« fragt Carvalho.

»Und du?«

»Jetzt sei doch nicht feige. Antworte nicht auf eine Frage mit einer anderen Frage.«

»Mir geht das mit Perettis Unfall nicht aus dem Kopf. Oder sein Selbstmord. Ich muß auch ständig an Muriel denken. Sie ist so feinfühlig. Erinnerst du dich an gestern, beim Boxkampf? Sie wollte ein Autogramm, konnte aber die Schläge nicht mitansehen. Deshalb ist sie hinausgegangen.«

Carvalho hält ihrem Blick nicht stand.

»Nein? Ist sie nicht deshalb gegangen?« fragt Alma.

»Ja, warum denn sonst? Aber denk nicht zuviel an dieses Mädchen. Es geht dich nichts an. Es hat seine Familie, ihren Freund, ein Roter, wie du sagst.«

»Das mit dem Freund, nun ja. Sie schwankt. Muriel hat Angst vor der Reaktion ihres Vaters. Eines Tages werde ich mit ihrem Vater reden.«

Carvalho schließt die Augen.

»Warum denken wir nicht ein wenig an Raúl. Das wäre angebracht.«

»Raúl. Das stimmt. Letztens ist er um ein Haar davongekommen, obwohl ich glaube, daß Pascuali so viel Lust hat, ihn zu finden, wie ...«

»Wie wer?«

»Vergiß es. Es stimmt. Wir sollten an Raúl denken. Er ist letztlich unser beständigstes Ziel. Vor allem deines. Raúl hat deinem Aufenthalt in Buenos Aires Sinn gegeben. Was mag ihm geschehen sein?«

»Der wird uns noch alle unter die Erde bringen. Er besitzt eine ausgezeichnete asoziale Gesundheit. Versteckt. Unsichtbar. Flüchtend. Gesucht. Alle Adjektive, die ich mag, mit jedem Mal mehr mag.«

»Die Vorstellung geht weiter.«

Norman hat die Bühne betreten, als Frau verkleidet, wie in der Nacht im Fiorentino's. Er wendet sich ans Publikum: »Verzeihen Sie meine Aufmachung, ich bin keine Tunte, ein Schwuler vielleicht, aber eine Tunte niemals! Aber hin und wieder habe ich metaphysische und sogar physische Ängste, und ich stelle mir grundlegende Fragen. Gibt es nur eine Wahrheit? Nur einen Markt? Nur ein Heer? Möglich. Die Wahrheit, die einzige, wäre der Liberalismus. Markt, einer, klar. Sie sehen es schon. Einer, weltweit, wo du alles kaufen kannst und nur das verkaufen, was sie dich lassen. Heer. Eines. Eines? Das wäre ja noch schöner! Der Yankee. Das Yankee-Heer und, in seiner Ermangelung, das englische für zweifelhafte Völker wie das argentinische. Aber es gibt weitere Größen, die nicht ins Bild passen. Pyramiden. Wir sind alle mit dem Wissen großgeworden, daß in Ägypten drei Pyramiden stehen ... aber nein, in Ägypten gibt es mehr Pyramiden. Über die Geschlechter. Zwei. Das eine mit nach innen gestülpter Muschi, das andere mit einziehbarem Schwanz, vor allem einziehbar! Um Geschlechter geht es in dem folgenden

Tango. Geschätztes Publikum, ich habe die Ehre, Ihnen die Weltpremiere des ersten Tangos vorzustellen, der den Schwuchteln gewidmet ist.«

Eher als übertrieben weibliche Frau denn als weibischer Mann verkleidet betritt Ariana die Bühne, falsche Ringe unter den Augen und die Pupillen auf sämtliche Hosenschlitze im Saal gerichtet.

Schuhe aus Wildleder,
ohne Strümpfe,
Hosen aus Seide,
Finger an der Schläfe,
glichen sie plumpen
Karikaturen
von Frauen aus Wachs,
Männern aus Honig.

Schwuchtel, Schwuler,
Liebesschreie
halblaut,
Tunte, Tucke,
Duft nach Kunden
auf dem WC.

Karikatur weibischer Frauen,
Karikatur schwuler Bullen,
Karikatur
des Mannes ohne Blick,
des erst erblühenden Jungen.

Nun heiraten sie
in den Gerichten,

küssen sich auf der Straße
am hellichten Tag,
du hast die Miezen
gut im Griff,
doch singt ihnen niemand
auch nur einen einzigen Tango.

Schwuchtel, Schwuler,
Liebesschreie
halblaut,
Tunte, Tucke,
Duft nach Kunden
auf dem WC.

Karikatur der weibischen Frau,
Karikatur
des schwulen Bullen,
Karikatur des Liebhabers ohne Blick,
des erst erblühenden Jungen.

Ich singe ihnen diesen Tango
bedingungslos, denn
das mit dem Sex
ist immer ein Dreier gewesen,
nie gab es zwei Geschlechter
ohne Unterwerfungen,
und wer nie vier hatte,
hat jetzt auch nicht zwei.

Schuhe aus Wildleder,
ohne Strümpfe,
Hosen aus Seide,
Finger an der Schläfe,
hörst du auf, hündische
Karikaturen zu verkörpern

von Frauen aus Wachs,
Männern aus Honig.

»Bum Bum Peretti hat sich umgebracht, Mama. Wie schade. Er war so ein Kavalier.«

»Kanntest du ihn?«

»Von Kindesbeinen an.«

»Das hast du mir nie erzählt.«

»Du wolltest nicht, daß ich mich boxenden Jungen anschloß. Letztens ging ich hin und begrüßte ihn vor dem Kampf. Er umarmte mich, kannte einige meiner Gedichte auswendig. Ich bin traurig, Mama.«

»Dreh eine Runde und iß eine Empanada. Aber komm bald wieder. Wir müssen in San Telmo Bücher verkaufen.«

Borges jr. bewegt sich schwerfällig durch den Park, den großen Körper von all seinen geheimen Sehnsüchten und Melancholien gebeugt. Er rezitiert, als würde er beten: »Diese Stadt ist so schrecklich, daß ihre bloße Existenz und Fortdauer, selbst in einer geheimen Wüste, Vergangenheit und Zukunft verseucht und auf gewisse Weise die Gestirne gefährdet ...« Einige morgensportliche Läufer kommen vorbei, doch seine kurzsichtigen Augen teilen ihm nicht mit, daß es sich bei den zwei harmonisch nebeneinander trabenden Joggern um den Minister Güelmes und den Generaldirektor für Sicherheit, Zenón Morales, handelt. Borges jr. setzt seinen behäbigen Gang fort und die Jogger ihren Lauf, der langsamer wird, als sie den leichten Anstieg eines von Wegen durchzogenen, grasbewachsenen Hügels hinter sich bringen, unten eine Straße und niemand weit und breit.

»Es ist soweit, nicht?«

Der Generaldirektor sieht auf die Uhr und nickt. Die

Jogger haben sich schwitzend hingesetzt, hochrot im Gesicht, das Handtuch wie eine Halskrause umgelegt.

»Da sind sie.«

Ein dickes Auto bleibt stehen. Eine Tür geht auf, und ein Mann steigt aus, wie dem Gefängnis entkommen, dankbar für die senkrechte Haltung und den Horizont. Er betastet seinen Körper, wischt mit den Händen den Schmutz weg, den der Schlaf zu dem seiner Aufmachung hinzugefügt hat. Er tastet seine Knochen ab. Dann orientiert er sich. Es riecht nach feuchtem Gras, er lächelt zufrieden. Er steigt die Böschung hinauf, betrachtet, oben angekommen, die Weite des sich zu seinen Füßen ausdehnenden Parks und nimmt auf einer von Tauben umringten Bank jemanden wahr. Er geht auf sie zu, ohne Güelmes und den Generaldirektor sehen zu können, die, schon aufgestanden, seinen Gang beobachten.

»Dort geht Raúl Tourón. Ich verstehe das Spiel immer noch nicht, Güelmes.«

»Peter Pan.«

»Erklären Sie es mir, damit ich es mir selbst erklären kann. Peter Pan?«

»Eine Hand wäscht die andere. Dieser Mann ist Peter Pan. Er ist nicht erwachsen geworden. Ich auch nicht ganz. Deshalb beschütze ich ihn. Das bleibt unter uns, in meinem und in Ihrem Interesse. Lassen wir Gálvez jr. und Raúl nur machen. Kein Sterbenswörtchen zu Pascuali. Ich habe meinen Einsatz schon organisiert.«

»Zu Pascuali am wenigstens. Er ist ein Pfadfinder.«

»Raúl steht knapp davor, die Entführer seiner Tochter zu finden, und Sie müssen diese ledige Mutter, diese Pardieu, suchen. Ich vermute, daß uns diese Entdeckung von mehr als einer unbequemen Person, die uns der Prozeß hinterlassen hat, befreit. Was machten Sie zur Zeit des Prozesses?«

»Ich studierte am MIT.«

»Was dachten Sie über die Milicos?«

»Daß ich sie nicht mochte, aber daß sie vielleicht notwendig waren.«

»Und jetzt?«

»Nein. Jetzt sind sie nicht mehr notwendig.«

Güelmes nimmt einen Arm des Generaldirektors für Sicherheit und drückt ihn zum Zeichen dafür, daß sie einer Meinung sind.

Borges jr. sitzt auf einer Bank und holt Vogelfutter aus seinen Taschen, als wären sie voll davon, Kornspeichertaschen. Aus den Augenwinkeln sieht er, daß sich ein weiterer Mann ans andere Ende der Bank gesetzt hat. Der Neuankömmling beobachtet gerührt, wie sich der massige Mann bemüht, möglichst viele, aus allen Himmelsrichtungen herbeigeflogene Tauben zu füttern. Der Blick des anderen dringt ungebeten in den Raum Ariels und der Tauben ein. Er dreht sich um und entdeckt einen freundlichen Mitmenschen.

»Haben Sie was gegen Tiere?«

»Nein. Zum Teil verdiene oder verdiente ich mit ihnen meinen Lebensunterhalt.«

»Hundezüchter? Pferdezüchter?«

»Pfleger, nur Pfleger. Ich fütterte sie.«

»Wie ich! Das ist der Kreislauf des Lebens. Die Tauben fressen Würmer, wir essen die Tauben, und die Würmer fressen uns.«

»Genau.«

Borges jr. ist zufrieden oder seufzt zumindest so, als ob er es wäre.

»Die Morgendämmerung ist wie die Abenddämmerung. Papa sagte: ›Halbdunkel der Taube nannten die Juden den hereinbrechenden Abend.‹«

»War Ihr Vater ein hebräischer Taubenkundler?«

»Papa war Schriftsteller. Der größte. Jorge Luis Borges.«

In der Stimme des Unbekannten liegt keine Ironie, als er bemerkt: »Das klingt mir nach einem bedeutenden Namen, einem bedeutenden Mann.«

Borges schüttelt melancholisch den Kopf.

»Ein bedeutender Schriftsteller. Ein bedeutender Mann vielleicht nicht. Ein Flüchtling wie alle, wie Odysseus. Kennen Sie Homer?«

»Ich habe nicht das Vergnügen. Den mit den Tangos?«

»Nein. Den Autor der *Odyssee.* Des Mythos von Odysseus. Mein Vater ersann, wie ich, wie alle, eine Rückkehr nach Hause. Aber als er zurückkehrt, existieren Penelope und Telemach nicht, oder sind nicht, wie sie sein sollten.«

»Seine Mutter? Sein Brüderchen?«

»Mythen. Nur Mythen. Am Ende bleiben nur Mythen und der Obelisk übrig. Alle Welt wird die Mythen im Gedächtnis haben, doch wer wird sich daran erinnern, wem der Obelisk geweiht ist?«

Er streckt plötzlich eine Hand aus. Es regnet. Er steht rasch auf, so als fürchte er den Regen.

»Mein Name ist Ariel Borges Samarcanda, und es hat mich gefreut.«

»Ich heiße Raúl Tourón, und die Freude ist ganz meinerseits.«

Borges hat die Augen geschlossen, und als er sie wieder aufschlägt, starren sie Raúl an, als wollten sie ihn verschlingen.

»Raúl Tourón.«

»Sagt Ihnen der Name etwas?«

»Er klingt nach Mythos. Es könnte der Name einer Gestalt meines Vaters sein.«

»Ich bin auch der Name einer Gestalt meines Vaters.«

»Ist Ihr Vater denn Schriftsteller?«

»Nein. Er ist nur, wie ich, ein Überlebender. Ich habe lange gebraucht, das zu bemerken. Man sollte uns gleich bei der Geburt einschärfen: Du bist ein Überlebender, Sohn von Überlebenden.«

Borges jr. verabschiedet sich feierlich von seinem Bankgefährten und entfernt sich mit komischen kurzen Sprüngen, als könnte er nicht laufen. Raúl überläßt sich dem Regen. Er genießt es, naß zu werden, und seine Lippen rezitieren das von Borges jr. begonnene Gedicht:

Halbdunkel der Taube
nannten die Juden den hereinbrechenden
Abend,
wo der Schatten die Schritte nicht behindert,
und das Kommen der Nacht wahrnehmbar ist
wie eine erhoffte und alte Musik,
einer wohltuenden Neigung gleich.

Ariel läuft unter einem sanften Regen dahin, biegt in Straßen ein, durchquert sie mit der Geschwindigkeit eines hurtigen Dickhäuters und kommt bei seiner Mutter an, die sich mit einem Karren voller Bücher plagt. Die Alte murrt wegen der Verspätung, folgt aber ihrem Sohn, der sich San Telmo zuwendet, bis er auf die Plaza Dorrego stößt, doch es sind schon zu viele Straßenhändler da, und Mutter und Sohn stellen sich in eine Seitengasse. Ariel versucht, die Aufmerksamkeit der Vorübergehenden zu wecken, während seine Mutter mit sachlicher Ungerührtheit Bücher anbietet.

»Die gesammelten Werke des natürlichen Sohns von Jorge Luis Borges: *Brief an meinen Vater! Universalgeschichte des Augenfälligen!*«

Er wiederholt sich wie eine Platte, aber nicht wie eine mit einem Sprung, denn er wechselt stets den Tonfall.

Die Alte gibt ihre lustlosen Verkaufsbemühungen ebensowenig auf und zieht dabei an ihrer Pfeife. Wenige Käufer, Reklame, das Wetter; der Regen wird stärker, Mutter und Sohn schützen die Bücher, schützen sich mit Wachstüchern. Borges jr. schiebt einen mit seinen Werken beladenen Karren vor sich her. Die Hilfe seiner Mutter hält sich in Grenzen, denn sie stützt sich eher auf den Karren, als daß sie ihn anschiebt. Die Last macht dem Mann ebenso zu schaffen wie die Situation, und seine Unterwelttangomiene entspannt sich erst, als er das Wägelchen am Hauseingang abstellt und sein Reich der Bücher und Fetische wiedererlangt. Dann verlangt er von seiner Mutter das eingenommene Geld, streicht die Scheine glatt, stapelt sie sorgfältig auf einer Kommode. Ariel schließt die Buchhaltung ab, zählt nach. In seinem Rücken, im hinteren Teil des Wohnzimmers, sitzt seine Mutter, strickt und raucht Pfeife.

»Knapp viertausend Pesos in zwei Monaten. Ich werde die Auflage zurückziehen. Der Druck hat fast dasselbe gekostet.«

»Hast du die Druckerei bezahlt?«

»Ja.«

»Das ist schlecht. Wenn ich sie nicht verkaufe, bezahle ich nicht, hättest du sagen müssen.«

»Aber Mama. Die Druckerei ist doch nicht schuld, wenn der Verleger, der Autor nicht verkaufen!«

»Irgendein Risiko muß sie eingehen.«

Die Frau legt ihre Arbeit zur Seite und mustert ihren Sohn.

»Die Literatur wird dein Untergang sein.«

»Aber das ist es, was ich immer sein wollte: Schriftsteller.«

»Das mit Borges ist schon sehr abgedroschen. Ausgeschöpft. Wie wäre es, wenn du den Vater wechseln würdest?«

Verwirrt sucht Ariel nach den Worten, die ihn mit den Strategien seiner Mutter versöhnen. »Du hast mir immer gesagt, daß ich der Sohn von Borges wäre.«

»Es ist wichtig zu wissen, wer dich zur Welt gebracht, und nicht, wer dabei geholfen hat. Jetzt ist Sábato in Mode. Warum schreibst du nicht etwas wie Sábato und gibst dich als natürlicher Sohn von Sábato aus?«

»Aber ich sehe Sábato doch nicht ähnlich. Er ist ganz schlank, hat wenig Körper, geht traurig durchs Leben und durch die Literatur.«

»Jorge Luis war auch kein Spaßvogel. Mal sehen. Komm her.«

Borges jr. geht resigniert zu seiner Mutter. Die Frau nimmt ihn an einer Hand, prüft ihren Sohn.

»Der Schädel kahler. Du mußt ziemlich an Gewicht verlieren. Das wird dir guttun. Ein kleiner Schnurrbart. Du machst ein trauriges Gesicht. Tieftraurig. ›Der natürliche Sohn von Ernesto Sábato.‹ Wie klingt das?«

»Mir ist Cortázar lieber.«

»Cortázar! Cortázar!«

Die Alte ist verärgert. Sie strickt weiter. Raucht Pfeife.

»Ich weiß nicht, was die Leute an Cortázar finden. Ich bin über die fünfte Seite von *Rayuela* nicht hinausgekommen.«

Borges sieht durch die wiederhergestellten Fensterscheiben auf die Straße. Bekümmert.

»Heute bin ich einem Mann begegnet, nach dem sie verzweifelt suchen. Auf einer Bank sitzend, im Regen. Ich weiß, wer er ist. Ich könnte es denjenigen sagen, die hinter ihm her sind, aber er will nicht, daß man ihn findet.«

Die Alte hat ihn nicht gehört. Er beharrt auch nicht darauf. Sie strickt und raucht weiterhin, hält aber einen mitleidigen Blick und eine Bemerkung für den grobschlächtigen Mann bereit.

»Julio war sehr vereinnahmend. Er mochte es immer, daß seine Frauen für seine Werke posierten, und mir war die Vorstellung schrecklich peinlich, von so vielen Unbekannten gelesen zu werden.«

5
Mord im Gourmetklub

Carvalhos Klient ist sehr gut gekleidet, wenn auch der untersetzte Körper, die aufgedunsenen und geröteten Backen und die ungepflegte, dioptrienschwere Brille sein Reichsein herabsetzen. Er unterschreibt den Scheck mit einer goldenen Cartier-Füllfeder. An der anderen Hand glänzen eine Cartier-Uhr und ein wunderbarer Goldsiegelring der gleichen Marke. Er hebt den Blick und übergibt Carvalho den Scheck.

»Noch nie habe ich mit solchem Vergnügen bezahlt.«

»Señor Gorospe, ich habe nicht das Geringste dagegen einzuwenden, daß sie mir noch einmal dasselbe bezahlen, wenn Sie es mit Vergnügen tun.«

Er betrachtet offensichtlich zufrieden den Scheck.

»Bezahlen und essen sollte man immer mit Vergnügen und ohne Furcht.«

»Bravo! Sie sind ganz mein Fall! Essen Sie gern gut?«

»Ich weiß gern alles über das, was ich esse.«

»Das Gedächtnis ist selektiv, und ich erinnere mich nur an die denkwürdigen Gerichte. Ich erinnere mich nicht einmal an meine Frau. Durch die Enthüllung ihrer Untreue ersparen Sie mir den Unterhalt, den ich dieser Idiotin zahlen müßte. Wie Sie sehen, erspare ich mir durch Ihre Nachforschungen viel Kohle. Ich erinnere mich, erinnere mich stets, wie erlesen ich bei Girardet gespeist habe, immer wenn ich bei Girardet war. Sind Sie bei Girardet gewesen?«

Carvalho verneint.

»Also, wenn Sie nach Europa zurückkehren, dürfen Sie sich das nicht entgehen lassen. Obwohl der große Girardet androht, sich zurückzuziehen, ebenso wie Robuchon. Er zieht sich auch in der Blüte seiner Jugend zurück. Von Girardet ist mir eine absolut geniale Papillote mit Jakobsmuscheln und Hummer im Gedächtnis, so wie das Potpourri ›Pantagruel‹ von Troisgros oder das Huhn in Salzkruste von Bocuse. Sie sehen, was für eine Einfachheit! Huhn in Salzkruste! Girardet ist der Vielfältigste, aber Troisgros hat großartige Dinge kreiert. Wissen Sie, daß Troisgros ein Dessert erdachte, das Orangen ›Tango‹ heißt?«

»Wie wird es zubereitet? Wie ißt es sich?«

»Genial einfach. Wie alles von Troisgros. Orangen, Grenadine, Grand Marnier, Staubzucker, aber… Sie haben allen Ernstes das Potpourri ›Pantagruel‹ von Troisgros nicht probiert?«

Carvalho schüttelt erneut den Kopf.

»Wollen Sie es probieren?«

»Ich würde mich keineswegs dagegen sträuben.«

»Bestens! Morgen haben wir ein rituelles Abendessen meines Gourmetklubs, und der Höhepunkt ist das Potpourri ›Pantagruel‹. Sie sind eingeladen! Im Restaurant von Lucho Reyero. Ein echter Profi und ein Kavalier. Ein schwarzes Schaf der alteingesessenen Oligarchie, das schließlich zur Vernunft gekommen ist und Gastronom wurde.«

Gorospe, begeistert, im Detektiv einen Verbündeten entdeckt zu haben, zieht eine Visitenkarte aus der Tasche und reicht sie Carvalho mit der von Cartier reichlich geschmückten Hand.

Im Tango Amigo gehen die Vorhänge auf, und Adriana Varela tritt perlmuttfarben schimmernd bis auf knappe zwei Meter ans Publikum heran. Das Bandoneon macht den Auftakt.

Sie essen, um zu vergessen,
trinken, um sich zu erinnern.
Salat Creso,
einen guten Käsekuchen,
Schnepfen Maître Richard.

Auberginen Stendhal!

Orangen »Tango«!

Orangenspalten,
ein Glas Grand Marnier,
Granatapfelsirup,
Zuckerguß.

Orangenschalen,
Grenadinensaft,
für den Duft
genügt ein Aufwallen.

Die im Grand Marnier
eingeweichten Spalten,
der rosarote Saft,
Schalen zur Verzierung.

Und wenn Sie mich fragen,
was das mit Tango zu tun hat,
werden die, die ihn ausführen,
für die Erfindung bezahlen.

Sie essen, um sich zu erinnern,
was sie gegessen haben.
Sie trinken, um zu vergessen,
was sie gelebt haben.

Tangos aus Zitronen,
Tangos aus Essig,
die süßlichen Tangos
will niemand haben.

Aber ein guter Gourmet
ißt, wovon er träumt.
Der Preis von dem, was nicht
gut klingt, ist ihm egal.

Sie essen, um sich zu erinnern,
was sie gegessen haben.
Sie trinken, um zu vergessen
was sie gelebt haben.

Sie trinken, um zu vergessen.
Sie essen, um sich zu erinnern.
Salat Creso,
einen guten Käsekuchen,
Schnepfen Maître Richard,
Auberginen Stendhal.

Orangen »Tango«!

Alma, würdevoll betrunken, beobachtet Muriels vergebliche Versuche, an Alberts Ohr zu knabbern. Carvalho und Norman haben beschlossen, sich von Adriana betören zu lassen, die sich nach ihrem Vortrag verbeugt.

Alma taucht hinter dem Rand ihres Glases auf und nimmt ihre Begleiter wieder wahr.

»Sie hat mir also gesagt: Misch dich nicht in mein Leben ein! Sehr gut. Sehr gut. Ich werde mich nicht in ihr Leben einmischen, verstanden? Von dem Augenblick an siezte ich sie. Und ich fügte hinzu: Ich erwarte, daß Sie mir die vergleichende Arbeit über den *Großen Gesang* von Neruda und *Konquistador* von Archibald MacLeish in der vereinbarten Frist abliefern, drehte mich um und ließ sie sitzen.«

»Wen?« fragt Carvalho und wendet seine Augen von der Bühne ab.

»Ich rede also, rede und rede, als würde ich zu einem Pampabaum sprechen. Ich habe euch von meinem Streit mit Muriel erzählt. Sie ist hysterisch, nicht auszuhalten. Sie hat Angst, sich mit ihrem Vater auseinanderzusetzen, und Angst, ihre Beziehung mit Alberto zu klären. Schau dir die beiden doch an. Sie vergehen vor Lust, miteinander zu schlafen. Früher oder später werden sie es tun. Soll ich dabei die Kupplerin spielen?«

»Redest du eigentlich von deiner Studentin oder von deiner Tochter?« fragt Norman.

Carvalho hat die Bemerkung mißfallen, und er widmet Norman ein Stirnrunzeln.

»Was willst du damit sagen?« fragt Alma.

»Daß Muriel nur eine Studentin ist, intelligent, gut, Spitze, alles, was du willst, aber nur eine Studentin. Sie ist nicht deine Tochter!«

»Norman!« drängt Carvalho.

»Du, Pepe, misch dich nicht ein! Das weiß ich schon, du mußt mich nicht daran erinnern, Norman. Sprich nicht in diesem Ton zu mir, Fremder. Sonst verpasse ich dir einen Tritt in die Eier.«

Alma nähert ihr Gesicht herausfordernd dem Normans.

»Ich will keinen Streit, Almita«, antwortet Norman kleinlaut.

»Ich aber schon.«

Norman zieht sich lachend von der Theke zurück, und Alma will ihm kampflustig nachgehen, doch Carvalho hält sie am Arm zurück. Augenblicklich schmiegt sich Alma zärtlichkeitsbedürftig an ihn. Carvalho umarmt sie, streichelt mit den Fingerkuppen ihre Wangen. Er möchte die Haut der Frau spüren, und ihre Stimme versagt, als sie gesteht: »Ich bin mutterseelenallein.«

»Du hast doch uns Freunde.«

»Danke, daß du dich als mein Freund betrachtest, Gallego. Ich habe es immer gesagt. Die Gallegos sind saudumm, aber wenn du dich mit einem anfreundest, hast du einen sauguten Freund. Logisch, nicht?«

»Völlig, würde ich meinen.«

»Völlig, würde er meinen.«

Doch Alma bricht in Tränen aus. Carvalho weiß nicht, was er sagen soll, versucht aber, seine Umarmung in ein wärmendes Band zu verwandeln.

»Was hast du denn?«

»Dieser Mistkerl von Norman! Sagt, daß Muriel nicht meine Tochter ist, sondern nur meine Studentin!«

»Stimmt doch, oder?«

»Und was kratzt ihn das, wenn ich sie als Tochter ansehe, als die Tochter, die ich verlor?«

Carvalho stützt sich mit den Ellbogen auf den Tresen und läßt den Kopf schließlich in die aus Armen und Händen gebildete Stütze fallen.

»Was ist mit dir los? Fällt dir der Kopf herunter?«

»Weder mein Hirn noch mein Magen sind für Melodramen zu haben. Ich will nicht trinken, um auf deine Ebene zu kommen, tut mir leid. Morgen erwartet mich ein Abendessen in einem Gourmetklub, und ich will mit der Leber eines Firmlings hinkommen.«

»Auch Firmlinge können Leberzirrhose haben.«

Carvalho entschlüpft ein unfreiwilliges Lachen, das Alma ansteckt. Norman kommt versöhnlich zurück, ermutigt durch das schallende Gelächter Almas und Carvalhos, und legt einen Arm um die Schultern der Frau.

»Nun, Almita, hat sich die Zyste der üblen Laune aufgelöst?«

Der Schlag, den Alma mit dem Knie in die Mitte von Normans Hosenschlitz landet, ist zentral, zentristisch, zentriert. Er windet sich vor Schmerzen, seine Grimasse maskenhaft starr durch die weiße Schminke und die schwarzen Wunden der Augen in Wimperntusche, entrüsteter Wimperntusche angesichts des Gelächters von Alma und auch Pepes, obwohl der Gallego schützend die Hände auf seinen Hosenschlitz gelegt hat.

Norman wälzt sich unruhig im Schlaf, schwitzt, schnauft, richtet sich auf, reißt die Augen vor Erstaunen weit auf, als er Carvalho am Fuß seines Bettes stehen sieht. Er überprüft mit einem Blick, ob er wirklich bei sich zu Hause ist. Er ist es.

»Was machst du denn hier?«

»Ich wollte mit dir reden, aber ohne Alma.«

»Was ist los? Ist etwas mit Almita?«

Er springt nackt aus dem Bett, und Carvalho betrachtet sein steifes Glied. Norman bemerkt es und bedeckt sein Gemächt mit beiden Händen.

»Schau nur, wie er wird, während ich schlafe, doch dann, wenn ich ihn wirklich brauche, zack!, zieht er sich in sein Häuschen zurück.«

Carvalho scheint nicht besonders an der Sache interessiert zu sein. Norman schlüpft in Jeans, die zu weit für seine Hüften sind. Er füllt eine Tasse mit kaltem Kaffee, der seit Tagen in der Kanne ist. Es ist nicht nur die übliche Kanne, sondern auch der übliche Kaffee. Norman hat sich nicht einmal gewaschen. Er reibt sich die Augen und gähnt in Erwartung, daß Carvalho etwas sagt.

»Also, was ist los?«

»Gestern hattest du einen Streit mit Alma, was ihre Beziehung zu Muriel betrifft.«

»Sie war hysterisch und ich auch. Ich wurde hysterisch.«

»Das stimmt. Manchmal seid ihr wie zwei Hysterikerinnen.«

»Du hast auch einen großen, sehr großen Hang zur Hysterie.«

»Ich gebe zu, daß ich auch eine Hysterikerin bin. Aber die Angelegenheit ist nicht so leicht zu bereinigen. Ich habe meine Vermutungen zu Muriels Person.«

»Was willst du sagen?«

»Muriel ist die Tochter des Capitán.«

Norman sperrt den Mund auf, und so bleibt er in Erwartung aller Worte oder aller Fliegen dieser Welt. Als Carvalho weiterredet, taucht er allmählich aus seiner Verblüffung auf.

»Muriel sprach nie von ihrem Vater, von ihrer Familie. Alma schrieb das, ohne so richtig zu wissen warum, unglücklichen Familienverhältnissen zu, ein autoritärer, wenn auch geliebter Vater und eine kranke oder behinderte Mutter. Beim Boxkampf von Bum Bum Peretti, zu dem ich mit Alma und Muriel ging, bemerkte ich, daß Muriel und der Capitán etwas miteinander zu tun haben. Danach bestätigte Muriel selbst, daß ihr Vater dort gewesen war. Sie erzählte es uns.«

»Das gleicht einer brasilianischen Seifenoper!«

»Zunächst befürchtete ich, Muriel könnte eine Spionin des Capitán in unserer ... nennen wir es Gruppe sein. Aber nein, in dem Fall hätte sie nicht erwähnt, daß ihr Vater an jenem Abend dort gewesen war.«

»Hast du Alma etwas gesagt?«

»Nein.«

»Warum?«

»Weil die Geschichte nicht so einfach ist. Muriel scheint die Tochter des Capitán zu sein, aber ist sie wirklich die Tochter des Capitán?«

Norman schlägt die Hände vors Gesicht.

»Rede nicht weiter, ich ahne, worauf du hinaus willst!«

»Jetzt mach doch nicht auf Actor's Studio. Das ist nicht der Zeitpunkt dafür. Ich ging zur Vereinigung der Großmütter der Plaza de Mayo. Ich wollte nur herausfinden, ob beim Capitán eine nachvollziehbare Vaterschaft, will heißen, ohne eine Spur von Verdacht, vorlag.«

»Und?«

»Es gibt keine Daten. Man weiß nicht einmal, ob er verheiratet ist noch wann er heiratete, so als wäre eine Mauer aufgerichtet worden, hinter dem sich das Privatleben eines Generals mit zu vielen Namen verbergen ließ. Der wirkliche ist Doñate, aber Muriel taucht in Almas Hörerliste nicht als Doñate, sondern als Ortínez Ortínez auf. Ihr Wohnsitz ist nicht angegeben, wohl aber die Begründung »Vertraulich!«. Im Register ist Muriel als ledige Tochter mit den Namen ihrer Mutter eingetragen: Ortínez Ortínez. Sie hat genau dasselbe Alter, das die Tochter von Alma und Raúl haben könnte.«

»Ich wollte das nicht hören. Ausgerechnet das!«

»Es ist auch nicht bewiesen. Wer sollte es ohne Blutuntersuchungen beweisen? Viel Zufall, das stimmt. Dann bat ich die Großmutter, die mich betreute, die Akte des Capitán prüfen zu dürfen. Sie ließ sie mich nicht mitnehmen, wohl aber an Ort und Stelle durchsehen. Auf einem aus dem gesamten Dossier herausgenommenen losen Blatt wurde der Kontakt von General Gorostizaga, einer der von unserem Capitán verwendeten Namen, zu allen Beteiligten der Familie Tourón Modotti erwähnt. Das wäre normal, aber ein Treffen ist erstaunlich und wird ausdrücklich als Ermittlungen des Großvaters eines verschwundenen Mädchens vermerkt. Errätst du den Namen des Großvaters?«

Er errät ihn weder, noch will er ihn erraten.

Carvalho zuckt mit den Achseln und schickt sich an zu gehen.

»Was hast du vor?«

»Heute in einem Gourmetklub zu Abend essen.«

»Sei nicht frivol. Willst du mir nicht den Namen des Großvaters sagen, der Kontakt zum Capitán hatte?«

»Evaristo Tourón.«

Die Frage ist überflüssig, aber Norman wiederholt sie mehrmals: Der Vater von Raúl? Carvalho antwortet nicht, Norman will auch keine Anwort.

»Was hast du vor?«

»Ich habe meinen Onkel in Barcelona angerufen und ihm mehrmals Nachricht hinterlassen. Anscheinend ist er nicht in der Wohnung seiner Nichten. Ich habe ihm auf Band die Frage gestellt, warum er mit dem Capitán Kontakt hatte.«

»Das müßte man auch Raúl fragen. Weiß man immer noch nichts von ihm?«

»Keine Spur. Versteckt wie immer. Und wenn er auftaucht, kann ich bei ihm auch keine falschen Erwartungen wecken. Stell dir vor, daß das alles falsche Übereinstimmungen und Intuitionen sind und das Zerplatzen des Verdachts Muriel, Raúl und Alma voll trifft.«

Carvalho tritt den Rückzug an.

»Und du gehst einfach so fort?«

»Was heißt einfach so?«

»Wollen wir nicht zusammen ein Weilchen weinen?« fleht Norman vergeblich, denn Carvalho dreht sich um, und Norman muß sich in völliger Einsamkeit der Klage hingeben.

Doña Lina Sánchez Pardieu spitzt mädchenhaft die Lippen, als sie fragt: »Welches Alter geben Sie mir?«

Carvalho weiß, daß sie zweiundachtzig ist, weiß aber auch, daß er ihr das nicht sagen kann.

»Schwer einzuschätzen. Zwischen siebzig und fünfundsiebzig?«

»Zweiundachtzig!«

Es ist beinahe ein Schrei gewesen, der ihre Fähigkeit bekräftigt, die Niederlage gegen die Zeit zu vertuschen.

»Und das, obwohl ich mich nicht pflegen habe können wie andere. Mein Mann war ein Militär, von denen zu Pferd, von der Kavallerie, und dann im Panzerkorps. Ich kenne sämtliche Garnisonen Argentiniens, wo es Panzer und gepanzerte Fahrzeuge gibt. Alle meine fünf Kinder sind in Garnisonen zur Welt gekommen, und die kleinste ist María Asunción. Ich habe ihr den Namen von einer Tante aus Santander gegeben – das liegt in Spanien –, die ich heiß und innig liebte, wie üblicherweise alle unverheirateten Onkel und Tanten. Stimmt es etwa nicht? So wie man die Großeltern liebt. Wie ich meine Großeltern liebte und mich meine Enkel lieben, abgesehen von den Kindern, die María Asunción haben mag. Es ist so, als existierte sie nicht. Seit zwanzig Jahren bekomme ich sie nicht zu Gesicht. Sie schreibt mir. Sie ruft mich an. Immer seltener. Ich weiß nicht einmal, wo sie wohnt. Wohl aber weiß ich, daß sie sehr unglücklich ist, denn ihre Briefe sind jedesmal trauriger und seltsamer. Wollen Sie den letzten lesen?«

Die Bewegungsfreiheit im Altersheim Leopoldo Lugones hängt ausschließlich von der Beweglichkeit seiner Bewohner ab. Als Doña Lina aufsteht, nimmt sie ihren Stock, der an einem der Armlehnen ihres Sessels hängt, und läßt sich bereitwillig von Carvalho stützen. Im Flur, der zu ihrem Zimmer führt, ruft sie sich ihre ferne Tochter in Erinnerung.

»Meine anderen Kinder kommen gelegentlich, sehr selten. Sie schreiben mir nie, rufen mich auch nicht an. María Asunción kommt nie, ruft nicht an, aber sie schreibt mir, schreibt mir oft.«

Es ist ein Zimmer für zwei, und in einem Bett liegt die lebende Statue einer Greisin, die kämpferischen Augen zur bläulichen Decke gerichtet.

»Sie vegetiert vor sich hin. Sie fühlt nichts, erinnert sich nicht, weint nicht einmal.«

Sie nimmt aus einem Sandelholzkästchen, bei dessen Öffnen die *Barkarole* erklingt, den letzten Brief von María Asunción, den sie Carvalho überreicht, und während er ihn liest, rezitieren die Lippen der Greisin lautlos den Text, den sie auswendig kennt:

»Liebe Mutter!

Ich weiß, daß du wohlauf bist, und nutze einen Augenblick innerer Ruhe, um dir mitzuteilen, daß es mir auch gut geht und ich dich liebhabe, auch wenn ich dich wegen der immer gleichen Transportschwierigkeiten nicht besuchen kommen kann. Ernesto ist von seiner Arbeit sehr in Anspruch genommen, und inmitten von all dem bin ich. Als Witwe eines Militärs weißt du, daß wir nicht die gleiche Bewegungsfreiheit haben wie die anderen, und Ernesto hat immer sehr heikle Aufgaben übertragen bekommen.

Ich werde dir bald ein Foto von mir schicken. Sobald ich mich hübsch fühle: Erinnerst du dich, daß du mir sagtest, ich wäre das hübscheste Mädchen von Rosario, als wir in Rosario waren, und das hübscheste von San Miguel, als sie Papa nach Tucumán schickten?

Tausend Küsse von deiner Tochter

María Asunción«

»Ihre Schrift ist schon nicht mehr so schön wie früher. Ihre Hand zittert. Ach. Ich glaube, meine María Asunción ist krank und will nicht, daß ich mir Sorgen mache. Sie war ein wunderschönes Mädchen. Ihr Vater pflegte zu sagen: Ich habe sie nach bestem Wissen und Gewissen gemacht. Ich begann bei den Füßen und fuhr fort, bis ich ihren Kopf fertig hatte.«

»Kennen Sie ihren Ehemann?«

»Nein.«

Sie verbirgt nichts. Sie kennt ihren Schwiegersohn einfach nicht.

»Wissen Sie vielleicht seinen Nachnamen?«

»Doñate, ich glaube, er heißt Doñate.«

»Sie haben kein Enkelkind?«

»Nein. Nun, ich weiß es nicht. María Asunción hat mir nie davon berichtet.«

»Und der Wohnsitz Ihrer Tochter?«

»Buenos Aires, das ist alles, was ich weiß. Obwohl, sie muß in einer Gegend mit Bäumen und Vögeln wohnen, weil sie die manchmal in ihren Briefen erwähnt.«

Sie macht sich die Mühe, ihn zur Tür zu begleiten.

»Wie sind Sie auf mich gekommen?«

»Gemeinsame Bekannte.«

Er will ihr nicht sagen, daß sie in der Kartei als ledige Mutter von María Asunción Pardieu und als Tochter von Antonio Pardieu Bolos und Adelina Sánchez Fierro aufscheint. Bevor er das Altenheim in Rio de la Plata verläßt, ruft er Don Vito an und verabredet sich mit ihm gleich bei seiner Rückkehr nach Buenos Aires.

»Meine Zeit ist knapp. Ich will das heutige Abendessen im Gourmetklub auf keinen Fall versäumen.«

Im Patio Bulrich erinnert sich Altofini an die Zeiten, als

er ein großer Konsument war, noch bevor man Kaufen als Konsum und Reichtum als Kaufkraft bezeichnete. Er betrachtet sich im Profil in den Auslagen, nachdem er Knopf für Knopf, Faden für Faden die importierten Anzüge und Hemden beäugt hat, die Delikatessen und den Champagner, der ihn an so manche Nächte, an Nobeltangos erinnert.

»Eine gute Idee, uns hier zu treffen. Das Patio Bulrich ist das Symbol für den beginnenden modernen Konsum in Buenos Aires, aber ich verstehe immer noch nicht, warum wir uns nicht wie immer im Büro sehen konnten.«

»Ich wollte keinen unpassenden Besuch. Keine unerwünschten Lauscher. Wir befinden uns an einem sehr heiklen Punkt, Don Vito.«

»Meinen Sie uns oder die Welt?«

»Die Welt gibt es nicht, uns schon. Ich beziehe mich auf den grundlegenden Fall, der mich nach Buenos Aires geführt hat. Mein Cousin. Ich befürchte, daß ich in meinen Nachforschungen nicht die richtige Richtung eingeschlagen habe. In Wirklichkeit habe ich wohl keine Lust gehabt, die Wahrheit herauszufinden, weil ich nicht nach Spanien zurückkehren wollte. Ich weiß, wer Raúls verschwundene Tochter entführt hat, und ich muß seinen Schlupfwinkel finden, bevor Raúl hinkommt. Aber ich muß so vorgehen, daß Alma nichts bemerkt, denn entweder entdeckt sie alles und überstürzt die Dinge, oder ich habe mich geirrt und habe ihr falsche Hoffnungen gemacht.«

»Zu Ihren Diensten.«

»Man muß das Mädchen verfolgen, damit sie uns zu ihrem Wohnort führt.«

»Haben Sie das Mädchen ausfindig gemacht?«

»Ich glaube schon. Es ist eine Studentin von Alma.«

»Heiliger Himmel!«

Theatralischer Schrecken breitet sich auf Don Vitos Gesicht aus, weicht aber den umherschweifenden Vermutungen über die Enthüllung, den tausend gestellten Fragen, während er neben Carvalho sitzt, der auf den Ausgang der Fakultät zusteuert, aus dem Muriel herauskommen muß. Carvalho läßt seinen Partner über Größe und Winzigkeit von Buenos Aires philosophieren.

»Zwölf Millionen Einwohner, und wir kennen uns alle! Stimmt's etwa nicht?«

»Das Mädchen ist als Muriel Ortínez Ortínez in der Hörerliste eingetragen, und ihr Wohnsitz scheint nicht auf. Der wird als vertraulich geführt, was einen Eindruck von der bevorzugten Behandlung ihres Vaters, oder ihrer Eltern, vermittelt. Sie haben sie noch nie gesehen.«

Carvalho parkt den Wagen in der Nähe der Fakultät. Noch fehlt eine Viertelstunde bis zum Ende der Vorlesung. Er schärft Don Vito die Merkmale des Mädchens ein, und dabei fühlt er sich betroffen, als würde er ein besonderes Wesen seiner eigenen Familie beschreiben, jemanden, der seinen Schutz braucht.

»Sie dürfen ihr nicht plump folgen, sie nicht erschrekken. Nicht einmal beunruhigen. Seien Sie behutsam.«

»Aber warum reden Sie denn mit mir wie mit einem Trottel, Carvalho?«

»Ich kann ihr nicht folgen, weil sie mich kennt.«

Muriel kommt mit einer Gruppe von Leuten heraus, ist aber mit Alberto in ein Gespräch vertieft. Der Junge hat seine blonde Mähne mit einem schwarzen Band zusammengebunden, ist aufmerksam, zärtlich.

»Es besteht eine gewisse Familienähnlichkeit«, will Don Vito erkennen.

In der prophylaktischen Küche des Chez Reyero findet eine Versammlung von Köchen und Gehilfen statt. Inmitten der vorgebrachten Worte und Gesten sticht die Passivität eines Chefkochs – mit seiner größeren Haube – und Franzosen hervor, weil der Zug um seinen Mund nicht nur Verächtlichkeit, sondern auch die Folgen von dem millionenfach ausgesprochenen Diphthong »eu« zeigt. Seine Geringschätzung wird ihm von seinen Arbeitskollegen doppelt vergolten, in erster Linie vom Gewerkschaftsvertreter Magín, der das Wort ergreift.

»Kollegen.«

»Und was ist mit den Kolleginnen?« wirft eine Frau ein.

»Kollegen und Kolleginnen. Ich verstehe Ihre Haltung, und ich kritisiere nur, daß Sie nicht schon bei der Ankündigung, daß es heute, an Ihrem freien Tag, ein außerordentliches Abendessen geben würde, darauf gekommen sind.«

»Man raubt uns den einzigen freien Tag für ein lächerliches Trinkgeld!« meint ein Koch.

»Sollen doch die Señoras der Gourmets kochen«, protestiert erneut die Frau.

»Sie haben wirklich völlig recht, aber der Eigentümer hat es so ausgemacht und kann nicht ein paar Stunden vorher einen Rückzieher machen.«

»Eine salomonische Lösung, wer bleiben will, soll bleiben, und wir, die das nicht wollen, gehen«, sagt ein anderer Koch. »Was hat der Grand chef vor?«

»Der ist ein Franzmann, ein streikbrechender Schwächling«, merkt eine weitere weibliche Stimme verächtlich an.

Der Grand chef greift mit aller Gelassenheit der Welt ein: »Moi, je suis un artiste. Ce soir je deviendrai heureux de pouvoir faire la cuisine pour les plus importants gourmets de Buenos Aires. Je ne comprends pas des actitudes gremialistes, corporativistes par rapport à l'art magique de la cuisine.«

»Er soll den Mund halten!« rufen mehrere einstimmig.

»Wenn er kein Spanisch kann, soll er ins Uruguayische übersetzen!«

»Die hier bleiben, sollen die Hand heben!« schlägt Magín vor und geht mit gutem Beispiel voran.

Drei weitere, eine der Frauen und zwei Hilfsköche, heben ebenfalls die Hand.

»Kollegen, es ist ein Kompromiß«, rechtfertigt Magín. »In diesen Zeiten, wo die Arbeiter nicht geschützt sind, werden wir doch dem Chef keinen Grund geben, uns rauszuwerfen. Wenn das Geschäft gut läuft, wird er uns nicht kündigen können. Ich weiß nicht, ob wir es mit mir als Maître und in der Küche mit dem Grand chef und nur drei Hilfsköchen schaffen.«

»Teile dem großen Ausbeuter mit, daß er mit dem Grand chef, dem Grand maître und drei großen Töpfeschleckern und Arschkriechern rechnen kann.«

Die wütende Frau startet einen neuen Angriff und bringt die Versammlung zum Platzen. Einige gehen zum Gegenangriff über, doch Magín ist nicht mehr dabei, sondern bereits auf dem Weg nach oben, ins Büro von Don Lucho, einem modisch – zwischen Mailand und London – gekleideten vierzigjährigen Mann. Der Raum ist mit einem grünen Teppichboden samt Golfloch ausgestattet. Lucho Reyero hat den Schläger hochgeschwungen, als er das Klopfen an der Tür hört, und er senkt ihn unwillig, als Magín den Kopf hereinstreckt.

»Sie erlauben.«

»Und? Was hat der Oberste Sowjet beschlossen?«

»Ich übernehme den Service im Speisesaal, der Grand chef hält sein Wort, und drei Hilfskräfte bleiben. Mit den anderen ist nicht zu rechnen.«

»Die anderen werden nicht mehr lang in diesem Haus arbeiten. Ich will, daß du ihnen das Leben zur Hölle machst, damit sie gehen.«

»Ich erfülle meine Pflicht, aber ich bin kein Kopfgeldjäger. Es ist ihr freier Tag, und jeder kann an seinem freien Tag machen, was er will.«

»Sehr gut, Lenin. Sorge dafür, daß alles glattgeht, denn wenn das nicht der Fall sein sollte, starte ich übermorgen ein Lock-out, und dann können alle in einer Würstchenbude arbeiten.«

Er bedeutet ihm gebieterisch, zu gehen. Als er wieder allein ist, holt er eine Rauchglasflasche aus der eingebauten Bar und gießt sich einen kräftigen Schluck Whisky ein, den er wie Wasser trinkt. Dann betrachtet er durch die Fensterscheibe den leeren Speisesaal, zufrieden über den Eindruck von Harmonie und Komfort, den die weiß und purpurfarben lackierten Hölzer, die Vorhänge und Gardinen vermitteln.

»Meine Damen und Herren, die Vorstellung kann beginnen.«

Magín ist in die Küche zurückgekehrt und überprüft den Bestand: Als erster Gang eine Papillote aus Jakobsmuscheln und Hummer mit Koriander (Jakobsmuscheln, Hummer, Zwiebel, Schnittlauch, Butter, Weißwein, Tomatensoße, Koriander in einer Gewürzmühle, rosa Pfeffer, Salz- und Pfefferstreuer). Als zweiter Gang Potpourri »Pantagruel« (Rinderhaxe, Schweineknochen vom gepökelten Beinschinken, Kalbshaxen, Lammkeulen, Hühnerkeulen, Rindsknochen, Karotten, Rüben, Lauch, Stangensellerie, grüne Bohnen, rote oder weiße getrocknete Bohnen, Reis, Essig, Erdnußöl, Walnußöl, Butter, Schalotten, Zwiebeln, Knoblauch, Petersilie, Kerbel, Thymian, Lorbeer, Gewürznelken, grobes Salz, Pfeffer, Zucker, Gewürzkräuterröllchen, Senf, Essiggürkchen). Und zum Dessert Tango-Orangen (Orangen, Grenadine, Grand Marnier, Staubzucker), Kiwisorbet (Kiwis, Saft von Orangen und Zitronen), Montblanc mit Marrons glaçés (Marrons glaçés, Crème Chantilly, Chartreuse) und Akazienblütensoufflé »Liliana Mazure« (Akazienblüten, Armagnac, Eier, Konditorcreme, Staubzucker, Kristallzucker, Salz). Magín schätzt gute Arbeit, ein Perfektionismus, den seine Kollegen in der Gewerkschaft nicht ganz verstehen, aber er will ihn nicht mit der schwächlichen Unterwerfung des Grand chef gleichgesetzt wissen. Monsieur Drumond spaziert zwischen den Stilleben, inspiziert alles mit der Zufriedenheit eines Hofmarschalls. Er beglückwünscht sich selbst und tanzt kindisch einen Walzer mit einem Schaumlöffel als Partnerin. Er tanzt auf die Kühlkammer zu, öffnet sie. Darin hängen große Fleischstücke, ganze Lämmer, Schweinehälften, und auf den Marmorregalen stehen die verschiedensten Produkte des galaktischen Supermarkts. Trotz der eisigen Kälte rötet sich Drumonds Gesicht.

Güelmes nimmt die Zigarre an, die ihm Ostiz mit zögernder Hand reicht, so als wollte er im letzten Moment sein Angebot zurückziehen. Im privatesten Salon des kürzlich wiederhergestellten Klubs El Aleph hängt eine Inschrift von Borges, in Goldlettern: »In den von Nomaden gegründeten Republiken ist der Wettbewerb von Ausländern in allem, was das Mauerwerk betrifft, unerläßlich.«

»Ich kann Ihnen nicht viel Zeit widmen. Heute abend habe ich eine unumgängliche Verpflichtung.«

»Ein Abendessen in einem Gourmetklub.«

Ostiz findet sich damit ab, daß der Herr Minister eine seiner Schwächen kennt, und wartet, daß Güelmes oder Morales den ersten Zug macht, doch der Generaldirektor für Sicherheit entschließt sich nicht dazu, denn er richtet sich nach Güelmes, der Minister hingegen nach niemandem. Er hat den Zug im Kopf, in den Augen, auf den zurückhaltenden Lippen und überlegt das Tempo.

»Zu diesem Abendessen geht der General Doñate. Ich glaube, das ist sein richtiger Name. Er verwendet ihn nur bei zivilisierten Treffen, aber ich habe Ihnen nichts zu Doñate zu erklären. General Doñate ist Ihr Lieblingsmilitär, und Sie sind sein Haus- und Hoffinanzier.«

»General Doñate ist ein Held des Falklandkriegs.«

»Und des ›schmutzigen Kriegs‹.«

»Ich bezeichne ihn nach wie vor als Krieg gegen die Subversion.«

»Ein Schriftsteller aus dem Ausland, der 1984 an der ersten Buchmesse der Demokratie teilnahm, sagte mir, er hätte den Eindruck, daß sich nichts im Land verändert habe. Die Eröffnung übernahm natürlich Alfonsín, ein Demokrat, doch war er in Gesellschaft des Kammerpräsidenten, der schon zur Zeit der Diktatur im Amt war, desselben Kardinals, in zweiter Reihe derselbe Präsident des Arbeitgeberverbandes, Sie.«

»Videla und weitere Militärs bezahlten schon für die Diktatur.«

»Die zivilen Verbündeten nicht.«

»Was wollen Sie? Achtzig Prozent der Leute ins Gefängnis bringen?«

»Übertreiben Sie nicht die Statistiken. Am Ende waren Sie allein.«

»Sehr am Ende. Aber ich glaube nicht, daß Sie gekommen sind, um mit mir über den Prozeß zu reden.«

Güelmes verstummt, wissend, daß sein Schweigen und seine Sicherheit Ostiz enervieren, obwohl der Finanzier daran gewöhnt ist, die verschiedensten Arten von russischem Roulette zu spielen.

»In der von Ihnen während des Prozesses gebildeten Kette tauchte ein schwaches Glied auf. General Doñate hat sich der Tochter von nicht wirklich Verschwundenen bemächtigt, und Sie haben ihm das ganze Versteckspiel ermöglicht. Sie sind der Finanzier von Doñate und seiner Gruppe gewesen, derjenige, der ihm eine prächtige Abgeschiedenheit ermöglichte, von der aus er ungestraft hin und wieder als Entführer, Folterer, Mörder in Erscheinung tritt …«

»Beweisen Sie es.«

»Im Moment können wir die Verbindung zwischen María Asunción Pardieu, Ostiz, dem General Doñate und dem Mädchen Eva María Tourón, Tochter von Raúl Tourón und Berta Modotti, beweisen. Eva María Tourón wurde 1977 als Tochter der unverheirateten Mutter María Asunción Pardieu unter dem Namen Muriel Pardieu Pardieu eingetragen, doch in Wahrheit lebte María Asunción Pardieu mit dem General Doñate zusammen. Außerdem nennt sie sich schon nicht mehr Pardieu, sondern Ortínez, und Muriel kennt sich selbst nur als Muriel Ortínez Ortínez. Sogar die falsche Geburtsurkunde hat sich in Luft aufgelöst. Erinnern Sie sich allmählich an die Sache?«

Ostiz übergeht den dominierenden Güelmes und wendet sich an den Generaldirektor: »Gibt es Beweise?«

»Die hat jemand gesammelt, der Sie nicht ausstehen kann, Ostiz. Und das nicht ohne Grund.«

Ostiz schließt die Augen und widmet dann seiner Zigarre einen empörten Blick. Sie ist ausgegangen. Er atmet dreimal tief durch, zündet sie erneut an, zieht drei- oder viermal kräftig.

»Bevor ich Ihre Andeutungen hinnehme, will ich wissen, was ich bei diesem Schachzug gewinne.«

»Sie können nur nichts verlieren.«

»Verfolgen Sie mich nicht?«

»Nein.«

»Nur General Doñate?«

»Ja.«

»Können Sie ihn erwischen, ohne daß meine angebliche Beteiligung ans Licht kommt?«

»Wir haben an nichts anderes gedacht.«

»Wozu diene ich Ihnen dann?«

»Wir wollen handfeste, ausführliche Beweise im Fall Eva

María Tourón, um eine legale Aktion gegen den Capitán Doñate starten zu können. Sie hingegen tauchen nicht einmal in der Akte auf. Niemand wird erfahren, daß Sie die Infrastruktur für die zivile Wiedereingliederung, einschließlich Neue Argentinität, des Capitán geschaffen und für ihn das Anwesen, das er nun bewohnt, im Namen eines Strohmannes gekauft haben, das Sicherheitssystem aufbauten, das ihn unantastbar macht. Niemand wird erfahren, daß Sie ein paar lästige Verschwundene aus dem Weg räumen ließen oder kürzlich den Finanzmann Gálvez, auch unter dem Namen Robinson Crusoe bekannt.«

»Dieser Trottel begann alles kaputtzumachen. Sein Sohn steckt dahinter, nicht?«

Güelmes gibt ihm keine Antwort.

»Aber Richard Gálvez wird sich nicht mit dem Niedergang des Capitán begnügen. Er wird auch meinen Kopf wollen.«

Güelmes grinst ihn an.

»Sorgen Sie dafür, ihn nicht selbst auszuliefern. Wir werden ihn ihm nicht geben.«

»Was ist zu tun?«

»Warten, daß der Däumling die Spuren findet, die wir ihm legten, um ins Haus des Riesen zu gelangen.«

Magín tritt ins Freie, um ein wenig Luft von Recoleta zu schnuppern. Es wird Nacht. Er ist nervös und zündet sich eine Zigarette an. Betrachtet das Schild, die Fassade des Restaurants, den Lichtschein, der aus Don Luchos Büro dringt, den Schatten des Besitzers mit einem Golfschläger in der Hand. Don Lucho steckt den Schläger in seine Hülle. Er schenkt sich einen weiteren kräftigen Schluck Whisky ein und trinkt ihn, so als hätte er immer noch Durst. Er tritt ans Fenster, das zur Straße hinausgeht, öffnet die Jalousie einen Spalt und sieht Magín auf dem Gehsteig, der zum Fenster hinaufspäht. Er läßt die Jalousie wieder herunter, öffnet eine Schublade. Der einzige Gegenstand darin ist eine schwarze Pistole, eine glänzende Luger, die frisch geschmiert riecht. Er nimmt sie, streichelt sie, richtet sie auf Ziele, die nur er wahrnimmt. Dann verwahrt er die Pistole wieder in der Schublade, überlegt rasch, öffnet die Lade erneut, nimmt die Pistole heraus und wischt sie mit einem Wildledertuch ab. Er steckt sie weg, da er glaubt, Stimmen auf der Straße zu vernehmen.

Der teuerste aller Jaguars von Buenos Aires hat vor dem Eingang des Lokals angehalten. Ein Chauffeur in Livree öffnet die Tür, und Gorospe steigt aus dem Wagen. Er gibt ein paar Anweisungen und geht auf das Restaurant zu. Magín empfängt ihn.

»Seien Sie herzlich willkommen, Don Leandro.«

»Aber, aber, Magín. Haben Sie denn keinen Portier?«

»Heute haben die Bediensteten des Restaurants ihren freien Tag, die Arbeit ist freiwillig«, erwidert Magín, und als er sieht, daß Gorospe das Gesicht verzieht, fügt er hinzu: »Keine Sorge, Señor. Es ist für alles gesorgt.«

In der Küche vollendet der französische Chef ein Gericht und überwacht erbittert genau die Herstellung eines anderen. Nur drei Hilfskräfte, eine Frau und zwei Männer, führen die Anweisungen des Kochs aus, der plötzlich wieder des Spanischen mächtig wird, nachdem er mit einer gewissen Enttäuschung einen Fond gekostet hat.

»Machen Sie diesen Fond leichter! Wie lange war er im Kühlschrank?«

»Seit der Ära Alfonsíns«, meint Lupe verschmitzt.

Angesichts der verzweifelten Miene Drumonds lachen die anderen so schallend, daß einem die Brille in den Topf fällt. Er sieht sich um, ob es jemand bemerkt hat. Seine Brille kocht vor sich hin, und er holt sie eilig heraus, putzt sie, setzt sie wieder auf. Der jüngere Hilfskoch hat den Augenblick dazu genutzt, der Köchin an den Busen zu greifen, die seine Liebkosung abwehrt und auf die Gefahr hinweist, die der vorübergehend erblindete Koch darstellt.

Ein Paar um die Vierzig betritt den Speisesaal, respektiert die zehn Meter Vorsprung von Gorospe. Der Körper des Mannes ist soeben von einer neunzig Kilo schweren österreichischen Masseuse mit blonden Zöpfen durchgeknetet worden, die Frau hat sich einem duftenden Wasserfall im Klub Inés Bouza, einschließlich römische Thermen, hingegeben. Beide verströmen Reichtum. Sie wirkt wie eine sehr attraktive geschiedene Frau, die mit einem gestylten geschiedenen Mann frisch verheiratet ist. Magín verneigt sich, und Gorospe eilt ihnen entgegen.

»Dora, Sinaí, wie glücklich ihr ausseht!«

»Leandro! Immer der erste!« ruft die Frau aus.

»Um dich als erster küssen zu können.«

Sie geben sich die förmlichen Begrüßungsküßchen auf die Wange. Doch Gorospes Arme umschlingen die Frau, und seine Hände genießen es, ihren Rücken, ihren Hintern zu streicheln. Sie wehrt ihn lächelnd diskret ab, und der Ehemann bemerkt: »Diese Hände, Gorospe, diese Hände. Und deine Frau?«

»Ich hab sie nicht mitgebracht, damit du sie nicht betatschst.« Er amüsiert sich über seinen eigenen Witz und fügt plötzlich ernst hinzu: »Vergiß es, ich habe mich scheiden lassen.«

»Wann? Ihr habt es aber echt geheimgehalten!« ruft Dora aus.

»Am Donnerstag hatte ich nichts zu tun, es regnete. Ihr wißt, wie traurig der Regen in Buenos Aires ist. Ich lasse mich immer scheiden, wenn ich nichts zu tun habe.«

Dora lacht. Magín überrascht sie mit einem Tablett voller mit Kir gefüllter Gläser.

»Ich erlaube mir, Ihnen mit einem vom Grand chef vorgeschlagenen Aperitif aufzuwarten, Champagner Roederer Premier mit einem Schuß Mandarinenlikör Napoléon.«

»Mich begeistert Kir, aber ohne Cassis. Ich kann Cassis nicht ausstehen! Was für eine hervorragende Idee des Grand chef!« sagt Dora.

»Kommt ihr vom Golf?« fragt Gorospe.

Sinaí verneint mit dem Kopf, unfähig, ein Wort auszusprechen, da er ehrfürchtig an seinem Glas nippt.

»Golf? Heutzutage?« sagt Sinaí schließlich verächtlich.

»Dort tummeln sich jede Menge Emporkömmlinge der neuen Regierung. Köstlich. Dieser Kir ist köstlich!«

»Köstlich«, wiederholt Dora und dehnt den Umlaut in die Länge, um danach mit müdem Atem auf den durch Konsonanten gewappneten folgenden Vokal zu sinken.

»Ich halte diesen Cocktail für einen Unsinn, und verzeihen Sie, Magín, aber ein guter Sauternes als Aperitif oder ein trockener Sherry, ein gekühlter weißer Portwein mit einer Limettenscheibe, mein bevorzugter ...«

Magín läßt Gorospe nicht zu Ende reden. Er reicht ihm ein schon vorbereitetes Cocktailglas. Die Augen des Gourmets beginnen zu strahlen.

»Gekühlter weißer Portwein mit einem Hauch Zitronensaft!«

Er küßt Magín, der nicht weiß, wie er den Kuß vermeiden soll.

»Sie sind der beste justizialistische Maître, den ich kenne.«

»Sehr freundlich von Ihnen.«

Carvalho kommt zu Fuß an. Er sieht auf die Uhr und betrachtet die Fassade des Restaurants. Er liest die angestrahlte Speisekarte am Eingang. Neben ihm ertönt eine strenge Stimme.

»Heute abend öffnen wir nicht fürs Publikum.«

»Ich bin kein Publikum. Señor Gorospe hat mich eingeladen.«

Magín mustert ihn. Die Gäste Gorospes sahen für gewöhnlich anders aus. Als Carvalho das Restaurant betritt, nehmen Gorospe, Dora, Sinaí, Dolly und Hermann, deutscher Herkunft und Gründlichkeit, gerade den Aperitif.

»Man muß essen, um zu leben, aber manchmal muß man leben, um zu essen«, meint Hermann.

»Die alltägliche Diät, langweilig, aber gesund. Hast du die Atkins-Diät probiert?« wirft Dolly ein.

»Ich glaube an keinerlei Ernährungslehre. Ich glaube an den Genuß des Essens«, erwidert Gorospe.

Alle Versammelten drehen sich um, als Carvalho und Magín in der Tür erscheinen. Das Paar erregt Neugierde, denn Magín wirkt verlegen und der andere unentschlossen. Er zählt offensichtlich nicht zu ihrem Kreis.

»Dieser Herr sagt, daß ...«

»Dieser Herr ist mein Gast«, unterbricht Gorospe.

Er nimmt Carvalho am Arm und führt ihn zu den übrigen Gästen.

»Ich stelle euch einen großen spanischen Gourmet vor, Señor Carvalho. Er wird heute für uns die Erinnerung an den spanischen Gaumen verkörpern, einen gut Teil unserer eigenen Erinnerung, nun gut, derjenigen, die spanische Wurzeln haben. Achtung, Carvalho, hier wird es gleich voll von Juden, Makkaronis und Deutschen sein.«

Gorospes Scherz wird mit Gelächter aufgenommen. Während man Carvalho vorstellt, ruht sein Blick auf Dora, doch trotz ihres offenen, sogar intelligenten Lächelns kommt eine Reihe ethnischer Plattheiten aus ihrem Mund.

»Spanier, wie schön. Gut, ich nehme an, Sie wissen, daß wir alteingesessenen Argentinier, will heißen über mehr als drei Generationen hier, eine ganz schlechte Meinung von den Ausländern haben: Die Italiener erscheinen uns grob, die Spanier schwer von Begriff, die Juden unruhig, unbeständig und potentiell subversiv.«

Gorospe verwandelt Doras Theorie in ein Selbstgespräch, indem er die Vorstellung Carvalhos im Gourmettempel fortsetzt, bis die Zwillingsbrüder hereinkommen.

»Die Ferlinghetti!« ruft Gorospe wie ein Zirkusdirektor. »Zwei Tropfen Wasser in einem Ozean von Geld und Whisky!«

Magín bedient die Gäste, bemüht sich, zu Carvalho freundlich zu sein.

»Ich komme auch aus Spanien. Aus Santander.«

Carvalho weist den Kir zurück und deutet auf das Getränk Gorospes.

»Hab ich's doch gewußt! Der Spanier ist ein echter Gourmet«, bemerkt Gorospe zufrieden. »Der Kreis schließt sich, es fehlen nur noch die Fieldmanns, Cari, Sara, Ostiz und Doñate.«

»Kommt denn Doñate auch?« zeigt sich Sinaí interessiert.

»Der geheimnisvolle Doñate?« fragt Dora.

»Er kommt«, erwidert Gorospe trocken.

»Er wird wie immer im allerletzten Moment kommen, dann, wenn irgend jemand ausruft: ›Doñate verspätet sich‹«, sagt einer der Ferlinghettis.

»Dann sag's doch, und er wird auftauchen«, wirft Dora ein.

Alkohol und Kohlensäure haben sie schon ordentlich in Schwung gebracht, als Gorospe um ihre Aufmerksamkeit bittet.

»Die Bohnenstange!«

Eine hübsche, junge, extrem schlanke Frau, Audrey Hepburn ins Übermaß gesteigert, hat den Raum betreten. Alle reißen sich darum, sie zu küssen, so als befürchteten sie, ihre Küsse nicht rechtzeitig anzubringen.

»Wie hübsch du bist und so schlank! Bei all dem Essen! Du weißt gar nicht, wie sehr ich dich beneide«, sagt Dora.

»Ich verbrenne gut«, entgegnet Cari. »Das ist alles. Und Exzesse wie heute erlaube ich mir nur hin und wieder.«

Einer der Ferlinghettis küßt sie als letzter, ausgiebig, dreist, und sein Bruder sieht ihn haßerfüllt an. Mittlerweile sind auch die Fieldmanns eingetroffen, Isaac und Rebeca, von Golfplatzsonnen gebräunt und die Ältesten in der Runde. Erneut das Begrüßungsritual. Don Lucho kommt die Treppe herunter, ein Säuferlied trällernd:

Ich gebe und nehme, einen Schluck will ich trinken,
denn ich will die Erinnerung töten.
Ohne einen Freund, der vertrauten Umgebung fern,
möchte ich mich an seiner Brust ausweinen.

»Alles in Ordnung, Lucho, es fehlen noch Sara, Ostiz und – wie immer – Doñate«, teilt ihm Gorospe mit.

»Sara wurde eingeladen?« fragt Don Lucho.

»Ist sie etwa nicht Mitglied des Klubs?«

Lucho möchte seinen Ärger eigentlich nicht hinunterschlucken, doch bleibt er höflich erstaunt vor Carvalho stehen.

»Ein großer spanischer Gourmet«, verkündet Gorospe gönnerhaft.

»Das wissen wir bereits, doch du hast uns nichts weiter über diese rätselhafte Person gesagt«, wirft ihm Dora vor.

»Ich bin Privatdetektiv«, erklärt Carvalho.

Gorospe gefällt es nicht besonders, daß Carvalho seinen Beruf nennt, aber er lächelt weiterhin unbeirrt.

»Sehr privat?« fragt Dora.

»So wie es die Zeiten verlangen«, erwidert Carvalho. »In Zukunft wird die gesamte Polizei privat sein und die Gefängnisse auch.«

»Wir hoffen, Ihnen heute nacht kein Material zu liefern. Daß niemand jemanden umbringt!« empfiehlt Don Lucho.

Neugierige Blicke richten sich auf Carvalho, lassen ihn sein Fremdsein spüren. Er gehört nicht zu ihnen. Die Situation wird durch die Ankunft einer energischen, kantigen Frau aufgelöst, die ihren Rollstuhl eigenhändig betätigt, so als würde sie am Rennen einer Behindertenolympiade teilnehmen. »Das ist Sara«, wispert ihm Gorospe ins Ohr. Don Lucho sieht sie haßerfüllt an. Die anderen Anwesenden schmeicheln ihr, wollen Sara behilflich sein, sie in die Mitte der Runde bringen, doch sie lehnt entschieden ab. Es bleibt nicht viel Zeit, um von der mitleidigen zu einer schlichten Empfangshaltung überzugehen, denn der Finanzier Ostiz bemächtigt sich des Raumes und der Gäste, indem er mit weit ausgebreiteten Armen hereinkommt. Er läßt seinen Blick flüchtig über Carvalhos Gesicht gleiten, und der Detektiv meint: »Mir scheint, wir kennen uns.«

Ostiz setzt das Gesicht eines unsicheren, aber gewogenen Kenners auf.

»Zu Tisch!« ruft Gorospe. »Ihr wißt doch, daß Doñate immer erst erscheint, wenn wir Platz nehmen. Wie von Zauberhand.«

Sie setzen sich, die Paare möglichst getrennt. Lucho nimmt Saras Rollstuhl und schiebt ihn zum Tisch, den Kopf zur Frau hinuntergebeugt.

»Miststück!« zischt Don Lucho in Saras Ohr.

Sie läßt sich nichts anmerken, verliert weder Haltung noch Lächeln und erwidert: »Hahnrei. Hahnrei. Hahnrei.«

Lucho zieht sich wieder in sein Arbeitszimmer zurück.

»Magín, beginnen Sie, die Vorspeisen zu servieren«, ordnet Gorospe an. »Doñate verspätet sich.«

Kaum hat er den Satz ausgesprochen, erscheint Doñate. Carvalho versucht den vorhergesehenen Schrecken zu verbergen.

Magín geht in die Küche. Die Teller mit den Vorspeisen stehen bereit.

»Um den Gaumen einzustimmen«, sagt Drumond, mit stärkerem französischen Akzent als sonst, und zählt die kleinen Happen auf, die sich auf den Tellern türmen: »Sashimi de thon frais mariné au soja, artichaud déguisé et la marinade de légumes, nouveaux aux agrumes, carpaccio de morue ... Merde! Man sollte sie nacheinander servieren, aber ...«

»Sie werden so oder so verspeist«, meint Magín.

Plötzlich hört man das heftige Geklapper von Kochtöpfen. Der Koch mit der Brille hat dem jüngeren eine Kasserolle nachgeschleudert. Die Frau stößt einen spitzen, hysterischen Schrei aus und schützt ihren Liebhaber.

»Schlampe!« schreit der dioptriengeplagte Koch. »Was glaubt ihr eigentlich? Daß ich euch nicht gesehen habe? Den ganzen Abend schon befummelt ihr euch!«

Er greift nach einem großen Messer und will sich auf sie stürzen, doch der Chefkoch und Magín halten ihn zurück.

»Beruhigt euch doch«, ruft Magín und zeigt auf die Frau: »Du ziehst dich als Kellnerin an und kommst mit mir.«

Magín und die notdürftig als Kellnerin verkleidete Köchin betreten das Restaurant. Ihre Gesichter sind so wie die Teller, die sie tragen: ein Auftakt. Der Capitán ist mit den Begrüßungen fast am Ende angelangt, nur Carvalho fehlt noch. Sie mustern einander.

»Pepe Carvalho Tourón, Privatdetektiv.«

Es gelingt ihnen, einen Händedruck zu vermeiden. Sie beschränken sich auf ein knappes Kopfnicken.

»José Doñate, Offizier im Ruhestand«, antwortet der Capitán.

»Das mit dem Ruhestand nimmt dir niemand ab«, wirft Sinaí ein.

Die übrigen Gäste glauben es ihm offensichtlich ebensowenig, denn sie kichern, wenn auch verstohlen, da der Capitán ihnen eindeutig Respekt einflößt. Ostiz nimmt ihn beiseite, doch Doñate scheint ihm nur ein Auge und ein Ohr zu leihen, denn das andere Auge schweift gierig zu Dora und warnend zu Carvalho. Er wirkt zweifellos verändert, liebenswürdiger.

»Dora, wären die anderen anwesenden Damen nicht ebenso schön, würde ich dir sagen, daß du wunderschön bist«, sagt der Capitán.

»Dichter!« ruft Dora geschmeichelt aus.

Doch der Capitán ist nur zu Dora charmant. Carvalho schnappt den Satz auf, den seine Lippen vor Ostiz' Nase murmeln: »Du kannst mich am Arsch lecken.« Ostiz will ihn zur Vernunft bringen, doch der Capitán geht nicht darauf ein. Sinaí erhebt sich mit großer Wichtigkeit und zeigt auf die Weinauswahl auf einem Nebentisch.

»Ich hätte französische Weine bevorzugt, oder vielleicht einen aus Südafrika, die hervorragend sind, doch Gorospe wollte, daß ich meine Weine kredenze!«

Allgemeiner Applaus.

»Eine kurze Erklärung, da ich wohl annehmen kann, daß Sie alle Experten sind. Ich wählte einen Côtes de Arezzo als Sekt... als Champagner aus, nun, wir Argentinier müssen uns schließlich nicht dafür entschuldigen, unseren Champagner als Champagner zu bezeichnen. Einen absolut trinkbaren 89er-Riesling Sinaí und, als Hommage an meine Frau« – begeisterter Beifall –, »einen jungen Château Dora, der sich mit einem kräftigeren Château Margaux Francesca kombinieren läßt, der trotz seines Namens kein nachgebauter Château Margaux, sondern ein Merlot in bester Mendoza-Tradition ist.«

»Wunderbar!« sagt Gorospe mit kräftiger Stimme. »Wie ihr wißt, bin ich, was Weine anbelangt, Nationalist, die guten französischen ausgenommen.« Buhrufe. »Das läßt mich an eine Anekdote des großen Dichters Schwarzafrikas denken, Senghor, ein Senegalese, klar, der einmal gefragt wurde: Kennen Sie die senegalesische Küche gründlich? Und er antwortete: Gründlich genug, um die französische vorzuziehen.«

Allgemeine Erheiterung, doch schon riechen sie an den Speisen, probieren mit der Gabelspitze die Köstlichkeiten und stoßen genüßliche Laute aus.

»Oh! Genial!« sagen die einen.

»Wie delikat! Wie fein!« die anderen.

»Wie finden sie es, Carvalho?« fragt Gorospe. »Dieser Hauch von Thunfisch-Sashimi. Meergeschmack, luftige Konsistenz, es zergeht auf der Zunge.«

»Es zergeht völlig«, wirft Cari ein.

»›Zerschmilzt‹ ist das richtige Wort«, ergänzt der erste Ferlinghetti.

»Es zerschmilzt wie ein Zungenkuß«, meint Sara.

»An wen denkst du, Sara?«, fragt der Capitán. »Leistet uns Don Lucho nicht Gesellschaft?«

»Ich habe ihn darum gebeten, aber er hat abgelehnt«, antwortet Gorospe und weist nach oben.

Von seinem Aussichtsplatz aus beobachtet Don Lucho die Gäste. Er hält eine Pistole in der Hand und zielt auf die Frau im Rollstuhl, ahmt das Schußgeräusch nach: Bäng! Bäng! Bäng! In der Küche hat die halb als Kellnerin verkleidete Köchin den Höhepunkt an Hysterie erreicht.

»Das ist eine Falle! Ich gehe!«

Sie reißt sich die Schürze herunter, wirft sie auf den Arbeitstisch, ausgerechnet in einen Topf, in dem mit Pilzen gefüllte Calamari dahinsiechen. Drumond und ihr Mann versuchen sie zurückzuhalten.

»Lupe, bitte verzeih mir. Ich bin ein Hornochse.«

»Klar bist du ein Hornochse, endlich kapierst du es! Du bist ein Hornochse!« schreit die Köchin.

»Beschimpf mich nicht, Lupe!«

»Du hast es selbst gesagt.«

Der Koch zückt wieder das Messer und stürzt sich auf seine Frau. Der jüngere Koch tritt dazwischen und schlägt mit einem schweren Kupferkessel auf den Mann ein. Es klingt nach zertrümmertem Schädel. Er stürzt zu Boden, und Panik macht sich auf den Gesichtern der Umstehenden breit. Panik auch auf Magíns Gesicht, der soeben ein paar Teller mit Papillote aus Jakobsmuscheln serviert hat, aber es fehlen noch weitere, und die Kellnerin-Köchin läßt sich Zeit. Endlich kommt sie, noch zitternd, aber mit den zwei fehlenden Tellern. Sie stellt sie nervös vor dem Capitán und Carvalho hin, schielt verstohlen auf den roten Fleck auf dem Brustlatz ihrer Schürze.

»Tomatensoße?« fragt der Capitán.

»Nein, Coulis. Tomatencoulis«, stottert die Kellnerin.

»Verzeihen Sie, aber der Tag ist ein Ausnahmetag, nicht alles kann perfekt sein«, entschuldigt sich Magín.

»Perfekt ist es. Diese Papillote ist merveilleuse. Bestellen Sie das bitte dem Koch«, sagt Dolly unendlich verständnisvoll.

»Der Koch wird kommen, um Ihnen die Geheimnisse des Menüs zu verraten«, teilt Magín mit.

»Jetzt kann er nicht«, mischt sich die Köchin nervös ein.

»Sobald er kann«, ordnet Magín an.

Magín geht zur Küche, von der Köchin gefolgt.

»Haben Sie das gehört?« sagt der zweite Ferlinghetti. »Das Geheimnis des Menüs. Er ist sprachbegabt.«

»Das Kochen hat den Menschen erschaffen. Es gibt eine materialistische Theorie über den Ursprung der Sprache, die besagt, daß sie rund um die Feuerstelle des Urmenschen entstand, wo ein Bisonsteak gegrillt oder ein Potaufeu gegart wurde«, meint Carvalho.

»Eine materialistische, dialektische Theorie?« fragt der Capitán.

»Zweifellos«, erwidert Carvalho. »Der Theoretiker, auf

den ich mich beziehe, ist dialektischer Materialist. Er heißt Faustino Cordón.«

»Marxist? Marxisten essen?« fragt Dora mit ungläubiger Miene.

»Ich habe marxistische Feinschmecker kennengelernt«, sagt der Capitán.

»Lebendig oder tot?« erkundigt sich der erste Ferlinghetti, ganz begeistert von seinem Sarkasmus.

Das schallende Gelächter des Bruders prallt auf den stählernen Blick des Capitán.

»Der Genuß läßt keine Ideologie zu, auch keine Gewalt. Ein gutes Essen besänftigt die Gemüter und gleicht Meinungsverschiedenheiten aus«, sagt Gorospe.

»Läßt der Genuß auch keine Nationalismen zu?«

Dora richtet die Frage an alle Anwesenden.

»Wer würde für die argentinische Küche eine Lanze brechen?«

Doras Frage wird mit verächtlichen Grimassen bedacht, und schließlich bringt Gorospe die Sache auf den Punkt: »Es gibt sie einfach nicht. Es gibt hervorragendes argentinisches Essen, wie zum Beispiel das Asado oder die Empanadas. Aber es existiert keine argentinische Küche, die diesen Namen verdient. Man muß zwischen Essen und Küche unterscheiden.«

»Denken Sie ebenso? Sind Sie etwa kein Nationalist? Das hat man mir zumindest gesagt.«

Der Capitán hält Doras Blick stand und antwortet ausführlich, bedächtig: »Genau das. Eine Sache ist die Heimat, eine andere das Essen. Am besten schmecken die Erinnerungen, verbunden mit der erlernten Eßkultur, und aus diesem Grund schmeckt uns das Asado, die Küche unserer Mütter oder Großmütter. Aber es stimmt, daß die argentinische Küche nicht mit der anderer Länder in Konkurrenz treten kann. Nennen Sie mir das erlesenste Gericht, das wir hervorgbracht haben: Matambre – Fleischroulade.

Und als bodenständigstes haben wir Carbonada – Rindfleischeintopf – anzubieten. Borges würde sagen: Wie erbärmlich!«

Applaus.

Magín betritt nach der Köchin die Küche. Er prüft erstaunt die Lage. Drumond und die beiden Köche sind nicht da. Die Tür der Kühlkammer öffnet sich, und Drumond kommt zusammen mit dem jungen Koch zum Vorschein, der augenblicklich die Tür schließt.

»Und Santos?« fragt Magín.

»Mein Mann ist gegangen«, antwortet die Köchin. »Er hat es sich anders überlegt und ist gegangen.«

»So ein Schuft!« schreit Magín. »Was machen wir denn jetzt?«

»Wir werden es schon schaffen«, meint die Köchin.

»Drumond, ich wollte gern, daß Sie den Klubmitgliedern das Menü erklären.«

Drumond trinkt ein riesiges Glas voller Gin, mit einem Hauch Tonic und Limettensaft.

»Glauben Sie, das ist der geeignete Moment für einen Drink?« fragt Magín.

»Bien sur.«

Er nimmt den Zug in Retiro, unverändert der viktorianische Stil, die überladenen Eisenverzierungen, die ihn von Kind an fasziniert hatten, denn sie sehen so aus, als hätte das Eisen seiner eigenen Beschaffenheit einen Streich gespielt. Er steigt aus, wo die alte Linie aufhört, und lernt die modernen Züge der Touristenstrecke kennen, bezähmt seinen neugierigen Wunsch, an jeder in Einkaufszentren verwandelten Haltestelle auszusteigen. Allmählich weicht das urbane Netz großen Häusern mit Gärten, und schließlich künden die Wälder des nördlichen Buenos Aires die

Nähe des Tigre an. Die Endstation ist ihm unbekannt, liegt in einem Einkaufszentrum im Yankee-Stil, und Raúl beschleunigt seine Schritte, um möglichst bald die Kanäle zu erreichen. Die Freude, mit der er als Kind zum Flußlabyrinth kam, dem offensichtlich möglichen Paradies, um neugierig die Wasser nach Spuren der hineingestreuten Asche von Roberto Arlt abzusuchen, diese Freude sieht sich nun durch Eile und Anspannung getrübt. Das Treffen findet auf der Fähre nach Puerto Escobar statt, und kaum hat er, wie vereinbart, neben der Backbordreling Platz genommen, setzt sich einer der Männer von der ersten Zusammenkunft zu ihm. Sie müssen nichts sagen. Sie sagen auch nichts, als sie bei einer schäbigen Tankstelle aussteigen, wo ein Boot auf sie wartet. Der Weg ist nun derselbe wie beim letzten Mal. Dort steht das Haus, beinahe in den Urwald hineingewachsen, von Feuchte und Verwahrlosung angegriffen, aber ein wunderschönes Haus, um darin zu wohnen, denkt Raúl und überlegt, nach dem Preis zu fragen.

Der Gastgeber ist auch derselbe, und er fordert ihn ohne Umschweife auf, sich zu setzen und zuzuhören.

»Ich kann Ihnen ausgezeichnete Nachrichten überbringen. Unsere Ermittlungen geben Ihrer Suche Sinn. Ihre Tochter lebt. Sie ist in Händen des Capitán Doreste, den Sie als Gorostizaga kennen, Ranger im Slang der Milicos.«

Raúl möchte weinen, und er fragt mit erstickter Stimme: »Wo ist sie? Wie kann ich sie zurückfordern? Welche Beweise kann ich erbringen?«

Er fühlt sich gemustert und schließt daraus, daß der Eröffnung noch der zweite Teil fehlt.

»Die Beweise sind an ein Abkommen gebunden.«

»An ein Abkommen mit wem?«

Die Sphinx läßt sich Zeit, aber nicht um nachzudenken, sondern um Raúls ins Stocken geratenes Ungestüm anzutreiben.

»Ich stehe für jedes Abkommen zur Verfügung, das mich zu meiner Tochter führt.«

Die Sphinx ist zufrieden.

»Ein guter Ansatz. Sie traten mit Richard Gálvez Aristarain in Verbindung, der Ihnen einige von seinem Vater, dem berühmten Robinson, angestellte Nachforschungen enthüllte. In der Tat stimmen die Ermittlungsergebnisse der Gálvez mit unseren überein.«

»Wer sind Sie?«

»Wir sind wir. Einem geschenkten Gaul sieht man nicht ins Maul, Señor Tourón. Señor Gálvez ist in der Sache aktiv geworden, um sich an Ostiz zu rächen, dem er die Anstiftung zum Mord an seinem Vater zuschreibt. Ostiz führt zum Capitán und zu Ihrer Tochter, gewiß, aber Ostiz soll in dieser Angelegenheit nicht auftauchen. Sie müssen zunächst gegen den Capitán und seine Frau, mit Mädchennamen Pardieu, die sich für den Schwindel der Adoption von Eva María Tourón als Tochter einer ledigen Mutter verwenden ließ, Anzeige erstatten. Das Mädchen heißt nun Muriel Ortínez Ortínez und ist fast zwanzig Jahre alt.«

Der Name Muriel kommt ihm vertraut vor, so als hätte er ihn vor kurzem in seinem Umfeld gehört.

»Ostiz aus dem Spiel lassen. Das wird Gálvez nicht gutheißen.«

»Lassen Sie Richard Gálvez ruhig unsere Sorge sein.«

»Warum helfen Sie mir? Wer sind Sie?«

»Suchen Sie Ihre Tochter, und kümmern Sie sich um den Capitán. Alles andere ist unsere Sache. In diesem Dossier ist der Wohnsitz der Familie des Capitán verzeichnet, die Vorgangsweise, damit sie nicht Wind bekommen und sich absetzen, das Team von Rechtsanwälten, die Ihnen beistehen werden. Vermischen Sie die Geschichte nicht mit denen der Großmütter der Plaza de Mayo, denn damit würden die Dinge nur komplizierter, und wir könnten die endgültigen Beweise nicht erbringen. In den nächsten Stunden sind der Capitán und seine Motorradbande nicht im Haus und die zwei ständigen Wächter außer Gefecht gesetzt. Sie haben freie Bahn, um an María Asunción Pardieu, die Frau des Capitán, die dort unter falschem Namen lebt, heranzukommen. Sie müssen ins Haus gehen, vor die Frau treten und sich so vorstellen: ›Ich heiße Raúl Tourón und bin Muriels Vater.‹«

Lucho Reyero zieht aus dem Schreibtisch das Foto einer Frau hervor, betrachtet es. Er redet weinerlich mit dem Porträt.

»Du durftest mich jederzeit verlassen, das gehörte zu den Spielregeln, aber wegen dieser Kuh, dieser ekelhaften Lesbe. Was hat sie denn, was ich nicht habe? Wie konnte sie nur die Frechheit besitzen, hierherzukommen?«

Er steht auf und tritt ans Fenster. Sein Blick richtet sich auf Sara, und er beschimpft sie.

»Scheusal! Trine! Scheißlesbe!«

Es klopft an der Tür.

»Wer ist da?«

Von der anderen Seite der Tür kommt Magíns Stimme.

»Don Lucho, das Küchenpersonal sieht sich allmählich auf die Chefs reduziert. Es geschehen seltsame Dinge.«

»Scheren Sie sich zum Teufel, Magín!«

Er späht wieder in das Restaurant, wo sich die Gäste angeregt unterhalten.

»Ich hätte gern«, sagt Gorospe, »daß die schweigsamsten der Runde, Cari, unsere junge Schauspielerin, Carvalho und Doñate, ihre Meinung zu diesem Riesling Sinaí äußern.«

»Reine Frucht«, sagt Cari ohne zu zögern.

Sinaí verzieht das Gesicht, hört aber nicht auf zu lächeln.

»Ich würde sagen, er entspricht nicht ganz dem üblichen Charakter des Rieslings, sondern nähert sich mehr einem Frankenwein, ist eher auf der Linie eines Weißburgunders, aber mit diesem frischen Bouquet, das Cari herausgeschmeckt hat«, meint Carvalho.

»Ich stimme mit der Analyse überein und gelte als Liebhaber des Frankenweins, den ich während meiner Zeit als Militärattaché in Deutschland genoß. Die Deutschen nennen die Flasche Bocksbeutel, weil sie finden, daß sie die Form von ...«

»Wovon?« fragt Carvalho boshaft den Capitán.

»Genau, genau! Wovon?« fordert Dora.

»Soll es doch Gorospe erklären, der ist direkter als ich«, weicht der Capitán aus.

»Stierhoden«, sagt Gorospe.

Gelächter bricht aus. Der zweite Ferlinghetti bringt das Gespräch wieder zu seinem önologischen Ausgangspunkt.

»Der Frankenwein hat nichts mit dem Riesling gemeinsam, der ein trockener, feinaromatischer Wein ist, mit einem Bouquet, in dem sich Linden-, Akazien-, Orangenblüten und manchmal, nicht immer, ein Hauch Zimt harmonisch ergänzen.«

»Ein Dichter!« ruft Cari aus.

»Bloß ein aufmerksamer Leser des *Larousse des Vins*«, wirft der erste Ferlinghetti ein.

Aber schon betritt ein leichenblasser Drumond, gefolgt von Magín, den Salon. Die Gäste heucheln angesichts des großen Kochs Beifall, doch fällt er stumm aus. Drumond verneigt sich wie ein Schauspieler und gewinnt mit jedem in korrektem, französisch klingendem Spanisch formulierten Satz an Selbstsicherheit.

»Sie haben es mit verschiedenen Huldigungen an die Nouvelle Cuisine zu tun. Die Vorspeisen stammen aus der Schlankschlemmerküche, der ›minceur exquise‹, von Guérard, meinem Lehrmeister.«

Señora Fieldmann stößt ihren Mann heftig mit dem Ellbogen an, der, wie sie, mehr ißt als redet.

»Guérard, in Eugénie! Erinnerst du dich, daß wir dort waren, um essend abzunehmen?«

»Essen, um abzunehmen?« fragt Gorospe aufgebracht. »Ernährungstheologie! Theologie der Schuld! Aber fahren Sie fort, Monsieur Drumond.«

»Dann folgend die Jakobsmuscheln dieses Zauberers Girardet, der große, raffinierte Schweizer Koch.«

»Applaus für Girardet!« fordert der erste Ferlinghetti.

Der Applaus ist kurz, aber kennerhaft.

»Beim Potpourri ›Pantagruel‹ von Troisgros handelt es sich um ein symbolisches, spielerisches Gericht, eine Anspielung auf den an Fleisch gewöhnten Gaumen der Argentinier, denn es enthält Fleisch vom Rind, Kalb, Schwein, Lamm, Huhn und Knochen. Ein großartiges, üppiges, aber auf leichte Art zubereitetes Gericht, eine genußvolle Kombination der einzelnen Zutaten mit einem Hauch von Walnuß- und Erdnußöl«, erklärt Drumond.

»Chapeau!« ruft Dora.

»Bei den Desserts habe ich mir erlaubt, von der augenfällig exquisiten Kreation der Orangen ›Tango‹ von Troisgros, eine Hommage an das kosmopolitische Argentinien, bis zum Montblanc der Marrons glacés von Bocuse zu schweifen und auch noch ein Kiwisorbet von Guérard vorzubereiten, das nun als ›trou normand‹ vor dem Fleisch serviert werden wird, sowie eine außergewöhnliche, ebenso von Troisgros stammende Kreation: das Akazienblütensoufflé ›Liliana Mazure‹!« verkündet Drumond bereits in völliger Apotheose.

»Genial«, meinen alle.

»Eine Frage«, unterbricht Carvalho. »Warum heißt das Akazienblütensoufflé ›Liliana Mazure‹?«

Drumond lächelt verschmitzt.

»Was wäre die Kochkunst ohne ihr Geheimnis? Ich will

nicht unhöflich sein, aber erlauben Sie mir doch, mon ami, daß ich dieses Geheimnis mit ins Grab nehme.«

Stürmische Begeisterung, vor allem unter den Frauen, so sehr, daß Dora einen Stuhl erklimmt, zunächst, um über den Lärm der anderen hinweg zu klatschen, dann, um den Grand chef zu fotografieren. Drumond zieht sich strahlend in einem seit Wochen einstudierten Abgang zurück.

»Was wären die Kochkunst und das Leben ohne Geheimnis?« fügt Sara hinzu.

»Du selbst bist ein Geheimnis«, sagt der erste Ferlinghetti.

»Mein einziges Geheimnis ist es, gelähmt und außerdem anders zu sein.«

Der zweite Ferlinghetti nähert seine Lippen dem Ohr von Cari, knabbert daran und säuselt dann: »Bist du auch so anders wie Sara? Anders? Ganz anders?«

Cari kichert dümmlich.

»Das Essen ruft die Erinnerung ans Essen wach«, verkündet Gorospe. »Dora und Sinaí, erinnert ihr euch noch an dieses denkwürdige Mittagessen in Paris, Le Carré de Feuillant? Es mag vielleicht nicht ein vom *Michelin* mit der Höchstzahl an Sternen bedachtes Restaurant sein, aber es ist vorzüglich, und wir aßen jenes Wildcivet. Im Herbst des Jahres neunzehnhundert...«

»...zweiundneunzig«, ergänzt Sinaí. »Genau 1992.«

»Großartig, das stimmt. Mich ärgerte nur, daß Weine aus Katalonien und Kastilien auf der Karte standen, aber keiner aus Argentinien.«

»Ein holländischer Kollege ließ mich einen außergewöhnlichen südafrikanischen Wein probieren, einen Jacobsdal Pinotage. So hervorragend, daß ich ihn in Kapstadt bestellte. Vorzüglich«, sagt Fieldmann, ohne mit Essen aufzuhören und zu schauen, wieviel noch auf den Tellern der anderen übrig ist.

»Er hat nur für Weine und für unsere Auseinandersetzungen ein gutes Gedächtnis. Ich glaube, er notiert beides in seinem Terminkalender«, wirft ihm Señora Fieldmann vor.

In der Küche des Restaurants sitzt Lupe weiterhin wie gelähmt auf einem Stuhl. Schließlich scheint sie zu begreifen, was geschehen ist. Der junge Koch arbeitet in verlangsamtem Rhythmus und behält sie aus der Ferne im Auge. Drumond ist nur mit dem Abendessen beschäftigt. Der Koch nähert sich schüchtern der Frau.

»Es hat so sein müssen!«

Lupe taucht endgültig aus ihrer Versunkenheit auf und sieht ihren Liebhaber mit zunehmendem Haß an.

»Mörder! Du hast den Vater meiner Kinder getötet!«

Drumond bedeutet ihnen, den Streit zu beenden. Lupe steht auf. Wahnsinn in den Augen, sucht sie etwas auf dem Tisch. Sie sieht das Messer, das ihr Mann geschwungen hatte, nimmt es, ohne Drumond Zeit zum Eingreifen zu lassen, und rammt es in den Bauch ihres Liebhabers, der so viel Ungläubigkeit zeigt, wie das ein Koch, nachdem er niedergestochen wurde und bevor er tot umfällt, tun kann. In diesem Moment kommt Magín herein. Er sieht verständnislos zu Drumond. Lupe starrt ins Leere. Magín greift sich an den Kopf.

»Und das Abendessen? Was wird aus dem Abendessen?« fragt er schließlich.

Drumond schweigt hartnäckig. Vom Restaurant her dringen das Trällern der Frauen und der Kampf der Männerstimmen, die sich gegenseitig zu übertönen versuchen.

»Eines der Klischees über Deutschland lautet, daß man dort schlecht ißt«, sagt Hermann. »Man ißt schlecht im durchschnittlichen Deutschland, das aufgrund einer schlecht verarbeiteten Entwicklung und durch die Invasion aller möglichen Barbaren die Traditionen verloren hat.«

»Meinst du die Yankees?« fragt Sinaí.

»Und die Türken, die Polen und die anderen Deutschen«, fügt Hermann hinzu. »Die verstehen nicht nur nichts vom Essen, sondern sie haben nicht einmal etwas zu beißen, so wie sie die kommunistische Barbarei zurückgelassen hat. Aber ich erinnere mich an die Küche meiner Großmutter ... gediegen, bäuerlich, bodenständig.«

»Die Hölle sind die anderen«, murmelt Dora. »Ich glaube daran. Es ist völlig richtig.«

»Ist der Gedanke von dir?« fragt der erste Ferlinghetti.

»Nein, von Sartre.«

Magín kehrt, mit allen Tellern beladen, die seine Hände, seine Arme tragen können, aus der Küche zurück.

»Um Himmels Willen, Magín«, sagt Dora, »wir können Ihnen doch helfen, wenn es nötig ist.«

Der Großteil der Frauen erhebt sich, und sie bewegen sich auf die Küche zu. Magín schreit: »Nein!«

Der Schrei ist so kräftig, daß er sie zum Stillstand bringt. Magín stellt die Teller mit der ihm verbliebenen Würde und Geschicklichkeit vor jeden einzelnen Gast. Von der Last befreit, erklärt er: »Ich bitte Sie, mir zu verzeihen. Mir ist ein Schrei entschlüpft, aber eine Küche ohne Geheimnis ist keine Küche. Das Essen würde anders schmecken, wenn Sie in den geheiligten Bereich Drumonds eindringen würden.«

»Ganz richtig. Diese postmodernen Sitten, daß die Gäste die Küchen der Restaurants betreten, sind wie ein Kondom auf dem Gaumen«, sagt Gorospe.

Cari lacht.

»Gibt es denn Kondome für den Gaumen? Leandro!« ruft Sara. »Was sollen wir von dir denken?«

»Was ihr wollt. Die Wahrheit ist die Wahrheit.«

Die Sorbets sind schon serviert, und Dora schließt die Augen, redet, ohne sie wieder aufzuschlagen.

»Es stimmt. Sie öffnen ein Loch in der Seele, damit die restlichen Speisen Platz finden.«

»Unfug«, brummt Gorospe. »Diese Dinge sind für mich verkehrt.«

»Hast du denn etwas gegen Homosexuelle, Leandro?« fragt Cari.

Gorospe steht auf, geht auf die andere Seite des Tisches, nimmt Caris Hand und küßt sie.

»Gar nichts. ›Bebamus atque amemus ... mea Lesbia ...‹«

Einige lächeln. Carvalho nicht, der erstaunt ist, daß die poetischen Aphorismen Don Vitos so weit verbreitet sind. Niemand jedoch wagt zu sagen, was er denkt. Magín wartet, bis sie das Sorbet geleert haben. Er ist ein Wein einschenkendes Nervenbündel. Als er in die Küche zurückkehrt, kann sich Señora Fieldmann nicht länger beherrschen.

»Was ist denn mit dem Mann los?«

»Was mit ihm los ist, hat uns nicht zu kümmern«, sagt der Capitán. »Der heutige Abend ist einzigartig, und unsere Aufgabe ist es, zu essen.«

»Zu genießen«, verbessert ihn Gorospe.

»Ich erwarte voller Ungeduld das Potpourri ›Pantagruel‹«, wirft Sinaí ein. »Wir sind Fleischesser, auch wenn wir das Gegenteil vortäuschen. Ich sah den großen Jorge Luis Borges ein Steak gewaltigen Ausmaßes verdrücken, erinnere mich aber gleichzeitig an jenes Gedicht aus *Buenos Aires mit Inbrunst*, in dem er seinen jugendlichen Abscheu vor Metzgereien zum Ausdruck bringt.«

»Rezitiere es, Sinaí!« ruft Gorospe.

»Das ist nicht der passende Augenblick«, entschuldigt sich Sinaí.

Dora und die anderen schließen sich der Aufforderung an. Gorospe wendet sich an Carvalho: »Sinaí versteht es nicht nur, wie ein Schauspieler vorzutragen – stimmt es etwa nicht, Cari? –, sondern er schreibt auch Gedichte. Wenn wir beim Château Margaux angelangt sind, wird er rezitieren.«

Sinaí kann sich angesichts der mannigfachen Bitten nicht weigern und deklamiert:

> Niederträchtiger als ein Bordell
> prangt wie ein Schandfleck die Metzgerei in der Straße.
> Am Fenstersturz thront
> ein blinder Kuhschädel
> über dem Hexensabbat
> von buntgemischtem Fleisch und zweckbestimmtem Marmor
> mit der einstigen Herrlichkeit eines Götzen.

»Sehr gut!« rufen heftig applaudierend die übrigen Gäste. »Großartig! Wunderbar!«

Hermann nimmt Carvalho beiseite.

»Ich bewundere sprachbegabte Menschen. Was Sprache angeht, bin ich unfähig, obwohl ich doch Deutscher bin, aus der Heimat der besten Dichter der Welt stamme. Hölderlin, Heine, Benn, Hofmannsthal.«

»Brecht«, fügt Carvalho hinzu.

»Brecht? Vielleicht. Ich mag ihn nicht. Er ist in erster Linie ein Subversiver, und Poesie und Theater dienen ihm als Vorwand. Stimmt doch, Cari, oder?«

»Was?« fragt Cari zerstreut.

»Was hältst du als Schauspielerin von Brecht?«

»Brecht?« wiederholt Cari und durchsucht hektisch ihr im Hirn gespeichertes Archiv.

»Er liegt dir nicht, oder?« fragt Hermann nach.

»Hm«, meint Cari.

»Sehen Sie? Was kann eine subversive Botschaft der heutigen Generation noch vermitteln?«

Er richtet die Frage an alle Anwesenden.

»Bitte«, wirft Señora Fieldmann ein, ohne das Kauen zu lassen, »über Politik sprechen Sie gefälligst auf der Toilette.«

»Warum auf der Toilette, Rebeca?« schaltet sich der Capitán ein. »Es eignen sich alle Orte, um über Politik zu reden, und ich nehme Hermanns Argument auf. Ich werde dir antworten. Das alte subversive Element sagt der heutigen Generation nichts mehr, aber es wird weder geschaffen noch zerstört, es verändert sich bloß. Heute verstecken sich die Subversiven in den NGOs. Warum seid ihr erstaunt? Ist etwa eines eurer Kinder in so einer Organisation tätig? Sollte das der Fall sein, dann muß man sie im Auge behalten. Im Leben und in der Geschichte existiert das Böse. Die Frage ist, wie wir das Gute davon unterscheiden.«

»Völlig richtig«, meint der erste Ferlinghetti.

»Im Leben auch?« fragt Cari.

»Ja, auch«, erwidert der Capitán.

»Und du kannst immer das Gute vom Bösen unterscheiden?« fragt Sara den Capitán.

»Immer«, antwortet er.

»Meinen Glückwunsch.«

»Den nehme ich gern entgegen.«

»Doch wie betrachten Sie, von Ihrem moralischen Standpunkt aus, Fehler?«

»Im Anfangsstadium als vermeidbar, sonst auszurotten. Das Zusammenleben ist so schwierig, daß wir uns nicht durch Fehler selbst zerstören dürfen.«

»Stellen Sie sich vor, daß jemand aus Ihrem Kreis, ein geliebtes Wesen, Fehler begeht«, fährt Carvalho fort.

»Beziehen Sie sich auf jemand Bestimmten?« will der Capitán wissen.

»Ich habe nicht das Vergnügen, Ihren Kreis zu kennen.«

»Ich schuf mir einen Kreis, der mir entspricht. Nicht die anderen steuern mich, sondern ich selbst bin am Ruder.«

»Der Mann aus rostfreiem Stahl!« ruft Sara aus. »Und die Gefühle?«

»Meine Gefühle sind persönlich und nicht erklärbar. Wenn du deine Gefühle erklärst, werden sie obszön.«

Der Capitán erhebt sein Weinglas, prostet Sara zu, dann Carvalho und im besonderen Ostiz, der die Geste nicht erwidert. Ostiz trinkt einfach weiter und beginnt mit Carvalho ein Blickduell auszufechten. Aber Magín ist bereits wieder da, um abzutragen, und als die Gäste wieder Raum haben, überschwemmen sie den Tisch mit lärmenden, sich überkreuzenden Gesprächen. Magín schenkt Wein ein und beginnt schließlich das Potpourri »Pantagruel« zu verteilen. Die Köstlichkeit des Gerichts harmoniert mit den Gesichtern der Gäste, die ihre Erstkommunion einzunehmen scheinen. Gorospe erhebt sich und schlägt mit dem kleinen Löffel ans Glas, um Ruhe bittend.

»Liebe Freundinnen, liebe Freunde. Alle zwei Monate treffen wir uns hier im Gourmetklub, um zu essen.«

Gelächter.

»So ausgedrückt mag es wie eine Roheit klingen, denn Essen ist an und für sich nicht ästhetisch, sondern erinnert an einen primitiven Vorgang. Wir töten, um zu essen, und wir essen, um zu überleben. Das tun alle Tiere, doch nur der Mensch hat diesen Vorgang zur Kultur gemacht, über den animalischen Instinkt hinaus in Kultur verwandelt. Ich habe nicht vor, euch das Abendessen zu verderben, meine geschätzten Freunde« – er macht eine Pause, bis das Gelächter verstummt –, »aber ich möchte hervorheben, was wir gerade essen. Potpourri ›Pantagruel‹! Eine vulgäre Kombination von Fleischsorten, die wir Argentinier so gern haben, und gleichzeitig Huldigung an den ersten großen Text der modernen Literatur über Genuß, über Kultur: *Gargantua und Pantagruel* von Rabelais. Schaut euch das Gericht an!« Und da man ihm keine Aufmerksamkeit schenkt, wiederholt er: »Schaut es euch an! Was seht ihr?«

»Einen Metzgerladen«, bemerkt Sara ironisch.

Die Runde bricht in schallendes Gelächter aus. Sogar Gorospe lacht.

»Einverstanden. Aber dank der Kultur hat sich die Roheit des toten Fleisches in ein Gedicht verwandelt, in eine wunderbare Syntax von Geschmäckern, Aromen. Und bevor ihr mit Messern und Zähnen darüber herfallt, möchte ich auf die Kultur anstoßen: auf die Kultur, die uns davor bewahrt, nur Mörder und Kannibalen zu sein!«

Er steht auf.

»Auf die Kultur!« ruft er mit erhobenem Glas.

Und alle stürzen sich mit kannibalischer Gefräßigkeit auf das Gericht. Unterdessen entledigt sich Lucho Reyero seines Sakkos, der Weste, der Hose, der Kniestrümpfe, der Schuhe, des Hemds. Er wirkt geistesabwesend, während er aus Hose und Hemd etwas Ähnliches wie einen Strick knüpft. Er sieht zur Decke. Seine Augen bleiben an der Lampe haften.

Das Tango Amigo ist leer, der Barmann überprüft die Bestände. Adriana bespricht mit den Musikern den Beginn von *Orangen »Tango«*, Silverstein hält leise einen Monolog, gestikuliert aber schon so, als befände er sich vor dem Publikum. Er unterbricht sich, da Raúl das Lokal betreten hat, und vom beleuchteten Eingang aus fällt es ihm schwer festzustellen, was im Halbdunkel des Inneren geschieht. Silverstein hat nicht genug Hände, um die Ankunft des Flüchtlings mit Gesten zu begrüßen. Raúl flüstert etwas, das Norman in Anspannung versetzt. Er folgt seinem Freund, ohne sein Fortgehen zu rechtfertigen, so als würde ihn ein wichtiges, über die dringlichen Dinge im Tango Amigo hinausgehendes Vorhaben treiben. Im Taxi sitzend, schweigen sie weiterhin, bis Silverstein bemerkt, daß sie sich Villa Freud nähern.

»Font y Rius?«

»Ich will Güelmes nicht dabeihaben. Der steht auf der Seite der Macht.«

Norman bejaht mit den Augen und verwandelt sich in Raúls Komparsen, als er auf dem Kiesweg im Garten der Klinik aussteigt und zum Seiteneingang geht, wo das Büro von Font y Rius liegt. Er erwartet sie hinter den vergitterten Fenstern und fragt nichts, als er die Tür öffnet, sich den weißen Arbeitskittel auszieht, die Taschen durchsucht, mit den Händen eher die Geheimratsecken als sein Haar glattstreicht und resigniert seufzt. Beim Taxi angekommen, reagiert er jedoch.

»Ich werde das Taxi wegschicken, wir nehmen meinen Wagen.«

Font y Rius bezahlt und wendet sich, bereits am Steuer, an den neben ihm sitzenden Raúl: »Bist du dir der Dinge sicher, die du mir erzählt hast?«

»Völlig sicher.«

»Und diese Leute, die dich zur Lösung der Geschichte gebracht haben, nachdem sie dich entführten, wer sind sie?«

»Das kann uns doch egal sein, oder?«

»Überhaupt ist schon alles egal.«

Font y Rius hält einen langen Monolog, während die Landschaften auf dem Weg vom Zentrum von Buenos Aires nach San Isidro vorbeiziehen und sie sich schließlich den Brücken über den Tigre nähern, wo die Stadt schon ihren Namen verloren hat und sich offenes Feld ankündigt.

»Als sie die arme Alma umbrachten und ich im Konzentrationslager ESMA in die Hände der Milicos fiel, dachte ich, mein Leben wäre zu Ende. Ich war davon überzeugt, daß ihr alle gestorben wart. Berta, Norman, Pignatari, Güelmes, du, so viele andere, die tatsächlich tot sind, an deren Namen nur wir uns erinnern und erinnern werden, auch wenn es Namen des Kriegs waren, doch ebenso wirklich wie die, die ihnen ihre Eltern gegeben hatten. Niemand wird uns die Nächstenliebe abstreiten können, eine selbstmörderische Nächstenliebe, doch wenn es etwas als herkömmlichen Wert einzusetzen gilt, ist das die Nächstenliebe. Dann überlebte ich seltsamerweise. Etwas geschah, damit wir überleben konnten, und ich dachte: Jemand muß dieses Wunder durch einen Pakt herbeigeführt haben. Ich hörte auf, selbstlos zu sein. Ich hatte nur noch mich als Projekt im Sinn. Ich haßte sogar die Schwestern Berta und Alma ein wenig, denn sie verkörperten für mich meine Einführung als unzureichend leidenschaftlicher Aktivist. Das war auch bei dir der Fall, Raúl, bei dir nicht, Norman. Du kämpftest aus Unvernunft. Nein, bedank dich nicht bei mir. Und es war schwierig, diese Dialektik zwischen Selbstlosigkeit und Überleben zu verarbeiten. Uns mit dem Capitán zusammenzutun war eine gegen uns selbst gerichtete Schweinerei, auch wenn Güelmes die Sache als Dialektik zwischen Herrn und Sklaven darstellen will, in der Phase, wo der Sklave dem Herrn gleichgestellt ist, um ihn schließlich zu zerstören. Das war der Possibilismus einer ganzen Generation von Argentiniern. Von Alfonsín und sogar von Menem. Das Ergebnis liegt auf der Hand: Verändere die Kultur der Macht nicht, denn sie ist es, die dich verändert. Könnt ihr mir folgen? Was wird nur aus mir werden? Es gibt keinen anderen Sieg als den, die Generäle, alle, die so sind wie der Capitán, zu beseitigen, und wir gewinnen den Krieg, stimmt es etwa nicht?«

Er klammert sich entschlossener als zuvor ans Lenkrad und bemerkt nicht einmal, daß seine Freunde schweigen, ihm nie antworten werden.

In der Küche halten Magín und Drumond die Stellung.

»Mit der ist nicht zu rechnen«, sagt Magín, verzweifelt zur Köchin hindeutend. »Die ist völlig weggetreten.«

»Ich serviere die Desserts, auch wenn es das letzte sein sollte, was ich mache. Mon Dieu! Qu'est que j'ai fait pour mériter ça?«

Die Köchin taucht aus ihrem Dämmerzustand auf und starrt sie mit völlig wahnsinnigem Gesichtsausdruck an.

»Um das Abendessen nicht zu verderben, habe ich die Polizei nicht gerufen«, sagt Magín, »und auch den Besitzer, der sich in seinem Büro eingeschlossen hat, nicht informiert. Jetzt ist es schon zu spät.«

»Wenn sie das letzte Glas Armagnac geleert, die letzten Rauchschwaden ausgestoßen haben und aufbrechen, rufen Sie die Polizei, und wenn es nötig ist, stehe ich zur Verfügung. Je suis disposé pour le sacrifice! Moi, le plus important élève de Robuchon!«

»Worüber reden Sie?« fragt Lupe, endgültig aus ihrer Lethargie auftauchend. »Warum haben sie meinen Mann umgebracht? Mörder! Wo ist mein Santos?«

»Sie wird zu schreien anfangen«, ruft Magín aus, von Panik erfaßt.

Lupe schreit aus voller Brust: »Mörder!«

Die Gäste im Restaurant wenden angesichts des Schreis die Köpfe. In der Küche stürzen sich Drumond und Magín auf die Köchin.

»Haben Sie nicht auch einen Schrei gehört?« fragt Señora Fieldmann.

»Sie schlachten wohl ein Schwein für einen spätnächtlichen Gang«, meint der erste Ferlinghetti und untermalt seine Aussage mit schallendem Gelächter.

Die Runde achtet nicht besonders darauf, doch Señora Fieldmann lauscht weiter zur Küche hin, wo Maître und Koch Lupe den Mund zuhalten und sie mit einer Schürze, ein Souvenir aus Mar de la Plata, wie in einer Zwangsjacke fesseln. Sie wissen nicht, was sie mit ihr tun sollen, bis Drumond schließlich auf die Kühlkammer zeigt: »Rein mit ihr!«

Drumond öffnet die Tür, Magín schubst Lupe hinein. Er glaubt, etwas Seltsames zu sehen, und will dem nachgehen, doch Drumond schließt rasch die Tür und stellt sich schützend davor.

»Lassen wir sie da drinnen.«

»Aber, ich glaube, ich sah …«

»Nichts. Nichts haben Sie gesehen. Mein großer Meister Guérard – oder war es Robuchon? – sagte mir einmal, als ich sehr nervös war, weil mir nichts zu gelingen schien: Drumond, cessons de jeter de l'huile sur le feu, voulez vous, et d'alimenter une polémique stérile … Entweder du kochst, oder du polemisierst.«

»Ich sehe, daß Sie ein großer Profi sind, Monsieur Drumond.«

»Mein lieber Magín, Ideologien und Moden gehen vorüber, aber die Professionalität, elle reste!«

Im Büro prüft Don Lucho weiterhin den behelfsmäßigen Strick, der von der Deckenlampe herunterbaumelt. Er betrachtet ihn von unten. Dann nimmt er das Porträt seiner Frau und fährt sich damit über die Genitalien.

»Sau«, sagt Lucho und streckt die Zunge heraus. »Dich werd ich lehren, was ein Mann ist!«

Er schleudert das Porträt gegen die Wand, und es zerschellt. Entschlossen geht er zum herabhängenden Strick. Der aus dem Restaurant heraufdringende Trubel läßt ihn ziemlich unberührt.

»Bei diesem Gericht kommen mir alle Gedanken über das vollkommene Werk als einzig unbestreitbarer ethischer Wert in den Sinn. Die ethischen Betrachtungen sind so relativ!« sagt Sinaí. »Ein vollkommenes Werk hingegen ist und bleibt ein vollkommenes Werk. Deshalb mag ich Borges, obwohl er genaugenommen nicht in meine Welt paßt, nicht meiner ideologischen Linie entspricht.«

»Borges war ein Anarchist der Rechten«, bemerkt Carvalho.

»Das ist eine Vereinfachung!« wirft ihm Gorospe vor.

»Rechts oder links, er war ein Anarchist. Wie ich. Wie die Mehrheit der einzigartigen Personen. Wenn ich ehrlich bin, auch ihr. Aber er schuf vollkommene Werke, und viele kenne ich auswendig«, erklärt Sinaí.

Er starrt Carvalho an, der nicht weiß, warum, und sich umsieht, ob irgend etwas geschehen ist, das er nicht bemerkt hätte. Schließlich gibt sich Sinaí einen Ruck und trägt fließend vor: »Vor ein paar Jahren verlor ich den Brief, Ganon schrieb mir aus Gualeguaychú, kündigte mir an, eine Übersetzung, vielleicht die erste auf Spanisch, von dem Gedicht *The Past* von Ralph Waldo Emerson zu schikken, und fügte hinzu, daß Don Pedro Damián, den ich entfernt in Erinnerung habe, kürzlich an einem Lungeninfarkt gestorben ist ...«

Der Applaus zwingt ihn zu einer Unterbrechung.

»Erraten Sie, woraus ich rezitierte?«

»Den Beginn des Epilogs von *Das Aleph*«, sagt Ostiz stolzerfüllt.

»Borges! Borges! Borges ist wie die heilige Kuh oder die Jungfrau Maria! Der gesamte Borges wird benutzt, und zwar von aller Welt«, wirft ihnen Sara vor. »Ich persönlich ziehe Sábato vor. Er ist weniger abgegriffen.«

»Seit Ernestito zu den Barmherzigen Brüdern gegangen ist und nach diesem Gesindel von Verschwundenen sucht, ist er für mich als Person und als Schriftsteller unerträglich«, meint Sinaí abfällig.

»Und außerdem ist ein Vergleich zwischen Borges und Sábato wie der zwischen der Heiligen Dreifaltigkeit und dem Papst, egal welchem Papst.«

»Ausgezeichnet, Sinaí, ausgezeichnet.«

Nach einer Weile füllen die Flaschen schon den gesamten Tisch. Magín räumt die leeren weg. Es sind viele. Der Rotwein rinnt dem unstillbaren Durst gemäß rasch und wie Wasser durch die Kehlen. Señora Fieldmann ist trotz ihres beherrschten Wesens betrunken und versucht ihrem Mann an die Genitalien zu greifen, die dieser zwischen Bissen und Bissen verzweifelt schützt.

»Ist das Ihre erste Reise nach Argentinien?« fragt Sinaí Carvalho.

»Ja.«

»Was denken Sie über die Argentinier?«

»Warum fragst du ihn ehrlicherweise nicht nach den Argentinierinnen?« unterbricht Gorospe. »Rezitiere, was immer du willst, Sinaí, aber stell keine lästigen Fragen.«

Sinaí springt wütend auf.

»Ich frage, was mir paßt ... Und was du davon hältst, ist mir völlig egal! Tintenkleckser! Ein reicher Tintenkleckser, aber ein Tintenkleckser!«

»Sinaí, ich bitte dich«, mischt sich Dora ein.

»Ich, ein Tintenkleckser? Ich bin der beste Werbefachmann Argentiniens!«

»Ich verkaufe meinen Wein Liter für Liter, und du schwimmst in Geld, weil du mit dem Gesindel von Menem unter einer Decke steckst, mit diesen Hemdlosen in Seidenhemden!« fügt Sinaí hinzu.

»Ohne die Bestellungen von seiten der Regierung würde dein Wein nicht einmal dazu taugen, Essig daraus zu machen!«

»Aber, meine Herren!« ruft Hermann aus.

»Laß sie. Du weißt doch, daß es wieder vorbeigeht«, meint Dolly.

Gorospe und Sinaí beugen sich über den Tisch, bis ihre Gesichter nur noch wenig voneinander entfernt sind. Dann ziehen sie sich wieder zurück.

»Aus der Nähe betrachtet bist du scheußlich«, sagt Sinaí.

»Und du gleichst dem Tod in einem Film von Bergman.«

Sinaí setzt sich und wendet sich wieder an Carvalho: »Sie haben meine Frage nach den Argentiniern, und auch nach den Argentinierinnen, nicht beantwortet. Zum Teufel mit den Argentinierinnen. Sie sind ein Fressen für die Psychoanalytiker und schleppen uns früher oder später ebenfalls dorthin, zum selben Psychoanalytiker, der sie betreut. Beantworten Sie mir die Frage über Argentinien! Was halten Sie von diesem Argentinien?«

Carvalho überlegt. Er leert sein Weinglas. Der Capitán schenkt ihm nach und fordert ihn boshaft auf zu antworten.

»Wir warten auf Ihre Antwort. Die Sicht eines Ausländers kann sehr wertvoll sein. Was denken Sie über dieses Argentinien?«

Carvalho kehrt seine Ausländermiene hervor.

Lucho Reyero wirft einen letzten Blick auf die versammelten Gäste, die schweigend auf eine Antwort Carvalhos warten. Lucho hat eine Entscheidung getroffen. Er stellt den Lehnstuhl unter die Lampe, von der der improvisierte Strick herunterhängt, steigt hinauf, knüpft eine Schlinge um seinen Hals. Er zieht am Strick, um sich zu vergewissern, daß er fest mit den Armen des Leuchters verbunden ist. Dann schließt er die Augen und läßt sich fallen.

Carvalho mustert jeden einzelnen Anwesenden. Endlich entschließt er sich zu einer Antwort: »Ich glaube nicht, daß es existiert.«

»Argentinien existiert nicht?« fragt Sinaí verblüfft.

»Was sagt dieser Mann da?« erkundigt sich der erste Ferlinghetti befremdet.

»Wo sind wir denn dann? In Paraguay?« will Cari wissen.

»Laßt ihn doch reden«, bittet Sara.

»Diesem Señor, außerdem Gallego, geht es wie Borges, der bei einer Gelegenheit sagte: Buenos Aires ist schrecklich häßlich, und Pepe María Peña erwiderte: Borges ist nun einmal blind.«

Sinaí amüsiert sich über seine eigene Genialität.

»Worauf bezogen Sie sich, als Sie sagten, daß Argentinien nicht existiert?« will Sara wissen.

»Spanien existiert auch nicht, genausowenig Europa, San Marino vielleicht schon. Aber komplexe Realitäten lassen keine metaphysischen Abstraktionen zu.«

»Ich beginne zu verstehen«, sagt Gorospe ruhiger. »Laß ihn reden, Weinhändler.«

Sinaí hat nichts dagegen und lehnt sich zurück, um zuzuhören.

»Es gibt viele mögliche und auch reale Spanien«, fährt Carvalho fort, »wie es viele mögliche und reale Argentinien gibt. Wer kann im Namen von so komplexen Gefügen sprechen?«

»Aber wählen Sie doch etwas Bezeichnendes aus. Etwas, das Sie ganz besonders beeindruckt«, bittet ihn der Capitán.

Carvalho denkt nach, seufzt und sieht zuerst dem Capitán, dann Sinaí direkt ins Gesicht.

»Die Lücken.«

»Die was?« fragt Sinaí.

»Die Lücken, die die dreißigtausend Menschen, die

sogenannten ›Verschwundenen‹, zurückgelassen haben.«

Das folgende Schweigen hat die Konsistenz einer dikken, mit Tintenfischtinte eingefärbten Béchamelsoße. Sara beobachtet mit leicht sarkastischer Neugierde die Runde. Sogar die Fieldmanns haben zu kauen aufgehört, obwohl sie den Mund voll haben.

»Lassen wir das Thema«, bittet Gorospe. »Wir danken Ihnen für die vereinfachende Aufrichtigkeit des Ausländers.«

»Vereinfachend?« fragt Sara.

»Es ist ein Klischee! Der Tango, Maradona, die Verschwundenen!« ruft der zweite Ferlinghetti hysterisch.

Inmitten des durch Müdigkeit entstandenen Schweigens erhebt sich klar die Stimme von Ostiz.

»Dreißigtausend Verschwundene, sagen Sie, und sagen, Sie vermissen sie, bemerken die Lücken. Ich glaube, es waren noch zu wenige, die verschwanden, ich glaube, es ist noch zuviel Gesindel übrig, das wir ausrotten hätten sollen.«

Nun sieht Ostiz zum Capitán und scheint das Ende seiner Rede an ihn zu richten.

»Alle, die nicht für immer verschwanden, tauchen wieder auf, Doreste. Sie sind keine wirklichen Verschwundenen. Wir sollten fürs nächste Mal die Lektion lernen, die uns die Toten ohne Begräbnis erteilt haben.«

»Die Radikalen waren an allem schuld, die Radichetas, wie wir sie nennen, mit ihrem Streben nach Katharsis. Die Radikalen sind Scheiße«, zeigt sich Sinaí hartnäckig. »Die Peronisten genauso, noch schlimmer sogar. Aber die Verschwundenen waren wie Aids. Wie Aids für die Moral der Nation. Sie wissen nicht, welches Klima in Argentinien herrschte, als Perón starb, und die Subversiven eigenmächtig vorgingen. Nicht einmal die mafiosen Peronisten konnten sie aufhalten, wie sich zeigte, als die Gewerkschaft Isabelita, diesem Miststück, die Unterstützung verweigerte und der damalige Präsident, Ítalo Luder, den Ausnahmezustand ausrief und die Streitkräfte beauftragte, den bewaffneten Aufstand der Linken niederzuschlagen. Die Subversiven suchten uns. Leben für Leben, meines als erstes. Hier in Argentinien, wie in Chile, Uruguay oder Berlin, gewann der Westen den Kampf gegen den Kommunismus. Was sind dreißigtausend Verschwundene? Wie viele von uns wären gestorben, wenn sie gewonnen hätten? Der Prozeß des nationalen Wiederaufbaus, kurz der Prozeß, war unvermeidlich und gelungen. Danach... das mit den Militärs ist eine andere Sache. Videla war als einziger den Umständen gewachsen.«

»Mit ganz schön viel Mumm«, platzt Dolly dazwischen.

»Aber wir müssen Señor Carvalho dafür danken, daß er so ehrlich war«, bringt Sara zurückhaltend vor.

»Selbstverständlich, die Klischees verletzen, aber...«, beginnt Dora.

»Verstehen Sie mich nicht falsch. Ich will niemanden töten, mißhandeln, nichts davon. Mit diesen Händen habe ich noch nicht einmal eine Fliege erschlagen«, fügt Sinaí hinzu.

»Andere taten es für dich«, meint Sara süffisant lächelnd.

»Für dich etwa nicht?«

»Auch.«

»Aber ich habe das Recht auf Verteidigung!« ruft Sinaí. »Sie gingen gegen uns vor, kamen, um uns die Ländereien, Fabriken, die Religion, unsere Werte, die geheiligte Ordnung wegzunehmen. Stimmt es etwa nicht, mein Capitán?«

Kaum hat er die Frage ausgesprochen, beißt er sich auf die Lippen. Der Capitán wirft ihm einen vernichtenden Blick zu. Sinaí wendet sich an Carvalho.

»Und Ihnen gegenüber, Señor Carvalho, möchte ich mich als Freund erweisen. Morgen werden Sie eine Auswahl meiner besten Weine in Ihre Wohnung zugestellt bekommen, und es wird mir eine Ehre sein, daß Sie sie probieren.«

Über so viel Versöhnlichkeit ertönt schwebend Saras Stimme: »Glückwunsch, Señor Carvalho, daß sie heil davongekommen sind. Aber beim nächsten Mal erwähnen Sie nicht den Strick im Haus des Gehenkten.«

Allgemeiner Jubel macht sich breit. Der Capitán und Carvalho sehen sich an.

»Haben Sie keinen Schlag gehört?« mischt sich Señora Fieldmann erneut ein.

Lucho ist auf den Boden gefallen, die Nase blutig. Über ihm baumelt der gescheiterte Henkersstrick. Er wimmert, mit der Nase auf dem Boden. Plötzlich wird ihm die Lächerlichkeit der Lage bewußt. Halbnackt setzt er sich auf das Parkett. Er greift sich an die Nase und bemerkt, als er den Blick senkt, die Blutspritzer auf seinem Körper.

»Blut!« ruft er aus und blickt um sich, ohne zu wissen, was tun.

Magín und Drumond fechten ihren großen Krieg Seite an Seite aus.

»Die Desserts?« fragt Magín Drumond.

»Die Desserts«, Drumond denkt nach. »Soll ich Ihnen helfen?«

»Noch nie hat man einen Koch gesehen, der serviert«, rügt ihn Magín.

»Ich verstehe«, sagt Drumond mit Nachdruck.

Drumond hilft Magín, sich mit den Tellern der Nachspeise Orangen »Tango« zu beladen. Mit seinen Händen, Armen, Schultern voller Teller gleicht Magín einer Konditor-Vogelscheuche, als er einen Speisesaal betritt, dessen Ordnung sich allmählich auflöst.

»Wenn du meine Einladung annimmst, bringe ich dich

im Privatflugzeug zu meiner Farm«, bietet der zweite Ferlinghetti der Schauspielerin an.

»Und die Dreharbeiten?« fragt sie. »Wo doch das Einstudieren der Rolle so schwierig für mich war.«

»Wer ist der Produzent?«

»Ponti Asiaín«, antwortet Cari.

»Wir sind eng befreundet. In San Isidro liegt seine Jacht neben der meinen«, meint Ferlinghetti mit tiefer Stimme und Schlangenblick.

Dora steht auf und bittet Gorospe, sich neben Carvalho setzen zu dürfen. Er willigt ein und nimmt sie liebevoll am Arm.

»Ich komme, um Sie zu überzeugen, daß Argentinien nicht so schrecklich ist, wie Sie es sich vorstellen.«

»Sie müssen mich nicht von etwas überzeugen, an das ich schon nicht mehr glaube, aber ich begrüße das Vergnügen, Sie an meiner Seite zu haben.«

»Habt ihr das gehört?« fragt Dora die anderen.

»Er ist ein Kavalier, ein spanischer Kavalier!«

Der Körperkontakt mit Carvalho ist durchaus real. Carvalhos Knie berührt Doras Schenkel. Aus der Nähe betrachtet ist die Frau wunderschön, und ihr Dekolleté zeigt zarte Haut. Sie nimmt Carvalhos Blick auf ihre Brüste wahr und sagt leise: »Sie sind ein Kavalier, aber Ihr Blick ist nicht der eines Kavaliers.«

»Mir gefällt, was ich sehe, je näher, desto besser.«

»Ist das eine Aufforderung?«

»Ich würde gerne, sehr gerne, mit Ihnen über Weine sprechen.«

»Ich genauso«, sagt sie und nähert ihre Lippen Carvalhos Ohr. »Vergessen Sie all diese Leute, sie sind reaktionäre Mistkerle, alle von der Triple A, der Argentinischen Antikommunistischen Allianz. López Rega organisierte sie schon, noch bevor Perón starb.«

Carvalho sieht sie erstaunt an. Sie ist ein wenig auf Distanz gegangen und betrachtet ihn wie jemand, der soeben Schabernack getrieben hat.

»Sara auch?«

Sie lächelt unverbindlich, flüstert ihm aber erneut ins Ohr: »Sie ist ein lesbisches Miststück, das dem Besitzer dieses Restaurants die Frau ausgespannt hat. Sollten Sie sich für sie interessieren, wird sie jedenfalls kein Interesse an Ihnen haben.«

Als sie ihr Gesicht zurückzieht, setzt sie wieder die strahlendste Unschuldsmiene auf.

»Sind Sie subversiv?«

»Bevor ich mich in eine Objektfrau verwandelte, wollte ich Soziologin werden. Die Wissenschaft ist neutral. Sie hat nichts mit der Triple A zu tun.«

»Die Wissenschaft gehört dem, der sie sich zu eigen macht.«

»Gilt das auch für die Frauen?«

Gorospes Stimme unterbricht das Zwiegespräch.

»Sinaí, deine Frau ist im Begriff, meinen spanischen Freund zu verführen.«

Sinaí sieht seine Frau mit betrunkenen, zärtlichen Augen an und rezitiert ein weiteres Gedicht:

Fliehe, galaktische Gazelle, wenn du fliehen
willst, denn deine Flucht führt dich zurück
zu mir, läßt dich am Ende deines Wahns
mich wiederfinden als einzig möglichen Hengst.

»Was habe ich Ihnen gesagt, Carvalho? Der Weinhändler ist ein Dichter. Dieses Gedicht stammt sicher von ihm«, ruft Gorospe begeistert aus.

»Das merkt man«, meint Sara.

»Es gehört zu den schönsten, die er mir gewidmet hat«, erklärt Dora, ergreift über den Tisch hinweg eine Hand ihres Mannes und lächelt ihn verliebt an.

Das Telefon läutet ein-, zwei-, dreimal aufdringlich, hört nicht auf zu klingeln. Da keine Dienstboten da sind, nimmt Dolly ab und erhebt ihre Stimme über den gehörigen Lärm der Tischrunde.

»Pepe Carvalho! Man verlangt nach Pepe Carvalho!«

Der Detektiv geht zum Telefon, von den Augen des Capitán verfolgt. Don Vitos Stimme bestimmt die Vorgangsweise.

»Nennen Sie meinen Namen nicht. Sagen Sie nur ja oder nein.«

»In Ordnung.«

»Ich habe Ihnen mitzuteilen, daß ich mich, nachdem ich dem Mädchen gefolgt bin, vor dem Anwesen des Capitán befinde und, da ich keine Wächter sah, schon hineingehen wollte, doch bemerkte ich drei weitere Personen, die umherstreifen. Erraten Sie, wer es ist?«

»Nein.«

»Ihr Cousin Raúl und an seiner Seite ein sehr merkwürdiger Kerl, grauhaarig, spindeldürr, der sich wie ein Balletttänzer bewegt.«

»Ich weiß schon, um wen es sich handelt.«

»Der andere wirkt unentschlossen. Er ist groß und hat ausgeprägte Geheimratsecken.«

»Den kenne ich auch. Eine Versammlung von Musketieren. Sie sind weder drei noch vier, sondern fünf. Zwei fehlen noch, um das Quintett zu vervollständigen.«

»Soll ich sie hineingehen lassen? Ihnen zuvorkommen? Was mache ich?«

»Erinnern Sie sich an den Mädchennamen der Dame, die in dem Haus lebt?«

»Ich habe ihn notiert. Pardieu. María Asunción Pardieu.«

»Läuten oder klopfen Sie, fragen Sie nach dieser Señora, und erklären Sie ihr alles, was wir wissen und wollen.«

»Soll ich nicht lieber auf Sie warten?«

»Noch sind die Desserts nicht serviert worden, und die will ich mir nicht entgehen lassen. Ich werde es Ihnen später erklären.«

Die Küchentür geht auf. Das Erscheinen des ganz und gar mit Nachspeisen beladenen Maître läßt alle verstummen und staunen. Als wäre es das Natürlichste der Welt, tritt der Maître an den Tisch und läßt jeden Teller mit zirkusmäßiger Geschicklichkeit an seinen Platz gleiten, ohne sich auch nur um einen Millimeter zu irren. Er verneigt sich und holt die restlichen Desserts. Die Gäste sehen sich verblüfft an und behalten die Küchentür im Auge. Der Maître kehrt ähnlich beladen zurück.

»Fürs erste die Orangen ›Tango‹«, teilt er mit. »Die Marrons und das Akazienblütensoufflé folgen gleich. Man muß sie im Augenblick ihrer Vollendung essen.«

Er verbeugt sich und zieht sich zurück, ohne der Runde den Rücken zu kehren.

»Aber… haben Sie dasselbe gesehen wie ich?« fragt Gorospe, ohne zu bemerken, daß er etwas Augenfälliges gesagt hat.

Lucho Reyero sammelt seine über das Büro verstreuten zerknitterten Kleidungsstücke ein und zieht sie an. Alle, sogar Sakko und Krawatte. Mit der Gesamtheit der zerknitterten Kleidung auf seinem Körper wirkt er wie ein Nobelclochard. Er mustert sich im Spiegel, rückt die Krawattennadel zurecht und steckt ein weißes Seidentuch in die Brusttasche. Er ist mit sich zufrieden, geht zum Schreibtisch, holt erneut die Pistole heraus, prüft sie. Sie ist geladen.

Magín betritt die Küche. Drumond überwacht die in Portionen geteilten, schon fast ganz aufgegangenen Soufflés im Backrohr.

»Das werden Sie nicht allein servieren können. Pas possible! Während Sie kommen und gehen, fallen die Soufflés zusammen. Tragique!«

»Ich sehe mal nach, ob Lupe sich schon beruhigt hat.«

Drumond versucht ihn zurückzuhalten, doch zu spät, denn Magín öffnet bereits die Tür der Kühlkammer und wird von dem, was er sieht, überrumpelt. An den Fleischerhaken hängen die beiden toten Köche. Auf dem Boden liegt Lupe, offensichtlich ebenso tot, erfroren. Magín fühlt ihr den Puls.

»Tot!« ruft er entsetzt aus, ohne zu begreifen, was er sieht. Er dreht sich um. Nur einen halben Meter entfernt hindert ihn Drumond, mit einem Haken drohend, weiterzugehen.

»Sagen Sie nichts. Unternehmen Sie nichts.«

»Lassen Sie mich hier heraus.«

»Das Abendessen ist noch nicht zu Ende. Ich will nicht, daß Sie es kaputtmachen.«

Magín weiß nicht, was er antworten soll, und hat auch nicht genug Reflexe, um Drumond daran zu hindern, ihn in der Kühlkammer einzusperren.

»Tut mir leid, Sie waren ein großer Fachmann«, ruft ihm der Grand chef von der anderen Seite der Tür zu.

»Und die Soufflés? Wer wird sie denn servieren?«

»Es ist demütigend für einen Grand chef, aber ich werde es selbst tun.«

»Sie werden zusammenfallen! Bis sie auf den Tisch kommen, werden sie einer Quiche lorraine gleichen! Eine Katastrophe!« macht ihn die mit jedem Mal verzweifeltere Stimme Magíns aufmerksam.

Drumond denkt scharf nach.

»Ganz richtig.«

»Aber was glauben Sie eigentlich?« wirft ihm Magín empört vor. »Daß Sie der einzige Meisterkoch der Stadt, des Landes, auf der ganzen Welt sind? Wollen Sie denn die Argentinier beleidigen, indem Sie mir den Rang eines großen Maîtres absprechen? Was ist meine Aufgabe? Die Toten zu zählen oder das Soufflé zu servieren?«

»Das Soufflé zu servieren, natürlich«, erwidert Drumond.

»Und das werde ich auch tun«, sagt Magíns nun von einer gewissen Hoffnung gestärkte Stimme. »Jedem das Seine. Das gilt auch für die hier drinnen.«

Drumond wirkt sehr einverstanden. Er wirft den Haken weg, öffnet die Tür der Kühlkammer, läßt Magín heraus und weist ihm den Weg zum Restaurant. Kaum hat ihn Magín betreten, nimmt er die Haltung eines Maîtres an und räumt die leeren Teller ab. Mit einer kleinen Handbewegung bittet er die Gäste um ihre Aufmerksamkeit.

»Ein vierzig Jahre alter Portwein, Noval Gran Reserva. Den hat der Sommelier ausgesucht, bevor er nach Hause gegangen ist. Aber wenn Sie gekühlte Schnäpse bevorzugen, oder Armagnac, Cognac ...«

»Eine vorzügliche Wahl! Aber Magín, was ist in der Küche los? Sie sind der einzige, der serviert. Und die Köchin?« fragt Gorospe.

»Sie hat sich plötzlich unwohl gefühlt.«

»Also wirklich seltsam, diese Küche heute abend«, sagt Dolly und unterstreicht mit einer Geste ihr Befremden.

»Wenn es bloß diese Küche wäre«, klagt Señora Fieldmann. »Läßt sich etwa tüchtiges Dienstpersonal auftreiben? Es heißt, in Buenos Aires herrscht Krise, aber man kann nicht einmal Mädchen aus Paraguay finden. Meine Schwester, die in Paris lebt, sagt, daß es dort wunderbar ist. Sie hat ein polnisches Ehepaar, zwei Cellisten, als Hausangestellte, und die sind außerordentlich.«

»Auch wenn es wenig üblich sein mag, werden der Grand

chef und ich der Runde von Connaisseurs, die uns heute abend die Ehre geben, das Akazienblütensoufflé ›Liliana Mazure‹ servieren.«

Magín ist mit seiner Erklärung am Ende und kehrt in die Küche zurück.

»Das Potpourri war köstlich, aber die andere herausragende Speise ist zweifellos diese. Ein Akazienblütensoufflé!« verkündet Gorospe begeistert.

»Was für eine Delikatesse!« pflichtet Cari ihm bei.

»Die Orangen ›Tango‹ sind belanglos, jeder kann sie zubereiten, aber das ist ein ernstzunehmendes Gericht. Das Originalrezept stammt von Troisgros, und ich war so frei, es mitzubringen.«

Gorospe zieht einen Zettel aus er Tasche und reicht ihn Sinaí.

»Lies vor!«

»Warum ich? Soll doch Cari vorlesen, sie ist schließlich Schauspielerin.«

»Du bist Dichter, also lies du.«

Sinaí erhebt sich und liest.

»Zeit für die Vorbereitung: dreißig Minuten. Garzeit: achtzehn Minuten.«

»Wie wenig Zeit!« unterbricht Dolly.

Sinaí wirft ihr einen wütenden Blick zu und fährt fort: »Hundert Gramm Akazienblüten, zwei Zentiliter Cognac, zwei Eigelb, fünf Eiweiß, ein kleiner Löffel Butter, ein Achtelliter Konditorcreme ...« Sinaí unterbricht die Lektüre und ruft aus: »Aber mit dieser Menge kann man doch nicht einmal anfangen.«

»Es ist das Rezept für vier Personen. Lies weiter.«

»... Staubzucker, Kristallzucker, Salz ... Zubereitung: Zuerst zwei Akazienblütentrauben zur Seite legen und die übrigen Blüte für Blüte zerlegen ...«

Während Sinaí mit der Stimme eines Profis vorträgt, verharrt Lucho hinter der Tür, die in das Restaurant führt. Er steckt die Pistole in die Jackentasche, nimmt eine stramme Haltung ein, so als wollte er eine Heldentat vollführen. Er geht wieder zum Spiegel und mustert sein jämmerliches, eben erst wiederhergestelltes Aussehen. Es ist ihm egal. Er betrachtet sich nicht länger, sondern geht entschlossen zur Tür, öffnet sie, beobachtet von der Treppe aus die arglosen Gäste und beginnt genau in dem Augenblick ganz langsam die Stufen hinunterzusteigen, als die Küchentür aufgeht und Drumond und Magín mit Tabletts und Soufflés erscheinen. Die Tafelrunde empfängt sie mit Beifall. Die Soufflés werden majestätisch vor jedem Gast plaziert.

»Ich mag Akazien so gern, und der Gedanke, ausgerechnet ihre Blüten zu essen, stimmt mich traurig«, sagt Cari.

»Als ich klein war, mochte ich Kaninchen gern, und nun ist Hase auf Jägerinnenart mein Leibgericht«, stellt Señora Fieldmann klar.

»Und wie ist es mit den Vögeln?« fragt Gorospe. »Singdrosseln müssen in Wein ertrinken, um schmackhaft zu sein.«

»Die Feinschmecker zu Zeiten von Brillat-Savarin aßen einen schmackhaften Vogel roh«, wirft der zweite Ferlinghetti ein.

Cari kann das Gehörte nicht ertragen. Sie beginnt zu würgen, was zunächst komisch wirkt, sich jedoch bald unaufhaltsam in eine gewaltige Welle verwandelt, die sich über die Hose von Señor Fieldmann ergießt.

»Tu doch etwas!« drängt ihn Señora Fieldmann.

»Was macht denn dieses Mädchen?« fragt Dora angeekelt.

Señor Fieldmanns Hose ist mit Erbrochenem getränkt, auch der Versace-Rock seiner Frau hat einige Spritzer abbekommen. Drumond versucht die Situation zu retten.

»Bitte, sehen Sie nicht hin! Das Dessert ist gelungen.« Er nimmt einen Löffel und kostet das Soufflé von Sinaís

Teller, der sich über die Kühnheit des Grand chef ziemlich verärgert zeigt.

»Schauen Sie nicht, essen Sie!« befiehlt Drumond.

Es kommt zu einem kollektiven Ekelanfall. Drumond und Gorospe leisten der stets anwachsenden Zahl von Betroffenen Beistand. Magín läßt sich in einen Lehnstuhl fallen und zündet sich, so als hätte das Ganze nichts mit ihm zu tun, eine Zigarre an. Von allen, von allem geistig abgehoben, essen Carvalho, der Capitán, Sinaí und Sara das Dessert und werfen sich anerkennende Blicke zu. Gorospe unterbricht seine Hilfstätigkeit, läuft zu seinem Teller, kostet.

»Vortrefflich!«

Doch er nimmt, ohne ein weiteres Mal zu kosten, seine Helfertätigkeit wieder auf.

Ostiz und der Capitán nutzen das Durcheinander zu einem Gespräch. Der Geschäftsmann sieht dem Capitán nicht in die Augen, doch kommen harte Worte über seine Lippen, von denen Carvalho nur einen Bruchteil mitbekommt.

»Du bist zu weit gegangen.«

Und die Antwort des Capitán: »Du läßt mich also im Stich, oder?«

Lucho steht vor den letzten drei Stufen. Er zögert, betrachtet die tragikomische Situation, in der sich die Gäste befinden. Dann zieht er die Pistole aus der Tasche, beendet seinen Gang nach unten und wendet sich dem Tisch zu, an dem das Bankett gescheitert ist.

»Lucho! Luchito!« ruft Dora, die als erste die Rückkehr Reyeros bemerkt. »Hast du spät, aber doch noch Lust auf unsere Gesellschaft bekommen?«

In Zehntelsekunden bemerken alle die Pistole in seiner Hand und wozu ihr Besitzer fähig ist.

»Was ist denn los, Lucho?« fragt Gorospe erschrocken.

Lucho zückt die Pistole. Er blickt entschlossen zu Sara

und zielt mit der Waffe auf sie. Sara und Lucho sehen sich haßerfüllt an. Er ist im Begriff abzudrücken. Sara lenkt ihren Rollstuhl nach hinten, und Drumond bleibt in der Schußlinie. Ein dumpfer Knall, und der Grand chef bricht zusammen. Wer bislang noch nicht hysterisch war, schreit zumindest jetzt so, als wäre er es. Sinaí zieht eine Pistole hervor und zielt auf Lucho. Der Capitán schlägt ihm auf den Arm und lenkt den Schuß ab.

»Wir sollten uns nicht gegenseitig umbringen«, sagt der Capitán und sieht Ostiz an.

Lucho starrt dümmlich auf die Waffe in seiner Hand. Der Capitán nähert sich ihm.

»Gib mir die Pistole!«

Lucho reicht sie ihm. Der Capitán dreht sich mit der Pistole in der Hand um. Ihm bietet sich ein Schauspiel von Gästen auf Halbmast. Nur Carvalho wirkt unerschüttert, hat eine Hand in der Jackentasche versteckt und hält dem Blick des Capitán stand.

Raúl übernimmt das Kommando, wenn auch erstaunt über das offene Gartentor, die Verlassenheit der zum Haupteingang führende Pappelallee, die sie feststellen läßt, daß die Gerade die kürzeste Entfernung zum geheimen Herz der Bestie ist. Die drei Männer spähen nach allen Seiten, ob nicht Gefahr droht, sogar zum Himmel, falls sie von dorther kommen oder im letzten Moment die gebieterische Stimme irgendeines Gottes ertönen sollte, doch das Haus wird größer, rückt näher, und als sie die Treppe zum Hauptportal erreicht haben, müssen sie handeln. Raúl geht entschlossen nach oben und drückt, ohne sich um die Gemütsverfassung seiner Begleiter zu kümmern, ein-, zwei-, dreimal auf die Klingel, und die drei horchen die verborgene Seele des Hauses ab, bis sie Schritte vernehmen und sich eine vage Gestalt hinter dem geschliffenen Glas abzeichnet. Die Tür geht auf, und Don Vito empfängt sie mit einem verbindlichen, traurigen Lächeln.

»Vito Altofini, der Partner von Carvalho. Ich habe Sie erwartet. Kommen Sie herein.«

Die drei müssen dem erstaunlichen Hausherrn nichts erklären, der sie durch die große Vorhalle geleitet, von der eine Treppe in die oberen Stockwerke geht. Er führt sie in den mit buntgemusterten Rattanmöbeln überladenen Salon. Die farbenfrohe Einrichtung bildet einen Kontrast zu der blassen, ehemals blonden, ehemals schönen Dame, die ihre Hände am Rock reibt, so als wollte sie unsichtbaren Schmutz wegwischen.

»Doña María Asunción, diese Herren kommen in der gleichen Absicht wie ich, und einen von ihnen, Don Raúl Tourón, möchte ich im besonderen vorstellen. Er ist der wahre Vater von Muriel.«

Die Frau sieht zur Decke, und Don Vito tut es ihr gleich, während er den Neuankömmlingen mitteilt: »Das Mädchen ist oben. Wir haben beschlossen, ohne Muriel über die ganze Angelegenheit zu reden. Aber jetzt, wo Sie hier sind, Don Raúl, ist es Ihre Entscheidung.«

»Es soll so bleiben.«

Don Vito fordert die Frau auf zu sprechen, und sie nimmt zuerst einen Schluck von dem dunklen Gesöff aus dem Glas, das auf dem mit einem Kretonnetuch bedeckten Tischchen neben ihr steht.

»Nun stelle ich fest, daß mir das Reden so schwer fällt wie das Schweigen.«

Sie braucht einen weiteren Schluck.

»Alles begann in einer Wolke von Ahnungslosigkeit. Er bat mich, das oder jenes zu tun, und ich tat es. Ich bin in der Militärkultur aufgewachsen und dazu erzogen worden, die Frau eines Militärs zu sein, von Garnison zu Garnison, zuerst im Schlepptau meines Vaters, dann in dem meines

Mannes. Bei meinem Vater war alles schwarzweiß, aber bei Tageslicht. Das Zusammenleben mit meinem Mann hingegen bedeutete für mich, ins Halbdunkel zu tauchen. Man durfte nichts wissen, sprechen, nicht einmal sagen, wie wir heißen, wo wir wohnen. Seit er zu einem Experten des ›schmutzigen Kriegs‹ wurde, habe ich wie eine Verschwundene gelebt. Zu Beginn gab er mir noch Anweisungen, mit der Zeit nicht einmal das. Für ihn war es selbstverständlich, daß ich alles, was er tat, guthieß, daß ich einfach zusah und sein Verhalten akzeptierte. In Wahrheit habe ich mich erst aufgelehnt, als es schon zwecklos war, und ließ es verständlicherweise sofort wieder sein. Ich hebe nicht einmal den Kopf, wenn ich sie hereinkommen oder hinausgehen höre. Sie kommen und gehen, kommen und gehen. Sie sehen mich nicht an, sie nehmen mich nicht einmal wahr.«

»Das Mädchen, Doña María Asunción. Das Mädchen. Wir haben Sie nach dem Mädchen gefragt.«

»Natürlich, natürlich. Ich spreche ja von nichts anderem. Wir wohnten in einem Militärgebäude, das nicht als solches erkennbar war, und eines Morgens brachte er mir das Baby. Es ist unseres. Einfach so. Ich fragte ihn nicht nach den Eltern. Ich fragte ihn auch nie über das aus, was in der ESMA und an vielen anderen Orten wohl vor sich ging. Er sagte, wir müßten binnen vierundzwanzig Stunden umziehen und dürften die neue Adresse nicht einmal unseren engsten Verwandten mitteilen. Nicht einmal deiner Mutter. Du wirst sie schon besuchen, meinte er. Und kein Sterbenswörtchen von dem Mädchen. Er erklärte vage, daß es rechtlich gesehen nun mein Kind sei und ich ab dem Zeitpunkt der Eintragung ins Register mich kaum noch mit ihm zusammen in der Öffentlichkeit zeigen dürfte, sogar den Namen ändern müßte. Man durfte uns miteinander nicht in Verbindung bringen. Das Ausgehen wurde zu einem aufwendigen nächtlichen Abenteuer, wobei wir, wenn gemeinsam, dann fast verkleidet ausgingen, und allmählich ließen wir es bleiben. Ich ging nicht mehr aus. Ich habe seit fünfzehn Jahren das Haus nicht mehr verlassen, und wenn ich es tun will, dann kommen diese Schmeißfliegen, diese schreckliche Motorradbande, und folgen mir. Sie schützen mich, sagt der Dicke. Der Dicke redet am häufigsten mit mir.«

»Und Ihre Beziehung zu dem Mädchen?«

»Ich habe keine. Ich hatte sie, aber jetzt schon nicht mehr. Mit ihr hat mein Leben aufgehört. Ich dämmere vor mich hin. Wenn sie geht, dämmere ich vor mich hin. Wenn sie zurückkommt, dämmere ich vor mich hin. Manchmal frage ich sie: ›Ist alles in Ordnung, Muriel?‹ Und sie antwortet, wie schon als kleines Mädchen: ›Ja, Mama, alles in Ordnung.‹ Sie ist sehr lieb und verzeiht mir alles. Ich höre, wie sie mit ihm redet und mich rechtfertigen möchte. Sie ist die einzige Person, die mich rechtfertigen will. Nicht einmal ich selbst rechtfertige mich. Als sie ganz klein war, versuchte ich, ihr eine Mutter zu sein, aber er verdrängte mich, übernahm die Rolle des Vaters und der Mutter, immer. Er widmete ihr soviel Zeit wie möglich, und wenn er nicht da war, erschien der Dicke und ersetzte mich. Sie fühlten sich meiner nicht sicher.«

»Warum?«

»Vielleicht, weil sie bemerkt hatten, daß ich das Mädchen im Grunde nicht liebte.«

»Sie liebten es nicht?«

»Sind Sie der Vater?«

»Ja.«

»Tut mir leid, Señor. Nein, ich liebte es nicht. Ich sorgte, wie ich glaube, gut für das Mädchen, aber ich liebte es nicht. Sie war seine Tochter. Verzeihen Sie, Señor. Ich weiß, das stimmt nicht, aber Sie müssen verstehen, daß er sich das alles so eingerichtet hat. Er trug die Verantwortung.«

»Sie liebte es nicht. Sie liebte es nicht«, sagt Silverstein, den Tränen nahe, zu sich selbst, erstaunt über Raúls Standhaftigkeit, der weiter die Befragung auf ein notwendiges Ende zuführt.

»Das notwendige Ende. Das notwendige Ende.«

Silverstein erläutert sich nach wie vor selbst, was geschieht. Und da setzt plötzlich Raúl der Befragung das notwendige Ende: »Wären Sie bereit, vor einem Richter zu bestätigen, was Sie uns soeben erzählt haben?«

Die Frau antwortet ohne zu zögern: »Ja.«

Raúl blickt zur Decke. Muriel ist dort oben. Er müßte nur ein paar Stufen hinaufgehen, um seine Tochter wiederzuerlangen, aber Silverstein legt eine Hand auf seinen Arm, und Font y Rius ordnet an: »Noch nicht, Raulito.«

Raúl Tourón nickt, Don Vito bekräftigt die Entscheidung, so als hätte ihn Raúl um seine Meinung gebeten, doch Tourón wendet sich an die Frau, die melancholisch ihre ganze Vergangenheit auf dem Grund des leeren Glases betrachtet.

»Sie kommen am besten mit uns mit, bevor die anderen zurückkehren. Die Anzeige und die Schutzmaßnahmen für Sie sollten noch heute abgewickelt werden.«

Ein heulendes Ja entkommt den Lippen der Frau, die Don Vitos Arm annimmt, um aufzustehen und zur Tür zu gehen, ihre Beine ebenso schlotternd wie die Altofinis.

Pascuali, von Polizeiautos und Rettungswagen umringt, blickt zum Himmel, auf der Suche nach einem Stern, der diese so dichte und wirre Nacht ein wenig erhellt, doch seine Suche wird durch die herauskommenden Gäste unterbrochen. Der Capitán und Pascuali wechseln einen kurzen militärischen Gruß. Der Polizist erstarrt, als er hinter dem Capitán Carvalho auftauchen sieht.

»Hier auch? Sie sind ja allgegenwärtig!«

»Nein. Ich bin vielseitig. Und ein Gourmet.«

Vladimiro stürzt aus dem Haus.

»Chef! In der Kühlkammer sind drei Leichen!«

Pascuali betritt eilig das Restaurant. Der Capitán und Carvalho haben die Nachricht völlig ungerührt aufgenommen.

»Wer weiß schon, was hinter den Küchentüren der besten Restaurants passiert!« bemerkt der Capitán.

»Wüßten wir das, würden wir kein Restaurant mehr betreten«, ergänzt Carvalho.

Gorospe, untröstlich, versucht, sein Prestige zu retten, und tröstet die Fortgehenden. Dora sieht Carvalho vielsagend in die Augen, bevor sie in den Wagen steigt, dessen Türen ein Chauffeur in Livree öffnet. Der Capitán hat die sich kreuzenden Blicke beobachtet.

»Es könnte ein Fehler sein. Sinaí ist sehr eifersüchtig.«

»Mein ganzes Leben ist eine wachsende Ansammlung von Fehlern.«

»Die Waffenruhe der Gourmets ist zu Ende.«

Und sie wollen schon auseinandergehen, als dem Detektiv eine bereits vergessene Sache wieder einfällt.

»Ich sah Sie kürzlich beim Boxkampf.«

»Boxkampf?«

»Bum Bum Peretti.«

Die Augen des Capitán verraten Unruhe.

»Ihre Tochter war mit uns dort, mit Alma und mir.«

»Ich weiß nicht, von welcher Tochter Sie sprechen. Ich bin nicht einmal verheiratet.«

»Ich könnte schwören, daß Sie Muriels Gegenwart bemerkten.«

Der Capitán kaut an den Worten.

»Gehen Sie nicht zu weit. Von jetzt an werde ich keinen Zentimeter mehr nachgeben. Abgrund. Reiner Abgrund.«

»Jeder an seinen Platz, und ich nach Hause. Sie sagen, die Waffenruhe ist zu Ende, aber mir scheint, für Sie sind viele Dinge zu Ende, Capitán. Unter anderem Ihre Freundschaft mit Ostiz, oder irre ich mich?«

Doreste steckt den Schlag weg und hat sich schon von Carvalho abgewandt, als ihn eine letzte Bemerkung des Detektivs erreicht.

»Meine Empfehlungen an Ihre Frau, mit Mädchennamen Pardieu.«

Der Capitán dreht sich nicht um. Das wenige Fleisch in seinem Gesicht ist bis zum Bersten angespannt, und in der Blindheit seiner energischen Riesenschritte wäre er beinahe mit Ostiz, von seinen Leibwächtern flankiert, zusammengestoßen. Sie grüßen sich nicht, und der Mund des Geschäftsmanns verzieht sich verächtlich, aber als der Dicke herbeieilt, kommen klare Befehle über die Lippen Dorestes, die seinen Knappen so sehr beunruhigen, daß er nach Osten, Westen, Norden und Süden blickt, so als stünde das Eintreffen des Feindes unmittelbar bevor. Und obwohl der Capitán sich dem Wagen gemächlich nähert, verfällt der Dicke in Laufschritt, so als könnte das Auto nicht warten. Carvalho sieht, wie die Sanitäter den Körper Drumonds heraustragen und die Polizisten Lucho in Handschellen abtransportieren. Er beugt sich über die Tragbahre Drumonds und fragt ihn etwas, von Pascuali beobachtet, der sich mißtrauisch nähert, um die Frage zu hören.

»Das Soufflé, warum heißt es ›Liliana Mazure‹?«

Drumond versagt fast die Stimme. Er gleicht einem Sterbenden, und Carvalho nähert sich noch mehr, Pascuali ebenso.

»Warum heißt es ›Liliana Mazure‹? Welche Variante enthält es?«

»Ich füge Champagner hinzu, als Hommage an eine Freundin, die Champagner liebt«, erwidert Drumond.

Sie tragen Drumond fort. Pascuali ist verwirrt, und seine Verwirrung wird noch größer, als Carvalho ausruft: »Wie eigenartig!«

»Was finden Sie denn so eigenartig?«

»Wann und wo er den Champagner hinzufügt. Champagner und Konditorcreme sind schwierig zu verbinden.«

Pascuali versteht Carvalhos tiefschürfende Gedankengänge nicht, wird sie nie begreifen.

»War denn diese Enthüllung so wichtig?«

Carvalho mustert den Inspektor, als wäre er ein Idiot, aber es bleibt ihm nicht viel Zeit. Seine Augen müssen sich daran gewöhnen, die Tatsache akzeptieren, daß sich unter den Schaulustigen rund um das Chez Reyero sein Onkel befindet. Evaristo Tourón höchstpersönlich. Der Onkel aus Amerika. Der Onkel aus Europa. Und als der Capitán bei seinem Rückzug, umgeben von Motorradfahrern und der gewaltigen Masse des Dicken, auf den Alten trifft, sehen sich der Capitán und Don Evaristo in die Augen, doch der Milico kann seinem Blick nicht standhalten.

Epilog
Der Onkel aus Europa

Es gibt einen Niemand, der aller Opfer ist
und namenloser Lügenkönig,
Laune, die du widerwillig ersinnst,
wenn du so viel Verbrechen ohne Urheber siehst.

María Elena Walsh, *Magoya*

Wäre El Polaco nicht tot, hätte Pascuali geschworen, daß er es ist. Ein Mann, in Alter und Aussehen dem Sänger El Polaco ähnlich, schlendert über den Gehsteig und singt, ohne sich um Verkehr oder Passanten zu kümmern: »Corrientes 348, zweiter Stock, Aufzug, es gibt weder Portier noch Nachbarn …« Und er singt den Tango auf der Höhe von Corrientes 348, wo ihn die Polizei aufhält und auffordert, seinen Weg jenseits der Absperrung fortzusetzen, hinter der sich Pascuali und der Gerichtsmediziner an die Arbeit machen. Pascuali läßt der alte Sänger keine Ruhe. Wäre El Polaco nicht schon gestorben, würde Pascuali schwören, ihn leibhaftig vor sich zu haben, sogar die gelben Schuhe passen ins Bild. Der Alte bleibt vor der Hausnummer 348 stehen und liest die Inschrift, die bezeugt, daß an jenem Ort die imaginäre Geschichte stattfand, die der Tango erzählt, in einem Mietshaus, das nun eine Parkgarage ist. Er schüttelt melancholisch den Kopf und scheint erst jetzt den Tumult rund um den mit Bändern abgegrenzten Bereich zu bemerken, in dem ein neben dem Gehsteig, auf der Höhe von Corrientes 348, geparktes Auto steht. Im Inneren des Autos ein uralter Mann, tot hinter dem Lenkrad, mit offenen Augen und einem seltsamen Ding, das aus seinem Mund hervorquillt. Vladimiro kommt Pascuali zuvor, der scheinbar immer noch fasziniert dem alten Sänger nachsieht, zieht mit Mühe das heraus, was zwischen den Lippen des toten Greises hervorquillt, und schwenkt es in der Luft, um es auseinanderzufalten. Es ist ein Damenslip. Feucht. Der Gerichtsmediziner zeigt ihn Pascuali und den anderen Polizisten, den Journalisten und Sanitätern.

»Ein Schlüpfer. Ein durchnäßter Schlüpfer.«

Pascualis Aufmerksamkeit gilt nach wie vor dem Tangosänger, der sich schon entfernt, gleichgültig dem Geschehen gegenüber.

»Hören Sie mir zu, Pascuali? Es ist ein durchnäßter Schlüpfer. Wo sind Sie denn mit Ihren Gedanken, Pascuali?«

»Verzeihung. Ich glaubte, eine Reinkarnation zu sehen. El Polaco ist doch gestorben, oder nicht?«

»Der Tangosänger? Natürlich.«

»Also ich glaubte ihn zu sehen. Wie dem auch sei, ich kenne diesen alten Sänger, der soeben vorbeispaziert ist. Ich kenne ihn von irgendwoher. Was haben Sie gesagt?«

»Was die Leiche im Mund hatte, war ein durchnäßter Schlüpfer.«

»Vom Speichel, nehme ich einmal an.«

»Vom Speichel«, wiederholt Inspektor Pascuali später vor dem Bildschirm des Polizeicomputers. Die abgefragten Daten scheinen auf. Abraham Gratowsky, geboren 1913 in Warschau. 1943 nach Argentinien emigriert. Konzertgeiger. Künstleragent. Zwischen 1949 und 1963 Lebensgefährte und Manager von Gilda Laplace. Jetziger Wohnsitz: Altenheim der Schwestern vom Orden des heiligen Paulus. Vorstrafen: keine. Nachdem diese Daten auf dem Bildschirm erschienen sind, drücken die Finger auf die entsprechenden Tasten, damit das Blatt aus dem Drucker kommt und

Pascuali es in Händen hat. Er nimmt es zu seinem Schreibtisch mit und prüft es, in seinen Sessel zurückgelehnt. Er richtet sich auf, um es schließlich zu lesen, bewegt dabei die Lippen. Dann lehnt er sich wieder zurück und murmelt: »Gilda Laplace.«

Er erinnert sich daran, wie sehr Gilda Laplace seine Mutter begeisterte, und seine Augen füllen sich mit Regen und Zeit.

Adriana Varela, sämtliche Wimperntusche zerflossen und nasse Taschentücher im Papierkorb. Norman steht hilflos ihrer Trostlosigkeit bei. Seine Arme drücken Hilflosigkeit aus, als Carvalho und Alma die Künstlergarderobe betreten.

»Aber was ist denn mit ihr los?«

»Der Große Gratowsky ist umgebracht worden.«

Carvalho fragt: »Ein Zauberer?«

Norman ist verwundert, daß der Fremde etwas nicht weiß, das er wissen sollte.

»Einer der wichtigsten Künstleragenten der fünfziger und sechziger Jahre. Er genoß bis heute ein großes Ansehen. In der Erinnerung derjenigen, die sich erinnern.«

In Adrianas Erinnerung taucht sie selbst als junges Mädchen auf. Sie singt einen Tango aus dem Repertoire:

Wenn das Glück schlüpfrig ist,
danebengeht und danebengeht,
dich einfach im Stich läßt...

Im Parkett hört ihr die vermeintliche Jury eines vermeintlichen Wettbewerbs zu. Einer der Zuhörer ist der schon sehr betagte Gratowsky. Er lauscht genüßlich, beugt sich zu dem, der offensichtlich entscheidet, und flüstert ihm ins

Ohr: »Ich mag es nicht, wenn Mädchen Tangos singen, und noch weniger klassische Tangos, die ich von den Lippen Gardels oder Riveros gehört habe, aber dieses Mädchen ist eine Ausnahme.«

»Hörst du mir zu, Norman? Gratowsky gab mir seine Zustimmung, und als ich meinen Vortrag beendet hatte, sah ich, wie der Juryvorsitzende sich umdreht, um etwas mit Gratowsky zu besprechen. Der Alte lächelt, erhebt sich, bewegt sich mühsam zur Bühne, streckt mir seine Hände entgegen, sehr runzelige, aber elegante Hände. Er war gerührter als ich und sagte: Sie sind zu jung, um mich zu kennen. Ich bin der sogenannte Große Gratowsky. Ich erkenne einen Stern in einer Million von Konstellationen. Sie werden ein großer Star sein. Er ist für mich immer wie ein Patenonkel gewesen. Er war schon nicht mehr im Geschäft, aber die Talentesucher hörten auf ihn. Ich habe ihn mehrmals im Altenheim besucht.«

»Wein doch nicht, mein Zicklein! Wein doch nicht, sonst gleichst du einem Tango. Werd mir bloß nicht zur Tanguista. Der Alte lebt, lebt in deiner Erinnerung. Was willst du mehr? Wie viele Leute sind für immer weggegangen? Wie viele sind nicht einmal mehr eine Erinnerung?«

Carvalho kann sich nicht beherrschen: »Tango!«

Im Spiegel nur das Gesicht Adrianas, die sich endgültig wieder gefangen hat und sich den letzten Hauch von Lippenstift aufträgt. Sie wirft einen Blick in den Spiegel, erkennt hinter ihrem eigenen Spiegelbild Carvalho – wenig positive Aura, Alma und Norman als Landschaft.

»Pepe, ich will dir einen Auftrag geben. Du sollst keinen Tag verlieren, sondern sofort nach der Person suchen, die den Alten umgebracht hat.«

»Ich weiß nicht, ob ich ihn annehmen kann. Vielleicht kehre ich nach Spanien zurück. Der Kreis hat sich geschlossen. Das einzige, was noch zu klären ist, hängt nicht von mir ab.«

Er betrachtet Alma. Sie ist bestürzt, so als hätte sie soeben etwas gehört, das sie nicht hören wollte.

»Es gibt unerledigte Dinge. Zu viele!«

»Das einzige Unerledigte ist der Capitán und das, was mein Onkel uns vielleicht erzählen möchte.«

Der Gerichtsmediziner überprüft das am Knauf angebrachte Etikett: »Ermordet in Corrientes 348.« Dann zieht er an der Lade des Leichencontainers und gibt sie der Begutachtung eines etwa fünfzigjährigen Paares frei. Die Hormone der Frau scheinen im Grenzbereich zwischen männlichen und weiblichen zu liegen. Er hingegen kann dieser kantigen Frau nicht das Wasser reichen. Der Gerichtsmediziner öffnet den Reißverschluß der Plastikhülle, und das Gesicht des Alten erscheint. Die Frau betrachtet das Antlitz des Toten mit hartem Blick, dann schließt sie die Augen und nickt: »Es ist Papa.«

Der Mann bekräftigt: »Papa.«

»Señora…«

»Gratowsky. Ich wollte meinen Mädchennamen nicht aufgeben.«

Der Mann bestätigt: »Nein, sie wollte ihren Mädchennamen nicht aufgeben.«

»Wirst du nicht einmal hier und jetzt damit aufhören, stets zu wiederholen, was ich sage?«

»Wiederholen, was du sagst? Das tue ich?«

Er versucht Humor ins Spiel zu bringen, obwohl dies nicht der Ort dafür ist. Die Frau blickt nach wie vor eher mürrisch als betrübt drein. Der Gerichtsmediziner versucht, eine Brücke zwischen dem Paar zu spannen.

»In Harmonie lebende Ehepaare gleichen einander am Ende nicht nur physisch, sondern auch in Denken und Sprache.«

»Ich soll dem da ähnlich sehen?«

Der Gerichtsmediziner sucht nach irgendeiner Ähnlichkeit zwischen dem Mann und der Frau, lenkt aber schließlich seinen Blick auf die Leiche.

»Nein, es ist seltsam. Ihr Gatte gleicht Ihrem Vater. Noch nie habe ich einen Schwiegersohn gesehen, der so sehr seinem Schwiegervater ähnlich sah.«

Die Frau wiederholt ihre Schimpftiraden gegen den »ach so witzigen« Gerichtsmediziner während der ganzen Rückfahrt im Bus, auch noch beim kurzen Abendessen, und sie führt ihre Schmährede in einem nicht gerade prachtvollen Schlafzimmer fort. Alles wirkt alt, einer zwecklosen Renovierung harrend. Die Frau setzt sich aufs Bett, zieht die Strümpfe aus, die wie abgestreifte Häute zu Boden fallen. Sie betrachtet ihre angeschwollenen Beine, betastet die Krampfadern an den Waden. Eine Grimasse des Ekels in ihrem harten Gesicht, sich selbst oder der Welt im allgemeinen entgegengestellt. Ihr Ehemann betritt das Schlafzimmer, wirkt unbeschwert und zufrieden. Er hält eine gerahmte Fotografie in Händen und streckt sie gerührt seiner Frau hin.

»Dein Vater, Ruth.«

Sie widmet ihm einen finsteren Blick, und ihre Miene verändert sich nicht, als sie das Foto ihres Vaters nimmt und es betrachtet. Mehr als vierzig Jahre liegen dazwischen. Ein reifer Mann, aber jugendlichen und kräftigen Aussehens, neben einer jüngeren Frau, die wie ein Star wirkt, und etwas mehr im Hintergrund ihre Zwillingsschwester, gekleidet wie sie, aber zurückhaltender. Ruth schleudert das Foto auf die Bettdecke.

»Der Kerl und seine Schlampe. Du hast wohl kein Foto finden können, das ihn mit meiner Mutter zeigt?«

Sie wirft ihrem Mann einen tadelnden Blick zu. Er wird zu ihrem Fußabstreifer, und sie gibt ihm den Rest.

»Ihr Männer seid alle gleich.«

Don Vito ist voll in Fahrt. Carvalho hört ihm geduldig zu, während er spielerisch seinen Drehsessel herumschwenkt.

»Den Großen Gratowsky und mich als Brüder zu bezeichnen wäre vermessen, doch fühle ich mich als sein Vetter. Er beanspruchte des öfteren meine Dienste, denn er war ein großer Schürzenjäger, und diese Affären bringen immer Verwicklungen mit sich. Die Bestimmung des Mannes ist es, sich unter allen möglichen Röcken selbst zu finden.«

»Einschließlich der Schottenröcke.«

»Es gibt solche und solche Schotten. Aber die große Liebe des Großen Gratowsky war Gilda Laplace.«

Gilda Laplace ist ein Teil seiner argentinischen Jugenderinnerung: Perón, Evita, Hugo del Carril, Gilda Laplace.

»Sie tritt noch immer im Fernsehen auf, als Moderatorin. Ihre Filme kamen nach Spanien. Ich war sehr jung, aber sie schien mir eine sehr schöne Frau zu sein.«

»Sie und ihre Schwester. Zwei wunderbare Frauen... Zehn Jahre lang trat sie zusammen mit ihrer Zwillingsschwester auf. Die ›Schwestern Laplace‹ sangen, tanzten, machten Kino, Theater, Hörspiele. Dann verschwand Lidia Laplace von der Bildfläche, widmete sich ihrem Privatleben. In Wahrheit war allgemein bekannt, daß Gilda die künstlerische Ader hatte.«

»Gilda. Eine Hommage an Rita Hayworth?«

»Nein. Der Ärmsten blieb keine andere Wahl. Sie hieß Hermenegilda.«

»Beginnen Sie mit den Leuten aus dem Umfeld: Theater, Kino, Fernsehen. Ich werde mir die Familie Laplace vorknöpfen. Solange ich noch in Buenos Aires bin, vielleicht reise ich morgen, nächste Woche oder nie ab.«

Mit geschlossenen Augen, die Hand auf der Brust, stößt Don Vito einen von Worten begleiteten Seufzer aus.

»Sie werden niemals von Buenos Aires fortgehen, selbst

wenn Sie abreisen sollten. In jedem Fall, nach so langer Zusammenarbeit, bei der wir so oft unsere Haut retten mußten, hätten Sie etwas dagegen, wenn ich das Büro weiterführte? Ich werde nicht einmal Ihren Namen vom Schild entfernen! Ihre Gegenwart in meinem Leben und die Erinnerung an Sie im Bereich der privaten Ermittlungen in Buenos Aires sind unauslöschlich!«

»Bloß keine Tränen, Don Vito. Ich statte der Tochter von Gratowsky einen Besuch ab, Sie reden mit meinem Onkel. Er ist der Wohnungseigentümer.«

Schon auf der Treppe, erreicht ihn die Überlegung seines Partners: »Es ist so zentral gelegen!«

Isaac und Ruth Gratowsky, teilt ihm ein Nachbar mit. Ihr Nachname hat den seinen ersetzt, und obgleich die Frau nicht zu Hause ist, wohl aber ihr Mann, beherrscht ihre Abwesenheit die Wohnung. Der Salon verströmt wirtschaftlichen Niedergang, der Carvalho vertraut ist, Ende von etwas, Ende von allem. Isaac ruft sich seinen Schwiegervater in Erinnerung.

»Eine Versicherungspolice. Ich wußte, daß der Alte sie im Grunde liebte. Ich besuchte ihn manchmal, aber sagen Sie das niemals, niemals Ruth. Ich allein. Sie wäre damit nicht einverstanden gewesen. Und der Alte war dankbar für die Besuche. Wir Alten freuen uns über Besuch.«

»Ihre Frau hingegen verabscheut Besuche.«

»Meine Frau ist sehr sonderbar, sehr mißtrauisch, und ich werfe es ihr nicht vor, das Leben hat sie so werden lassen. Sie hat ihrem Vater nie verziehen, daß er sie und ihre Mutter verließ, um sich mit Gilda Laplace und all den anderen zu vergnügen, der Alte hatte es nämlich in sich. Wo sich sein Auge hinbewegte, war auch sein Schwanz!«

»Auch jetzt noch?«

»Auch jetzt!«

Er senkt die Stimme, so als könnte die abwesende Ruth in einer übertragenen Anwesenheit zuhören.

»Manchmal sind wir zusammen mit Nutten ausgegangen. Aber kein Wort zu Ruth. Sie ist eine sehr strenge Frau. Voller Komplexe. Sie arbeitet als Masseurin und ist gegen die Cremes allergisch. Die Ärmste. Sie hat Angst, die Arbeit aufgeben zu müssen.«

Ruth Gratowsky beugt sich, in weißem Arbeitskittel und mit eingecremten Händen, mechanisch und kräftig über einen weiblichen Körper, dem sie eine harte Rückenmassage verabreicht. Der Blick der Masseurin ist unbeteiligt, doch ihre Hände werden gefühlvoller, als sie über den Rücken, die Hüften, die Schenkel, den Hals eines anonymen Körpers wandern, der nicht schlecht geformt, nur etwas zu dick ist. Mit einer Stimme, so kräftig wie ihre knetenden Hände, meint Ruth Gratowsky: »Sollte ich es zu kräftig machen, müssen Sie es sagen.«

»Nein, nein. Ich mag es so. Kräftig.«

Die Massage ist zu Ende. Während sich die Kundin den Bademantel überzieht und zum letzten Mal eine flüchtige Nacktheit zeigt, trocknet Ruth ihre Hände, betrachtet sie und stellt entsetzt fest, daß wieder rote Flecken aufgetaucht sind. Die Kundin verläßt den Raum, steckt aber im Gehen noch etwas Geld in die Tasche von Ruths Arbeitskittel.

»Vielen Dank, Señora Fersanti. Sie sind immer so aufmerksam.«

Bereits allein, mustert Ruth verzweifelt ihre Hände. Sie heult lautlos, dem Himmel zugewandt, als wollte sie ihm die Schuld geben, und vom Himmel herab ertönt die Stimme aus dem Lautsprecher: »Ruth Gratowsky wird an die Rezeption gebeten.«

Carvalho späht durch eine halbgeöffnete Tür. Eine Frau schminkt eine andere, und das Schminken hat etwas von einer Zahnarztzeremonie, weil die Geschminkte in einem Stuhl lehnt, der an einen Zahnarztstuhl erinnert. Die Kosmetikerin tätschelt sanft, mit rhythmischen Schlägen, den Hals der ihren Künsten unterworfenen Kundin. Doch Carvalhos Blick wird jäh durch eine Hand unterbrochen, die energisch die Tür schließt. Ruth Gratowsky mustert ihn mißbilligend.

»Sie wollten mich sehen?«

»Ruth Gratowsky?«

»Wenn ich nicht Ruth Gratowsky bin, wer dann? Sie haben nach Ruth Gratowsky verlangt, oder etwa nicht?«

Carvalho nickt und fordert sie auf, in einem der Lehnstühle Platz zu nehmen.

»Setzen Sie sich, und fühlen Sie sich wie zu Hause.«

Carvalho setzt sich, und Ruth zögert zunächst, entschließt sich aber, es ihm gleichzutun.

»Zunächst einmal wollte ich mein Beileid ausdrücken.«

»Könnten Sie mir erklären, welches Leid Sie mit mir teilen?«

»Sie sind aus der Schule von Bette Davis. Sie sprechen wie Bette Davis. Ich bezog mich auf das selbstverständliche Leid einer Tochter, die soeben ihren Vater verloren hat.«

»Meinen Vater verlor ich vor vierzig Jahren. Er ließ meine Mutter und mich in dieser Stadt hängen, während er den Großen Gratowsky spielte.«

»Kann ich Sie in diesem Gefühl begleiten?«

»Teilen Sie es? Ließ Ihr Vater Sie auch vor fünfzig Jahren hängen? In Buenos Aires wohl kaum, denn Sie sind Gallego.«

»Mein Vater besaß einen Hang zum Lächerlichen und ließ niemanden im Stich. Nicht einmal einen alten Kater in unserem Haus, der Negrín hieß.«

»War es ein schwarzer Kater?«

»Nein. Der Name ist eine Hommage an einen spanischen Republikaner, Juan Negrín. Aber Sie werden wohl nicht wissen, wer Juan Negrín ist.«

»Ich erinnere mich nicht einmal an die hiesigen Politiker. Wie heißt der Präsident der Republik Argentinien?«

»Menem, glaube ich. Ist das möglich?«

Ruth seufzt und tritt Carvalho mutig entgegen.

»Polizist? Versicherungsinspektor?«

Carvalho schenkt ihr ein Lächeln, das entwaffnend sein soll.

»Privatdetektiv.«

Ruth steht entschlossen auf. Sie hält das Gespräch für beendet und will gehen, doch Carvalhos Worte halten sie zurück.

»Ein Privatdetektiv, der Ihnen den Zugriff auf das Versicherungsgeld Ihres Vaters unmöglich machen kann.«

In den Augen der Frau läuft der Film eines Traums ab, und Carvalho fühlt sich plötzlich elend, erschüttert. Er murmelt eine Entschuldigung und geht.

Don Evaristo inspiziert alle Einzelheiten des zu Büro und Wohnung gewordenen Appartements, so als wollte er eine Bestandsaufnahme der Veränderungen machen, die sein Neffe durchgeführt hat. Er lauscht Carvalhos ausgiebigem Telefongespräch mit Barcelona, als ob er die Kosten berechnen und die Möglichkeit in Betracht ziehen würde, daß der Detektiv nach Spanien zurückkehren könnte, ohne sie zu bezahlen. Aus dem Gespräch ergibt sich, daß jemand zurückgekommen ist.

»Charo wird bleiben?... Sie will ein Geschäft aufmachen?... Ich weiß es nicht, Biscuter, ich weiß es nicht. Es muß erst alles geklärt werden.«

Das Gespräch geht weiter, nach Meinung von Don Evaristo eine überflüssige Fortsetzung. Die Leute haben den

Respekt vor dem Telefon verloren, sie reden und reden, ohne zu bemerken, daß in den Kellern der Telefongesellschaften Liliputaner sitzen, deren verzeichnete Zahlen den Gewinn auf Kosten des Schwätzers mehren. Er hatte seinen Neffen nicht als Schwätzer eingeschätzt, aber da hängt er nun, die Lippen an das Gerät gepreßt und einen Arm darüber ausgestreckt, so als wollte er einen Schutzwall für sein Gespräch schaffen.

»Nein, Biscuter, ich kann es dir wirklich nicht sagen.«

Wenn er es nicht sagen kann, warum setzt er dann das Gespräch fort? Don Evaristo tut so, als würde er schlafen, um dem nicht enden wollenden Gequassel Don Vitos zu entgehen und aus diesem Zustand heraus Verhalten und Reden der hereinkommenden Leute zu verfolgen, bis Raúl in der Tür steht, sich langsam nähert, abgezehrt und kalt, kalt zu ihm, seinem Vater, obwohl er sich zu ihm hinunterbeugt und einen Kuß auf seine Wange haucht. Sogar Carvalho hat zu telefonieren aufgehört, um das Treffen zu beobachten, und Alma ist aus dem Nebenzimmer gekommen, in das sie sich völlig aufgelöst mit Font y Rius und Silverstein zurückgezogen hatte. Aus Almas Augen fließen Tränenströme, schiffbrüchige Augen, die darauf warten, daß der Alte etwas von sich gibt. Niemand sieht ihn an, aber alle warten, daß er etwas sagt.

»Das Jüngste Gericht«, sagt er schließlich, ohne zu erhoffen, damit genug gesagt zu haben. »Berta ist also nicht gestorben.«

Und Sarkasmus liegt in seiner Stimme, als er hinzufügt: »Wie hätte auch die Anführerin sterben können! Die Anführerin von euch allen!«

Sie überlassen ihn weiterhin seinem Monolog und seiner Beklemmung.

»In meinem Alter muß ich mich für nichts mehr entschuldigen. Ich habe euch nicht aufgefordert, gegen das argentinische Heer, gegen die ganze Gesellschaft, gegen den CIA zu kämpfen, der den kalten Krieg nirgendwo und am wenigsten hier in Amerika verlieren wollte. Ich habe euch nicht dazu aufgefordert, den Narren zu spielen, mußte aber die Konsequenzen von etwas tragen, in das ich mich nicht eingemischt hatte. Ist das klar? Deshalb werde ich nicht um Verzeihung bitten. Ich machte die Dinge auf meine Weise, wie ihr sie auf eure Weise gemacht habt, und ich konnte eure Leben retten, aber das hatte seinen Preis.«

»Eva María?«

Don Evaristo ist aufgestanden und kehrt seine Körpergröße hervor, als er seinem Sohn gegenübersteht.

»Es diente einem Zweck, nämlich sie zu retten und euch zu retten. Mein Treffen mit dem Capitán Gorostizaga ...«

»Doreste.«

»Was soll das, zum Kuckuck! Ist es nicht völlig egal, wie er wirklich heißt? Ich hatte Beziehungen ins Spiel gebracht, Beziehungen, über die ihr lachen würdet, die aber wirksamer waren als Intellektuelle, Priester, Menschenrechte und all das, und ich drang bis zum Capitán vor.«

»Welche Beziehungen, Papa?«

»Die Milch.«

Er hat sich wieder hingesetzt und reißt nun die müden Augen weit auf, um den Gesichtsausdruck Raúls zu erforschen.

»Erinnerst du dich an mein Hauptgeschäft in jener Zeit?«

»Milchgroßhändler.«

»Genau. Der Großteil der Kasernen wurde laut Vertrag von mir mit Milch beliefert, und dieser Vertrag brachte den hohen Militärs ein gutes Schmiergeld ein. Don Evaristo hier, Don Evaristo dort. Sie haben meinen Sohn verhaftet, jugendlicher Unsinn. Mal sehen, was sich machen läßt, Don Evaristo. Verdammt, worüber lacht denn dieser Kerl?«

Silverstein krümmt sich vor Lachen.

»Ich sage nur die Wahrheit. Ich besaß die bestmöglichen Beziehungen in diesem Land, das Schmiergeld verband mich mit der Kasernenverwaltung, und so drang ich bis zum Oberkommando des Capitán vor. Ihr hattet alles verloren, und Eva María war in einem Auffanglager für Kleinkinder, jeglicher Papiere beraubt. Du lebtest, Raúl, und ich lieferte dein ganzes Forschungsmaterial ab, damit im Gegenzug über alles Schweigen gelegt wurde. Berta war tot, zumindest schien es so, und außerdem bedeutete deine Rettung den Freibrief für alle, die mit dir, in deiner Wohnung, festgenommen worden waren. Für den, der da jetzt lacht, für Alma, Pignatari. Wo ist übrigens Pignatari?«

»Tot!« ruft Silverstein, nach wie vor von Lachen geschüttelt. »Dieser Mann hat uns das Leben gerettet, weil er den Militärs Milch verkaufte!«

»Ich hatte etwas zu verkaufen, das ist alles, und ihr nichts, weder damals noch jetzt, und entweder hört dieser Trottel zu lachen auf, oder ich rede nicht weiter. Worüber lachst du? Ist der Capitán etwa nicht noch immer da? Glaubt ihr, daß ihr stärker seid als ich? Was tut ihr, wenn der Capitán über euch herfällt?«

Raúl redet endlich, aber ohne ihn anzusehen: »Niemand verurteilt dich. Wir wußten alle, daß etwas geschehen war, damit wir wie durch ein Wunder gerettet wurden. Wir wollten es nicht erfahren, bis ich zurückkehrte, um mich irgendwo selbst zu spüren. Der Capitán stellt keine Gefahr mehr dar. Es gibt einen Fahndungs- und Haftbefehl.«

»Idioten! Für diese Leute gilt niemals ein Fahndungs- und Haftbefehl!«

»Richte Adriana aus, daß ich den Fall aufgebe. Ich reise ab, fahre mit meinem Onkel nach Spanien zurück.

Das mit dem Großen Gratowsky übernimmt Don Vito. Ich habe nicht den Mut, es ihr selbst zu sagen.«

Alma will das Gehörte nicht zulassen.

»Du sagst also, du kehrst nach Spanien zurück, Gallego? Das heißt, daß du nie wieder im Tango Amigo vorbeikommst?«

»Heute ist mein letzter Tangoabend. Mich erwartet nichts weniger als ein Quintett, das Quinteto Real. Das neue Buenos-Aires-Quintett, wie es auf Plakaten angekündigt wird. Vor meiner Abreise möchte ich noch die Vorstellung von Cecilia Rosetto besuchen. Ich sah sie in Spanien und fand sie großartig. Danach adiós.«

Man hat eine Flasche Borgueil an ihren Tisch gebracht, das Weinangebot des Tages, und auf der Bühne stimmen fünf alte Tangomusiker seelenruhig ihre Instrumente. Club del Vino. Calle Contreras, wo sich die Off-Off-Theater und einem identitätslosen Wahn entsprungenen Stücke ankündigen, und das in einer so sehr von Identität geprägten Stadt. Luis Cardei und Antonio Pisado, Akkordeon, Néstor Marconi und Antonio Agri, Geige, Salgán, Klavier, De Lío, Gitarre. Carvalhos Augen konzentrieren sich auf Agri, den gefeierten virtuosen Geiger Piazzollas. Ein schöner alter Mann mit wachsamen Augen voller Noten, die er atmet. Zwischen den Instrumenten entspinnt sich ein Dialog, und das Bandoneon zeigt Lust auszuschweifen. Das Bandoneon klingt für Carvalho nach beständiger Suche, während das Klavier, die Gitarre und die Geige sich in den Vordergrund spielen wollen. Es sind Stimmen. Das Bandoneon gleicht einem Scheinwerfer, den es schmerzt, Lichtstrahlen auf das zerstörte Umfeld zu richten. Raúl, Norman, Font y Rius und Alma sind erregt. Sie hören der Musik zu, führen aber ihr Gespräch über das Treffen mit Muriel fort.

»Heute nacht, wir müssen noch heute nacht mit ihr sprechen.«

»Werden wir sie Eva María nennen?«

»Mir gefällt Muriel besser.«

»Sie soll so heißen, wie sie es möchte.«

Endlich hat Carvalho seine Rolle des Außenseiters übernommen und einen Plan ausgebrütet, der nur sie betrifft. Nicht einmal den alten Tourón oder Güelmes.

Sie verlassen den Club del Vino und machen sich auf den Weg, um Muriel zu treffen.

»Callao, Ecke Corrientes.«

Font y Rius verabschiedet sich.

»Kommst du nicht mit?«

»Nach der netten Szene werde ich die Reste aufsammeln. In meiner Klinik habt ihr immer Rabatt.«

Carvalho sieht sein Auto besetzt und sich selbst als Fahrer machtlos. Keiner hat ihn gefragt. Es gibt Verkehrsprobleme, und eine Menge Polizisten überwacht aus der Ferne eine offensichtlich bedeutende Demonstration.

»Die Mütter der Plaza de Mayo?«

»Nein.«

»Die Pensionisten?«

»Nein. ›La noche de los lápices‹.«

Die Nacht der Stifte. Während Alma und Raúl ihr Treffen mit Muriel durchsprechen, ist Norman an seiner Seite melancholisch geworden und klärt ihn auf: »Vor zwanzig Jahren nahmen die Milicos Schüler fest, ganz junge Burschen. Sie beschuldigten sie einer subversiven Publikation und brachten sie alle um. Nun, einer überlebte. Wir nennen sie ›La noche de los lápices‹ wegen des Alters der Jungen.«

Norman dreht sich um und betrachtet Raúl und Alma, völlig fern von dem, was innerhalb des von Carvalho gesteuerten Wagens oder in der Welt geschehen mag. Er bemerkt: »Ich las soeben im *Nuevo Porteño* eine Reportage über die beiden Kinder Urondos. Der Größere wuchs mit seinem Vater auf, und das Mädchen ist verschwunden, von den Milicos entführt. Jetzt haben sich die Geschwister wiedergefunden. Der Ältere ist ein wandelndes historisches Gedächtnis und hatte Zeit, um zu begreifen, was es bedeutete, Urondos Sohn zu sein. Dem Mädchen wird man alles erklären müssen, alles, sogar, daß ihr Vater ein großer Dichter war. Diese Kinder werden nie normal sein. Muriel wird nie normal sein.«

An der Kreuzung Corrientes und Callao geht Alma in einen auf argentinische Bücher und Platten spezialisierten Laden, während die drei Männer den Verlauf der Demonstration betrachten, Tausende Jugendliche, auch Veteranen sämtlicher Demonstrationen, sämtlicher verlorenen Kriege, das Porträt von Che über den Köpfen, und selbst noch über den Che hinaus der Schrei: »Wir werden siegen!« »Die optische Täuschung, daß die Welt der Logik der sechziger Jahre gefolgt sei, die Jahre, in denen wir knapp vor dem Sieg standen«, wiederholt ein ums andere Mal Silverstein. »Und diese Arschlöcher sind gekommen und haben uns ausgerottet, haben uns für immer ausgerottet, in Argentinien, in den Vereinigten Staaten, in Italien, in Deutschland.« Die Lieferwagen tragen das Gewicht der Trommeln und ihren den Umständen entsprechenden pompösen Klang, denkt Carvalho. Alma ist aus dem Geschäft herausgekommen und hält ihm eine Tüte hin.

»Da. Platten und Bücher über unsere Sache. Die Platten, damit du sie dir anhörst, die Bücher, damit du sie verbrennst.«

Die schönen Augen Almas sagen ihm adiós, adiós, Gallego. Ich sage dir adiós, bevor du es zu mir sagst. Aber Carvalho will ihr vielleicht nicht adiós sagen. Vielleicht wünscht sich Alma, daß Carvalho erklärt: »Nein. Ich möchte dir nicht adiós sagen.«

Und Carvalhos Lippen bewegen sich, um etwas zu sagen, er weiß nicht genau, was. Möglicherweise wollte er Alma fragen: Willst du, daß ich bleibe? Wenn du Eva María zurück hast, wirst du mir dann teilweise deine wunderschönen grünen Augen widmen? Werde ich ein Teil der alltäglichen Welt deiner grünen Augen sein? Doch Raúl ruft: »Dort, dort ist Muriel!« Das Mädchen kommt neben Alberto heraus, in der ersten Reihe einer Studentengruppe, und Alma läuft auf sie zu, dann Raúl. Silverstein entschuldigt sich bei Carvalho und findet sich ebenfalls zum Treffen mit der Geschichte ein, kehrt aber, kaum hat er Muriel auf die Wangen geküßt, zurück, kehrt zurück, weil er ins Tango Amigo muß, um Adriana zu präsentieren, wie er stockend erklärt. Carvalho und Silverstein schließen sich der Demonstration an, zusammen mit Unbekannten, die voller Begeisterung daran glauben, den Dämon des Vergessens herausfordern zu können. Dann bahnen sie sich ihren Weg durch die Ordnungskräfte und erreichen die Gehsteige, wo die Leute respektvoll, aber ganz ohne Begeisterung das Recht betrachten, den Zeittunnel zurückzugehen.

Muriel hat sie mit sehr ernstem Blick kommen sehen. Der Junge, Alberto, hält sie an den Schultern fest. Sie hat Raúl sehr neugierig angeschaut und gesagt: »Ich weiß schon alles.« Aber sie hat nichts hinzugefügt. Sie gehen und gehen und sehen sich aus den Augenwinkeln an.

Im Tango Amigo beschließt Carvalho, sich nicht von Adriana zu verabschieden, aber er kann die Stadt nicht verlassen, ohne ihre mondhafte Erscheinung noch einmal zu sehen, ihr abenteuerliches Dekolleté, auf der Suche nach dem Ursprung der Stimme, dort, wo die Frauen Zeit und Raum verlieren, indem sie die Spezies fortpflanzen, die Arbeitsteilung zwischen Opfer und Henker, Gefolterten und Folterknechten. Silverstein hat ihm versprochen, daß er in dieser Nacht den ersten Tango der Zukunft hören wird, jenseits von Piazzolla auf der anderen Seite des Tangospiegels.

Der Text stammt von mir, und ich widme ihn dir, Gallego.

Güelmes ist da, trinkt und beobachtet. Er grüßt ihn aus der Ferne, beschließt aber dann, zu ihm zu kommen.

»Was für eine Stimmung, nicht?«

»Ich habe Sie nicht allzuoft hier gesehen.«

»Ich komme schon hin und wieder, aber ich belästige Silverstein nicht. Wir führen parallele Leben. In Wirklichkeit hoffte ich, Alma zu treffen. Auch Sie. Zufrieden?«

»Warum?«

»Alles ist zu Ende. Die Gruppe um den Capitán ist aufgelöst worden. Wir sind frei!«

»Und alles übrige?«

»Das übrige? Der Capitán war ein überflüssiger Rest. Er mußte verschwinden, damit wir uneingeschränkt die demokratische Normalität leben können.«

»Worin besteht die demokratische Normalität?«

»Daß die Korruption und die Staatsgewalt von Zivilen, niemals von Militärs kontrolliert werden.«

»Und die zivilen Verbündeten des Capitán?«

»Hat jemals das zivile Komplott seine Schulden gebüßt? Die einzige Persönlichkeit auf ziviler Seite, die inmitten der Barbarei dieses Jahrhunderts bezahlt hat, war Alfred Krupp. Lassen Sie doch die Zivilen aus dem Spiel. Sollen doch ihre Untergebenen bezahlen. Die Militärs und die Polizisten.«

»Und Richard Gálvez? Er war hinter diesem Geldadel her, um seinen Vater zu rächen.«

»Richard Gálvez? Sie glauben, daß Richard Gálvez in der Lage ist, dem Staat den Schlaf zu rauben? Manchmal muß der Staat sich daran erinnern, daß er über das Gewaltmonopol verfügt.«

Silverstein betritt, in Licht gebadet, mit den Händen voller Buntstifte, die Bühne.

»Heute abend ist besonders die Gegenwart der Macht unter uns von Bedeutung. Der Minister Güelmes erweist uns die Ehre, für einen Augenblick den kürzesten Abstand zwischen Poesie und Leben, den Tango, zu durchlaufen. Das soll keinen Präzedenzfall schaffen, dennoch: Applaus für den Minister.«

Er wartet, daß der Applaus zu Ende geht, ohne mitzuklatschen, und zeigt dem Publikum, was er in Händen hält.

»Diese Stifte sind durch die Zeit gereist, um mit schwankenden Lettern und voller Rechtschreibfehler die Geschichte zu schreiben. Die Zukunft ist unvollkommen, aber weniger, als es die Vergangenheit war. Ich kann dicke Tränen weinen heute nacht, beim Klang der Trommeln der größten Niederlagen. Ich kann anderen Leuten meine Erfahrung im Irrtum und das Recht zu einer Wut anvertrauen, die anders als die meine ist. Haben Sie vielleicht gedacht, daß ich über Politik rede? Nichts läge mir ferner. Ich spreche über das prächtige Gras, das heute nacht in den Straßen von Buenos Aires zu sehen war, eine Bestätigung der *Ode an die Unsterblichkeit* von Wordsworth:

> Whither is fled the visionary gleam?
> Where is it now, the glory and the dream?

Was, wie alle Welt weiß, ins Argentinische übersetzt bedeutet: ›Pack die Kohle und renn!‹ Adriana Varela kann die traurigsten Verse heute nacht singen. Zum Beispiel: ›Du kannst nicht, du weißt nicht, du darfst nicht, du drehst dich nicht um.‹ Es ist kein Tango, aber er hat als musikalischen Hintergrund alle, alle zerbrochenen Tangos, die über Piazzolla hinausgehen. Die andere Seite des Tangospiegels.«

Adriana tritt mit Entschlossenheit nach vorn und singt, wenn sie nicht rezitiert, oder rezitiert, wenn sie nicht singt, ein Gedicht, das bloß von gelegentlichen Disharmonien der Geige, des Basses, des Klaviers und des Bandoneons unterstrichen wird:

Erinnere dich an das Nichts und seine Landschaft,
an deine vier bewahrten Gesichtskreise:
Man soll nicht, weiß nicht, kann nicht, kehrt nicht
zurück;
vier verflossene Zeiten aus Zinn und Amethysten,
vier Kriege, vier Ecken, vier Türen,
vier Höllen.

Wenn der Engel kommt, dir das Gedächtnis
mit zarten und blassen Gouachefarben zu bemalen,
mit dem Tod zu schachern, um Sehnsüchte zu
schüren
auf der bloßen Haut des in sich gekehrten Körpers,
wirst du dich, selbst wenn sie dich aus dem Paradies
des schon Vollbrachten vertreiben,
in der Erinnerung stets vollkommen sehen:
Erde, Wasser, Luft, Feuer, Zeit.

Vergeblich gaukelt dir das Gedächtnis Reisen vor,
über die vier Gesichtskreise hinaus,
von bekannten Gesichtern führen sie
zu den Fallen der Unterwasserstimmen
auf einem schlecht aufgezeichneten Band,
das sich der ganzen Ausdruckskraft des Schweigens
nähert.

Wie eine Treibsanduhr
wirst du an den Ecken der Sehnsucht versinken,
Fremder, in der Stadt sämtlicher Exile
wird deine Abwesenheit, Verschmelzung der Träume,
beginnen,
nicht einmal vorhandene Enttäuschung,
Wanderer in der Stadt zweckloser Sicherheiten,
die weder zu Ursprung noch an Grenzen führt.

Sie werden dir einen Namen geben, wie sie die Angst
des Schafes Wolf nennen, als Angst den Verruf
bezeichnen,
in den der Schiffbrüchige durch seinen Schiffbruch
gerät.

Zwölf Kriege, zwölf Ecken, zwölf Türen,
zwölf Höllen.

Doch wenn du in die zerstörte Stadt hinabsteigst,
wo die Schatten alles Lebendigen weilen,
in schwarze Wasser gestürzte Landschaften,
kraftlose Bäume, nicht enden wollende Straßen,
ohne Vögel noch Sterne, die dich vergessen,
ohne Geräusch noch Walzer.

Ohne Sonne noch Mond, von tausend Abwesenheiten
ausgehöhlt,
lebt nur der Widerhall des letzten Wortes;
in die Stadt hinuntergehen, um die Zeit einzuschließen
unter gewaltigen, massiven Steinblöcken.

Wenn du hinabsteigst,

wenn du hinabsteigst, wirst du keinen einzigen Schatten
wiedererkennen, auch von keinem Schatten erkannt
werden.
Es ist nicht dein Zuhause, obwohl dein Zuhause
ein ungefähres Abbild dieses Verfalls gewesen sein mag,
das geschändete Grab des Vergessens.

Erinnere dich an das Nichts und an seine Landschaft,
an deine vier bewahrten Gesichtskreise:
Man soll nicht, weiß nicht, kann nicht, kehrt nicht zurück.

Adriana ist der Atem ausgegangen, auch Carvalho und dem Publikum. Güelmes gewinnt ihn wieder, um Carvalho ins Ohr zu flüstern: »Das ist ein Tango? Ein Kammertango vielleicht?«

Der Hubschrauber überfliegt den Araukarienwald und sucht die Lichtung mit den Signalflaggen. Er landet, und die Tür wird von außen geöffnet, damit General Doreste unter den schon stillstehenden Rotorblättern aussteigen kann, und er geht voran, ohne auf die Schwierigkeit des Dicken zu achten, in eine für ihn zu große Leere zu springen. Doreste vernichtet mit seinem Blick den Mann, der ihn mit dem Strohhut in der Hand empfängt.

»Warum mußten wir hier landen? Warum nicht direkt auf paraguayischem Boden?«

»Der Hubschrauber hat keine größere Reichweite. Nun wird man Sie zur Puente de la Amistad bringen, und Sie werden über Ciudad del Este nach Paraguay einreisen.«

»Mit dem Risiko, daß man mich bei der Kontrolle erkennt?«

»Hier kennt und kontrolliert niemand irgendwen. In Ciudad del Este erwarten Sie schon die paraguayischen Kontaktmänner.«

Der Jeep wartet zwischen den Bäumen, die Räder in rotem Schlamm versunken, die Umgebung verschleiert von den mächtigen Wassern des Paranás, flußabwärts von den Iguazú-Wasserfällen. Dem Capitán fällt das Keuchen des Dicken, der ihm folgt, zur Last, ein Keuchen, das zu Röcheln wird, als der Dicke mit seinem eigenen Körper kämpft, der ihm nicht helfen will, in den Jeep zu steigen.

»Ich fühle mich nicht gut, Chef. Mir tut die Brust weh.«

»In einen Jeep steigt man mit den Beinen ein, nicht mit der Brust.«

Der Dicke schwitzt vor Hitze und Angst, neben dem eisigen Capitán sitzend, der nur seine eigenen Sachen im Kopf hat.

»Vier Augen sind wenig, Dicker. Nun hängen wir nicht mehr nur von uns selbst ab.«

»Diese Leute sind loyal, Chef. Eine Hand wäscht die andere.«

»Sie waren loyal, in Zeiten, als alles in Ordnung gewesen ist.«

Die Puente de la Amistad ist lahmgelegt vom Zustrom der Touristen, die nach Ciudad del Este fahren, um zu paraguayischen Preisen alles zu kaufen, was in der globalen Höhle Ali Babas Platz hat.

»Mit dem Auto kann es eine Stunde dauern, bis wir auf der anderen Seite ankommen.«

Der Fahrer dreht sich um. Er ist dunkelhäutig, und sein Atem riecht nach Chimichurri.

»Sie steigen besser aus. Auf der anderen Seite der Brücke werden Sie erwartet. Sie sind sicher zu Fuß schneller dort.«

»Wer erwartet uns auf der anderen Seite?«

»Der General.«

»Elpidio?«

»Ja, Señor.«

Der Capitán ist zufrieden, und der Dicke zwinkert ihm zu.

»Alles in Ordnung, Chef. Wenn Elpidio dort ist, ist alles in Ordnung.«

Der Capitán bewegt sich leichten Schrittes vorwärts, überholt die besessenen Käufer, die von der Lagerstadt Ciudad del Este angezogen werden, den gefälschten Markenartikeln aus Paris oder aus der universellen Stadt des Konsums. Durch die unasphaltierten Straßen der Grenzstadt Ciudad del Este fließen die Abwässer kaputter Kanäle und das verlorene Wasser der letzten Regenfälle. Der Dicke versucht, den raschen Schritten des Capitán zu folgen, und bittet ihn manchmal um eine Ruhepause, legt die Hände auf seine Brust, die ihn so schmerzt, als würde ein Stein auf das Brustbein drücken.

»Eines Tages werden wir wiederkommen, Dicker. So leicht werden sie mir das Mädchen nicht wegnehmen. Eines Tages werden wir zurückkehren, und ich werde dem Mädchen sagen, daß ich sie vor ihren Eltern gerettet habe, Dikker. Ich habe sie wie eine Prinzessin erzogen, so als wäre sie meine Prinzessin. Eines Tages werden wir zurückkehren, Dicker.«

»Lassen Sie mich ein wenig verschnaufen, Chef.«

Der Dicke beginnt zu begreifen, daß er die Puente de la Amistad nie überqueren wird. Er kann sich schon nicht mehr auf den Beinen halten. Er spürt einen heftigen Schmerz im linken Arm, und seine Brust ist bereits zu Stein geworden, schmerzender Stein. Er bekommt keine Luft mehr und breitet die Arme aus, um doch noch zu atmen und schließlich zu schreien, um den schon fernen Capitán zu Hilfe zu rufen. Aber Doreste dreht sich nicht um. Er hat Elpidio am Grenzstein zu Paraguay erblickt, und obwohl er wahrgenommen hat, daß der Dicke zusammengebrochen ist und dadurch das zähe Fortkommen der steckengebliebenen Autos noch mehr behindert, wirft er nur einmal einen Blick zurück.

»Sie sollen dich in Argentinien bestatten, Dicker. Das ist ein Glück.«

General Elpidio zeigt auf die Leute, die den zwischen zwei Autos auf die Fahrbahn gestürzten Körper des Dikken umringen. Doreste zuckt mit den Schultern. Elpidio ist wortkarg.

»Du bist in Sicherheit. Aber die Zeiten haben sich geändert.«

»Die übliche Hehlerei?«

»Die Ideale bewegen schon nichts mehr. Der Kommunismus ist besiegt. Es gilt viel einzustecken. Wir sind von der Droge bestimmt.«

»Und der Waffenhandel?«

Elpidio fängt zu lachen an und zeigt dabei ein in Chicago frisch aufgemöbeltes Gebiß. »Eine Million Dollar«, verkündet er und schlägt sich auf die Kanten seiner Zähne.

»Waffen? Du willst schon Waffen? Schau! In Ciudad del Este, in den Rasterstraßen, wo die Touristen bummeln, verkauft man Cacharel-Hemden, Zobelmäntel und japanische Computer. Es handelt sich um Nachgemachtes oder Schmuggelware. In allen anderen Straßen, in die sich nie ein Tourist verirrt, werden ausschließlich Waffen und Drogen verkauft. Aber, sei ehrlich, willst du wirklich Waffen zu dieser morgendlichen Stunde?«

Der Capitán wirft einen Blick zurück, betrachtet ein letztes Mal die Gegenwart des Dicken in dieser Welt. Die Sirene des Rettungswagens, der sich zwischen den Autoschlangen einen Weg bahnen will, wird erst viel später zu hören sein.

Zu dem Zeitpunkt ist der Capitán bereits bekannt gemacht worden, und man hat ihm eine Pistole geschenkt, die er zwischen Gürtel und Nabel verwahrt. Er besitzt auch schon einen neuen Paß und betrachtet das Foto, während er sich seinen Namen einprägt: »Juan Carlos Orellana. Das gefällt mir. Ich wollte schon immer Juan Carlos heißen.«

Das Altenheim ist nicht wirklich schäbig, aber auch nicht das Gegenteil davon. Ein Garten, in dem die Alten einzeln wandeln, der Unvermeidlichkeit der endgültigen Einsamkeit bewußt. Einige alte Frauen widmen sich der Handarbeit, andere singen. Eine Alte rezitiert im Stil der Singerman vor einer ziemlich allgemeinen Gleichgültigkeit:

Erinnerst du dich, daß du eine Marguerite Gautier sein
wolltest?
In meinem Gedächtnis ist ein seltsames Antlitz
eingeprägt,
als wir gemeinsam den Abend verbrachten, unsere erste
Verabredung
in einer fröhlichen Nacht, die nie mehr wiederkehren wird.

Deine verfluchten purpurroten Lippen
tranken den Champagner des feinen Bakkarats;
deine Finger zerpflückten die weiße Margerite:
»Ja ... nein ... ja ... nein.« Und du wußtest, daß ich dich
bereits anbetete!

Eine Gruppe hat sich zum Bocciaspiel zusammengetan, und einige Nonnen streifen pflichtbewußt zwischen den Leuten im Garten umher. Aber dieser Alte ist besonders wütend, als er Don Vito und Madame Lissieux entgegentritt.

»Alte Leute. Das ist alles. Nicht mehr und nicht weniger.«

»Sagen Sie doch das nicht, Don Aníbal. Das Alter! Schatzkammer der Erfahrungen.«

»Das Alter? Das Alter ist eine Scheiße.«

Madama Lissieux streichelt den Alten mit einem Blick und dann mit Worten.

»Aber mein Guter, bei Ihrem Aussehen, wie können Sie so etwas sagen? Jedes Alter hat seine Sehnsüchte und Begierden. Ein Mann ist und bleibt ein Mann, bis er stirbt. Der Große Gratowsky zum Beispiel.«

Don Vito geht weiter.

»Eine Weibergeschichte. Stimmt das etwa nicht? Mit einem Damenslip im Mund sterben! Mit einem Slip im Mund mußte er sterben!«

Aníbal lacht boshaft und zeigt dabei seinen zahnlosen Mund.

»Aber er hatte doch keine Zähne, genausowenig wie ich.«

»Er hatte das, was er haben mußte.«

Er nutzt eine scheinbare Geistesabwesenheit von Madame Lissieux und deutet vage zwischen seine Beine.

»Davon? Ich weiß nicht. Mir nützt er nicht einmal mehr zum Pissen. Diese Metzger haben mich viermal an der Prostata operiert, und es ist alles beim alten. Schauen Sie.«

Er beginnt sich die Hose aufzuknöpfen und herunterzulassen, doch Don Vito hält ihn mit einer auf Madame Lissieux gerichteten Kopfbewegung zurück.

»Ich glaube Ihnen, ich glaube Ihnen.«

»Ich werde Ihnen die Sonde und den Katheter zeigen.«

»Das ist wirklich nicht nötig.« Er zwinkert ihm zu. »Von Prostatiker zu Prostatiker!«

»Sie auch?«

»Meine Prostata gleicht einer Bruchgeschwulst. Unter uns Prostatikern gesagt. Gratowsky tat hier noch alles, was in seinen Kräften stand. Er verführte gewiß die eine oder andere der Heimbewohnerinnen.«

»Diese Alten? Aber nein! Manchmal haben wir sie betrachtet und gedacht: Wer konnte jemals mit diesen alten Schachteln ins Bett gehen.«

Aber Madame Lissieux kehrt zurück, freudig und ausgelassen.

»Was für entzückende alte Damen!«

Der Alte zuckt mit den Schultern und geht ihnen voran, mit vorgetäuschter Leichtigkeit, und Madame Lissieux und Don Vito folgen ihm, bis sie eine Zimmertür erreichen. Aníbal öffnet sie. Der dunkle Türrahmen wird erhellt, als der Alte den Lichtschalter drückt, und rund um ein großes Foto von einer vierzig Jahre jüngeren Gilda Laplace erstrahlen kleine Lichter. Aníbal murmelt ehrfurchtsvoll: »Das Heiligtum des Großen Gratowsky.«

Die Reproduktion der Büste von Gilda Laplace, doppelt so groß wie die natürliche Vorgabe, ist nicht das einzige dem Kult der Nostalgie gewidmete Objekt. Andere Kinostars oder Sängerinnen, die zur Litanei werden, zu einem Ringen um richtiges Erkennen auf den Lippen von Don Vito und Madame Lissieux. Fotos eines jüngeren Gratowsky in Nächten des Erfolgs seiner Künstler, bei gesellschaftlichen Ereignissen; das Foto einer Frau aus den vierziger oder fünfziger Jahren mit einem Mädchen: Ruth, schon als Kind mürrisch, der Große Gratowsky als Kontzertgeiger, Fotos von soeben nach Argentinien gekommenen Jugendlichen, die Freude verraten nach der europäischen Tragödie, der Große Gratowsky in ihrer Mitte. Aníbal hat stets laut einen nach dem anderen vorgestellt und hält beim Gruppenfoto inne. Don Vito ist überrascht und fragt: »Und die hier?«

»Über diese Gruppe hat er mir nie viel gesagt. Es war eine Handvoll europäischer Juden, mit denen er gemeinsam aus Europa geflohen ist, weiter nichts. Er war durch und durch Jude.«

»Knausrig?«

»Nein, verdammt, nein, ganz und gar nicht knausrig. Aber er fühlte sich völlig als Jude. Israel verpflichtet, Sie verstehen schon. Die Rusos. Wir nennen doch die Juden in Buenos Aires Russen, oder? Er nahm an den Zusammenkünften der Rusos teil.«

Madame Lissieux fährt zum Stadtviertel Del Once. Aníbal hat ein jüdisches Kulturzentrum in Sarmiento genannt, zwischen Uriburu und Pasteur, in dem der Große Gratowsky Stammgast war. Er ging auch ins Zentrum für Israelische Kulturförderung.

Im Vorzimmer Plakate von Israel, zionistische Propaganda, Prospekte für Reisen ins Gelobte Land, Kursangebote für Jiddisch und Hebräisch. Der Büroleiter ist Herr seines Schweigens und nicht gewillt, Sklave seiner Worte zu sein.

»Ich kann Ihnen nur sagen, daß Abraham Gratowsky ein guter Jude war.«

»Das bezweifle ich nicht. Er hielt sich an die Heiligen Schriften.«

»Das genügt nicht. Als guter Jude muß man auch für den Zionismus kämpfen.«

»Natürlich, für den weltweiten Zionismus.«

Der Ausdruck hat dem Mann nicht gefallen.

»Die Worte sind verräterisch und haben einen Herrn. Weltweiter Zionismus ist ein von den Mördern der Juden geprägter Begriff.«

Don Vito macht Madame Lissieux zur Zeugin seines Kummers.

»Sagt er das wegen mir? Sie irren sich, ich bin ein Freund der Juden, bewundere ihre Begabung. Einstein, Kirk Douglas. Stimmt es etwa nicht? Nein, Señor. Mich kann man nicht als judenfeindlich abstempeln, und ich freue mich darüber, daß Abraham Zionist war, ein streitbarer Zionist. Trug er mit Geld zur Sache bei?«

»Solange er konnte, schon. Zuletzt war er kaum noch in der Lage, seine Versicherung und das Altenheim zu bezahlen. Aber er hat stets mitgearbeitet, die Gefahren, die über die argentinischen Juden hereinzubrechen drohen, wachsam beobachtet.«

»Sie sind in Gefahr?«

»Haben Sie denn schon das Attentat auf die Israelische Botschaft vergessen? Wo sind die Schuldigen?

Wie viele ehemalige und ewige Nazis beherbergt dieses Land?«

»Können Sie mir irgend etwas von Gratowskys Mitarbeit näher erläutern?«

Eine Don Vito vertraute Stimme in seinem Rücken unterbricht die Befragung.

»Nein. Kann er nicht.«

Als er sich umdreht, erblickt er Pascuali, den er augenblicklich mit Madame Lissieux bekannt macht.

»Madame, ich stelle Ihnen den besten Polizisten von Buenos Aires vor, Pascuali. Er wird bei unseren künftigen Geschäften unser Verbündeter sein.«

»Von welchen Geschäften sprechen Sie?«

»Mein Partner, Señor Pepe Carvalho, reist noch heute nachmittag nach Spanien zurück, und ich habe die Firma Altofini und Carvalho, Detektivgemeinschaft, übernommen, wobei ich auf die unbezahlbare Hilfe von Madame Lissieux zählen kann.«

Pascuali murmelt: »Dummheit wird weder geschaffen noch zerstört, sie verändert sich nur.«

Auf dem Weg nach Ezeiza wechselt Pascuali zwischen der Härte, mit der er ihnen befiehlt, keine weiteren Nachforschungen im Fall Gratowsky anzustellen – »der Schlüpfer hat darin keine Bedeutung, der Fall steht vielmehr im Zusammenhang mit dem Sprengen der Israelischen Botschaft« –, und Madame Lissieux zugedachten Liebenswürdigkeiten, allen voran die Tatsache, daß er sie im Polizeiwagen, sämtliche Sirenen eingeschaltet, zum Flughafen bringt.

»An welchem Fall haben Sie mitgearbeitet? Meine Unterlagen erwähnen eine Dame, doch dann ist sie nicht mehr aufgetaucht. An dem von Borges' Sohn?«

Kaum hat er den Namen des angeblichen Sohns von Borges ausgesprochen, durchfährt es Pascuali wie ein Blitz, und er schließt die Augen, um eine erlebte Szene klar abzuspulen. Der alte Tangosänger vor der Nummer 348 der Calle Corrientes. Der Mann, der El Polaco zu sein schien.

»Der falsche Goyeneche! Jetzt macht er auf Goyeneche, so als wäre El Polaco von den Toten auferstanden!«

Weder Madame Lissieux noch Don Vito verstehen, was er meint, bis Pascuali zum Handy greift, um Kontakt zur Zentrale aufzunehmen.

»Durchkämmen Sie alles auf der Suche nach einem falschen Polaco, der als Goyeneche verkleidet herumspaziert. Ich glaube, es handelt sich um Arielito Borges Samarcanda. Und halten Sie die Augen offen, denn er dürfte etwas aushecken.«

»Arielito als Tanguero?«

Sie erreichen Ezeiza, wo Carvalho nur Don Vito erwartet, Madame Lissieux aber die Hand küßt und Pascuali eine Kühle entgegenbringt, die dieser nicht spürt. Der Polizist teilt ihm mit: »Ich bin gekommen, um mich zu versichern, daß Sie tatsächlich abreisen.«

»Ich hingegen wußte, daß Sie hierbleiben würden, der Gunst des Capitán unterworfen.«

»Der Capitán hat sich in Luft aufgelöst.«

»Sie haben ihn fallen lassen, aber er wird zurückkommen. Entweder Sie bringen ihn um, oder er kommt wieder.«

»Ich stelle keine Fragen. Er hat sich in Luft aufgelöst und aus.«

Don Vito faßt den Fall Gratowsky zusammen und übertreibt sein Wissen um die Verbindungen zu Zionismus und Antizionismus. Gilda Laplace? Nein. Das ist die falsche Spur. Aber Pascuali läßt sich zu der Bemerkung hinreißen: »Sie befindet sich in einer Klinik für kosmetische Chirurgie, läßt sich ihr zehntes Lifting machen.«

Carvalho will keine ungelösten Fälle mitnehmen, in Spanien erwarten ihn genug. Er wird noch ausreichend Zeit haben, um eine neue Sehnsucht zu fühlen, die nach Buenos Aires, nach Alma vielleicht. Don Vito umarmt ihn so fest, daß es schon schmerzt. Madame Lissieux gibt ihm den Abschiedskuß, den ihm Alma nicht gibt. Pascuali führt zwei Finger an einen nicht vorhandenen Helm und kehrt ihm den Rücken. Gesten, die er während des Flugs bis zum ersten Zwischenhalt in Rio de Janeiro unmittelbar im Gedächtnis hat. Sein Onkel döst bereits, als Carvalho den Sitz neben ihm einnimmt und argentinischen Wein trinkt, sogar im *Clarín* zu blättern beginnt, doch kommt er nicht über die erste Seite hinaus: »Richard Gálvez ist bei einem Flugzeugunglück ums Leben gekommen.« Er ist mit den Anwälten an Bord abgestürzt, denkt Carvalho, und aus irgendeinem Restbestand an Arglosigkeit schöpft er Angst, die schließlich zu Luft wird. Richard Gálvez ist tot. Die plötzliche Leichtigkeit, mit der man zu Muriel vorstieß, der Fall des Capitán. Er hätte das Flugzeug gerne wieder nach Buenos Aires zurückgelenkt, doch die Maschine wird vom künftigen Ziel angesaugt. Bei der Ankunft in Rio wacht sein Onkel auf, begleitet seine schwankenden Schritte bis zum Wartesaal, und wieder geht Carvalho der Tod von Gálvez durch den Kopf. Die Macht. Zweifellos hatte die tatsächliche Macht ihre Hände im Spiel. Er muß an die Worte von Güelmes denken: »Das Wichtige daran, daß ich an der Macht bin, ist es, Alma empfangen zu können.«

Er ist verstimmt, hat Lust, weiter zu trinken, um den Zwischenaufenthalt im Dämmerzustand hinter sich zu bringen, vor allem den Augenblick, in dem sein Onkel aus dem Halbschlaf auftaucht und ihn in die Zwickmühle eines Dialogs zwingt, den er nicht führen will. Die Bildschirme kündigen die verschiedensten Fluchtmöglichkeiten an, und hätte er auswählen können, wäre er nach Australien gereist, obwohl er die Existenz Australiens bezweifelt. An seiner Seite unterhält sich ein junges Paar auf katalanisch und faßt die Reise mit Stimmen zusammen, denen man anmerkt, daß sie zu zwischen zwei Lüften, zwei Kontinenten gebeutelten Körpern gehören. »Aber der fliehende Reisende hält früher oder später inne«, trällert Carvalho in Gedanken und pfeift die Melodie. Das Mädchen sieht ihn an, den Kopf an die Schulter ihres Begleiters gelegt. »Kommen Sie aus Buenos Aires?«

»Ja. Und Sie?«

»Wir waren eine Woche dort. Und Sie?«

»Mehrere Monate.«

»Dann wissen Sie sicher viele Dinge über Buenos Aires.«

»Tango, Verschwundene, Maradona.«

Auf dem Gesicht des Mädchens macht sich Erstaunen breit und Ironie auf dem ihres Begleiters, der sich umdreht, um ihn sehen zu können.

»Maradona kenne ich, klar. Aber der gehört schon zur Archäologie. Ronaldo. Ronaldinho ist der neue König. Tango? Werden denn in Buenos Aires noch Tangos gesungen? Von welchen Verschwundenen sprechen Sie? Hat das etwas mit *Akte X* zu tun?«

Carvalho beginnt zu zweifeln, und sein Zweifel hält an, bis er die postmodernen Glasflächen des Flughafens von Barcelona erblickt. War er in Buenos Aires gewesen? Er hatte es nicht einmal geschafft, die Show von Cecilia Rosetto zu sehen. Dann erinnert er sich an das Geschenk Almas, das seinen Besuch in der Stadt bestätigen sollte. Er hat einen Beweis dafür, in Buenos Aires gewesen zu sein, abgesehen von Almas Augen, die schon in der gallertartigen Masse der Erinnerung zu versinken begannen. Er öffnet das Päckchen, das er in die Reisetasche gesteckt hatte, und mehrere CDs und Bücher, Bücher, Bücher kommen zum Vorschein. Edmundo Rivero singt Discépolo.

Inhalt

Das umfangreichste Buch, *Adam Buenosayres* von Leopoldo Marechal, beginnt ebenfalls mit einem Lied:

Das weiße Taschentuch,
das ich dir schenkte,
mit meinem Haar gesäumt...

Und fährt fort:

»Mild und heiter (wie immer im Herbst in der so reizenden Stadt Buenos Aires) erstrahlte der Morgen jenes achtundzwanzigsten April. Zehn Uhr schlug es, und zu dieser Stunde, wach und umtriebig in der Morgensonne, füllte die große Hauptstadt des Südens ein Auflauf von Menschen, die sich schreiend den Besitz des Tages und des Landes streitig machten.«

PIPER ORIGINAL

Andrea Camilleri

Jagdsaison

Roman. Aus dem Italienischen von Monika Lustig.
154 Seiten. Klappenbroschur.

Auf dem Postdampfschiff »König von Italien« kommt am Neujahrstag 1880 ein Fremder in das Städtchen Vigàta: Fofò möchte sich in seiner sizilianischen Heimat als Apotheker niederlassen. Kurz darauf beginnt eine Reihe mysteriöser Todesfälle, und ein Mitglied der Familie Peluso nach dem anderen wird dahingerafft: Mal ist es eine Pilzvergiftung, mal Schwindsucht, mal auch Mord. Fofò, durch all die Schicksalsschläge Vertrauter der Pelusos geworden, heiratet die einzige Überlebende, die junge Marchesa Antonietta. Erst der neue Stadtkommandant beginnt an der Zufälligkeit dieses wundersamen Sterbens zu zweifeln…
Wieder brilliert Camilleri in einer köstlichen satirischen Komödie, der er mit gewohnter Könnerschaft ein unwiderstehliches sizilianisches Kolorit verleiht.

»Camilleri, der Mann aus Agrigent, ist ein Chronist dieser Welt: geistreich, weise und absolut unterhaltsam. Ein Könner.«
Aspekte

PIPER

Manuel Vázquez Montalbán

Unmoralische Rezepte

Aus dem Spanischen von Stefanie Gerhold und Albrecht Buschmann. 160 Seiten mit Illustrationen von Manfred Bofinger. Geb.

Landläufig setzt man den Autor Vázquez Montalbán mit seinem literarischen Geschöpf Pepe Carvalho gleich – und das nicht ohne Grund: Als leidenschaftliche Freunde guter Küche und verwandter sinnlicher Vergnügen sind sie nicht zu übertreffen.
Gemeinsames Essen, so argumentiert Vázquez Montalbán, wirkt aphrodisierend und fördert die Erotik. In freier Assoziation erläutert er, warum sich Zucchiniblüten in Bierteig besonders dazu eignen, rothaarige Schönheiten zu becircen, warum eine Pilzpaté unvermeidich zu noch höheren Genüssen führt, oder wie ein Omelett zum unendlichen Quell lasziver Phantasien werden kann. Mit Gespür für das entscheidende Detail und einer guten Prise Satire hat Vázquez Montalbán ein ungewöhnliches Kochbuch zusammengestellt, das sich nicht nur vorzüglich zum Nachkochen eignet, sondern auch Lust macht auf mehr...

PIPER ORIGINAL

Andrea Camilleri

Die sizilianische Oper

Roman. Aus dem Italienischen von Monika Lustig.
271 Seiten. Klappenbroschur

Ein Roman, so stimmungsreich, deftig und schwungvoll wie eine italienische Oper zu Zeiten, als Italien noch ein Königreich war: Im sizilianischen Städtchen Vigàta wird eine umstrittene Opernaufführung zum Zankapfel zwischen der Präfektur und den gewitzten Vigatesern. Nach dem gründlichen Mißlingen des feierlichen Abends steht dann auch noch das Theater in Flammen. Verdächtige gibt es jede Menge, doch wer von ihnen würde tatsächlich so weit gehen? Köstliche Charaktere, pralle Erotik, viel Lokalkolorit und ein rasantes Erzähltempo – all das macht »Die sizilianische Oper« zu einem der besten Romane Camilleris.